高等学校计算机教材

Authorware 实用教程

郑阿奇　主编

朱毅华　邓椿志　周怡君　编著

电子工业出版社
Publishing House of Electronics Industry
北京 · BEIJING

内 容 简 介

本书以当前最流行的 Authorware 7.02（汉化版）作为平台，包括教程、习题和教程配套的实验，其中教程包含概念与基础篇、基本技能篇、程序控制篇、高级应用篇和综合应用篇。教程中的贯通实例既具有相对的独立性，又可以组织成一个大的实例，从而降低了读者学习的难度，同时又具有一定的学习高度。实验除了完成教程中的实例外，还要进行扩展练习，以帮助读者进一步理解和消化知识。

本书可作为大学本科及高职高专院校有关课程的教材；由于内容实用，也可作为各类培训和广大用户自学与参考。

图书在版编目（CIP）数据

Authorware 实用教程 / 郑阿奇主编．—北京：电子工业出版社，2010.4

ISBN 978-7-121-10572-2

Ⅰ．A…　Ⅱ．郑…　Ⅲ．多媒体－软件工具，Authorware－教材　Ⅳ．TP311.56

中国版本图书馆 CIP 数据核字（2010）第 049054 号

责任编辑：赵云峰　　特约编辑：张荣琴

印　　刷：北京天宇星印刷厂

装　　订：三河市皇庄路通装订厂

出版发行：电子工业出版社

　　　　　北京市海淀区万寿路 173 信箱　邮编：100036

开　　本：787×1 092　1/16　印张：30.25　字数：774 千字

印　　次：2010 年 4 月第 1 次印刷

印　　数：4 000 册　定价：43.00 元

凡所购买电子工业出版社图书有缺损问题，请向购买书店调换。若书店售缺，请与本社发行部联系，联系及邮购电话：（010）88254888。

质量投诉请发邮件至 zlts@phei.com.cn，盗版侵权举报请发邮件至 dbqq@phei.com.cn。

服务热线：（010）88258888。

前　言

Authorware 是 Macromedia 公司推出的一种可视化基于流程的多媒体制作软件，作为一种面向非程序员的多媒体创作工具，被广泛应用于商业广告宣传、CAI 教学、游戏等诸多方面。

Authorware 采用面向流程的设计思想，向用户提供了一个基于图标和流程线的创作环境，使多媒体的制作更加直观和明了，即使不编任何代码，也能开发出比较像样的多媒体作品，大大提高了多媒体系统开发的质量与速度，使非专业程序员进行多媒体系统开发成为现实。通过程序精心控制，可以开发出各种具有交互功能的高质量的多媒体作品。

本书以当前最流行的 Authorware 7.02（汉化版）作为平台，包括教程、习题和教程配套的实验，其中教程包含概念与基础篇、基本技能篇、程序控制篇、高级应用篇和综合应用篇。教程中的贯通实例既具有相对独立性，又可以组织成一个大的实例，从而降低了读者学习的难度，同时又具有一定的学习高度。实验除了完成教程中的实例外，还要进行扩展练习，以帮助读者进一步理解和消化知识。

为了读者能够看得懂、做得通，在作者完成本书稿后又进行梳理。在此基础上，由专人重新阅读本书，试做书中所有实例、所有实验。在此过程中对发现的问题进行了修改和完善。当然，即使这样，书中错误仍然很难避免。只要阅读本书，结合实验进行练习，就能在较短的时间内基本掌握 Authorware 及其应用技术。

本书同步配套 PowerPoint 课件、书中的源代码和综合实例，需要者可从 http://www.hxedu.com.cn或者 http://www.huaxin.edu.cn 网站上免费下载。

本书由朱毅华（南京农业大学）、邓椿志（中央广播电视大学）、周怡君（东南大学）编写，南京师范大学郑阿奇统编、定稿。参加本书编写的还有梁敬东、顾韵华、王洪元、刘启芬、殷红先、姜乃松、彭作民、高茜、曹弋、徐文胜、丁有和、陈冬霞、钱晓军等。

由于作者水平有限，书中错误在所难免，欢迎广大读者批评指正！

作者 E-mail：easybooks@163.com

编　者

2010.1

目　　录

第 1 篇　概念与基础

第 2 篇　基本技能

第3篇　程序控制

第 4 篇　高级应用

第 5 篇　综合应用

第 1 篇　概念与基础

第 1 章　Authorware 简介

由于网络的迅猛发展，媒体文件的日益增多，促进了多媒体出版业的发展，多媒体创作工具的应用也越来越广泛。使用多媒体创作工具能简化多媒体的创作过程，减少制作人员的工作量，使制作人员能集中力量和时间来编制素材。

在这些众多的多媒体创作工具中，Macromedia 公司（目前已与 Adobe 公司合并）旗下面向多媒体教育的产品 Authorware，易学易用，直观，对于一般多媒体应用的开发不需要十分高深的编程知识，只需要做简单的培训工作，在很短时间内就可以上手编制多媒体软件。

1.1　Authorware 的特点

Authorware 采用的面向流程的设计思想不但大大提高了多媒体系统开发的质量与速度，而且使非专业程序员进行多媒体系统开发成为现实。作为一种面向非程序员的多媒体创作工具，Authorware 向用户提供了一个基于图标和流程线的创作环境，使多媒体的制作更加直观和明了，从而使每一个人都能开发出高级的多媒体作品来，不论是教师、学生、艺术家、策划专家，还是程序员。同时，Authorware 提供了强大的交互功能，使用户无须掌握高深的编辑语言，不用编写一句程序就可制作出一流的交互式多媒体产品。

1.1.1　Authorware 的发展历史

Authorware 从 1.0 版、2.0 版、3.0 版、3.5 版、4.0 版、5.0 版、5.1 版、5.2 版、6.0 版、6.5 版以来，一直是众多多媒体创作工具中的佼佼者。2004 年 2 月，Macromedia 公司正式发布了 Authorware 的 7.0 版。

1. Authorware 7.x 的新增功能

Authorware 专门用于解决创作交互式丰富的多媒体 e-learning 内容，整合图片、声音、动画、文字和视频到课件中。现在的 7.0 版能够让 e-learning 开发者导入 Microsoft PowerPoint 文件，并可在 Mac OS X 上播放，使用标准的 JavaScript 语言进行脚本编程，增强与 learning management systems（LMS）的整合。在 7.0 版的基础上，Macromedia 又继续发布了 7.01 版和 7.02 版。

Macromedia Authorware 7.x 的新增功能大致如下。

（1）通用的 Macromedia 用户界面（Common Macromedia User Interface）。从 Authorware 7.0 开始，Authorware 的界面就变成与其他 Macromedia MX 产品（比如 Flash MX 等）的界面一样了，如图 1.1 所示。

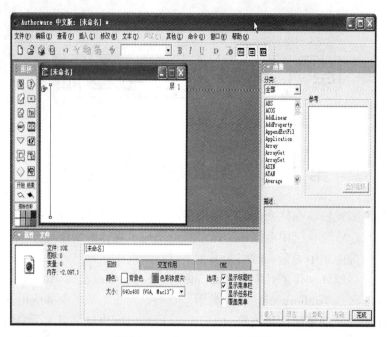

图 1.1　Authorware 7.0 的界面

（2）可以导入 Microsoft PowerPoint（Microsoft PowerPoint Import）。Authorware 7.0 可以导入现有的 PowerPoint，去创造丰富的多媒体 e-learning 内容，方法是选择菜单命令"命令"→"转换工具"→"Microsoft PowerPoint to Authorware XML"，弹出如图 1.2 所示的"Convert PowerPoint to Authorware XML"对话框，在选项"PowerPoint File"下指定要转换的 PowerPoint 文件，在选项"Output Directory"下指定转换后的文件存放的目录，单击按钮"Convert"就可以把 PowerPoint 文件转换为 Authorware XML 文件。另外要说明的是，此项功能在 Authorware 7.02 版本中比较完善。

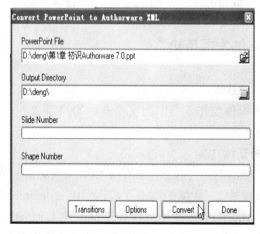

图 1.2　"Convert PowerPoint to Authorwere XML"对话框

（3）DVD 播放（DVD Playback）。DVD 视频将逐步取代原有的光碟技术而成为标准的交互式练习和 KIOSK 软件。Authorware 7.0 整合了 DVD 视频播放程序，从而可以在应用程序中控制外部 DVD 播放设备。可以在 Authorware 程序中设置为自动在 DVD 视频内的某个点开始和停止，从而让学生控制 DVD 视频的播放、暂停或重复某个片断。

（4）为身体有缺陷者提供可操作的内容（Accessible Content for People with Disabilities）。Authorware 7.0 可以生成标签导航和标题，并将文字转成语音以符合软件可操作性的相关法律（美国有为残疾人使用软件的开发规范和法律）。

（5）XML 的导入和导出（XML Import and Export）。Authorware 7.0 支持 XML 导入和导出，不但可以将 XML 导入 Authorware 中使用，还可以将 Authorware 程序导出为一个 XML 文件。这两个命令都集成在"文件"菜单的子菜单"导入和导出"中，如图 1.3 所示。

（6）支持 JavaScript（JavaScript Support）。Authorware 7.0 中新增了对 JavaScript 脚本的支持，现在 Authorware 中的 JavaScript 脚本和 Authorware 自身的脚本语言是一样的，构造与 Macromedia dreamweaver MX 和 Macromedia Flash MX 中的相同。在"计算"图标中可以直接输入和运行任意指定的语言，在"计算"图标的工具栏中提供了一个按钮进行选择，如图 1.3 所示的导入和导出子菜单、如图 1.4 所示的计算图标编辑窗口。

图 1.3　导入和导出子菜单

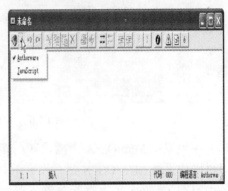

图 1.4　计算图标编辑窗口

（7）LMS 知识对象（Learning Management System（LMS）Knowledge Objects）。Authorware 7.0 新增加了学习管理系统知识对象来创造的课件，可以连接到 LMS 系统并符合 LMS 标准，如 Aviation Industry CBT Committee（AICC）或 ADL Shareable Courseware Object Reference Model（SCORM）标准。通过向导去决定获得或发送信息到 LMS，由知识对象处理所有复杂的与 LMS 的后台通信。LMS 是一种通过数据库支持的教育培训后台管理软件，可支持学习目标的制定、学习进度与成果的管理等，是国外一些大企业进行员工培训管理的常用软件系统，利用本功能，Authorware 可以方便地进行 LMS 的客户端开发。在菜单"命令"的子菜单"LMS"中可以看到相关的命令，如图 1.5 所示。

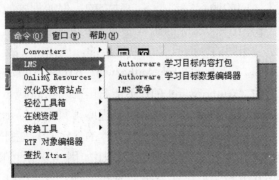

图 1.5　LMS 子菜单

（8）一键发布到 Learning Management Systems（One-Button Publishing to Learning

Management Systems）。

在一键发布设置中可以选择 LMS 知识对象提供的模板，从而将 Authorware 文件直接发布成 LMS 所支持的网页，如图 1.6 所示。

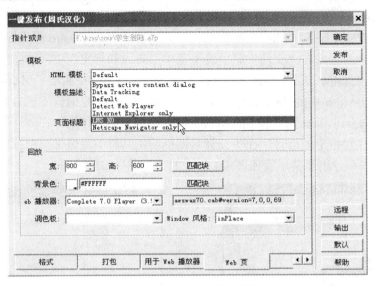

图 1.6　一键发布设置对话框

（9）在苹果机 Mac OS X 上播放（Apple Mac OS X Playback）。Macromedia 提供了一个在苹果机操作系统 Mac OS X 进行发布的打包工具，如图 1.7 所示，只需要将 Autherwave 7 创作的内容在 Mac OS X 上重新发布一次，就可以在 Mac OS X 上兼容播放。

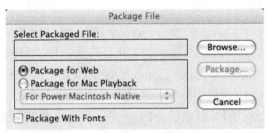

图 1.7　苹果机操作系统中的打包工具

2．Authorware 各版本的源程序变化

Authorware 各个版本之间的源程序都是各自独立的，但源程序的后缀名有一定的规律，都是 a 加上版本号再加上 p，比如 7.x 版的源程序为 a7p。通常情况下，版本号首个数据相同的各个版本的源程序后缀是相同的，而且是可以通用的，比如 5.0 版、5.1 版、5.2 版的源程序都是.a5p，而且可以通用。有所区别的是 Authorware 6.0 和 Authorware 6.5 的源程序虽然都是.a6p，但却不是通用的，Authorware 6.0 不能打开由 Authorware 6.5 创建的源程序，Authorware 6.5 可以打开 Authorware 6.0 创建的源程序，只是会提示要另存一个新程序。在各个版本之间，可以用后一个版本来打开前一个版本的程序且只能打开前一个版本的程序，如果想打开早期版本的程序，则需要分几次进行，比如用 6.0 版可以打开 5.x 版的源程序（后缀为.a5p）再另存为 6.0 版的源程序（后缀为 a6p），再由 7.x 版打开另存为 7.0 的程序。

1.1.2 与其他多媒体编著系统的区别

与其他创作工具相比，Authorware 具有如下优势。

1. 交互类型丰富

Authorware 提供了 11 种交互类型，包括按钮、热对象、热区、移动到目标区域、下拉菜单、条件、文本输入、键盘响应、尝试次数、时间限制、事件响应等，每种交互响应还有许多种变化。交互响应的实现都可以直接通过图标的操作来实现，非常简单。

2. 导航控制强大

Authorware 的框架图标预设了基本的导航控制，利用这点可以创作适合人的思维习惯的复杂的超文本结构。

3. 跟踪用户反应的功能强大

Authorware 提供了大量的系统变量来记录用户和系统的状态和动作，以作为生成交互的依据。Authorware 所提供的函数足以和 C 语言媲美，并且 Authorware 还提供外部函数接口，可以非常容易地引入外部函数来增强 Authorware 的功能。

4. 结构化的设计思想

Authorware 允许空的逻辑单元存在，也就是说，不需要专门的分析设计工具，应用的结构设计与程序实现可以在 Authorware 中直接完成，而且能直接看到运行效果。这可以说是 Authorware 的最大优势，从而就能把设计思想随时用 Authorware 程序结构表现出来。在应用设计的初期可以直接用空的逻辑单元把程序框架流程在 Authorware 中搭建起来并检查运行逻辑，然后在此基础上进行修改、补充、填入素材并完善。这个程序框架至少具有三方面的作用：首先，用做与人讨论的依据；其次，将各模块分工，运作项目；再次，分块准备和囤积素材。而其他开发工具在程序实现以前整体的架构设计只能停留在设计图纸上而无法看到运行效果。

5. Authorware 提供了极大的通用性

在一个系统平台下开发的产品，基本上不用做多少修改就可以顺利地在别的平台上使用。在 Windows 9x 下开发的程序可以直接运行在 Windows Me、Windows NT 4.0、Windows 2000 系列、Windows XP 系列中；不需要修改源程序而直接在 Mac 系统上重新发布一次就使在 Windows 下开发的程序可以在 Macintosh 系列平台上直接使用；通过一定的发布设置还可以使在 32 位系统下开发的程序运行在 16 位系统（如 Windows 3.x 与 Windows NT 3.51 等）中。

1.1.3 Authorware 的特点与适用用户

使用 Authorware 的图标，可以导入多种格式的文本、图形图像、声音、动画、视频、数字电影等多媒体素材，从而快速制作出多媒体演示课件、多媒体演示光盘、多媒体电子图书、多媒体模拟实验、多媒体互动教学系统等各种多媒体产品。

1. Authorware 的特点

具体来说，Authorware 具有以下主要特点：

（1）为设计者提供了直观的流程线控制界面。流程线上可使用 14 种设计图标，每个图标代表一个基本演示内容及控制方式，如文本、动画、图片、声音、视频等。利用流程线实现对整个程序的控制，不用复杂的编程语言，使多媒体制作更加容易。

（2）提供了多样化的交互响应方式。Authorware 有 11 种交互方式可供选择，程序设计时，只需选定交互作用方式，完成对话框设置即可实现。程序运行时，可通过响应对程序的流程进行控制。此外，丰富的系统函数，系统变量使开发者能够最大限度地发挥 Authorware 的潜在功能。

（3）可直接在屏幕上编辑对象。当用户想修改在演示中的某个对象时，只要双击该对象，Authorware 就会立即进入该对象的编辑状态，在该对象编辑完成后，可继续演示程序。

（4）Macromedia 家族方面。支持 Flash 交互动画，弥补 Authorware 自身动画动能的不足。

（5）强有力的数据处理能力。Authorware 不但可以利用系统变量及系统函数来响应用户的指令，还允许设计者使用自己定义的变量对数据执行运算。利用附带的 ODBC 外部函数，Authorware 可以访问各种数据库，包括 Access 数据库、SQL Server 数据库、MySQL 数据库等。

（6）强大的功能扩展特性。在 Authorware 应用环境中，可加入 ActiveX 控件，显示属性控制，过程事件等内容。

（7）不断扩充的知识对象。知识对象是一种向导式设计工具，Authorware 7.0 已自带 42 种知识对象，包含了多媒体开发中常用的一些功能，并允许用户创作更多的知识对象，大大简化了程序的开发过程。

（8）强化网络应用功能。支持知识流，使多媒体学习软件能在网络上运行。Authorware 的网络播放器能浏览其特有的 AAM 文件。

2. 适用用户

Authorware 以图标和流程线构成程序，形象直观，非常容易学习和掌握，特别适用于非专业程序人员开发多媒体产品。

1.2　系统安装、配置与启动

要使用 Authorware 7.0 进行开发或运行 Authorware 7.0 应用程序，需要满足一定的机器配置，如表 1.1 所示。

表 1.1　Authorware 的系统需求表

部　　分	创　　作	运　　行
CPU	Intel Pentium II 或更高	Intel Pentium II 或更高
内存	32MB	16MB（Microsoft Windows）或24MB（Mac）
操作系统	Windows Vista，Windows XP，Windows 2000，Windows 98 SE	Windows Vista，Windows XP，Windows 2000，Windows NT 4.0，Windows Me，Windows 98 SE，Mac OS 8.1 through OS X
磁盘	120MB 剩余空间或一个光驱	

1.2.1　版本说明

Authorware 7.0 的安装同绝大多数 Windows 应用程序的安装类似，要说明的是，Authorware 软件没有提供中文版，本书所介绍的 Authorware 7.02 中文版是在 Authorware

7.02 英文版的基础上增加了由周易提供的汉化版本。但本书所介绍的功能和实例对于其他 7.x 版本的 Authorware 也是通用的。

1.2.2 系统安装

Authorware 7.0 的安装同绝大多数 Windows 应用程序的安装类似，要说明的是，Authorware 7.02 是在 Authorware 7.01 上升级而来的。下面的安装过程是在 Windows XP 中进行的，在其他的 Windows 系统，比如 Windows 2000 或者 Windows Vista 也是一样的。

1．安装英文版 Authorware 7.01

英文版 Authorware 7.01 的安装文件已经集中到一个文件上了，如图 1.8 所示，双击该 exe 文件就开始安装程序。

Authorware 的安装比较简单，和其他 Windows 应用程序一样，依次单击"Next"按钮就可以安装。Authorware 默认是安装在 C 盘的，对 Windows 比较熟悉的用户在安装过程中也可以修改安装路径，也就是在进入如图 1.9 所示的 Choose Destination Location（选择目标路径）对话框时，在该对话框中可以设置安装的目标路径，默认是 C:\Program Files\Macromedia\Authorware 7.0，也可以单击右下角的"Browse"（浏览）按钮来设置安装路径。如果不进行设置可以直接单击"Next"按钮进入下一步。

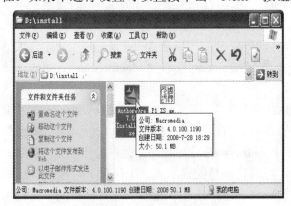
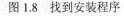

图 1.8　找到安装程序

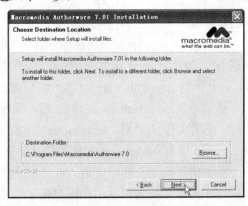

图 1.9　选择安装路径的画面

2．升级为 Authorware 7.02 并汉化

首先在计算机中找到 Authorware 7.02 的汉化升级文件，如图 1.10 所示（此文件由周易提供）。双击该 exe 文件即可以开始汉化。

汉化版的安装也比较简单，只需要跟着安装向导一步步往下安装就可以了。在安装过程中，如果在前面安装 Authorware 7.01 时没有修改过安装路径，这时就不需要进行修改；否则就要修改成前面设置的同样路径，也就是如图 1.11 所示的窗口。在这个对话框中必须指定英文版的 Authorware 7.01 的安装路径。设置好后单击"下一步"按钮。

3．汉化修改

在 Windows 的资源管理器中找到 Authorware 7.02 汉化版安装后的目录，根据前面安装时指定的目录来打开，在这个目录下找到一个文件名"ZSAW7.bat"的批处理文件，双击这个批处理程序文件，执行完毕后，汉化才算正式完成。

说明：由于汉化版中添加了一些第三方的过渡效果的 x32，这些 x32 的使用可能会使打包后的程序在某些机器上无法运行，这与 Authorware 本身没有关系。因此建议在汉化版中开发的源程序要注意过渡效果的使用。

图 1.10　找到汉化升级文件

图 1.11　选择汉化目录的画面

1.2.3　启动 Authorware

　　Authorware 7.02 是运行在 Windows 操作系统中的，它和许多 Windows 应用程序一样，具有窗口、菜单、工具栏等。要掌握 Authorware 7.02，首先要具有 Windows 的一些基本操作，包括键盘和鼠标的使用。

　　和所有的 Windows 应用程序一样，启动 Authorware，可以从 Windows 的"开始"菜单上进行，即选择"开始"→"所有程序"→"Macromedia"→"Macromedia Authorware 7.0"，从而打开 Authorware 7.02 的编程窗口。

　　在第一次运行 Authorware 7.02 时，系统会自动在默认浏览器中打开 Authorware 7.0 的欢迎窗口。关闭欢迎窗口回到 Authorware 7.02 的程序窗口，首先看到的是如图 1.12 所示的"新建"对话框，这里有 Authorware 7.02 为快速建立一个 Authorware 应用程序而提供的几个知识对象。

　　若单击"确定"按钮则进入相应的向导，然后在向导的提示下（未汉化）可以自动生成相应程序的框架。若不使用则可单击"取消"或"不选"按钮。也可以在对话框的下方取消选项"创建新文件时显示本对话框"前的选择，下次启动时就不会出现这个对话框了。

　　在"新建"对话框中单击"取消"按钮，就进入 Authorware 7.0 的工作窗口，如图 1.13 所示。

图 1.12　"新建"对话框

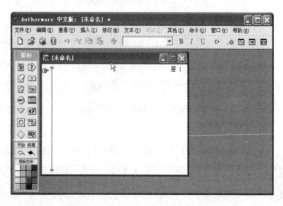

图 1.13　Authorware 7.0 的工作窗口

1.2.4 牛刀小试——一行代码制作多媒体片头

在正式学习之前，首先通过一个例子展示 Authorware 易于使用的编辑环境与强大功能。读者可能都使用过一些多媒体光盘作品，这些作品启动的时候一般都会显示一段视频片头，等待几秒或用户单击屏幕后就进入到主画面。用 Authorware 来制作这样的多媒体产品非常简单，读者只需要单击鼠标按照以下步骤即可轻松完成一个多媒体片头。

（1）首先启动 Authorware 环境，或在 Authorware 环境中直接选择菜单命令"文件"→"新建"→"文件"，在"新建"对话框上单击"取消"或"不选"按钮，进入图 1.13 所示的工作窗口。其中的小窗口就是进行设计开发的主要工作区——设计窗口。设计窗口的主要内容是一条流程线，就像编写程序一样，这条流程线就是 Authorware 应用执行的顺序线。不同的是，程序执行的是一条一条的代码，而 Authorware 执行的是一个一个设定好功能的图标。Authorware 开发的过程只要用鼠标将设计窗口左方图标面板中不同功能的图标拖到流程线上，并对其功能加以设置即可。

（2）按组合键 Ctrl＋Shift＋D，打开如图 1.14 所示的"属性：文件"面板，单击"背景色"左方的小色块，将其修改为黑色。在"大小"右侧的下拉列表中选择"640x480 VGA"项。背景色的设置决定了窗口内的颜色，大小的设置决定了程序运行时窗口的大小。设置完成后，选择菜单命令"文件"→"保存"，将其保存为"开场动画.a7p"文件。

（3）用鼠标从图标工具箱中拖曳一个视频图标到流程线上，如图 1.15 所示。单击图标的标题"未命名"，将其修改为开场动画。

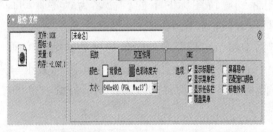
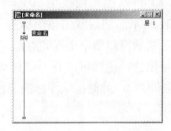

图 1.14　"属性：文件"面板　　　　　　　图 1.15　新建一个视频图标

（4）双击视频图标打开演示窗口和如图 1.16 所示的图标属性面板，并单击面板左下方的"导入"按钮打开导入视频文件的对话框，选择一个视频文件并单击"导入"按钮，如图 1.17 所示。

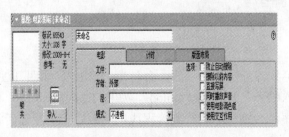

图 1.16　设置视频图标的属性　　　　　　　图 1.17　选择视频文件

（5）在演示窗口中将出现导入的视频文件的第一帧画面，并且周围有 8 个控制点，拖曳该视频到需要的位置，并通过控制点修改视频的大小到合适的尺寸，如图 1.18 所示。

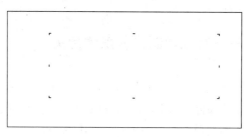

图 1.18 调整视频的位置与大小

（6）再从图标面板中拖曳一个等待图标到视频图标下面，如图 1.19 所示。在执行时，视频图标的内容将先运行，然后进入等待图标。双击等待图标打开属性设置面板，按图 1.20 所示进行设置。程序运行到等待图标后会暂停，然后等到"时限"设置的 2s 后才继续执行下一个图标，但是在这个过程中如果用户单击了鼠标或按了键盘上的按键，则取消等待直接向下执行。

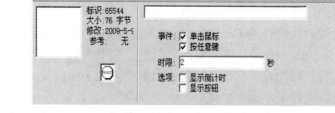

图 1.19　新建一个等待图标　　　　　　图 1.20　设置等待图标的属性

（7）再从图标面板中拖曳一个擦除图标到等待图标的下面。命名为"擦除动画"，如图 1.21 所示。然后双击该图标打开演示窗口和属性设置面板。

在演示窗口中单击视频对象。（由于本例中演示窗口背景的颜色与视频的第一帧画面的颜色都是黑色，所以可能看不到视频对象的位置，只要单击刚才在设置视频图标大小与位置时的位置即可），此时擦除图标的属性面板右侧将显示出要擦除的内容："开场动画"，如图 1.22 所示。

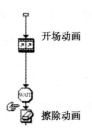

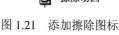

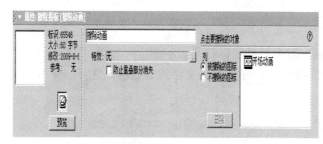

图 1.21　添加擦除图标　　　　　　　图 1.22　设置擦除内容

（8）从图标面板中拖曳一个计算图标到擦除图标的下面，命名为"退出"，如图 1.23 所示。然后双击该图标打开代码窗口并输入唯一一行代码"Quit()"，如图 1.24 所示。

该代码的含义是关闭窗口并退出程序，否则程序运行到流程线上的最后一个图标后将终止运行并保留程序窗口。

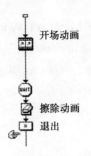
开场动画

擦除动画

退出

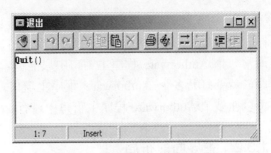

图 1.23　添加计算图标　　　　　　　　图 1.24　在计算图标中输入代码

至此一个简单的开场动画就完成了，可以看出 Authorware 的开发过程非常简单，将需要的图标拖到流程线上并设置相应的属性，运行时即可按流程线的顺序自动执行。本程序是一个非常简单的顺序结构，先显示开场动画的视频，然后等待 2s，擦除开场动画并结束程序，当然一个真正的应用在开场动画之后应该进行正式的内容展示而不是退出。在后面的章节中将详细介绍如何利用分支图标和交互图标实现由用户交互所控制的分支、循环等复杂程序结构。有了初步的印象后，下面从 Authorware 界面开始来一步一步学习。

1.3　初识主界面

Authorware 7.02 是基于 Windows 的程序，它的界面和其他 Windows 应用程序很相似。Authorware 的工作窗口由 6 部分组成：标题栏、菜单栏、工具栏、图标面板、设计窗口、演示窗口。

1.3.1　主窗口与设计窗口

启动 Authorware 7.02 以后，可以看到 Authorware 的程序窗口包括两个窗口，一个是程序主窗口，一个是设计窗口，如图 1.25 所示。

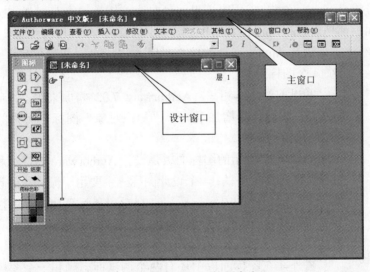

图 1.25　Authorware 的程序窗口

Authorware 的程序主窗口和其他 Windows 应用程序一样，包含有标题栏、菜单栏和工具栏等，为 Authorware 程序提供了一个编程环境。设计窗口就像 Microsoft Word 中的文档窗口一样，是 Authorware 程序主窗口中的一个子窗口，这是编辑 Authorware 程序流程的窗口。

通常一个 Authorware 程序主窗口中只能编辑一个 Authorware 程序，如果要同时编辑多个程序，就要打开多个 Authorware 程序主窗口。一些常规的操作，比如剪切、复制、粘贴等，可以在多个 Authorware 程序主窗口中进行。

1.3.2 主界面的布局

如图 1.26 所示，除了标题栏、菜单栏和工具栏以外，Authorware 还有一些专用的面板，正是这些浮动面板给 Authorware 带来了极大的方便。

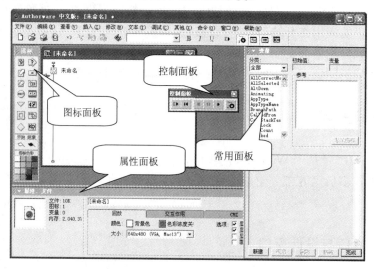

图 1.26 Authorware 界面布局

1．图标面板

图标面板位于 Authorware 7.02 程序主界面最左边，从 Authorware 的 3.x 版一直到现的 7.02 版，图标面板都是 Authorware 的标准配置。如图 1.27 所示，图标面板上有 14 个功能图标，这是 Authorware 的核心，用 Authorware 开发交互式应用程序都要从这 14 个图标开始。

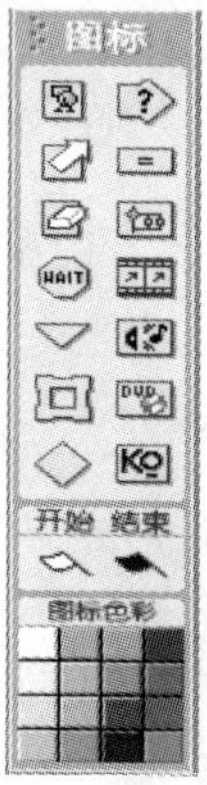

和以前的版本相比，Authorware 7.02 将原来的"视频"图标换成了"DVD"图标，新增加了一个"知识对象"图标。另外的变化是图标色彩增加到了 16 种。

如图 1.27 所示的图标面板是设计 Authorware 7.02 流程式程序的核心部分。图标面板中的 14 个设计图标，主要用于流程线的设置，通过这些图标来完成程序的显示、运算、判断和交互等功能。以往制作多媒体一般要用编程语言，而 Authorware 通过这些图标的拖放及设置就能完成多媒体程序的开发。

图 1.27 图标面板

另外，在图标面板中还有两个调试标志旗和一个图标调色板，主要功能是在调试中起辅助作用。表 1.2 简单介绍了图标面板中各图标的主要功能。

表 1.2 Authorware 图标的功能

图　片	图标名称	功　能　简　介
	"显示"图标	用于显示文字或图片对象。可以从外部导入文本或图形，也可以使用内部提供的"绘图工具箱"创建文本或绘制简单的图形
	"移动"图标	可以移动显示对象产生特殊的动画效果。被移动的显示对象可以是图片、文字、动画及电影等，共有 5 种移动方式可供选择
	"擦除"图标	可以用各种过渡效果擦除显示在演示窗口中的任何对象
	"等待"图标	用于暂停程序的执行以等待用户动作或等待指定时间后再继续下面的程序。可以设置程序自动等待一段时间，也可设置为按键或单击鼠标后，程序才继续运行
	"导航"图标	当程序运行到此处时，会自动跳转到其指向的位置。它通常与框架图标结合使用，只能跳转到某个框架图标的某一页
	"框架"图标	为程序建立一个可以前后翻页的控制框架，配合导航图标创建超文本文件，用于建立类似于书的结构的程序框架
	"判断"图标	实现程序中的循环，可以用来设置一种判定逻辑结构。当程序执行它时，将根据用户的定义而自动执行相应的分支路径。类似于程序设计语言中的 if...then...或者 repeat 语法流程
	"交互"图标	可轻易实现各种交互功能，共提供 11 种交互方式，如按钮、下拉菜单、按键、热区等交互模式。另外，在交互图标中也可以插入图片和文字，该图标功能是 Authorware 7.0 最有价值的部分
	"计算"图标	执行数学运算和 Authorware 代码，例如，给变量赋值、执行系统函数等，利用计算图标可增强多媒体编辑的弹性
	"群组"图标	用于优化流程线结构，可以把几个相关的图标变成一个组，方便对程序代码的管理
	"数字电影"图标	在程序中插入数字化电影文件（包括*.avi，*.flc，*.dir，*.mov，*.mpeg 等），并对电影文件进行播放控制。Authorware 7.0 还提供了媒体同步功能
	"声音"图标	用于播放各种声音格式的文件，并能与移动图标、数字电影图标并行，可以做成演示配音文件。Authorware 7.0 还提供了媒体同步功能
	"DVD"图标	用于将 DVD 信息数据引入程序，控制外部 DVD 播放设备的播放
	"知识对象"图标	用于创建知识对象
	"开始"标志旗 "停止"标志旗	用于在调试程序时指定开始运行的位置或停止运行的位置。将白旗插在程序开始的地方，黑旗插在结束的地方，以便对流程中的某一段程序进行调试
	图标调色板	图标调色板共 16 种颜色，在程序的设计过程中，可以用来为流程线上的设计图标着色，以区分不同区域的图标。要给图标上色，首先单击流程线上的图标，然后再在图标调色板内选择一种颜色，被选中的图标就被涂上这种颜色了

2．属性面板

　　属性面板通常位于 Authorware 7.02 程序主界面的最下方，在 Authorware 7.02 中，以前版本的文件属性对话框、各图标的属性对话框以及各分支的属性对话框全部以属性面板的方式出现在 Authorware 7.02 窗口中，如图 1.28 所示就是"属性：文件"面板。

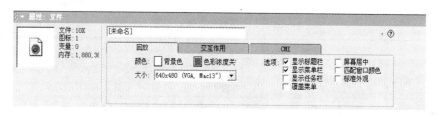

图 1.28 "属性：文件"面板

如同 Macromedia MX 等其他类产品一样，单击属性面板的标题栏可以折叠面板，再次单击标题栏就可以展开面板。拖曳属性面板最左侧的图标 ██ 可以将面板拖动到主窗口的任意位置。

选择菜单命令"修改"→"文件"→"属性"或者按组合键 Ctrl＋Shift＋D，就可以打开或关闭"属性：文件"面板。在流程设计窗口中的空白处单击鼠标右键，在打开的菜单中单击"属性"命令，也可以打开或关闭"属性：文件"面板。

在属性面板打开的情况下，单击流程线上的某个图标就会自动切换到该图标的属性面板。

3. 常用面板

如同 Macromedia MX 等其他类产品一样，Authorware 7.02，把知识对象面板、函数面板、变量面板都停靠在主窗口的右边。

（1）知识对象面板。单击工具栏上的"知识对象"按钮就可以显示或关闭如图 1.29 所示的"知识对象"面板，它包含了 Authorware 系统中附带的所有知识对象。

知识对象面板分为三部分，最上面的部分是选项"分类"，在它下面是一个下拉列表框，其中列出的是知识对象的分类；中间部分列出的是在列表框中选择的类别所包括的知识对象；最下方是选项"描述"，下面列出了所选知识对象的功能描述。

（2）函数列表面板。单击工具栏上的"函数"按钮就可以显示或关闭如图 1.30 所示的"函数"面板。

图 1.29 "知识对象"面板

图 1.30 "函数"面板

"函数"面板中给出的是 Authorware 系统使用的所有系统函数以及当前程序加载的外部函数。

（3）"变量"面板。单击工具栏上的"变量"按钮就可以显示或关闭如图 1.31 所示的"变量"面板。

图 1.31   "变量"面板

"变量"面板中给出的是 Authorware 系统使用的所有系统变量及当前程序所创建的自定义变量。

1.3.3   设计窗口与流程线

流程设计窗口是显示和编辑 Authorware 程序的窗口，程序流程的设计和各种媒体的组合都是通过图标按钮在流程设计窗口中实现的。理解流程设计窗口的机制是掌握 Authorware 开发的关键。

1. 流程设计窗口

当用 Authorware 来创建一个应用程序时，通常是建立一个类似流程图的结构，应用程序的执行就沿着流程线的顺序依次执行每个图标设定的功能（如显示图标显示文本或图片，声音图标播放声音，移动图标移动内容），除非遇到分支、交互等特殊的图标会改变流程的执行顺序外，用 Authorware 创建应用程序，具有结构化程序设计的思想，同时理解每个图标的功能含义。

流程设计窗口是用拖曳方式进行流程图设计的窗口，用鼠标就能轻松操作。需要在流程线上增加某一功能，只要从图标面板上将对应功能的图标拖到流程线的相应位置并进行图标属性的设置即可。像传统的流程图一样，Authorware 的流程图包括图标和连接这些图标的直线，如图 1.32 所示。

从图 1.32 中可以看到，设计窗口由流程线及图标组成。

Authorware 的流程线包含两类：

（1）主流程线。主流程线是指在设计窗口左侧从上到下的那条被两个小矩形框封闭的直线段。每个 Authorware 程序就只有一条主流程线，但可以使用"群组"图标来组合更多的图标，从而变相地延长主流程线。

（2）分支流程线。分支流程线是指设计窗口中除主流程线之外的其他线段。

在主流程线两端是两个小矩形标记，它们分别表示文件的开始点和结尾点。程序将沿着主流程线从开始点运行到结束点。

在流程线上有一个手形的标志，这个标志是 Authorware 的粘贴指针。当在 Authorware

中复制粘贴图标时，被粘贴的图标将出现到粘贴指针所指定的流程线上的相应位置。有时通过菜单命令来插入新图标时，也要使用粘贴指针来显示流程线何处可以放置新图标。

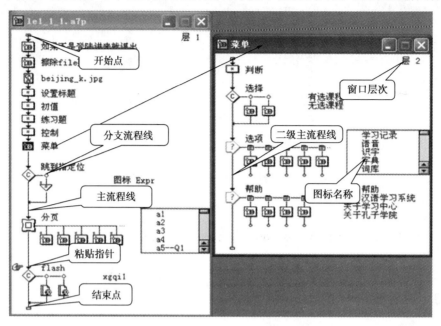

图1.32　流程设计窗口

2．流程设计窗口的控制

流程设计窗口的顶部是设计程序的标题栏，显示当前程序的名称、功能。与Authorware 7.02 标题栏类似，所不同的是流程设计窗口不能最大化，但可以拉伸窗口的边框来调整设计窗口的大小。

当流程设计窗口中的图标数比较多，而且再改变设计窗口的大小也无法显示所有的图标时，可以用以下两种方法来解决：

（1）如图 1.32 所示，可以把一些图标集中到一个"群组"图标中，如群组图标"菜单"可以包含更多的图标，双击即可打开群组图标对应的流程设计窗口，显示和设计群组图标内部的执行流程（如图 1.32 右侧所示）。

（2）可以在设计窗口的空白处单击鼠标右键，在打开的菜单中单击"滚动条"命令。再次执行这个操作就可以隐藏滚动条。

3．理解 Authorware 的流程图

Authorware 7.0 的可视化编程，就是使编程人员可以通过设计窗口中的内容判断程序的流向和程序的执行效果。要开发 Authorware 程序，首先就应理解好 Authorware 的流程图。

通过从图标面板中把图标拖曳到流程线上就可以建立 Authorware 的程序流程图，但与仅仅对设计起辅助作用的传统流程图不同的是，Authorware 的流程线实际上就是程序运行的代码，流程线上的各种图标的功能设置构成了 Authorware 应用的程序功能，甚至可以说不用编写一行代码即可完成一个简单的应用。如图 1.32 所示就是一个多媒体教学课件的设计流程图。可以看出，Authorware 流程图式的程序结构，可以直观地体现教学思想。

与传统的流程图一样，程序的执行顺序是从流程线的顶部的图标开始，往下逐个执行每个图标，直到程序的结束。如果碰到分支流程线，根据程序的设定或者最终用户的选择，执

行相应的分支流程线。如果碰到"群组"图标，就进入"群组"图标执行其内部的流程。

　　例如，可以往流程线上拖曳一个"显示"图标在屏幕上显示背景图，然后再拖曳一个"显示"图标来显示文本。如果显示背景图的图标在显示文本的图标之前，就先显示背景图再显示文本，如图 1.33 的（a）所示。如果显示文本的图标在显示背景图的图标之前，就先显示文本再显示背景图，如图 1.33 的（b）所示，这时背景图就有可能会挡住文本（如果不在图标属性面板进行显示层级的设定，后显示的图标内容总是会挡住光显示的图标内容）。

（a）　　　　　　　　　　　　　　　　（b）

图 1.33　图标的不同位置

由于现在计算机的运行速度都非常快，因此这两个图标基本上可以说是同时执行的。

1.4　演示窗口

　　为了更好地编辑程序，Authorware 提供了一个演示窗口。在这个窗口中，可以看到程序执行时的效果，还可以让编程人员以可见的方式来添加文本和图形，以可见的方式来调整各个显示对象的布局，以可见的方式来建立交互响应。

1.4.1　演示窗口的功能

　　在流程线上双击可以添加或编辑显示对象的图标，比如"显示"图标、"交互"图标、"数字电影"图标、"擦除"图标等，就会自动打开"演示窗口"，如图 1.34 所示。

　　"演示窗口"有两种状态，一种是编辑状态，一种是运行状态。使用 Authorware 进行多媒体程序设计的过程就是：从图标面板中拖动图标到设计窗口中的流程线上，然后分别在设计窗口中打开各图标，进入它们的"演示窗口"中（处于编辑状态），设计媒体元素。

　　在程序编辑完成或者正在编辑过程中，都可以使用菜单命令"调试"→"重新开始"或者按组合键 Ctrl＋R 来运行程序，这时在"演示窗口"中显示的是程序运行的结果（处于运行状态），如图 1.35 所示。

　　当程序运行时，可以选择菜单命令"调试"→"暂停"或者按组合键 Ctrl＋P 来暂停程序的运行，可以转入编辑状态调整显示对象、视频对象或者按钮等的位置；可以双击演示窗口中任何一个显示对象，使程序暂停运行，进入该显示对象的编辑状态；可以设置文本、图形、按钮以及其他所有显示对象的布局。这样编辑的好处是可以在修改某一个显示对象时，参照其他的显示对象，或者同时调整多个显示对象。

　　设置好后，又可以选择菜单命令"调试"→"播放"或按组合键 Ctrl＋P 来继续程序的运行。

　　在默认的情况下，可以使用演示窗口中的文件菜单下的"退出"命令或单击演示窗口的标题栏上的关闭按钮，或者按组合键 Ctrl＋Q 退出演示窗口。

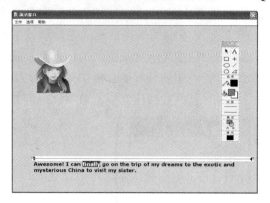

图 1.34　在"演示窗口"中添加文本和图形

图 1.35　　"演示窗口"中显示的程序运行结果

1.4.2　设置"演示窗口"的属性

在进行应用开发时，第一步的工作就是设定将来程序运行的窗口属性。在默认的情况下，"演示窗口"的大小是 640×480，背景色是白色。和通常的 Windows 应用程序一样，窗口的上方也有标题栏和菜单栏。根据程序设计的需要，可以修改这些属性。这时可以选择菜单命令"修改"→"文件"→"属性"打开或关闭如图 1.36 所示的"属性：文件"面板。

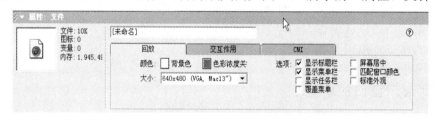

图 1.36　　"属性：文件"面板

在"属性：文件"面板左侧预览框旁边的"文件"后面显示的是文件的大小；"图标"后面显示的是程序中所有图标的个数；"变量"项显示的是变量的个数；"内存"则显示当前系统的可用内存。

上方的文本框显示的是文件的标题，默认情况下是源程序的文件名，如输入指定的文字，并不会改变源程序的文件名，但运行打包程序时，如果程序包含标题栏，则指定的标题会显示在窗口的标题栏中。

"属性：文件"面板中的"回放"选项卡中的选项设置直接影响"演示窗口"。现在看到的就是 Authorware 程序的"演示窗口"的默认设置。下面是这个选项卡中的各个选项的含义。

1．选项"颜色"

这个选项是设置颜色。其中包含以下两项：

（1）"背景色"是用来设置当前 Authorware 应用程序的"演示窗口"的背景颜色。单击其左边的色块，弹出如图 1.37 所示的"颜色"对话框。

在颜色列表中单击想要的颜色，再单击"确定"按钮。

单击"定制"按钮就会弹出如图 1.38 所示的添加自定义颜色对话框。

图1.37 "颜色"对话框

图1.38 添加自定义颜色对话框

在此对话框中可以选择所需要的各种颜色。在右边的颜色系列中指定一种颜色，也可以直接输入相应的数值，然后单击"添加到自定义颜色"按钮，再单击"确定"按钮即可添加新的颜色。

（2）"色彩浓度关键色"是用于在使用外部视频时设置其关键色，视频对象总是显示在屏幕的最前面，画面中的关键色部分将成为透明，从而露出视频下面显示的内容。

2. "大小"选项

"大小"选项用来指定"演示窗口"的大小。其中可设置的属性项有以下3类。

（1）选择项"根据变量"是设置"演示窗口"的大小为可调。选择该项后，就可以手动调整"演示窗口"的大小，如图1.39所示。和调整其他Windows应用程序的窗口大小一样，用鼠标拖曳"演示窗口"的边框就可以设置窗口的宽和高。

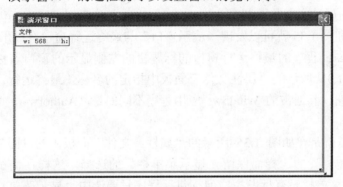

图1.39 调整"演示窗口"的大小

程序打包后，就以最后一次更改后的大小作为程序运行的"演示窗口"大小，这时就不能再拖曳窗口的边框来改变大小了。

（2）具体大小：可设置大小固定的"演示窗口"，共有10个固定的选项，如512×342、800×600、1024×768等。要注意的是，Mac代表苹果系列，它与Windows系统的屏幕尺寸有所不同。其中Mac指的是苹果机的屏幕，VGA指的是PC的屏幕。这里使用的单位是像素。第1个数字指定窗口的宽度，第2个数字指定窗口的高度。

（3）"使用全屏"是自动调整窗口大小，以覆盖整个屏幕。Authorware将不管用户的显示器设置为多少，而自动调整演示窗口至全屏。

如果选择这个选择项，打包时就会以打包计算机当前的屏幕大小来指定程序的窗口大小，因此如果用大屏幕制作作品，而播放时用较小的屏幕，屏幕上的元素可能被剪除。

3. 选项 "选项"

选项 "选项" 是设置 "演示窗口" 的相关选项。其中包含以下 7 个复选项。

（1）"显示标题栏" 是指定程序运行时是否显示标题栏。即选中此项时，则演示窗口上方显示标题栏；否则就不显示。

（2）"显示菜单栏" 是指定程序运行时是否显示菜单栏。

（3）"显示任务栏" 是指定是否显示任务栏。任务栏的默认选项永远出现在屏幕的最底端，但它也可以出现在上面。如果选择此项设置，任务栏将覆盖 Authorware 窗口的一部分。如果在 Windows 下的设置任务栏为自动隐藏，此选项将不能控制任务栏的可见性。要选中该项，"显示标题栏" 复选框必定处于选中状态。

（4）"覆盖菜单" 是指定标题栏是否重叠在菜单栏上。

（5）"屏幕居中" 是指定 "演示窗口" 在屏幕中是否居中。（若选中该项，即使移动了窗口的位置，下一次运行程序时也会自动居中。）

（6）"匹配窗口颜色" 是指定程序时是否匹配用户机器中系统的调色板。

（7）"标准外观" 是指定 "演示窗口" 是否为标准统一的外观。

1.4.3　"演示窗口" 与最终运行窗口的异同

Authorware 的 "演示窗口" 主要是用于进行程序编辑和演示程序的执行效果的，在 "演示窗口" 中看到的效果和打包后的程序运行效果是一样的，所不同的是最终程序运行的窗口和 "演示窗口" 的属性会有些不同。

比较图 1.34 和图 1.35 就可以发现 "演示窗口" 与最终运行窗口有以下不同点。

（1）Authorware 程序的最终运行窗口的标题栏的左侧显示的窗口名称不再是 "演示窗口" 而是在如图 1.36 所示的 "属性文件" 面板中指定的名称。最终运行窗口的标题栏的右侧变成了 3 个按钮，和通常的 Windows 应用程序不同的是，Authorware 应用程序的 "最大化" 按钮不可用。

（2）另外一点就是在如图 1.36 所示的 "属性：文件" 面板中的 "回放" 选项卡中，可以取消 "显示标题栏" 的选择而保留 "显示菜单栏" 的选择，这样在调试程序时可以看到 "演示窗口" 只有菜单栏没有标题栏，但打包后程序只要选中 "显示菜单栏" 后，标题栏就一定会出现。

1.5　控制面板

除了在前面介绍的 "演示窗口" 中可以对程序进行调试，Authorware 还为调试程序提供了一个更为有效的工具——控制面板。

使用菜单命令 "窗口" → "控制面板" 或单击工具栏上的 "控制面板" 按钮就可以显示控制面板，主要是用来控制程序的运行和调试。

1.6 使用帮助及学习资源

1.6.1 用好 ShowMe 示例

ShowMe 程序是 Macramedia 公司的 Authorware 工程师们开发的标准 Authorware 范例程序，用于展示 Authorware 的各个技术细节。Authorware 的 ShowMe 程序通常保存在 Authorware 的安装目录下的 "ShowMe" 目录中，如图 1.40 所示。

找到要查看的程序，双击它，就会自动用 Authorware 7.02 来打开，如图 1.41 所示。

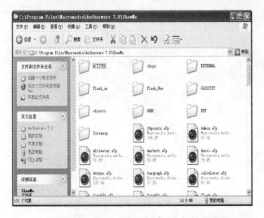 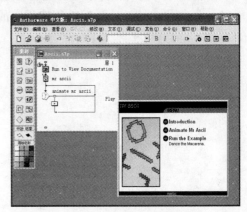

图 1.40　ShowMe 程序所在的位置　　　　图 1.41　ShowMe 程序

打开程序后，默认情况下，Authorware 会打开 "演示窗口" 运行程序。这时可以在 "演示窗口" 中单击 "Run the Example" 来查看实际的运行效果。

注：在使用 Authorware 编程时，如果在调试程序过程中，没有关闭 "演示窗口" 就直接关闭了 Authorware 的编程窗口，下次再打开这个程序时就会自动打开 "演示窗口"。

从图 1.40 ShowMe 程序所在的位置中的设计窗口中可以看到，Authorware 的 ShowMe 范例程序的设计非常规范，有两个共同的模块：其中用红色标的 "群组" 图标 "Run to View Documentation" 里面的内容是对这个范例所涉及的技术进行解释；其余的图标就是当前范例的程序结构。

Show Me 程序的设计非常巧妙，通用性也很强。如果你是初级用户，你可以直接把它们应用到自己的多媒体教学模块中；如果你是高级用户，你可以学习它的设计思路和程序结构以及使用到的技术。

1.6.2 参考资源

和其他应用科学一样，学习多媒体开发尤其需要与人交流。除了查看参考书和与朋友的交流，网络对于多媒体编程人员来说也是获得帮助的渠道。

在 "命令" 菜单中的 "在线资源" 子菜单中列出了与 Authorware 相关的许多站点，在 "汉化及教育站点" 也列出了国内与 Authorware 相关的一些站点。网站 http://www.yfshuma. com 也为 Authorware 爱好者提供了丰富的实例和教程。

除了在网站中查找相关信息，论坛也是网上交流的重要场所。宇风多媒体论坛（http://bbs.yfdmt.com）就一直为多媒体爱好者提供了交流的乐园，其中的 Authorware 版块更是包含了大量的问题解答和实例演示。5D 多媒体论坛（http://bbs.5d.cn/）中的 Aurhoware 版块也可以找到很多精彩的交流帖子。

习　　题

1. 简述 Macromedia Authorware 7.x 的新增功能。
2. 简述 Authorware 的特点。
3. Authorware 的主界面主要包含哪些元素？
4. 简述用 Authorware 7.02 创建程序的基本过程。

第 2 章 Authorware 的开发理念

Authorware 最突出的就是它的集成功能。Authorware 本身不能创建图像、不能制作复杂的动画、不能创建视频、不能创建声音，但它可以把多种多媒体对象，比如文本、图像、声音、动画、数字电影等，有机地组合在一起，形成一个整体，变成一个基于 Intranet 的训练课程、一个交互式信息平台、一本联机杂志、一个工业控制的计算机仿真过程等。这种集成的实现，来自 Authorware 易于理解的流程线组织方式和强大的交互设计能力。

2.1 Authorware 开发过程

为了更好地使用 Authorware 进行多媒体程序的开发，需要了解 Authorware 开发多媒体程序的具体过程。

传统的软件开发过程通常包括 5 个步骤：分析阶段、设计阶段、实现阶段、发布阶段、评估阶段。由于 Authorware 是基于流程线和图标进行编程的，这使 Authorware 开发多媒体程序的过程可以和传统的开发过程不一样，Authorware 本身可作为设计工具进行软件框架的设计，从而将设计过程与开发过程合二为一，更类似于软件开发中的原型化开发方法，因此一个 Authorware 作品的开发可以按以下 3 个步骤来完成：分析、制作样品、实施和评估。

2.1.1 从分析开始

一个产品的成功离不开以一个可靠的分析阶段为基础。一旦确认了需要做一个程序，就要开始做分析，以决定如何设计程序来满足最终用户的要求。这时要考虑程序的每一方面：问题的描述、需要完成的功能、谁是计划中的最终用户、要达到什么样的目标、最终用户可能使用的计算机的类型、以什么样的格式发布等。

（1）确定目标。分析阶段的第一步是解决"项目要完成什么"的问题。不论这个作品是交互式学习工具、课件，还是产品展示，都要对要给用户提供什么内容有一个清楚的设想。特别是对于教学课件，首先要明确教学内容，明确教学中的重点和难点，明确哪些内容用课件来展现相对于传统教学更有优势。例如，如果是化学实验，就可以使用计算机来展示操作步骤。

（2）确定最终用户。在分析阶段还要弄清楚谁将要使用这一作品。如果是制作课件，就要了解这个课件是教师用于课堂演示，还是学生自主使用；对于产品展示的作品，就是了解是给展览会的参观者使用还是给用户在家里使用。在开始时，可以从以下几个方面来对用户做研究：

心理——如果你想有效地展示作品的内容，了解用户的心理状态是很重要的。例如，如果是在展会上进行演示的内容，就不能是大段的文本介绍，因为在人多的环境，很难静下来仔细阅读。如果是提供给高中生或者是成人的课件，太多的动画反而会有副作用。

信息——要针对用户的需要，关键是提供适当的信息。例如，如果使用的用户是另一个国家的学生，界面上的按钮的名称就应该尽量使用对方的语言，或者给按钮添加适当的提示。

技术——最后，必须了解最终用户具备的技术水平是什么。例如，如果用户不熟悉计算机操作，就要尽量避免使用下拉菜单，减少键盘的操作。

（3）确定发送方式。进行分析的最后任务是确定使用交互程序的发送媒介。例如，是使用光盘来发送，还是使用互联网来发送；是需要用户安装的使用，还是可以直接运行程序，等等。

（4）其他需要了解的。如果是通过第三方提供产品给最终用户的，比如承包另一个公司的任务，或者由销售部门负责产品发行的，还需要了解这些客户的一些需求。

（5）确定时间框架和预算。根据前面了解到的情况，就可以对要开发的程序所需要的时间进行一个初步的规划，比如界面设计需要多少时间，素材准备需要多少时间，程序制作需要多少时间等，在此基础上就可以预估出相关的费用。

另外，有一点必须明白，并不是所有问题都能在开始开发之前得到解答。在很多情况下，开始设计后出现的问题要比开始设计前多。

2.1.2　制作原型

当 Authorware 成为开发工具后，就可以把传统的设计和开发阶段组合在一起了。使用 Authorware 工具，可以快速创建应用原型，使非程序员也能参加到开发中来，并能产生支持原型能真正转化为最终作品的结构。

（1）传统开发方式会出现的问题。传统开发手段常常会使设计阶段与开发阶段之间的沟通出现裂缝，设计阶段通常提供的是文字脚本，开发阶段设计的是可以运行的程序，这是两种不同的语言。和房屋设计图一样，尽管有设计者的经验以及他们描述出来的样子，但是这和实际建出的房子是不一样的。

另一个问题是最好的创意往往会在开始开发以后产生，就像一句古语说的："说时容易做时难"。在进行多媒体创作时更是经常出现这种情况，每当开发到一个阶段，在"演示窗口"中有了内容，设计者或者客户可能就会批评设计，或者拿出超越初衷的新点子。比如购买的家具往往要摆放在家中才看到不好摆，或者颜色不协调等，甚至有可能无法抬进门。

（2）Authorware 的解决方法。建房子时是这样，创建一个多媒体程序也是一样。很多销售房子的会在销售处提供一些模型来给购买者参观，很多家具城都提供了样板展示间。同样在软件开发的过程中，也可以建造这样的样品，称为原型。

在进行一个多媒体项目的制作时，首先应该将相关人员，如美工、程序员、文字编辑人员等组织起来，大家一起对项目进行讨论，研究整体框架和风格，然后制作出一个样品。Authorware 除了容易使用，其流程线结构也容易维护。利用这一优势，进行开发时，可采取从一个单独的模块做起的方法。

这个模块可能是从功能的角度入手，先实现需要的功能；也可能是先做好交互界面；也可能是其中的一章或一节。在开发原型的过程中，设计人员可以随时从演示窗口查看程序的运行效果，因此这样的样品就成为设计人员和开发人员的共同语言。Authorware 可以发布成多种形式，以便让最终用户或客户也参与进来。当最终用户或客户对开发工作有了反馈，或者产生了新的创意时，就可以花很少的力量来进行修改。

2.1.3　实施和评估

实施和评估过程是在分析原型的基础上进一步完善的过程循环，当有了一个有用的原型时，就可以进行最后的分析来确定该用什么媒体以及媒体的资源。通过对原型的分析，还可以确定一个更准确的时间框架和预算。

（1）编写脚本。根据原型的设计，编写出所有内容的脚本。

（2）素材准备。根据脚本文件的内容，收集相关素材，例如，整理文本、扫描图片、创作图像、制作片头等。

（3）程序制作。根据创作构思和讨论的表现风格，先从分析与在原型设计的基础上构建程序框架，并且在 Authorware 中集成所有的素材，完成项目文件。

（4）打包程序。把程序发布成可执行程序，可以在最终用户的机器中使用。

（5）测试。当项目文件创作完成之后，在分发作品之前需要进行测试工作，查看程序中是否存在缺陷。这里的测试主要由测试人员或者用户来进行应用测试。

（6）评估。主要是评估所完成的程序是否已经按照预想的方式工作了。也就是和设计需求进行对比，看是否吻合，如果不吻合，则需要进行修正。错误发生越早，修正花费的代价就越小，因此 Authorware 的原型化开发思想可以尽可能早地发现设计阶段的错误，以避免带入实现阶段。

经过多次这样的循环迭代，原型逐步得到完善和丰富，最终成为成品。

上面所提到进行多媒体创作的步骤，适合于多人组成的开发小组共同开发。这些步骤可以同步进行，也就是按模块对整个程序进行划分，一个模块一个模块地实现，每个模块都依照上面的步骤来完成。

如果是个人用户使用 Authorware 开发多媒体作品，那么编写脚本、收集素材以及完成程序就由同一个人来做。

2.2　与相关软件协同工作

在多媒体程序中可以使用的信息有文本、图形、图像、动画、音频和视频等，这些信息通常称为多媒体素材。在制作程序前，需要收集与程序相关的各种素材，需要处理界面元素。这些素材有的可以直接找到，有的可能需要处理，有的可能要重新制作。通过各种素材编辑软件的配合，可以使 Authorware 创建更丰富多彩的多媒体程序。

2.2.1　图形图像处理软件

图像素材是多媒体程序中最重要的媒体形式，也是用户最易感知和接受的表达方式，一幅图像可以形象、生动、直观地表现出大量的信息，它是分析教学内容，解释概念及现象最常使用的媒体形式。

1. 图片处理

从大量的专业图库和网上图像可以直接获取可用的图形，比如工程图、数字照片等；也可以利用专业的图形处理软件设计或修改需要的图形。多媒体作品中图像数据的获取方法主要有以下几种。

（1）使用扫描仪扫入图像。通过扫描仪可将各种照片、美术品生成单色、灰度或彩色的多种格式的图像文件，并可利用多种图像处理软件对图像文件进行修饰和编辑。若已有图片，扫描就是获取图像最简单的方法。

（2）利用绘图软件创建图像。绘图软件往往具有多种功能，除了绘图以外，还可用来对扫描的图形进行修改等，著名的软件有 Photoshop、Illustrator、CorelDraw、Fireworks、FreeHand 等。

（3）从商品图像库中获取。目前图像数据库很多，其内容广泛，质量精美，存储在 CD-ROM 光盘上可供选择，只是价格不菲，著名的有柯达公司的 Photo CD 素材库。

（4）使用摄像机捕捉。通过帧捕捉卡，可以利用摄像机实现单帧捕捉，并保存为数字图像。

（5）数码相机。数码相机是一种用数字图像形式存储照片的照相机，它可以将所拍的照片以图文件的形式存储在磁盘中，拍摄张数视相机的芯片存储空间而定。

2．按钮制作

在多媒体作品中使用的按钮通常有以下几种来源。

● 专门的按钮制作软件，比如 CompactDraw 等。

● 使用图形处理软件制作，比如 Adobe Photoshop。

● 从素材库中获取。

在多媒体产品中，经常可以看到很多不规则按钮，而且这些按钮与界面紧密地结合在一起。实际上在 Authorware 中使用的按钮图片只能是方形的，要使用不规则按钮，就需要在不规则按钮周围填充白色，然后在多媒体制作软件中将白色去掉，但当白色部分有过渡效果时，白色就不能去除完全，经常会出现锯齿性边缘。

实际上，利用 Photoshop 提供的裁剪工具可以非常方便地制作出与界面紧密结合的不规则按钮。具体的步骤如下（这里以 Adobe PhotoShop CS3 中文版为例，对其他版本的 Photoshop 操作也类似）：

（1）启动 Photoshop，打开带有按钮的界面图像。为了可以设计按钮的效果变化，最好把按钮图放在一个单独的层中。

（2）选择"矩形选框工具"，在图中选取按钮部分，如图 2.1 所示。

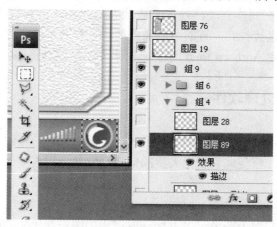

图 2.1　裁切图形的画面

（3）选择好后，复制选择的部分。选择菜单命令"编辑"→"合并拷贝"，这样就把选区中的所有内容都复制到剪贴板中了。

（4）新建一个文件。选择菜单命令"文件"→"新建"，这时在弹出的"新建"对话框中会自动以前面复制部分的大小来指定新文件的大小。

（5）粘贴内容。选择菜单命令"编辑"→"粘贴"，把复制的内容粘贴到新的文件中。

（6）保存文件。将当前图形保存为一个 JPG 格式或者是 BMP 格式的图形。

为了保留选区的位置，可以选择菜单命令"选择"→"存储选区"，把选区保存为通道。下次再打开文件就可以使用这个选区了。

3．图像格式转换

Authorware 支持常见的大部分图像格式，对于不同的目的和用途可以选择不同的图像格式。Authorware 7.02 可以支持以下几种图像格式：BMP、EMF（Extended Metafile）、GIF、JPEG、xRes LRG、PICT、PNG（Portable Network Graphics）、PSD（Photoshop）、TIFF、Targa（Truevision Targa）、WMF（Windows Metafile）。

如果不是这些格式的图像，就可以使用图像处理软件来转换。可以使用 Photoshop 等专业图像软件来处理，比如用 Photoshop 打开要转换的图像，再另存为 Authorware 7.02 支持的图像格式。也可以用一些简易的图像查看软件来处理，比如 Acdsee 就是一个很好的图像转换软件，还可以进行批量转换。

Acdsee 本身是一个非常优秀的图像查看软件，可以查看多种格式的图形图像文件，它所带的图像转换功能也非常好用，可以把图像转换为各种格式。这里以 Acdsee 9 为例来介绍转换图像的步骤。

（1）启动 Acdsee，可以看到 Acdsee 的使用界面类似于 Windows 的资源管理器，在文件夹树形列表中找到要转换的图像所在的文件夹，然后在中间的图像文件列表中单击要转换的图像，如图 2.2 所示。

按住 Ctrl 键，再依次单击图像文件，可以同时选中多个文件。按住 Shift 键，再依次单击起始和结尾的两个文件，就可以选中它们之间的所有文件。

（2）开始转换。选择菜单命令"工具"→"转换文件格式"，这时会弹出"转换文件格式"对话框，在"格式"选项卡中的格式列表中单击要转换成的格式，如图 2.3 所示。

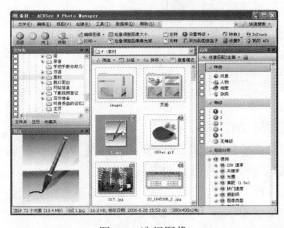
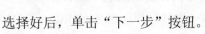

图 2.2　选择图像

图 2.3　选择转换成的格式

选择好后，单击"下一步"按钮。

（3）设置保存位置。在新出现的对话框中可以指定转换后的文件的保存位置，默认是和原图在同一位置。通常不用设置，单击"下一步"按钮。

（4）设置多页格式。在新出现的对话框中可以对由多页组成的图像进行设定。根据需要进行设置。

设置好后，单击"开始转换"按钮就可以完成转换过程。

2.2.2 音频、视频编辑软件

多媒体程序中的音频信息主要有 3 大类型：语音、音效和配乐。通常这 3 种声音互配合，产生富有立体感的听觉效果，使画面内容或主题思想得到烘托和渲染。数字电影是在计算机上捕获、存储、传送和显示一组快速、连续的数字图像的结果。通过使用数字电影，在多媒体程序中提供了一种传送真实世界事件的图像与声音以及动画的优秀方法，从而增加了用户的印象。

1．音频处理

音效和配乐大部分可以从专业音频库中去找，语音就需要人工录制了。

（1）录制声音。要录制效果好的语音，可以去专业的录音公司。如果只是在课件中使用，也可以在计算机上直接录音。启动附件中的"录音机"或其他录音软件（比如"Total Recorder"等），就可以录制声音。以下是录音的基本步骤。

① 在机箱后面的声卡 MIC 插孔中插入话筒，打开话筒开关。

② 通过 Windows 的"开始菜单"→"所有程序"→"附件"→"娱乐"→"录音机"，启动录音机程序，如图 2.4 所示。

图 2.4　录音机程序

③ 单击录音按钮就可以开始录音，此时，声波窗口中出现声音波形。

④ 按停止按钮，结束录音。

⑤ 选择菜单命令"文件"→"保存"，保存所录的文件。

录音时，声波窗口右侧记录了当前录制声音文件的时间长度。要注意的是 Windows 的录音机程序每次只能录制 1min 的声音，但可以在原来的声音后面继续录制。

（2）声音编辑。如果录制的声音和找来的声音不合适，就需要使用音频编辑软件进行处理，专业的声音编辑软件有 Sound Forge、Adobe Audition、Gold wave 等。

（3）转换声音。在 Authorware 7.02 中可以直接使用的声音格式有 AIF、PCM、SWA、VOX、WAV 和 MP3，对于常用的声音格式，比如 WAV、MP3 等，在 Authorware 7.02 中有

很多方法进行控制，但对于 RM 格式的声音文件，控制起来就比较麻烦。可以使用 RM to MP3 Converter 这样的工具把 RM 格式的声音转换为 MP3 格式的声音。RM to MP3 Converter 的操作比较简单，这里以 Boilsoft RM to MP3 Converter 1.21 汉化版为例，介绍转换步骤。

① 打开 RM to MP3 Converter 程序窗口，如图 2.5 所示。

② 单击"添加"按钮，这时会弹出一个"打开"对话框来添加文件，每次只能添加一个文件，添加的文件会出现在 RM to MP3 Converter 程序窗口中的列表中。多次重复这个操作，可以添加多个文件，如图 2.6 所示。

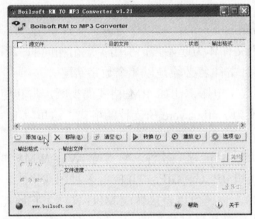

图 2.5　RM to MP3 Converter 程序窗口　　　图 2.6　添加多个文件后的窗口

③ 如果添加了不需要转换的文件，可以在列表中单击这个文件，再单击"移除"按钮。单击"清空"按钮会清除列表中所有文件。

在选项"输出文件"下面列出的是所选文件的输入位置，默认是和原文件同一目录。在选项"输出格式"下面可以指定转换后的文件的格式。这些设置可以对每个文件单独设置。

④ 设置好后，单击"转换"按钮，RM to MP3 Converter 程序就会把列表中的文件转换成 WAV 或 MP3 文件。

2．视频编辑

通过各种方法得到的活动数字视频影像的播放效果不一定能满足应用的要求，可以利用视频编辑软件工具对其进行编辑，也就是通常所说的非线性编辑。使用比较广泛的编辑软件有 Adobe Premiere、After Effects、Combustion、Vegas，这些软件的功能强大，一般能满足各种需要，且能为被编辑的素材增加各种效果。这些都是比较专业的软件，也有很多视频处理的小软件，掌握它们对多媒体创作会有很好的帮助。

（1）Authorware 7.02 支持的电影格式。Authorware 7.02 可以直接调用的数字电影有以下几种类型。

.DIR（Macromedia Director Movie）：在 Macromedia Director 中制作的电影文件，只能外部引用。若在 Authorware 7.0 中使用了 DIR 文件，必须有以下文件：A7dir32.xmo，以及 Authorware 根目录下的 director 子目录。

.AVI（Video For Windows）：只能外部引用。若调用了 AVI 文件，必须有以下文件：A7vfw32.xmo，同时还要确保用户的机器上安装了可以播放 AVI 文件的播放器（如 Microsoft Media Player 等）。

.MOV（Apple QuickTime）：只能外部引用。若调用了 MOV 文件，必须有以下文件：

A7qt32.xmo，同时还要确保用户的机器上安装了可以播放 MOV 文件的播放器（如 QuickTime for Windows 等）。

.MPG（MPEG 压缩文件）：只能外部引用。若调用了 MPG 文件，必须有以下文件：A7mpeg32.xmo，同时还要确保用户的机器上安装了可以播放 MPG 文件的播放器（如 Microsoft Media Player 等）。

.WMV 或.ASF（Windows Media Player 视频文件）：只能外部引用。若调用了 MPG 文件，必须有以下文件：a7wmp32，同时还要确保用户的机器上安装了可以播放 WMV 或 ASF 文件的播放器（如 Microsoft Media Player 等）。

.FLC 或.FLI（Autodesk Animator/ Autodesk Animator pro）：可以作为内部文件引用。

.BMP（Bitmap Sequence）：可以通过选择一个文件作为起始帧，引用扩展名相同的一系列 BMP 文件，从而形成动画（只支持 256 色，而且文件名必须是以 4 个数字结尾）。

（2）视频转换。对于 Authorware 不能支持的数字电影，比如 RM 格式的视频，与其想尽办法在 Authorware 中进行播放，不如把它们转换为 Authorware 所支持的格式。这里以 EO Video 1.36 汉化版为例来介绍 RM 视频的转换。

EO Video 是一款集播放、剪辑、转换于一身的多功能视频软件。它支持 AVI、WMV、MPG、MOV、WAV、RM、RA 等多种多媒体格式和 JPEG、GIF、TIFF 等多种图像格式。可以很方便地转换 RM 文件，支持 AVI 的编码选择，你还可以直接转成 MPG 文件，它还能转换其他的视频格式（如 ASF 文件），转换的速度非常快，转换后图像、音频的质量与原来相比没有任何下降。下面是使用该软件转换 RM 文件的步骤。

① 运行 Eo video，其操作窗口如图 2.7 所示。在 EO Video 的程序的左下角是 4 个标签，可以选择当前的操作界面。

② 当前是"浏览器"选项卡。这时窗口分为左、中、右 3 个部分，左侧是类似于资源管理器一样的目录树，在这找到将要转换的文件所在的文件夹；中间则显示出所选文件夹中有多少可以被软件识别的视频文件；可以将中间的文件列表中要转换的文件拖曳到最右侧的列表中，如图 2.7 所示。

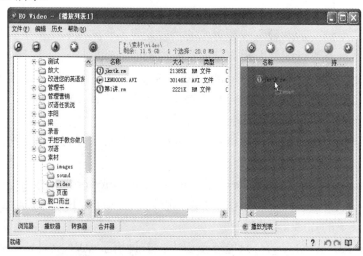

图 2.7　操作窗口

如果要转换多个文件，可以拖曳多个文件过去。

③ 在操作窗口的左下角单击"转换器"标签打开"转换器"选项卡，如图 2.8 所示，

在"输出格式"中有 AVI、MPEG、WAV 格式可以选择，为了节约空间，常选择 MPG 格式。可以在选项"压缩"中选择 3 种不同的 MPG 类型，即 MPEG1、VCD（MPEG1）、SVCD（MPEG2）。

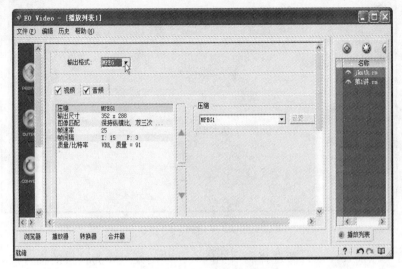

图 2.8　转换目标格式

④ 在图 2.8 中设置完毕后，在窗口左侧单击"OUTPUT"按钮打开如图 2.9 所示的输出位置的设置窗口，这一步的主要工作就是为将要生成的文件确定一个存放的路径和文件名。

最上面的选项是设置要转换的文件是分别转换还是合并成一个文件，这里通常选择"转换播放列表的每个项目为不同输出文件"。在选项"目标文件夹"下面是指定转换后的文件要保存的位置，单击"浏览"按钮，弹出"选择文件夹或文件"对话框，在这个对话框中可以选择保存的位置。在选项"输出文件名称"下面可以指定轮换后的文件名的格式，单击选中"与源文件相同"复选框，使输出的文件名和源文件的文件名相同。

⑤ 在图 2.9 设置好后，单击窗口左边的"Convert"按钮，打开如图 2.10 所示的转换窗口。单击"Start"按钮就可以开始转换了。

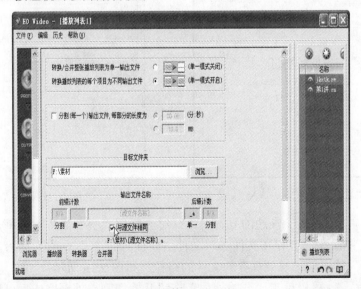

图 2.9　输出位置的设置窗口

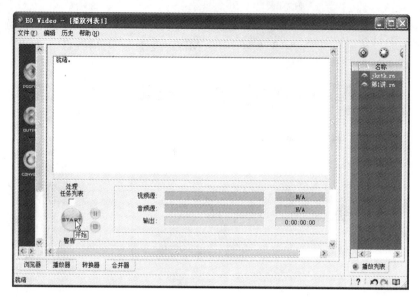

图 2.10　开始转换的窗口

不过，有一点需要注意：要选择剩余空间大一些的硬盘作为转换的临时空间。

（3）视频切割。有时可能只需要视频的一部分，这时就可以使用视频切割工具。比如"微风 WMV，ASF 流媒体工具包"，就可以切割 Microsoft 的视频格式 wmv 和 asf 这两种流媒体。

① 启动"微风 WMV，ASF 切割、索引工具 2.0"，其操作窗口如图 2.11 所示。在切割文件之前，首先要使用 Windows Media Player 播放器查看视频文件，记下要保留的位置，精确到秒。

② 单击"浏览"按钮，在弹出的"打开"对话框中找到要切割的文件，这时在"源文件"后面会出现所选择的文件。在选项"开始（秒）"和"结束（秒）"后面的文本框中可以指定要保留的视频的开始和结束的位置，如图 2.12 所示。

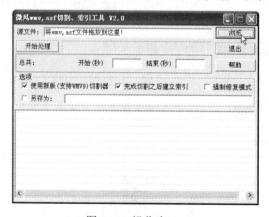

图 2.11　操作窗口

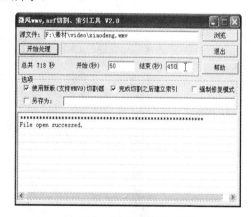

图 2.12　设置视频位置

③ 单击选项"另存为"左边的复选框，这时会弹出"另存为"对话框，在这里可以指定切割出来的文件保存的位置和文件名，文件名要注意带上".wmv"后缀。设置好后就会在选项"另存为"的右边出现要保存的文件的路径，如图 2.13 所示。

④ 设置好后，就可以单击"开始处理"按钮开始切割，处理完成后可以在下面的文本

框中看到处理成功的信息提示。

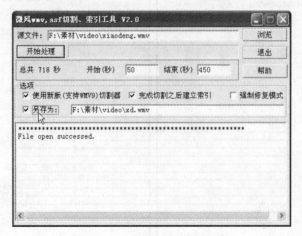

图 2.13　指定文件保存位置

2.2.3　Flash 及其他动画制作软件

Flash 是 Adobe（Macromedia）公司推出的矢量动画编辑工具。由 Flash 制作的 Flash 动画（*.swf）是动感强烈、文件量非常小、流式传输和播放的动画，网络下载播放速度快，图像质量高，可以实现无限放大而不会影响图像质量，同时，它还具有交互动画的功能。正是由于这些特点，Flash 动画正成为网页动画制作的主流。通过使用 Macromedia Flash Asset Xtra，可以将 Flash 动画像普通类型的媒体文件一样导入到 Authorware 应用程序中。

1. Flash 的发布

能导入 Authorware 7.02 内部的 Flash 的版本是 Flash MX 2004 以下所创建的 swf，如果是更高版本的 Flash，在发布时就要修改发布设置。这里以 Adobe Flash CS3 为例来说明发布的步骤。

（1）启动 Adobe Flash CS3，打开要发布的文件。

（2）选择菜单命令"文件"→"发布设置"，这时会弹出如图 2.14 所示的"发布设置"对话框。

（3）单击"Flash"标签切换到"Flash"选项卡，单击"版本"右边的下拉列表框，在打开的下拉列表中单击"Flash Player 7"或者"Flash Player 6"，如图 2.15 所示的对话框。其他设置可以使用默认设置。

（4）设置好后，单击"发布"按钮就可以将 Flash 源文件发布为 Authorware 所支持的文件。

2. 其他动画工具

如果不想使用 Flash 来制作动画，还有很多小工具可以生成 swf 动画，SWiSHmax 就是其中之一。

SWiSH 是一个快速、简单的可以制作 Flash 动画的工具，只要单击几下鼠标，就可以加入令人注目的酷炫动画效果。它可以创造形状、文字、按钮以及移动路径。也可以选择内建的超过 150 种诸如爆炸、漩涡、3D 旋转以及波浪等预设的动画效果。这里以 SwiSHmax 3.0 汉化版为例介绍这个工具创建一个文字动画的过程。

图 2.14 "发布设置"对话框　　　　　　　　图 2.15 设置发布格式

（1）启动 SwiSHmax 3.0 以后，默认会出现一个"你想要做什么？"的对话框，可以单击"开始新建一个空影片"按钮进入制作窗口，如图 2.16 所示。

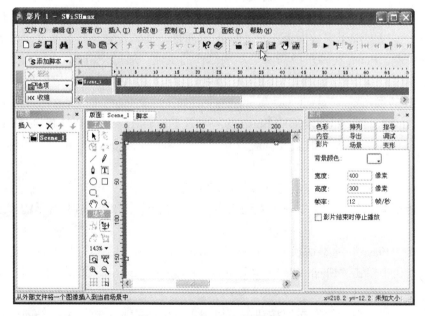

图 2.16 SwiSHmax 操作窗口

（2）设置影片大小。在右边的影片设置窗口中可以看到，当前显示的是"影片"选项卡，在这里可以设置动画的播放窗口的大小和速度。可以根据需要进行修改，这里使用默认值。

（3）插入文本。在左边的工具栏中单击"文本"工具，在中间的影片中单击，这时会在影片中间出现"文本"两个字，在右边的影片设置窗口中已经切换到了"文本"选项卡，如图 2.17 所示。

（4）修改文本属性。在"文本"选项卡中可以修改文本的内容，还可以修改字体、字号、粗细等文本属性，如图 2.18 所示。

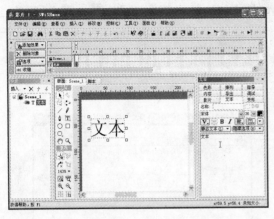

图 2.17　插入文本

图 2.18　修改文本属性

在窗口右边单击"色彩"标签打开"色彩"选项卡，可以设置文本的颜色的透明度等；单击"变形"标签打开"变形"选项卡，可以设置文本的变形效果；根据需要进行设置。

（5）添加动画效果。选择菜单命令"插入"→"效果"→"核心效果"→"爆炸"，就可以给文本添加爆炸效果，当然也可以添加其他效果。

（6）发布动画。选择菜单命令"文件"→"导出"→"swf"，这时会弹出一个"导出为swf"对话框，在这个对话框中可以指定生成的动画要保存的位置和文件名。

2.2.4　PowerPoint 及第三方开发工具

PowerPoint 是 Microsoft 公司的集成办公软件 Office 中的一个模块。它是一个很好的教学、演讲和广告宣传等演示文稿的制作工具，它能方便地将文字、图形、图表、声音、动画和视频等多媒体信息构成生动形象的电子演示文稿，通过计算机屏幕或液晶投影仪播放出来，并且还可以通过网络在 Internet 上发布。

1．在 Authorware 中导入 PowerPoint 文档

Authorware 可以直接把 PowerPoint 文档导入到 Authorware 程序内部，成为程序的一部分。不过 Authorware 7.02 只支持 PowerPoint 2003 以下的版本。导入的步骤如下：

（1）首先可以查看要导入的 PPT 文档的效果，如图 2.19 所示。

图 2.19　在 PowerPoint 中打开文档

（2）打开导入对话框。启动 Authorware 7.02 后，选择菜单命令"命令"→"转换工具"→"Microsoft PowerPoint"→"Authorware XML"，弹出如图 2.20 所示的"Covert PowerPoint to Authorware XML"对话框。

（3）选择文件。单击"PowerPoint File"下方的输入框右边的浏览文件按钮，在弹出的"打开"对话框中找到要转换的 PPT 文档。选择好后，在"Covert PowerPoint to Authorware XML"对话框中就可以看到所选择的文件的路径，如图 2.21 所示。

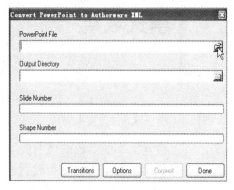

图 2.20　转换对话框

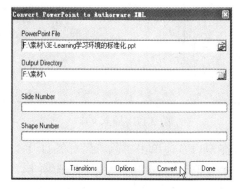

图 2.21　选择文件

（4）开始转换。选择好文件后，单击"Convert"按钮开始转换，在对话框中可以看到转换进度。转换完成后就可以在设计窗口的流程线上看到转换过来的图标，如图 2.22 所示。

（5）关闭对话框。转换完后，单击"Done"按钮关闭对话框。

（6）运行程序查看效果。选择菜单命令"调试"→"重新开始"，就可以在演示窗口看到导入后的运行效果，如图 2.23 所示。

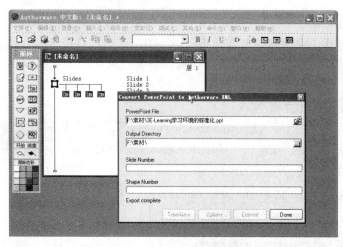

图 2.22　转换后的设计窗口

图 2.23　运行效果

2. 与其他开发工具配合

Authorware 提供了内部函数 JumpOut 和 JumpOutReturn 来调用其他开发工具生成的可执行程序。

2.3 基本操作

前面对 Authorware 做了基本介绍，下面用简单的例子来介绍 Authorware 7.0 的操作方法。

2.3.1 文件操作

在 Authorware 中一个程序对应于一个 Authorware 源文件，但一个程序可以有多个库文件。库文件包含的是在程序中经常会复重使用的图标，起到了复用素材媒体的作用，如在整个项目中只需要一份图片的复制，而在程序的流程线上可以多次链接使用包含这个媒体的图标，减小了整个项目的容量。

1. 新建一个 Authorware 文件

当启动 Authorware 7.02 时，选择菜单命令"文件"→"新建"→"文件"，会出现一个"新建"对话框。选择菜单命令"文件"→"新建"→"库"或者按组合键 Ctrl＋Alt＋N，就可以为当前源文件创建一个库文件，如图 2.24 所示。

向库文件中加入复用图标的方法很简单，只要从图标面板或流程线上直接将相应的图标拖进库文件窗口即可。要编辑库中的图标，直接双击库文件窗口中的图标打开"演示窗口"即可；要使用图标，则直接用鼠标将其从库文件窗口拖曳到流程线上，Authorware 会自动建立流程线上图标到库的链接。流程线上链接到库中的图标是不能直接编辑内容的（但可以改变内容在"演示窗口"中的位置等简单属性），要修改库文件的内容，就要在库文件窗口中打开图标的"演示窗口"，一旦在库文件中修改了图标的内容，所有链接的图标都会自动更新。

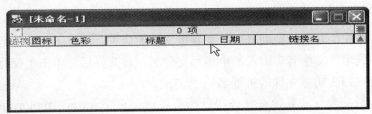

图 2.24　新建库文件

2. 组建和编辑流程线的基本操作

Authorware 的编程特别简单，只要将图标面板上的图标拖至流程线上，控制好相应的程序流向，然后设置好图标属性的各个选项，Authorware 的作品也就完成了。实际上，编制任何一个程序，都不可能一蹴而就，这就需要编辑流程线了。

3. 保存文件

在编制程序时应经常保存文件，以免自己的创作成果因计算机故障而消失得无影无踪。在"文件"菜单下有 4 种保存方式，它们分别是"保存"、"另存为"、"压缩保存"和"全部保存"。

（1）保存新文件。当新建一个文件后，尽量先保存文件，然后再把相关素材复制到源文件所在的目录或者子目录下面。下面是保存新文件的步骤。

① 选择菜单命令"文件"→"保存"或者"文件"→"保存全部"，或者按组合键Ctrl＋S，或者单击工具栏上的"保存"按钮。

② 如果新建了一个库文件，首先会弹出保存库文件的对话框，如图2.25所示。

库文件要尽量保存在和源文件同一目录或其子目录里。在如图 2.25 所示的对话框中的"保存在"后面的下拉列表框中可以切换到要保存的目录所在的盘符，然后再在文件列表框中切换到要保存的目录，这是 Windows 资源管理器的基本操作。设置好路径后，在选项"文件名"后面输入要保存的库的文件名。设置好后，单击"保存"按钮关闭对话框。库文件的扩展名为".a7l"。

如果还有新建的库文件，就会继续弹出保存库文件的对话框。类似前面的操作同样进行。

③ 保存完所有的库文件之后，会弹出"保存文件为"对话框，如图2.26所示。

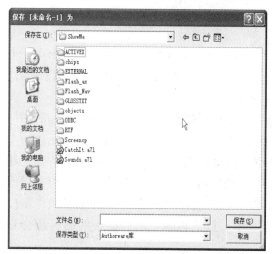

图 2.25　保存库文件的对话框

图 2.26　"保存文件为"对话框

在选项"保存在"右边下拉列表中选择存放文件的盘符，再在下面文件列表框中找到保存位置，然后在选项"文件名"输入框中填写文件名。设置好后，单击"保存"按钮关闭对话框。Authorware 7.02 的源文件的扩展名是".a7p"。

提示： 如果新建文件没有保存就关闭程序或退出 Authorware，Authorware 会弹出一个保存提示框，单击"是"按钮，Authorware 也会弹出保存库文件或源文件的对话框，然后用上面的方法也能保存文件。

（2）更新旧文件。当一个已存在的文件更改之后，要重新保存，可单击工具栏上的"保存"按钮，或者选择菜单命令"文件"→"保存"，这样，原来的文件就会被修改后的文件所覆盖。

（3）备份文件。如果要修改程序但又不想修改原来的文件，就可以选择菜单命令"文件"→"另存为"，这时首先会弹出一个提示框。这个提示框的意思是在备份文件时，原来的文件的发布设置不会备份，而且新文件与原文件都使用同一份发布设置，如果想再看到这个提示，可以单击"是"按钮，否则就单击"否"按钮。

关闭提示框之后，Authorware 会弹出如图 2.26 所示的对话框，另选一个目录或文件名，单击"保存"按钮，完成备份。

如果一个源文件引用了库文件中的内容，对源文件的备份不包括库文件。要备份库文件，就可以切换库文件的窗口，再选择菜单命令"文件"→"另存为"。

（4）压缩保存。如果文件编辑次数过多，文件中就会包含很多的编辑信息，为了便于转移，可选择菜单命令"文件"→"压缩保存"，Authorware 就会弹出如图 2.25 所示的对话框，另取一个文件名后，单击"保存"按钮，即产生压缩了的文件。这样保存可以去掉 Authorware 在编辑时所产生的无用信息。

4．打开文件

选择菜单命令"文件"→"打开"→"文件"，在选项"查找范围"中选择要打开的文件所在的位置，在文件列表中单击要打开的文件，再单击"打开"按钮，就可以在 Authorware 程序窗口中看到所选文件的流程设计窗口。

如果要打开库文件，选择菜单命令"文件"→"打开"→"库"，在弹出的"打开库"对话框中可以选择要打开的库文件。

Authorware 7.02 可以处理 Authorware 6.0 或 Authorware 6.5 编辑的源程序，同样选择菜单命令"文件"→"打开"→"文件"，在弹出的对话框中找到要打开的 a6p 文件，所不同的是，这时单击"打开"按钮后，会弹出如图 2.25 所示的保存库文件对话框，要求把 Authorware 6.x 的文件保存为 Authorware 7.02 格式的文件。

2.3.2　图标操作

编程 Authorware 应用程序的过程，就是在流程线上编辑图标的过程。要学会使用 Authorware 编程，就要了解图标的相关操作。

1．添加图标

往流程线上添加图标有很多方法，最简单的方法就是从图标面板中拖曳相应的图标到流程线上的适当位置。这时，图标就被放置到流程线上了，或者在流程线上单击要插入图标的位置，将粘贴指针移到这里，再选择菜单命令"插入"→"图标"，然后在子菜单中单击要插入的图标对应的命令。如果使用了库，还可以从库文件窗口中拖动库中的图标到流程线上实现素材的复用。

直接插入到流程线上的显示图标、交互图标、移动图标、擦除图标、视频和声音图标是没有内容或主要属性设置的，会显示为灰色，可双击图标进入"演示窗口"添加媒体内容或进入属性面板设置其属性。

从库中拖曳出来的图标因为是对库内图标的链接，所以图标名字以斜体显示。

Authorware 还可以从外部拖曳素材（如多格式的文字、图片、声音、视频等），并自动生成相应的图标。具体方法是：先将 Authorware 窗口缩小，打开 Windows 资源管理器，找到存放素材的文件夹，将所需的文件拖到 Authorware 流程线上，就会产生相应的图标及内容，如图 2.27 所示。可以拖曳一个文件，也可以同时拖曳多个文件。

还可以使用工具栏上的"导入"按钮来直接导入文本、声音或者视频等文件。在要插入图标的位置单击，把粘贴指针移到这里，再在工具栏上单击"导入"按钮，或者选择菜单命令"文件"→"导入和导出"→"导入媒体"，这时会弹出如图 2.28 所示的"导入哪个文件？"对话框，找到要导入的文件，单击"导入"按钮关闭对话框，在流程线上就会自动生成可存放该对象的图标，图标名和导入的文件名相同。

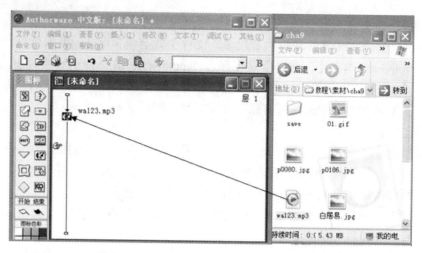

图 2.27　将外部文件拖入 Authorware 流程线

2．图标的选择

（1）选择单个图标。在要选择的图标或图标名上单击，这时图标颜色反白显示，图标的名字部分也变成蓝底白字突出显示，这就表示这一个图标已被选中，如图 2.29 所示。单击流程窗口的空白处就可以取消选择。

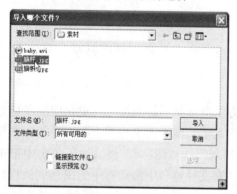

图 2.28　"导入哪个文件？"对话框

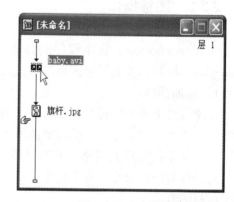

图 2.29　选中单个图标

（2）选择多个图标。首先单击要选择的第 1 个图标，再按住 Shift 键不放，依次单击要选择的图标；这时要取消其中某个选中的图标，也是按住 Shift 键不放，单击可取消选中的图标。

如果选择相邻的几个图标，还可以使用框选法，即移动鼠标到要选择的几个图标的左上方（或右下方），按下左键，拖曳鼠标到要选择的几个图标的右下方（或左上方），如图 2.30 所示。拖曳过程中，会出现一个虚线方框，框住的图标即是选中的图标。

3．给图标命名

通常情况下，图标的名字只是作为标识的（Authorware 内部通过唯一的数字来标识每一个图标），对程序的运行没有影响，但为了使程序结构比较容易理解，最好给每个图标起一个有意义的名字。

给图标命名的方法是：选中这个图标，如果要设置一个新的名字，就直接输入中文或英文名称；如果要在原来的名字的基础上进行修改，就再在图标的名字上单击，这时图标名字又变为正常显示，并且在名字处出现一个光标，在光标处就可以增加或删除字符了；这时如果不选中字符，就只有使用 BackSpace（退格）键来删除字符，而不能使用 Delete 键；要使用 Delete 键，就要选中要删除的字符。另外，由于对中文环境的兼容性，有时在中文输入法状态无法直接输入数字符号（这个问题尤其出现在计算图标的代码窗口中），只要切换至英文输入状态即可。

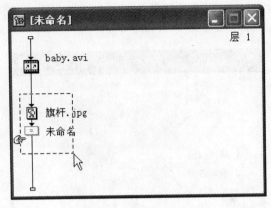

图 2.30　框选多个图标

如果有多个人参与程序的开发，就要尽量给每个图标起一个含义清楚的名字来描述它的功能。特别是比较大的项目，命名原则就更有价值。在开发之前，可以先约定一个命名原则，例如，尽量以图标的内容或功能来给图标起名，另外，同一个程序中的每个图标都有一个单独的名字。

绝大多数情况下，给图标取什么名字对 Authorware 程序的功能没有影响，但有时也会对图标名产生影响，例如，后面介绍的文本输入响应，图标名就是要输入的内容。当图标名影响功能时，就无法直接使用图标名来描述功能了。针对这种情况，Authorware 还提供了给图标名加注释的方法，也就是在要注释的图标名前面添加两个连字号（--），例如，"背景--给程序添加背景"，在"--"后面的内容就是图标名的注释部分，不影响图标名的使用。

4．图标的删除

要删除流程线上的图标，可以选中要删除的一个或多个图标，然后按 Delete 键或者选择菜单命令"编辑"→"清除"。

提示：按组合键 Ctrl＋X 或者选择菜单命令"编辑"→"剪切"或者单击工具栏上的"剪切"按钮，也能删除图标，但实际此时图标被剪切到 Windows 操作系统的剪贴板中。

5．图标的复制粘贴

对流程线上的图标进行复制，即是将图标（可以是多个图标，并包括图标中的全部内容）复制到剪贴板中，再粘贴到流程线的其他位置。操作方法如下。

（1）在流程线上选中要复制的图标。

（2）单击工具栏上的"复制"按钮或者选择菜单命令"编辑"→"复制"或者按组合键 Ctrl＋C。

（3）在需要粘贴的位置单击，把粘贴指针移到这里。

（4）单击常用工具栏上的"粘贴"按钮或者选择菜单命令"编辑"→"粘贴"或者按组合键 Ctrl＋V，要复制的图标就会出现在粘贴指针位置上。

提示：可以将复制到剪贴板中的图标及所包含的素材粘贴到另外一个程序的流程线上，方法是同时打开两个 Authorware 程序，然后按上述步骤操作。

6. 图标的移动

移动图标的步骤和复制图标的步骤基本上是一样的，所不同的就是在第（2）步，移动图标的第（2）步是单击常用工具栏上的"剪切"按钮或者选择菜单命令"编辑"→"剪切"或者按组合键 Ctrl＋X。

如果是移动单个图标，也可以在流程线上将其拖曳到合适位置，如图 2.31 所示。拖曳过程中，鼠标指针被隐藏了。

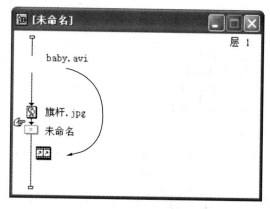

图 2.31　移动单个图标

7. 编辑图标的属性

每个图标都有自己的属性，例如，通过设置"显示"图标的"层"属性可以控制显示对象出现的层数。Authorware 7.02 把图标的属性都统一以属性面板的方式出现，打开某个图标的属性面板的方法有：

选中要修改的图标，再选择菜单命令"修改"→"图标"→"属性"或者按组合键 Ctrl＋I。

按住 Ctrl 键不放，然后在流程线上双击要修改的图标。

用鼠标右键单击要修改的图标，在打开的菜单中单击"属性"命令。

在属性面板已经打开的情况下，在流程线上单击要修改的图标。

8. 图标的群组

当流程线上的图标越放越多时，设计窗口将无法容纳它们，将部分图标变成一组是比较好的选择。另外，在图标工具栏中也提供了"群组"图标，可直接使用。

选中几个连续的图标，然后选择菜单命令"修改"→"群组"，或者按组合键 Ctrl＋G，这时选中的图标就会被放入一个"群组"图标中。

也可以将已经放入群组的图标恢复原状，方法是选中这个"群组"图标，再选择菜单命令"修改"→"取消群组"或者按组合键 Ctrl＋Shift＋G。

双击"群组"图标，这时会弹出一个新的设计子窗口，标题为"群组"图标的名字，显示的层数比"群组"图标所在的窗口大一级，如图 2.32 所示。

当 Authorware 遇到一个"群组"图标时，它将先执行图标内部的流程线，当执行完最后一个图标时，Authorware 将退出该"群组"图标，执行 Level 1（第 1 级）中的下一个图标。

在"群组"图标内可以增加各种图标，甚至包括其他"群组"图标。

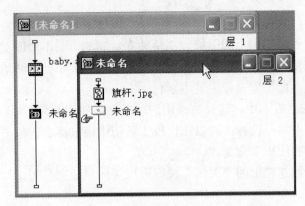

图 2.32 "群组"图标的设计窗口

9．给图标自定属性

在流程线上修改好一个图标的属性，并设置好图标中的内容，然后再从流程线上用鼠标将设计好的图标拖回到图标面板，新设计的图标就会替换原来的图标。这时再用鼠标从图标面板将图标拖到流程线上时，新增的图标就会使用新的属性。

要恢复图标面板中的图标，可以选择菜单命令"文件"→"参数选择"→"复位图标色板"，图标面板中的所有图标即可恢复为默认设置。

10．模板工具箱

与库相似，模板工具箱是另一种实现复用的方法（不同的是它可以存储更为丰富的内容，而库文件中只能存放显示、视频、声音、计算等图标），实际上是一个存储经常重复使用图标的地方，它类似于 Authorware 的图标面板：可以从模板工具箱中反复多次地把其中的某个图标拖曳到流程线上使用。所不同的是模板工具箱的图标都包含了用户自定义的属性、名称、内容、程序块。

选择菜单命令"窗口"→"模型调色板"或者按组合键 Ctrl＋3，就可以打开一个模板工具箱；再次使用这个命令，会再打开一个模板工具箱。在流程线上修改好图标的属性和内容后，从流程线上用鼠标将图标拖曳到模板工具箱中，如图 2.33 所示，所拖曳的图标就出现在模板工具箱中，也就是创建了一个模板。

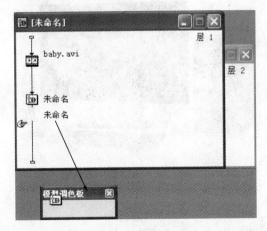

图 2.33 模板工具箱

重复上面的步骤，可以在模板工具箱中添加任意多的图标。使用"群组"图标可以把一个程序块保存在模板工具箱中，这样在开发过程中就可以把一些常用的功能做成模板保存起来。与以复用媒体素材为目的的库文件不同的是，模板工具箱只是开发过程中的一个辅助工具，从模板工具箱拖到流程线上的图标，都是独立复制的，而不像库文件中的链接方式。如果经常使用这种方式复用包含媒体素材的图标，源文件的大小会不断增加。为此建议在模板工具箱中复用程序块，而在库文件中复用素材。

在 Authorware 的新版本中，建议将通用的功能做成知识对象。

要从模板工具箱中移除图标，可以在模板工具箱中用鼠标右键单击要删除的图标，在打开的菜单中单击"删除图标"命令。

单击模板工具箱标题栏上的"关闭"按钮可以关闭模板工具箱。

11．给图标上色

默认情况下，Authorware 的设计窗口中的图标都是黑白两色显示，看起来颜色比较单调。使用图标面板上的调色板可以给流程线上的图标添加不同的颜色。

改变图标颜色的方法很简单，选中要改变颜色的一个或多个图标，然后在图标面板下方的"图标色彩"中单击要设置的颜色方格。

给图标添加不同的颜色可以对图标的功能做一些区别，例如，Authorware 的 ShowMe 程序都用了图标颜色来区分。

2.3.3　实例："认识计算机"

下面通过一个带有交互的实例来说明 Authorware 的使用方法。

1．运行效果

当鼠标移动到一台计算机上的不同组件上时，就会显示相关的文字说明，例如，鼠标移到"显示器"上，就会出现显示器的提示。当鼠标离开某个组件后，对应的提示文字消失。程序运行效果如图 2.34 所示。

图 2.34　"认识计算机"运行效果示意图

2．功能分析

这里主要考虑两方面的问题：一是为计算机各个部分建立交互响应，来响应用户的鼠标操作；二是在响应结束后要擦去显示的内容。

Authorware 提供了 11 种响应方式，这里选择的是热区域响应，因为它对素材不需要太多的修改。在鼠标离开后就擦除响应的内容，可以通过设置交互响应的属性来实现。

3．准备工作

准备一张能显示计算机各个组件的图片。

4．程序结构

完成的程序流程图如图 2.35 所示。

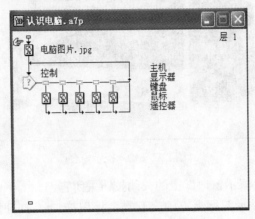

图 2.35　完成的程序流程图

5．制作步骤

具体的制作步骤如下。

（1）新建一个文件，保存为"认识计算机.a7p"。

（2）单击工具栏上的"导入"按钮，在弹出的如图 2.28 所示的"导入哪个文件？"对话框，找到要导入的文件，单击"导入"按钮关闭对话框，流程线上将出现一个"显示"图标，将该图标改名为"计算机图片"。

（3）用鼠标从图标面板拖曳一个"交互"图标到"显示"图标的下方，命名为"控制"。

（4）用鼠标从图标面板拖曳一个"显示"图标到"控制"交互图标的右边，松开鼠标时，会弹出的一个如图 2.36 所示的"交互类型"对话框，单击选中"热区域"单选按钮，单击"确定"按钮确认选择。

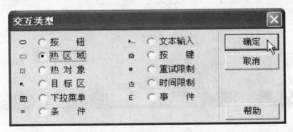

图 2.36　"交互类型"对话框

（5）将新加入的"显示"图标命名为"主机"。双击"计算机图片"显示图标，打开"演示窗口"，然后再单击"演示窗口"上的关闭按钮关闭它。再按住 Shift 键不放，双击"主机"显示图标打开"演示窗口"。在"显示"图标的工具面板上单击"文本"工具，在主机对应位置的空白处单击，输入文字"主机"，如图 2.37 所示。

图 2.37　输入提示内容

输入完毕后，单击"演示窗口"上的关闭按钮关闭它。

（6）双击"主机"显示图标上方的交互类型标识符 -▼-，打开如图 2.38 所示的属性面板。

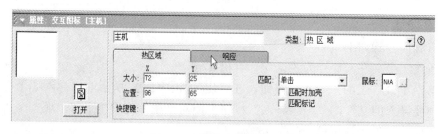

图 2.38　热区响应属性面板

在"匹配"下拉列表框中选择"指针处于指定区域内"选项。单击"响应"选项卡，在选项"擦除"的下拉列表框中选择"在下一次输入之前"选项，如图 2.39 所示。设置后，将鼠标离开指定的区域，该分支的内容就被擦除。

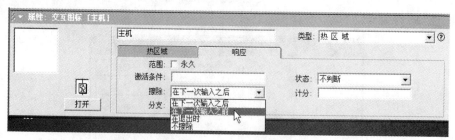

图 2.39　设置热区属性

（7）单击工具栏上的"运行"按钮，运行程序，再选择菜单命令"调试"→"暂停"或者按组合键 Ctrl＋P 暂停程序运行，这时在"演示窗口"中除了看到计算机的图片外，还可以看到一个虚线边框，这就是代表热区的响应范围，如图 2.40 所示。

图 2.40　暂停程序

（8）单击"演示窗口"中的虚框边线，在其周围出现 8 个小方框。把鼠标指针移动到热区虚线框边线上的小方框处，拖曳鼠标，就可以调整热区的大小和位置，如图 2.41 所示。

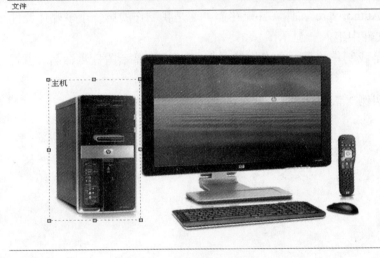

图 2.41　调整热区

通过拖曳小方框，调整热区的大小正好框住图片中主机的部分。设置后，可以选择菜单命令"调试"→"停止"来关闭"演示窗口"。

（9）再从图标面板中拖曳一个"显示"图标到"主机"显示图标右边，命名为"显示器"。重复步骤（5）在新的"显示"图标中添加提示；重复步骤（7）、（8）来调整新加入的热区的位置。

（10）同样操作继续添加其他的响应分支。完成后，运行程序再暂停，可以看到所有的热区设置如图 2.42 所示。

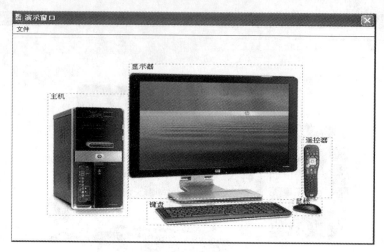

图 2.42 热区设置

（11）继续运行，当鼠标经过每个热区的时候，就会显示计算机各组件的名称。

习　　题

1．简述 Authorware 的开发过程。

2．新建一个 Authorware 文件，并保存为"这是我制作的第一个多媒体课件.a7p"，在新建的 Authorware 文件中拖入一显示图标。

3．打开"这是我制作的第一个多媒体课件.a7p"，给显示图标重命名，并复制该图标，然后删除。

4．练习制作实例"认识计算机.a7p"。

第2篇 基本技能

第3章 基本对象的显示与组织

文本和图像在多媒体作品中的应用最为普遍，Authorware 为它们提供了完善的处理能力。Authorware 支持多种多样变化的字体、字号和风格，它也使显示文本变得简单易用。可以使用 Authorware 提供的作图工具生成简单的矢量图形元素，如圆形、矩形、线条等。

3.1 "显示"图标的基本应用

"显示"图标最基本的用途是显示文本和图像对象，这些文本或图像既可以用绘图工具箱创建，也可以是从外部导入的文本或图像。

3.1.1 "显示"图标的作用

可以利用"显示"图标对文本对象进行以下操作。

（1）在屏幕上显示文本，通过 Text 工具可以直接输入一些文本，如问题、注释等，且可以设置文本的字体、大小和风格等，还可以用各种过渡效果来显示。

（2）利用超文本进行跳转，通过定义好的超文本格式，可以使程序从当前位置跳转到另一处，或执行某种特殊的操作。

用户可以使用 Authorware 提供的图形工具箱，自己构思一些简单的图形原型。Authorware 的图形工具箱非常简单和直观，可以使用它来画图，但不能绘画，这样绘制出来的图形是矢量图形。

从大量的专业图库和网上图像可以直接获取可用的图形，如工程图、数字照片等；也可以利用专业的图形处理软件设计或修改需要的图形。准备好图形对象后，就可以在"显示"图标中导入这些图像文件。此时引入的图像就变成了 Authorware 应用程序的一部分，不再依靠建立该图形的那个软件了。

3.1.2 绘图工具箱

将一个"显示"图标拖入到流程线上，双击它打开"演示窗口"，绘图工具箱也随之出现，它的初始位置在图标栏下方，为方便使用，还可以把它拖曳到更方便的位置，如图 3.1 所示。

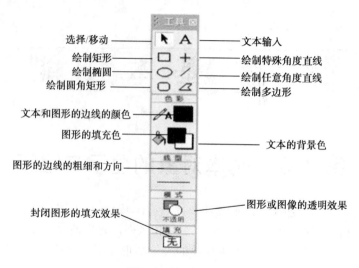

<table>
<tr><td>选择/移动</td><td></td><td>文本输入</td></tr>
<tr><td>绘制矩形</td><td></td><td>绘制特殊角度直线</td></tr>
<tr><td>绘制椭圆</td><td></td><td>绘制任意角度直线</td></tr>
<tr><td>绘制圆角矩形</td><td></td><td>绘制多边形</td></tr>
</table>

文本和图形的边线的颜色

图形的填充色 —— 文本的背景色

图形的边线的粗细和方向

封闭图形的填充效果 —— 图形或图像的透明效果

图 3.1 绘图工具箱

绘图工具箱上方的 8 个工具可以用来绘制各种线条、图形及文字。当用鼠标单击其中某项，就可以执行此工具相应的功能。完成后单击工具箱右上角的"关闭"按钮，也可以退出演示窗口。下面结合各个绘图工具做简单介绍。

选取工具：用于选择演示窗口中的对象，被选中的对象四周会出现控制句柄，通过它们能调节对象的大小。

文本工具：用于在演示窗口中输入文字。

斜线工具：用于绘制任意角度的直线。

直线工具：用于创建水平、垂直及 45°角的直线。

矩形工具：用于绘制矩形，如果绘图的同时按下 Shift 键可绘制正方形。

椭圆工具：用于绘制椭圆，如果绘图的同时按下 Shift 键可绘制椭圆。

圆角矩形工具：用于绘制圆角矩形，可以拖动左上角的句柄调节圆角的大小。

多边形工具：用于绘制任意形状。

绘图工具箱下面的各个按钮可以用于设置绘制的图形或文本的相关属性。

3.2 文本设置

文本是多媒体作品中一种必要的媒体形式，它能传递更加直接的信息。在 Authorware 7.0 程序中，应用文本比较广泛，例如文件、问题的内容、提示、简单的命令等。

3.2.1 文本创建

创建文本或图形时，必须打开"显示"图标。

1. 添加文本

在打开"演示窗口"后，按以下步骤可以添加文本：

（1）单击绘制工具箱中的"文本"工具。

（2）这时鼠标指针变成 I 字形，在"演示窗口"中要输入文本的地方单击鼠标左键。

（3）这时出现 Authorware 的文本缩排线和光标，可以直接输入文本，如图 3.2 所示。

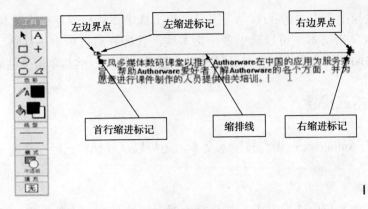

图 3.2　输入文本

（4）当文本输入满一行时，会自动转往下一行，按 Enter 键可以开始新的一段。

（5）输入完毕后，单击绘图工具箱中的"选择/移动"工具，输入的这部分文本以对象形式显示，此时文本对象周围出现 6 个控制点，如图 3.3 所示，这种状态也表示文本块被选中。如果输入完毕后，直接在"演示窗口"中当前文本以外的地方单击，就可以开始另一个文本对象的输入。

图 3.3　输入完毕

2．修改文本

双击"显示"图标进入"演示窗口"，在绘图工具箱中单击"文本"工具，再在要修改的文本块中单击，就进入文本编辑状态。

对于单个文本块来说，修改这个文本块的内容就像在记事本中修改文本文件一样：

可以在文本块中用鼠标拖曳选中多个字符，或者在要选择的文本的开始处单击，再按住 Shift 键不放，在要选择的文本的结尾处单击，也可以选中两次单击位置之间的字符。在编辑状态下，还可以选择菜单命令"编辑"→"选择全部"或者按组合键 Ctrl＋A 选中当前文本块中的所有字符。

3．复制或移动文本

可以对文本进行复制、移动文字的操作。下面是复制文本的操作：选中要复制的文本，选择菜单命令"编辑"→"复制"或者单击工具栏上的"复制"按钮或者按组合键 Ctrl＋C；再在要粘贴的位置单击，选择菜单命令"编辑"→"粘贴"或者单击工具栏上的"粘贴"按钮或者按组合键 Ctrl＋V。如果在另一个文本块中单击，则可以粘贴到另一个文本块中，也可以粘贴到另一个"显示"图标中。移动文本的操作步骤和复制文本的步骤并不多，只是第一步是剪切文本。

可以对整个文本块进行复制和粘贴操作，也就是把整个输入的文本当做一个对象来处理。在绘图工具箱中单击"选择/移动"工具，单击选中要移动或复制的文本块，按住 Shift 键不放，再依次单击文本，可以选中多个文本块；选择好后再单击"复制"或"剪切"按钮；再单击要粘贴到的位置，或者打开另一个"显示"图标，然后单击"粘贴"按钮。

3.2.2 文本直接导入

除了可以在 Authorware 中直接输入文本，还可以从外部将已经存在的文本文件导入到程序中。

1. 复制文本

当只需从文本文件中选取其中一部分文本时，可以从文本文件中将这部分文本复制到 Authorware 的"显示"图标中。由于文本文件的格式不同，复制的过程中会有些区别。

（1）从纯文本文件中复制文本。

① 用记事本程序打开要操作的文本文件，选中要复制的文本，再选择菜单命令"编辑"→"复制"。

② 回到 Authorware 程序窗口中，打开要输入文本的"显示"图标的"演示窗口"；选择菜单命令"编辑"→"粘贴"，或者先在图形工具箱中选择"文本"工具，把鼠标放到放置文本的地方，粘贴，所粘贴的文本就出现在"演示窗口"中。这样复制过来的文本使用 Authorware 中设置好的格式。

（2）从 Word 文档（.doc）或 RTF 文件（.rtf）中复制文本。

① 用 Microsoft Word 程序打开该 Word 文档或 RTF 文件，选中要复制的文本，再单击常用工具栏上的"复制"按钮。

② 回到 Authorware 程序窗口中，打开要输入文本的"显示"图标的"演示窗口"，单击工具栏上的"粘贴"按钮，或者先在图形工具箱中选择"文本"工具，再在放置文本的地方单击后再粘贴，这时会弹出如图 3.4 所示的"RTF 导入"对话框。

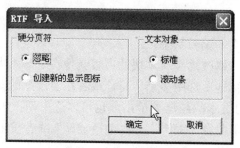

图 3.4 "RTF 导入"对话框

③ "RTF 导入"对话框是控制文本输入到 Authorware 后的状态，其中选项区域"硬分页符"中的单选按钮可以控制导入文本中的分页符（此处的分页符指的是在 Word 或其他 RTF 文件编辑程序中编辑文件时人为插入的分页符）；如果选择"创建新的显示图标"，文本将从换页符处另建一个"显示"图标；如果选择忽略，则将所有文本都导入到当前"显示"图标中。选项区域"文本对象"中的单选按钮是设置生成文本对象的性质；如果选中"滚动条"，导入的文本将被加上滚动条；如果选择"标准"，则不添加滚动条。

根据需要进行选择后单击"确定"按钮关闭对话框，所粘贴的文本就出现在"显示"图标的"演示窗口"中。从 Word 文档或 RTF 文件中复制过来的文本会采用在 Word 文档中设置的格式，但只能保留 Authorware 支持的格式，不支持的格式自动取消。

2．导入文件

在 Authorware 中导入外部文本文件有以下 3 种方式。

（1）直接导入文件。

① 在流程线上要导入文本的地方单击鼠标左键，将粘贴指针移到此处。

② 选择菜单命令"文件"→"导入导出"→"导入媒体"或者单击工具栏上的"导入"按钮，弹出"导入哪个文件？"对话框。

③ 在文件列表框中选择要导入的文件，单击"导入"按钮，弹出如图 3.4 所示的"RTF 导入"对话框，根据需要进行选择后单击"确定"按钮关闭对话框。

④ 导入完毕后，进度条自动关闭，在流程线指定的位置上就自动出现一个或多个"显示"图标，图标名自动为所导入的文本文件的文件名。

（2）导入到指定"显示"图标。

① 打开要导入文本的"显示"图标。

② 重复前面导入文件的步骤。

（3）从资源管理器中拖入文件。

可以 Windows 的资源管理器将要导入的文本文件（TXT 文件或 RTF 文件）直接拖曳到流程线上，Authorware 会自动创建一个"显示"图标来包含拖入的文本文件的内容。

3.2.3　文本编辑与排版

输入的文本经常会根据版面的安排来做出调整。

1．调整文本对象的宽度

在创建文本时，Authorware 会自动指定文本块的宽度。从图 3.2 中可以看出，文本块的左右边界点控制着文本的输入范围。在编辑状态下，可以用鼠标拖曳左右边界点来调整输入文本的左右边界。

如果用"选择/移动"工具选中文本，就可以用鼠标拖曳文本块周围的控制点来调整文本的宽度。

对于以下任意一种调整宽度的方法，Authorware 都能根据调整自动换行，重复编排文本块中的内容。但是，Authorware 不能自动地创建从何换行，而且对于中文的标点符号也不能像 Word 那样自动跟着前一行。

2．文本缩进

从图 3.2 中可以看到，在左右边界点的旁边，还有 4 个黑色小三角形的按钮，这几个按钮是用来对文本块进行缩进排版的。

（1）第 1 行。用鼠标拖曳左边界点右边下方的那个按钮，可以缩排光标所在的那一自然段中的第 1 行，如图 3.5 所示。比如中文习惯于段首空两个汉字，就可以通过它来调整。

（2）左边距。用鼠标拖曳左边界点右上方的按钮，可以调整光标所在的那一自然段与左边界之间的边距，如图 3.6 所示。用鼠标拖曳左边距按钮时，那个调整第 1 行的按钮也会同时跟着移动。如果要单独调整左边距，可以按住 Shift 键不放，再用鼠标拖曳这个按钮。

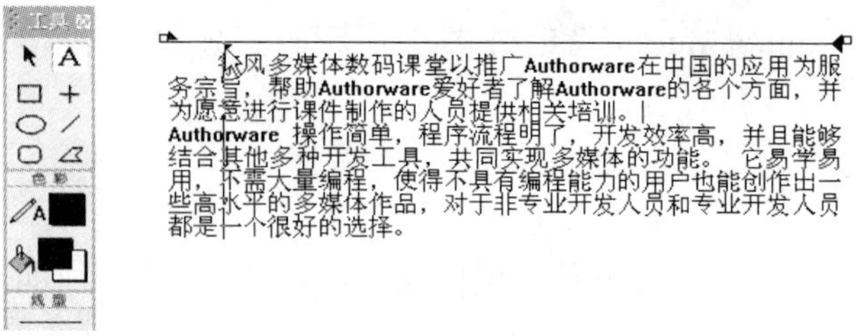

图 3.5　调整第 1 行

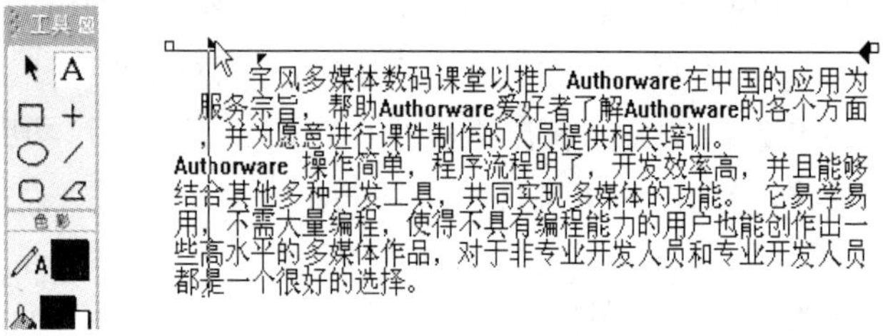

图 3.6　调整左边距

（3）右边距。用鼠标拖曳右边界点左边的按钮，可以调整光标所在的那一自然段与右边界之间的边距，如图 3.7 所示。拖曳右边距按钮时，两个按钮是同时移动的。

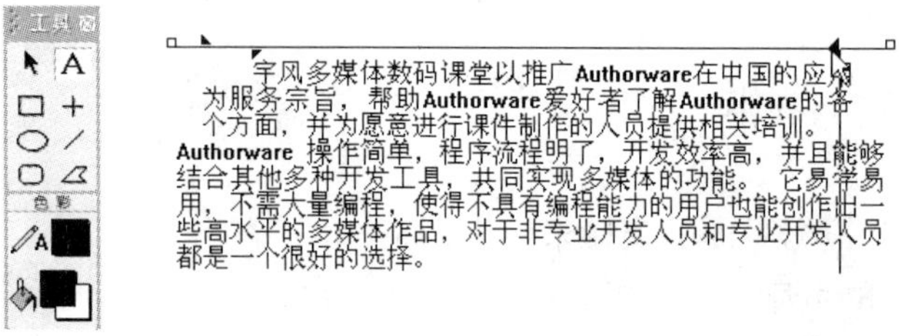

图 3.7　调整右边距

（4）同时调整多段。如果要同时调整几个段落的边距或首行的格式，就要同时选中多段的文本，再按照前面的方法进行调整。

3．设置文本对齐方式

选择菜单命令"文本"→"对齐"，可以看到这个子菜单包含 4 个命令："左齐"、"右齐"、"居中"和"正常"，这 4 个命令是用来设置段落的对齐方式的。

可以在文本编辑状态中使用这几个命令，这时设置的是光标所在的段，或者选择多个段来设置。

如果用"选择/移动"工具选中文本，则使用这几个命令就会影响文本块中的所有段落。如图 3.8 所示就是选择菜单命令"文本"→"对齐"→"居中"以后的结果。

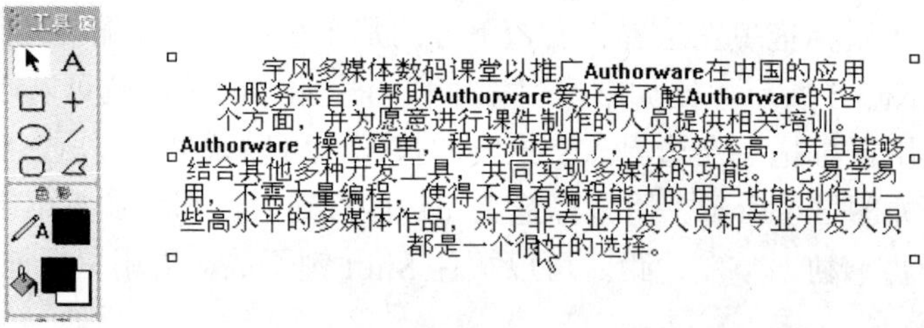

图 3.8　设置对齐方式

各种对齐方式是以文本缩排线的段落左右缩进标志为依据的。

4．使用制表符

如果需要创建类似表格这样的分栏文本时，可以用鼠标在缩排线上方单击，缩排线上方就会出现一个字符制表符（形状为一个倒立的黑色小三角形 ▼ ），在字符制表符上单击鼠标就会转变为数字制表符（形状为一个向下的黑色箭头 ➡ ）。在文本编辑状态中，如果设置了制作符，当按下 Tab 键后，光标会自动跳到最近的下一个制表符等待输入字符。

在新的位置输入的字符的对齐方式根据所选的制表符而不同，如果设置的是字符制表符，这里的文字就是以制表符所对应的位置来左对齐的，这时文字出现在制表符的右边；如果设置的是数字制表符，这里的文字就是以制表符所对应的位置来右对齐的，这时文字出现在制表符的左边。显然还要注意输入的字符不要超过与前一个位置之间的距离，如图 3.9 所示。

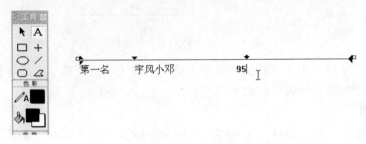

图 3.9　使用制表符

可以用鼠标拖动制表符改变文字输入的位置，如果想取消制表符，可以用鼠标将制表符往两端拖出，制表符即被取消。

3.2.4　文本属性设置

文本的属性包括字体类型、大小、样式等，通过对这些属性的设置与修改来改变文本风格。可以为一个字也可以为整个文本块修改属性，在修改属性之前，首先要选中一个字，或者多个字，或者整个文本块，或者多个文本块。

1．改变字体

选中要修改的文本后，选择菜单命令"文本"→"字体"→ "其他"，弹出如图 3.10 所示的"字体"对话框。

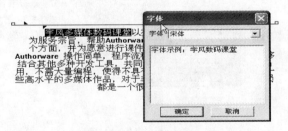

图 3.10　"字体"对话框

在"字体"右边的下拉列表中单击下拉按钮，在打开的下拉列表中选择适当的字体，单击"确定"按钮，正文中选定的文字就以该字体显示。

2．文本大小

要定义已选中文本的大小，可选择菜单命令"文本"→"大小"，在弹出的子菜单中选择适当的字号，如果没有合适的字号，可单击"其他"命令，就会弹出如图 3.11 所示的"字体大小"对话框。

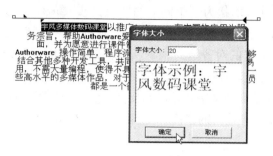

图 3.11 "字体大小"对话框

只要在选项"字体大小"右边的文本框中输入字体大小的磅值（1 磅＝1/72 英寸），预览框中就会显示该数值对应的字体大小。设置后，单击"确定"按钮即可。

3．字体风格

文本的风格包括粗体、斜体、下划线、上标和下标等。在"文本"菜单的"风格"子菜单，可以看到这些命令，分别是："常规"、"加粗"、"倾斜"、"下划线"、"上标"和"下标"等字体风格。在工具栏上也有 3 个按钮"粗体"、"斜体"、"下划线"和其中的 3 个菜单命令对应。

在"风格"子菜单中的 6 个命令都是开关式命令，但其中有些命令可以组合使用，有些命令又是相斥的。比如"上标"和"下标"这两个命令是相斥的，也就是只能选择其中的一个；"加粗"、"倾斜"、"下划线"这 3 个命令是可以组合使用的，而这 3 个命令又与"常规"命令是相斥的，也就是只要选择了"常规"命令，就取消了这 3 个命令的选择。

4．文本颜色

选中需要修改颜色的文本或文本块，再单击绘图工具箱中"色彩"下的第 1 个颜色按钮，这时会弹出一个颜色调色板，如图 3.12 所示，再单击要选择的颜色。

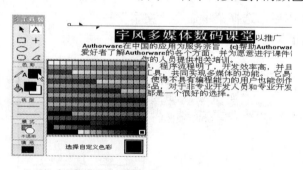

图 3.12 颜色调色板

5．数字格式

在不同的文本中，使用的数字格式也不同。在 Authorware 7.02 中，要设置数字格式，可以选中要设置的文本，选择菜单命令"文本"→"数字格式"，这时会弹出如图 3.13 所示的"数字格式"对话框。

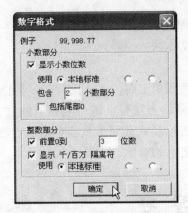

图 3.13　"数字格式"对话框

一个数字通常包含整数部分和小数部分，故此数字格式分成两部分来设置。

（1）选项区域"小数部分"，其中：

复选框"显示小数位数"是设置在数字中是否显示小数部分。

选项"使用"后面的 3 个复选框"本地标准"、"."、","是指定整数部分与小数部分之间的分隔符使用哪个符号。

选项"包含　小数部分"中间的文本框是指定在小数部分包含几位数字，超过这个范围的小数就自动舍弃（四舍五入）；下面的复选框"包括尾部 0"也是与这个数字相配合的，如果选中这个复选框，如果小数部分的个数比选项"包含　小数部分"中指定的数字要小，多余的几位就自动补上 0。例如，在选项"包含　小数部分"中指定数字为 3，那么数值"2.5"就会显示为"2.500"。

（2）选项区域"整数部分"，其中：

复选框"前置 0 到 位数"中还包含了一个文本框，在其中可以指定整数部分最少显示的位数，也就是如果选中了这个复选框之后，如果整数部分的个数比文本框中指定的数字小，在整数前面就会自动补上 0。例如，在文本框中如果输入数字 3，那么数值 2.5 就会显示为"002.5"。

复选框"显示千/百万隔离符"是设置在整数部分是否显示千/百万隔离符，也就是按英语数字的习惯，每 3 位用一个分隔符分开。下面的选项"使用"后面的 3 个复选框"本地标准"、"."、","就是指定这个分隔符使用哪个符号。

特别要说明的是，"数字格式"对话框中设置的属性是针对数值的，而且只能使用变量方式来显示的数值有效，对直接输入的数值无效。关于使用变量方式来显示数值在 3.6 节会有详细说明。

6．消除锯齿

文本的字号越大，锯齿越明显，为了有更好的显示效果，可以消除文本锯齿使文字的边缘变得柔和。在文本编辑状态或选中文本块时，可以选择菜单命令"文本"→"消除锯齿"，该文本块的锯齿就会被消除。

这个选项设置的是整个文本块。

7．设置文本背景颜色

设置文本背景颜色可以使用绘图工具箱中"色彩"下面的第 2 个颜色图标按钮。第 2 个颜色按钮分成上下两个部分，要设置背景颜色就要单击在下面一层的按钮，这时也会弹出如

图 3.12 所示的颜色调色板，再单击调色板上要选择的颜色。

这个选项设置的也是整个文本块。

8. 取消文本背景

当把文本放到别的图形或者图像上时，文本的背景就会挡住后面的图像，这时可以通过设置文本的显示模式来去掉背景。方法是，选中要设置的文本，再单击绘图工具箱中"模式"下面的按钮，再在打开的显示模式选择工具箱中单击"透明"模式。如图 3.14 所示的就是设置之前与设置之后透明文本的对比。

图 3.14　设置前后的透明文本

9. 滚动文本

当输入的文本过长，超过展示画面时，就可使用滚动文本。方法是：在文本编辑状态或选中文本块时，选择菜单命令"文本"→"卷帘文本"，该文本就会转化为如图 3.15 所示的滚动文本。

图 3.15　滚动文本

3.2.5　利用样式快速设置文本格式

如果文本对象非常多，需要对它们设置相同的文本格式，就可以使用 Authorware 提供的样式功能。就像 Micorsoft Word 中使用的样式一样，Authorware 也允许用户使用自定义样式对文本对象快速地格式化。在一个自定义样式中可以将字体、字号、颜色等格式设置好，然后将这个样式运用到所选择的文本或文本块中。

1. 定义样式

可以按如下步骤来定义一种文本样式：

选择菜单命令"文本"→"定义样式"，弹出如图 3.16 所示的"定义风格"对话框。

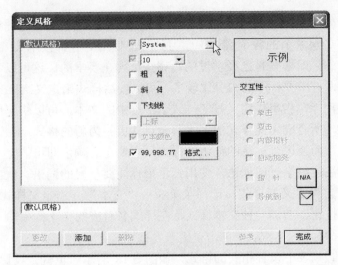

图 3.16 "定义风格"的对话框

（1）增加样式。单击"添加"按钮，增加一种文本样式，在"添加"上方的文本框中出现"新样式"的文字，在上方的列表框也出现一个"新样式"的项，可以在"添加"上方的文本框中更改新增加的样式的名字，输入完毕之后，按 Enter 键确认，或者单击"更改"按钮。

（2）设置格式。对话框中间一列的复选框分别用来设置字体、字体大小、粗体、斜体、下划线、上标下标、文本颜色和数字格式。要选择某种格式，只要选中它前面的复选框，再进行相应的设置。

（3）设置交互。在对话框的右侧"交互性"选项区域中设有很多选项，可以用来设置文本的交互属性。其中 4 个单选按钮分别是："无"、"单击"、"双击"、"内部指针"。4 个单选按钮除"无"以外都能触发跳转。选中"自动加亮"复选框，则交互时对应文本会反色显示。选中"指针"复选框可以设置交互发生时光标的形状。选中"导航到"复选框可以指定跳转的位置。这些设置要与框架图标结合使用，详细的交互内容将在 9.5 节中介绍。

（4）设置完成。设置完新增的样式的选项后，单击"更改"按钮确认修改。

按照前面的步骤可以继续添加样式。添加完所有的样式后，单击"完成"按钮，关闭对话框。

2．应用样式

如果希望应用自定义样式，首先要选中定义样式的文本，再从工具栏中的"文本风格"下拉列表中选择适当的文本样式的名字，当前的文本便会显示为选定的风格样式。

另一种方法是选择菜单命令"文本"→"应用样式"，在弹出如图 3.17 所示的"应用样式"面板中选中所需的样式。

如果对同一部分文本使用了多个样式，则会呈现这几个样式叠加的效果。

图 3.17 "应用样式"对话框

3.2.6 实例：使用不同效果的文本

通过对文本设置不同的效果，可以增加文本风格的艺术性。

在一个提供给外国人学习汉语词语的课件中（该课件的主要制作过程将在第 13 章详细介绍，读者可以在之前章节的各个实例中学习到其中使用的各种技术），需要区分每个词语的课文中的不同状态，即哪些是已经学过的，哪些是现在要学的。这可以考虑使用不同的颜色来区分。因为在课件中要标注的内容比较多，可以使用样式来定义。样式在 Word 等办公软件中是很常用的功能，将事先定义好的样式赋给选中的文本，可以快速地将文本格式化，然而将样式修改后，所有应用此样式的文本都会自动更新为新的格式。在这里，可以定义所有文本的基本样式，而要进行标注的词语的样式只需要定义颜色即可。文本默认是黑色的，这里使用绿色来标注已经学过的词语，使用红色来标注要学习的词语。

（1）在制作前首先定义好样式。选择菜单命令"文本"→"定义样式"，在弹出的对话框中单击"添加"按钮，增加一种文本样式，在样式名对应的文本框中输入所有文本的基本样式的名字，这里命名为"基本"，单击"更改"按钮。

再在中间的格式列表中设置相关的格式，如图 3.18 所示。也就是设置字体为"Arial"，字号为 12，选中"粗体"复选框，设置后单击"更改"按钮确认格式。

单击"添加"按钮，再增加一种文本样式，改名为"已学"，在中间格式列表取消其他复选框的选中状态，单击选中"文本颜色"复选框，再单击它右边的颜色按钮，在打开的颜色调色板中单击所要的绿色，结果如图 3.19 所示。设置后，单击"更改"按钮。

图 3.18　设置所有文本的样式图

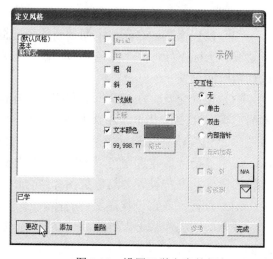

图 3.19　设置已学文字的颜色

同样再添加一个名为"待学"的样式，只设置文本颜色为"红色"。设置好所有样式后，单击"完成"按钮关闭对话框。

（2）给文本应用样式。在工具栏上单击"控制面板"按钮打开"控制面板"。单击"控制面板"上的"运行"按钮运行程序，当演示窗口中出现要设置的文本时，单击"暂停"按钮暂停程序。

在文本部分双击，进入文本所在的"显示"图标；选择菜单命令"文本"→"应用样式"，打开"应用样式"面板。在绘图工具箱中单击"文本"工具，在文本部分单击，进入编辑状态。用鼠标拖曳选中所有文本，在"应用样式"面板中单击选中"基本"样式，如图 3.20 所示。

再用鼠标拖曳选中已学的词语，在"应用样式"面板中单击选中"已学"样式，在词语中单击，可以看到应用样式后的结果，如图 3.21 所示。

图 3.20 给所有文本应用样式   图 3.21 同时应用多个应用样式

以同样的操作可以继续给其他词语添加样式。

3.3 基本绘图

Authorware 的绘图工具箱是非常简单和直观的，可以使用绘图工具在演示窗口中绘制基本的几何图形，但不能用来创建位图形式的对象。

3.3.1 直线

使用画线工具可以画一条线段，线段的长短、粗细和颜色都可以改变。在 Authorware 的绘图工具箱中有两种画线工具："直线"工具 ╋ 和"斜线"工具 ╱ 。

1. "直线"工具

使用"直线"工具，可以沿水平、垂直方向或往 45°角方向画出水平或垂直或 45°角的直线。

画线步骤：

（1）在图形工具箱中单击"直线"工具。

（2）移动鼠标到编辑窗口中，此时鼠标会变成"十"字形。

（3）在要画的直线的起始点按下鼠标左键，拖动鼠标，可以看到一条变化的直线跟随着鼠标移动。

（4）将鼠标移到要画的直线的终点处，松开鼠标，就生成一条直线。刚建立的直线由两个白色小方框包围。

（5）用鼠标选中白色小方框并移动，可以改变直线的长度及角度；用鼠标选中直线的边并移动，可以改变直线的位置。

2. "斜线"工具

使用"斜线"工具，可以画出任意角度的线条。画线步骤和"直线"工具是一样的。

如果在使用斜线工具时按住 Shift 键，它的画线功能就将与"直线"工具相同。

3.3.2 椭圆与矩形

"矩形"工具、"椭圆"工具的使用方法与画线工具是相同的。

用鼠标单击绘图工具箱中的"矩形"工具或者"椭圆"工具，然后在演示窗口中拖曳鼠标，就可画出相应的图形。如果在画图时按住 Shift 键不放，这时画出的就是宽和高等长的图，也就是正方形、圆形。

画好图形后，或者使用"选择/移动"工具重新选中图形，在图形的周围会有 8 个白色小方框，也就是句柄，如图 3.22 所示。

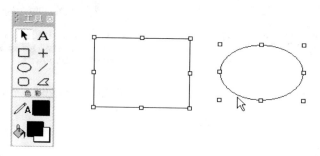

图 3.22　图形控制句柄

3.3.3　圆角矩形

画圆角矩形的步骤和画直线的步骤也是一样的。用鼠标单击并打开绘图工具箱中的"圆角矩形"工具，然后在"演示窗口"中拖曳鼠标就可以画出一个圆角矩形。

图 3.23　刚画好的圆角矩形

特别是，刚刚建立的圆角矩形并不像椭圆或矩形那样先出现 8 个控制句柄，而是只在其内部的左上角有一个白色小方框，如图 3.23 所示，选中该白色小方框并移动，可以改变圆角矩形的弧度。

改变弧度后，再在绘制工具箱中选择其他工具，这时在绘制好的圆角矩形周围出现 8 个句柄。

3.3.4　多边形

用"多边形"工具可以画闭合的或打开的多边形。

画多边形的步骤：

（1）在绘图工具箱中单击"多边形"工具。

（2）移动鼠标到编辑窗口中，此时鼠标会变成"十"字形。

（3）在要画的多边形的起始点单击鼠标左键，移动鼠标，可以看到一条变化的直线（即多边形的第 1 条边）跟随着鼠标移动，到这条边结束的位置单击鼠标左键，就画出多边形的第 1 条边；再移动鼠标到第 2 条边结束处单击，就画第 2 条边；依次到各条边的结束处单击就可以画出该边。

（4）若移动鼠标到这个多边形的起始处单击，则生成一个封闭的多边形；若在起始处以外的其他地方双击，则画出的是一个不封闭的多边形。

刚建立的多边形的每一个顶点处会出现一个白色小方框，拖曳它可以调整顶点的位置，如图 3.24 所示。

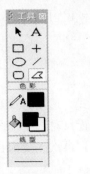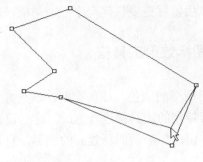

图 3.24　刚画好的多边形

调整完后，再在绘制工具箱中选择其他工具，在新画好的多边形周围也会出现 8 个白色小方框。

3.3.5　形状的调整

图形绘制完成后，还可以更改所画的图形的大小和形状。

1．调整单个图形

要调整单个图形的大小或位置，首先要选择画好的图形。要选择单个图形，可以在绘图工具箱中，用鼠标单击"选择/移动"工具，然后单击要修改的图形的边线即可。

（1）调整直线。绘制好直线后，可以重新调整直线的长短、角度及位置。要使某条线进入编辑状态，可先在绘图工具箱中，用鼠标单击"选择/移动"工具，然后单击要编辑的直线即可。此时，被选中的直线两端各有一个选择句柄出现。

要调整某条直线的长短，可用鼠标按住其中一个选择句柄沿原直线方向拖动，直线的长短就随着拖动延长或缩短，而直线的另一选择句柄不会移动。

要想调整某条直线的角度，可用鼠标按住其中一个选择句柄沿任何方向拖动，直线的角度及长短就随着拖动而变化，但要注意的是，用直线工具绘制的线只能按 45°角的倍数改变方向。

（2）调整椭圆或矩形。调整椭圆和矩形的方法是一样的。用"选择/移动工具"选中画好的椭圆或矩形，在其周围出现 8 个白色小方框。拖动上下两边的调节句柄可改变矩形或椭圆的高度；拖动左右两边的调节句柄改变矩形或椭圆的宽度；拖动椭圆 4 个顶角的调节句柄，可同时调整高度和宽度，如果这时按住 Shift 键，则会按比例改变矩形或椭圆的大小。

（3）调整圆角矩形。用"选择/移动工具"重新选中画好的圆角矩形，在其周围也会出现 8 个白色小方框。和调整椭圆或矩形一样，使用它们可以改变圆角矩形的宽和高。

如果要想显示更改弧度的小方框，就要使用"选择/移动工具"选中圆角矩形后，再在绘图工具箱中单击"圆角矩形"工具，这时就又会出现其内部的白色小方框。

（4）调整多边形。用"选择/移动工具"重新选中画好的多边形，在其周围出现 8 个白色小方框。和调整椭圆或矩形一样，使用它们可以改变多边形的宽和高。

如果要想显示更改顶点的小方框，就要使用"选择/移动工具"选中多边形后，再在绘图工具箱中单击"多边形"工具，这时就又会在顶点处出现白色小方框。

2．调整多个图形

要选择多个图形，可以按住 Shift 键不放，再依次单击要选择的图形。

在选中多个图形后，用鼠标拖曳任何一个控制句柄，都可以同时调整选中的多个图形。

3.3.6 "显示"图标效果工具箱

Authorware 提供了对图形的颜色、线条类型、填充方式、透明方式等特性的设置。这些特性的调整都可以通过其特定的工具箱进行修改。这些设置只对选中的图形有效，而且对于某项属性的设置会一直保留，影响后面新建立的图形，直到再次改变为止。

1. 显示模式

当有多个对象重叠在一起时，可能通过设置显示模式来更改它们的显示效果。更改显示模式的步骤。

图 3.25 显示模式选择工具箱

（1）选中要更改显示模式的图形（可以是前面所介绍的工具所绘制的各种图形，也可以是导入的图像、输入的文本，但对直线无效）。

（2）在绘图工具箱中单击"模式"下面的按钮，或者选择菜单命令"窗口"→"显示工具盒"→"模式"，或者双击绘图工具箱中的"选择/移动工具"，或者按组合键 Ctrl＋M，都可以弹出如图 3.25 所示的显示模式选择工具箱，再单击相应的模式。

共有 6 种显示模式可供选择。

● 不透明：运用这种模式时，被选中的对象会覆盖它后面的对象，选中对象的颜色不会改变，这是 Authorware 7.0 默认的模式。

● 遮隐：被选中对象边缘的白色将会消失，而对象内部的白色会继续保留。

● 透明：在这种模式下，只显示选中对象有颜色的部分，下面的画面可透过白色区域显示出来。

● 反转：把一个对象设为反转模式，可显示下面画面的全部像素，并且把前景与背景图形相交的部分以互补色显示。

● 擦除：当一个设为擦除模式的对象覆盖在另一个对象上时，上面的对象将显示为背景颜色。

● 阿尔法：使用通道模式的图片必须设有 Alpha 通道（可在 Photoshop 中建立），这时在"演示窗口"中只显示 Alpha 通道中的像素。

2. 线型

用鼠标单击绘图工具箱"线型"下方的按钮，或者选择菜单命令"窗口"→"显示工具盒"→"线"，或者双击绘图工具箱中的两个直线工具中的任一个，或者按组合键 Ctrl＋L，就可以打开线形选择工具箱，如图 3.26 所示。线形选择工具箱分为两部分，上面主要用于设置线条的粗细，下面主要用于设置直线有无箭头和箭头类型。

设置直线样式的方法是：首先选中一条直线，这时直线两端

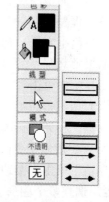

图 3.26 线型选择工具箱

出现句柄，再打开线形选择工具箱，然后用鼠标单击线形选择框中的某一线形，此时当前的线条就会变为相应的形状。如果再打开线形选择工具箱，然后单击线形选择框下部的箭头样式，则可以在线条的一端或两端加上箭头。

当然，也可以直接先打开线形选择框，选择好适当的线条样式后，再在窗口中画出相应的线条。

对于矩形、椭圆、多边形等图形来说，就只能通过设置线宽来改变边框的粗细，还可以选择顶端的虚线去除边框。

3. 颜色

前面介绍了可以设置文本的颜色和背景颜色，同样可以设置绘制的图形的边框颜色和填充颜色。

选中要修改的图形，单击绘图工具箱"色彩"下方的第 1 个按钮，弹出如图 3.12 所示的颜色调色板，在调色板中单击所要的颜色，这时设置的是图形的边框或者直线的颜色。

选中要修改的图形，单击绘图工具箱"色彩"下方的第 2 个按钮叠放在上层的那个颜色方块，同样会弹出如图 3.12 所示的颜色调色板，在调色板中单击所要的颜色，这时设置的是图形的填充色，这对直线无效。绘图工具箱"色彩"下方的第 2 个按钮叠放在下层的那个颜色方块是用来设置文本的背景色的，对图形无效。

另外要说明的是，选择菜单命令"窗口"→"显示工具盒"→"颜色"，或者双击绘图工具箱中的"椭圆"工具，或者按组合键 Ctrl＋K，也会打开颜色调色板，这时的调色板是对应最后使用的那个颜色设置按钮。

当然，也可以直接设置好边框色和填充色，再在窗口中画出相应的图形。

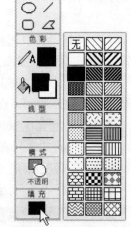

4. 填充方式

填充方式主要是用于调整椭圆、矩形、圆角矩形或多边形工具所画的图形的内部的模式，对直线无效。

选中绘制好的图形，用鼠标单击绘图工具箱"填充"下面的按钮，或者选择菜单命令"窗口"→"显示工具盒"→"填充"，或者双击"矩形"，或者双击"圆角矩形"，或者双击"多边形"工具，或者按组合键 Ctrl＋D，都可以打开填充方式选择框，如图 3.27 所示，该选择框共设有 36 种底纹方式，单击所要的填充方式。

如果想要取消图形中填充的内容，可以在填充方式选择框中单击"无"，即在图形中不进行填充。

图 3.27　填充方式选择框

3.4　图像显示

作为一个集成工具，Authorware 主要依靠其他应用软件的强项来建立各种各样的媒体。Authorware 可以将各种图片素材导入到 Authorware 内容，从而使作品显得更加丰富多彩。

3.4.1　图像的导入

可以将整个图像导入 Authorware，也可以只导入图像的某一部分。

1. 从外部程序复制图形

可以从图形处理软件或者 Office 系列软件中复制图形到 Authorware 中。如果只需要使用某个图片的部分，可以用图形处理软件预先处理，也可以直接从图形处理软件中复制这部分图形。Microsoft office 系列中的自定义图形和艺术字，可以复制到 Authorware 中，并且复制过来的图形不带有背景。

使用如下步骤可以从其他软件复制图形到 Authorware 中。

（1）用图形处理软件打开要使用的图形文件或者在 Microsoft office 系列中绘制好图形。

（2）选中需要的部分。

（3）选择菜单命令"编辑"→"复制"（或 Edit→copy）或按组合键 Ctrl＋C。

（4）回到 Authorware 程序窗口中，打开要导入图形的"显示"图标。

（5）单击工具栏上的"粘贴"按钮或者选择菜单命令"编辑"→"粘贴"或者按组合键 Ctrl＋V，所粘贴的图形就出现在"演示窗口"中。

如果在粘贴前先在编辑窗口的某处单击鼠标左键，则所粘贴的图形将出现在以单击处为中心的位置上。不论是从哪种图形处理软件粘贴过来的图形，Authorware 都自动将其格式转换为 BMP 格式。

2. 导入图形文件

和在 Authorware 中导入外部文本文件一样，在 Authorware 中导入图形文件有同样的 3 种方式，即从资源管理器中拖曳到流程线上，或者导入到流程线上，或者导入到"显示"图标内部，操作步骤都一样。

以导入到"显示"图标内部为例，打开需要添加图像的"显示"图标，单击工具栏上的"导入"按钮，或者选择菜单命令"文件"→"导入和导出"→"导入媒体"，弹出"导入哪个文件？"对话框。如果要在导入之前查看图像，可以在对话框中单击选中"显示预览"复选框，再在文件列表中单击要查看的图像文件，在右边的预览框中就可以看到图像的缩略图，如图 3.28 所示。选择好文件后单击"导入"按钮关闭对话框。

若单击如图 3.28 所示的对话框的右下角的"＋"按钮，则该对话框变为如图 3.29 所示。在左边的文件列表中单击要导入的图形文件，单击右下角的"添加"按钮，所选的图形文件的文件名就出现在右上方的列表框中。重复这样的操作在右边增加要导入的多个图形文件。如果要导入当前所选文件夹内的所有图像文件，可以单击"添加全部"按钮。

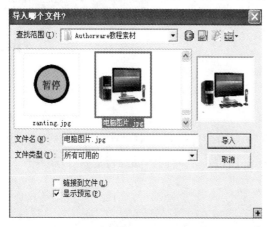
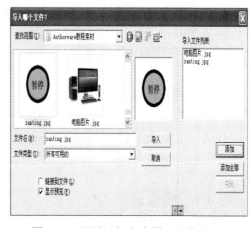

图 3.28　打开预览功能的对话框　　　　　图 3.29　同时添加多个图形文件的画面

选择后，同样是单击"导入"按钮关闭对话框。如果是打开"显示"图标来导入的，则所有图像都导入到同一个"显示"图标中。如果是导入流程线的方式，则每一个图像文件都会生成一个对应的"显示"图标。

在"导入哪个文件？"对话框还有一个复选框"链接到文件"，在导入文件前如果选中这个选项，那么导入的图形是以链接的方式与 Authorware 应用程序相关联的，而不是嵌入到程序内部。

3.4.2 图像的属性

导入的图像如果不符合要求，可以通过图像的属性设置对它进行编辑，这种编辑可以通过属性对话框来完成。

1. 在"演示窗口"中修改图像属性

就像修改在使用绘图工具箱中的工具绘制的图形一样，也可以直接修改导入的图像的某些属性。

（1）更改大小。刚导入的图像，图像的周围会出现 8 个控制句柄，或者用"选择/移动"工具单击导入的图像，也可以再次选中它，这时就像更改在 Authorware 中所绘制图形的大小一样，拖曳句柄可以调整图像的大小。在第 1 次更改时，通常会弹出如图 3.30 所示的更改大小的确认对话框，如果确实要更改大小，就单击"确定"按钮关闭对话框。

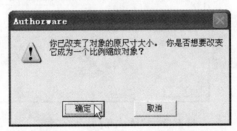

图 3.30　更改大小的确认对话框

（2）更改位置。用鼠标拖曳图像，可以调整图像在"演示窗口"中的位置。

（3）显示模式。和更改图形的显示模式一样，在选中图像时，单击绘图工具箱中的"模式"下的按钮，再单击显示模式选择工具箱中相应的模式，即会显示相应的效果。

2. 使用"属性：图像"对话框

只有对于导入的图像，才可以使用"属性：图像"对话框来修改该图像的属性。对于在 Authorware 中使用绘图工具箱中的工具绘制的图形是没有的。

选中导入的图形，再选择菜单命令"修改"→"属性：图像"或者按组合键 Ctrl＋Shift＋I，或者直接双击该图像，弹出如图 3.31 所示的"属性：图像"对话框。

这个对话框包含两个选项卡：

（1）"图像"选项卡。在"图像"选项卡可以看到所导入的图像文件的一些信息。

● 文件：导入的文件的路径。如果使用链接方式时尽量使用相对路径，还可以使用变量或表达式来指定要链接的文件。

● 存储：导入的图形文件在 Authorware 应用程序中的存储方式。

图 3.31　"属性：图像"对话框

此外还有"文件大小"、"文件格式"、"颜色深度"等图像属性。

● 选项"模式"是设置图像的显示模式的，其后是下拉列表框，其中的设置选项和显示模式选择工具箱中的一致。

● 选项"颜色"是设置导入的图像文件的前景色和背景色的，但是此选项的设置只能为单色（1bit）图像有用。

（2）"版面布局"选项卡。在如图 3.31 所示的"属性：图像"对话框中单击"版面布局"选项卡，如图 3.32 所示。

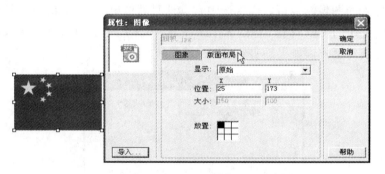

图 3.32　"版面布局"选项卡

① 在选项"位置"后的输入框中可以直接输入该图像对象在"演示窗口"中的横坐标和纵坐标。

② 在选项"显示"后的下拉列表框中包括 3 个选择项，默认是选择"原始"，即图像应以原始大小显示。如果经过调整，再次选择这一项，就可以恢复图像对象为导入时的初始大小。

● 如果选择"比例"，则此时对话框变成如图 3.33 所示，这时可以在选项"大小"后直接输入宽和高的大小或在选项"比例%"后输入宽和高的比例来精确缩放图形。

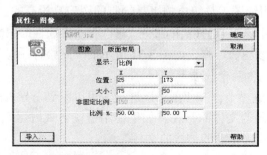

图 3.33　"版面布局"选项卡按比例设置

● 如果选择"裁切"，则此时对话框变成如图 3.34 所示，此时可以在选项"大小"后输入要保留部分的宽度值和高度值，在选项"放置"后单击不同的方块来设置要保留的部分在原图像中的位置。

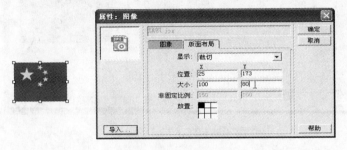

图 3.34　"版面布局"选项卡按裁切设置

3.4.3　实例：使用 Alpha 通道制作逼真的阴影效果

在课件中经常会出现一些提示性的文字，比如课文介绍，即时帮助。为了让这些文字不受背景的影响，经常会给这些文本添加一个背景方框。而为了让方框与课件的背景不重叠，可以给方框添加阴影效果。

在汉语学习课件中，在每一课的开头都有对这一课中的内容的介绍，这些介绍是放在一个底板上的，而这个底板带有阴影效果。

在 Authorware 中导入图像后，为了去掉图片所带的背景，可以通过使用"透明"或者"遮隐"这样的显示模式，但如果有阴影效果时，这两种方式就不合适了，这时可以考虑使用"阿尔法"显示模式，在 Authorware 中"阿尔法"显示模式可以支持 PSD 格式的图层或通道、TIFF 格式的通道、PNG 格式的图层。

1. 准备工作

下面是在 Adobe 公司的 Photoshop 中打开的示意图说明。

如图 3.35 所示是 PNG 格式的图层。

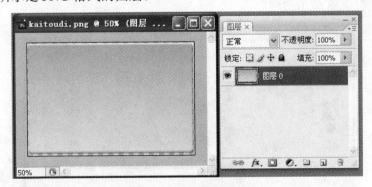

图 3.35　PNG 格式的图层

如图 3.36 所示是 TIFF 格式中使用了通道时的情形。

在 PSD 格式或 TIFF 中图层的应用和 PNG 格式是一样的，可以在 Authorware 中对 PSD 格式的图像中不包含背景的图层应用 Alpha（阿尔法）透明方式，所不同的是 PSD 格式的文件可以支持多个图层。和 TIFF 格式一样，PSD 格式中的通道也可以在 Authorware 中应用，但同样都只能有一个通道。

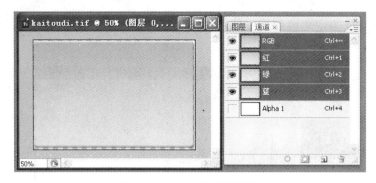

图 3.36 TIFF 格式的通道

2. 在 Authorware 中设置

在程序中导入符合条件的图像文件，运行程序时会看到图片的背景，如图 3.37 所示。

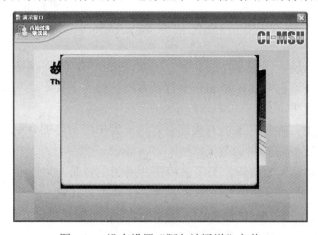

图 3.37 没有设置"阿尔法通道"之前

在"演示窗口"中双击要设置的图像，这时进入这个图像所在的"显示"图标的编辑状态，在绘图工具箱中单击"模式"下面的按钮打开显示模式选择工具箱，再单击"阿尔法"模式，就变成如图 3.38 所示的画面。

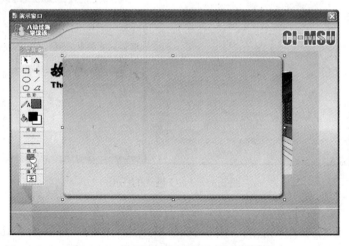

图 3.38 设置了"阿尔法"模式的画面

使用"阿尔法"模式使 Authorware 可以更好地去掉背景图形。

3.5 对象的放置与效果

输入的文本、绘制的图形、导入的图像，在"显示"图标中都是作为对象来处理的。可以同时对它们进行调整、移动等。

3.5.1 编辑对象

在"显示"图标中，对于同类对象，可以一起编辑，对于不同类的对象，也可以一起编辑。

1．选取对象

要选择单个对象，可以在绘图工具箱中，用鼠标单击"选择/移动"工具，再单击要选择的对象。

要选择多个对象，可以按住 Shift 键不放，再依次单击要选择的对象。

2．取消对象的选取

按一下键盘上的空格键就可以取消已被选中的一个或几个对象；也可以在"演示窗口"中单击另一个对象，或者在一个没有对象的地方单击，就可以取消选中的对象。

如果要取消多个选中对象中的一个，就要按住 Shift 键不放，再单击要取消的对象。

3．删除对象

要删除对象，可以在选中单个或多个对象后，选择菜单命令"编辑"→"清除"或者按 Delete 键。

4．复制对象

要复制对象，可以在选中单个或多个对象后，选择菜单命令"编辑"→"复制"，再在要复制到的位置单击，或者打开另一个"显示"图标，选择菜单命令"编辑"→"粘贴"。在粘贴时，如果打开另一个"显示"图标进入"演示窗口"后，立即选择粘贴，那么新粘贴的对象会出现在和原来图标中所处的同一个屏幕的位置上。如果在粘贴前，用鼠标单击了当前"演示窗口"中的某个位置，则对象会被粘贴到用鼠标单击的那个位置上。

5．移动对象

如果在同一个"显示"图标内移动对象，可以选中单个或多个对象，再把鼠标移到某个对象的边线上，拖曳鼠标就可以调整对象的位置。还可以使用键盘上的上、下、左、右键移动对象，只是这时在任意方向上，一次只能移动一个像素。

如果要在不同的"显示"图标之间移动对象，就要像复制对象一样操作，只是第 1 步是剪切对象。或者复制到另一个图标后，再把原来的对象删除。

6．同时编辑多个"显示"图标的对象

在一个程序中，经常会用到多个"显示"图标，例如，经常在一个"显示"图标中放置程序的背景图片，再在其他"显示"图标中放置文本或图片。

（1）同时显示多个"显示"图标的内容。在多个"显示"图标中的显示对象之间经常会碰到诸如位置对齐、部分遮盖等问题，为此需要多个"显示"图标的内容同时显示。一种方法是，运行程序暂停，然后双击要编辑的对象。另一种方法是首先双击需要显示的图标，再按住 Shift 键不放，双击需要编辑的图标。

（2）同时编辑多个"显示"图标中的显示对象。在编辑程序时，除了在"显示"图标的编辑状态下可以调整显示对象的位置，在调试程序时，也可以调整。运行程序，可以在"演示窗口"中拖曳要调整的对象。也可以运行程序后再暂停，这时可以同时选中多个"显示"图标中的对象，再拖曳它们就可以同时调整位置了。如果已经在某个"显示"图标的编辑状态，而"演示窗口"中也打开了作为参照的对象时，就可以选中要编辑的对象，再按组合键 Ctrl＋Shift，然后单击作为参数的对象，就可以同时选中处于不同"显示"图标的显示对象。

3.5.2　组合图形

类似于 Word 等办公软件中的功能，Authorware 可以将几个简单图形组合成一个复杂图形，这些简单图形可以被单独控制，改变其属性，但其相对位置和大小关系很容易被无意地操作而改变。可见 Authorware 提供了成组功能，可以将几个对象合成一个组，从而可以统一操作该组，对它进行移动、对齐、更改大小等操作。

要组合多个对象，首先选择这些对象，然后选择菜单命令"修改"→"组合"，或者按组合键 Ctrl＋G，就可以将多个选中的对象组合在一起。

如果要编辑已经组合的对象中的某一个，就需要解除组合。可以先选中已组合的对象，然后选择菜单命令"Modify"（修改）→"Ungroup"（取消群组），或按组合键 Ctrl＋Shift＋G，如图 3.39 所示。

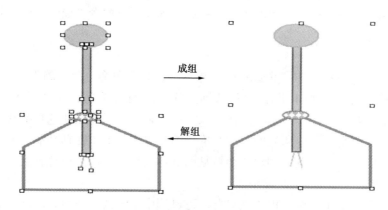

图 3.39　对象的成组与解组

3.5.3　前后次序

当对象被创建或导入后，它们就按先后次序放置在"演示窗口"中，上面的对象可能全部或部分覆盖下面的对象。当几个对象有重叠时，可以通过层次关系来更改多个对象之间的相对上下位置。

1. 改变前后次序

根据需要改变对象的前后次序，可产生不同的显示效果。

（1）对象前置。选中在底部的对象，选择菜单命令"修改"→"置于上层"或者按组合键 Ctrl＋Shift＋↑，就可以把选取的对象移动到"演示窗口"中所有对象的顶部。如果同时选择了多个对象，它们会一起移到顶部并且其相对位置不变。

（2）对象后置。选中在上层的对象，选择菜单命令"修改"→"置于下层"或者按组合键 Ctrl＋Shift＋↓，就可以把选取的对象移动到"演示窗口"中所有对象的底部。如果同时选择了多个对象，它们会一起移到底部并且其相对位置不变。

2．阴影效果制作

与许多图形处理软件不同，Authorware 没有做投影的功能。可见，如果需要一个阴影效果，除了使用图形处理软件以外，就只有利用两个重叠的错位对象来形成阴影效果。

在课件中，有时为了突出标题，可以给标题添加阴影效果。

步骤如下。

（1）这里假定标题已经输入并设置好格式，如图 3.40 所示。

（2）选中输入的文本，单击工具栏上的"复制"按钮，然后关闭"演示窗口"。

（3）再次双击标题文本所在的"显示"图标，打开"演示窗口"，再单击工具栏上的"粘贴"按钮，新粘贴入的文本会和原来的文本重合在一起。

（4）在没有取消选择时，按光标键微调粘贴的文本的位置。在绘图工具箱中单击"色彩"下面的第 1 个按钮，在打开的颜色调色板上单击所要的颜色，如图 3.41 所示。

图 3.40　输入好的文本

图 3.41　移动粘贴的文本并设置颜色

（5）在没有取消选择时，选择菜单命令"修改"→"置于下层"，设置了新颜色的文本被移到底层，形成如图 3.42 所示的阴影效果。

图 3.42　阴影效果

3.5.4　排列与对齐

当在"演示窗口"中同时排列多个对象时，有时要将它们有序地进行排列，使其看起来更美观。除了逐个移动到合适的位置，还可以利用 Authorware 的排列工具箱更合理地处理这类问题。

选择菜单命令"修改"→"排列"或者按组合键 Ctrl＋Alt＋K，弹出如图 3.43 所示的排列工具箱，此工具箱是用来在编辑窗口中同时排列多个对象。

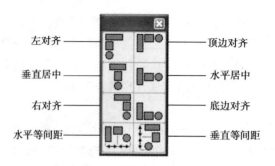

图 3.43　排列工具箱

左对齐
垂直居中
右对齐
水平等间距
顶边对齐
水平居中
底边对齐
垂直等间距

以下是每个按钮的说明。

- 左对齐：以选取的对象中最左端的边缘为界，所有选取的对象都向左移动，以使所有选取对象的左边界在同一条垂直线上。
- 垂直居中：将所有选取的对象在垂直方向上按所有对象的中心线对齐。
- 右对齐：所有选取的对象在垂直方向上向最右端的右边缘对齐。
- 水平等间距：将所选对象在水平方向上等间距排列。
- 顶边对齐：将选取对象在水平方向上和最上端的顶边对齐。
- 水平居中：把所选对象在水平方向上按共同的中心线对齐排列。
- 底边对齐：将选取对象在水平方向上和最下端的底边对齐排列。
- 垂直等间距：将所选对象在垂直方向上等间距排列。

排列工具箱可以运用于所有可显示的对象的排列。

在 Authorware 中输入的文本，不能像 Microsoft Word 中那样设置段间距，为此要调整段落之间的距离，就只有把每段作为一个文本块再来调整。例如，在输入课文介绍的图标中，为了更好地排版，将各段分成几个文本块来输入。在输入完成后，就可以选中多个文本块，选择菜单命令"修改"→"排列"打开排列工具箱，依次单击"左对齐"和"垂直等间距"这两个按钮来设置，如图 3.44 所示。

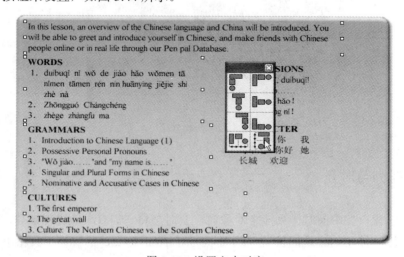

图 3.44　设置文本对齐

对于不同"显示"图标中的对象，也可以使用排列工具箱来进行排列。方法是，运行程序再暂停，选中多个"显示"图标中的显示对象，再选择菜单命令"修改"→"排列"打开排列工具箱，就可以进行排列了。

3.5.5　"属性：显示"面板

对于"显示"图标来说，无论它的内容是文本、图形或者是图片，它们都有一些公用的显示属性，可以根据需要设置一些独特的显示属性增强演示效果，如分层显示、过渡效果、定位显示都能容易地实现。

要设置一个"显示"图标的属性，可以在流程线上选中它，选择菜单命令"修改"→"图标"→"属性"，也可以在这个"显示"图标上单击鼠标右键，再在菜单中单击"属性"命令，都可以打开或关闭如图 3.45 所示的"属性：显示图标"面板。

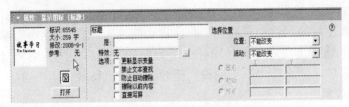

图 3.45　"属性：显示图标"面板

在"属性：显示图标"面板左上角的方框是预览窗口，显示的是当前图标中的内容缩略图。

在预览框的旁边是当前图标的图标信息。单击"打开"按钮则会在"演示窗口"中打开当前图标的内容。

中间一列的最上面的文本框是当前图标的名称栏，可以直接在此文本框中修改图标名。

在图标面板的最右边是一个"帮助"按钮，单击此按钮就会打开与当前图标类型对应的帮助信息。

1．图标信息

在所有图标的属性面板的左半部分都会列出图标的参考信息。主要包括：在图标内容预览框中可以看到"显示"图标中的显示内容。

● 标识：此图标对应 ID 号，在同一个程序中，每个图标的 ID 号都是唯一的。

● 大小：显示了该图标占用的字节大小。

● 修改：显示了该图标的最后修改时间。

● 参考：显示这个图标是否被一些变量所引用。如果已引用，则显示"是"，否则显示"否"。在图标窗口中显示的是该图标类型对应的图形。

● "打开"按钮：打开"显示"图标，编辑其中的显示对象。

2．显示层次

在"层"文本框中可以设置当前图标的显示层，默认情况下所有图标的显示层都为 0，当层的值相同时，后面显示的图标对象覆盖前面显示的图标；否则层值高的图标对象覆盖层值低的图标对象。

在默认状态下，选项"层"后文本框内是空的，这相当于 0 层。可以通过在"层"后面的文本框中输入数字来设置层的顺序，输入的数字越大，显示的位置就越在上面。Authorware 7.0 对层次数值没有特别要求，会自动按从大到小的次序叠放显示对象，并且一个"显示"图标中的所有对象只有一个显示层次。

3．显示效果

选项"选项"中有一组复选框，可以对显示效果进行设置。

- 更新显示变量：选择该项后，如果在该图标中包含一些由变量来显示的内容，那么不需要重新执行这个图标就可以自动更新图标中的变量。当在整个作品中有要不断更新的信息，例如一个游戏中的用户得分，或者一些提示信息，就可以通过改变一个变量的值来使显示内容不断改变，但是只用一个"显示"图标来展示。
- 禁止文本查找：选择该项后，在使用"导航"图标来创建程序内部的查找功能时，该图标中的文本对象将排除在搜索之外。
- 防止自动擦除：选择该项后，在运行程序时，该图标将不会被自动擦除。
- 擦除以前内容：选择该项后，在执行该图标时，将擦除在当前图标之前显示的内容。但如果图标的属性中设置了"防止自动擦除"，则不受这个影响。
- 直接写屏：选择该项后，将使图标的层数最高，图标中的内容将处于最前。如果设置了这个选项，则选项"层"的设置无效，选项"特效"也不可用。

4．设置过渡效果

当显示对象（图片或文本）出现在"演示窗口"时，为了有更好的视觉效果，可以加上过渡效果。过渡效果指的是显示对象显示时的马赛克转换、淡入、淡出等效果，即显示对象不是一下子完全显示出来，而是以一定的方式逐渐显示出来。Authorware 7.02 内置了 71 种过渡效果，汉化版还引入了一些外部插件，从而可以使用更多的过渡效果。

要设置过渡效果，可以在如图 3.45 所示的"属性：显示图标"对话框中单击选项"特效"右侧的 ... 按钮，或者先选中流程线上的"显示"图标再选择菜单命令"修改"→"图标"→"特效"或者按组合键 Ctrl+T，都会弹出如图 3.46 所示的"特效方式"对话框。

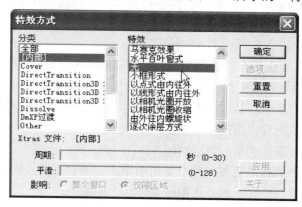

图 3.46 "特效方式"对话框

- 在选项"分类"下面的列表框中共有 16 种过渡效果可供选择，在选项"特效"下面的列表框中显示所选分类包含的过渡效果。要预览所选的过渡效果，可以单击"应用"按钮。
- 选项"周期"后的文本框中可以输入过渡效果持续时间，单位是秒（s）。
- 选项"平滑"后的文本框中可输入 0～128 之间的整数，这些整数代表过渡效果的平滑度，值越大，平滑度越粗糙，0 表示最光滑的过渡过程。
- 选项"影响"指定该过渡效果的影响区域。其中包含两个选项："整个窗口"，若选中该项，则影响整个"演示窗口"；"仅限区域"，若选中该项，则只会影响显示对象区域。

● 单击"重置"按钮将恢复选中的过渡效果设置为默认设置。

● "选项"按钮用于设置某个过渡效果的其他参数。

● 设置后，可以单击"确定"按钮确认选择并关闭对话框，这时在属性面板中的选项"特效"后就可以看到所选择的过渡效果。当运行程序时，就会显示相应的过渡效果。

一个"显示"图标中的所有对象只能有一种过渡效果，如果希望两个显示对象有不同的过渡效果，那只能把它们放在不同的图标中。

5．定位显示

在如图 3.45 所示的"属性：显示图标"面板右侧是与布局有关的选项。

选项"位置"：设置显示对象在"演示窗口"中的位置。其后的下拉列表框中有 4 个选项，分别是

（1）"不能改变"：Authorware 将不在"演示窗口"中以任何方式定位当前图标中的对象，它们通常定位在创建对象时的位置上。

（2）"在屏幕上"：选择这个选项后，Authorware 程序将可以在屏幕的任何位置上定位当前图标中的对象。这时属性面板如图 3.47 所示，可以看到在选项"位置"的上方看到提示"拖动对象到最初位"，也就是可以在"演示窗口"中拖动显示对象来确定显示位置，也可以在选项"初始"后面"X"和"Y"对应的文本框中输入数值来设定显示位置。

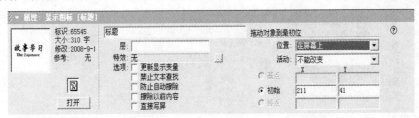

图 3.47　设置位置为"在屏幕上"时的属性面板

提示：这里输入的数值是用来指定显示对象的坐标的。在 Authorware 中，"演示窗口"的坐标和数学中的坐标系不太一样。Authorware 中的坐标是以菜单栏下的显示区域的左上角为坐标顶点，向右为 X 轴的正轴，向下为 Y 轴的正轴，如图 3.48 所示。

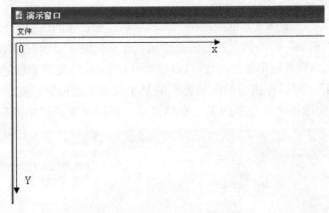

图 3.48　Authorware 的坐标系

还可以在选项"初始"后面的文本框中输入变量，从而可以在程序中通过修改变量的值来更改显示对象的位置。

（3）"在路径上"：可以在指定的路径的某个位置定位显示对象，这时属性面板如图 3.49 所示，可以看到在选项"位置"的上方看到提示"拖动对象以创建路径"。

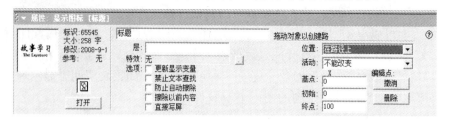

图 3.49　设置位置为"在路径上"时的属性面板

如果"演示窗口"没有打开，单击"打开"按钮。可以在演示窗口中看到显示对象上会出现一个白色的小三角形，代表显示对象的起始点的位置，拖曳这个小三角形可以改变起始位置；拖曳显示对象到另一个位置，可以看到与起始位置之间会有一条线连接，如图 3.50 所示。在第 2 个位置上可以看到一个黑色的小三角形，表示选中了状态。

图 3.50　创建路径

可以继续拖曳显示对象，继续创建路径。所拖到的最后一个位置就是路径的终止位置。在属性面板上单击"撤销"按钮可以撤销最后一次的位置。单击选中某个小三角形，在属性面板上单击"删除"按钮，可以删除这些小三角形。双击小三角形，小三角形就变成了小圆点，在两个小圆点之前的路径线会变成曲线。

在选项"基点"和"终点"分别指定在"演示窗口"中设置的路径的起始位和终点位所对应的数值。在选项"初始"后面输入的数值是指定程序运行时，显示对象出现的位置，可以拖曳显示对象到路径上来设置这个数值，也可以在这个选项中使用变量来指定出现的位置。

（4）"在区域内"：可以在指定的区域范围的某个位置上定位显示对象，这时属性面板如图 3.51 所示，可以在选项"位置"的上方看到提示"拖动对象到起始位"。

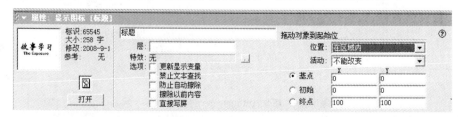

图 3.51　设置位置为"在区域内"时的属性面板

将显示对象拖曳到要指定的区域的起始位置上，松开鼠标后，可以看到选项"位置"

上方的提示变成了"拖动对象到结束位"。在属性面板中单击选中"终点",再拖曳显示对象到要指定区域的结束位置,松开鼠标后,可以看到在"演示窗口"中就出现一个方框,如图 3.52 所示,代表显示对象可以出现的区域。

图 3.52　设置活动区域

在属性面板中单击选中"初始",可以看到选项"位置"的上方的提示变成了"拖动对象到最初位"。这时拖曳显示对象,就可以指定显示对象出现的初始位置。

在选项"基点"和"终点"后面的文本框,是用来设置前面所指定的区域的起始位置和结束位置所对应的数值。可以在选项"初始"后面的文本框中输入数值来指定显示对象出现的位置,可以使用变量来设置。

6. 可移动性

在"显示"图标的属性面板的右边的选项"活动"是设置显示对象在"演示窗口"中的是否可以移动,以及移动的范围。其后的下拉框中有 3 个共同的选项。

(1)不能改变:用于设置显示对象不可以移动位置。选择这个选项后,在调试程序时还是可以移动的,打包后这个对象就不能被移动了。

(2)在屏幕上:程序运行时,显示对象可以被拖动,但只能在"演示窗口"内部移动。

(3)任意位置:程序运行时,显示对象可被移动到任何地方,甚至移动到屏幕外。

当在选项"位置"中选择了"在路径上"时,选项"活动"就多了一个选择,即"在路径上"。如果选择该项,则显示对象就只能在指定的路径内拖动。

如果选项在"位置"中选择了"在区域内",那么选项"活动"中就多了一个选项,即"在区域内",如果选择该项,则显示对象就只能在指定的矩形区域内拖动。

3.6　变量与函数初步

在前面提到,可以在文本对象中嵌入变量,可以显示实时变化的信息或不同用户的信息;在"显示"图标的属性面板中的选项"层"后面也可以使用变量来控制显示层次。使用变量和函数可以让用户对应用程序达到更深层次的控制,从而实现更多、更复杂的效果。

3.6.1　文本中使用变量与函数

可以在文本对象中嵌入一个变量或表达式。当执行到该对象所在的图标时,在"演示窗口"中在该位置显示的就是该变量或表达式的值。

要在文本中嵌入变量或表达式，可以使用大括号{ }，在大括号中输入的内容 Authorware 会当做变量，在显示时进行自动转换。如果想使在文本对象中嵌入的变量能实时显示变化值（比如用系统变量 FullTime 来显示时间的变化），必须在如图 3.45 所示的"属性：显示图标"对话框中的"选项"后选中"更新显示变量"。

如图 3.53 所示是在编辑程序时的输入变量。程序运行时的"演示窗口"如图 3.54 所示。

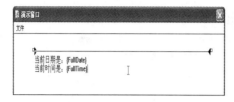

图 3.53　输入变量

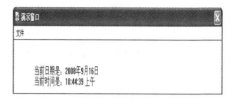

图 3.54　程序运行时的"演示窗口"

3.6.2　通过变量获知图标属性

Authorware 中的变量的概念和其他编程语言中变量的概念是一样的，都是用来存储结果信息的。与其他语言不同的是，Authorware 提供了两种变量：一种是 Authorware 预先定义好的一套变量，它们用于跟踪 Authorware 应用程序运行时的各种信息，如各种图标的状态、用户的响应动作、系统时间、用户记录文件的存放目录等，它们的值由 Authorware 自动确定和更新，这类变量通常被称为系统变量；另一种是程序人员自己创建的变量，用来存储运算的中间结果或者记录用户的成绩等，这类变量通常称为自定义变量。

Authorware 的系统变量可以在"变量"面板中查到，当前程序所使用的自定义变量也可以在"变量"面板中查到。与图标相关的系统变量都在"图标"类变量中，单击工具栏上的"变量"按钮打开"变量"面板，在选项"分类"下面单击下拉按钮，在打开的下拉列表中单击"图标"，就可以在列表框中看到所有的"图标"类变量，单击某个变量，就可以在选项"描述"中看到这个变量的说明，如图 3.55 所示。

图 3.55　"变量"面板

1．与显示对象有关的变量

使用系统变量 DisplayLeft 和 DisplayTop 可以获得显示对象的左上角的坐标，就可以获得显示对象在"演示窗口"中的位置；使用系统变量 DisplayWidth 和 DisplayHeight 可以获得显示对象的宽和高，即可以获得显示大小。使用系统变量 DisplayX 和 DisplayY 可以获得显示对象的中心点的坐标。当在"属性：显示图标"面板的选项"活动"中选择"在屏幕上"或者"任意位置"时，可以使用这些系统变量来获得显示对象的即时位置。

当在"属性：显示图标"面板的选项"活动"中选择"在路径上"时，可以使用系统变量 PathPosition 来获得显示对象在指定的路径上的位置。

当在"属性：显示图标"面板的选项"活动"中选择"在区域内"时，使用系统变量 PositionX 和 PositionY 可以获得显示对象在指定区域中的位置。

2．实例：即时获得滑块的位置

大部分电影播放器如 Windows Media Player 等都会使用一个变化的滑块来指示当前播放的位置。滑块的位置是在一条线上变化的，可以通过设置活动范围为"在路径上"来确定滑块的值。

（1）准备工作。准备好一个滑块的图片，还有一个指示滑块的滑动范围的图形，这里用 Authorware 的画线工具画了一个示意图。

（2）制作步骤。

① 用鼠标拖入一个"显示"图标到流程线上，命名为"底线"，双击它打开"演示窗口"，在"演示窗口"中绘制作为参照的图形，并标上示意的数字，如图 3.56 所示。设置好后，关闭"演示窗口"。

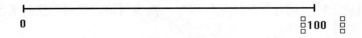

图 3.56　参照位置

② 再用鼠标拖入一个"显示"图标到流程线上，命名为"滑块"，在关闭前一个"显示"图标的情况下，按住 Shift 键不放，双击新加入的"显示"图标，打开"演示窗口"，可以看到前面绘制的参照图标也出现在"演示窗口"中。单击工具栏上的"导入"按钮，在弹出的"导出哪个文件？"对话框中找到前面准备的滑块图像，单击"导入"按钮关闭对话框，将滑块图导入到"演示窗口"中。拖曳滑块图到参照图的最左端，如图 3.57 所示。

图 3.57　导入滑块图

③ 按组合键 Ctrl＋I 打开属性面板，在选项"位置"后面选择"在路径上"，这时滑块图上会出现一个小三角形，在"演示窗口"中拖曳滑块（注意别拖曳到小三角形）到参照图的最右端，如图 3.58 所示。

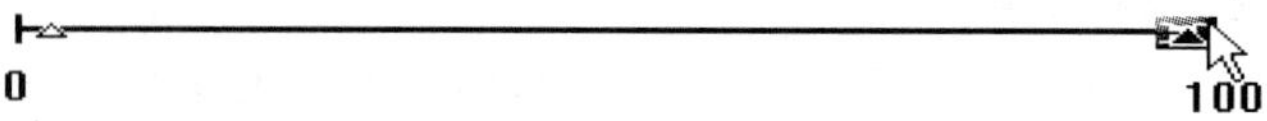

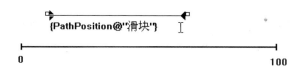

图 3.58　设置路径

这时在滑块上又出现一个黑色的小三角形，可以拖曳这两个小三角形来设置它们之间的连线，要使这条线成直线，并与参照图中的直线重合。设置好路径后，再在属性面板的选项"活动"后面选择"在路径上"，这样就把滑块的活动范围指定到了前面设置的路径上。设置后关闭"演示窗口"。

再次双击"底线"显示图标打开"演示窗口"，在绘图工具箱中单击文本工具，在"演示窗"口中合适的位置单击，输入以下内容：

{PathPosition@"滑块"}

如图 3.59 所示。

图 3.59　在"显示"图标中输入变量

按组合键 Ctrl＋I 打开属性面板，选中选项"更新显示变量"。设置好后关闭"演示窗口"。

⑤ 单击工具栏上的"运行"按钮运行程序，拖曳滑块，就可以实时看到滑块的当前位置了，如图 3.60 所示。

21.19

0   100

图 3.60　实时显示滑块位置

⑥ 将所制作好的程序保存为"滑块位置.a7p"。

3.6.3　用变量控制图标属性

如果不做设定，在程序运行时，显示对象默认会出现在编辑状态中最后一次指定的位置。但通过以下方式可以进行控制：

在"属性：显示图标"面板中的选项"位置"后面选择了"在屏幕上"或者"在路径上"或者"在区域内"以后，就可以指定显示对象的活动范围。设置后，在选项"初始"后面就可以使用变量来控制"显示"图标初始运行时显示对象出现的位置，以便根据程序的需要让显示对象出现在合适的位置。

例如，在前面制作的滑块例子中，可以在"显示"图标"滑块"的属性中的选项"初始"中输入一个自定义变量"shu"，然后在另一个地方单击，在弹出的"新建变量"对话框中的选项"初始值"设置为 50，如图 3.61 所示。设置后单击"确定"按钮关闭对话框。

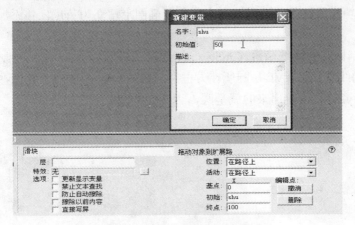

图 3.61　设置变量

这时运行程序，就可以看到滑块一开始就出现在"50"所对应的位置上了。

如果将选项"活动"设置为"不可改变"，这时是不想让显示对象能够被拖动，而且打包后确实就不能被拖动了。但如果是在编辑程序的过程中运行程序，在"演示窗口"中还是可以拖动这样的显示对象来实时调整它们的位置。有时有些显示对象不想被随意拖动（如上面流程线上的"底线"显示图标），这时可以使用系统变量 Movable 来控制。

例如，在前面的滑块的例子中，就不希望在调试程序时参照图被随意更改位置，就可以在流程线上的"显示"图标"底图"上单击右键，在打开的菜单中单击"计算"命令，在打开的"计算"图标的编辑窗口中输入以下代码：

```
Movable=0
```

关闭"计算"图标后，运行程序，在"演示窗口"中就不能拖动参照图"底线"显示图标了。

3.6.4　用函数与脚本控制图标属性

除了在"属性：显示图标"面板中的选项"层"中可以输入一个数字或变量来设置显示对象的层次，还可以使用系统函数 LayerDisplay 来动态设置显示对象的层次。这个函数的语法格式是：LayerDisplay(LayerNumber [，IconID@"IconTitle"])。它包括两个参数，第 1 个参数是用数字或变量来指定要显示的层次，第 2 个参数是指定要控制的图标的 ID。比如要指定"显示"图标"文字 1"的层次，就可以使用以下方法：LayerDisplay(3,IconID@"文字 1")。

习　　题

1．简述显示图标的作用。
2．在 Authorware 中创建文本的方法有哪些？
3．如何定义和应用文本样式？
4．Authorware 提供了哪些绘图工具？
5．如何把外部图像导入到 Authorware 中？

6．新建一个文件，保存命名为"绘图.a7p"，在"演示窗口"中分别绘制圆形、矩形和椭圆形，把圆形填充为红色，矩形填充为蓝色，椭圆形填充为黄色，并添加相应的文本进行说明。

7．使用绘制椭圆的系统函数 Circle（pensize，x1，y1，x2，y2）绘制一个椭圆。其中 pensize 是圆周的线宽；x1，y1 是圆所在方框左上角的坐标；x2，y2 是圆在方框右下角的坐标。如果 x2x1＝y2y1，绘制出来的就是圆，否则为椭圆。

第 4 章　数字多媒体对象

声音和视频是多媒体作品最能活跃气氛的元素，Authorware 7.02 提供的 3 个多媒体图标："声音"图标、"数字电影"图标、DVD 图标，可以让程序人员很容易地输入和播放声音、视频。

4.1　声音图标的使用

在多媒体软件的制作中，声音占据了举足轻重的位置。虽然 Authorware 本身不能制作声音文件，但是 Authorware 可以通过"声音"图标来导入多种格式的声音文件。使用"声音"图标可以为多媒体程序配上音乐、声音说明等。在 Authorware 7.0 中可以支持的声音有 AIF、PCM、SWA、VOX、WAVE 和 MP3。

4.1.1　声音的导入

在 Authorware 7.02 应用程序中添加声音有 3 种方法。

1．在声音图标中导入

从图标面板中拖曳一个"声音"图标到流程线上，双击该"声音"图标，打开"属性：声音图标"面板，如图 4.1 所示。

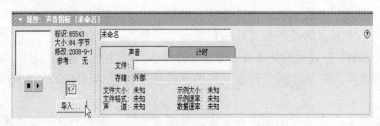

图 4.1　"属性：声音图标"面板

单击属性面板左下角的"导入"按钮，弹出如图 4.2 所示的"导入哪个文件？"对话框，这和导入文本和图像的对话框是类似的。所不同的是这时一次只能导入一个声音。

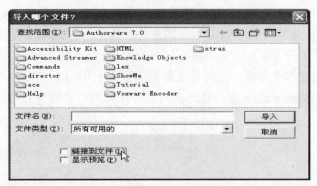

图 4.2　"导入哪个文件？"对话框

这个对话框和一般的 Windows 标准对话框一样，只是多两个选项：其中"显示预览"对图形才有用；而选项"链接到文件"可以设置是否将声音文件作为外部文件来引入，默认的引入方式为内部文件。如果声音文件过大，最好选中选项"链接到文件"，这样可以使 Authorware 7.02 程序运行速度更快一些。如果想将该声音文件加入到 Authorware 7.02 的库文件或模块文件中时，最好采用内部引入方式。

在对话框中找到相应的文件，单击"导入"按钮就回到属性面板，同时在该属性面板中显示所引入声音文件的一些属性，如图 4.3 所示。

图 4.3　引入声音文件后的属性面板

下面简单介绍各项的含义。

选项"文件"中显示的是声音文件的路径。如果是以链接的方式来导入声音，就可以在这个选项中直接修改声音文件的路径，这时还可以使用变量或表达式来指定要链接的文件。

选项"存储"中显示的是声音文件在 Authorware 程序中的调用方式，包括"内部"和"外部"两种，在导入文件时进行设置。如果在"导入哪个文件"对话框中选中"链接到文件"复选框，则为外部文件，文本框中显示外部，否则显示内部。

选项"文件大小"中显示的是声音文件的大小。

选项"文件格式"中显示的是声音文件的类型。

选项"声道"中显示的是声音文件的声道设置，包括"立体声"和"单声道"两种。

选项"示例大小"中显示的是声音文件的采样大小，常用的有 16bit（位）、8bit、4bit 等。

选项"示例速率"中显示的是声音文件的采样频率，有 44kHz/s、22kHz/s、11kHz/s 等几种。

选项"数据速率"中显示的是声音文件的数据流大小，即每秒声音文件所占磁盘空间的大小。

2．直接导入

和直接导入文本和图像一样，也可以直接导入声音，将粘贴指针移动到流程线上要加入声音的位置，直接单击工具栏的"导入"按钮，或者选择菜单命令"文件"→"导入和导出"→"导入媒体"，来打开和导入文本或图像时一样的"导入哪个文件？"对话框，在这个对话框中可以单击右下角的"+"按钮，展开对话框，可以同时导入多个声音文件，实际上，还可以同时导入文本或图像，或者导入数字电影，如图 4.4 所示。找到相应的文件，单击"导入"按钮后，Authorware 也会自动在粘贴指针所指位置创建相应的图标，同时图标名自动为文件名。

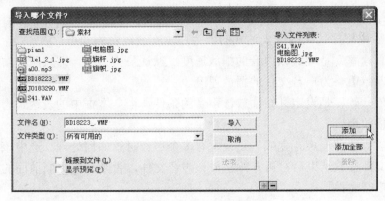

图 4.4　导入多个文件

3．从资源管理器中拖入

和添加文本和图像一样，也可以直接从 Windows 的资源管理器（或浏览器）中把声音文件拖到流程线上，Authorware 7.0 会自动生成一个包含声音文件的"声音"图标。

4.1.2　声音的播放控制

通过"属性：声音图标"面板还可以设置声音的播放效果，在"计时"选项卡中可以对"声音"图标的播放进行控制。在如图 4.1 所示的"属性：声音图标"面板中单击"计时"选项卡，如图 4.5 所示。

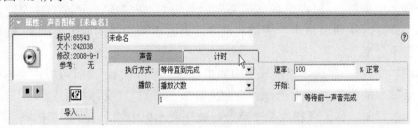

图 4.5　"属性：声音图标"面板中"计时"选项卡

下面是"计时"选项卡中各选项的含义。

（1）选项"执行方式"是设置声音的播放和其他事件的先后关系。单击下拉列表按钮后，打开下拉列表框，共有 3 个选项，含义如下。

● 等待直到完成：直到该声音播放完毕才开始执行下一个图标。

● 同时：在播放声音同时执行下一个图标。

● 永久：即使程序已经退出了"声音"图标，该图标仍然保持活动。Authorware 7.02 会始终监视"开始"选项中的表达式的值，一旦该值为真，立即以设定方式播放指定声音。

（2）选项"播放"是设置该声音的播放次数。在下拉列表框中，共有两个选项，其代表的含义如下。

● 播放次数：将按照其下文本框中输入的数字或表达式的值确定声音播放的次数。该数字默认为 1。

● 直到为真：将不断地播放声音直到其下文本框中表达式的值为真为止，要用程序来控制声音的播放或停止，只要在"开始"选项和"播放"选项中都加入变量或表达式，然后用程序代码改变表达式的值为逻辑真或逻辑假即可。

（3）选项"速率"是设置该声音的播放速度，默认值为 100，即按照正常速度播放。可以在文本中输入数值，为声音文件的播放速度。

（4）选项"开始"是设定开始播放该声音的条件。当文本框中的表达式为真时，自动转到该图标开始播放声音。

（5）选项"等待前一声音完成"是设置有多个声音时该如何处理。选中该复选框，则等待前一个声音文件播放结束后，再开始播放该声音文件，否则，先中断前面的声音文件然后开始播放当前声音文件。

4.1.3　利用变量与函数控制音频播放

在 Authorware 中，对"声音"图标的控制非常方便，除了 Authorware 提供的一系列系统变量和系统函数外，还可以使用自定义变量来控制。

1．在属性面板中控制

可以在"计时"选项卡中使用变量来控制声音的播放。

（1）选项"文件"：可以在选项"文件"后面输入一个变量或表达式，格式为等号再加上变量名，也就是"＝变量名"，然后在程序中将声音文件的路径指定给这个变量，就可以在程序中播放不同的声音文件。

（2）选项"速率"：可以在选项"速率"后面的文本框中输入一个自定义变量，再在程序中修改这个变量，从而调整声音的播放速度。通常这个变量的取值范围是 80～120 比较好，这样声音不会变质。

（3）选项"播放"：在选项"播放"中如果选择"播放次数"，就可以在文本框中输入变量来控制声音播放的次数；如果选择"直到为真"，就可以在文本框中输入变量来控制声音什么时候停止。例如，想一直播放某个声音，就在文本框中输入 False 或 0。

（4）选项"开始"：如果想控制声音的播放，在选项"开始"后的文本框中输入变量，再在程序中更改对应的变量的值就行了。当变量的值为真时，就会开始播放声音，并将选项"执行方式"选择为"永久"。

2．获得声音播放的相关信息

Authorware 7.02 提供了一些系统变量来显示"声音"图标的相关信息，这些变量可以在变量面板的"常规"类中找到，分别介绍如下。

MediaLength：使用方法是 MediaLength@"IconTitle"，这个变量存储的指定"声音"图标中的声音文件的时间长度，以 ms 为单位。

MediaPlaying：使用方法是 MediaPlaying@"IconTitle"，用于判断指定的"声音"图标中的声音文件是否在播放。

MediaPosition：使用方法是 MediaPosition@"IconTitle"，这个变量存储的是指定的"声音"图标中的声音文件播放的当前位置，变量以 ms 为单位。

MediaRate：使用方法是 MediaRate@"IconTitle"，这个变量中存储的是指定的"声音"图标中声音播放的速度，也就是相对于正常速度的一个百分比。

SoundBytes：使用方法是 SoundBytes@"IconTitle"，这个变量以 Byte 为单位存放指定

"声音"图标中的声音文件的大小。

SoundPlaying：用于判断当前程序是否有声音正在播放。

3．控制声音播放

Authorware 7.02 提供了一些系统函数来控制声音的播放，这些函数可以在函数面板的"常规"类中找到，分别介绍如下。

MediaPlay：使用方法是 MediaPlay(IconID@"IconTitle")，这个函数用于播放指定的"声音"图标中声音文件。如果已在播放，则从头开始。

MediaPause：使用方法是 MediaPause(IconID@"IconTitle",pause)，用于暂停或继续一个指定的"声音"图标中声音文件的播放。当参数 pause 的值设置为 True 时，就暂停播放；当参数 pause 的值设置为 False 时，就继续播放。

MediaSeek：使用方法是 MediaSeek(IconID@"IconTitle",position)从函数指定的播放位置开始播放指定的"声音"图标中声音文件，该位置以 ms 为单位。

4.2　数字电影图标的使用

Authorware 7.02 作为一个多媒体制作平台，本身并不具有制作数字电影的能力。但是，Authorware 7.02 支持多种多样数字化电影的格式。利用"数字电影"图标可以在程序中播放高质量的数字电影。

4.2.1　导入数字电影

在 Authorware 7.0 中添加电影和添加声音一样也有 3 种方法，操作的步骤和导入声音一样。从"数字电影"图标的属性面板中只能导入单个文件，而使用工具栏上的按钮来导入文件时可以同时导入多个文件。

和导入图像一样，在导入电影时可以预览。在"数字电影"图标的属性面板中单击"导入"按钮，弹出"导入哪个文件？"对话框，选中"显示预览"复选框，这时选择电影文件时就可以看到预览，如图 4.6 所示。

如果在文件列表框中选择的是 FLC 或 FLI 文件，就可以发现"选项"按钮变为可用，单击选项按钮，弹出如图 4.7 所示的 "电影输入选项"对话框。

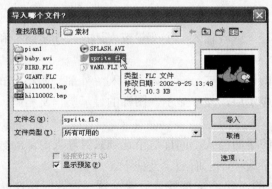
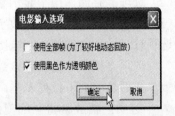

图 4.6　选择 FLC 或 FLI 文件时的导入文件对话框　　图 4.7　"电影输入选项"对话框

其中复选框"使用全部帧（为了较好地动态回放）"是用来设置是否使用全部帧。如果不选中此项，则在播放时只有第 1 帧显示完成的内容，以后的帧都只显示与第 1 帧不同的内容。如果选中此项，则播放时每一帧都显示全部内容。

复选框"使用黑色作为透明颜色"是用来设置是否使用黑色作为透明色。

在如图 4.6 所示的对话框中还可以看到，在导入电影文件时，选项"链接到文件"变为不可用。也就是这个选项在导入电影文件时不可设置，Authorware 根据所导入的文件的类型来设置导入文件的方式。通常只有.FLC 或.FLI 或.BMP 格式的作为内部文件导入，而其他格式都作为外部文件导入。作为内部文件引入的数字电影文件，会使 Authorware 程序增大，并有可能会使程序的启动变慢，但是对引入内部的电影可以使用过渡效果擦除，设置层次以及透明模式。作为外部文件连接的数字电影，对 Authorware 程序文件的大小影响很小，但不能使用过渡效果进行擦除，而且该电影播放时始终在最上层。

当使用外部连接时，最好将电影文件存放在 Authorware 能够搜索到的路径下，例如和源程序同一个文件夹或者子文件夹下，否则运行时将会弹出查找文件的对话框。

4.2.2 播放控制

打开数字电影图标的属性面板，如图 4.8 所示。

图 4.8　数字电影图标的属性面板

在属性面板的左边可以看到 4 个播放控制按钮，在这 4 个按钮下方是当前导入的文件包含的总帧数以及当前定位在第几帧。这 4 个按钮依次是"停止"、"播放"、"上一帧"、"下一帧"。单击"播放"就会打开演示窗口开始播放电影。

在这个属性面板的右边包含 3 个选项卡。

1."电影"选项卡

各选项的含义如下。

（1）选项"文件"中显示引入的电影文件的路径和文件名。当在使用外部链接方式时，可以在文本框直接输入要引入的文件的路径，或者输入一个变量或表达式来指定路径和文件名。

（2）选项"存储"用于显示数字电影的调用方式，有"内部"和"外部"两种方式。

（3）选项"层"是设置该数字电影的显示层，与"显示"图标的显示层含义相同。但是这个选项只对导入内部的数字电影有效。

（4）选项"模式"是设置该数字电影的透明模式，同样这个选项只对导入内部的数字电影有效。其后是一个下拉列表框，共有 4 个选项，它们的含义如下。

● 不透明：播放区将全部覆盖其下面的对象。这是默认设置，这样设置时不影响电影的播放速度。

● 透明：使数字电影画面中和设定透明色相同的像素不可见，允许其他对象透过数字电影被显示出来，从而产生一种透明效果。默认是白色，但可以在导入文件的对话框中的"选项"中指定使用黑色。

● 遮隐：数字电影边缘部分和透明色相同的地方被透明掉。

● 反转：使数字电影画面中像素的颜色变成它下面的对象像素颜色的反色，从而产生一种反色显示的效果。

（5）选项"选项"中提供了 6 个复选框。含义分别如下。

● 防止自动擦除：是否阻止其他图标所设置的自动擦除选项擦除该数字电影。如果选择该项功能后要擦除数字电影，则必须使用擦除图标。

● 擦除以前内容：决定是否在显示当前电影图标的内容之前，擦除前面图标所有的显示内容。完全擦除以后，开始显示当前图标中的数字电影。但是如果前面设置了"防止自动擦除"属性，图标将不会被擦除。

● 直接写屏：决定是否将数字电影直接显示到"演示窗口"中其他显示对象之上。对于外部链接的文件，这个选项不可用；只有当引入的是嵌入内部的 FLC/FLI/BMP 文件时，在选项"模式"中选择了"不透明"时，这个选项才可以用。选中该项后，在选项"层"后面指定的数字就失效了，电影文件将出现在最上层。

● 同时播放声音：如果数字电影带有声音，选中该项将会在播放画面的同时播放声音。如果不选中该项，就只播放画面部分。如果数字电影中不包含声音时，该选项变为灰色而不可用。

● 使用电影调色板：决定是使用电影本身的调色板来播放该数字电影，还是使用 Authorware 的调色板。对于导入到内部的文件，该选项为灰色不可用。

● 使用交互作用：决定是否允许最终用户与具有交互作用的 Micromedia Director 和 QuickTime VR（虚拟现实）文件通过外设（鼠标或键盘等）进行交互。

2．"计时"选项卡

单击"计时"标签可以进入"计时"选项卡，如图 4.9 所示。

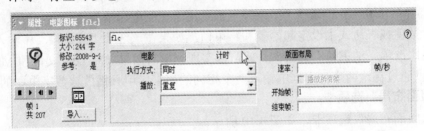

图 4.9　"计时"选项卡

"计时"选项卡各选项的含义如下。

（1）选项"执行方式"是设置数字电影的播放与其他事件的先后关系。在下拉列表框中，共有 3 个选择项，其含义如下。

● 等待直到完成：等该数字电影播放完毕后才开始执行流程线的下一个图标。

● 同时：在开始播放该数字电影的同时就执行下一个图标。

● 永久：即使程序已经退出了电影图标，该图标仍然保持活动。此时 Authorware 始终监视着设定有"永久"并发设置的"数字电影"图标的触发条件，一旦条件为真，则 Authorware 自动以设定方式播放指定数字电影。

（2）选项"播放"是设置该数字电影的播放方式和播放进程。在下拉列表框中，共有 7

个选项。

- 播放次数：Authorware 将按文本框中输入的数字或表达式的值确定播放次数。该数字默认为 1。如果输入的数字或表达式的值为 0，则只显示数字电影的第 1 帧。
- 直到为真：Authorware 将不断地播放数字电影直到下面的文本框中表达式的值变为真为止。
- 只有被移动时：只有当该数字电影被一个移动图标移动时才开始播放。该选项对外部连接的电影文件无效。
- 每个重复次数：在下面的文本框中输入一个数字或表达式来限制每一次播放中重复的次数。当选择该选项时，Authorware 将调整播放的速度来完成每一次播放中指定的次数。该选项对外部连接的电影文件无效。
- 重复：该数字电影重复播放，直至有一个"擦除"图标擦除该电影或被系统函数 MediaPause 终止。
- 控制暂停：只对 QuickTime 类型的数字电影有效。选择该选项后，Authorware 只显示该数字电影的第 1 帧，只有当用户单击了 QuickTime 播放控制面板的播放键后才开始播放。
- 控制播放：只对 QuickTime 类型的数字电影有效。选择该选项后，Authorware 一运行该图标就开始播放数字电影。

（3）选项"速率"可以设置播放速度，单位是"帧/秒"。如果引入的数字电影的格式是支持可调整速度的格式，则可以通过在其后的文本框中输入数值或表达式来调整播放速度，不输入则使用默认值。如果输入的速度太快而用户的系统太慢，Authorware 将会适当跳过一些帧，但如果选择了"播放所有帧"选项，Authorware 将会自动降低一些播放速度。

（4）选项"播放所有帧"是设定当用户系统速度达不到选项"速率"中的指定的播放速度或默认的播放速度时，是否采取跳帧的方式来保证播放速度。该选项只对内部存储的电影文件有效。

（5）选项"开始帧"和选项"结束帧"都是用于控制电影播放的范围。可以在其后的文本框中输入数值或表达式来设定起始帧和结束帧。如果在该选项"开始帧"中输入的数值或表达式的值比选项"结束帧"的值大，就可以实现倒放的效果（对 DIR 文件和 MPG 文件无效）。还可以通过在这两个文本框中输入两个相同的值来实现只播放该数字电影的某一帧。

3."版面布局"选项卡

单击"版面布局"选项卡，如图 4.10 所示。

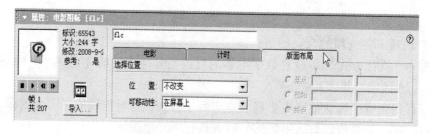

图 4.10　"版面布局"选项卡

"版面布局"选项卡各选项的含义和"属性：显示图标"面板中的选项的功能完全相同，这里就不再赘述。

4．调整电影

导入电影文件后，运行程序暂停，可以拖曳电影的显示画面来调整电影的位置。对于导入到内部的电影，只能更改位置不能更改显示的大小。而对于外部引入的电影文件，还可以更改显示的大小，和更改图像大小一样，在"演示窗口"中单击选中电影的画面后，在周围会出现 8 个控制句柄，拖曳它们就可以更改大小，如图 4.11 所示。

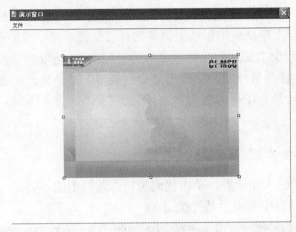

图 4.11　调整电影的大小

4.2.3　利用变量与函数控制电影播放

和控制声音播放一样，可以在"属性：电影图标"面板中使用变量来控制电影的播放，也可以使用系统变量和系统函数来控制"数字电影"图标。

和对声音的控制一样，使用系统变量 MediaLength、MediaPlaying、MediaPosition、MediaRate 可以获得指定的"数字电影"图标中的电影文件的播放信息，所不同的是，电影的长度是以帧来计算的。使用系统变量 MoviePlaying 可以判断整个程序中是否有某个"数字电影"图标中的电影文件正在播放。

同样可以使用系统函数 MediaPlay、MediaPause、MediaSeek 来控制"数字电影"图标中的电影文件的播放。

4.2.4　实例：制作简易的电影播放器

在汉语学习的课件中，有一些课文的参考资料是以视频格式提供的，为了让用户观看方便，需要提供一些简单的控制，比如播放、暂停等。

1．设计分析

使用"数字电影"图标可以播放电影，使用系统函数 MediaPause 可以在电影播放过程中暂停和继续播放，使用交互响应可以创建用户控制的按钮。

2．准备工作

把要在程序中播放的电影文件复制到程序将要保存的目录下，也可以复制到子目录中，例如，此处就是复制到子目录 video 中。

3. 制作过程

下面是具体的实现步骤：

（1）用鼠标拖入一个"数字电影"图标，命名为"电影"。双击它打开"属性：电影图标"面板。在"属性：电影图标"面板中单击"导入按钮"，在弹出的导入文件对话框中找到要播放的文件，单击"导入"按钮导入到程序中。

单击"计时"选项卡，在选项"执行方式"后面选择"同时"，其余使用默认设置。运行程序，在"演示窗口"中拖曳电影画面调整到合适位置。调整后关闭"演示窗口"。

（2）用鼠标拖入一个"交互"图标，命名为"控制"。用鼠标拖入一个"计算"图标到"交互"图标的右边，松开鼠标后，会弹出"交互类型"对话框，单击"确定"按钮关闭对话框。将新加入的"计算"图标命名为"暂停"。双击"计算"图标，打开代码编辑窗口，输入以下代码：

```
MediaPause(IconID@"电影",1)
```

如图 4.12 所示。输入完毕后，单击代码窗口标题栏上的"关闭"按钮关闭代码窗口，在弹出的保存确认对话框中单击"是"按钮。

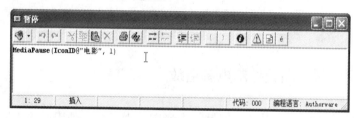

图 4.12　输入代码

再用鼠标拖曳一个"计算"图标到"计算"图标"暂停"的右边，命名为"播放"。双击新加入的"计算"图标，在代码编辑窗口中输入以下代码：

```
MediaPause(IconID@"电影",0)
```

输入完毕后，关闭代码窗口并保存代码。

（3）完成程序。单击工具栏上的"保存"按钮保存程序，在这里保存的文件名为"播放电影.a7p"。程序设计完成的流程图如图 4.13 所示。

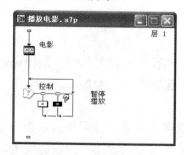

图 4.13　程序流程图

单击工具栏的"运行"按钮运行程序，再单击"暂停"按钮暂停程序，就可以单击"演示窗口"中的两个按钮控制电影的播放了。

4.3 媒体同步

媒体同步是指在媒体播放的过程中同步显示文本、图形、图像或执行其他内容等。Authorware 7.0 也提供了媒体同步技术，通过"声音"图标的播放时间或"数字电影"图标的播放位置触发相应事件，把各种媒体更好地结合起来，从而做成更生动的程序，比如利用"声音"图标和"显示"图标可以实现卡拉 OK 的效果。

4.3.1 创建媒体同步

Authorware 6.0 以上版本新增的媒体同步功能使得"声音"图标和"数字电影"图标可以通过子图标实现其同步功能。

从图标面板中或在流程线上将要显示的内容用鼠标拖曳到"声音"图标和"数字电影"图标的右方，松开鼠标，就可以在该媒体图标右边建立一个分支，如图 4.14 所示。通过设置，就可以根据声音的时间或数字电影的位置来控制或触发子图标中的事件。

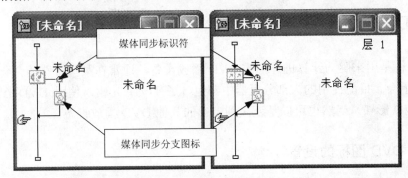

图 4.14　媒体同步示例

可以做媒体同步图标的子图标除了"显示"图标，还可以是"移动"图标、"擦除"图标、"等待"图标、"导航"图标、"计算"图标和"群组"图标。在"群组"图标中又可以使用各种其他图标，但不能有影响原图标播放的内容，例如，在 Authorware 中不能同时有两个"声音"图标在播放。

4.3.2 设置同步属性

Authorware 7.0 对媒体同步执行流程线的控制是通过时间交互类型来实现的，每个响应和其子图标共同组成该媒体同步图标的一个分支，如图 4.14 所示。

双击媒体同步交互标识符 ⊕ 并打开"属性：媒体同步"面板，如图 4.15 所示。

该对话框中有两个选项，其含义如下：

（1）选项"同步于"是设置同步的触发选项。其后的下拉列表框中包括两个选项，分别是"位置"和"秒"。根据"媒体同步"图标的不同进行相应的选择，如果是"声音"图标，就选择"秒"；如果是"电影图标"就选择"位置"。下面有一个输入框，根据需要设置相应的数值或表达式。声音的单位是秒，数字电影的单位是帧。

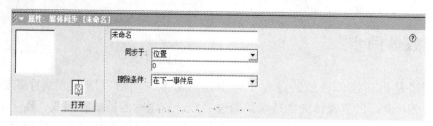

图 4.15   "属性：媒体同步"面板

（2）选项"擦除条件"是设置擦除子图标内容的方式。在下拉列表框中，包括 4 个选项，分别为

- 在下一事件后：选择这个选项，将在进入下次事件后再擦除当前分支的内容。
- 在下一事件前：选择这个选项，将在进入下次事件前就擦除当前分支的内容。
- 在退出前：选择这个选项，将在退出"数字电影"图标或"声音"图标时擦除当前分支的内容。
- 不擦除：选择这个选项，即使退出"数字电影"图标或"声音"图标也不擦除当前分支的内容。

4.4　DVD 图标

DVD 图标是用来驱动计算机外部的 DVD 播放设备，通常在某些特殊场合会用到，比如公司产品演示会。目前使用的大部分机器中都包含了 DVD 光驱，使用 DVD 图标可以播放光驱中的 DVD 影碟，当然也可以是连接到电影的其他 DVD 播放设备。

4.4.1　DVD 图标的设置

在流程线上加入 DVD 图标，双击 DVD 图标可以打开其属性面板，如图 4.16 所示。

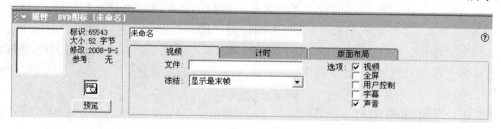

图 4.16   "属性：DVD 图标"面板

在"视频"选项卡中可以对 DVD 要播放的内容和一些属性进行设置。

（1）选项"文件"后面的输入框指定要播放文件的完整路径（包括盘符、目录、文件名）。如果不指定文件，则 DVD 图标会自动查找机器中第一个 DVD 光驱并加载其中的影片。

（2）选项"冻结"是设置视频播放结束后在屏幕上的显示情况。在下拉列表框中，共有两个选择项，其含义如下。

- 显示最末帧：在"演示窗口"保留播放结束后的最后一帧图像。
- 从不：播放结束后不保留任何一帧图像，即关闭 DVD 的播放窗口。

（3）选项"选项"是对 DVD 影像的显示提供控制。有 5 个复选框选项，代表的含义如下。

● 视频：决定是否在用户的屏幕上显示视频图像。
● 全屏：决定是否全屏播放。
● 用户控制：决定在运行视频图标时是否显示控制条，视频的播放交给用户自己控制。选中该选项，出现如图 4.17 所示视频播放的控制面板。可以使用控制条来控制视频信号的播放。其按钮从左到右的作用依次是：全屏、根菜单、前一段、快速回放、播放、暂停、逐帧向前播放、快速播放、下一段。（注：Authorware 7.02 汉化版的按钮提示有错。）

图 4.17　视频播放的控制面板

● 字幕：是否显示字幕。
● 声音：决定是否播放声音。

4.4.2　播放控制

可以在"属性：DVD 图标"面板中对 DVD 的播放进行控制，也可以使用系统函数或变量来控制。

1. 在"属性：DVD 图标"面板中

在"属性：DVD 图标"面板中单击"计时"选项卡，如图 4.18 所示。

以下是"计时"选项卡中各选项的含义。

（1）选项"执行方式"中可以设置视频的播放和其他事件的先后关系。在下拉列表框中，共有两个选项，其含义如下。

● 等待直到完成：Authorware 一直到该视频播放完毕才开始执行下一个图标。
● 同时：在开始播放该 DVD 电影的同时执行下一个图标。

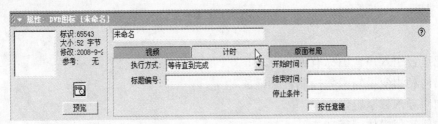

图 4.18　"计时"选项卡

（2）选项"标题编号"后面可以指定要播放的 DVD 电影的标题编号。

（3）选项"开始时间"和选项"结束时间"一起用于控制视频播放的范围。可以在其后的文本框中输入数值或表达式来设定播放该视频的起始时间和停止时间。如果在选项"开始时间"中输入的数值或表达式的值比"结束时间"的值大，可以实现倒放的效果。还可以通过在这两个文本框中输入两个相同的值来实现只播放该视频的某一帧。

（4）选项"停止条件"后面的文本框中可以输入表达式来控制 DVD 电影的结束。

复选框"按任意键"是设置在视频播放过程中，如果选中该项，当用户按下任意键后，

DVD 电影将停止播放。

在"属性：DVD 图标"面板中单击"版面布局"选项卡，如图 4.19 所示。

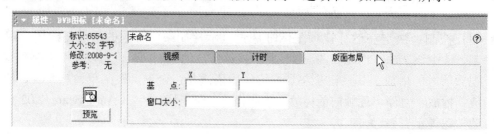

图 4.19   "版面布局"选项卡

以下是"版面布局"选项卡中各选项的含义。

（1）选项"基点"是指定 DVD 电影的播放窗口的左上角的坐标。如果不指定该选项，则默认是（0，0），即演示窗口的左上角（不包括标题栏和菜单栏）。

（2）选项"窗口大小"是指定 DVD 电影的播放窗口的大小。如果不指定该选项，则自动和"演示窗口"一样大小。

2．使用函数和变量

可以使用"视频"类变量来获得 DVD 视频的播放信息。

DVDCurrentTime：其中存储的是视频的当前位置，如果没有找到 DVD 电影，则它的值为-1。

DVDState：这个变量中存放的是 DVD 的回放状态。其中的数值含义分别是：-1=DVD 不存在；0=窗口存在，但 DVD 是停止的；1=正在播放 DVD；2=DVD 暂停；3=DVD 正在快速搜索；4=DVD 没有初始化。

DVDTotalTime：其中存储的是视频的总时间长度。

DVDWindowHeight：其中存储的是视频的高度。

DVDWindowWidth：其中存储的是视频的宽度。

可以使用"视频"类函数来控制 DVD 视频的播放。

习   题

1．把声音引入声音图标有哪些方法？

2．如何利用变量与函数控制音频播放？

3．如何导入数字电影？

4．如何实现媒体同步功能？

第 5 章　对 象 控 制

多媒体程序最大的特征就是以动态的效果吸引人的注意力，Authorware 除了可以在"演示窗口"中显示各种多媒体对象，当然还可以以一定的效果将显示对象从"演示窗口"中去除，也可以变换显示对象的位置。

5.1　"等待"图标的应用

在演示过程中为了让用户有时间看清楚显示信息，在运行时需要进行一定的停顿。要暂停程序的演示，在 Authorware 中可以使用"等待"图标。我们在本书第一个范例中就用到了它。

5.1.1　"等待"图标

"等待"图标用于暂停多媒体作品的运行，直到最终用户单击鼠标、按任意键或者经过一段特定的时间为止。

1．使用"等待"图标

有几种在 Authorware 作品中建立等待的方法，最常用的是把等待图标放到流程线上需要暂停的地方。

当程序沿着流程线执行到等待图标时，它会暂停，直到符合某一个设置的参数条件为止。

2．属性设置

在流程线上选中"等待"图标，打开它的属性面板，如图 5.1 所示。

图 5.1　"属性：等待图标"面板

（1）选项"事件"是指定结束等待的触发事件。当程序执行到"等待"图标时会暂停，直到最终用户进行了相关操作。它包含两个选项，可以选其中一个，也可以两个都选，也可以两个都不选。

"单击鼠标"复选框：选中该项则在暂停后，最终用户在"演示窗口"中单击，流程就会继续向下运行。

"按任意键"复选框：选中该项则在暂停后，最终用户按键盘的某个键时，流程就会继续向下运行。

（2）选项"时限"是指定等待的时间。在其后的文本框中可以指定等待的时间，当程序执行到"等待"图标时会暂停，直到超过设定的时间，程序才往下执行。在其后的输入框中输入等待的时间，可以是变量或表达式。选项"事件"和"时限"可以同时使用，这时就看哪个先发生：如果时间已到，那么不管有没有单击或按键，程序都会往下运行；如果在时间截止之前单击或按键，程序也会往下运行。如果要取消时间限制，可以把文本框中的数字删除。

（3）"选项"是设置在执行"等待"图标时，使用哪些方式来提示用户。

● 显示倒计时：当在选项"时限"后面输入了时间，该项才可用。选中该项，在暂停时将显示一个如图 5.2 所示的时钟，时钟在不断地显示剩余时间。

图 5.2　等待时钟

在程序运行时，如图 5.2 所示的时钟默认是出现在"演示窗口"的左下角的。如果要改变时钟的位置，当"演示窗口"中出现时钟时，可以选择菜单命令"调试"→"暂停"或者按组合键 Ctrl+P 将程序暂停，再拖曳时钟就可以调整位置了。

● 显示按钮：选中该项将显示一个等待按钮，单击按钮，程序就往下执行。暂停按钮的显示效果可以在文件属性面板中进行设置，按钮的样式和显示位置都可以调整。

3．常见使用方式

"等待"图标的属性中提供了 3 种解除暂停的方式，在程序中可以根据需要使用不同的方式。

（1）按任意键或单击，程序继续进行

比较起来，这种方式常用于要显示很多的文字时。用户的阅读速度各不相同，显示文字的速度就需要用户在使用时自己调整。使用按任意键或单击的方法，就把程序运行的控制交互最终交给用户来掌握，当然也可以只用其中一种控制方式。

要使用这种方式，可以在如图 5.1 所示的"属性：等待图标"面板中的选项"事件"把两个复选框都选上，而取消其他复选框以及删除"时限"中的内容。

（2）暂停程序，让用户等待几秒钟

这种方式主要可以让程序设计人员对程序运行的节奏进行调整。例如在一些课件中，可以让最终用户在限定时间内必须回答。

要使用这种方式，可以在如图 5.1 所示的"属性：等待图标"面板中的选项"时限"后面输入一个数字，而取消其他复选框。

（3）用户单击"继续"按钮，让程序继续进行

使用这种方式，也是把程序节奏的控制权交给最终用户，所不同的是可以在"演示窗口"中显示一个按钮，方便用户使用。

要使用这种方式，可以在如图 5.1 所示的"属性：等待图标"面板中选中"显示按钮"复选框，而取消其他复选框以及删除"时限"中的内容。

5.1.2　示例：图片依次出现

在有些课件中，即使把显示分别放在不同的显示图标中，当这几个图标放在同一流程线上时，由于计算机处理的速度非常快，其中的内容看起来也是同时出现的，为了让这些不同的对象依次显示，就可以在它们之间使用"等待"图标来延时。例如，在某个汉语课件中，要依次显示 3 个小图片，就可以在他们之间加上两个"等待"图标。

可以先在 3 个"显示"图标中导入相关的图片，并调整好它们的位置。再拖入一个"等待"图标到第一个"显示"图标的下方。双击新加入的"等待"图标打开属性面板，在选项"时限"后面的文本框中输入一个数字，这里是 2，然后取消其他复选框的选中，如图 5.3 所示。

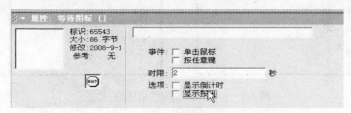

图 5.3 "属性：等待图标"的设置

单击选中这个"等待"图标，单击工具栏上的"复制"按钮，再在第 2 个"显示"图标与第 3 个"显示"图标之间单击，将粘贴指针移到此处，单击工具栏上的"粘贴"按钮。完成的流程图如图 5.4 所示。

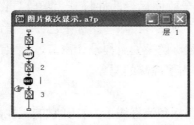

图 5.4 图片依次显示的流程图

5.2 对象的擦除

多媒体演示常要画面切换，这时就要将屏幕中原有的一个或多个对象擦除，并且可以使用"擦除"图标设置擦除效果。

5.2.1 擦除图标

擦除图标本身并不包含显示对象，它只是擦除前面曾经在"演示窗口"中出现的显示对象。使用"擦除"图标能够擦除的对象包括文本、图形、电影、动画、显示出来的交互响应符号、控件显示对象等。

要注意的是"擦除"图标的操作单位是图标而不是图标内的对象，也就是说，使用"擦除"图标不能只擦除一个"显示"图标中的某个对象，它擦除的是整个图标中的内容。如果要单独擦除某一对象，就必须将它放到一个单独的图标中。

1. 使用"擦除"图标

"擦除"图标必须在要擦除的对象显示之后被执行。

建立擦除关系，有以下 3 种方法。

（1）将要擦除的对象所在的图标拖曳到"擦除"图标的上方再松开，就可以为它们建立擦除关系，如图 5.5 所示。

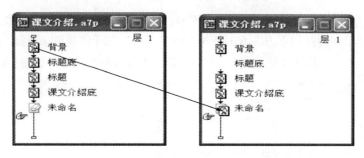

图 5.5　拖曳到"擦除"图标的上方

（2）先双击要擦除的对象所在的图标，打开"演示窗口"；关闭"演示窗口"后，再双击"擦除"图标；然后在"演示窗口"中单击要擦除的对象，所单击的对象从"演示窗口"中消失。

（3）拖曳一个"擦除"图标到流程线上后，单击工具栏上的"运行"按钮运行程序，执行到"擦除"图标时，程序就会暂停运行，并打开"擦除"图标的属性面板。在"演示窗口"中单击要擦除的对象即可。如果"擦除"图标中已经有指定擦除对象，就不能用这种方法了，但这时可以在程序暂停时，切换到流程设计窗口，再双击"擦除"图标，也可以打开"属性：擦除图标"的面板，单击要擦除的对象。

2. 属性设置

用鼠标拖曳一个"擦除"图标到流程线上，打开它的属性面板，如图 5.6 所示。

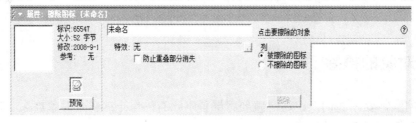

图 5.6　"属性：擦除图标"面板

（1）选项"防止重叠部分消失"：当选中该项时，只有在擦除当前对象之后才显示下一个对象，即擦除对象和显示对象的过渡效果将不会同时发生。若不选，则一开始擦除指定的擦除对象，就继续沿流程线执行该"擦除"图标之后的图标。

（2）选项"列"是指定对于列表框中的图标中的内容的处理方式。在左边的列表框中列出的是要进行处理的图标的名字。其下有两个单选项。

"被擦除的图标"：选中该项时，在列表框中的图标将被擦除。

"不擦除的图标"：选中该项时，列表框中的图标在执行该"擦除"图标时将被保留，而在"演示窗口"中出现的那些没有列出的对象将被擦除，并且不管该对象所在的图标是否被设置了"防止自动擦除"选项。

如果要取消列表框中的图标，可以先在列表框中单击该图标，然后单击"删除"按钮。

5.2.2　擦除效果

如图 5.6 所示的"属性：擦除图标"的面板中，也可以看到一个选项"特效"，它是用来设置擦除时的过渡效果的。单击该选项右侧的 ┈ 按钮，会弹出"擦除模式"对话框，如图 5.7 所示。

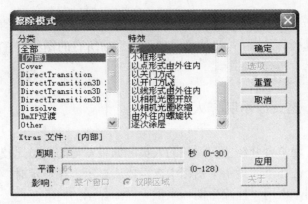

图 5.7 "擦除模式"对话框

可以看到，这个对话框和如图 3.46 所示的"显示"图标的"特效方式"对话框是一样的，各个选项的设置也是一样的。所不同的是，同一个效果使用到"擦除"图标和"显示"图标时正好是相反的。

5.2.3 其他擦除方式

除了使用"擦除"图标，在 Authorware 中还有其他方式来擦除显示对象。

1. 自动擦除与阻止自动擦除

（1）可以通过以下方式来自动擦除对象。

① 设置包含显示对象的图标的属性。可以通过图标属性的方法设置擦除对象及效果，比如在图 3.45 所示的"显示"图标的属性面板中选中"擦除以前内容"，即可擦除这个"显示"图标之前显示的内容。

② 自动擦除文本输入。当完成一次文本输入响应后，用户输入的内容可以被自动擦除。

③ 自动擦除响应分支中的内容。在响应分支的属性面板中可以通过设置选项"擦除"来设置分支中的显示内容在何时被擦除。

④ 自动擦除判断分支中的内容。在判断分支的属性面板中设置选项"擦除内容"来设置分支显示内容的擦除时间。

⑤ 框架页面的自动擦除。在框架中的一页转到另一页时，当前显示页中的内容会被自动擦除。

⑥ 反向跳转。当流程从后往前跳时，已经执行的内容会被自动擦除。

这些相关内容在介绍对应的图标时会介绍到。

（2）防止被自动擦除。如果想让某个显示对象不被自动擦除，就可以在该显示对象所在的图标的属性中设置，比如在图 3.45 所示的"显示"图标的属性面板中选中"防止自动擦除"。

2. 使用遮盖代替擦除

在 Authorware 中的显示对象都是按层次出现的，因此，也可以用在上层显示的对象来挡住在下层的对象，从而实现擦除效果。

3. 用"擦除"图标清除声音

通过使用"擦除"图标，"声音"图标的内容也可以被自动清除，当然只是停止声音的播放。在少数情况下，这也许是好事，但在大多数情况下，这可能是事故的隐患。

当在如图 5.6 所示的"属性：擦除图标"面板中选中了"不擦除的图标"后，很有可能会将声音清除。当选择该选项后，"演示窗口"中当前所有的图标将在执行或显示后，被自动擦除，当然也包括"声音"图标。

5.2.4　实例：逐页显示制作人员名单

在课件的最后，通常会介绍参与课件的人员。如果参与的人员比较多，无法在一页中显示时，可以把内容分在几个"显示"图标中，再依次显示。在显示时，可以使用"等待"图标来控制间隔的时间，再用"擦除"图标来擦除已经显示的内容。

1．准备工作

准备好作为背景的图片，准备好要输入的文本。

2．制作步骤

（1）单击工具栏上的"导入"按钮，在弹出的"导入哪个文件？"对话框中找到要导入的文件，单击"导入"按钮关闭对话框。修改新增加的"显示"图标的名字为"背景"。

（2）双击"背景"显示图标，打开"演示窗口"再关闭。

（3）用鼠标拖入一个新的"显示"图标，命名为"文字 1"，按住 Shift 键不放，双击这个新加入的"显示"图标，打开"演示窗口"。

打开已经输入好的文本，选择要复制的文本，选择菜单命令"编辑"→"复制"。再切换回 Authorware 程序窗口，在绘图工具箱中单击"文本"工具，在要输入文字的地方单击，单击工具栏上的"粘贴"按钮。选中全部文本，在缩排线上单击，添加一个字符制表符。如果文本内容中原来添加了 Tab 分隔符，就可以看到文本自动按制表符对齐，如图 5.8 所示。如果没有准备好文本，也可以直接输入。

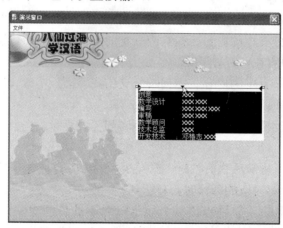

图 5.8　输入文本

在绘图工具箱中单击"选择/移动"工具，这时文本处于选中状态，在绘图工具箱中单击"模式"下面的按钮，在打开的显示模式中单击"透明"模式，这是为了去掉文本的背景。

根据需要设置好文本的其他格式，包括字体、字号等。

（4）用鼠标拖入一个"等待"图标到"文字 1"显示图标的下方，命名为"等待 5 秒"双击这个"等待"图标打开属性面板。在选项"时限"后面输入一个数字，这里输入 5，然后取消其他复选框的选中状态。

（5）用鼠标拖入一个"擦除"图标到"等待"图标的下方，命名为"擦除文字1"。

单击工具栏的"运行"按钮运行程序，这时程序会在显示内容后，在过了指定的时间后暂停，并出现如图 5.6 所示的"属性：擦除图标"面板，在"演示窗口"中单击文字部分，注意不要单击背景图形。这时选项"列"右边的列表框中出现的是图标"文字 1"，如图 5.9 所示。

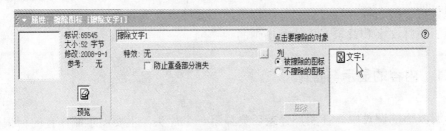

图 5.9　设定"擦除"图标对象

单击"特效"右边的"..."按钮，打开如图 5.7 所示的"擦除模式"对话框，选择所要的过渡效果后，单击"确定"按钮关闭对话框。

设置"擦除"图标的属性后，关闭"演示窗口"。

（6）在流程设计窗口中，按住 Shift 键不放，依次单击"文字 1"显示图标、"等待 5 秒"等待图标、"擦除文字 1"擦除图标，选中这 3 个图标后，在工具栏上单击"复制"按钮。

在"擦除文字 1"擦除图标的下方单击，将粘贴指针移到这里，再在工具栏上单击"粘贴"按钮。

将新粘贴的"显示"图标改名为"文字 2"，新粘贴的"擦除"图标改名为"擦除文字 2"。

双击"擦除文字 2"擦除图标，打开它的属性面板，可以看到选项"列"右边的列表框中出现的是显示图标"文字 2"。可以看到，在复制图标的过程中，这种擦除关系也跟着一起复制过来了。如果单独复制"擦除"图标，则擦除对象不会发生改变。

双击"背景"显示图标，打开"演示窗口"再关闭。再按住 Shift 键不放，双击显示图标"文字 2"，打开"演示窗口"。修改这里的文本内容，修改完后，关闭"演示窗口"。

（7）按照第 6 步的方法继续添加后面的内容，完成的流程图如图 5.10 所示。

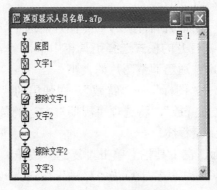

图 5.10　完成的流程图

（8）单击工具栏的"运行"按钮运行程序，就可以查看运行效果了。

5.3 实例：制作多媒体片头

在多媒体光盘或课件的开始处往往都有一些非常精彩的片头，本书的第一个例子就是一个播放视频的开场动画。通常片头都是起一个引子的作用，在片头中通常包括制作者的标记、多媒体程序的名称，有时也会介绍程序的主要特点，或者介绍光盘的功能等。本节将制作一个基于图片文字和背景音乐的开场画面。

5.3.1 内容的显示与擦除

在学习汉语的课件中，在用户登录后会显示一个片头，主要展示制作者的标识以及多媒体程序的名称。主要内容如下：首先逐步出现一个背景，过一会，出现一个由小变大的图片，指出本多媒体程序的名称，然后逐渐移出制作者的名称。所有显示完毕后，过一段时间或者用户单击后，就进入下一部分内容，在进入之前，先把片头的内容擦除。

1．准备工作

准备好片头的背景图像和包含多媒体程序名称的图片。

2．设计分析

图片的出现可以通过添加过渡效果来产生变化的效果，可以用"等待"图标来控制图片出现的间隔时间。

3．制作过程

（1）新建文件，设置显示大小为"800x600 SVGA"，然后用鼠标拖入一个"显示"图标到流程线上，命名为"背景"。双击它打开"演示窗口"，在其中导入作为背景的图形，并调整好位置。选择菜单命令"修改"→"图标"→"特效"，在弹出的"特效方式"对话框中的选项"特效"下面选择"小框形式"，单击"确定"按钮。关闭"演示窗口"回到流程线。

（2）用鼠标拖入一个"等待"图标，命名为"2"，双击它打开属性面板，在选项"时限"后面输入一个系统变量 IconTitle，再取消其他所有复选框的选中状态。

（3）用鼠标拖入一个"显示"图标到"等待"图标的下方，命名为"标题"。双击"背景"显示图标，打开"演示窗口"再关闭，按住 Shift 键不放双击"标题"显示图标，打开"演示窗口"后，导入作为名称的图片。

这里准备的名称图片是一个带透明背景的 png 图片，选中导入的图片，在绘图工具箱中单击"模式"下面的按钮，在打开的模式选择工具箱中单击"阿尔法"。拖曳图片调整好图片在"演示窗口"中的位置，并适当调整图片的大小。

选择菜单命令"修改"→"图标"→"特效"，在弹出的"特效方式"对话框中的选项"特效"下面选择"以相机光圈开放"，将选项"周期"右边的数字更改为 3，单击"确定"按钮。关闭"演示窗口"回到流程线。

（4）单击"2"等待图标，在工具栏上单击"复制"按钮。在"标题"显示图标的下方单击，将粘贴指针移到这里，在工具栏上单击"粘贴"按钮。

（5）用鼠标拖入一个"显示"图标到新粘贴入的"等待"图标的下方，命名为"制作者"。双击"背景"显示图标，打开"演示窗口"再关闭，按住 Shift 键不放双击"制作者"显示图标，打开"演示窗口"。在绘图工具箱中单击"文本"工具，在"演示窗口"中合适的位置单击，输入相应的文字。在绘图工具箱中单击"选择/移动"工具，在绘图工具箱中单击"模式"下面的按钮，在打开的模式选择工具箱中单击"透明"，再修改文本的字体和字号等属性。

选择菜单命令"修改"→"图标"→"特效"，在弹出的"特效方式"对话框中的选项"特效"下面选择"从下往上"，将选项"周期"右边的数字更改为.5，单击"确定"按钮。关闭"演示窗口"回到流程线。

（6）单击其中一个"2"等待图标，在工具栏上单击"复制"按钮。在"显示"图标"制作者"的下方单击，将粘贴指针移到这里，在工具栏上单击"粘贴"按钮。将新粘贴的"等待"图标改名为"10"。双击这个"等待"图标，打开属性面板，选中"单击鼠标"复选框。

（7）用鼠标拖入一个"擦除"图标，命名为"擦除片头"。在工具栏中单击"运行"按钮运行程序，在所有内容出现以后，在"演示窗口"中单击鼠标，这时程序会暂停并出现"擦除"图标的属性面板，在"演示窗口"中依次单击要擦除的内容。

将程序保存为"片头.a7p"。

5.3.2 制作背景音乐

在前面制作的片头中，只是图片的变换，显得不够生动，为了配合图片的展示，可以给它加上背景音乐，在用户退出片头时，又把声音关闭。使用"声音"图标可以给片头添加音乐。作为背景音乐，通常要让声音一直重复播放，直到退出为止，可以在"声音"图标的属性中进行设置；要停止音乐，可以使用函数来控制，也可以通过播放一个空的声音来停止前一个声音。

1. 准备工作

准备好要作为背景音乐的声音文件，再准备好一个没有内容的空声音文件（可以打开Windows 的"录音机"程序，再保存文件就可以创建一个空声音文件）。

2. 制作步骤

制作背景音乐的具体步骤如下。

（1）打开前面制作好的片头文件，如果需要，可以另存一份。

（2）用鼠标拖入一个"声音"图标到流程线的开头，命名为"背景音乐"。双击它打开属性面板，单击"导入"按钮，在弹出的如图 4.2 所示的"导入哪个文件？"对话框中找到要准备好的背景声音，单击"导入"按钮导入声音。

在"属性：声音图标"面板中单击"计时"标签打开"计时"选项卡，在选项"执行方式"后面选择"同时"；在选项"播放"后面选择"直到为真"，然后在下面的文本框中输入数字"0"，也就是一直播放；其他选项不用设置，如图 5.11 所示。

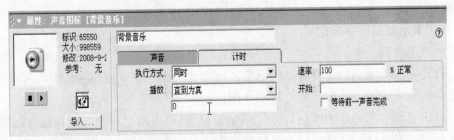

图 5.11　背景音乐的属性设置

（3）用鼠标拖入一个"声音"图标到"擦除片头"擦除图标的后面，也就是流程线的最后，命名为"空声音"。打开"属性：声音图标"面板，单击"导入"按钮，在弹出的如图 4.2 所示的"导入哪个文件？"对话框中找到要准备好的空声音，单击"导入"按钮导入声音文件。

5.4　对象的运动

对象的运动是指利用"移动"图标设置显示对象在"演示窗口"中的运行，从而让静态媒体活动起来，从而产生更加生动的视觉效果。Authorware 可以创建简单的二维动画，可以将一个对象从一个位置平衡到另一个位置，在移动过程中可以控制对象的运动速度、运动时间、起点、终点、运动路径以及移动的方式。

5.4.1　移动图标的功能

"移动"图标并不是用于呈现显示对象的，而是可以驱动其他显示对象移动。"移动"图标可以操作的对象包括："显示"图标中的对象、"交互"图标中的显示对象、由"计算"图标生成的显示对象、"数字电影"图标中的对象、使用 Sprite Xtras 导入的对象。

一个"移动"图标每次只能移动一个图标中的内容，也就是把这个图标中的所有对象当做一个整体进行移动。也就是说，"移动"图标不能只移动一个图标中的其中一个对象，而是移动这个图标中的所有对象。如果要分别移动两个显示对象，就要将这两个对象分别放在不同的图标中。

"移动"图标并不是用于创建或呈现显示对象，只是让这些显示对象在"演示窗口"中移动，创建的是一种路径动画。在移动的过程中，显示对象将不改变方向、形状或大小。这种动画和用其他软件创建出现的实际动画是不一样的，实际动画可以使球自转、图像滚动以及文本变形。可以使用路径动画来改变实际动画的位置，例如，让一只扇动翅膀的鸟在屏幕上横向移动。

使用"移动"图标可以方便地建立显示对象的移动动画，即在指定的时间内或以指定的速度将"演示窗口"中的显示对象，从"演示窗口"的一个位置移到另一个位置。

5.4.2　建立移动关系

如果要让流程线上某个图标中的对象运动，就必须将"移动"图标放在它的后面，或者"移动"图标必须在要移动的对象在"演示窗口"中显示之后被执行。

要使用 Authorware 提供的移动功能，可以使用以下方法。

1．在"演示窗口"中指定

可以按以下步骤。

（1）首先在流程线上创建要移动的对象，注意让它在一个单独的图标中；再在流程线上需要创建移动效果的地方添加一个"移动"图标。

（2）双击移动对象所在的图标打开"演示窗口"，再双击"移动"图标打开如图5.12 所示的属性面板。也可以运行程序，当执行到这个"移动"图标时，这时程序会自动暂停并打开"属性：移动图标"面板。

图 5.12 "属性：移动图标"面板

（3）在"属性：移动图标"面板右上方可以看到提示"单击对象进行移动"，在"演示窗口"单击要移动的对象，在这个提示的右边会出现所选择对象的图标的名字。如果单击的是"显示"图标或"交互"图标中的显示对象，在"属性：移动图标"面板左边的预览框中就会看到所选择的对象。

这样就创建了移动关系，如果要修改移动对象，可以重复以上步骤。

2．在流程线上拖曳

和建立擦除关系一样，可以在流程线上将要移动的对象所在的图标拖曳到"移动"图标的上方，再松开鼠标，也可以创建移动关系。

5.4.3 运动的种类

在"属性：移动图标"面板中的选项"类型"可以看到，Authorware 支持的移动对象的方式共有 5 种，分别如下。

● 指向固定点：把指定对象从当前位置直接移动到终点，移动路径是当前点与目标点之间的直线，路径中没有拐角或曲线。
● 指向固定直线上的某点：把指定对象从当前位置移动到指定直线上的指定点，移动路径是当前点与指定点之间的直线，路径中没有拐角或曲线。
● 指向固定区域内的某点：把指定对象从当前位置移动到指定区域内的指定点，移动路径是当前点与指定点之间的直线，路径中没有拐角或曲线。
● 指向固定路径的终点：把指定对象从指定路径的起点移动到指定路径的终点，移动路径是由程序设计人员在"演示窗口"中设计好的路径，路径中可能有拐角或曲线。
● 指向固定路径上的任意点：把指定对象从指定路径的起点到路径上的指定点，移动路径是由程序设计人员在"演示窗口"中设计好的路径，路径中可能有拐角或曲线。

所有的移动路径都是基于显示对象的中心点，也就是同一个图标内的所有对象的中心点。

5.4.4 移动图标的性能

在"属性：移动图标"面板中的选项"类型"中选择不同的类型后，"属性：移动图标"面板会跟着发生一些变化，也就是不同的类型会带有不同的选项。但也有一些选项是所有类型共有的。

1．选项"层"

选项"层"是设置运动时对象所处的层数。这个选项和"显示"图标的选项"层"的作用是一样的，当有两（多）个对象重叠时，层次高的显示对象就会位于层次低的显示对象上面。在后面的输入框可以输入数字或者变量。

一般情况下，"显示"图标的层次是在选项"层"中指定的，层次数大的出现在层次数小的上方，同一层次数的对象是按流程线上的先后次序排列。如果在"属性：移动图标"中的选项"层"中不输入内容，则默认是把移动的层次设置为移动对象原来的层次。如果输入了数值，就在指定的层次中移动对象，注意这时并不改变"显示"图标原先的显示层次，也就是说，当移动开始时，会改变"显示"图标的显示层次，当移动结束时又恢复为原来的层次。例如，可以指定移动对象在运动过程中的层次数，利用该选项可以动态改变"显示"图标的层号，从而实现显示对象的层次变换。

2. 选项"定时"

选项"定时"是指定对象移动过程中所需要的时间，或者指定对象移动的速度。下方的文本框可以输入数值、变量或者表达式，其后的下拉列表中有两个选项。

- 时间（秒）：用于指定移动对象完成全部过程的时间，以"秒"为单位。也就是无论如何移动距离，都将在指定的时间内完成移动过程。
- 速率（sec/in）：用于指定移动对象的速度，以"秒/英寸"为单位。例如，在此方式下，如果在后面的文本框中输入数字 10，也就是用 10 秒来移动 1 英寸。也就是无论移动得远或近，对象都按指定的速度进行移动，可见移动的距离会影响完成移动所花费的时间量。

3. 选项"执行方式"

选项"执行方式"是设置"移动"图标执行时的同步方式。选择的移动类型不同，这个选项后的下拉列表框中可能包含两个选项或 3 个选项，分别如下。

- 等待直到完成：只有在这个移动完成后才向下执行其他图标的内容。
- 同时：在这个移动开始的同时就向下执行其他图标的内容。
- 永久：在这个移动完成以后，Authorware 会继续监视控制对象移动的变量或表达式的值。如果这个值为真，那么 Authorware 会重新执行这个"移动"图标，再次移动对象。

5.4.5 指向固定点的动画

"指向固定点"的运动方式，是 Authorware 系统默认的移动方式，在此效果下的对象将从起点沿直线移动到终点。这里的起点是显示对象在原图标中设置的最初位置，或者是前一次移动后的最终位置；终点是程序预先指定的运动的目标点。

1. 移动对象与移动属性的设置

"指向固定点"是动画设计中最基本的动画设计方法，也是功能上最简单的、操作上最容易的。如果需要将对象从当前位置以最短距离，即以直线方式移到"演示窗口"和某个位置，可以使用这种移动方式。

按照前面介绍的方法建立移动关系，可以看到"属性：移动图标"面板的右上方的提示变成了"拖动对象到目的地"，如图 5.13 所示。

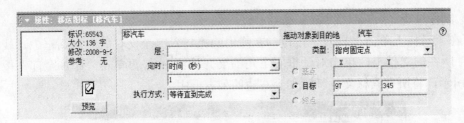

图 5.13　选择"指向固定点"类型时的属性面板

在"演示窗口"中，用鼠标拖曳要移动的对象到目标位置，松开鼠标后，可以看到在属性面板中的选项"目标"后面的文本框将显示对象的目标位置的坐标。当然也可以在这两个文本框中输入和修改目标位置的坐标，可以是数值，也可以是变量。这里的坐标是以窗口的左上角为原点的，输入的值也可以是负值，或者超过窗口的大小。在拖曳对象确定目标位置时，无论将对象如何拖曳，即使有拐弯，但对象都只是在起点与目标点之间做直线运动。

单击"预览"按钮，可以预览运动效果。

2．示例：变换图片位置

在一个课件中，有一部分是介绍一家人，首先是介绍有哪些人物，然后再介绍他们之间的关系。为了表现这些人之间的关系，可以绘制关系图，也可以通过图片的位置的变换来展示出关系图。

（1）设计考虑。首先出现这家人的照片，介绍到哪一个人，就将这个人的照片移到表示他们关系的位置，如图 5.14 所示。这里是某人向别人介绍他的弟弟、他弟弟的妻子、他弟弟的女儿 3 个人，可以将他弟弟和他妻子的照片放在上面，他弟弟的女儿照片放在下面。

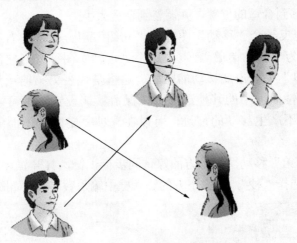

图 5.14　位置变换图

（2）程序设计。为了能够被分别移动，3 个人的照片要分别放在不同的"显示"图标中；为了与声音相配合，可以利用"声音"图标的媒体同步功能来控制图片开始移动的时间；移动图片可以用"移动"图标来控制。

（3）制作准备。准备好要播放的声音和这家人的照片（可以用头像来代替），再将这些文件复制到同一个目录下。播放声音，记录介绍中每个人的开始时间，分别是第 0 秒、第 3 秒、第 6 秒。

（4）制作过程。

① 在工具栏上单击"导入"按钮，在弹出的"导入哪个文件？"对话框中，找到要导入的文件所在的文件夹，单击对话框右下角的展开按钮 ⊞，再单击"添加全部"按钮，如图 5.15 所示，将所有素材文件都添加到右边的列表框中。

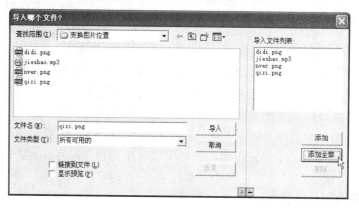

图 5.15　导入素材文件

② 选择好素材后，单击"导入"按钮。由于选择了 4 个文件，其中有 3 个图片和 1 个声音，因此在流程线上会出现 4 个图标：3 个"显示"图标，1 个"声音"图标。将"声音"图标改名为"介绍"。将 3 个"显示"图标，根据他们的内容分别修改为"弟弟"、"妻子"、"女儿"。

③ 将"介绍"声音图标拖曳到其他"显示"图标的下方，运行程序再暂停，在"演示窗口"中将 3 张图片移到合适的位置，并调整到合适大小。

④ 从图标面板拖曳一个"移动"图标到"介绍"声音图标的右边，建立一个分支。将新加入的图标命名为"移动弟弟"。双击这个"移动"图标打开它的属性面板和"演示窗口"，在"演示窗口"中单击要移动的图片，这里是代表弟弟的图片。将要移动的图片拖曳到目标位置。属性面板中的其他选项可以保留默认设置，也可以根据需要再做些调整，例如为了使图片不产生移动的痕迹，可以在选项"定时"下面的输入框中将数字改为 0，如图 5.16 所示。

⑤ 双击"移动弟弟"移动图标上方的媒体同步标识符，打开媒体同步的属性面板，在选项"同步于"后面选择"秒"，再在下方的输入框中输入数字 0，如图 5.17 所示。

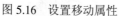

图 5.16　设置移动属性

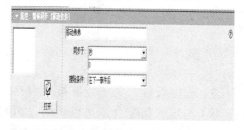

图 5.17　设置媒体同步属性

⑥ 按照同样的方法可以继续添加其他两个移动效果。

当双击移动图标"妻子"和"女儿"上方的媒体同步标识符时，根据声音图标"介绍"的速度，在选项"同步于"下面的输入框中输入合适的时间。完成的程序流程图如图 5.18 所示。

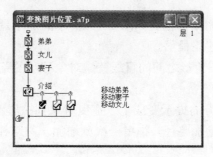

图 5.18　程序流程图

5.4.6　指向固定路径的终点的动画

"指向固定路径的终点"的运动方式，是将对象沿着一条设定的路径，从起始位置移到路径的结束位置。它可以控制对象沿着折线或圆滑的曲线运动。和"指向固定点"类型不同，路径的起点可以不放在对象在原图标中的原始位置上，但这时对象会从初始位置跳到路径的起点。移动结束后，显示对象会停留在路径的终点。

1．移动路径与移动属性的设置

要创建"指向固定路径的终点"的动画，主要是在"演示窗口"中设定移动路径。

（1）设定起点。在"属性：移动图标"面板中的选项"类型"中选择"指向固定路径的终点"，在"演示窗口"中单击要移动的对象，这时在移动对象上会出现一个黑色小三角形，这表示移动对象的运动起点，属性面板如图 5.19 所示。

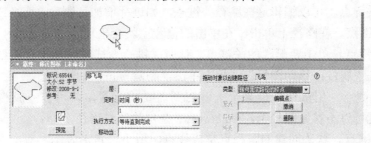

图 5.19　选择"指向固定路径的终点"时的属性面板

（2）创建路径。可以看到"属性：移动图标"面板的右上方的提示变成了"拖动对象以创建路径"，在"演示窗口"中拖曳对象到另一个位置处，松开鼠标，这时可以看到新的位置上出现一个黑色小三角形，原先的小三角形变为空心的，并且两个三角形之间由一条直线连接，如图 5.20 所示。

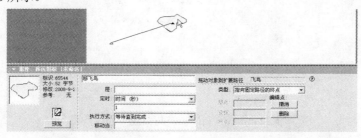

图 5.20　创建路径

注意在创建路径时不能用鼠标拖曳如图 5.19 所示的那个黑色小三角形，否则就只是修改对象的起始位置而不是创建路径了。

在如图 5.20 所示的小三角形之间的直线就是对象移动的路径，两个小三角形就是移动路径上的关键点。

可以看到，面板的右上方的提示变成了"拖曳对象到扩展路径"，这时可以继续用鼠标拖曳显示对象到下一位置来增加路径。拖曳一次就增加一段路径，如图 5.21 所示。

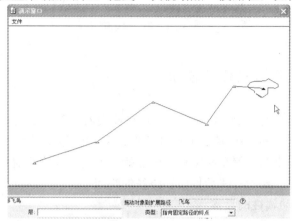

图 5.21　增加路径

第一个关键点是移动的起点，最后一个关键点就是移动的终点。只能从终点处拖曳对象扩展路径，而不能从其他关键点处拖曳对象来扩展路径。这时可以拖曳对象到路径上的任意位置。

（3）编辑关键点。可以编辑这些路径关键点，如进行增加、删除、变换或移动等操作。

① 增加关键点。在路径上单击，在单击的位置上就会出现一个关键点。

② 删除关键点。单击要删除的关键点，这时关键点变成黑色的小三角形，表示选中了这个关键点，在"属性：移动图标"面板中单击"删除"按钮。

③ 移动关键点。用鼠标拖曳某个关键点到需要的位置，就可以完成路径关键点的移动，移动的位置可以不在原路径上，Authorware 会自动调整路径。

④ 变换关键点。默认创建的路径点是折线点，用小三角形表示。双击小三角形形状的路径点，这个关键点就变成小圆点形状，即变换成了曲线点，这时小圆点两边的路径也变成了圆滑的曲线，如图 5.22 所示。

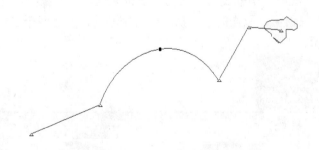

图 5.22　折线（折线点）与曲线（曲线点）

再次双击小圆点，就又会变成小三角形，也就是由曲线点变成折线点。只有两个小三角形之间的路径才是直线，小三角形和小圆点之间、两个小圆点之间的路径都是曲线。

（4）设置属性。可以看到，在如图 5.19 所示的属性面板中增加了一个选项"移动当"，该选项设置使移动生效的条件，可在它右边的输入框中输入变量或表达式，作为这个"移动"图标是否执行的条件。当变量或表达式的值为真时，移动对象开始移动，并且一直移动到变量的值为假才停止移动；如果为假，则跳过这个"移动"图标不执行；如果不输入任何内容，则只会执行这个"移动"图标一次。

（5）替换移动对象。如图 5.19 所示的移动对象实际上只是使用 Authorware 的绘图工具按照真实对象绘制的一个简易图形，这样是为了更好地创建移动路径。创建完路径后，就可以将移动对象重新替换。方法是，首先打开绘制的对象再关闭，按住 Shift 键不放再打开真实对象，将真实对象调整到路径的起始位置再关闭。按住 Shift 键不放再双击"移动"图标打开"属性：移动图标"面板和"演示窗口"，在"演示窗口"单击真正要移动的对象，如图 5.23 所示。

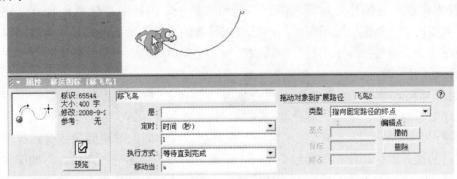

图 5.23　替换移动对象

2．实例：用滚动字幕显示课件内容

当要显示的文字太多时，有很多种处理方法，不同的方法对应于不同的场合。一种方法是分在多个"显示"图标中显示，也可以把文本的属性设置为"卷帘文本"，也就是添加上滚动条，适合于由用户来操作的课件或程序中。另一种可以使用"移动"图标来移动文本，让文本的内容依次在"演示窗口"中出现，适合于由程序自动展示内容的产品中，例如，在展示会中可以让文本内容循环滚动，或者在测试记忆的游戏中让文本内容在一定时间内显示全部内容，或者在程序或光盘的片尾中类似于电影的片尾一样滚动出相应的字幕。

（1）设计分析。要制作滚动字幕，可以使用"指向固定路径的终点"的运动方式。但在制作时还有一个关键是，如果在程序中包含背景图形，就要考虑如果不让文本的移动影响到背景，一种常见的处理方法是，可以将背景图分成两部分，然后把这两部分放在不同的"显示"图标中，再设置为不同的显示层次，也就是把不能被影响的内容放在上一层。

（2）制作准备。首先准备好背景图片，并将它分割成两部分，在这里要将背景图片分别存放在两个文件中。要根据图片的分割方式来选择图片要保存的格式。例如，在这里要制作的效果是文字只在中间的一个方块区域中从下往上滚动，就好像从背景的下半部分出现，然后往上移动，在背景的上半部分就消失了，这就可以把背景图片中间的区域取出来，作为文字的移动的范围，如图 5.24 所示，那就尽量保存为 png 或 PSD 格式，以方便设置透明模式。

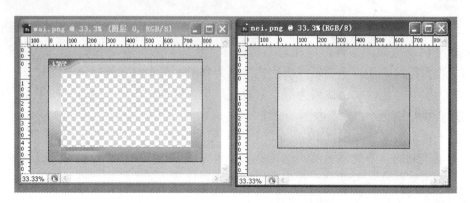

图 5.24　图形分割示意

（3）制作步骤。

① 首先将这两张图片分别导入两个不同的"显示"图标中，分别命名为"外框"和"内底"。主要设置"外框"显示图标，一是要把导入的图像的透明模式设置为"阿尔法"模式，二是在这个"属性：显示图标"面板的选项"层"后面输入一个比较大的数字，这个数字必须比移动的层次要大。

② 用鼠标拖入一个"显示"图标，命名为"显示文字"，在其中输入要显示的文本内容，设置好文本的字体、字号、颜色等格式，再将文本的显示方式设置为"透明"模式。

③ 运行程序，再暂停，在"演示窗口"中将要放在中间的方块底图拖曳到与外围方框的中间空白的地方重合，使它们看起来像一个图形。再双击文本进入这段文本的编辑状态，将文本的显示宽度修改为比方块底图的宽度要小一些，再将文本拖曳到方块底图的下方，如图 5.25 所示。

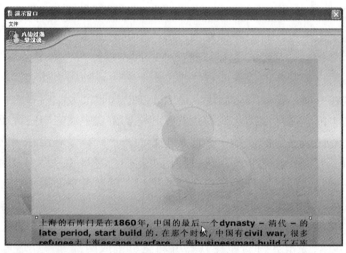

图 5.25　调整文本的宽度和位置

④ 用鼠标拖入一个"移动"图标，命名为"移动文字"。双击"内底"显示图标打开"演示窗口"再关闭，再按住 Shift 键双击"显示文字"显示图标打开"演示窗口"再关闭。双击新加入的"移动"图标，这时会打开"属性：移动图标"面板和"演示窗口"，在"演示窗口"中可以看到刚才打开的两个"显示"图标的内容。在属性面板的选项"类型"右边选择"指定固定路径的终点"，再在"演示窗口"中单击要移动的文字，如图 5.26 所示。

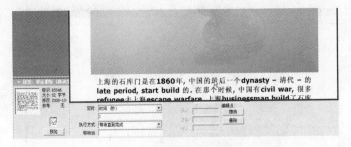

图 5.26　选择移动对象

⑤ 再将文本往上拖曳到文本的底部超过方块底图的底边为止，如图 5.27 所示。

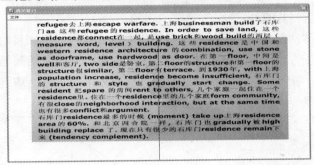

图 5.27　拖曳文本设置路径

⑥ 拖曳完成后，可以拖曳上方的那个小三角形，使移动路径变成一条直线。在"属性：移动图标"面板的选项"定时"右边使用默认的"时间（秒）"，在下面的输入框中输入一个合适的数字，可以运行程序，查看效果，根据效果来调整这个数字。

5.4.7　指向固定直线上的某点动画

"指向固定直线上的某点"的运动方式，和"指向固定点"的动画类似，也是让对象从出发点沿直线移到目标点，出发点是显示对象在原图标中的初始位置或者上一次移动的终点，所不同的是这里的目标点是在由基点和终点确定的直线上的某个点，对象最终停止的位置也是目标点。

要创建"指向固定直线上的某点"的动画，关键是设置好由基点和终点确定的直线。

1. 设定基点

在"属性：移动图标"面板的选项"类型"后的下拉列表中选择"指向固定直线上的某点"，这时属性面板如图 5.28 所示。

图 5.28　选择"指向固定直线上的某点"时的属性面板

为了设置的方便，可以在一个"显示"图标中画好一条参照线，在"演示窗口"中同时打开要移动的对象和参照线，如图 5.29 所示。

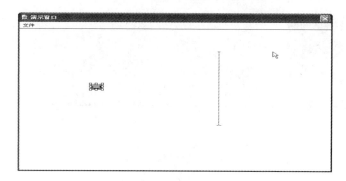

图 5.29　原始位置

按以下步骤来设置目标直线：

这时在"属性：移动图标"面板的右上角可以看到"拖动对象到起始位置"的提示，把鼠标移到显示对象的上方，按下左键不放，拖动显示对象到要设置的起始位置，松开左键，确定基点，如图 5.30 所示，在"属性：移动图标"面板中的选项"基点"后面的文本框中的数值就是起始位置代表的值。

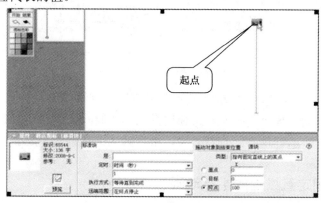

图 5.30　设置好基点的位置

2.　设定终点

可以看到，这时提示变成了"拖动对象到结束位置"，用鼠标将移动对象拖曳到结束位置，松开鼠标，确定终点，如图 5.31 所示，在起始位置与结束位置之间会出现一条直线，这就是目标直线。在"属性：移动图标"面板中的选项"终点"后的文本框中的数值就是结束位置代表的值。

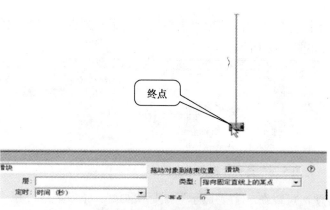

图 5.31　设置好的终点

选项"基点"后的文本框中的 0 和"终点"后的文本框中的 100 是由系统默认定义的，可以根据需要自行设定，可以输入数值，也可以输入变量或表达式。终点的数值可以比基点的值更小。

3．调整目标直线

设置好目标直线后，在"属性：移动图标"面板中单击选中"基点"单选按钮，在"演示窗口"中拖曳移动对象就可以调整基点的位置；在"属性：移动图标"面板中单击选中"终点"单选按钮，在"演示窗口"中拖曳移动对象可以调整终点的位置。

4．设置目标点

在"属性：移动图标"面板中单击选中"目标"单选按钮，用鼠标将移动对象拖动到指定位置，如图 5.32 所示，这时选项"目标"后的文本框中的数值会根据所拖到的位置来变化，这个数值为 Authorware 计算出来的，计算结果是由基点的数值和终点的数值来确定的，计算方法为：

（终点－基点）×目标点到基点之间的线段长度÷基点到终点之间的线段长度＋基点

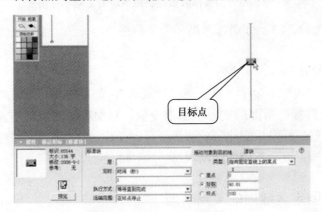

图 5.32　指定目标点位置

也可以在选项"目标"后的文本框中直接输入数值、变量或者表达式，设置后，在另一个文本框中单击，这时移动对象会自动移动到这个数值对应的位置。

如果在"目标"后的文本框中输入的值超出了基点值和终点值的范围，那么 Authorware 会根据选项"远端范围"中的设置来调整移动对象的位置。

选项"远端范围"的下拉列表中包含 3 个选择项。

● "在终点停止"选项：将对象移动到预定范围内距离目标位置最近的那个端点，也就是基点或终点的位置。

● "循环"选项：用目标位置数值不断地减去预定范围的数值，直到剩余值在预定范围以内，这时的剩余值即为目标点实际到达的位置。这个计算方法可以参照数学中的角度的方法。在数学中，角度的值的范围为 0～360°，超出这个范围的值就会转换成这个范围以内，比如 380°实际上是相当于 20°，计算方法是 380－（360－0）；而－50°实际上相当于 310°，计算方法是－50－（0－360）。同样可以推理到 Authorware 中，数学中的角度在这里就是终点的值比基点的值大时的情况；如果终点的值比基点的值更小，则刚好反过来。

● "到上一终点"选项：对象将移动到目标位置，即可超出设定的直线范围。此时的两个端点仅是用来确定移动直线上的两个参照点（几何公理：两点确定一条直线）。

也就是说，在选项"远端范围"选择不同，就会有不同的运动线路。

下面假定在选项"基点"中的数值为 0，选项"终点"中的数值为 100，那么在选项"目标"中输入 150 时，不同的选择所确定的不同的移动路线如图 5.33 所示。

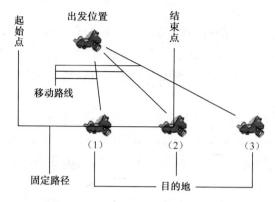

图 5.33　当目标数值超出范围时的运动示意图

目的地（1）、（2）、（3）分别为"循环"、"到终点停止"、"到上一终点"3 种预定范围下的指定位置。

5．永久设置

在选项"执行方式"中多了一个选择项"永久"，如果选择这个选项，那么 Authorware 就会不断地检查"目标"后面的文本框中的变量。只要移动对象没有从"演示窗口"中擦除，那么，一旦这些坐标发生变化，就会激活移动操作，显示对象会被移到相应的新位置。利用这个选项可以模拟滚动条中的滚动块。

5.4.8　指向固定区域内的某点动画

"指向固定区域内的某点"的运动方式，和"指向固定直线上的某点"的动画很相近，也是让对象从出发点沿直线移到目标点，出发点是显示对象在原图标中的初始位置或者上一次移动的终点，所不同的是，这里的目标点是在由基点和终点确定的矩形区域内的某个点，对象最终停止的位置也是目标点。

这里的矩形区域是一个二维平面区域，和采用"指向固定直线上的某点"的直线不同，需要使用（X，Y）坐标系统来确定基点和终点的值。

在"属性：移动图标"面板的选项"类型"后的下拉列表中选择"指向固定区域内的某点"，这时属性面板如图 5.34 所示。

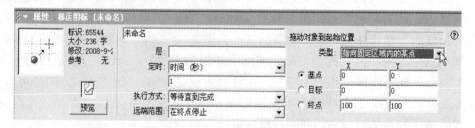

图 5.34　选择"指向固定区域内的某点"时的属性面板

从如图 5.34 所示可以看到，这时的属性面板的选项和选择"指向固定直线上的某点"

时的一样，所不同的是选项"基点"、"目标"、"终点"是由 X、Y 两个值来决定的。

设置目标区域的步骤和设置目标直线的步骤是一样的，首先拖曳显示对象到起始位置，再拖曳显示对象到结束位置，在基点和终点之间就会出现一个矩形框，这就是目标区域，如图 5.35 所示。

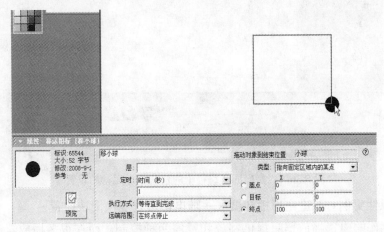

图 5.35　设置好的移动区域

同样在设置好目标区域后，还可以再次选中"基点"单选按钮或选中"终点"单选按钮，然后拖动移动对象可以重新设定起始位置或终点位置。

选中"目标"单选按钮，用鼠标拖曳移动对象可以设置目标点的位置，也可以在"目标"右边的文本框中输入数值或变量来设置目标点的位置。当输入数值超出范围时，同样由选项"远端范围"来确定目标点的位置。计算方法和"指向固定直线上的某点"的类似，只是这时要同时考虑 X、Y 这两个值。

在选项"执行方式"中也包含选择项"永久"。

5.4.9　指向固定路径上的任意点动画

"指向固定路径上的任意点"的运动方式，是将对象沿着一条设定的路径，从起始位置移到路径上的任意指定的目标点位置。和"指向固定路径的终点"动画一样，"指向固定路径上的任意点"动画的起始位置是在路径上的起始位置。

1. 移动路径与移动属性设置

和使用"指向固定路径的终点"动画一样，要使用"指向固定路径上的任意点"动画，也要先定义好移动路径。区别在于"指向固定路径上的任意点"动画还要设置显示对象在轨迹上停止的目标点，如图 5.36 所示。

和"指向固定直线上的某点"动画的设置一样，可以将对象拖曳到路径上的指定位置来确定目标点，也可以在选项"目标"中输入一个数值或变量来确定目标点。同样，当输入的数值超出范围时，由选项"远端范围"中的选择项来控制目标点的位置，只是这时的选项"远端范围"只包含两个选择项："在终点停止"和"循环"。

在选项"执行方式"中也有一个选项"永久"。

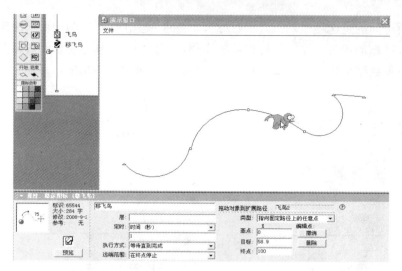

图 5.36 "指向固定路径上的任意点"运动的设置

2. 汉语课件实例：改进电影播放器——随电影位置变换滑块位置

4.2.4 节制作的电影播放器只提供播放和暂停两种控制，而在很多播放器中，在电影的播放过程中，为了指示电影的当前位置，会使用一个滑块来指示。在电影的播放过程中，滑块也从一端移到另一端。下面在前面示例的基础上加上这一功能。

（1）设计分析。通常做法，可以使用"指向固定点"动画方式来移动滑块，只要设置移动时间和声音的长度相同就可以了。但在 Authorware 中，这种做法有个问题，如果电影被停止了，滑块还是会再移动。如果想让电影暂停，滑块也暂停；电影继续播放，滑块也继续移动，就要考虑另一种实现方法了。

这里可以使用"指向固定路径上的任意点"动画方式来移动滑块，而移动的位置可以使用电影播放的当前位置来确定，这个当前位置保存在系统变量 MediaPosition 中；为了让"移动"图标能随时执行，这里可以使用限时交互，设置成每过 1 秒执行一次移动，限时交互的内容在后面介绍。为了说明的方便，这里使用前面制作过的"电影播放器"为基础，给它加上播放位置指示。

（2）准备工作。准备好一个作为滑块图形，一个作为滑块移动路径的指示的图形，这些也可以使用前面的例子"即时获得滑块的位置"中的图形。

（3）制作过程。

① 打开在 4.2.4 节制作的程序"播放电影.a7p"，将它另存到另一个位置，并命名为"电影位置显示.a7p"。

② 打开在 3.6.2 节制作的程序"滑块位置.a7p"，选中流程线上的两个"显示"图标，单击工具栏上的"复制"按钮。

③ 切换回程序"电影位置显示.a7p"所在的 Authorware 编辑窗口，在"电影"数字电影图标的下方单击鼠标，将粘贴指针移动到这里，单击工具栏上的"粘贴"按钮。

④ 用鼠标拖曳一个"移动"图标到交互分支图标"播放"的右边，命名为"移动滑块"。双击"移动"图标上方的交互类型标识符，打开它的属性面板，在选项"类型"后面选择"时间限制"，在"时间限制"选项卡中的选项"时限"后面输入数字 1，并单击选中"每次输入时重新计时"；单击"响应"标签切换到"响应"选项卡，在选项"分支"后面选择"重试"。

⑤ 运行程序，程序在显示出所有的内容后过了 1 秒后程序就会暂停，并打开"移动"图标"移动滑块"的属性面板，在属性面板中的选项"类型"后面选择"指向固定路径上的任意点"，在"演示窗口"中单击滑块对应的图像，可以看到在滑块上出现了一个黑色的小三角形，如图 5.37 所示。

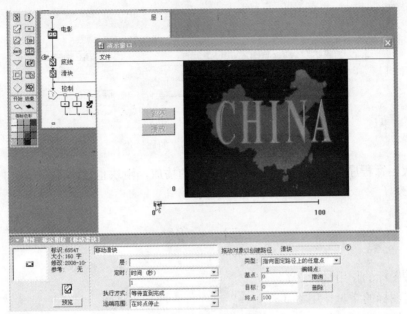

图 5.37　设置移动对象

⑥ 拖曳滑块到底线的另一端，这时又会出现一个小三角形，在两个三角形之间会出现一条线，可以拖曳这两个小三角形，让这条线和底线相重合，如图 5.38 所示。这样就创建好了滑块的移动路径。

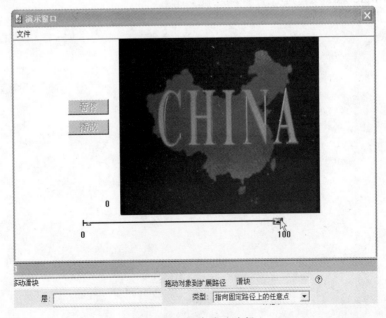

图 5.38　创建移动路径

⑦ 在"属性：移动图标"面板中的选项"终点"后面将原来的数字 100 改成表达式

MediaLength@"电影"，这是用电影的总长度来设置移动路径的终点对应的值；在选项"目标"后面将原来的数字改成表达式 MediaPosition@"电影"，这是用电影的当前位置来设置滑块要移到的位置；在选项"定时"下面的输入框中将原来的数字修改为 0，这是让"移动"图标立即执行，不出现移动效果，如图 5.39 所示。

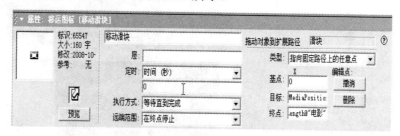

图 5.39　　"移动图标"的属性设置

⑧ 再次运行程序，就可以看到，随着电影的播放，滑块也逐渐从左边往右边移动。保存所做的修改。

习　　题

1. 等待图标的作用是什么？
2. 等待图标的常见使用方式有哪些？
3. 简述擦除图标的作用。
4. 新建一个程序，保存命名为"擦除效果.a7p"，拖曳两个显示图标并分别导入图片，拖入两个擦除图标，设置不同的擦除过渡效果。
5. 简述移动图标的功能。
6. Authorware 7.02 支持哪几种移动功能？

第3篇　程序控制

第6章　编程基础

虽然使用 Authorware 提供的设计图标就可以创建作品，但使用脚本可以让 Authorware 程序不仅具有记住确定信息的能力，而且具有操作这些信息的能力，从而可以制作出一些要求更高的多媒体程序。无论哪一种编程语言都离不开变量和函数，Authorware 也不例外，利用 Authorware 7.02 提供的系统变量和系统函数能够完成一些复杂的控制任务。对于一些特殊的任务，Authorware 7.02 还允许自己定义变量和自定义函数，使程序具有更大的灵活性。

6.1　数据类型

编程语言处理的对象是数据，而数据是以某种特定的形式存在的，例如，整数、实数、字符等形式。Authorware 除了支持常见的数据类型，还具有一些特殊的数据类型。

6.1.1　基本类型

基本类型就是可以赋值的单个直接数值型，Authorware 支持的基本类型有 3 种。

1．数值型

对于具体数值，Authorware 支持包括整数和实数。数值的另一种分类方法是正数、零、负数。在 Authorware 7.02 的数值和通常数学中的数值的书写格式一致，负数也是在数字前加上"-"即可，带有小数点的数值就是实数，但是要注意的是 Authorware 7.02 中不采用科学记数法的格式表示数值大小。

2．字符型

字符型也称为字符串。字符串是由一个或多个字符组成的序列。

在引用字符串时，必须给字符串加上双引号（半角），用以区别变量名、函数和运算符。如果要在字符串中使用双引号，必须在双引号前加上反斜杠（\），这与 C/C++语言中类似。例如：

```
"She said:\"I am a Authorware fans too.\""
```

如果在字符串中已经使用了反斜杠，则必须在反斜杠前再加上一个反斜杠。例如，对路径使用：

```
"c:\\windows\\a6w_data\\"
```

另外还有两个特殊的字符串，一个是显示制表键 Tab，在字符串中使用"\t"来表示；另一个是回车符 Enter 或 Return，在字符串中使用"\r"来表示。

3. 逻辑型

逻辑型变量只有两种值：TRUE（逻辑真值）或 FALSE（逻辑假值）。

当需要对逻辑值进行判断时，如果此时返回的是一个数值型的值，则 Authorware 7.0 把不等于 0 的数值等同于逻辑值"TRUE"，把等于 0 的数值作为 FALSE；若返回的是一个字符串，则 Authorware 7.0 将"True"、"T"、"Yes"、"ON"（不区分大小写）这几个字符串等同于逻辑值 True，而其他字符串作为 False。

6.1.2 其他数据类型

1. 符号

数值和字符串是非常显而易见的数据类型。计算机处理数字时通常需要以数字的速度处理，以字符串的方式描述。而符号正是满足该需要的方法。符号都必须以"#" 开头，后面跟上其他字符或数字，符号类似于字符串，但不用加上双引号，另外符号的内容不区分大小写。

2. 数组

大多数数据类型包含一个元素。但如果处理数据较多时，使用单个数据就比较烦琐，这时就需要一种能包含多个元素的数据类型。Authorware 7.02 和其他语言一样都支持数组功能。

数组是复杂的数据结构，每个数组变量可以存储多个数据，并且把整个集合作为一项对待。根据数据在容器内的位置，存储和索引表中的数据。

Authorware 支持两种类型的表。

线性表：线性表中的值根据它们在表中的位置进行访问。

属性表：属性表中的值根据与该值关联的一个属性进行访问。

下面是两个具体的例子。

线性表的例子：["张三",34,8.9]

属性表的例子：[#name:"张三","age":34]

使用属性表完全可以实现数据库基本数据存储和管理功能。

数组中可以存放简单变量能存放的任何数据类型，如数值、字符串、符号（属性）、对象，甚至可以是另一个数组。若数组的元素仍为数组，这时产生的就是多维数组。

3. 对象

面向对象编程（OOP）是一种解决逻辑问题的方法。在 Authorware 7.0 中为了处理 Spirie Xtra 对象的调用问题，也提供了对象的操作。与其他语言一样，Authorware 7.0 也是使用父对象创建子对象（实例），例如，使用"NewObject("fileio")"可以创建"fileio Xtra"的一个子对象，通过调用该子对象就可以完成一系列的文件 I/O 操作。对象的使用将在 Xtras 这一章进行介绍。

4. 点（Point）和矩形（Rect）

Authorware 支持两种图形中常见的数据结构：Point 和 Rect。Point 和 Rect 可以看做是二维坐标系中的数组。

（1）Point。点（Point）是由 Authorware 提供的系统函数 Point 所返回的数据，用于描述一个点在演示窗口中的坐标，其形式为（X，Y），也就是横坐标轴（X）和纵坐标轴（Y）

上的坐标值，有时也被称为坐标型数据。点的数据格式为

Point(x,y)

第 1 个数字是 x 坐标，第 2 个数字是 y 坐标，也就是一个点距离演示窗口左边界和上边界的像素数。

（2）Rect。Rect 是 Rectangle（矩形）的简称，是一个结构，它是由 Authorware 提供的系统函数 Rect 所返回的数据。它包含 4 个数字，分别代表矩形的左端（left）、顶端（top）、右端（right）、底端（bottom）距离"演示窗口"左边界和上边界的像素数。也可以把前两个数字看做是该矩形左上角的点的坐标，把后两个数字看做是该矩形右下角的点的坐标。这样定义一个 Rect 数据就有两种方法。

Rect(left, top, right, bottom)
Rect(point1, point2)

6.2 变量

变量是其值可以改变的量，是用于储存结果信息的。可以利用变量来存储不同的数据，例如，计算结果、用户输入的内容等。和其他编程语言不一样的是，Authorware 的变量不限定使用范围，也就是在同一个程序中，只要是同名的，不管在程序的任何地方都是指同一个变量。也就是说 Authorware 中的变量都是全局变量（但变量的作用域不能跨越不同的 Authorware 文件，要在文件间传递变量内容，必须在 JumpFile/JumpFileReturn 调用函数中显式声明）包括本身提供的系统变量和用户自己创建的变量两种。

6.2.1 使用变量面板

使用菜单命令"窗口"→"面板"→"变量"，或者单击常用工具栏上的"变量"按钮，或者按组合键 Ctrl+Shift+V，都可以打开如图 1.31 所示的变量面板。

所有的系统变量和当前应用程序使用的自定义变量都可以在变量面板中找到。下面是面板中各选项的含义。

● 选项"分类"下方的下拉列表框中列出的 Authorware 7.02 提供的变量的类别；在下拉框的下方的列表框中列出的是所选类别的所有变量。

● 在变量列表框中选中了某个变量后，在选项"参考"下的列表框中列出所有引用了该变量的图标名数组。可以直接单击并选中某个引用了该变量的图标名，再单击此方框下的"显示图标"按钮，跳转到指定图标；在选项"描述"中列出的是在变量列表框中所选变量的描述信息。

● 选项"初始值"下方列出的是所选变量的程序初始运行时的默认值。

● 选项"变量"下方列出的是程序运行过程中所选变量的当前值。

在变量面板的下方有 5 个按钮，其含义如下。

● 新建：在当前应用程序中新建一个自定义变量。

● 改名：将选中的自定义变量重新命名。

- 删除：将选中的自定义变量删除（条件是只有当此变量没有被任何图标使用时才能被删除）。
- 粘贴：将选中的变量粘贴到指定位置。
- 完成：关闭变量列表框。

6.2.2 变量的分类

从使用者的角度，Authorware 中的变量可以分为两种：系统变量和自定义变量。

图 6.1 系统变量的分类

1. 系统变量

系统变量是 Authorware 7.0 预先定义的变量，用于跟踪程序运行时的各种信息，如各种图标的状态、用户的交互响应、系统状态、系统时间、用户的记录等，它们的值由 Authorware 7.02 自动更新，利用这些系统变量可以更好地收集、分析、处理用户的信息。

在变量面板中，单击选项"分类"的下拉按钮，在下拉列表中可以看到系统变量的所有种类，如图 6.1 所示。

Authorware 7.0 系统变量分成如下 11 大类。

- "CMI"（计算机管理教学）类：包含计算机对教学自动跟踪方面的信息。
- "决策"类：包含一些关于"判断"图标的信息，如程序多少次经过"判断"图标、所选择的最终路径以及如果决策是基于时间，则有多少时间已经到期了。
- "文件"类：包含文件操作中的一些信息，如用户的数据如何记录、调用，外部文件搜索路径的定义以及文件名字跟踪等。
- "框架"类：包含一些框架结构的信息，如当前页号、所选的是哪一个热文本或者如果选择了导航图标，程序开始跳转时的位置。
- "常规"类：包含一些关于程序的信息，如终端用户运行机的机型、用户鼠标单击时的屏幕坐标，或者当前某个键被按下的信息等。
- "图形"类：包含图形的显示方面的信息。
- "图标"类：包含当前图标的各种信息，如图标的 ID 号、图标是否可以移动等。
- "交互"类：包含一些交互结构的状态和结果。如流程线上哪一个分支最后被执行，有多少个判断响应已被正确响应，用户花费了多少时间去响应交互等。
- "网络"类：包含网络方面的信息。
- "时间"类：包含时间方面的一些信息，如当前时间、日期、用户在此程序上的工作时间等。
- "视频"类：包含使用 DVD 图标播放 DVD 视频时的一些状态信息。

在程序中需要使用系统变量时，可以先选择相应的类别，再在下面方框中列出的该类别中选中所需的系统变量，单击"粘贴"按钮即可，或者双击要添加的变量；也可以在直接要使用变量的位置中直接输入变量名。

由于系统变量是系统预定义了的，它们受到系统的管理，因此可以在程序中根据每个变量的含义直接在程序中使用它们。一些系统变量的值可以程序来修改，另一些系统变量的值只能由系统来修改。

2．自定义变量

自定义变量是设计人员在程序设计过程中根据自己的需要自行定义的变量，用户在使用它们之前需要定义变量名和设置初值。在变量面板中的选项"分类"的下拉列表中可以看到当前程序的文件名，当前程序的所有自定义变量都可以在这里找到。

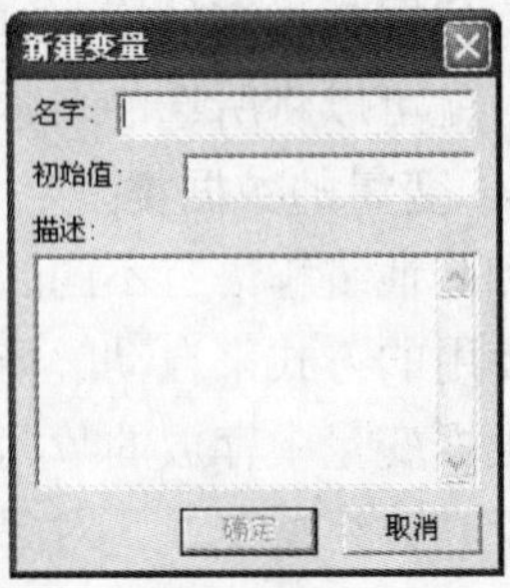

（1）创建自定义变量的方法。一种方法是在变量面板中创建：

在变量面板中单击"新建"按钮，弹出如图 6.2 所示的"新建变量"对话框。

下面是各选项的含义：

图 6.2   "新建变量"对话框

- 在选项"名字"后面的文本框中输入要自定义的变量名。
- 可以在选项"初始值"后面的文本框中输入自定义变量的初值。它是程序重新运行或执行了初始化函数后变量的取值。若不输入则系统默认值设为"0"。
- 在选项"描述"下面的文本框中输入自定义变量的说明，该说明将出现在变量列表框中的"描述"选项中。

填好上述选项后，单击"确定"按钮，在变量面板可以看到该自定义变量。

创建自定义变量的另一种方法是，在可以使用变量的地方，例如，前面介绍的"显示"图标的输入内容中，或者属性面板的某些选项中，或者后面要介绍的"计算"图标的代码中，可以直接输入一个自定义变量，在结束编辑时，如果 Authorware 7.02 检测到有新变量，就会自动弹出如图 6.2 所示的"新建变量"对话框。设置好初值或描述信息后，单击"确定"按钮，则新建了一个自定义变量。

（2）Authorware 7.0 自定义变量的命名规则。变量的名字最多可以包括 256 个字符。一个好的变量名不应该太长。它只能以字母（从 a 至 z，不区分大小写，但要注意全半角之分）或下画线（_）开头，后面可以接字母、数字、空格与下画线。

变量名不能是系统保留的字符（比如系统变量与系统函数等）。

虽然可以在变量名中使用空格，但应尽量避免。

在取名时尽量使用有意义的名字，如对应的英文单词或中文拼音。根据变量的名称就能明白所存储的值。虽然可以使用"aaa"这样的变量名，但如果程序中使用的自定义变量太多，那么类似"aaa"这样的自定义变量名则变得非常难以记忆，同时也不利于合作。

3．修改自定义变量

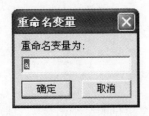

图 6.3   "重命名变量"对话框

根据需要，可以修改自定义变量的名字和初值，也可以删除自定义变量。

（1）修改自定义变量的名字。在变量列表框中单击要修改的自定义变量，可以看到变量面板下方的"改名"按钮变成可用的，单击这个按钮，会弹出如图 6.3 所示的"重命名变量"对话框。

在输入框中输入要修改成的新的变量名，单击"确定"按钮即可。Authorware 会自动将程序中使用到原来变量名的地方自动修改成新的名字。

（2）修改自定义变量的初值。在变量列表框中单击要修改的自定义变量，在变量面板的选项"初始值"下面的输入框中输入一个新的数据。

（3）删除自定义变量。在变量列表框中单击要删除的自定义变量，如果这个变量在程序的任何位置都没有使用，这时可以看到变量面板下方的"取消"按钮变成可用的，单击这个按钮，就可以将所选的自定义变量删除。

4．变量的数据类型

和其他编程语言不同的是，Authorware 的变量不区分数据类型，而是根据所存储的内容或者使用的方式来自动解释它的类型。

根据变量中存放的数据的不同，可以把变量分成 7 类：数值型变量、字符型变量、逻辑型变量、数组型变量、对象变量、点变量、矩形变量。

6.3 函数

函数实际上是一段执行某些特殊操作的程序代码的组合，有的函数执行完毕返回执行结果或执行信息，有的函数执行完毕不返回值。

6.3.1 使用函数面板

使用菜单命令"窗口"→"面板"→"函数"，或者单击常用工具栏上的"函数"按钮，或者按组合键 Ctrl+Shift+F，都可以打开或关闭如图 1.30 所示的函数面板。所有的系统函数和外部函数都可以在函数面板中找到。

- 在选项"分类"下方的下拉列表框中列出的 Authorware 7.02 提供函数的类别；在下拉框下方的列表框中列出的是所选类别的所有函数。
- 在函数列表框中选中某个函数，在选项"参考"下方列表框中列出的是当前应用程序使用了所选函数图标图标名，在图标列表中单击某个图标名，再单击"显示图标"按钮可以在流程线上找到所对应的图标；在选项"描述"中列出的是在函数列表框中所选函数的功能描述。

在函数列表框的下方有 5 个按钮，含义如下。
- 载入：为当前应用程序装载外部函数。
- 改名：将选中的外部函数更名。
- 导入：将选中的外部函数卸载（条件是只有当此函数没有被任何图标使用时才能被卸载）。
- 粘贴：将选中的函数表达式粘贴到指定位置。
- 完成：关闭函数列表框。

6.3.2 函数分类

在 Authorware 7.0 中可以使用的函数包括 4 大类，一是本身提供的系统函数；二是外部函数文件（UCD）中的扩展函数；三是扩展文件（Xtra）中的扩展函数；四是系统链接文件（DLL）中的函数。这里主要介绍系统函数，其他外部函数将在第 11 章中介绍。

在函数面板中单击选项"分类"的下拉按钮，在下拉列表中可以看到 Authorware 7.0 中的系统函数的分类，如图 6.4 所示。

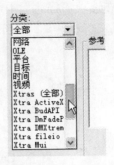

图 6.4　系统函数的分类

从图 6.4 中可以看出 Authorware 7.0 的系统函数被分成 18 类。

"字符"类：主要的操作对象是字符和字符串。

"CMI"（计算机管理教学）类：主要用于完成计算机管理教学的操作。

"文件"类：能创建和维护外部文件。例如，可以创建一个目录，在此目录中写一个文本文件。

"框架"类：主要用于对框架结构的操作。

"常规"类：经常执行系统普通级的任务。比如取消菜单、复制文本等。

"图形"类：主要用于在"演示窗口"直接绘制图形。

"图标"类：主要用于管理图标。例如显示和删除图标、获得图标的标题等。

"跳转"类：不仅能够从一个图标跳转到另一个图标，而且还能跳到外部文件。

"语法"类：包含特殊的语言操作，如条件、循环等。

"列表"类：包含处理线性数组的功能。

"数学"类：包含复杂的数学运算。

"网络"类：主要用于网络方面的操作。

"OLE"类：主要用于处理 OLE 对象。

"平台"类：主要用于处理和程序运行平台有关的操作。

"目标"类：主要用于对选定目标进行图标操作。

"时间"类：主要用于处理与时间有关的操作，例如，将时间、日期值转换为数字格式。

"视频"类：主要用于控制 DVD 图标中视频的播放。

由于系统函数是系统预定义了的，它们将受到系统的管理，因此在程序运行过程中系统将根据每个函数的含义直接在程序中使用它们。

当在程序中需要使用函数时，可以在"分类"的下拉列表框中选择相应的类别，再在下面的方框中选中所需的系统函数，单击"粘贴"按钮即可，或者直接双击要插入的函数。也可以直接在"计算"图标或"显示"图标中输入该函数。

6.3.3　函数的参数

函数一般都包含两部分，函数名和参数。函数的使用方法是在函数名后面添加一对半角小括号"()"，在括号中可以指定参数或不指定参数。很多函数都有参数，参数可以是一个也可以是多个，其功能是引入函数执行过程中必须使用的某些信息。参数可以是数据，也可以是变量。

在 Authorware 中，系统函数的参数分为两种类型：必选参数和可选参数。在函数列表中单击某一个函数，在选项"描述"中可以看到这个函数的使用格式和使用说明，如图 6.5 所示。

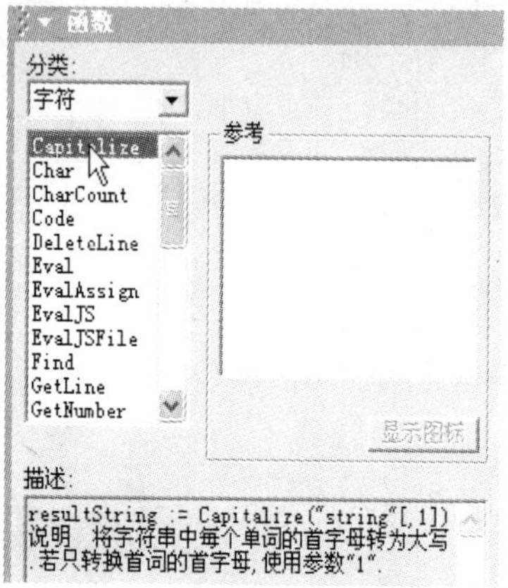

图 6.5 查看函数的描述

从图 6.5 中可以看到，在函数名后面的小括号中列出的就是函数的参数，多个参数之间使用半角逗号"," 来分隔。如果参数被方括号"[ ]"括起来了，就说明这个参数是可选参数。可选参数可以根据程序的需要进行适当的设置。如图 6.5 中所选的系统函数 Capitalize 就包含两个参数，也就是("string"[,1])，其中第 2 个参数"string"是必选参数，在使用函数时必须进行设置；第 2 个参数 1 是可选参数，使用函数时可以不进行设置。

在函数说明中如果某个参数加了双引号，则表示这个参数是字符串。在使用函数时，这个参数就要替换成字符串，如果用变量来代替这个参数，就不需要使用双引号来括住变量。

6.4 表达式

在编程过程中，有时是直接使用变量或函数，有时也需要将它们组合在一起使用。表达式实际上就是通过完成一个计算或执行一种操作来得到一个结果的式子。

一个简单的数学表达式通常包括两部分，数值和运算符，例如，一个数学表达式为 1＋2，其中 1、2 是数值，＋是运算符。同样，Authorware 7.02 的一个表达式也包含两部分：运算对象和运算符，其中运算对象可以是前面介绍的数据、变量、函数，还可以是另一个表达式。

6.4.1 运算符

运算符是执行某项操作的一个标识符。在 Authorware 中，共有 6 种运算符：算术运算符、赋值运算符、关系运算符、逻辑运算符、连接运算符和负号。所有的运算符都是半角字符。

1．算术运算符

Authorware 中使用的算术运算符包括：＋（加）、－（减）、*（乘）、/（除）、**（乘方）、MOD（取余）。这些运算和通常使用的算术运算符除了书写有点差别外，用法是一样的。

示例：

```
a**4
```

上式是计算变量 a 的 4 次方。

取余（MOD）运算符用被除数除以除数并返回运算的余数。语法格式为

```
MOD(x,y)
```

其计算的是 x/y 的余数值。

示例：

```
MOD(5,3)
```

计算的是 5 除以 3 的余数，结果为 2。

当想判断一个数是偶数还是奇数时，用 MOD 是很方便的。偶数被 2 除没有余数，就知道那个数字是偶数还是奇数。

由算术运算符来操作的表达式称为算术表达式，表达式的结果就是算术运算后的结果。如果参与运算的是数值型数据，运算结果就是一个数值型数据。如果参与运算的有其他类型的数据，Authorware 就会按以下方式自动进行转换。

- 对于逻辑型数据，Authorware 会将 TRUE 当做 1，把 FALSE 当做 0 来进行运算。
- 对于字符型数据，如果字符串中包括数值，Authorware 会取出这个字符串中的第 1 个数值（包括负号和小数点），再用这个数值进行运算；如果不包括任何数字字符，则把字符串当做 0。在 Authorware 中，会把"TRUE"、"T"、"Yes"、"ON"（不区分大小写）这几个字符串转换成 1 来参与运算。
- 对于符号型数据，Authorware 会转换成 0。
- 对于对象型数据，在 Authorware 中，对象型数据实际上就是一个整数。

如果是数值、字符串、逻辑值、对象中的一种类型与数组、点、矩形中的一种类型进行运算，Authorware 会将字符串、逻辑值、对象先转换成数值，再把这个数值与第 2 种类型中的每一个元素进行运算，最后的结果还是第 2 种类型。

示例：

a.

```
Lie:=[3,4]
Lie2:=Lie+3
```

返回值为[6,7]

b.

```
mp1:=Point(25,35)
mp2:=mp1-10
```

返回值为 Point(15,25)

c.

```
rec1:= Rect(35,25,45,55)
rec2:=rec1/5
```

返回值为 Rect(7,5,9,11)

如果是两个数组运算，Authorware 会将两个数组对应位置上的元素进行运算，没有对应的元素不运算，结果还是一个数组。如果两个点型或两个矩形进行运算，也是把对应位置上的元素进行运算，结果还是点或矩形。

当点型、矩形、数组这 3 种类型的两个进行运算时，结果是在运算符左边的那个类型。

2．赋值运算符

Authorware 的赋值运算符是 ":="，它的作用是将运算符右边的值赋给运算符左边的变量。利用它可以把数值、变量、有返回值的函数或表达式的值赋给某个变量，而且赋值运算符的左边只能是单个的变量。

例如：Name:="邓椿志"，表示将字符串"邓椿志"赋给变量 Name。

由赋值运算符组成的表达式称为赋值表达式，表达式的结果就是赋值运算符的那个值。不论赋值运算符左边的变量是什么数据类型，都会转换成右边的结果的类型。

3．关系运算符

Authorware 中使用的关系运算符包括：＝（相等）、＜＞（不等于）、＜（小于）、＞（大于）、＜＝（小于或等于）、＞＝（大于或等于）。这类运算符是用来对运算符两边的数据、变量或者表达式进行比较的。

由关系运算符组成的表达式称为关系表达式，表达式的结果就是对两边的数据进行比较后得出的结果。若该表达式成立，则该表达式的值为 TRUE，否则为 FALSE。

例如：max<=100，此时若变量 max 的值为 100 或比 100 小，该表达式返回 TRUE，否则返回 FALSE。

如果关系运算符两边的数据类型相同，则根据数据类型的特点进行比较：

两个数值型数据进行比较，则按数值的大小进行比较。

两个字符串进行比较，则按 ASCII 码的顺序进行比较；比较方式是按字典排序的方式进行，也就是先比较第 1 个字符，如果第 1 个字符相同，再比较第 2 个字符，依次类推。两个符号进行比较的方式和字符串是一样的。

两个逻辑值进行比较，则 TRUE 要大于 FSLSE。

两个数组进行比较，则是按元素的顺序依次进行比较。

两个对象型数据进行比较，则按数值的大小进行比较，通常后面创建的对象的数值要更大。

两个点或两个矩形数据进行比较，和数组的比较一样。

如果关系运算符两边的数据类型不同，在进行比较的过程中，Authorware 会进行相应的转换：

数值和字符串或逻辑值或对象进行比较，或者字符串与逻辑值或对象进行比较时，Authorware 会把字符串或逻辑值或对象转换成数值再进行比较。

当数值、字符串、逻辑值、对象的其中一种类型与数组、点、矩形的其中一种类型进行比较时，第二种类型要比第一种类型更大。

当点与矩形进行比较时，矩形总是比点大。

当点、矩形与数组进行比较时，如果数组的元素个数比点、矩形中的元素的个数要多时，数组更大；而当数组的元素个数比点、矩形中的元素的个数更少或相同时，点、矩形更大。

4．逻辑运算符

Authorware 中使用的逻辑运算符是：~（逻辑非）、&（逻辑与）、|（逻辑或）。这类运算符是用来对表达式进行逻辑比较的。

由逻辑运算符组成的表达式称为逻辑表达式。逻辑表达式的结果为逻辑真值或逻辑假值，具体操作如表 6.1 所示。

表 6.1　逻辑表达式运算表

表达式 A1	表达式 A2	~A1	A1&A2	A1|A2
TRUE	TRUE	FALSE	TRUE	TRUE
TRUE	FALSE	FALSE	FALSE	TRUE
FALSE	TRUE	TRUE	FALSE	TRUE
FALSE	FALSE	TRUE	FALSE	FALSE

从表 6.1 可以看出，~（逻辑非）的结果总是与原表达式的结果相反；&（逻辑与）的结果只有当其前后两个表达式都为 TRUE 时，其值才为 TRUE；而 |（逻辑或）的结果只要其前后两个表达式中有一个为 TRUE，其值就为 TRUE。

例如：

```
max:=true
min:=~max
```

则 min 的值为 FALSE。

在逻辑表达式中，相同数据类型的运算和不同类型的运算和比较表达式是一样的。但对于对象、数组、点、矩形这几个数据单独使用时，它们都是真值。

5．连接运算符

Authorware 的连接运算符是 "^"，用来把两个字符串连接成为一个新的字符串。

例如：

```
str1:="邓椿志"
str2:="是一个多媒体程序开发人员"
str3:=str1^str2
```

则 str3 的内容为"邓椿志是一个多媒体程序开发人员"。

由连接运算符组成的式子称为字符串表达式，表达式的结果是运算后的结果。如果是两个字符串连接，Authorware 会将后一个字符串依次添加到前一个字符串的后面，结果是形成一个新的字符串。如果参与运算的有其他类型的数据，Authorware 就会按以下方式自动进行转换。

● 如果是数值，Authorware 会将数值转换成字符串，然后再进行连接，结果是一个字符串。

● 如果是逻辑值或者对象，Authorware 会将它们转换成数值，再转换成字符串，然后进行连接，结果是一个字符串。

● 如果是数值、逻辑值、对象、字符串与数组连接，则 Authorware 先将数值、逻辑值、对象转换成字符串，再与数组的每一个元素连接，结果是一个数组。

● 如果是数值、逻辑值、对象、字符串与点或矩形连接，则 Authorware 先将数值、逻辑值、对象转换成字符串，再与点或矩形的每一个元素连接，再将每一个元素由字符串转换为数值，结果是点或矩形。

6．负号

前面讨论的运算符都是二元运算符，二元运算符有两个操作数。一元运算符只有一个操作数。负号运算符（-）是一元运算符。把负号放在表达式的前面使正的表达式为负，负的表达式为正。

示例：

> -1

代表 1 的相反数-1。

若负号运算符在表达式的中间，必须加上括号来区分。

负号运算符的作用就相当于用 0 来减去运算符右边的数据。当右边的数据的类型不是数值时，运算方式和算术运算符是一样的。

6.4.2 括号与优先级

当一个表达式中含有多个运算符时，不一定按照从左到右的顺序进行运算，而是按照 Authorware 规定的运算规则所决定的运算的先后顺序，这就是运算符的优先级。

1．同类运算符

算术运算符的优先级顺序和数学的类似。乘方最高，乘法、除法次之，最后是加减法，同优先级时从左至右计算表达式。

关系运算符全部处于同一优先级。

逻辑运算符的优先级是~最高，&次之，最后是l。

2．不同类运算符

若一个表达式有不相同的运算符时，是按以下优先级进行计算表达式的值的：

首先是负号运算符，其次是逻辑非(~)、算术运算符、连接运算符、关系运算逻辑与（&）和逻辑或（l），最后是赋值运算符。

3．使用括号

前面所说的优先顺序都是在没有使用括号的情况下，当在表达式中使用了括号时，Authorware 会首先计算括号内的运算。在括号内部可以嵌入括号，但括号不能交叉。当括号嵌套时，Authorware 会首先运算内部的括号，再运算外层的括号。

6.4.3 变量的取值范围

受计算机的限制，在 Authorware 中可以使用的数值是有限的。

1．整数

如果将一个整数直接赋给一个变量，那么 Authorware 可以使用的整数范围是-2^{32}～2^{32}-1，也就是-2 147 483 648～2 147 483 647。这个是参与运算的整数范围，比如：

假定 a:=2147483648，那么 a+1 就会出错。

但与其他编程语言不同的是，对于运算后的结果，Authorware 可以使用的整数范围变大了。Authorware 的运算结果的整数范围是-2^{56}～2^{56}-1，超出这个范围以后。Authorware 会将后面的数值以 0 来添加。也就是超出 2^{56} 的结果，Authorware 只保留前 16 位数，后面的自动以 0 来填充，但填充的范围也是有限的，Authorware 可以使用数的位数最多为 30 位，超过这个限制后就会出错。

2．字符串

如果将一个字符串直接赋给一个变量，那么一个字符型变量最多可以存储 32×1024 个字符，也就是 32 768 个。

如果在一个程序中使用多个变量，那么在变量中存放的总的字符数也不能超过 32×1024 个。

6.4.4　数组和其他结构的运算

有的时候，在 Authorware 中管理的数据不适合作为单个的值或字符串，而是必须作为项的集合被存储和操纵，Authorware 使用数组（数组）来满足此需要。数组是用于聚集信息的工具，熟悉表对于完成一个复杂的 Authorware 应用程序是非常重要的。

1．数组的运算

这些类型的每个表可以是有序的，也可以是无序的。可以使用系统函数 SortByValue()或 SortByProperty()对表进行排序，排序后即使对数组进行改动后，数组仍然是有序的。

（1）定义数组变量。当在 Authorware 运行的同时存储需要未确定数量的值时，数组变量是很有用的。不像一般的变量只能一次存放单个值或字符串，数组变量可以同时存储多个值或字符串的变量。

自定义的数组变量通常只能在"计算"图标中定义，或者在变量面板的选项"初始值"中进行设定。有两种方法可以定义数组变量。

一种是使用方括号来定义一个数组变量，语法格式为

<数组名>:=[]

示例：

```
lie:=[ ]
```

此语句创建一个名为 lie 的数组（数组）变量。

此时数组的所有元素的值默认为 0。不能给数组变量直接赋值，即不能以如下形式来一次性给数组变量的元素赋值：

```
lie:=[ ]
lie:=10
```

而应该依次给数组变量的每一个元素赋值或使用数组来赋值，比如：

```
lie:=[10,5,6,37]
```

这时就可以使用 lie[3]来获取数组变量 lie 的每 3 个元素的值了。

使用方括号是创建数组的最常用的方法。

第 2 种方法是使用系统函数 Array 来定义的，语法格式为

result := Array(value, dim1 [, dim2, dim3, ...dim10])

该语句创建了所有元素值为 Value 的数组。dim1 指定了该表中具有 value 值的元素的个数。若指明 dim2, dim3, ...dim10 的值则创建的是多维数组。

示例：

```
lie:=Array(3,10)
```

此语句创建一个名为 lie 的数组（数组）变量，此数组变量的前 10 项的值为 3。

单个数组中可以存放许多不同类型的数据，但大多数情况下会使用线性表来存放同一数据类型的数据，用属性表来存放不同类型的元素。

（2）使用系统函数操作数组。在使用自定义数组变量的某个元素或者使用系统函数操作数组之前，必须将变量先定义为数组变量，并且在使用前没有更改过数据类型。

对数组通常有如下操作：可以给数组添加项；删除数组中的项；可以一步步遍历数组，一次访问一项；可以立刻传送许多项；可以把数组中的所有项以类似的风格对待，而不用单独为每项建立各自的变量。

Authorware 的列表类提供了对数组中的数据进行管理和操作的系统函数，表 6.2 是列出了针对于线性表和属性表的不同函数。

表 6.2　与数组有关的系统函数

操　　作	对应的系统函数	
	线性表	属性表
在数组的末尾或特定位置添加数据	AddLinear	AddProperty
从数组中删除数据	DeleteAtIndex	DeleteAtProperty
从数组的特定位置访问数据	ValueAtIndex	PropertyAtIndex
	<数组名>[Index]	
替换数组中的指定位置的数据	SetAtIndex	
	<数组名>[Index]:=<值>	
对数组中的数据排序	SortByValue	SortByProperty
查找特定值	FindValue	FindProperty
复制整个数组	CopyList	
计算数组中数据项的个数	ListCount	
将其他数据类型转换为数组类型	List	

注意：Math 类中的系统函数 ArrayGet()与 ArraySet()只能操作 Authorware 内置的系统数组，而 List 类系统函数操作的是自定义数组。

虽然使用方括号和系统函数都可以获取或设置数组中元素的值，但使用方括号有经常意料不到的方便。

示例：

a.

```
lie:=[10,5,6,37]
--以下两行语句都是获取第 3 个元素的值
res:= ValueAtIndex(lie,3)
res1:=lie[3]
```

b.

```
lie: =[[11, 12, 13], [21, 22, 23], [31, 32, 33]]
```

```
--以下两行语句都是获取第 2 个子数组中的第 3 个元素的值
res:= ValueAtIndex(ValueAtIndex(lie,2),3)
res1:=lie[2][3]
```

2．关于属性表的一些简单介绍

图标属性、Spirite Xtra 属性、文件属性等为 Authorware 的编程提供了极大的灵活性，在 Authorware 中，还可以创建自己的属性表，从而可以进行数据库处理和面对对象编程等高级编程。

属性表中的每一个条目都包括两个相关的组件，第 1 个组件被称为属性（又称为属性标签），链接到第 2 个组件——数据元素（又称为属性值）。当对属性表排序时，它根据属性标签进行排序。

通常属性标签使用符号来表示。当然也可以选择字符串，但处理字符串的速度较慢，现时更重要的是字符串是区分大小写的，这样就比较容易避免由于使用了错误的大小写而出现语法错误。使用符号可以在 Authorware 中按自然语言的方式来处理数据。

示例：

（1）可以使用下面的语法初始化或者创建一个称为 Score 的空属性表变量。

```
Score:=[:]
```

（2）下面是初始化一个属性表的例子。

```
Score:= [#yuwen:78,#shuxue:80]
```

（3）下面是一个多重定义的属性表的例子。

```
Scores:=[#zhangsan:[#yuwen:78,#shuxue:80],#lisi:[#yuwen:80,#shuxue:90]]
```

一旦定义了属性表，就可以引用表的属性，就好像数组是一个对象一样。虽然可以使用<数组名>[Index]的方式来获得特定位置上的属性值，但是通过访问属性标签来获得属性值要更快些。同样也可通过访问属性标签来直接设置对应的属性值。

示例：

```
Score:= [#yuwen:78,#shuxue:80]
fen:=Score[#yuwen]
--返回属性标签为#yuwen 的属性值
Score[#shuxue]:=95
--更改属性标签为#shuxue 的属性值
```

使用系统函数 PropertyAtIndex（）可以返回指定位置上的属性标签。

注意： 虽然在属性表中也可以使用数字、字符串或线性表来作为属性标签，但如果不使用符号，就不能使用属性标签来处理属性表了。

3．点（Point）和矩形（Rect）的运算

通常可以使用 Point 来记录"显示"图标中的对象在屏幕中的位置或存储鼠标的位置，与 Rect 结合时这是很有用的。

（1）定义 Point 变量或 Rect 变量。可以把一个 Point 或 Rect 数据赋给一个变量。

示例 1：

```
myPoint:=Point(25,45)
```

返回值 Point(25,45)记录在 myPoint 中。

示例 2：

定义 Rect 变量有两种方法。

①

```
rec:= Rect(34,25,44,35)
```

返回值 Rect(34,25,44,35)记录在 rec 中。

②

```
mp1:=Point(34,25)
mp2:=Point(44,35)
rec2:=Rect(mp1,mp2)
```

返回值 Rect(34,25,44,35)记录在 rec2 中。

（2）使用系统函数对 Point 和 Rect 进行操作。在 Authorware 中提供的对 Point 和 Rect 操作的系统函数如表 6.3 所示。

表 6.3　与 Point 和 Rect 有关的系统函数

操　　作	对应的系统函数	简　要　说　明
判断 Point 是否在 Rect 中	PointInRect	类似于判断点是否在一个图形中
更改 Rect 的宽度	InflateRect	类似于放大或缩小图形
移动 Rect 的位置	OffsetRect	类似于移动图形
求两个 Rect 的交集	Intersect	类似于求两个图形的公共部分
求两个 Rect 的并集	UnionRect	类似于求两个图形的所有部分

4．数组之间算术运算

可以对数组使用算术运算符或连接运算符，这个特性是 Authorware 内置的内容。前面已经介绍了数组与其他类型的数据进行运算时的情况，下面主要介绍在线性表与属性表这两种数组之间的运算。

（1）若线性表与属性表之间进行运算，返回值的类型与第 1 个数组相同。

示例：

```
Lie1:=[3,4]
Lie2:=[#a:4,#b:5]
Lie3:=Lie1+Lie2
Lie4:=Lie2+Lie1
```

返回值 Lie3 为[7,9]，Lie4 为[#a:7,#b:9]。

（2）若两个属性表对应位置上的属性标签不同，则保留第 1 个数组中的对应属性标签。

示例：

Lie1:=[#a:2,#c:3,#b:3]

Lie2:=[#a:2,#b:3,#c:4]

Lie3:=Lie1+Lie2

返回值为[#a:4,#c:6,#b:7]

（3）若两个数组的非零值元素的长度不同，返回值的非零值长度与最长的数组相同。

示例：

Lie1:=[3,4,5]

Lie2:=[5,7]

Lie:=Lie1+Lie2

返回值为[8,11,5]。

6.5　程序的基本结构

结构化程序设计采用自顶向下，逐步求精和模块化的分析方法。

自顶向下是指对设计的系统要有一个全面的理解，从问题的全局入手，把一个复杂问题分解成若干个相互独立的子问题。逐步求精是指程序设计的过程是一个渐进的过程，先把一个子问题用一个程序模块来描述，再把每个模块的功能逐步分解细化为一系列的具体步骤。模块化是结构化程序的重要原则。所谓模块化就是把大程序按照功能分为较小的程序。

6.5.1　了解流程图

Authorware 是基于流程图的程序，在开始设计之前先用程序流程图描述出各个模块的实现算法并精确地表达这些算法，对程序的完成速度是有很大帮助的。

程序流程图是一种常用的描述工具，可用来描述软件各个组成部分的算法以及各部分的内容数据组织。

用流程图描述结构化程序的几种基本符号如图 6.6 所示。

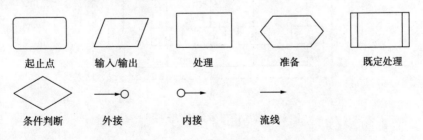

图 6.6　流程图基本符号

对每一个项目来说，程序设计都是很重要的一个环节，项目越复杂，程序设计就越复杂。为了解决这个问题，人们设想，规定出几种基本结构，然后由这些基本结构按一定规律组成一个程序结构，就好像使用一些基本的积木来搭建各种造型一样，整个程序结构是由上而下地将各个基本结构顺序排列起来的。

程序设计中包括 3 种基本结构：顺序结构、选择结构、循环结构。

6.5.2 顺序结构

图 6.7 顺序结构

顺序结构用来表示一个操作系列，程序执行时从所列出的第 1 个操作开始，按顺序执行后续的操作，直到序列的最后一个操作。如图 6.7 所示，虚线框内就是一个顺序结构。在执行完 A 中的内容后，接着执行 B 中的内容。在这个结构中的各块是只能顺序执行的。

6.5.3 选择结构

选择结构有时又称为分支结构，提供了在两个或多种分支中选择其中一个的逻辑控制。基本的选择结构是指定一个条件，再根据给定的条件成立与否来选择相应的分支来执行。选择结构可以分为二分支结构和多分支结构。如图 6.8 所示，虚线框内就是二分支结构，给定的条件是 P，当条件成立时，执行程序块 A；当条件不成立时，执行程序块 B。

通常还有简化了的选择结构，也就是没有程序块 B 的分支结构，如图 6.9 所示。

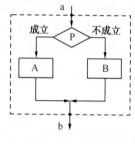

图 6.8 二分支结构

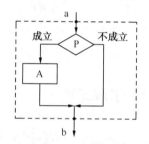

图 6.9 简化了的选择结构

如图 6.10 所示，虚线框内就是多分支结构。根据条件在多个分支中选择一个执行。

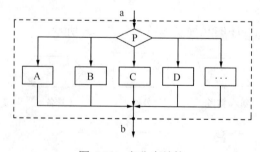

图 6.10 多分支结构

6.5.4 循环结构

循环结构又称重复结构，也就是反复执行某一部分的操作。

循环结构描述了重复执行的过程，通常由 3 部分组成：初始化、需要重复执行的部分、重复的条件。其中初始化部分有时在控制的逻辑结构中并不会直接表示出来。

循环结构主要有两种形式：当型循环（while）和直到型循环（do-while）。这两种循环的区别是：当型循环是先判断(条件)再执行，而直到型循环是先执行后判断。

如图 6.11 所示，虚线框内的结构就是"当型"循环。当型循环结构的执行方式是：先判断给定的条件 P 是否成立，如果成立，再执行需要重复的程序块 A，然后再去判断重复条件 P；否则就退出循环结构。

如图 6.12 所示，虚线框内的结构就是"直到型"循环。直到型循环的结构的执行方式是：先执行需要重复的程序块 A 一次；再判断给定的条件 P，如果条件不成立就继续执行程序块 A 的过程，然后再判断重复条件 P；直到给定的条件 P 成立为止，即不再执行程序块 A 并退出循环结构。

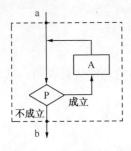

图 6.11　当型循环结构

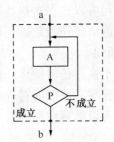

图 6.12　直到型循环结构

6.5.5　基本结构的共同特点

从前面列出的各个基本结构的图形中可以看到，3 种基本结构都具有以下特点：

（1）只有一个入口，在每个图中标出的 a 点为入口点。

（2）只有一个出口，在每个图中标出的 b 点为出口点。

（3）结构中每一部分都应当有被执行到的机会，也就是说，每一部分都应当有一条从入口到出口的路径通过它（至少通过一次）。

（4）没有死循环（无终止的循环）。

结构化程序要求每一基本结构具有单入口和单出口的性质是十分重要的，这是为了便于保证和验证程序的正确性。设计程序时一个结构一个结构地顺序写下来，整个程序结构如同一串珠子一样顺序清楚，层次分明。在需要修改程序时，可以将某一基本结构单独孤立出来进行修改，由于单入口单出口的性质，不致影响其他的基本结构。

6.6　语句

语句是一行可执行的代码。一行代码用回车符 ↵ 结束（按 Enter 键），如果一行语句太长可以使用连接符"¬"来分行书写。

语句可以用来实现变量值的变化导致处理的不同、图标间的转移以及对外部程序的调用。和其他语言一样，Authorware 也提供了条件语句和循环语句这两种控制语句。（这两种语句只能用在"计算"图标中。）

6.6.1 简单语句

简单语句通常是在一行内就完成操作的语句。

1. 赋值语句

赋值语句是由赋值运算符（:=）连接的语句，运算符的左边只能是一个变量，右边可以是具体的数据，也可以是变量或表达式。

2. 函数调用语句

由一次函数调用构成一个语句。比如：

Beep()

使用该语句可以在程序执行过程中发出一声蜂鸣声。

可以将赋值语句和函数调用语句组合使用。

3. 注释语句

注释语句不执行任何操作，仅仅是用来对程序的代码的功能进行说明，以增加程序的可读性，也方便程序人员以后对程序代码的修改与维护。

注释语句可以单独放在一行，也可以放在其他语句的右边。

6.6.2 条件语句

在 Authorware 中，可以使用 if-then 来创建条件结构，也就是先判断给定的条件的真假来决定程序的执行。条件语句的使用格式有以下几种。

1. 检查某一个条件语句

格式为

```
if <条件>   then   <语句>
或者
If <条件>    then
        <语句> 或<语句段>

end if
```

如果（if）<条件>的结果为 True，那么（then）执行<语句>中的语句。（<语句>中只能有一句语句）。

2. 提供选择

格式为

```
if <条件> then
        <语句段 1>
else
        <语句段 2>
end if
```

如果（if）<条件>的结果为 True，那么（then）执行<语句段 1>，否则（else）执行<语

句段 2>。

在使用这种格式的条件语句时，如果<语句段 1>和<语句段 2>都只有一个语句，有时也可以使用系统函数 Test 来代替。Test 函数的使用格式为 Test(condition, true expression, false expression)，改成中文说明就是 Test（<条件>, <表达式 1>, <表达式 2>），也就是先判断条件是否成立，如果<条件>成立，就用<表达式 1>的值作为函数的返回值；如果<条件>不成立，就用<表达式 2>的值作为函数的返回值。

3. 条件语句的嵌套

格式为

```
    if <条件 1> then
            <语句段 1>
            else if <条件 2> then
                    <语句段 2>
        else
                <语句段 3>
    end if
  end if
```

如果（if）<条件 1>的结果为 True，那么（then）执行<语句段 1>；否则如果（else if）<条件 2>的结果为 True，则执行<语句段 2>；如果上述都不成立，则执行<语句段 3>。

当然也可以把<语句段 1>换成一个条件复合表达式。

4. 示例

例如：对成绩的判断，60 分以下为不及格，60～90 分是及格，90 分以上是优秀，可以使用以下两种方式。（自定义变量 fen 中保存了分数，用自定义变量来保存结果。）

（1）

```
    if fen<60 then chengji:="不及格"
    if fen>=60 & fen<90 then chengji:="及格"
    if fen>=90 then chengji:="优秀"
```

（2）

```
        if fen<60 then
            chengji:="不及格"
        else
            if fen<90 then
                    chengji:="及格"
            else
                    chengji:="优秀"
            end if
        end if
```

6.6.3 循环语句

使用 repeat 循环语句可以重复执行某一段代码，直到达到一定的次数或者某个条件为假时为止。被重复执行的代码通常被称为循环体。在 Authorware 7.0 中提供了 3 种循环格式。

1. 使用计数

repeat with 语句是使用一个计数器来重复某一段代码，直到达到一定的次数时为止。这种语句可以使用两种方式来计数：增加或减少。

格式为

```
repeat with <计数器>:=<初值> to <终值>
        <语句段>
end repeat
```

或

```
repeat with <计数器>:=<初值> downto <终值>
        <语句段>
end repeat
```

可使用此格式建立一个固定次数的循环，其循环次数由<计数器>来定义一个从<初值>到<终值>确定的范围，可以从小到大（使用 to），也可以从大到小（使用 downto）。默认每执行一次循环<计数器>增加或减少步长 1，也可在循环体中改变<计数器>的值来跳过不用的循环。

2. 使用数组

repeat with in 语句是使用数组的元素的个数来重复执行某一段代码，循环时可以依次使用数组中的元素，直到数组中所有的元素被使用完时为止。

格式为

```
repeat with <变量> in <数组>
        <语句段>
end repeat
```

这种格式创建的也是固定次数的循环，循环的次数就是<数组>的元素的个数。每执行一次循环，Authorware 都把<数组>中的下一个元素赋给指定的<变量>。该循环的次数由<数组>中元素的个数来决定，如果在循环中改变了该<数组>，就会影响循环体的执行次数。

3. 使用条件

repeat while 语句是用条件来控制循环的次数，重复执行一段代码，直到某条件为假时为止。

格式为

```
repeat while <条件>
        <语句段>
```

```
        end repeat
```

可使用此格式建立一个循环，直到指定的<条件>的结果为假时结束。这种循环结构在每执行一次循环时，要先判断<条件>的值，如果条件为真，则继续执行循环体；如果该<条件>为假，则退出当前循环结构。在这种循环格式中，必须要在循环体中有改变条件的语句，也就是至少要在有限的次数内将循环条件更改为假，否则就会变成死循环。

4．示例

例如：计算从 1 到 100 的和，用自定义变量 i 来做计数器，保存在自定义变量 sum 中，有以下两种方式。

（1）

```
repeat with i:=1 to 100
        sum:=sum+i
end repeat
```

（2）

```
i:=1
repeat while i<=100
        sum:=sum+i
        i:=i+1
end repeat
```

从这里可以看到，在很多情况下，使用 repeat with 语句和使用 repeat while 可以实现同样的功能，但通常 repeat with 用于已知循环次数的情形，而 repeat while 常用于循环次数难于确定的情形。

5．结束循环

在循环结构中，除了达到一定的次数或者某个条件为假时结束循环，在循环体中还可以使用 next repeat 或 exit repeat 来改变循环体的执行。

在循环体中使用 next repeat 将忽略循环体中剩下未执行的语句行，直接开始下一次循环；在循环体中使用 exit repeat 将退出循环而执行"计算"图标中下面的内容。可以将这两个语句放在循环体中的任意位置。

6.7 示例：使用文件函数实现记录的读取与保存

在实现登录的程序中，为了方便用户的使用，要求在用户成功登录过一次以后，下次再来到登录界面时，前一次登录时使用的用户名会出现在用户名输入框中，前一次登录时使用的密码会出现在密码输入框中，这样用户就节省了输入和记忆的时间。

6.7.1 分析

要实现这样的功能，在用户登录成功以后，就要把用户名保存到一个文件中，下次登录时就要从这个文件中将用户名读取出来，然后将用户名显示在输入框中。

1. 保存内容

保存内容到文本文件中，可以使用文件类系统函数 WriteExtFile 或者 AppendExtFile，这两个函数的格式为

```
WriteExtFile("filename", "string")
AppendExtFile("filename","string")
```

这两个函数都包含两个参数，函数的功能都是将第 2 个参数中指定的字符串的内容（不包括双引号）写入到第 1 个参数指定的文件中。如果指定的文件不存在，这两个函数的功能是一样的，都会先创建一个文本文件，再将指定内容写入到文件中。如果指定的文件已经存在，并且文件中已经有内容了，那么这两个函数的功能就有所不同。AppendExtFile 是将内容添加到指定文件的末尾，保留文件中原来的内容；而 WriteExtFile 则就先删除原来的文件，再将内容写入。

2. 读取内容

读取文本文件的内容，可以使用文件类系统函数 ReadExtFile，这个函数的格式为

```
string:=ReadExtFile ("filename")
```

这个函数包含一个参数，函数的功能是读取出在参数中指定的文本文件的内容，然后将文本内容赋给在左边指定的变量中。

3. 文件位置

这几个函数的参数都有一个用来指定要写入或读取的文件，要指定文件。通常包含两部分，一部分是文件的位置，另一部分是文件名。

在操作系统中，指定文件的位置通常有两种方式，一种是绝对路径，例如，在 Windows 系统中，"c:\data\"，是指在 C 盘的 data 目录。另一种是相对路径，例如，在 Windows 系统中，"data\video\"，是指当前目录的 data 目录下的 video 目录。

如果一个程序要拿到别人的计算机中使用，或者要分发给其他人使用，那么在指定文件位置时就不适于使用绝对路径的方式。为了方便保存内容，Authorware 提供了两个系统变量来指定文件的位置。

一个是系统变量 RecordsLocation，这个变量中存放的是 Authorware 7.02 默认指定的保存相关记录的文件夹，通常第一次运行 Authorware 程序时就会自动创建这个文件夹。这个变量的值在不同的机器中通常是不一样的，是由 Authorware 自动记录的，不能更改。

另一个是系统变量 FileLocation，这个变量中存放的是当前程序所在的文件夹，对于源程序来说，就是源程序所在的文件夹；对于打包程序来说，就是打包程序所在的文件夹。

在变量面板中的选项"分类"中选择"文件"，在变量列表框中就可以看到这两个变量，单击其中一个变量，就可以在选项"变量"下面看到这个变量当前所代表的文件夹的位置。注意在 Authorware 中指定路径时都要给分隔符"\"再加上一个"\"。

6.7.2 程序实现

由于涉及交互功能的设计，因此介绍程序实现中的有关读/写的代码部分，整个登录交

互流程的建立暂不介绍，读者可以参考示例代码"记录保存与读取.a7p"查看效果。

1. 保存内容

因为每次登录时用户名可能不同，因此原来保存的信息不用再保留，也就是可以使用 WriteExtFile 来将登录的用户名写入到某个文件中，同时删除原来保存的信息。

这里保存的位置指定在程序所在目录的子目录 data 中，保存的文件名指定为文本文件 "Login.txt"中，可以使用系统函数 FileLocation 来指定。

这里假定用户在登录成功后，用户名的信息保存在变量 username 中，用户密码的信息保存在变量 password 中，这时就可以使用以下语句来保存登录的用户名与密码：

```
WriteExtFile(FileLocation^"data\\login.txt", username^"\r"^password)
```

在系统函数 WriteExtFile 的第 1 个参数中是使用系统函数 FileLocation 来连接一个字符串来指定文本文件的位置。要注意的是，在系统变量 FileLocation 的值的最后已经使用了一个路径分隔符，在连接的第 2 部分的字符串的开头就不需要使用分隔符了，这就相当于实现了相对路径的功能。

在系统函数 WriteExtFile 的第 2 个参数中是先将变量 username 和变量 password 连接成一个字符串，为了方便区分这两个变量的值，将两个变量的值分成两行来保存，使用的方法是在这两个变量之间再插入一个回车符，也就是字符串"\r"指定的。实际上在系统变量 Return 中也保存了回车符，也就是说，第 2 个参数实际上也可以这样来写：

```
username^Return^password
```

2. 读取内容

在显示登录界面之前，就可以先读取指定的文件的内容，读取出来之后，先要将内容分成两部分，再将这两部分内容分别显示在用户名输入框和密码输入框中。但在第一次登录时，指定的文件还没有创建和保存内容，可以根据情况做出不同的处理。

完成的代码如下：

```
userpass:=ReadExtFile(FileLocation^"data\\login.txt")
if userpass <>"" then
    username:=GetLine(userpass,1)
    password:=GetLine(userpass,2)
else
    username:=""
    password:=""
end if
```

第 1 个语句是从保存内容的那个文件中读取内容，文件位置和写入时的是一样的，并将读取出来的内容保存在变量 userpass 中，如果指定的文件存在，并且有内容，那么 userpass 的值就不为空。

下面的条件结构就是判断变量 userpass 的值是否为空，再做出不同的处理。如果读取出了内容，由于在写入内容时是将用户名和密码分行来存放的，因此可以使用系统函数 GetLine 来读取每一行的内容。这里演示的就是 GetLine 的一种用法，第 1 个参数指定要读取的字符串，第 2 个参数指定要读取的内容所在的行。

习　题

1．Authorware 7.02 提供的系统变量可分为哪几种类型？简述其作用。

2．Authorware 7.02 提供的系统函数有哪些？

3．表达式是由哪些元素组成的？

4．程序的基本结构有哪几种？

5．程序基本结构的共同特点是什么？

6．编程语句分为哪几类？写出它们的语句格式。

第 7 章　结构化程序设计

每一种高级编程语言都包含了结构化程序设计的思路。结构化程序设计的基本思路是，把一个复杂问题的求解过程分阶段进行，每个阶段处理的问题都控制在容易理解和处理的范围内。

Authorware 是可视化编程平台，它除了可以和其他高级语言一样使用脚本来创建程序结构，更重要的功能是使用图标来直接创建程序结构。

7.1　在 Authorware 中编写脚本

"计算"图标是一个非常简单但功能强大的工具。它主要是用来调用函数和变量，以便进行功能扩展，也可以在计算图标中存放文件的注释信息。

7.1.1　使用计算图标

"计算"图标可以放置在流程线上的任何位置，要增加"计算"图标，只需要从图标面板中拖曳"计算"图标到流程线上合适的的位置。双击该"计算"图标，或者在流程线上选中该"计算"图标，再选择菜单命令"修改"→"图标"→"计算"或者按组合键 Ctrl+ =，打开代码编辑窗口，如图 7.1 所示。

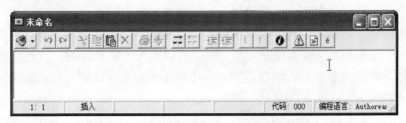

图 7.1　"计算"图标的代码编辑窗口

在向"计算"图标中输入程序代码之前，了解代码编辑窗口是很有帮助的。

1. 窗口简介

Authorware 的代码窗口是一个 Windows 标准窗口，类似于 Windows 的记事本程序。

（1）窗口上方是标题栏，通过它可以进行对编辑窗口的一些常规操作，如移动窗口、最大化、还原、关闭窗口。同样可以通过拖动边框来改变窗口的大小。在标题栏上看到的标题是当前"计算"图标的图标名。

（2）标题栏下方是工具栏，把鼠标移到工具栏上的某个按键上，再停留一会，就可以看到按钮的提示。使用这些按钮可以轻松地在代码编辑窗口中完成各种编辑操作，如修改编辑窗口的属性，查看当前光标位置，查看字符的 ASCII 码，插入各种符号、分隔线和消息框等操作。

从左往右依次是："编程语言"、"撤销"、"重做"、"剪切"、"复制"、"粘贴"、"清除"、"打印"、"查找"、"注释"、"取消注释"、"块缩进"、"取消缩进"、"查找左括号"、"查找右括号"、"参数选择"、"插入消息框"、"插入语句块"和"插入符号"。

（3）工具栏下的白色区域就是 Authorware 的代码编辑区域，它具有高级编程工具中提供的自动缩进和关键字自动着色功能。

（4）在工作区的下方是状态栏。在状态栏通常可以看到有关的状态信息，从左往右分别是

1:1：光标的当前坐标位置。

"插入"：插入状态，按键盘上的 Insert 键可以在"改写"和"插入"两种状态之间转换。

"代码"：光标后的字符的 ASCII 编码。

"编程语言"：当前输入的代码所属的语言。

如果做了修改，在"插入"后会出现修改标志。

2．输入代码

在代码编辑区域输入代码的操作和在记事本程序中输入文本的操作是一样的，但是 Authorware 的代码编辑区域更像高级语言编辑器。

（1）切换编程语言。单击工具栏上"编程语言"的左半部分，可以在 Authorware 和 JavaScript 这两种语言之间切换，也就是决定在代码编辑窗口中输入的代码是使用哪种格式的。也可以单击"编程语言"的右半部分的下拉箭头，再在打开的下拉列表中选择一种语言格式。

（2）自动着色。Authorware 会根据输入内容的不同，自动设置为不同的颜色，例如，系统函数和系统变量设置为加粗的黑色，运算符号设置为红色等。

（3）自动缩进。在输入条件和循环语句时，会自动为里面的语句添加缩进。使用工具栏的"块缩进"按钮也可以使一行程序代码前面增加一个缩进量，默认是相当于 4 个空格；使用"取消缩进"按钮可以取消一个缩进量。按一次 Tab 键也会产生一个缩进量。

（4）代码提示。在输入完一个系统函数时，会出现这个函数所需要的参数的提示。

在输入完一个系统函数或系统变量部分时，可以按组合键 Ctrl+H，在光标处就会出现一个提示列表框，如图 7.2 所示。可以在列表框中单击所需要的内容，所单击的内容就会出现在代码编辑窗口中。

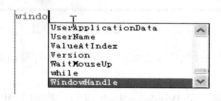

图 7.2　代码提示

（5）括号匹配。在代码中，小括号"（）"必须是成对出现的，当一行语句太长，而括号比较多时，就有可能会出现遗漏的情况。选中左括号，可以单击工具栏上的"查找右括号"来定位对应的右括号；同样，选中右括号，可以单击"查找左括号"按钮。

（6）查找替换。单击工具栏上的"查找"按钮，将弹出如图 7.3 所示的"在计算图标中查找"对话框。使用这个对话框可以对代码进行快速编辑，类似于文本编辑工具中的查找替换功能。

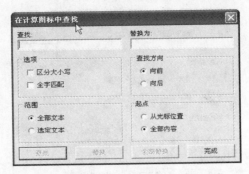

图 7.3　"在计算图标中查找"对话框

下面是该对话框中各选项的含义。

- 选项"查找"是指定要查找的内容,在其下的文本框中输入要查找的字符串。
- 选项"替换为"是指定要替换成的内容,在其下的文本框中输入将要替换成的字符串。
- 选项区域"选项"是指定查找时的选择设置。其中复选框"区别大小写"是设置是否区分大小写;"全字匹配"是设置是否仅仅匹配整个单词。
- 选项"查找方向"指定从光标位置开始查找时的方向。其中选中单选按钮"向前"则从当前位置往前查找;选中单选按钮"向后"则从当前位置往后查找。
- 选项区域"范围"是指定查找的范围。其中选中单选按钮"全部文本"则在整个"计算"图标中的内容中查找;选中单选按钮"选定文本"则在选中的内容中查找。
- 选项区域"起点"是指定查找时开始的位置。其中选中单选按钮"从光标位置"则从光标处开始查找;选中单选按钮"全部内容"则从指定范围的开头开始查找。

设置好前面的选项后,就可以单击"查找"按钮开始查找;单击"替换"按钮可以替换当前查找到的内容;单击"全部替换"按钮可以将当前代码窗口中所有符合的内容都替换;结束此次操作可以单击"完成"按钮关闭对话框。

（7）插入特殊符号。单击工具栏上的"插入符号"按钮,弹出如图 7.4 所示的"插入符号"对话框。

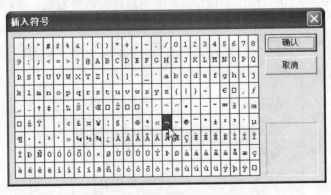

图 7.4　"插入符号"对话框

对话框在左边是所有的符号列表,选中的符号以蓝色底突出显示,找到所需的符号并选中后,单击"确认"按钮,选中的符号将出现在编辑窗口的光标处。

（8）插入消息框。单击工具栏上的"插入消息框"按钮,弹出如图 7.5 所示的"插入消息框"对话框。在这个对话框中可以设定 Windows 标准消息提示框,可以很方便地在程序代码中加入相应的消息提示,而且不需要记忆参数。

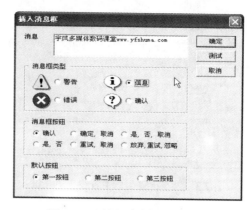

图 7.5　"插入消息框"对话框

下面是该对话框中各选项的含义。

● 选项"消息"是指定信息提示框中的提示文本，在右边的文本框中输入相应的信息提示。

● 选项区域"消息框类型"是设置信息提示框的类型，选择不同的类型将在信息提示框出现不同的提示图标。共有 4 种类型可供选择："警告"、"信息"、"错误"、"确认"。

● 选项区域"消息框按钮"是设置信息提示框上出现的按钮。可根据需要选择其中一种。

"确认"：只有一个"确定"按钮。

"确定，取消"：有"确定"和"取消"两个按钮。

"是，否，取消"：有"是"、"否"和"取消"3 个按钮。

"是，否"：有"是"和"否"两个按钮。

"重试，取消"：有"重试"和"取消"两个按钮。

"放弃，重试，忽略"：有"终止"、"重试"和"忽略"3 个按钮。

● 选项区域"默认按钮"：设置默认按钮，即用户直接按下 Enrer 键将会触发的按钮，可以是"第 1 按钮"、"第 2 按钮"、"第 3 按钮"。

设置后可以单击"测试"按钮来查看设置的消息框的最终效果，这时弹出如图 7.6 所示的信息提示框。

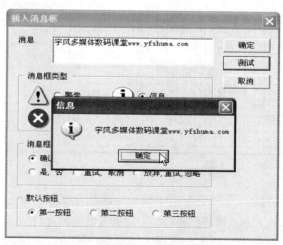

图 7.6　信息提示框

在如图 7.6 所示的对话框中设置完成后，单击"确定"按钮关闭对话框，除"计算"图标中的相应光标外，就会出现一行 SystemMessageBox 函数语句，如图 7.7 所示。

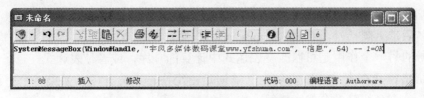

图 7.7　SystemMessageBox 函数语句

在 Authorware 7.x 中，创建消息框的 SystemMessageBox 函数已经是系统函数了，而 Authorware 6.x 中的创建消息框的函数是外部函数。

（9）插入语句块。单击工具栏上的"插入语句块"按钮，弹出如图 7.8 所示的"插入 Authorware 语句块"的对话框。

图 7.8　"插入 Autyerware 语句块"的对话框

在上方列出的是各个语句块，选中某个语句块后，在选项"描述"下方的列表中就会给出这个语句块的格式描述。单击"插入"按钮就可以将所选的语句块插入到光标所在的位置。

在对话框上方有 3 个按钮，分别是"添加文件夹"、"添加语句"、"删除"，使用这 3 个按钮可以增加和删除自定义的语句块，可以把常用的一些语句块添加在这里。

3．代码输入规则

输入代码时要注意如下的规则。

（1）一行只能书写一个语句。如果一句语句在一行中写不下时，可以在行尾加上一个继续符号"¬"，然后在下一行继续写。要加入续行符号，将光标移动到要续行的位置按"alt" +回车键即可。

例如：

Score Data:=JudgedResponses^Return^¬

JudgedInteractions

（2）以"--"两个减号开头的行是注释行，Authorware 在执行时将忽略后面的内容。加上适当的注释可以增强程序的可读性。

（3）圆括号。函数必须在函数名后带圆括号"( )"，即使该函数没有任何参数，也必须要在函数名后带上圆括号，否则 Authorware 会出错。

圆括号的另一个作用是可以改变表达式中计算的顺序，或者使表达式一目了然。

（4）空格符。在表达式或语句中，单词是由空格符来分开的，如果多个空格符连在一起，Authorware 会忽略多余的空格符。

而在用引号括起来的字符串中，空格符是被当做字符的。如果用户需要在字符串中加入空格符，那么就必须明确地加上。

例如："This is string"字符串中有 3 个空格符，这 3 个空格符号也是字符串的一部分。

在自定义变量的名字中也可以使用空格，这里的空格数目在调用该变量时就不能增加、减少。

（5）缩进。在使用条件语句或循环语句时，为了更好地体现语句间的层次关系，可以采用在语句前使用不同的缩进的方法。在"计算"图标编辑窗口中输入语句时，Authorware 会根据语句间的层次关系来设置缩进。

和用做分隔符时的空格符一样，缩进的多少并不影响程序的执行。

（6）大小写。Authorware 对大小写是不敏感的，用户可以按照自己的习惯任意地使用大小写。

例如：

```
jie:=TRUE
jie:=True
jie:=true
```

上面的语句是等价的。

虽然如此，需要提醒的是，按照 Authorware 中函数和变量的书写方式来书写是一个好习惯，即函数名或变量名中每个单词的第 1 个字母大写，一些常量如 TRUE 或 FLASE 等单词全部大写等。

4. 设置代码编辑窗口属性

在代码编辑窗口的工具栏上单击"参数选择"按钮 ，或者选择菜单命令"文件"→"参数选择"→"计算"，弹出如图 7.9 所示的"参数选择：计算"对话框，这个对话框用于设置"计算"图标的代码编辑窗口的相关参数。

（1）下面是"常规"选项卡中各选项的含义。

① 选项区域"编辑器"中的各选项是设置编辑区域的属性的。

● 选中复选框"精确悬挂缩进"将指定精确的悬挂缩进。

● 选中复选框"显示状态栏"将显示状态栏。

● 选中复选框"显示工具条"将显示工具栏。

● 选中复选框"显示行号"将在窗口左侧显示行数。

● 选中复选框"自动更正突出显示保留字"则在输入了系统的保留字（系统函数、系统变量等）时，Authorware 自动将该保留字的格式转换为标准格式。例如，输入函数 int 后，Authorware 自动将它转换为 INT，类似于 Microsoft Word 的自动更正功能。

● 选中复选框"自动缩进配合结构"后，Authorware 将根据程序结构自动设置块缩进，例如，if 语句中下一行自动比上一行缩进，在选项"悬挂缩进"中指定一个 Tab 空位。

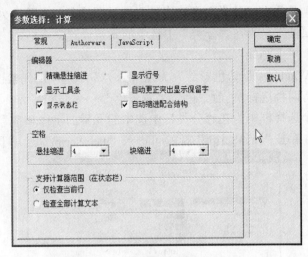

图 7.9　"参数选择：计算"对话框

② 选项区域"空格"中的各选项是设置编辑窗口中缩进的。

● 选项"悬挂缩进"是设置按 Tab 键后缩进的程度，在其后的下拉列表框可以输入或选择一个数字，默认是 4 空格。

● 选项"块缩进"是设置单击"块缩进"按钮或"取消缩进"按钮时缩进的程序，在其后的下拉列表框可以输入或选择一个数字，默认是 4 空格。

③ 选项区域"支持计算器范围（在状态栏）"是设置括号计数器的范围。可在下面的两选项中选择一种：

● 如果选中单选按钮"仅检查当前行"则只扫描当前行；

● 如果选中单选按钮"检查全部计算文本"则扫描整个"计算"图标的文本。

（2）在对话框中单击"Authorware"标签可进入"Authorware"选项卡，如图 7.10 所示。

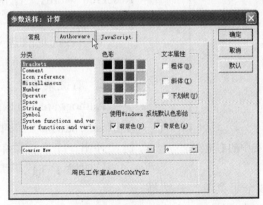

图 7.10　进入 Authorware 选项卡

下面是各选项的含义。

● 选项"分类"下的方框中列出了可以用在"计算"图标中的各种元素。分别是：Brackets（括号）、Comment（注释）、Icon reference（图标引用）、Miscellaneous（杂项）、Number（数字）、Operator（操作符）、Space（空格）、String（字符串）、Symbol（符号）、System functions and variables（系统函数和系统变量）、User function and variable（用户自定义函数和变量）。

● 选项"色彩"是为在"分类"中选中的元素设置颜色。在其下列出了 16 种颜色。
● 选项"文本属性"是为在"分类"中选中的元素设置文字格式。共有 3 种格式："粗体"、"斜体"、"下画线"。
● 选项"使用 Windows 默认色彩给"为在"分类"中选中的元素设置使用 Windows 的系统颜色，有两种选择："前景色"、"背景色"。
● 在下面的两个选择框中为在"分类"中选中的元素的字体和字号。

（3）在对话框中单击"JavaScript"标签可进入"JavaScript"选项卡，如图 7.11 所示。

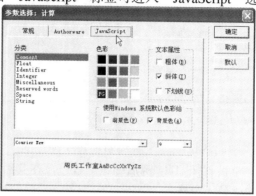

图 7.11　进入 JavaScript 选项卡

在这里设置的是输入在"计算"图标中的 JavaScript 代码的各元素的属性设置。

图 7.12　"计算"图标中的右键菜单

选项"分类"其下的方框中列出了 JavaScript 的各种元素。分别是：Comment（注释）、Float（浮点数）、Identifier（标识符）、Integer（整数）、Miscellaneous（杂项）、Reserved words（保留字）、Space（空格）、String（字符串）。

其余各选项的含义和如图 7.10 所示的各选项是一样的，就不再详述了。

5．右键菜单

Authorware 7.02 在"计算"图标中还提供了增强功能的右键菜单。在工作区中按鼠标右键，弹出一个右键菜单，如图 7.12 所示。

这时除了在代码编辑窗口中的工具栏上对应的命令以外，还多了 3 个子菜单，分别是

（1）"导出"子菜单，如图 7.13 所示。

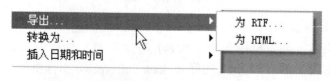

图 7.13　"导出"子菜单

其作用分别是将"计算"图标中的代码输出为 RTF 文档或 HTML 文件。

（2）"转换为"子菜单，如图 7.14 所示。

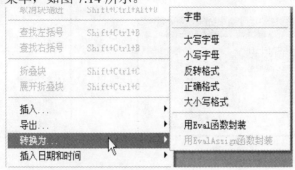

图 7.14 "转换为"子菜单

其中的命令是将选中的内容转换成相应的格式，分别是

● 字串：将选中的内容转为字符串，即在选中的内容两端加上字符""""。

● 大写字母：将选中的内容中的英文字母全部转为大写。

● 小写字母：将选中的内容中的英文字母全部转为小写。

● 反转格式：将选中内容中的英文字母转为相反的大小写，即原来大写的转为小写，原来小写的转为大写。

● 正确格式：将选中内容中的系统函数和系统变量转为正确的大小写格式。

● 用 Eval 函数封装：将选中表达式加入到系统函数 Eval 中。比如选中 "x+y"，使用该命令后将变成 "Eval（"x+y"）"。

● 用 EvalAssign 函数封装：将选中的表达式加入到系统函数 EvalAssign 中。例如，选中 "a:=x+y"，使用该命令后将变成 "Eval（"a:=x+y"）"。

（3）"插入日期和时间"子菜单，如图 7.15 所示。

图 7.15 "插入日期和时间"子菜单

其中的命令可以直接在编辑窗口中插入当前日期或时间。

6. 结束编辑

当修改完"计算"图标的内容后，可以单击代码编辑窗口的标题栏上的"关闭"按钮，或者在标题栏的左边单击窗口控制按钮 ，在打开的控制系统中单击"关闭"命令，或者选择菜单命令"窗口"→"关闭"，或者按组合键 Ctrl+W，都可以关闭代码编辑窗口。如果内容有修改过，就会弹出如图 7.16 所示的确认对话框，要求用户对运算编辑窗口中内容的改变进行确认，如确定可单击"是"按钮；如不想保留所做的修改可单击"否"按钮；如不想结束编辑则单击 "取消"按钮返回到编辑窗口。

对于带有数字小键盘的计算机来说，还可以直接按数字小键盘上的 Enter 键来保存当前"计算"图标的内容修改并关闭编辑窗口；如果按 Esc 键就忽略所做的修改并关闭编辑窗口，这两种情况都不会出现如图 7.16 所示的消息框了。

如果在代码中使用了没有定义过的变量，那么在关闭代码编辑窗口时就会弹出如图 7.17 所示的"新建变量"对话框，可以单击"确定"按钮关闭这个对话框来确定创建变量。

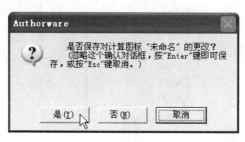
图 7.16　确认对话框

图 7.17　"新建变量"对话框

7.1.2　在图标上附加脚本

为了对指定图标进行控制，可以将"计算"图标附着在该图标上。在 Authorware 中，可以给除"计算"图标以外的图标加上一个附属于该图标的"计算"图标。

单击要附着"计算"图标的图标，选择菜单命令"修改"→"图标"→"计算"，按组合键 Ctrl+ =；或者在该图标上单击鼠标右键再从菜单上选择命令"计算"，都会弹出一个"计算"图标的代码编辑窗口，该窗口的标题名就是所选图标的图标名，输入了相应内容保存后可以看到指定的图标的左上角出现了一个号"="，如图 7.18 所示。

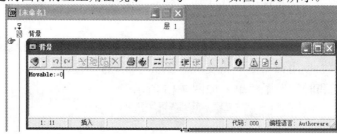
图 7.18　附着"计算"图标的图标

程序在执行到有附加"计算"图标的图标时，首先执行附加"计算"图标中的代码，再执行原图标中的内容。

修改某个图标的附属"计算"图标的步骤和创建时一样。为了确保背景图标中的内容在编辑时不会被任意移动，所添加的附属"计算"图标中的内容如图 7.18 所示。

7.1.3　设置计算图标的属性

打开"属性：计算图标"面板，如图 7.19 所示。

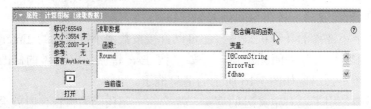
图 7.19　"属性：计算图标"面板

- 在选项"函数"下面的列表中列出的是当前"计算"图标中使用的所有系统函数。
- 在选项"变量"下面的列表中列出的是当前"计算"图标中使用的所有变量，包含系统变量和自定义变量。在选项"变量"下的列表中单击某个变量，在选项"当前值"下面的显示框中就可以看到所选变量的值。
- 复选框"包含编写的函数"是 Authorware 7.02 新增加的选项，选中这个选项后，Authorware 就会把当前"计算"图标当做一个自定义函数，并可以在其他"计算"图标中引用。

7.1.4 使用图标函数和文件函数

Authorware 从 6.5 版开始就支持自定义函数功能，可以直接将"计算"图标定义成一个 Script Icons 函数，就像其他语言提供的函数一样。通过它可以把程序中经常要用到的一段代码放在一个"计算"图标中，在其他位置只要引用该"计算"图标的名字即可。为了方便其他程序调用自定义函数，还可以将程序代码存放在文本文件中，然后在程序中调用这个文本文件的文件名。

1. 定义图标函数（Script Icon 函数）

将一个"计算"图标定义为一个 Script Icon 函数的方法很简单，只需要在如图 7.19 所示"属性：计算图标"面板中选中"包含编写的函数"复选框即可。

这时在"计算"图标符号中出现一个 f(x)图标，如图 7.20 所示，表示此时的"计算"图标已经是 Script Icon 函数。

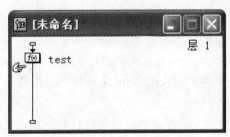

图 7.20　Script Icon 函数图标

2. 调用图标函数（Script Icon 函数）

调用 Script Icon 函数可以使用系统函数 CallScriptIcon 来完成，该函数的说明如下：

语法格式为 result := CallScriptIcon (IconID@"IconTitle" [, args] [, byValue] [, owner])

函数说明：该函数用来调用"Script Icon"函数。

调用（运行）一个脚本功能图标。使用可选参数将变量传递给脚本图标。当一个脚本图标被调用后，参数的内容将传递给图标局部变量"Args@"IconTitle""，务必在脚本图标中以"Args@"IconTitle""的形式定义图标局部变量。

当参数作为一个数组的时候，它的值将按位置顺序传递给脚本图标，除非将"byValue"的值设置为"TRUE"，类似编程语言中对函数的传址调用和传值调用。当数组按位置顺序传递时，如果在脚本图标中更改了图标变量"Args@"IconTitle""的值，则数组中对应的值也会改变。当数组按数值顺序传递的时候，系统会将数组复制一份并传递给图标变量"Args@"IconTitle""，所以当改变 Args@"IconTitle" 的值时并不影响原始数组。

脚本图标在其退出前应该分配一个数值给图标变量"Result@"IconTitle"",该数值即为"CallScriptIcon"的返回值。务必以 Result@"IconTitle"的形式定义该图标变量。

由脚本图标显示的对象的"所有者"是发送调用指令的图标,如果擦除了调用图标,则其所拥有的所有对象也会被同时清除。对象将开启所有者的自动擦除功能,并且和脚本图标中的变量相关联,如 IconTitle、IconID 等。如果可选参数"Owner"的值为"TRUE",则所有者为脚本图标本身(而不是调用图标)。

嵌套调用(在脚本图标中调用本身)是允许的,但它不是真实的递归式,务必维持固有变量的栈。

从一个脚本图标调用另一个脚本图标是允许的,但是,对两者的调用类型有所限制。"CallScriptIcon"的评估栈拥有 40 个项目,每次调用"CallScriptIcon"时,参数的传递、分配以及脚本图标的自我调用都需要在评估栈中占有空间。例如,对于一个指定的参数大约产生 15 个左右的迭代变量。每次调用所占空间的大小依赖于对语句行的复杂性评估。如果需要将一个复杂的表达式的值传递给某个函数,可以将该表达式单独写一行,把结果赋予某个变量,然后由该变量将结果传递给函数。当所需空间达到评估栈的限制时,系统将设置"EvalStatus"和"EvalMessage"的值。

应该尽量避免使用 GoTo 语句退出脚本图标,因为这样可能产生死循环。应当正常退出脚本图标,然后指定到其他图标。

实际上,Authorware 中的变量都是全局变量,在"Script Icon"函数中使用的变量,在其他地方都可以访问,但特别注意在 Script Icon 函数中的变量在主程序中的修改情况。

3.文本函数

除了使用图标作为函数,还可以将一段代码存放在一个字符串文本中,然后再在程序中使用系统函数 CallScriptString 把文本当做函数直接调用。

语法格式为 result := CallScriptString ("string" [, args] [, byValue])

函数说明:该函数的使用和 CallScriptIcon 是一样的,这里就不再详述。

4.调用文件函数

为了方便其他程序调用自定义函数,可以将程序代码存放在文本文件中(文本文件的名字尽量使用英文名称,并尽量不超过 8 个英文字符),然后在程序中使用系统函数 CallScriptFile 把文本文件当做函数直接调用。该函数的说明如下。

语法格式:"result := CallScriptFile ("filename" [,args] [,byValue])

函数说明:该函数的使用和"CallScriptIcon 是一样的,这里就不再详述。

5.示例:多个子程序的共同开头和结尾

为了了解学生在每个模块的学习情况,需要记录学生在每个模块的学习时间、答题得分等。在每个模块的开头就要记录学生的进入时间,在每个模块的结尾要记录学生的退出时间。这些功能在每个模块中都是一样的,一种办法是在一个模块中做好,再复制到其他模块中;如果这样做,在全部完成后再要修改就要修改所有的模块。比较好的方法是把这些语句都保存在一个"计算"图标中,再把这个"计算"图标设置为图标函数,然后在每个模块中进行调用,要修改时间记录部分时,就只需要修改一次就可以了。

由于 Authorware 中使用的变量都是全局变量,也就是在整个程序中都是一样的,因此在设计图标函数或者文件函数时,要注意在函数内部使用的变量的名字应尽量避免与程序中其他的变量重复。

另外，在制作图标函数和文件函数时，尽量将要独立出来的函数的内容放在一个"计算"图标中，并且先在程序的部分中调试完成以后，再将这个"计算"图标设置为一个图标函数。下面的制作步骤就是在程序调试完成后才进行的。

首先将在每个模块开头要使用的语句集中到一个"计算"图标中，其中包含的语句如下：

```
jsriqi:=Date
jsshijianh:=Hour
jsshijianm:=Minute
jsshijian:=jsshijianh^":"^jsshijianm
```

这些语句是在进入程序时获得当前的日期和时间。给这个"计算"图标取一个合适的名字，尽量使用英文名称，例如，这里命名为"entertime"，再在这个"属性：计算图标"面板中选中"包含编写的函数"。此时计算图标的外观将变成"f(.)"而不再是等号。再将这个"计算"图标移到程序中不会被执行到的地方，如程序的最后。

这样在每个模块的开头就可以使用以下语句来调用这些图标函数：

```
CallScriptIcon(IconID@" entertime ")
```

同样的方法可以来制作要在结尾中使用的图标函数。

运用以上所讲的来制作一个简单的小例子。

（1）用鼠标拖曳一个"计算"图标到流程线上，命名为"entertime--放在永远执行不到的地方"，双击该计算图标，输入下列语句：

```
jsriqi:=Date
jsshijianh:=Hour
jsshijianm:=Minute
jsshijian:=jsshijianh^":"^jsshijianm
```

（2）再用鼠标拖曳一个"计算"图标到流程线上，命名为"调用公共函数 entertime"。双击"调用公共函数 entertime"计算图标，输入以下语句：

```
CallScriptIcon(IconID@"entertime--放在永远执行不到的地方")
```

（3）用鼠标拖曳一个"显示"图标到"计算"图标的下面，命名为"显示调用结果"，双击显示图标打开"演示窗口"，单击文本工具，输入下列语句：

```
当前时间为{jsshijian}
```

（4）用鼠标拖曳一个"等待"图标，双击该"等待"图标打开它的属性面板，只选中"显示按钮"复选框，其他的不选。

（5）用鼠标拖曳一个"计算"图标，命名为"退出"，双击"退出"计算图标，输入下列语句：

```
Quit( )
```

（6）把"entertime--放在永远执行不到的地方"计算图标拖到流程线的最下面。完成的流程图如图 7.21 所示。

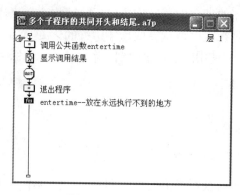

图 7.21　程序流程图

（7）运行程序查看效果。

7.1.5　JavaScript 支持

Authorware 从 7.0 开始，新增了对 JavaScript 的支持，这样在"计算"图标编程时中就有了新的选择，既可以使用 Authorware 原来的语言（Authorware Script Language），又可以使用 JavaScript（1.5 版本）。

JavaScript 语句只能在"计算"图标中使用，一种方法是直接输入 JavaScript 语句，另一种办法是使用函数来调用。

1.　直接输入

在"计算"图标编辑窗口的工具栏上的第 1 个按钮"Language"（语言）就是用来切换"计算"图标中使用的语言。直接单击该按钮左侧的下拉按钮就可以在两种语言中进行切换，或者单击该按钮右侧的下拉按钮，在弹出的下拉列表中选择所需要的语言，如图 7.22 所示。

切换为 JavaScript 语言后，就可以在代码编辑窗口中输入 JavaScript 程序代码了，如图 7.23 所示。

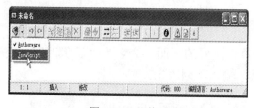

图 7.22　切换语言

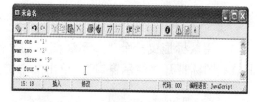

图 7.23　输入 JavaScript 程序代码

这时单击工具栏上的"插入语句块"按钮，打开如图 7.24 所示的"插入 JavaScript 语句块"对话框，在这里同样可以插入 JavaScript 语句段。

由于 Authorware 不是网页浏览器，所以 JavaScript 中针对网页浏览器的元素、属性、方法、对象等在 Authorware 中都不能使用。

图 7.24　"插入 JavaScript 语句块" 对话框

2．函数调用

在"计算"图标中使用 Authorware 语言时，也可以使用系统函数 EvalJS 和 EvalJSFile 来调用 JavaScript 代码。

（1）EvalJS。

语法：result := EvalJS("expression")

说明：函数 EvalJS 可以把字符串"expression"转换为表达式，并把它当做 JavaScript 代码执行，然后把执行结果返回到自定义变量 result 中。这个函数可以用 Authorware 打包程序执行用户输入的语句。函数 EvalJS 可以直接处理赋值操作"="，这样就不需要再使用 EvalAssign 的等效函数了。

（2）EvalJSFile。

语法：result := EvalJSFile("filename")

说明：函数 EvalJSFile 从"filename"指定的文件中读取内容再把它当做 JavaScript 代码来执行，然后把结果返回到自定义变量 result 中。

提示：在"计算"图标中使用 JavaScript 语言时，也可以调用 Authorware 语言中的函数和变量，其方法是把 Authorware 当做一个对象 aw，通过调用该对象的函数和变量，例如，要将 JavaScript 代码的变量的结果显示出来，就可以使用 Authorware 的函数 Trace 来显示测试窗口，例如，使用语句：aw.Trace(myvar) 来输入 JavaScript 的变量 myvar。

7.2　"判断"图标

"判断"图标又称为决策图标，它的用途非常广泛，可以用来创建选择流程和循环等。创建的流程是选择还是循环，是通过设置"判断"图标的属性来实现的。

7.2.1　判断结构

使用"判断"图标可以创建分支结构，分支结构主要用于选择分支流程或进行自动循环控制。分支结构类似于某些程序语言中的条件和循环结构，当 Authorware 程序执行到分支结构时，会根据程序人员在"判断"图标中的不同设置自动选择要执行的分支。

1．认识判断结构

一个判断结构由一个"判断"图标和一些隶属于它的一个或多个分支路径组成，如图 7.25 所示。

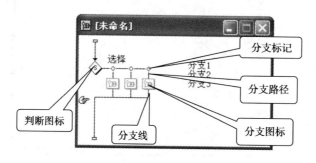

图 7.25　判断结构

（1）"判断"图标。"判断"图标是判断结构的核心，根据其属性设置的不同决定了分支路径的执行方式。在"判断"图标中，用户不能进行交互，跳转路径的选择由"判断"图标自行确定。此外，"判断"图标中不包含显示功能，不能在展示窗口中创建文本和图形对象。

（2）分支标记。分支标记用来打开分支路径的属性。

（3）判断分支图标和分支路径。

包含执行内容的分支。判断分支可以是除"判断"图标、"框架"图标、"交互"图标、"声音"图标和"数字电影"图标以外的其他图标。但"判断"图标、"框架"图标、"交互"图标、"声音"图标和"数字电影"图标可以放在"群组"图标里面作为一条分支路径。

（4）判断分支线。分支线是位于分支路径下的流程线的一部分，分支线所指示的在分支路径完成后，分支流程线的走向。

2．创建判断结构

创建判断结构的方法很简单，只需将一个"判断"图标拖到流程线上，然后把另一个图标（通常为"群组"图标）拖曳到"判断"图标的右边，这时一个判断结构就创建成功了。重复后面一步即可创建多条分支路径。在最后根据需要修改"判断"图标的属性即可。

当程序执行到判断结构时，先根据"判断"图标的属性来确定各个分支路径的执行方式；在分支执行完毕后，也是由"判断"图标来确定下一步如何执行，是退出判断结构还是继续执行。

7.2.2　属性设置

判断结构主要有两部分，"判断"图标和分支图标，在判断结构中，不仅"判断"图标有属性，判断分支路径也具有属性。

1．"判断"图标的属性

打开"判断"图标的属性面板，如图 7.26 所示。

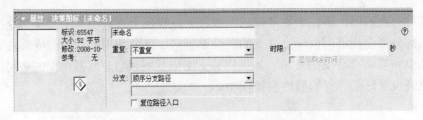

图 7.26　"判断"图标属性面板

（1）选项"重复"用于设置 Authorware 将在判断结构中的分支重复执行的次数。此项包括一个下拉列表和一个位于下拉列表下方的文本输入框。

（2）选项"分支"用于设置 Authorware 执行判断结构中的分支流程的方法。该项同样包含一个下拉列表和一个文本输入框。

复选框"复位路径入口"是设置再次执行这个判断结构时对分支路径的设定。选择这个选项将会重新设置那些与 Authorware 已经执行过的路径相关的值。如果在选项"分支"中选择"顺序分支路径"、"在未执行过的路径中随机选择"项，则重设路径值会对它们产生影响。如果该程序需要在不同的地方使用同一个判断结构，则可选择此复选框，以便在每一次使用之前对路径进行重新初始化，避免使用者之间的信息相互干扰。如果不通过该复选框选择此项功能，也可以使用系统函数 ReplaceSelection 来重设"判断"图标。

（3）选项"时限"后的文本输入框中输入数值、变量或者表达式。该值决定用户在一个判断结构中可以花费的时间（以秒为单位），一旦规定的时间过去，Authorware 就会打断当前的进程，退出判断结构，并把程序的控制转向流程线上的下一个图标上。当选中此项时，下面的"显示剩余时间"复选框变为可选状态。

选中复选框"显示剩余时间"后，Authorware 在执行该判断结构时，会显示一个小的时钟，用以指明选项"时限"中指定的时间所剩余的秒数。

2．判断分支属性

双击某个路径的分支标记-◇·，或者选择某个分支图标再选择菜单命令"修改"→"图标"→"路径"，都可打开"属性：判断路径"对话框，如图 7.27 所示。

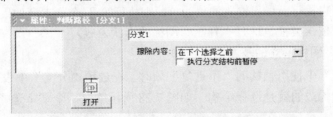

图 7.27　"属性：判断路径"面板

判断路径的属性设置很简单，只有两项。

选项"擦除内容"是设置其下的分支项中的内容何时被"判断"图标的自动擦除功能擦除。在下拉列表中包含了 3 个确定相关内容擦除时机的选项。

● 在下一次选择之前：在退出当前分支，进入下一个分支之前擦除该分支的内容。

● 在退出之前：在退出当前判断结构时才擦除指定的分支内容。

● 不擦除：退出当前判断结构仍然不擦除指定的分支内容。

复选框"执行分支结构前暂停"，如果选择了该选项，则当用户退出分支路径上的图标时，Authorware 首先会显示一个等待按钮，当用户单击此按钮，程序才会继续执行下去。

当设置好分支的属性后，如果从图标面板或者流程线上再拖曳一个图标到这个分支的右边，新加入的分支会使用前面一个分支的属性设置；如果要使用默认的分支属性设置，可以先将图标拖曳到第 1 个分支的左边。如果将分支图标复制到当前判断结构或者另一个判断结构中时，已经设置好的分支的属性会被保留。

7.2.3　选择结构的实现

在"判断"图标的属性面板中的选项"分支"中选择不同的选择项时，判断结构的分支方法就会发生变化，同时流程线上"判断"图标的形状也会不同。

1．分支类型

根据几种不同分支方法的功能，可以将它们分成 3 类：顺序分支、随机分支和计算分支。

（1）顺序分支。在选项"分支"中设置为"顺序分支路径"时，Authorware 将按照顺序执行的方式来执行各个分支流程，即按照从左到右的顺序，在第 1 次遇到该"判断"图标时执行第 1 个分支路径，在第 2 次时执行第 2 个分支路径，依此类推。此时下方的文本输入框将被禁止。该项为默认选项。这时"判断"图标的形状为 Ⓢ。

（2）随机分支。在设置选项"分支"为"随机分支路径"或"在未执行过的路径中随机选择"时，Authorware 采取随机选择的方式来执行各个分支流程。此时下方的文本输入框将被禁止。

如果使用"随机分支路径"，由于是随机选择，就有可能会出现 Authorware 总是执行某个分支路径的情况。这时"判断"图标的形状为 Ⓐ。

如果使用"在未执行过的路径中随机选择"，就会从没有执行过的分支中随机选择一个来执行；只有当所有的分支路径都已经执行过，Authorware 才有可能第 2 次执行某一个分支路径。这时"判断"图标的形状为 Ⓤ。

（3）计算分支。在选项"分支"中设置为"计算分支结构"时，可以在下方的文本输入框中输入一个变量或表达式。当 Authorware 遇到这个"判断"图标时，会根据输入的变量值选择相应的分支来执行。如果输入的值为 1，则执行第 1 个分支，如果输入的值为 2，则执行第 2 个分支，依次类推。这时"判断"图标的形状为 Ⓒ。

2．用"判断"图标建立的基本选择结构

在选项"重复"中使用默认的"不重复"项时，在选项"分支"中设置为"计算分支结构"时，判断结构构成的就是选择结构。如图 7.28 所示就是一个基本选择结构。

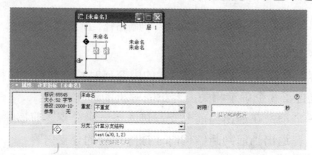

图 7.28　基本选择结构

3．示例：登录信息的不同提示

在用户登录的界面中，当最终用户输入了登录信息以后，就需要对用户输入的用户名和密码与原来的保存的用户名和密码进行对照，再根据对照的情况给出不同的提示，如用户名或者密码有错等。

（1）设计分析。通过在"判断"图标的属性面板中把选项"分支"设置为"计算分支"，就可以根据某个变量的值来选择对应的分支来执行，再在判断结构之前根据不同的情况来设置变量的值。

（2）制作步骤。因为这是登录程序的部分，因此假定指定的用户名和密码分别存放在变量 user 和 password 中，而最终用户登录时输入的用户名和密码分别存放在变量 usertemp 和 passtemp 中，这样就可以拖曳一个"计算"图标到流程线上，命名为"判断"，在其中输入以下的代码：

```
--为当前程序假定的一个值，由于本章还没介绍交互的制作，这里假设是通过交互输入来获取用
户名与密码的。当前的例子是密码相同而用户名不同的情况，所以下面的判断将导致 fen 变量为 3，
这将影响选择分支的走向为第 3 个分支，读者可以修改代码查看不同的执行情况
user="dengchunzhi"
password="123456"
usertemp="xiaodeng"
passtemp="123456"

if usertemp=user & passtemp=password then              --用户名和密码都相同
    fen:=1
else
    if usertemp=user & passtemp<>password then         --用户名相同,密码不相同
        fen:=2
    else
        if usertemp<>user & passtemp=password then     --用户名不相同,密码相同
            fen:=3
        else
            fen:=4                                     --用户名密码都不相同
        end if
    end if
end if
```

输入完成后，关闭"计算"图标的编辑窗口时并保存代码。如果弹出如图 7.17 所示的"新建变量"对话框，就分别单击"确定"按钮关闭对话框。

在代码的开头是为了方便当前程序的说明添加的初始值，在实际登录程序中这 4 行就要删除。下面的条件语句就是根据比较的情况分别给自定义变量设置不同的数字，分别从用户名和密码这两方面进行比较，从注释中可以看到，这里要分为 4 种情况来判断。

用鼠标再拖曳一个"判断"图标，命名为"选择"。打开这个"判断"图标的属性面板，在选项"分支"后面选择"计算分支结构"，再在下面的输入框中输入 fen 这个变量。

用鼠标拖曳一个"显示"图标到"选择"判断图标的右边，命名为"全对"。双击这个"显示"图标上方的分支标记，打开分支属性面板，在选项"擦除内容"下拉列表框中选择"不擦除"选项。

双击这个"显示"图标，在其中输入要给用户的提示内容。

再依次往"全对"显示图标的右边添加 3 个"显示"图标作为判断结构的分支，依次命名为"密码出错"、"用户名出错"、"全错"，然后在其中输入相应的提示文字。

保存程序，制作完成的程序流程图如图 7.29 所示。

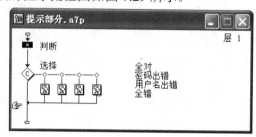

图 7.29　程序流程图

在"判断"计算图标中修改 usertemp 和 password 的值，再运行程序，就可以看到不同的提示。

7.2.4　循环结构的实现

在"判断"图标的属性面板中的选项"重复"中选择不同的选择项时，可以设定在执行到这个判断结构时，是否重复执行。

1. 重复设置

在选项"重复"的下拉列表中包含以下 5 种属性项。

● 固定的循环次数：当选择此项后，下方的文本框将被激活，可在其中输入一个数字、变量或表达式，然后 Authorware 将根据输入的值来决定重复的次数。至于如何循环或重复执行"判断"图标中的分支流程，则由选项"分支"来决定。如果用户在输入框中输入的数字小于 1，则 Authorware 将不会执行任何分支，直接退出判断结构图标继续执行下一个图标。

● 所有的路径：直到所有的分支都执行了一遍才退出判断结构。选择该项时，下面的输入框将被禁止。

● 直到单击鼠标或按任意键：直到用户有按键动作或者移动了鼠标才退出判断结构。同样在选择该项时，下面的输入框被禁止。在实际应用中，如果需要重复播放一些动画或某些片断，直到用户进行交互才停止，就可以选择此项。

● 直到判断值为真：此时可在下面输入框中输入变量或表达式，当 Authorware 在每次遇到该"判断"图标时都会计算所输入的值，只要该值为假（FALSE），就反复执行"判断"图标中的内容，直到该值为真（TRUE）才退出此"判断"图标。在实际应用中，如果需要重复播放一些动画或某些片断，直到某条件满足时才停止，就可以选择此项。

● 不重复：只执行某一分支流程后退出该"判断"图标，所执行的分支由下面的选项"Branch"来决定。该项为默认选项。

2. 用"判断"图标建立的基本循环结构

在选项"重复"中选择"直到判断值为真",再在下面的文本框中输入循环结束的条件,在选项"分支"中选择"顺序分支路径",在只有一个分支时的判断结构就构成了基本循环结构,如图 7.30 所示。

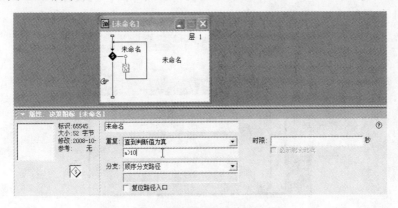

图 7.30　基本循环结构

使用"判断"图标可以快速建立选择结构和循环结构,但与普通编辑语言的程序结构不同的是,在 Authorware 的程序结构中,选择或循环执行的内容可以是任何媒体,也就是可以在分支中使用"群组"图标,然后在"群组"图标中任意创建内容,可以使用文本、图像、声音、数字电影、动画等一切 Authorware 支持的显示内容,甚至是另一个程序结构。而这一切的创建都非常方便。

3. 进入随机分支

在使用计算机进行的考试中,假如需要增加考试的难度,可以不按照顺序的方式出题,而是每次随机地出题。也就是所有的学生做的是同样的题目,但考试题目的先后次序不一样。

要制作测试程序,首先要制作好的是各个题目,具体题目的实现很多在第 8 章中可以找到,这里主要说明判断结构的建立。

拖曳一个"判断"图标到流程线上,打开它的属性面板,在进行测试时,要显示所有的题目,为此在选项"重复"后面选择"所有路径";要让题目随机出现,就要在选项"分支"后面选择"随机分支路径"。

拖曳一个"群组"图标到"判断"图标的右边,建立一个分支,在"群组"图标中就可以创建要测试的题目了。

7.3　"群组"图标

当程序比较大时,就要使用很多的设计图标,如果把所有图标都放在主流程线上,看起来就会很乱。这时可以使用"群组"图标,来把程序划为若干个模块,每个模块都完成一定的功能,而且每个模块都只有一个入口和一个出口。每个模块都可以作为另一个模块的子模块。

7.3.1　使用"群组"图标

"群组"图标本身并不影响程序的执行,它只是相当于将图标有机地组织起来,方便在流程线上管理其他图标。通过使用"群组"图标，可以提高程序的结构化水平，也有助于程序的维护升级。

从图标面板中拖曳一个"群组"图标到流程线上，双击这个图标后会出现一个与主流程设计窗口类似的流程设计窗口，所不同的是，在"群组"图标的设计窗口中的层次发生了变化，如图7.31所示。

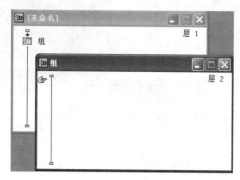

图7.31　"群组"图标的层次

除了可以在主流程线上使用"群组"图标，还可以将"群组"图标添加到"判断"图标的分支中，也可以放到后面要介绍的"交互"图标和框架的分支中。

在"群组"图标中还可以继续添加"群组"图标，显示的层次也相应增大。当流程中使用的"群组"图标比较多时，管理起来就复杂了。为了方便管理，Authorware 7.02在设计窗口中增加了一些菜单命令来管理"群组"图标，在"群组"图标的设计窗口中单击鼠标右键，打开如图7.32所示的右键菜单。

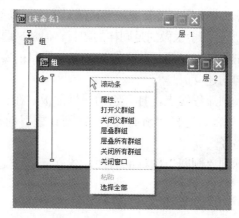

图7.32　设计窗口的右键菜单

- "打开父群组"命令可以将当前"群组"图标的所有上一级"群组"图标都打开。
- "关闭父群组"命令可以将当前"群组"图标的所有上一级"群组"图标都关闭。如果是直接单击"群组"图标设计窗口的标题栏上的"关闭"按钮，会关闭这个"群组"图标的窗口以及这个"群组"图标下属的所有的"群组"图标的窗口；而使用"关闭父群组"命令可以保留下属的窗口，只关闭上一级的窗口。
- "层叠群组"命令可以将当前"群组"图标与它的所有上一级"群组"图标一起层叠起来。
- "层叠所有群组"命令可以将所有打开的"群组"图标的窗口层叠起来，同一层次的"群组"图标的窗口会重合在一起。

● "关闭所有群组"命令可以将所有打开的"群组"图标的窗口关闭。

7.3.2 群组图标的属性

打开"属性：群组图标"面板，如图 7.33 所示。

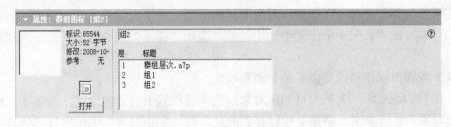

图 7.33 "属性：群组图标"面板

这里只有一个选项，就是列出当前"群组"图标的所有上一级层次的"群组"图标，从最顶层的主流程开始，一直到当前"群组"图标。在"层"下方给出的是对应的层次，在"标题"下方给出的是对应的图标名或文件名。单击"打开"按钮就可以打开这个"群组"图标的设计窗口。

7.4 知识对象

在多媒体程序的开发中，经常会重复使用一些相同的功能模块，如果每次都要重新创建，就会浪费时间和人力。知识对象是 Authorware 提供的强有力的开发工具，使用知识对象可以更快、更有效地完成日常任务。在程序开发过程中，既可以使用 Authorware 提供的已经制作好的知识对象来复制一个文件，创建一个打开或保存文件的对话框，也可以把一些重复性的工作定制成知识对象。

7.4.1 KO 的模块化思想

Authorware 从 5.0 版本开始提供了"Knowledge Object"（知识对象）的功能。知识对象是指一个已经设计好的程序结构，通常封装在一个模板中。可以直接将知识对象插入到 Authorware 的程序中。

KO 的主要特征是实用性非常强，在程序设计中，把将会多次使用的程序段做成程序模块。知识对象的内容可以是一个图标，也可以是由多个图标组成的程序段，在这个程序段中还可以包含分支结构。

在使用知识对象时，实际上是把知识对象内的所有内容复制到流程线上，在流程线上只显示一个知识对象图标而已。

7.4.2 Authorware 提供的 KO 简介

知识对象可以说是模板加上向导，在调用模板之前，通过向导对模板进行参数设置。

使用 Authorware 内置的知识对象，可以很迅速地制作一个培训软件，或者建立各种测试题型，或者实现许多使用系统函数无法实现的功能。

1．知识对象的使用

如果知识对象面板没有打开，可以使用菜单命令"窗口"→"面板"→"知识对象"或者单击工具栏的"知识对象"按钮或者按组合键 Ctrl+Shift+K 来调出该面板。在知识对象面板中的各选项的含义如下。

在选项"分类"中可以选择知识对象所属的分类。在下面的列表框中会列出所选分类的所有知识对象。在列表框中单击某个知识对象，选项"描述"就会给出所选中的知识对象的功能说明。

按以下步骤可以将知识对象添加到流程线上。

（1）在"知识对象"面板中将知识对象拖曳到流程线上合适的位置，或者在流程线上要插入知识对象的地方单击，将粘贴指针移到此处，在"知识对象"面板中找到要双击插入的知识对象。

（2）如果原文件没有保存过，则会弹出要求保存文件的对话框，这是因为很多知识对象需要复制一些支持文件到当前程序所在的目录。单击"确定"按钮，会出现"保存文件为"对话框，可利用该对话框将程序存盘；若单击"取消"按钮关闭该对话框，知识对象会出现在流程线上，但将无法使用。

图7.34　"知识对象"面板

（3）保存文件后，就会出现知识对象所带的向导，跟着向导一步步设置所需要的参数，配置完毕后，关闭使用向导，流程线上就会出现相应的知识对象。

2．知识对象的分类

从"知识对象"面板中可以看出，Authorware 一共提供了 10 种类型的知识对象，它们分别是：Internet 、LMS、RTF 对象、界面构成、模型调色板、评估、轻松工具箱、图标调色板设置、文件、新建、指南，如图7.34 所示。

习　　题

1．如何在 Authorware 中编写脚本？

2．如何定义一个图标函数？怎么调用一个图标函数？

3．判断图标如何控制程序的流程？

4．在"判断"图标的属性面板中的选项"分支"中选择不同的选择项时，判断结构的分支方法就会发生变化，同时流程线上"判断"图标的形状也会不同。当显示为 $\diamond$ 时表示什么？

5．"群组"图标的作用是什么？

第 8 章 交 互 设 计

交互是指最终用户可以与计算机实现信息的双向处理，交互能力是电脑的优势所在，也可以说是多媒体的核心。Authorware 拥有强大的交互功能，提供了包括按钮、热区域、条件等在内的 11 种交互类型，使用它可以创建丰富的人机交互。

8.1 "交互"图标

"交互"图标对于在 Authorware 内建立交互性起着重要的作用。"交互"图标用于创建交互，创建最终用户可以与程序沟通的方式。导航方案、问题测试或者内容练习都是用"交互"图标创建的。

8.1.1 "交互"图标的属性设置

"交互"图标可以说是"显示"图标、"判断"图标、"等待"图标、"擦除"图标的组合。它可以显示文本和图形，只要程序执行到"交互"图标或者流程返回到"交互"图标，Authorware 就会显示"交互"图标中的内容（"显示"图标的功能）；其次是根据响应，决定程序的流向（"判断"图标的功能）；另外，在碰到"交互"图标时，会使作品暂停等待用户响应（"等待"图标的功能）；最后，再返回"交互"图标时，擦除显示的对象并回到交互的初始状态（"擦除"图标的功能）。

1. 编辑"交互"图标的内容

"交互"图标包含了"显示"图标一样的功能，因此可以像编辑"显示"图标一样，在"交互"图标中添加文本、绘制图形、导入图像，同样可以对"交互"图标的显示内容进行编辑。

所不同的是，"交互"图标除了可以显示文本和图像以外，还可以显示响应对象。如果在"交互"图标中增加了按钮响应、热区域响应、文本输入响应和目标区响应这 4 类交互类型，则在编辑"交互"图标时，与这 4 种交互类型相对的响应标志会自动出现在"演示窗口"中，这是由其特定功能决定的，如图 8.1 所示。

对这 4 种响应标志可以进行编辑。但要注意的是，对这些对象只能改变位置和大小，而不能使用剪切、复制和粘贴命令。另外，对于灰色选择标志的响应标志，在编辑状态出现的虚线框在运行时是不出现的。关于这些响应，后面将详细地介绍。

2. "交互"图标的属性设置

"交互"图标的属性可以通过"属性：交互图标"面板来设置，如图 8.2 所示。

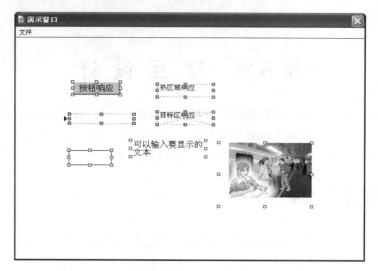

图 8.1　"交互"图标的特殊显示功能

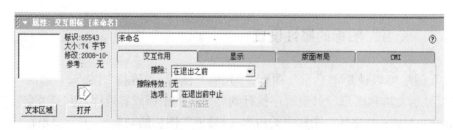

图 8.2　"属性：交互图标"面板

整个属性面板分为两部分：左边部分是一些普通选项；右边部分包括 4 个选项卡，分别进行不同的交互属性设置。下面对属性设置进行介绍。

左边的"文本区域"按钮是设置文本输入框的属性，相关内容将会在文本输入响应中讲解。

右边部分主要进行"交互"图标属性设置。可以通过其中的标签，分别选取"交互作用"、"显示"、"版面布局"或"CMI"选项卡进行有关的设置。

（1）"交互作用"选项卡。如图 8.2 所示，在该选项卡中包括以下选项。

① 选项"擦除"是设置在什么时候擦除"交互"图标的显示内容。单击其后的下拉列表按钮，可以看到 3 种擦除属性项。

● 在下次输入之后：如果选择该项，那么在进入相应分支并显示了响应图标中的内容后，将擦除"交互"图标中的显示对象。当重新进入交互主流程时，"交互"图标中显示对象内容会重新显示在"演示窗口"。

● 在退出之前：当 Authorware 退出交互时，擦除"交互"图标中的显示对象，该项为默认选项。

● 不擦除："交互"图标中的显示对象始终显示在"演示窗口"中，直到使用"擦除"图标或者其他图标的自动擦除功能来将它擦除。

② 选项"擦除特效"是用于设置擦除过渡效果，过渡效果的设置与"擦除"图标相同。

③ 选项"选项"包含有两个复选框。

- 如果选中"在退出前中止"复选框，在退出交互时程序会暂停，从而使最终用户可以查看显示的反馈信息。查看后，按任意键或单击，程序继续执行。
- 如果选择了"在退出前中止"复选框后，将激活"显示按钮"复选框。选中此选项将在继续运行之前，显示一个等待按钮。

（2）"显示"选项卡和"版面布局"选项卡。设置"交互"图标中的显示对象的显示效果和定位方式，其中的选项和"属性：显示图标"面板中的选项是一样的。

（3）CMI 选项卡。单击"CMI"标签即可打开"CMI"选项卡，如图 8.3 所示，主要提供用于计算机管理教学方面的属性的设置。包括如下设置选项。

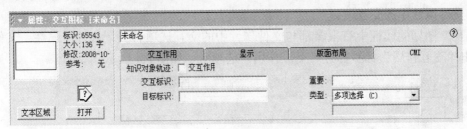

图 8.3 "CMI"选项卡

① 选项"知识对象轨迹"是设置是否对当前交互作用过程进行跟踪，通过设置其后的"交互作用"复选框来控制。要使用这个选项，就要在文件属性面板的"CMI"选项卡中选中"全部交互作用"复选框。

② 选项"交互标识"是确定当前交互的唯一标识符，以作为系统函数 CMIAddInteraction() 的 Interaction ID 参数。

③ 选项"目标标识"是设置确定所关联对象标识符 ID，可作为系统函数 CMIAddInteraction() 的 Objective ID 参数，如果为空，则将系统变量 Icon Title 的值作为 Objective ID。

④ 选项"重要"是确定该交互的相对重要性，作为系统函数 CMIAddInteraction() 的 Weight 参数。

⑤ 选项"类型"是确定交互的类型，作为系统函数 CMIAddInteraction() 的 Type 参数。类型如下。

- 多项选择（C）：多项选择题类型。
- 填充在空白（F）：填空题类型。
- 从区域：使用用户输入的类型。选择该类型，用户可在下方的文本框中输入一个字符或者是一个表达式。如果输入的是表达式，则必须在前面加一个等号"="。如果输入的是字符，则必须是表 8.1 中所规定的字符。同时，输入的内容将作为 Type 的参数。

表 8.1 Type 参数允许的字符

字　　符	含　　义
C	Multiple Choice（多项选择题类型）
F	Fill in the Blank（填空题类型）
L	Likert（可能性类型）

字　　符	含　　义
M	Matching（匹配类型）
P	Performance（性能类型）
S	Sequence（顺序类型）
T	True/False（真假判断类型）
U	Unanticipated（未知类型）

3．文件属性中的交互设置

"交互"图标的属性中有很多都与文件属性中的交互选项有关。打开"属性：文件"面板，单击"交互作用"标签打开"交互作用"选项卡，如图8.4所示。

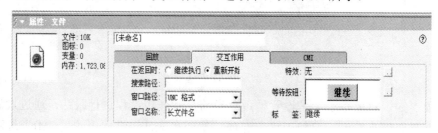

图 8.4　"交互作用"选项卡

下面是该选项卡中各选项的含义。

（1）选项"在返回时"是设置重新运行程序的方式，即当程序还没有执行到结束点就退出后，例如，可以创建一个有退出功能的交互来让用户能随时退出程序。在退出后下一次如何运行程序有两种选择。

● 继续执行：从上次中断处继续执行。Authorware 7.0 将跟踪前面的变量信息来继续执行，此时需要 Authorware 7.0 使用的记录文件（扩展名为.REC），这种文件存储在 Authorware 的记录文件夹中。

● 重新开始：从程序的开始点重新运行。在 Authorware 7.0 程序启动时，系统将重新设置自定义变量和系统变量的初始值。

（2）选项"搜索路径"是设置外部文件的搜索路径。可以在文本框中输入程序查找的路径，如果设置的路径不止一个，可以在它们之间使用分号。

（3）选项"窗口路径"是设置使用路径的方式。其中包括以下两个选择。

● UNC 格式：当作品要在使用 Universal Naming Convention（通用命名约定）（例如 Windows NT）的网络运行时选用。

● DOS 格式（Drive Based）：基于磁盘的文件路径。只在单机上运行时选用。

（4）选项"窗口名称"是设置使用的 Windows 文件名格式。其中包括两个选择。

● 长文件名：使用 Windows 支持的长文件名。系统将允许 255 个字符的文件名。

● DOS（8.3 格式）：使用普通的 DOS 文件名。系统允许的文件名格式是 8 个字符的文件名，且扩展名是 3 个字符。

（5）选项"特效"是设置从外部文件返回时的过渡效果。单击右侧的按钮，将弹出过渡效果选择对话框。

（6）选项"等待按钮"是设置等待按钮。单击右侧的按钮 ，将弹出按钮选择对话框。自定义按钮的设置方法在按钮交互一节进行介绍。

（7）选项"标签"是设置等待按钮上的显示文字。

单击"CMI"（知识跟踪）标签打开如图 8.5 所示的"CMI"选项卡。

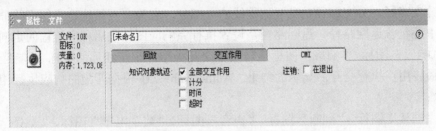

图 8.5 "CMI"选项卡

在这个选项卡中是设置 Authorware 7.02 内置的数据跟踪变量在文件级启动。下面是"CMI"选项卡中选项的介绍。

① 选项"知识对象轨迹"是设置是否在文件中启动知识跟踪，可以通过系统变量"CMITrackIntractions"进行设置更改。其中的项是指定要跟踪的对象。该选项包含以下复选框。

● 全部交互作用：跟踪所有交互。

● 计分：跟踪成绩。程序运行时将跟踪整个文件的 Score 值，Score 的值等于用户在整个文件中触发的每一个响应的 Score 总和。

● 时间：跟踪使用时间。程序将记录用户从进入文件到退出文件所用的全部时间。

● 超时：跟踪超时。当用户在"TimeOutLimit"变量所限制的时间内没有发出响应（按键、单击等）时，程序将跳转至"TimeOutGoTo"函数所指定的图标。

② 选项"注销"是设置何时退出登录。其中包含一个复选框。

● "在退出时"：在退出程序时，同时退出"CMI"选项卡所指定的跟踪。

8.1.2 交互处理的流程

Authorware 为用户提供了强大的交互功能，而这些功能都是由交互结构来实现的。

1. 交互结构的组成

如图 8.6 所示的流程图是一个交互结构。从图中可以看出，一个完整的交互结构可以分为 4 部分：交互图标、交互类型标识符、分支路径和响应图标。

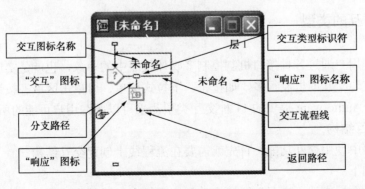

图 8.6 交互结构

（1）"交互"图标。"交互"图标是整个交互结构的核心，是创建交互结构的起始图标。

（2）交互类型标识符。交互类型是定义用户与多媒体作品进行交互的方法。为了能对用户的各种动作做出相应的响应，Authorware 提供了 11 种交互类型，每一个交互类型都有一个交互类型标识符。

（3）分支路径。分支路径是交互流程线的一部分，它为交互结构建立相应的分支流程。分支路径中还包含返回路径，返回路径是设置执行完响应图标之后程序流程的走向。

（4）"响应"图标。"响应"图标是与某个交互类型标识符相连的图标。"响应"图标中给出的是最终用户执行交互后显示的结果。Authorware 7.0 根据匹配的响应执行相应的"响应"图标。

除了"框架"图标、"判断"图标、"声音"图标、"数字电影"图标、"交互"图标不能作为"响应"图标外，其他的图标都可以作为"响应"图标出现。在使用"群组"图标作为"响应"图标时，还可以在"群组"图标中使用各种图标。

2．交互结构的工作过程

在设置交互的过程中，会发现通过交互结构可以很容易地对最终用户的行为进行跟踪。掌握交互的结构和在交互结构中控制流程的方法，就需要对计算机如何执行交互结构中的程序这一问题做进一步的了解。

一个交互结构的工作过程是按以下步骤进行的。

（1）等待响应。当程序执行到"交互"图标时，首先显示"交互"图标中包含的所有对象，如文本、图像、按钮、文本输入框等可以显示的特殊对象，热区域、目标区、热对象也布置在"演示窗口"中（不显示）；然后停下来等待用户的响应。

（2）匹配响应。当最终用户操作某个响应时，程序把该响应沿着交互流程线发送出去，判断与哪个响应匹配。在交互结构中，交互类型的功能此时就像是一个电路开关：如果用户的响应与交互类型不匹配，则开关保持打开，Authorware 把响应继续沿着流程线送到下一个交互类型进行匹配。如果用户的响应与某个响应匹配，则开关合上，并将流程转向该响应所对应的分支路径中，执行"响应"图标。不过，有些响应是由环境本身所触发的，如时间限制响应，此时只要规定的时间一到，开关就会闭合。

（3）离开"响应"图标。当"响应"图标中的内容执行完毕，则由返回路径来决定下一步流程的走向。Authorware 7.0 提供了 4 种返回路径。

（4）返回交互结构开始处。如果用户的响应与交互流程上的任何一个响应都不匹配，则流程会返回到"交互"图标，等待用户的下一次响应。

8.1.3　交互的类型

交互性就是用户通过各种接口机制控制多媒体程序中的对象，也就是实现计算机与最终用户的对话。实现交互的机制很多，如按钮、下拉式菜单、可单击区域、按键、文本输入和可移动对象等。Authorware 提供的 11 种交互类型几乎可以跟踪用户可能的所有操作。

1．创建交互结构

要想在程序中使用交互功能，首先就需要在流程线上创建交互结构。

创建方法如下。

（1）从图标面板中把"交互"图标拖动到流程线上合适的位置。

（2）从图标面板中将一个图标拖到"交互"图标的右边，即可创建一个"响应"图标。这时会弹出"交互类型"对话框，如图8.7所示。

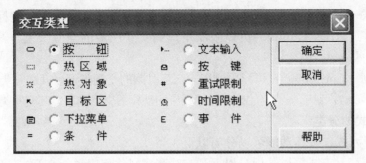

图8.7　"交互类型"对话框

选择一种需要的交互类型，单击"确定"按钮关闭对话框。

这时就在"交互"图标的右边创建了一个分支。在 Authorware 7.02 中，有些图标是不能直接作为分支图标的，这些图标是："框架"图标、"判断"图标、"交互"图标、"数字电影"图标、"声音"图标。当把这些图标拖曳到"交互"图标的右边时，Authorware 会自动将这些图标放在"群组"图标中，再把"群组"图标作为"响应"图标。

（3）根据需要设置交互类型的属性。

（4）继续从图标面板拖曳需要的图标到刚才建立的分支的右边，这时就不会弹出如图8.7 所示的"交互类型"对话框，而是直接使用前面一个分支的交互类型。这时可以在交互类型的属性中修改类型，或者将图标拖到第1个分支的左边，也可以打开"交互类型"对话框。

（5）可以从流程线上拖曳其他已经创建好的图标到"交互"图标的右边来建立分支。还可以从流程线上复制图标到分支中：在流程线上选中要复制的图标，单击工具栏上的"复制"按钮，再在"交互"图标的右边单击，将粘贴指针移到"交互"图标右边的某个位置，然后单击工具栏上的"粘贴"按钮。还可以从 Windows 的资源管理器中直接拖曳媒体文件到"交互"图标的右边。

2．交互类型

从如图8.7 所示的"交互类型"对话框中可以看出，Authorware 7.0 提供了11 种交互类型，合理地利用它们可以为程序提供强大的交互功能。在对话框中的每一种交互类型的单选按钮的左边，都有一个与该交互类型相对应的标识图案，称为交互类型标识符。

这11 种交互类型分别是

● 按钮（Button）：通过对按钮的动作产生响应，并决定程序分支执行。其交互类型标识符为 ▭ 。

● 热区域（Hot Spot）：通过对某个选定区域的动作产生响应。其交互类型标识符为 ▦ 。

● 热对象（Hot Object）：通过对选取某个对象的动作产生响应。其交互类型标识符为 ※ 。

● 目标区（Target Area）：可通过用户移动对象至目标区域而产生响应。其交互类型标识符为 ▨ 。

● 下拉菜单（Pull-Down Menu）：通过用户对菜单的操作（选取菜单）而产生响应。其交互类型标识符为 ▤ 。

● 条件（Conditional）：通过条件判断式产生响应。其交互类型标识符为 = 。

- 文本输入（Text Entry）：允许用户输入文本，并根据输入的文本产生响应。其交互类型标识符为 ▸⋯ 。
- 按键（Keypress）：控制键盘上的按钮，从而产生响应。其交互类型标识符为 ▫ 。
- 尝试限制（Tries Limit）：可以限制用户的交互次数的交互类型。其交互类型标识符为 # 。
- 时间限制（Time Limit）：可以限制用户交互时间的交互类型。其交互类型标识符为 ◔ 。
- 事件（Event）：对一些特定的事件做出相应的动作的交互类型。其交互类型标识符为 E 。

3. 交互方式的分类

不同的交互方式，按其功能可以分为以下 3 类。

（1）第 1 类交互方式可以是用户以下列方法和多媒体程序进行交互：通过单击按钮、对象或区域进行交互，这些交互类型有按钮响应、热区域响应和热对象响应。

从一个下拉菜单中选择一个菜单项进行交互。对应的交互类型有下拉菜单响应。

① 通过输入文本进行交互。对应的交互类型有文本输入响应。

② 通过按键进行交互。对应的交互类型有按键响应。

③ 通过物体的拖动进行的交互。对应的交互类型有目标区响应。

（2）第 2 类交互方式可以使用户在交互过程中对下列情况进行跟踪和反应：

① 用户已做的尝试次数。对应的交互类型有尝试限制响应。

② 从交互开始算起已过去的时间。对应的交互类型有时间限制响应。

③ 任意一个可为真或假的条件。对应的交互类型有条件响应。

（3）第 3 类交互方式使用户对一个程序中所包含的组件产生的事件，如嵌入到程序中的 ActiveX 控制，进行跟踪和反应。对应的交互类型为事件响应。

4. 交互类型的属性设置

双击交互类型标识符，或者在属性面板打开时单击交互类型标识符，或者在选中"响应"图标时选择菜单命令"修改"→"图标"→"响应"，都可以打开"属性：交互图标"面板，如图 8.8 所示，对交互类型进行相应的设置。

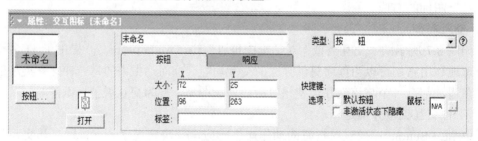

图 8.8　"属性：交互图标"面板

从图中可以看出，交互类型的属性面板包含两个选项卡，第 1 个选项卡"按钮"与交互类型对应，第 2 个选项卡"响应"是所有的交互类型都有的，只是其中的内容会有些变化。

下面先介绍一些共同的选项。

（1）总体控制。在两个选项卡的上方有两个选项，一个是选项"图标名字"，其中的文本输入框中的内容是该响应分支名字。这个名字和响应图标的名字是对应的，默认是"未命名"，如果要改变的话，可以在输入框中输入新的内容。

另一个选项"类型"，单击其后的下拉列表按钮，将弹出交互类型选择列表，如图 8.9

所示。该列表列出了 Authorware 7.02 支持的 11 种交互类型。如想改变当前的交互类型，只需在此列表中单击所需的类型即可。

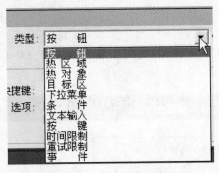

图 8.9 选项"类型"的下拉列表

（2）"响应"选项卡。单击"响应"标签就可打开"响应"选项卡，如图 8.10 所示。

图 8.10 "响应"选项卡

使用"响应"选项卡可以设置 Authorware 在什么时候擦除在响应图标中显示的文本或图形，以及离开响应图标后的流程走向。所有的 11 种响应都包含该选项卡。所包含的选项也是相同的。

（1）选项"范围"只包含一个"永久"复选框。该复选框用来决定此响应在整个程序还是程序的一部分有效。如果选择该项，则不必在每个交互过程中都创建相同的交互类型标识符，此响应会始终出现在屏幕上。但是可以使用"擦除"图标或者其他图标的自动擦除功能来将可见的交互类型（比如按钮）擦除。选择此项后，在选项"分支"的下拉列表中将会增添一个新的"返回"项。不过，文本输入响应、按键响应、时间限制响应和尝试限制响应这几种响应方式不能使用"永久"属性。

（2）选项"激活条件"后面的文本框里可以输入一个变量或条件表达式。如果该表达式的值为真（TRUE）或不等于 0 的数值，则交互响应处于有效状态；反之，则交互处于禁止状态；若为空白，则系统默认为有效。例如，对于按钮，根据条件的设置，就有如图 8.11 所示的两种状态，当按钮无效时，用户不能通过该按钮进行交互。

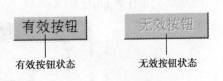

有效按钮状态　　　无效按钮状态

图 8.11 按钮的两种状态

（3）选项"擦除"是用来指明何时擦除响应图标中的内容，它包括一个下拉式列表，其中共有 4 个选择项。

● 在下一次输入之后：进入另一个分支响应后擦除当前响应图标的显示内容。
● 在一次输入之前：进入另一个分支响应前擦除当前响应图标的显示内容。

● 在退出时：在退出交互分支结构时擦除当前"响应"图标的显示内容。

● 不擦除：即使退出交互结构也不擦除分支中的内容，除非使用"擦除"图标或其他图标的自动擦除。

（4）选项"分支"是用于选择执行完"响应"图标后的返回路径。结果路径是流程线的一部分，它表明了响应完成后流程的走向。Authorware 7.0 提供了 4 种返回路径，如图 8.12 所示。

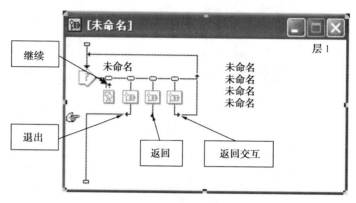

图 8.12　响应分支类型

这 4 种返回路径分别是

① 继续：程序会沿原路线返回，并且检查后面的分支中是否存在与用户操作匹配的其他响应。

② 返回交互主流程：返回交互主流程，即返回交互结构的入口，等待下一轮响应匹配过程。

③ 退出：则退出交互结构，并把控制权交给主流程上的下一个图标。

④ 返回：把程序的控制返回到用户产生交互响应的地方。

但在一般情况下只能看到 3 种。第 4 种"返回"路径，只有在选项"范围"后选中"永久"时才会出现。

除了通过属性面板来选择结果路径，另一种简单的方法是，只要在程序设计窗口中，按住 Ctrl 键，然后用鼠标单击响应图标上方或下方的分支流程线，就可以改变返回路径。

（5）选项"状态"是用于标记编辑窗口中的"响应"图标，并将交互结果分别记录到不同的系统变量中，如图 8.13 所示。

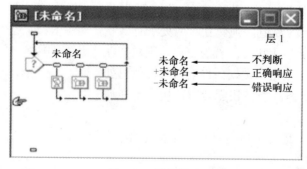

图 8.13　设置状态

在后面的下拉列表中提供以下 3 种选项。

① 不判断：不跟踪该响应。即对是否进入该交互分支不做判断和记录。

② 正确响应：记录该响应为正确响应。选中后，将在该交互分支下挂的"响应"图标名前显示一个"+"号，当进入该响应时，系统将情况记录在表示"正确响应"的系统变量中。

③ 错误响应：记录该响应为错误响应。选中后，将在该交互分支下挂的"响应"图标名前显示一个"-"号，当进入该响应时，系统将情况记录在表示"错误响应"的系统变量中。

标记响应的正确与否，对于判断用户在交互中的表现是十分有用的。Authorware 提供了一些系统变量用来保存用户的交互结果，这些变量可以使用在程序中。如系统变量 Totalcorrect，可以累计在所有被判断的响应中结果为正确的响应数。可以根据这一变量的值来显示反馈信息或统计用户的成绩。

同样，除了通过属性面板来选择图标的响应状态，另一种简单的方法是，只要在程序设计窗口中，按住 Ctrl 键，然后用鼠标在相应的图标名称的左边单击，就可以改变响应状态。

（6）选项"计分"后面的文本输入框中可以输入与当前响应相关的分数值。一般说来，当此响应是正确时，可以在此输入一个正值；否则，可以在此输入一个负值。除此之外，在该项中还可以使用表达式。

当设置好交互分支的属性后，如果从图标面板或者流程线上再拖曳一个图标到这个交互分支的右边，新加入的交互分支会使用前面一个交互分支的交互类型，并使用前一个交互类型的属性设置；如果要重新选择交互类型和使用默认的属性设置，可以先将图标拖曳到第 1 个分支的左边。如果是将交互响应图标复制到当前交互结构或者另一个交互结构中时，已经设置好的交互分支的交互类型和属性会被保留。

8.2 按钮交互

按钮可能是用于图形界面中的用户接口上的最普通、最实用的交互类型。Windows 操作系统和各种应用软件都经常使用按钮来完成用户与软件的交互功能，按钮也是 Authorware 在创建交互响应时的默认选择。

8.2.1 按钮交互的设置

打开按钮交互的属性面板，如图 8.8 所示。

从图中可以看出，该属性面板主要包括 3 部分：通用控制、"按钮"选项卡和"响应"选项卡。"响应"选项卡中的选项在前面已经介绍。

在通用控制部分包含一个响应预览窗口，在这里会显示的是按钮交互中的按钮形状。另外的"按钮"按钮，单击此按钮可以打开按钮库，并对现有的按钮进行编辑、删除或者创建新的按钮。"打开"按钮，单击此按钮会打开"响应"图标进行编辑。

下面主要介绍"按钮"选项卡中的各个选项。

（1）选项"大小"是用来设置按钮的大小。有两个输入框，其中 X 编辑框中的值表示按钮的宽度，Y 编辑框中的值表示按钮的高度。对于自定义的图像按钮，这两个输入框不能编辑。对于系统自带的按钮，除了可以通过在"演示窗口"中拖动句柄而更改按钮的大小，还可以在这两个输入框中输入数值、变量、表达式的值来控制按钮的大小。

（2）选项"位置"是用于决定按钮的位置。其中，X 编辑框中的值表示按钮左上角的 X 坐标，Y 编辑框中的值表示按钮左上角的 Y 坐标。除了可以直接在"演示窗口"中拖动按钮更改按钮位置，还可以在这两个输入框中输入数值、变量、表达式的值来控制按钮的位置。

（3）选项"标签"是设置显示在系统自带按钮上的显示文本的。如果不输入内容，则使用"响应"图标的名字作为按钮的文本。可以在后面的输入框中输入数字或字符串（字符串必须加上双引号），或者输入变量或表达式，程序运行时按钮的文本显示的就是变量或表达式的值。

（4）选项"快捷键"后面的输入框中可以输入一些键值，这样用户只需按下这些键就可起到用鼠标单击该按钮的作用。在此选项中，可以输入多个快捷键，每个快捷键之间用"|"分开，也可以输入组合键，比如 CtrlC，就是按组合键 Ctrl+C。

（5）选项"选项"是设置按钮的相关选项，它包含两个复选框。如果选中"默认按钮"复选框，就把当前按钮设置为默认按钮，这时，如同在 Windows 中的很多对话框一样，只需按 Enter 键，就相当于选择该按钮；如果使用的是标准按钮或系统按钮，那么当选择该复选框时，在按钮的周围就会有一圈加粗的黑线。如果选中"非激活状态下隐藏"复选框，当按钮处于被禁止状态时，它会从屏幕上消失；一旦该按钮变为有效状态，它就会自动出现；按钮的有效状态由"响应"选项卡中的选项"激活条件"来控制。

（6）选项"鼠标"的右边有一个小窗口，其中显示的是当鼠标指针移到按钮上时，鼠标指针的形状。默认为"N/A"，也就是不改变指针的形状，使用操作系统指定的指针形状。单击右边的按钮 ，会弹出如图 8.14 所示的"鼠标指针"对话框，选择合适的光标，单击"确定"按钮。

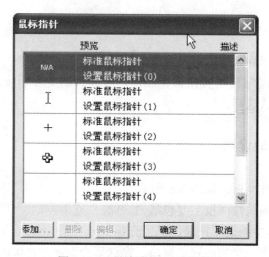

图 8.14　"鼠标指针"对话框

如果想新增一些自定义的光标，可以单击对话框中的"添加"按钮，会弹出一个"加载指针"的对话框来选择要加载的文件。Authorware 只支持 16 色的光标。对于加载的光标，可以使用"编辑"和"删除"按钮进行编辑或删除。但是对于 Authorware 提供的默认光标不能进行编辑或删除。

8.2.2　自定义按钮的设计

Authorware 不但可以使用 Windows 系统的标准按钮，还可以自定义按钮。

单击按钮交互属性面板左边的按钮"按钮"，会弹出如图 8.15 所示的"按钮"选择与设置对话框，这时选中的就是当前分支使用的按钮形式。在列表中列出的就是当前 Authorware 程序的按钮库，这里包括 Authorware 自带的导航按钮、标准按钮、单选按钮和复选框按钮外，还可以通过此对话框来设置与自定义按钮。列表框中包含两列内容，左边一列是按钮的预览窗口；右边一列则是相应按钮的描述信息，包括按钮的类型、按钮适用的操作系统及按钮占用的字节大小等。

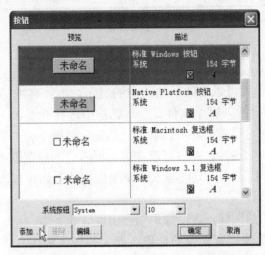

图 8.15　"按钮"选择与设置对话框

在列表框的下方是"系统按钮"选项，它包含两个下拉列表框，分别用来设置系统按钮的文本上的字体和字号。

1．增加新按钮

单击"按钮"对话框下方的"添加"按钮，会弹出如图 8.16 所示"按钮编辑"对话框。

在这个对话框中，包含 4 个部分：选项区域"状态"中共列出了一个按钮的 8 种状态；右边的选项区域是对其中的一种状态进行设置；选项"按钮描述"下面的文本框中可以输入当前定义的按钮的描述信息；复选框"自动检测"是设置按钮的选中状态由系统自动设定还是在程序中使用系统变量 checked 来指定。

选项区域"状态"包括按钮的两类状态："常规"类是指普通状态下的 4 种状态；"选中"类是指按钮被选中后的 4 种状态，比如复选框形式或单选框形式的按钮。要设置某种状态，首先要选中这种状态，单击在"常规"或"选中"下面对应的图形可以选中此种状态，可以看到此时图形的边框加了一圈灰色；打开"按钮编辑"对话框时，默认是选中"常规"下"未按"状态对应的图形。选中某个状态后，就可以在右边的区域中对这种状态进行设定。

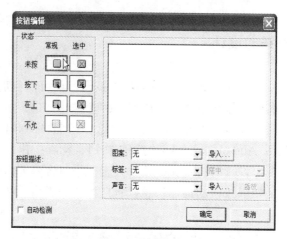

图 8.16　"按钮编辑"对话框

下面先介绍"常规"类的 4 种状态的设置方法。

（1）"未按"：正常状态下按钮所显示的形状，这时没有对按钮进行任何操作，同时按钮为有效状态。再按以下步骤可以修改所选状态的显示内容：在右边单击选项"图案"后的"导入"按钮，在弹出的"导入哪个文件？"对话框中选择并引入一幅事先设计好或选择的图片。回到"按钮编辑"对话框后，可以看到"图案"后面下拉列表框自动设置为"使用导入图"项，表示使用引入的图片，并且可以在对话框右边的预览框中看到所导入的图像，如图 8.17 所示。在同一种状态中，只能导入一个图像文件，如果再次导入一个图像，就会替换原来导入的文件。

在预览框中单击导入的图像，在图像周围会出现 4 个控制句柄，表示图像被选中。可以在预览框中拖曳这个图像来调整图像的位置。要去掉导入的图片，可以在预览框中选中图像，再按 Delete 键或者选择菜单命令"编辑"→"清除"，也可以在"图案"右边的下拉列表框中选择"无"，这时会弹出一个提示框要求确认删除动作，单击"确定"按钮后就可以将图像从预览框中删除。这时也可以使用剪切或复制的操作将图像复制到其他的图像编辑软件中，或者从其他软件中复制图像到这个预览框中。

如果要显示按钮标题，可以在选项"标签"的下拉列表中选择"显示卷标"项，如果选择了"显示卷标"项，按钮上的文本就会在预览框中出现，如图 8.18 所示。

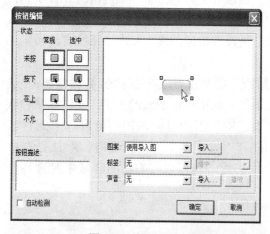

图 8.17　使用导入图

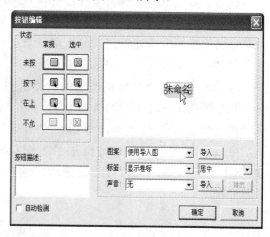

图 8.18　使用标签

在预览框中单击文本可以选中标签，在文本周围会出现 4 个控制句柄，表示文本被选中。可以拖曳这 4 个控制句柄来调整文本所占用的区域的大小。可以拖曳文本来调整标签在预览框中的位置。选中文本，可以使用"文本"菜单中的"字体"命令、"字号"命令、"风格"命令、"消除锯齿"命令来设置文本的字体字号等显示格式，也可以在工具栏上单击"粗体"、"斜体"、"下划线"按钮来添加或去除文本效果。选中文本，再按组合键 Ctrl+K 或者选择菜单命令"窗口"→"显示工具盒"→"颜色"打开颜色调色板，这时可以更改文本的颜色。还可以在"标签"后面的第 2 个下拉列表框中，为按钮上的文本设置为"左对齐"、"居中"或"右对齐"这 3 种对齐方式，这些对齐方式是以文本在预览框中占用的区域来设定的，能调整的也只是水平方向，垂直方向只能是居中。如果要取消按钮标签，可以在"标签"右边的下拉列表框中选择"无"。

如果要为按钮加上音效，就可以单击选项"声音"中的"导入"按钮，再在弹出的"导入哪个文件？"对话框中选择并引入一幅事先准备好的声音文件。回到"按钮编辑"对话框后，可以看到"声音"后面的下拉列表框自动设置为"使用导入图"项，表示使用引入的声音。这时，可以单击"声音"右边的"播放"按钮来预览声音。如果要取消声音，可以在"标签"右边的下拉列表框中选择"无"，这时会弹出一个提示框要求确认删除动作，单击"确定"按钮后就可以将声音删除。

（2）"按下"：鼠标按下左键未松开时按钮的显示形状。这时可以用与"未按"状态相同的方法导入图片、显示标签、导入声音。其中在"图案"、"标签""声音"这 3 个左边的列表框中都有一个"与按起相同"的选择项，它是指使按钮使用与"未按"状态相同的内容。

（3）"在上"：用来设置当鼠标移到按钮上方时按钮的显示状态。设置方式和"按下"一样。

（4）"不允"：设置当按钮无效时的显示状态。按钮无效是指按钮不起作用，这时一般的设置方法和"按下"一样。

对于"选中"类的 4 种状态，如果没有设置了"未按"状态，那么这 4 种状态都和"常规"类的"按下"一样进行设置。如果设置了"选中"类的"未按"状态，那么"选中"类的其他 3 种状态就会和"选中"类的"未按"状态一样设置。

完成上述各种设置后，单击"确定"按钮退出编辑窗口，设置好的按钮就会显示在如图 8.15 所示的按钮库中为以后备选。

2．编辑和删除按钮

在如图 8.15 所示的"按钮"选择与设置对话框中，选择某种按钮后，单击"编辑"按钮，出现如图 8.16 所示的"按钮编辑"对话框，可对按钮进行编辑。如果选择的按钮是系统提供的按钮，则在编辑之前，Authorware 会对按钮进行备份。也就是说，用户不能直接对 Authorware 提供的系统按钮进行修改。

对于自定义的按钮，在列表中选择这个按钮后再单击"删除"按钮，即可从按钮库中进行删除。但是系统提供的按钮不能进行删除。

8.2.3　实例：制作判断题

判断题就是让学生判断一段内容是否正确，通常会提供给用户两个选择，也就是正确或错误，让用户在这两个之间选择一个。

1．设计分析

一个题目通常包括 4 部分：一是题目类型，比如判断题、选择题、填空题等，不同的类型，其实现方法是不一样的；二是题干部分，这里给出的是题目的说明内容，可以有文本、图片、声音、视频和动画，可以根据不同的内容来选择不同的图标显示；三是选择项部分，这是程序与用户的交互部分，根据题目的需要来选择交互类型；四是结果判断部分，就是将用户的选择与答案进行匹配。

对于判断题来说，选择项的内容是固定的，通常就是"正确"和"错误"这两项，而且用户只能在这两项之间选择其中一项，可以使用单选按钮来实现。Authorware 提供了默认的单选按钮，使用它们就可以作为交互的按钮。单选按钮有两种状态，一种是选中状态，另一种是未选状态，但对于同一个单选按钮来说，单击它就只能选中，不能取消选中状态。可见在多个单选按钮之间进行选择，就要使用代码来修改按钮的状态，系统变量 Checked 中保存了指定按钮的选中状态，也可以通过设置这个变量的值来修改按钮的状态。

2．制作过程

这里的题干内容使用了比较简单的文本，只需要使用"显示"图标来显示。

（1）输入题目内容。用鼠标拖曳一个"显示"图标，命名为"题干"，在其中输入要显示的内容。

（2）建立交互结构。用鼠标拖曳一个"交互"图标，命名为"控制"。

用鼠标拖曳一个"群组"图标到"交互"图标的右边，在弹出的"交互类型"对话框中单击"确定"按钮关闭对话框，将新加入的"群组"图标命名为"a1"，双击"群组"图标上方的交互类型标识符，打开它的属性面板。

单击属性面板左下角的"按钮"按钮打开"按钮"对话框，在按钮列表中选择"标准 Windows 收音机按钮"，如图 8.19 所示，单击"确定"按钮关闭对话框。

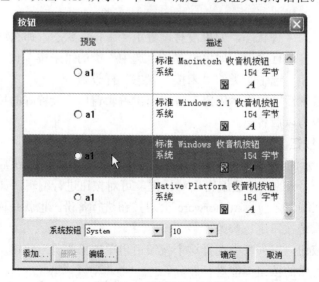

图 8.19 "按钮"对话框

在按钮交互"a1"的属性面板中的选项"标签"后面输入要显示在按钮上的文字""正确""，如图 8.20 所示，并设置选项"鼠标"为手形指针。

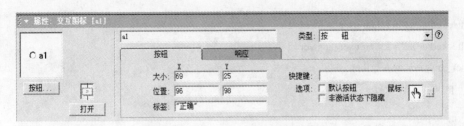

图 8.20 按钮交互"a1"的属性面板

说明： 当然直接将"群组"图标"a1"的图标名修改为"正确"，也可以设置按钮上的提示文字，但是当一个程序中用多个判断题时，按钮的名称就会重复，就不能用代码来切换按钮的状态了。

再用鼠标拖入一个"群组"图标到"a1"群组图标的右边，命名为"a2"。双击"群组"图标"a2"上方的交互类型标识符，打开它的属性面板，在选项"标签"后面输入按钮提示文字""错误""。

（3）调整显示对象位置。运行程序再暂停，调整题干内容和两个按钮的位置。这时在运行程序过程中，可以分别单击"演示窗口"中的两个按钮，可以看到这两个按钮都只是单击选中后就不能取消。

（4）设置按钮状态变化。在这里的两个按钮，应该是每次只能选中其中的一个，也就是当选中其中一个时，另一个应该取消选中状态。

单击"a1"群组图标选中它，按组合键 Ctrl+=打开"计算"图标的编辑窗口，在其中输入以下语句：

```
Checked@"a2"=0
```

输入后，关闭"计算"图标的编辑窗口并保存。

同样，单击"a2"群组图标选中它，按组合键 Ctrl+=打开"计算"图标的编辑窗口，在其中输入以下语句：

```
Checked@"a1"=0
```

输入后，关闭"计算"图标的编辑窗口并保存。

再运行程序，就可以看到"演示窗口"中的两个按钮，只能选中其中一个按钮了。

（5）添加答题判断。要进行判断，首先要在显示题目之前指定答案，在用户提交之后，再把用户的选择与答案进行比较。

拖曳一个"计算"图标到"题干"显示图标的上方，命名为"答案"。双击它打开编辑窗口，在其中输入以下语句：

```
answer=1
```

输入后，关闭"计算"图标的编辑窗口并保存。这里的 answer 是个自定义变量。

这道题的答案是"正确"，也就是答案是第 1 个选择，为了方便，使用数字 1 来指定。

用鼠标拖曳一个"计算"图标到"控制"交互图标的右边"a1"群组图标的左边，在弹出的"交互类型"对话框中单击"确定"按钮关闭对话框，将新加入的"计算"图标命名为"提交"。双击这个"计算"图标打开编辑窗口，在其中输入以下语句：

```
if Checked@"a1"=1 then user_answer=1
if Checked@"a2"=1 then user_answer=2
if user_answer=answer then
     prompt="你答对了"
else
     prompt="你答错了"
end if
```

输入后，关闭"计算"图标的编辑窗口并保存。这里 user_answer 和 prompt 是自定义变量。这段代码中首先是使用系统变量 Checked 来判断用户选择了哪一个按钮，再根据选择来设置自定义变量 user_answer 的值；然后判断 user_answer 是否和预定的答案 answer 相同，进行比较，再根据比较的情况给自定义变量 prompt 设置不同的值。

当提交之后，就应该让用户不再答题了，因此可以双击"计算"图标"提交"上方的交互类型标识符，打开它的属性面板。单击"响应"标签切换到"响应"选项卡，把选项"分支"设置为"退出交互"，这样当用户提交后就退出当前交互结构。

用鼠标拖曳一个"显示"图标到"交互"图标"控制"的下方，命名为"显示提示"，双击这个"显示"图标，打开"演示窗口"，在其中输入以下内容：

{ prompt }

输入后，关闭"演示窗口"。这是在"显示"图标中显示答题的结果。

（6）完成的程序流程图如图 8.21 所示。

图 8.21　完成的程序流程图

8.3　热区域交互

热区域交互类型是在屏幕上制作一个固定的矩形区域作为用户交互的接口。

8.3.1　热区域交互的设置

双击要进行设置的热区域交互类型标识符时，打开热区域交互的属性面板，如图 8.22 所示。

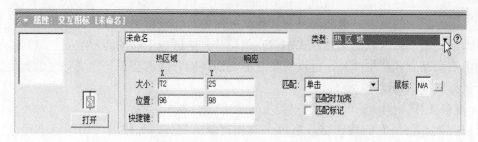

图 8.22　热区域交互的属性面板

"响应"选项卡的设置与按钮交互属性面板中"响应"选项卡的设置相同。这里只讲解与其他响应不同的设置，即"热区域"选项卡的部分设置。

在"热区域"选项卡中，选项"大小"、选项"位置"、选项"快捷键"、选项"鼠标"的设置与按钮交互属性面板的"按钮"选项卡中的选项是相同的，同样可以在"演示窗口"中修改热区域的位置和大小。

选项"匹配"是用于设定最终用户如何才能使用此热区域交互的，在右边的下拉列表中提供了 3 种选择，分别是

● 单击：在响应区域单击鼠标左键，即可引发匹配动作。
● 双击：在响应区域双击鼠标左键，即可引发匹配动作。
● 指针处于指定区域内：当鼠标指针移动到响应区域内，而不需要鼠标动作，即可引发匹配动作。
● 如果选中"匹配时加亮"复选框后，当匹配该热区域交互时，"演示窗口"中响应区域的部分就会高亮显示。
● 如果选中"匹配标记"复选框后，热区响应区域左端中央位置处显示匹配标记，当匹配该热区响应时，匹配标记被黑色填充，如图 8.23 所示。

和按钮不同的是，如果在"响应"选项卡中的选项"激活条件"设置了表达式，当表达式的值为假时，热区域交互就不起作用了。

当热区域交互的响应区域与其他交互类型的位置发生重叠时，Authorware 是先响应左边的交互分支。

8.3.2　示例：给按钮添加提示

在汉语学习课件中，按钮标签用的是中文，为了方便英语用户了解按钮的功能，需要给图形按钮添加一些英文和图片提示信息。要实现的功能是，鼠标移到按钮上时，出现提示，鼠标移开时，提示会消失。本书的第 2 个实例即使用了这种方法来制作"认识计算机"的界面交互，下面是对该技术的分析解释。

1．设计分析

对于按钮来说，交互方式就是单击按钮；虽然在自定义按钮时，可以设置鼠标移到按钮上时，按钮显示的图像，也就是在这里提供提示信息，但当提示内容比较多时，使用这种方

法就会占用比较大的地方，可能会挡住其他交互对象。比较常用的方法是使用热区域交互来给按钮添加提示，热区域的交互方式中就有鼠标移到热区域上时的匹配响应，这样就不会和按钮的单击交互方式产生冲突，再设置交互分支的擦除方式，在下一次交互之前就可以实现在移开鼠标时提示自动擦除。

2．准备工作

可以先制作好所有的按钮交互后再来添加提示。另外，如果要使用图片来提供提示信息，还要准备好相应的图片素材。

3．制作过程

（1）添加提示内容。首先在流程线上拖曳一个显示图标，命名为"背景"，打开"演示窗口"导入事先准备好的图片，然后用鼠标拖曳一个交互图标，命名为"按钮控制"，在"按钮控制"交互图标的右边添加 4 个计算图标，分别命名为"常用词语"、"交际文化"、"语法结构"和"语言典故"。拖曳一个"显示"图标到要添加提示的按钮交互分支的右边，命名为"提示 1"，双击这个"显示"图标打开"演示窗口"，输入要提示的内容，导入要提示的图片。设置好后关闭"演示窗口"。

（2）调整交互分支属性。双击"提示 1"显示图标上方的交互类型标识符，打开它的属性面板。在选项"类型"后面选择"热区域"，在"热区域"选项卡中将选项"匹配"修改为"指针处于指定区域内"；在"响应"选项卡中将选项"擦除"修改为"在下一次输入之前"，其他选项的属性使用从前面的交互分支继承过来的属性就可以。

（3）调整交互区域位置和提示位置。运行程序，再按组合键 Ctrl+P 暂停，将"演示窗口"中的热区域"提示 1"对应的虚框拖曳到对应的按钮上。再按组合键 Ctrl+P 继续播放程序，把鼠标移到热区域"提示 1"的位置，在出现提示内容之后，再按组合键 Ctrl+P 暂停，双击提示内容进入它的编辑状态，调整提示内容的位置和大小。

（4）重复上面的步骤可以继续添加其他按钮的提示。

8.4　热对象交互

热对象交互是使用"演示窗口"中的某个显示对象作为交互的接口。

8.4.1　热对象交互的设置

热对象是指在"演示窗口"中指定的一个可以响应鼠标事件的显示对象。

1．指定热对象

指定热对象和指定移动对象的操作类似。首先在"演示窗口"中设置好显示对象（可以是"显示"图标、"交互"图标、"数字电影"图标、使用 Sprite 图标插入的动画等）；再在流程线上创建好热对象交互分支；在"演示窗口"中打开前面设计好的显示对象；在流程线上双击热对象交互类型的标识符打开它的属性面板，在属性面板中可以看到提示"单击一个对象，把它定义为本反馈图标的热对象"，在要设置的显示对象上单击，在属性面板上的选项"热对象"后面就可以看到所选对象所在的图标的名字，如图 8.24 所示。

图 8.24　指定热对象

　　一个热对象交互只能使用一个热对象，如果在"演示窗口"中有多个图标的显示对象，则总是设定为最后单击的那个对象。另外，要作为热对象的显示对象所在的图标，必须在交互结构之前被执行。

　　和指定"移动"图标中的移动对象一样，指定的热对象实际上是一个"显示"图标的整个内容。如果在一个"显示"图标中有多个对象，则不能单独指定其中的某一个为热对象。可见，如果要指定某个图形对象作为热对象，就要将它放到一个单独的"显示"图标中。

　　另外一种指定热对象的方式是，设置好显示对象，建立好热对象交互，再运行程序，当程序执行到"交互"图标时就会暂停，并打开热对象交互的属性面板，这时就可以在"演示窗口"中指定热对象。这时要使用的显示对象不能被其他对象挡住，另外在运行前在热对象交互属性面板的"响应"选项卡中不能选中"永久"复选框。

2．设定属性

　　热对象交互的属性面板如图 8.24 所示。

　　在"热对象"选项卡中的各个选项和热区域交互的"热区域"选项卡都是一样的。

3．与热区域交互对比

　　热对象交互与热区域交互很类似，它们都能够以单击、双击和鼠标进入这 3 种方式来进行交互。但是热区域交互中的响应区域只能是"演示窗口"中的一块矩形区域，而热对象交互的响应区域可以随着显示对象的变化而变化，因为显示对象可以是任何形状的。更特别的是，热对象交互可以把一个被"移动"图标移动的显示对象作为热对象，不管显示对象在"演示窗口"中的任何位置，最终用户都可以对它进行交互，也就是说热对象交互是一个动态区域响应。

8.4.2　示例：课文提示的显示与隐藏

在很多课件中，都会给这个课件加一些说明，主要介绍这一部分的主要内容是什么，以及如何操作等。

1．设计分析

在给出这些提示时，经常会要求不要影响课件的其他部分的使用，一种处理方法就是在进入课件时，首先显示课文提示，当用户在课文提示中单击，课文提示就自动隐藏；当用户单击某个按钮后，课文提示又自动出现；单击课文提示又隐藏。

课文提示经常会设计成各种形状，如果在提示上加热区域的话，经常会影响到其他地方的交互，比较好的就是使用热对象交互，把课文提示的内容作为交互的对象。隐藏对象可以使用"擦除"图标来擦除，而再显示课文提示可以再用一个交互分支来显示。因为这里课文提示要出现在两个位置，因此要实现单击课件提示再隐藏就需要创建两个热对象交互。

2．准备工作

准备做好放课文提示文本的底板图形，再准备一个用来显示课文提示的按钮图形。

3．制作过程

首先新建一个文件再保存，然后将图片复制到程序所在的目录的子目录 image 中。

（1）添加第 1 个提示。用鼠标拖曳一个"显示"图标，命名为"课文提示"，在其中导入文本的背景图形，并输入相应的课文提示。

（2）建立交互来隐藏提示。用鼠标拖曳一个"交互"图标，命名为"控制"。插入一个"擦除"图标到"交互"图标的右边，在弹出的"交互类型"对话框中单击选中"热对象"，单击"确定"按钮关闭对话框。将新加入的"擦除"图标命名为"擦除提示"。

运行程序，这时程序会自动暂停，并打开热对象交互分支的属性面板，在"演示窗口"中单击课文提示，将课文提示作为热对象交互的热对象，在属性面板中可以看到选项"热对象"后面出现所选的课文提示所在的"显示"图标名。

按组合键 Ctrl+P 继续运行程序，在课文提示中单击，这时程序又会自动暂停，并打开"擦除"图标"擦除提示"的属性面板，在"演示窗口"中单击课文提示，这时课文提示的内容就从"演示窗口"中消失，在"擦除"图标的属性面板中的选项"列"中就会出现课件提示所在的"显示"图标的图标名。

关闭"演示窗口"回到流程设计窗口。

（3）建立交互来显示提示。用鼠标拖曳一个"显示"图标到"交互"图标的上方，命名为"显示按钮"，在其中导入作为按钮的图形，并设置好图像的属性。

用鼠标拖曳一个"显示"图标到"擦除提示"图标的右边建立一个交互分支，将新加入的"显示"图标命名为"课文提示 2"。双击"课文提示"显示图标打开"演示窗口"，在没有取消其中内容的选中状态时，单击工具栏上的"复制"按钮，关闭"演示窗口"；双击"课文提示 2"显示图标打开"演示窗口"，先不要在"演示窗口"中单击，而是直接单击工具栏上的"粘贴"按钮，这样是让两个"显示"图标中的内容的位置保持一致。

运行程序，这时程序会自动暂停，并打开热对象交互分支的属性面板，在"演示窗口"中单击按钮图形，将按钮图形作为热对象。

（4）再建立交互来隐藏提示。下面要做的是再增加一个热对象交互分支，这个分支是使用"课文提示 2"中的对象作为交互的热对象，分支的响应图标也是用一个"擦除"图标来擦除提示的内容。

用鼠标拖曳一个"擦除"图标到"课文提示 2"显示图标的右边，命名为"擦除提示 2"。将"课文提示 2"显示图标拖曳到"擦除提示 2"擦除图标的正上方再松开，为它们建立擦除关系。

双击"课文提示 2"显示图标打开"演示窗口"，再拖曳"演示窗口"的标题栏以便能看到流程设计窗口，在流程设计窗口中双击"擦除提示 2"擦除图标的上方的交互类型标识符打开热对象交互分支的属性面板，在"演示窗口"中单击课文提示的内容，可以在属性面板中看到选项"热对象"右边出现了课文提示所在的图标名"课文提示 2"。

（5）完成的流程图。制作完成的程序流程图如图 8.25 所示。

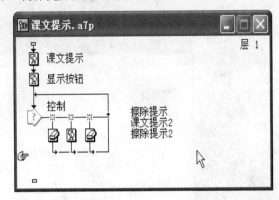

图 8.25　程序流程图

运行程序可以测试效果。

8.5　目标区交互

目标区交互类型是指当最终用户将某一个显示对象拖曳到一个指定区域中时，系统匹配该响应并执行相应的响应图标。这种交互类型适用于制作组合式的交互课件，例如，让学生按实验要求组装实验仪器、成语接龙游戏等。

8.5.1　目标区交互的设置

目标区交互可以看做是热区域交互和热对象交互这两种类型的组合，也就是要建立目标区交互需要两方面的操作：与热对象交互一样，目标区交互首先也要选择目标响应的对象，目标响应对象也是以图标为单位，目标对象也要在"交互"图标之前被执行；与热区域交互一样，目标区交互也要指定目标响应的区域，也是一个矩形的区域。

1．建立目标区交互

和指定热对象一样，首先要在"演示窗口"中打开目标对象（可以是"显示"图标、可以是"数字电影"图标、可以是"交互"图标、可以是 Sprite 图标），然后再打开目标区交互的属性面板，如图 8.26 所示，在属性面板中会看到"选择目标对象"的提示。

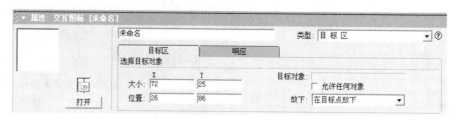

图 8.26　目标区交互的属性面板

在"演示窗口"中单击要设置的对象,在选项"目标对象"后面会出现单击的对象所在的图标的名字,属性面板中的提示也变成了"拖动对象到目标位置",如图 8.27 所示。

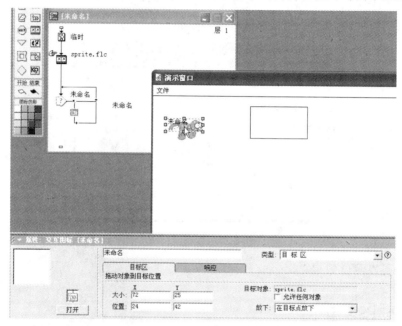

图 8.27　指定目标对象

从图中可以看到,在"演示窗口"中代表目标区域的那个虚框自动移到了所单击对象的上方,这时在"演示窗口"中拖曳显示对象,可以看到目标区域会跟着移动。实际上,可以直接拖曳目标区域本身,可以将它直接拖曳到"演示窗口"中的任意位置,只是这时显示对象不会跟着移动。在目标区域周围有 8 个控制句柄,拖曳它们可以调整目标区域的大小。

设定目标对象的另一种方法是,建立好目标区交互分支后,运行程序,当执行到交互结构时,程序会暂停,并打开目标区交互的属性面板,这时就可以在"演示窗口"中单击要选择的对象。对于"数字电影"图标中的对象,尽量使用这种方法。

如果要使用第 1 种方法设定"数字电影"图标中的对象作为目标对象时,可以按以下步骤:首先打开一个任意的作为参考用的"显示"图标中的对象,再按住 Shift 键,双击这个"数字电影"图标来打开"演示窗口"。再按住 Shift 键,双击"交互"图标打开"演示窗口"。如果属性面板没有打开,先打开属性面板,再在流程线上单击目标区交互类型标识符。

2. 设定属性

目标区交互的属性面板如图 8.26 所示。以下是各选项的含义。

（1）选项"大小"和选项"位置"是用来设定目标区域的大小和位置，可以在"演示窗口"中设置，也可以在它们后面的输入框中直接输入数值、变量或表达式来设置。

（2）在选项"目标对象"后面显示的是目标对象所在图标的名字，如果为空则说明没有指定目标对象。在它下面有一个复选框"允许任何对象"，选中这个复选框后，表示这个目标区域可以接受任意可拖放的显示对象，必须保证要作为目标对象的显示对象可以被最终用户移动。这可以在显示对象所在的图标的属性面板中，找到"活动"选项或"可移动性"选项，将该选项设置为"在屏幕上"或"任意位置"，以保证该显示对象可以在"演示窗口"中被拖动。注意，如果是手术室的目标对象，则该对象所在图标的属性面板中的"活动"选项或"可移动性"选项会被自动设置为"任意位置"。

（3）选项"放下"是用来设置拖动结束后，如果匹配了目标区域交互，目标对象将放置在什么位置，可以有以下 3 种选择。

① 在目标点放下：用户将目标对象拖到目标区域中后，用户释放鼠标左键，该对象停留在当前位置上。

② 在中心定位：将目标对象拖到目标区域中后，释放鼠标左键，该对象自动在目标区域中居中。常用于用户拖动正确的对象进行了匹配的情况。

③ 返回：将目标对象拖到目标区域中后，释放鼠标左键，该对象会自动返回原处。可以用于设置对象被移错位置时执行的动作。这里的"返回"是指当拖动正确时，也就是拖动到目标区域则返回原处，而不是响应错误返回原处，有时需要将错误的返回原处，则可采用如下方法：先建立两个目标区域响应，一个作为正确响应，另一个作为错误响应。其中正确响应设置成"在中心定位"，而错误响应设置成"返回"。这样当拖动正确时就响应第 1 个分支，定位在正确的区域中央；拖动到错误位置则响应题干第 2 个分支，返回原处，等待下一次交互。

8.5.2　实例：制作拖曳题

拖曳题，又称为配对题，是一种常见的交互题型，将设定的物体拖到目标区域，根据到达的位置反映相应结果。在教学过程中，图像拖曳题课件是很多教师都会用到的。比如：学生可以通过拖动图像到相对应的英文单词上，判断学生是否掌握了英文单词的意思；学生可以通过拖动图像组装出一个新的实验装置。

在一个汉语学习课件中，给出了 4 个词语和 4 个图像，要求将 4 个图像分别拖到与它们对应的词语上。

1．设计分析

拖曳题，它主要包括两部分，一部分是拖曳题题目的具体内容和控制，另一部分是拖放交互操作。

拖曳题的题目又可以分为两部分：题干和拖曳项。在 Authorware 中，可以使用目标区交互来制作拖曳题，由于目标区交互的拖曳对象是整个图标中的对象，因此这里需要把每一个拖曳项各自放到一个图标中，这里是 4 个图片，需要将这 4 个图片分别放到 4 个"显示"图标中。题干部分不能被拖动，也要单独放在一个图标中。

不管有几个拖曳项，每个拖曳项的操作应该是差不多。根据题目的要求，拖曳项能进行的操作可能会不同，例如，在拼图类的拖曳题中，就会要求拖曳到正确的位置后就不能再拖动了，而在与内容进行配对的题目中，可能会要求可以随意拖动。在这个词语的拖曳题中，以其中一个图片拖曳项为例，这个图片可以拖曳到 4 个词语中的任何一个，但是如果没有拖曳到正确词语的位置就会返回，也就是需要 4 个交互分支来依次匹配；可以将这个图片拖曳回图片最初的位置，也需要建立一个交互分支；一般情况下，如果没有到达目标区域，还能自动返回，还需要建立一个交互分支来让图片在拖曳到其他位置上时进行处理，而且根据交互结构的执行顺序，返回原位的这个分支应该在所有分支的最右边。

2．制作准备

准备好 4 个和要练习的词语相对应的图片，图片的文件名用的就是对应的词语。

3．制作过程

首先新建一个文件再保存，然后将图片复制到程序所在的目录的子目录 image 中。

（1）导入题目内容。用鼠标拖曳一个"显示"图标，命名为"题干"，在其中输入题干内容。其中输入的 4 个词语最好放在 4 个文本块中，以便调整它们的位置。在输入时，可以先输入一个词语，调整好文本块的区域大小，再将这个文本块复制 3 份，依次修改，最后再进行对齐。

在"题干"显示图标的下方单击，将粘贴指针移到此处。单击工具栏上的"导入"按钮，在弹出的"导入哪个文件？"对话框中，单击右下角的"+"展开按钮；在左边的文件列表中找到要导入的图片，单击右边的"增加"按钮将它们添加到右边的列表中；单击选中"链接到文件"，再单击"导入"按钮将选中的图片导入到程序中，在流程线上可以看到新增加了 4 个"显示"图标，图标名和文件名对应。

运行程序再暂停，调整 4 个图片的位置，将这 4 个图片放到 4 个词语的下方，但要注意的是不要让图片内容和文字相同的放在一列中。

（2）建立第 1 个图片的交互。

① 用鼠标拖曳一个"交互"图标到所有"显示"图标的下方，命名为"控制"。

② 为了定位的方便，在"交互"图标的上方拖曳一个"显示"图标，运行程序，这时程序会自动暂停并进入这个"显示"图标的编辑状态，在绘图工具箱中单击"矩形"工具，在"演示窗口"中的 4 个词语上画 4 个框，以便设置拖曳的位置。程序完成后可以把这个图标删除。然后再在 4 个图片的位置上画 4 个框，让这 4 个框可以框住 4 个图片。

下面先制作好其中一个图片的交互控制，其他的可以参照同样制作。

③ 用鼠标拖曳一个"群组"图标到"交互"图标的右边，在弹出的"交互类型"对话框中单击选中"目标区"，再单击"确定"按钮关闭对话框。将新加入的"群组"图标命名为"拖曳图片 1"。

④ 运行程序，这时程序会自动暂停，并打开目标区交互分支的属性面板，在要拖曳的第 1 个图片上单击，这时在属性面板的选项"目标对象"后面会出现所选的图片所在的图标名；在属性面板中的选项"放下"后面选择"在中心定位"；将"演示窗口"中的代表目标区域的虚框拖曳到第 1 个图片的方框上，并调整虚框的大小和方框的大小相符，如图 8.28 所示。

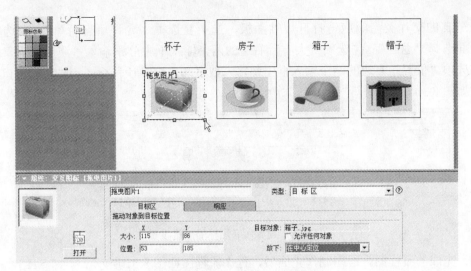

图 8.28　设置目标区交互的属性

⑤　单击选中"拖曳图片 1"群组图标，单击工具栏上的"复制"按钮；在"拖曳图片 1"群组图标的右边单击，将粘贴指针移到"拖曳图片 1"群组图标的右边，重复单击工具栏上的"粘贴"按钮 4 次；将新粘贴的 4 个交互分支的响应图标名依次更改为"拖曳图片 1_1"、"拖曳图片 1_2"、"拖曳图片 1_3"、"拖曳图片 1_4"，这是将图片 1 拖曳到 4 个词语分别对应的位置。

⑥　分别双击"拖曳图片 1_1"群组图标、"拖曳图片 1_2"群组图标、"拖曳图片 1_4"群组图标上方的交互标识符，单击选项卡"目标区"，在选项"放下"后面选择"返回"，双击"拖曳图片 1_3"群组图标上方的交互标识符，在选项"放下"后面选择"在中心定位"。因为箱子对应的正确词语在第 3 个位置上，所以只有将箱子拖曳到第 3 个位置上才正确，否则就返回到原位置。

复制交互分支和直接添加新交互分支的区别在于复制交互分支时，目标对象也会同时复制过来。

⑦　运行程序再暂停，再将复制出来的 4 个目标区虚框依次移到 4 个词语对应的方框的位置，如图 8.29 所示。

图 8.29　调整目标区的位置

（3）建立其他图片的交互。和第 1 个图片的交互一样，每个图片都要建立一个拖回图片最初位置的交互，再复制建立 4 个到词语位置的交互。

（4）建立所有图片的出错设置。当图片没有拖曳到所指定的位置，就要自动返回原位。因为对所有图标都是一样设置，因此这里只需要建立一个交互分支就可以。

用鼠标拖曳一个"群组"图标到"交互"图标结构的最右边，命名为"拖回全部"。双击这个分支的交互类型响应符打开属性面板，选中复选框"允许所有对象"；在选项"放下"后面选择"返回"；在选项"大小"右边的两个输入框中分别输入"演示窗口"的宽和高，在选项"位置"右边的两个输入框中都输入数字 0，这是让目标区和"演示窗口"一样大小，如图 8.30 所示。

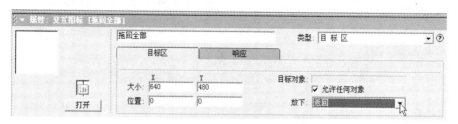

图 8.30　设置所有图标的出错设置

（5）完成的流程图。程序制作完成后，程序流程图如图 8.31 所示。

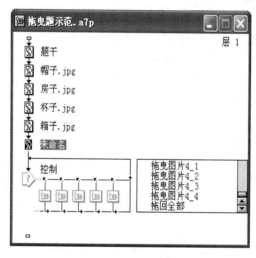

图 8.31　程序流程图

8.6　下拉菜单交互

下拉菜单是标准 Windows 应用程序不可缺少的一部分，它简单、直观、操作方便。在制作类似 Windows 应用程序界面的多媒体产品时非常有用。

8.6.1　添加下拉菜单交互

默认情况下，Authorware"演示窗口"的菜单栏中只有一个"文件"菜单，在这个菜单中只有一个命令："退出"。利用"交互"图标的下拉菜单交互功能，可以在"演示窗口"中添加新的菜单组和菜单项。

要使用下拉菜单，在文件属性面板中选中复选框"显示菜单栏"。

1．创建下拉菜单交互

要创建下拉菜单，就要把整个交互结构的分支都设置为下拉菜单交互，每一个交互结构对应于菜单栏中的一个菜单组。

从图标面板中拖曳一个"交互"图标到流程线上，将图标名修改为想在菜单栏中显示的名字。

再拖曳一个图标到"交互"图标的右边，在弹出的"交互类型"对话框中单击选中"下拉菜单"，单击"确定"按钮，就建立了一个下拉菜单交互分支。将响应图标的名字修改为想在菜单条中显示的名称。

可以继续在右边添加新的分支。

运行程序，就可以在菜单栏中看到新创建的菜单了。如果这时"交互"图标的名字指定为"文件"，这个新的菜单就会替换系统默认的那个"文件"菜单。

提示：对于自定义的菜单，可以使用"擦除"图标来擦除。

2．设置属性

下拉菜单交互属性面板如图 8.32 所示。

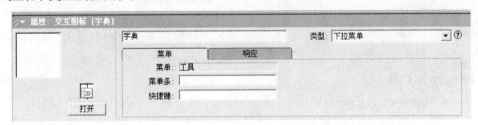

图 8.32　下拉菜单交互属性面板

选项"菜单"中显示的是当前下拉菜单项所属的菜单组名称，即所属"交互"图标的名称。

选项"菜单条"是设置当前菜单项在菜单条中显示的命令名称，可以在后面的文本框中输入数字或字符串（字符串必须加上双引号），也可以输入变量或表达式。如果不在此输入内容，就默认当前响应图标的名称。

在设置菜单命令的名称时可以使用一些特殊字符来控制菜单项的显示方式，例如，设置菜单项的名称为"–"时（注意，这儿的"–"必须是半角），则在菜单条中显示一条分隔线，这样可把一组菜单分为若干部分；如果在菜单项的名称前面加上一个左括号"("（也必须是半角的），则菜单命令变成灰色，也就是当前不能被使用。

在英文菜单中，有些菜单项的名称在某个字母的下面有一下划线，以标示出快捷键字母。在 Authorware 中也可以实现，如 File 中要使 F 有下划线，就在 F 前面加一个"&"符号，也就是如果菜单项的名称设置为"&File"，则在菜单条中显示为"File"，这时在打开菜单后，可以直接按 F 键来访问这个菜单命令。若要在菜单项的名称中显示一个&，必须连用两个&。如&&Edit 作为菜单项名称，程序运行时显示出来的结果是"&Edit"。

选项"快捷键"是设置与单击菜单命令等价的快捷键。如果输入的是单个字母或数字，则默认是与 Ctrl 键共同使用才有效，比如输入 O，实际上就相当于按组合键 Ctrl+O。也可以使用 Alt 键与其他键组合，比如设置为"AltA"，则快捷键对应为按组合键 Alt+A。使用字母作为快捷键时，是忽略大小写的。如果使用的是双档键上方的那个键值，比如"="上方的那个"+"，则除了 Ctrl 键，还需要加上 Shift 键，相当于是按组合键 Ctrl+Shift+=。

如果程序中菜单项与常见的菜单项的名称或功能相同时，一般使用相同的组合键，如打开文件用组合键 Ctrl+O 等，可以使用户易学易用，而且不易出错。

8.6.2 示例：制作标准菜单

在课件中，通常会把一些不常用到的功能，或者多个课件中都要用的功能做成菜单，方便程序中重复使用。例如，在一个汉语课件中提供了一些通用的小工具，包括字典、语音等，另外"帮助"也是每一课都要用的。

1. 设计分析

下拉菜单交互与其他交互类型的不同之处在于，菜单通常需要在"演示窗口"中保留很长一段时间，甚至始终保持在程序的界面中，以便最终用户能够随时与它进行交互，另外就是菜单的使用应该不影响到其他流程的执行。为此在下拉菜单的属性面板的"响应"选项卡中，通常需要进行以下设置：在选项"范围"的右边选中"永久"复选框，在选项"分支"中选择"返回"。

对于小工具、帮助等通用内容，因为这些内容在任何位置都有可能调用，而且调用时不能影响课件的使用，因此尽量将它们制作成单独的一个程序，然后在课件中使用系统函数 JumpOutReturn 来调用。

另外，Authorware 提供的菜单栏中，默认有一个"文件"菜单。如果在课件中不需要使用"文件"菜单，但这个菜单又不能直接删除，这时就要先创建一个自定义的"文件"菜单，再使用"擦除"图标将这个自定义菜单擦除。

2. 制作过程

假定那些小工具程序都已经制作好，例如，字典就是在 tool 目录下的 dict.exe，"帮助"就是在 tool 目录下的 help.exe 等。

（1）擦除"文件"菜单。用鼠标拖曳一个"交互"图标到流程线上，命名为"文件"。

用鼠标拖曳一个"群组"图标到"交互"图标的右边，在弹出的"交互类型"对话框中单击选中"下拉菜单"，单击"确定"按钮关闭对话框。

双击新加入的"群组"图标上方的交互类型标识符，打开交互分支的属性面板，单击"响应"标签切换到"响应"选项卡，在选项"范围"后面单击选中"永久"复选框，在选项"分支"后面选择"返回"，如图 8.33 所示。

图 8.33　设置交互分支的属性

用鼠标拖曳一个"擦除"图标到交互结构的下方，命名为"擦除文件"。

运行程序，这时程序会自动暂停，并打开"属性：擦除图标"面板，在菜单栏中单击"文件"菜单，可以看到"文件"菜单从菜单栏上消失了，而"属性：擦除图标"面板中的选项"列"中出现名为"文件"的项，如图 8.34 所示。

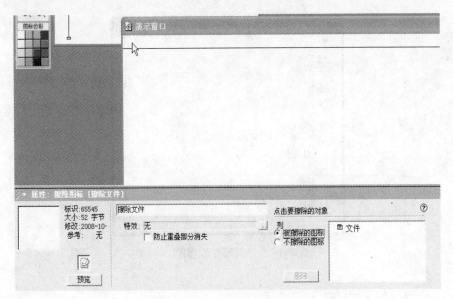

图 8.34　擦除文件菜单

这时再重新运行程序，可以看到菜单栏中就没有任何菜单了。

（2）建立菜单。可以和创建文件菜单一样，继续创建新的交互结构。也可以复制前面的交互结构再修改。

单击选中"文件"交互图标，再按住 Shift 键不放，单击"交互"图标右边的"群组"图标，就同时选中了这两个图标；单击工具栏上的"复制"按钮；在"擦除"图标的下方单击，将粘贴指针移到它的下方；单击工具栏上的"粘贴"按钮，就把整个交互结构复制到了"擦除"图标的下方。将新粘贴的"交互"图标改名为"工具"，将新粘贴的"群组"图标命名为"字典"。

双击"字典"群组图标打开下一级设计窗口，从图标面板用鼠标拖曳一个"计算"图标，命名为"打开字典"。双击新加入的"计算"图标，在其中输入以下代码：

```
JumpOutReturn(FileLocation^"tool^dict.exe")
```

输入完毕后关闭编辑窗口并保存。

关闭"字典"群组图标的设计窗口。

单击选中"字典"群组图标；单击工具栏上的"复制"按钮；在"群组"图标"字典"的右边单击，将粘贴指针移到"字典"的右边，单击工具栏上的"粘贴"按钮。将新粘贴的"群组"图标改名为"语音"。在"群组"图标"语音"中修改其中的"计算"图标的代码。

以同样方法再建立一个交互结构，作为帮助菜单。

（3）程序流程图。制作完成后，程序流程图如图 8.35 所示。

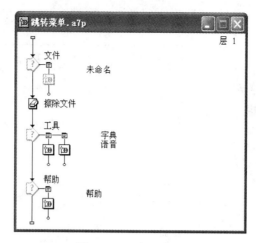

图 8.35　程序流程图

8.7　文本输入交互

文本输入交互是建立一个文本输入区域，让最终用户在其中输入文字、数字和符号等，用户输入的文本必须与响应图标的标题匹配，即进入对应的响应分支。

8.7.1　文本输入交互的设置

文本输入响应与其他的交互响应工作方式有些不同。以按钮交互响应为例，如果在"交互"图标中增加了 5 个按钮交互，则在屏幕上可以得到 5 个不同的按钮。但是在一个文本输入交互中，无论在同一个"交互"图标中使用多少个文本输入交互，在屏幕上只能看到一个文本输入框。如果想创建几个不同的信息输入，就必须分别创建几个不同的交互过程。

1．创建文本输入交互

在流程线上插入一个"交互"图标，用鼠标拖曳一个图标到该"交互"图标的右边，在弹出的交互类型选择对话框中选中"文本输入"，再单击"确定"按钮关闭对话框，就创建了一个文本输入交互，如图 8.36 所示。

运行程序，在"演示窗口"就出现一个光标，如图 8.37 所示，可以使用键盘来输入内容。

图 8.36　文本输入交互

图 8.37　输入状态

当最终用户输入文本时，Authorware 会在"演示窗口"中显示用户输入的文本，并把这些文本自动保存在系统变量 EntryText 中。

按组合键 Ctrl+P 暂停程序，在"演示窗口"中就可以看到输入框，它指示了输入的区域，如图 8.38 所示。这时可以拖曳文本输入框来调整输入框的位置。

单击选中文本输入框，在它周围会出现 8 个控制句柄，拖曳这些句柄可以更改文本输入框的大小，如图 8.39 所示。

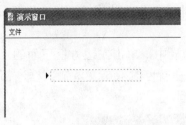
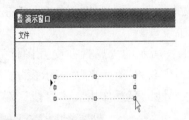

图 8.38　输入框　　　　　　　　图 8.39　调整文本输入框的大小

2．文本输入交互属性设置

打开文本输入交互的属性面板，如图 8.40 所示。

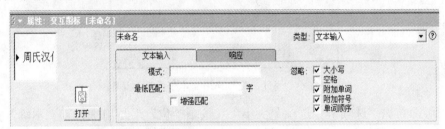

图 8.40　文本输入交互的属性面板

下面是各选项的含义。

（1）选项"模式"是用于设置匹配文本。如果在后面的输入框中不输入内容，默认是响应图标的名称。在输入框中可以输入匹配响应所需要的数字或字符串（字符串必须加上双引号）；可以在输入框中输入变量或表达式，根据需要来设置要匹配的文本。

（2）选项"最低匹配：　字"可以决定用户最少必须输入几个正确的单词，才匹配该交互分支。如果单词是通过 | 分隔的，则必须分开考虑。在输入框中可以输入数字或变量、表达式。

（3）"增强匹配"复选框用于在匹配文本中包含一个以上的单词，如果选中该复选框后，用户输入文本时可以得到多次重试的机会。允许它们分别输入单词来尝试将匹配文本中的所有单词都写出来。

（4）选项"忽略"是用于设置用户输入文本时有哪些因素可以被忽略。它包含 5 个复选框。

● 大小写：如果选中该复选框，就忽略用户输入文本的大小写，也就是认为 EXIT 和 exit 等效。

● 空格：如果选中该复选框，就忽略用户输入文本的空格，也就是认为 EXIT 和 E X I T 等效。

● 附加单词：如果选中该复选框，就忽略用户输入文本中多余的单词。

● 附加符号：如果选中该复选框，就忽略用户输入文本中多余的标点。

● 单词顺序：如果选中该复选框，就忽略用户输入文本中的单词顺序，选择后认为"中国　加油"和"加油　中国"等效。

在文本输入交互的属性面板的"响应"选项卡中，与其他交互类型不同的是，选项"范围"和选项"激活条件"不能使用。

3．文本输入框设置

要设置文本输入框本身的属性，不是在文本输入交互的属性面板中设置，而是在相应的"交互"图标中设置。

在如图 8.2 所示的"属性：交互图标"面板中，单击左边方框下面的"文本区域"按钮，或者在如图 8.38 所示的"演示窗口"中在暂停时双击文本输入框，都可以打开如图 8.41 所示的"属性：交互作用文本字段"对话框。

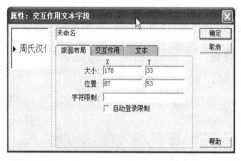

图 8.41　"属性：交互作用文本字段"对话框

（1）"版面布局"选项卡。选项"大小"和选项"位置"是用来设置文本输入框在"演示窗口"中显示的大小和位置。可以在"演示窗口"中直接调整。也可以直接在两个选项的右边的文本框中输入具体数值来调整，或者输入变量或表达式来设置。

选项"字符限制"是设置文本输入框中最多可以输入的字符数，如果空则可以连续输入直到填满。

如果选中"自动登录限制"复选框后，当输入的字符数达到选项"字符限制"设置的数值时，Authorware 将自动结束此次输入操作。

（2）"交互作用"选项卡。在对话框中单击"交互作用"选项卡，如图 8.42 所示。

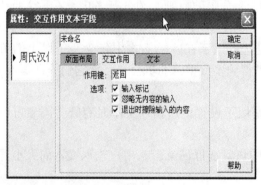

图 8.42　"交互作用"选项卡

选项"作用键"是设置用户结束文本输入的功能键，默认是返回（即 Enter）键。可以在右边的文本框中输入要指定的键值。

选项"选项"是设置交互选项，包含 3 个复选框。

① 输入标记：如果选中该复选框，在文本输入框的左侧会显示文本输入提示标记（即如图 8.38 所示的黑色三角形）。

② 忽略无内容的输入：如果选中该复选框，将忽略输入为空的情况。若不选择该项，用户必须输入内容才可以进行结束输入的操作。

③ 退出时擦除输入的内容：如果选中该复选框，退出该文本输入响应时，将擦除用户输入的文本和文本输入框。

（3）"文本"选项卡。在对话框中单击"文本"选项卡，如图8.43所示。

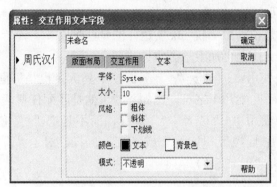

图8.43　"文本"选项卡

① 选项"字体"是设置输入文本的字体。

② 选项"大小"是设置输入文本的字号大小。

③ 选项"风格"是设置输入文本的风格，有"粗体"、"斜体"、"下划线"3种风格。

④ 选项"颜色"设置文本输入框的颜色。包含两个按钮进行设置。

● "文本"：指定输入文本的颜色。

● "背景色"：指定文本输入框的背景颜色。

⑤ 选项"模式"是设置输入文本的显示模式，其中提供"不透明"、"透明"、"反转"、"擦除"4种选择。这4项的意义和绘图工具箱中的"模式"是一样的。

8.7.2　输入内容的匹配方式

如果要文本输入交互的属性面板的选项"模式"中没有设置内容，则匹配的文本就是"响应"图标的名字。在 Authorware 中，图标的名字只能是数字或字符串。要使用变量或表达式来控制匹配的文本，就要在选项"模式"中输入。如果在选项"模式"中输入了任何内容，则"响应"图标的名称就只是作为一个图标的名称。

1．单匹配

如果匹配文本是一个确定的字符串，则要求用户输入的内容和预置的文本完全一致，才进入交互分支，执行"响应"图标。

2．多重匹配

在匹配的文本中，可以使用逻辑或运算符"|"来连接多个匹配文本。例如，"我们|他们|你们"，则输入"我们"、"他们"和"你们"这3个之中任何一个都可以匹配该响应。

3．通配符

在大多数情况下，最终用户希望任何可能的文本输入都能激活响应，这就不能设置一个准确的预置词，例如，在要求用户进行注册时，用户名应该是任意的字符串。在这种情况下，就可以在输入的内容中使用"*"或"？"通配符，其中，"*"用于通配任意类型、任意长度的文本；"？"用于通配任何一个字符。同样，如果在选项"模式"中使用通配符，也要给它们加上双引号。

除了直接用通配符来匹配任意文本或单个字符，还可以将通配符与其他字符结合使用。不论通配符的位置在什么地方，只需要把通配符的位置替换成任意字符串即可。例如，匹配文本是"re*"，则是匹配所有以"re"开头的文本。另外要注意的是，当使用中文和通配符组合时，比如"我*"，如果*号用英文字符来替换，就可以匹配，而*直接用中文直接代替时就不是匹配文本。也就是说，像"我 abc"这样的是匹配文本，而"我们"这样的就不是匹配文本，这时必须在中文前面再加上一个空格或英文字符。

通配符还可以重叠使用，但对于"*"来说，重复再多也是等同于一个；对于"？"来说，重复几次，就相当于匹配几个字符，比如"??"就是匹配任何两个字符。

如果在匹配文本中使用"*"或者"？"本身，而不是把"*"和"？"作为通配符来使用，则必须在它们之前加上"\"，即"*"或"\?"。同样，对于"\"或者"I"，要使用它们本身，也要加上"\"，即"\\"或"\I"。

4．尝试次数

如果不做限制，那么用户可以在输入框中尝试任意次，只要输入正确后，就可以进入交互分支。可以在匹配文本的开头使用"#"来指定在第几次尝试时必须输对。

这时匹配文本的格式是"#"加上一个数字，再加上要匹配的字符串，如果没有指定数字，则默认不控制。例如"#3wd"，就是不管前面两次输入什么内容，必须在第 3 次输入"wd"时，才匹配交互。

如果要使用"#"本身来作为匹配文本，就要加上"\"，即"\#"。

5．多个文本输入交互

虽然在同一个"交互"图标中只会有一个文本输入框，但在其中输入的内容可以与同一个"交互"图标的多个文本输入交互进行匹配，匹配的顺序是从左往右。当有多个文本输入交互时，在使用通配符时就要考虑通配符所代表的范围。

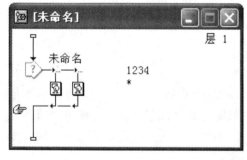

图 8.44　流程图

例如，要让用户在输入错误的密码后就给出错误的提示，流程图就可以按如图 8.44 所示进行设置。

如果把带"*"的分支放在第 1 个，则永远不会执行第 2 个分支了。

8.7.3　实例：用户登录

很多软件都是从用户登录开始，对用户的身份进行认证，获取相应的权限，决定用户的工作界面，进行相应的操作。在课件中特别是用于学生自学类的课件中，经常也会要求实现用户登录的功能，主要是用来记录不同用户的学习情况。

1．设计分析

在登录界面，通常要输入两项内容，即用户名和密码，在一个界面中就要有两个输入区域。但在 Authorware 中，同一个交互结构中只包含一个文本输入区域，这就需要使用两个交互结构。这时要考虑到两个交互结构的先后顺序，可以先输入用户名再输入密码，也可以先输入密码再输入用户名，即可以在这两个输入区域之间任意切换，而且在切换时原来输入的内容还要保留，这就需要将这两个文本输入交互结构分别放到两个交互分支中。

2．制作过程

用鼠标拖曳一个"显示"图标，命名为"背景"，在其中输入一些提示信息，再用"矩形"工具画两个方框作为输入区域的边框。

（1）创建输入切换交互。用鼠标拖曳一个"交互"图标，命名为"选择"。

拖曳一个"群组"图标到这个"交互"图标的右边，在弹出的"交互类型"对话框中单击选中"热区域"，单击"确定"按钮关闭对话框。将新加入的"群组"图标命名为"用户名"。双击"用户名"群组图标上方的交互类型标识符，打开交互分支的属性面板，在"响应"选项卡中选中选项"范围"右边的"永久"，再将选项"擦除"设置为"不擦除"。

再拖曳一个"群组"图标到"用户名"群组图标的右边，命名为"密码"。

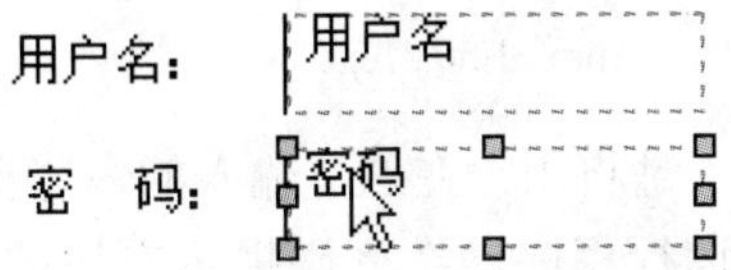

运行程序暂停，在"演示窗口"中将两个热区域分别拖曳到两个边框上，并调整大小与边框一样，也就是让热区域重叠在边框上，如图 8.45 所示。

（2）创建第 1 个输入交互。双击"用户名"群组图标打开它的下一级流程设计窗口。

图 8.45　调整热区域

用鼠标拖曳一个"交互"图标，命名为"输入用户名"。

用鼠标拖曳一个"计算"图标到该"交互"图标的右边，在弹出的"交互类型"对话框中选中"文本输入"，单击"确定"按钮并关闭对话框。把新加入的"计算"图标命名为"*"，即接收用户输入的一切内容。

在"计算"图标"*"中输入以下代码：

```
--记录用户输入的内容
xm:=EntryText
```

于是将用户输入的内容保存到自定义变量 xm 中。

双击"计算"图标"*"上方的交互类型标识符，打开交互分支的属性面板，在"响应"选项卡中的选项"擦除"后选择"不擦除"，在选项"分支"后选择"退出交互"，使程序在输入结束时退出当前交互，进入下一个输入。

运行程序，在用户名提示右边的方框上单击，这时会出现一个输入框，按组合键 Ctrl+P 暂停，用鼠标拖曳文本输入框更改它的位置和输入区域的大小，如图 8.46 所示。

双击文本输入框，打开"属性：交互作用文本字段"对话框，在"交互作用"选项卡中取消"输入标记"和"退出时擦除输入的内容"这两个复选框的选择状态，这样在退出交互后输入的文本也不被擦除，如图 8.47 所示。还可以根据需要设置"文本"选项卡中的各个选项。设置完成后单击"确定"按钮关闭对话框。

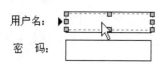

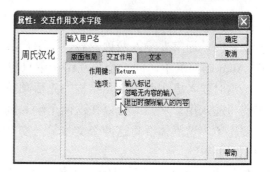

图 8.46　更改文本输入框　　　　　图 8.47　"属性：交互作用文本字段"对话框

（3）创建第 2 个输入交互。关闭"演示窗口"回到流程设计窗口。确定让"用户名"群组图标的流程设计窗口处在激活状态，再选择菜单命令"编辑"→"选择全部"或按组合键 Ctrl+A，选中"用户名"群组图标内的所有图标，再单击工具栏上的"复制"按钮；双击"密码"群组图标打开它的下一级流程设计窗口，在这个窗口中单击将粘贴指针移到这里，再单击工具栏上的"粘贴"按钮。将粘贴过来的"交互"图标改名为"输入密码"。并将粘贴过来的"计算"图标中的代码修改为

```
--记录用户输入的内容
mm:=EntryText
```

于是将用户在这里输入的内容保存到自定义变量 mm 中。

运行程序，在密码提示右边的方框上单击，会出现一个输入框，按组合键 Ctrl+P 暂停，用鼠标拖曳文本输入框更改它的位置，使它与密码提示右边的方框重叠。

（4）设置默认输入。再运行程序，可以分别在用户名和密码提示右边的方框上单击，分别输入内容，可以注意到，会有这样一种情况：例如，在用户名区域输入了内容，再在密码提示右边的方框上单击，这时用户名提示右边输入的内容还保留在那里，但再次在用户名提示右边的方框上单击想再输入用户名时，原来在用户名区域输入的内容被删除了，这是因为文本输入区域默认输入的内容是空的。要设置文本输入的默认内容，可以使用系统变量 PresetEntry 来指定。

打开"用户名"群组图标的流程设计窗口，在"交互"图标的上方加入一个"计算"图标，命名为"设置默认内容"，在其中输入以下代码：

```
PresetEntry:=xm
```

于是将保存在自定义变量 xm 中的内容重新设置为输入区域的默认内容。

将这个新增加的"计算"图标复制到在"密码"群组图标的流程设计窗口的"交互"图标的上方，并将其中的内容修改为

```
PresetEntry:=mm
```

（5）设置初值。再次运行程序，在用户名提示或者密码提示的右边的方框上单击，在输入区域会有一个数字 0 出现，这是因为自定义变量的初值默认是 0，因此会出现在输入区域中。

可以在"背景"显示图标的上方或下方用鼠标拖曳一个"计算"图标，命名为"设置初

值"，在其中输入以下代码：

```
xm:=""
mm:=""
```

于是将这两个自定义变量的值都设置为空字符串，这样在第 1 次进入输入区域时就不会有内容显示了。

（6）获取输入内容。前面使用了系统变量 PresetEntry 来给输入区域赋初值，初值的内容是使用自定义变量中的内容，从流程中可以看到，当用户在用户名提示的右边输入了一些内容，如果没有按 Enter 键就直接在密码提示右边的方框单击，这时会转入"群组"图标"密码"中进行执行，而不会执行"输入用户名"交互图标中的交互分支了。为此还需要在这种情况下记录用户输入的内容。

单击选中"用户名"群组图标，按组合键 Ctrl+=打开代码编辑窗口，在其中输入以下代码：

```
--记录用户输入的用户名内容
xm:=EntryText@"输入用户名"
```

关闭窗口并保存输入的内容。这里用 EntryText@"输入密码"来指定从交互结构"输入密码"中获得输入的内容。

说明： 当一个程序中有多个交互结构包含文本输入时，可以使用系统变量 EntryText 加上@，再加上文本输入所在的"交互"图标的名字，就可以获得用户在指定的交互结构中输入的内容。

单击选中"密码"群组图标，按组合键 Ctrl+=打开代码编辑窗口，在其中输入以下代码：

```
--记录用户输入的密码内容
mm:=EntryText@"输入密码"
```

关闭窗口并保存输入的内容。

（7）完成的流程图。到此，登录的基本功能已经实现，下一步是进行美化和对输入的内容进行控制。制作完成的程序流程图如图 8.48 所示。

图 8.48　程序流程图

这时要考虑如何保留用户输入的内容。本例中没有对用户输入的内容进行判断。

8.8　按键交互

按键交互是当最终用户按下键盘上的某个键后，Authorware 匹配某个交互分支，并执行相应的"响应"图标的内容。键盘游戏是按键交互最常应用的，如通过左、右、上、下 4 个方向键控制物体移动。

8.8.1　按键交互的基本设置

在按钮交互、热区域交互、热对象交互、下拉菜单交互的属性中，都有一个选项"快捷键"来为它们设置一个快捷键，这时就不需要再使用按键交互来实现这个快捷键的功能，也就是说，要选择适当的时候来使用按键交互，而不要企图使用按键交互来实现其他交互类型所实现的功能。

1．设置属性

按键交互的属性设置最简单，如图 8.49 所示。

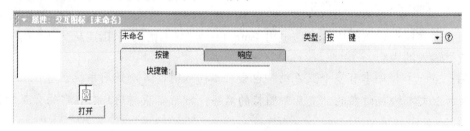

图 8.49　按键交互的属性面板

只有一个选项"快捷键"，就是用户按什么键能使响应执行。如果不在后面的输入框中输入内容，"响应"图标的名称就是默认程序要求用户按键的名称。也可以直接在其右侧输入内容，可以输入数字或字符串（字符串中只能包含单个键值），或者输入变量或表达式。如果设置了选项"快捷键"，那么"响应"图标的名称就只是图标名了。

在使用普通的字母键时，是区分大小写的，在设置匹配的按键时要注意。

如果想要两个或（两个）以上的按键都可触发该响应，这些键名之间可用"|"连接起来。如 DownArrow|UpArrow 表示按上或下光标键都可触发响应。

如果想让按键交互匹配任何键，可以使用通配符"?"，使该交互响应任何的按键操作。如果想使用"?"本身，就要使用"\"，也就是"\?"；同样要使用"\"，也要输入"\\"。

2．特殊按键

除了使用普通的字母、数字、字符等键以外，还可以使用一些特殊的控制键，表 8.2 给出常用的键盘控制键名称。

表 8.2　Authorware 7.0 中键名与按键的对应关系

Authorware 中的键名	Windows 下的对应的按键	Authorware 中的键名	Windows 下的对应的按键
Alt	Alt	Backspace	退格键 Backspace
Ctrl / Cmd / Control	Ctrl	Del	Del / Delete
End	End	Enter / Return	Enter（回车键）

Authorware 中的键名	Windows 下的对应的按键	Authorware 中的键名	Windows 下的对应的按键
F1～F15	F1～F15	Home	Home
Leftarrow	向左方向键←	Ins / Insert	Ins / Insert
Rightarrow	向右方向键→	Ese	Ese
Downarrow	向下方向键↓	PageDown	PageDown
Uparrow	向上方向键↑	PageUp	PageUp
Pause	Pause	Shift	Shift
Tab	Tab		

3. 组合键的设置

可以在按键交互中使用组合键，方法是直接在控制键（指 Ctrl，Shift，Alt 等键）后面输入要同时按下的键名。例如，想以 Ctrl+O 键作为组合键，就可以把"响应"图标的名称设置为 CTRLO，或者在选项"快捷键"后面输入"CtrlO"。同样，如果要以 Alt+A 作为组合键，就要输入 AltA。

4. 设计永久交互类型的按键交互

值得注意的是，按键交互的"响应"选项卡中的选项"范围"不可用，即不能设置交互的作用范围，也就是说不可以设置成永久响应。

如果要设计永久交互类型的按键交互，可以先创建一个按钮交互，或者热区域交互，或者热对象交互，或者下拉菜单交互，把这些交互设置成永久类型，即在它们的属性面板的"响应"选项卡中的选项"范围"后选中"永久"，然后再在选项"快捷键"中指定要使用的按键，所使用的键和按键交互设置方法是一样的。

8.8.2 示例：模拟文本输入交互

在使用文本输入交互来创建的输入区域中输入内容时，用户所输入的内容都会显示在屏幕中，但类似于输入密码这样的内容时，在很多软件中都是将用户输入的内容显示为"*"，而不是直接显示出来。下面是一个简单的例子：程序运行之前要求用户输入密码。输入密码只能按数字键，并且外部只能看到输入的是"*"号，当用户按 Enter 键后就结束输入。

1. 设计分析

在 Authorware 7.0 文本输入交互是无法这样设置的，在这种情况下，可以使用按键响应代替文本输入响应。按键交互可以控制用户只输入数字。用户输入的结果可以依次追加到一个变量中，另外再用一个变量显示同样个数的"*"号。当用户按了"BackSpace"退格键时，就把这两个变量中的最后一个字符去掉。再用一个按键交互来接收 Enter 键，而这个交互分支设置为退出就可以了。

2. 制作过程

因为在用户输入的过程中，需要两个变量分别记录输入的内容和显示"*"号，但刚开始时这两个变量应该是空的，为此先拖曳一个"计算"图标，命名为"设置初值"，在其中输入如下代码：

```
shuru:=""   --记录显示的*
mima:=""    --记录输入的内容
```

（1）设置密码的显示。用鼠标拖曳一个"显示"图标到"设置初值"计算图标的下方，命名为"背景"。双击该"显示"图标打开"演示窗口"，输入一些提示文字和语句{shuru}，例如，请输入密码：{shuru}，其中"shuru"是自定义变量。再打开这个"属性：显示图标"面板，选中"更新变量显示"复选框。

设置后就可以随着用户的输入不断变换"演示窗口"中的"*"号。

（2）创建密码输入交互。用鼠标拖曳一个"交互"图标到"背景"显示图标的下方，命名为"输入数字"。

拖曳一个"计算"图标到"交互"图标的右边，在弹出的"交互类型"对话框中单击选中"按键"，然后单击"确定"按钮关闭对话框。将新加入的"计算"图标命名为"0|1|2|3|4|5|6|7|8|9"，表示可以接收任何一个数字的输入。在该"计算"图标中输入以下代码：

```
shuru:=shuru^"*"       --将*号增加一个
mima:=mima^Key         --将用户按键的键值追加到 mima 中
```

（3）响应退格键。在"计算"图标"0|1|2|3|4|5|6|7|8|9"的右边再加入一个"计算"图标，命名为"Backspace"，即响应退格键。在其中输入以下内容：

```
shu:=CharCount(shuru)              --将计数器减 1
if shu>1 then
    shuru:=SubStr(shuru,1,shu)     --将*号减少一个
    mima:=SubStr(mima,1,shu)       --去掉最后一个
else
    shuru:=""   --清空内容
    mima:=""    --清空内容
end if
```

由于按退格键是要删除输入内容的最后一个字符，也就是去掉存储的字符串的最后一个字符，在 Authorware 7.0 中实际上是通过系统函数"substr"取出最后一个字符前的所有字符来实现的。如果已经输入的字符数大于 1，就去掉最后一个，如果只输入了一个或者没有输入，这时就将原来输入的内容去掉。

（4）响应 Enter 键。用鼠标拖曳一个"群组"图标到"计算"图标"Backspace"的右边，命名为"Enter"，即响应 Enter 键。双击新加入的"群组"图标上方的交互类型标识符，在"响应"选项卡中将选项"分支"设为"退出交互"。设置后，当用户按 Enter 键后，程序就退出当前交互，也就是结束密码输入。

（5）显示输入内容。为了查看用户输入的内容，可以在交互结构的下方添加一个"显示"图标，命名为"显示密码"，在其中输入语句{mima}。当结束输入后系统就可以显示出用户输入的密码。

（6）完成的程序流程图。制作完成后，程序流程图如图 8.50 所示。

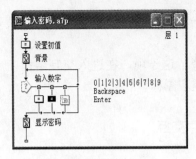

图 8.50　程序流程图

8.9　条件交互

与前面介绍的几种交互类型不同，条件响应一般不是由最终用户直接通过某种操作来匹配某一个交互项，而是根据给定的条件是否成立来触发匹配条件的。

8.9.1　条件交互的设置

条件交互的属性面板如图 8.51 所示。

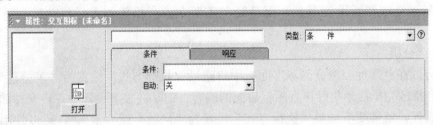

图 8.51　条件交互的属性面板

创建条件交互时，"响应"图标默认是没有图标名的，因为在条件交互中，"响应"图标的图标名和选项"条件"是一样的，都是它的响应条件，修改其中一个，另一个也会跟着改变，也就是保持一致。

在响应属性面板中的"条件"选项卡中包括如下选项。

（1）选项"条件"是设置匹配该交互分支的响应条件。在该项中有一个输入框，可在其中输入一个变量或者逻辑表达式，当该变量或者表达式的值与选项"自动"匹配时，Authorware 将进入该条件交互分支。对于输入的变量或表达式，只要结果为 True，或者为非零的数值，或者是"True"、"T"、"Yes"、"ON"（不区分大小写）这几个字符串，Authorware 都认为是真。

（2）选项"自动"是设置匹配该交互分支的方式。它有 3 个选项，用于确定交互结构何时对条件做出响应。

● 关：如果选择了这一项，在进入交互结构以后，即使条件为真，也不执行这个条件
　　分支。只有在当前交互结构包含有其他交互分支路径，并且其他的交互路径的属性
　　中的选项"分支"都设置为"继续"时，当执行了其他交互路径以后，计算机继续
　　沿着交互流程线从左往右执行，如果这时能执行到这个条件分支而且条件也为真
　　时，Authorware 才执行该条件分支的"响应"图标。

- 为真：如果选择了这一项，在进入交互结构以后，只要指定条件为真，就开始执行分支响应图标。
- 当由假为真：如果选择了这一项，在进入交互结构以后，只有当指定条件由假变为真时才开始执行分支响应图标。

8.9.2　永久类型的条件交互

条件交互的属性面板的"响应"选项卡中，选项"激活条件"为灰色不可选，而选项"范围"是可用的。

当在选项"范围"后面选中"永久"以后，在"条件"选项卡中的选项"自动"就被设置成"当由假为真"，并且变为不可修改。

设置成永久交互之后，就可以在整个程序中来监测指定的条件，只要条件的值从假变为真时，就会执行相应的响应分支。例如，在条件中使用系统变量 RightMouseDown，就可以在程序中始终监测用户有没有单击鼠标右键，从而可以创建一个右键菜单。

8.9.3　示例：判断声音结束

在很多课件中都要用到声音，而且经常需要在声音播放结束后自动转到下一个操作界面。

1．设计分析

虽然可以在"属性：声音图标"面板中将选项"执行方式"设置为"等待直到完成"，从而在声音播放完毕后才执行声音图标后面的内容。但是在很多设计中在声音播放时还需要提供一些操作，就需要将选项"执行方式"设置为"同时"或"永久"。可以使用条件交互来判断声音是否已经播放完毕。使用系统变量 MediaPlaying 可以获得声音的播放状态，如果声音没有播放或者播放完毕，则这个变量的值为 0，而声音正在播放时或者声音在播放的过程中被暂停了，这个变量的值为 1，使用这个作为交互分支的条件就可以在声音结束播放时执行相应的操作了。

2．制作准备

准备好一个声音文件。

3．制作过程

用鼠标拖曳一个"声音"图标到流程线上，命名为"sound"。双击这个图标打开它的属性面板，单击"计时"标签打开"计时"选项卡，在选项"执行方式"后面选择"同时"；单击属性面板左下角的"导入"按钮，打开"导入哪个文件？"对话框导入准备好的声音文件。

用鼠标拖曳一个"交互"图标到"声音"图标的下方，命名为"等待声音完成"。

拖曳一个"群组"图标到"交互"图标的右边，在弹出的"交互类型"对话框中单击选中"条件"，单击"确定"按钮关闭对话框。

双击"群组"图标上方的交互类型标识符，打开交互分支的属性面板，在选项"条件"后面输入以下表达式：

MediaPlaying@"sound"=0

在选项"自动"右边选择"为真",如图 8.52 所示。

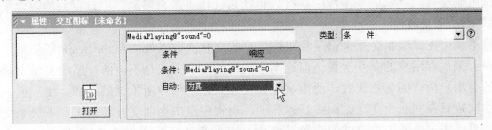

图 8.52 设置条件交互分支的属性

在"群组"图标中可以添加相关操作,如显示信息让用户等待声音播放完成。要在播放完成后继续下面的内容,可以将条件交互的响应标签页中的"分支"设置为"退出交互"(用户可以直接在按住 **Ctrl** 键的同时用鼠标单击分支下方的小箭头在几种分支选项中切换),还可以再增加一个按钮交互提供用户跳过声音直接继续下面内容的功能,具体实现可参考示例代码"判断声音结束.a7p"。

8.10 重试限制交互

重试限制交互就是限制当前交互执行的次数,是 Authorware 中一种非常简单又非常有用的交互方式。重试限制交互通常无法单独存在,必须和其他交互类型配合使用。例如,在输入密码的程序中,如果输入的密码是错误的,就可以再试,但这时可以使用重试限制交互来控制用户尝试的次数,例如,输错 3 次就退出交互,不能再输入。或者在课件中,根据用户尝试的次数不同,给出不同的提示,第 1 次出错时只给出简单的提示,第 2 次出错时就给出更详细的提示。

8.10.1 重试限制交互的设置

在程序中使用重试限制交互时,可以把重试限制交互分支放置在交互流程线上的任何位置。打开重试限制交互的属性面板,如图 8.53 所示。

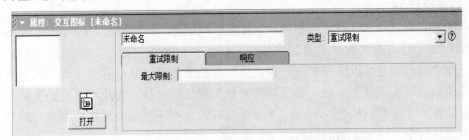

图 8.53 重试限制交互的属性面板

在"重试限制"选项卡中只有选项"最大限制",这个选项中是设置在交互结构中执行其他分支的尝试次数。在后面的输入框中可以输入具体数值,也可以输入变量或表达式。

当 Authorware 的流程线进入此分支所在的"交互"图标结构时,如果有某些交互分支的选项"分支"设为"重试"或"继续"，当执行完这些分支后如果没有退出交互结构，就会回到交互结构的开头。当这种交互分支执行到选项"最大限制"中指定的次数后，就会进入重试限制交互的"响应"图标中执行。也就是选项"最大限制"中设定的值限定了用户"重试"的最多次数。

除了使用重试限制交互来记录和跟踪用户的交互次数以外，Authorware 还使用系统变量 Tries 来保存用户的交互次数。但这两个次数的记录方式是不同的，系统变量 Tries 中记录的是用户所有的交互次数，而重试限制交互只记录用户所重试的次数。用户所重试或交互的次数只在同一个交互结构中是累计的，当程序退出当前交互结构进入下一个交互结构时，系统所记录的用户重试的次数又将从 0 开始累计，系统变量 Tries 所记录的值也会变回 0。

在"响应"选项卡中，选项"范围"和"激活条件"不能使用。与其他交互不同的是，创建重试限制交互时，选项"分支"会被自动设置为"退出交互"，如图 8.54 所示。

图 8.54   "响应"选项卡

可以把选项"分支"设置为"重试"或者"继续"，也就是执行完重试限制交互分支之后，不退出交互结构，这时再执行其他设为重试的交互分支时，就不会再进入重试限制交互分支了，因为重试的次数已经超过选项"最大限制"中的次数了。使用这种设置就可以根据用户的尝试次数给出不同的提示。

8.10.2   示例：限制答题次数

在制作练习题时，经常会要求学生限制回答的次数。例如，学生答错一次后可以再答一次，但第二次还答错了，就不能再回答了。

1. 设计分析

不同的题目限制的方法有可能不同：例如对于填空题，只需要限制按 Enter 键确认的次数，即激活交互分支的次数，要限制次数，直接添加一个重试限制交互即可；但对于选择题，在提交之前应该是可以选择多次，也就是交互的次数可以是任意的，这样就不能直接限制交互的次数。对于选择题来说，要限制的就只是提交的次数，为此可以将提交所在的交互分支单独放在一个交互结构中，另外，作为选择项的分支还需要设置属性为永久的分支，流程才会继续执行交互结构下面的内容。

在用户提交后，如果用户答对了，也应该是结束交互，不需要限制次数了，为此还需要对提交中的代码进行修改，当答对后就跳出交互，这就要使用系统函数 GoTo 来跳转了。

2. 制作准备

在 8.2.3 节制作判断题的基础上，将它修改为一个选择题，其中选择项有 4 个，题目内容也进行相应的修改。选择题的流程图如图 8.55 所示。

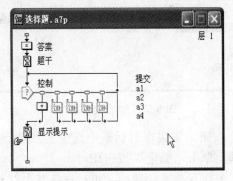

图 8.55　选择题的流程图

其中"群组"图标"a1"附着的"计算"图标的代码是

```
Checked@"a2":=0
Checked@"a3":=0
Checked@"a4":=0
```

要注意的是，修改代码要在 4 个分支都建立后再修改。"答案"计算图标中的代码要根据题目内容进行修改。

3．制作过程

将前面修改的选择题程序另存为一个新的程序。

（1）修改交互分支为永久。按住 Shift 键，依次单击"群组"图标"a1"、"a2"、"a3"、"a4"，选中这 4 个图标；再选择菜单命令"编辑"→"改变属性"，会弹出如图 8.56 所示的"改变图标属性为了："对话框。

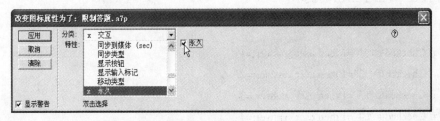

图 8.56　"改变图标属性为了："对话框

在这个对话框中可以同时修改多个图标的属性。在选项"分类"后面的下拉列表框中选择"交互"，在选项"特性"右边的列表中找到"永久"，在右边的就会是这个属性的设置方式，在交互分支的属性面板中，"永久"是一个复选框，因此在这里看到的也是复选框。单击选中"永久"复选框，可以看到"特性"列表中的"永久"左边出现了一个"x"标记，表示选中了这个属性。

再在选项"特性"右边的列表中单击选中"交互分支"，在右边的属性设置中出现了和属性面板中一样的下拉列表框，在下拉列表中选择"返回"，如图 8.57 所示。这时可以看到"交互分支"左边也出现了一个标记。

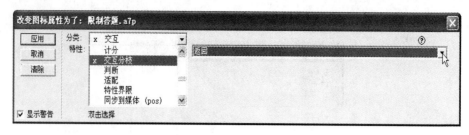

图 8.57　继续设置属性

设置后，单击"应用"按钮。如果在对话框中选中了"显示警告"，则单击"应用"按钮后会出现一个警告提示框，单击"确定"按钮即可。

这样就同时修改了这 4 个交互分支的属性，可以选择其中任何一个进行查看。

（2）增加交互结构。用鼠标拖曳一个"交互"图标到"控制"交互图标和"显示提示"显示图标之间，命名为"限制"。

从"控制"交互图标的右边将交互分支"提交"的计算图标拖曳到"限制"交互图标的右边，这样就将交互分支移到了新的交互结构中。

按住"Ctrl"键不放，在"提交"计算图标的下方单击，将分支路径修改为"重试"。拖曳一个"计算"图标到"限制"交互图标与"提交"计算图标之间，在弹出的"交互类型"对话框中单击选中"重试限制"，单击"确定"按钮关闭对话框。将新加入的"计算"图标命名为"限制两次"。双击上方的交互类型标识符，打开交互分支的属性面板，在选项"最大限制"后面输入数字 2。

（3）修改结果判断。在"限制两次"计算图标中输入以下代码：

```
prompt:="你答错了两次！"
```

这是两次都答错了给出的提示。

双击"提交"计算图标打开代码编辑窗口，将其中的代码修改为

```
if Checked@"a1"=1 then user_answer:=1
if Checked@"a2"=1 then user_answer:=2
if Checked@"a3"=1 then user_answer:=3
if Checked@"a4"=1 then user_answer:=4
if user_answer=answer then
    prompt:="你答对了"
    GoTo(IconID@"显示提示")
end if
```

这里是设置如果回答正确就跳转到"显示提示"这个图标的位置。

（4）完成流程图。制作完成的程序流程图如图 8.58 所示。

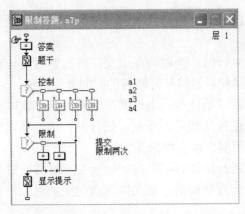

图 8.58　制作完成后的程序流程图

8.11　时间限制交互

和重试限制交互类似，时间限制交互是用来限制用户在当前交互中所花费的时间，也可以放置在交互流程线上的任何位置。例如，在游戏类的课件中，经常需要限定用户过关的时间，或者在测试类的课件中，也会经常限制用户回答问题的时间。

8.11.1　时间限制交互的设置

可以打开时间限制交互的属性面板，如图 8.59 所示。

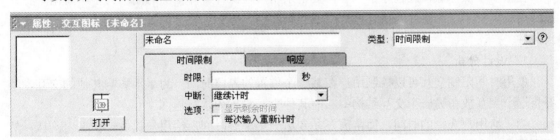

图 8.59　时间限制交互的属性面板

在"时间限制"选项卡中，包含如下选项。

（1）选项"时限"中是设置在交互结构中执行其他分支的尝试次数。在后面的输入框中可以输入具体数值，也可以输入变量或表达式，以秒为单位。如果不输入数值，则默认为 0，就始终不会进入这个交互分支执行。

当 Authorware 的流程线进入此分支所在的交互结构时，如果某些交互分支的选项"分支"设为"重试"或者"继续"，如果没有匹配上某个选项"分支"为"退出交互"的交互分支，那么从进入交互结构时开始计时，当时间到达在选项"时限"中设定的值时，就会进入时间限制交互的"响应"图标中执行。这样就可以限定用户"重试"的停留时间。

（2）选项"中断"可以指定在当前限制时间响应计时过程中发生了跳转后，主要是当 Authorware 跳转去执行某个永久返回的交互内容时，程序将采取的措施。有如下几种中断方式。

- 继续计时：当时间限制交互被打断时仍然继续计时而不受影响，这也是系统默认的选项。
- 暂停，在返回时恢复计时：当时间限制交互被打断时暂停计时，当执行其他永久交互返回该交互图标结构后，将从打断前的时间开始继续计时。
- 暂停，在返回时重新开始计时：当时间限制交互被打断时暂停计时，当执行其他永久交互返回该交互图标结构后，重新开始计时。即使在跳转到其他永久交互时已经超过了指定的时间限制，也会重新开始计时。
- 暂停，在运行时重新开始计时：当时间限制交互被打断时暂停计时，当执行其他永久交互返回该交互图标结构后，如果跳转前记录的时间没有超时，那么时间限制重新开始计时。

（3）选项"选项"包含以下 2 个复选框。

- 显示剩余时间：用于设置是否显示剩余时间标志，如果选中这个复选框时，在屏幕上显示一个小闹钟标志，用于显示剩余时间。使用方法和"等待"图标类似。
- 每次输入重新计时：如果选中这个复选框时，只要这个交互结构的其他分支被执行一次，程序就会重新开始计时。

在"响应"选项卡中只有选项"范围"被禁止，选项"激活条件"可以用来控制时间限制什么时候起作用。

8.11.2 示例：判断用户的存在

在很多多媒体课件或程序中，经常要记录用户在课件中停留的时间。为了防止用户打开课件后就离开了，在课件的执行过程中就要判断用户是否还在，如果不在就停止计时或者退出课件。

1．设计分析

使用时间限制交互可以控制用户在某一个位置的停留时间，为了不影响其他的交互，最好将这个交互放在另一个交互结构中，而其他交互设置为永久返回交互。

为了给用户选择的时间，通常需要在到达一个限制时间后给用户提供一个退出确认，然后再设置一个限制时间，如果这个限制时间到了就退出。

2．制作过程

这个限制时间通常要配合程序的其他部分来共同实现，以下介绍一种常用的实现方法。

首先在程序中需要返回的位置用鼠标拖曳一个"群组"图标，命名为"fanhui"。

（1）添加第一个限制。在需要的地方用鼠标拖曳一个"交互"图标，命名为"第一次限制"。用鼠标拖曳一个"群组"图标到这个"交互"图标的右边，在弹出的 "交互类型"对话框中单击选中"时间限制"，单击"确定"按钮关闭对话框。

双击"群组"图标上方的交互类型标识符，打开交互分支的属性面板，在选项"时限"后面输入数字 10，在选项"中断"右边选择"暂停，在返回时重新开始计时"，如图8.60 所示。

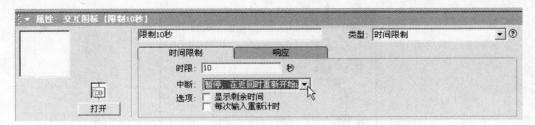

图 8.60 设置时间限制交互分支的属性

（2）添加第 2 个限制。单击选中"第一次限制"交互图标，再按住 Shift 键不放，单击选中"限制 10 秒"群组图标，可以同时选中整个交互结构，再单击工具栏上的"复制"按钮；在"第一次限制"交互图标的下方单击，将粘贴指针移到这里，单击工具栏上的"粘贴"按钮。将新粘贴入的"交互"图标改名为"第二次限制"。

单击选中"第二次限制"交互图标右边的"限制 10 秒"群组图标，按组合键 Ctrl+=打开代码编辑窗口，在其中输入以下代码：

```
Quit()
```

这是在第二次限制时间到达后用户还没有交互就退出程序。关闭代码窗口并保存，这时可以看到这个"群组"图标上附着了一个"计算"图标。

（3）添加确认控制。用鼠标拖曳一个"显示"图标到两个"交互"图标的中间，命名为"提示"，在这个图标中输入一些提示内容，或者导入一些图片提示。

用鼠标拖曳一个"计算"图标到"第二次限制"交互图标的最右边，命名为"是"。双击新加入的"计算"图标上方的交互类型标识符，打开交互分支的属性面板，在选项"类型"右边修改为"按钮"。

在"计算"图标"是"中输入以下代码：

```
GoTo(IconID@"fanhui")
```

这是在用户确认还在时跳转到前面指定的位置。

用鼠标拖曳一个"计算"图标到"是"计算图标的右边，命名为"否"。在"否"计算图标中输入以下代码：

```
Quit()
```

这是在用户确认不在时退出程序。

运行程序，调整"演示窗口"中的提示内容和按钮的位置。

（4）完成流程图。制作完成后，程序流程图如图 8.61 所示。其中第一个交互结构仅是用于示范，在运行程序时可以单击这个按钮来停止计时。

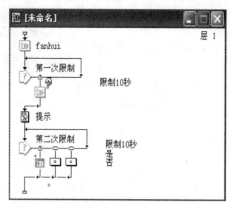

图 8.61 程序流程图

8.12 处理永久交互

永久交互是一种特殊的交互类型。一般的交互类型当退出其所在的交互结构后就会失效，而永久交互只需在 Authorware 程序中执行过这个交互结构一次，就会一直有效，随时等待用户的交互操作。

最常见的是一个多媒体产品中始终显示在主界面上的如"退出"、"帮助"、"目录菜单"等功能按钮。在第 9 章中将介绍的"框架"图标的内部框架中的导航按钮就是永久交互的典型应用。

在按钮交互、热区域交互、热对象交互、目标区交互、下拉菜单交互、事件交互这几个交互分支的属性面板的"响应"选项卡中，将选项"范围"后面的复选框"永久"选中，就可以将这个交互分支设置为永久交互。

当一个交互分支设置为永久交互后，在"响应"选项卡中的选项"分支"中就增加了一个选择项"返回"。

当用户在流程线的其他位置上匹配了这个永久交互分支，Authorware 程序就会跳转到这个永久交互分支所在的交互结构，并执行这个分支下的"响应"图标，当执行完后，如果选择这一项"返回"分支类型，就会返回到跳转前的位置继续执行。如果没有选择"返回"，就不返回到跳转前的位置，而是由永久交互分支的分支类型决定下一步的执行方向。

习　题

1．简述创建交互结构的过程。
2．Authorware 7.02 提供了哪几种响应类型？
3．如何设置"交互"图标的属性？
4．交互过程的核心是什么？

第9章 框架与导航

电子图书也是多媒体的一种，类似于传统的图书，用户可以选择自由的顺序浏览各种信息，随意地在页之间跳转，实现信息的检索、查询、顺序演示等操作。Authorware 虽然不是专门用于创建电子书的工具，但使用 Authorware 的"框架"图标和"导航"图标可以创建框架结构，从而快速建立标准的电子书结构，并且在页面中除了可以提供文本和图形以外，也可以提供动画、视频、声音等各种多媒体素材。

9.1 基于框架的程序结构

"框架"图标是专门用来实现页之间随意浏览跳转功能的图标，利用"框架"图标建立的程序结构通常被称为框架结构。

9.1.1 框架结构简介

在 Authorware 中创建的框架结构，既可以按线性的方式来访问信息，也可以按非线性的超链接的方式来访问信息。

1．框架结构的组成

一个框架结构和一本书或索引卡片类似，框架结构通常有一个"框架"图标和在这个图标的右下角挂着的一些被称为页的图标，如图 9.1 所示。

（1）"框架"图标。"框架"图标是框架结构的标志，"框架"图标最基本的作用是建立分支结构。

（2）页（下挂图标）。框架中的内容通常被组织成页（有时也称结点、节点），就像一本书或一个确定设计中单独的页，框架中的页是框架结构中的一个简单项。和书不同的是，Authorware 的页中的内容可以是文本、图形、声音、动画或者数字电影，也可以是交互结构、判断结构甚至是其他框架结构。框架结构中的页的页码按从左到右的顺序固定为 1、2、3、……。

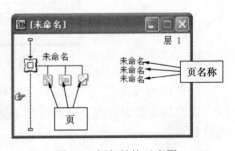

图 9.1 框架结构示意图

（3）导航控制。Authorware 为框架中的页的浏览提供了相应的控制，用户可以转到下一页或者上一页，或者转到他们所希望的那一页。当第一次建立一个框架后，Authorware 将自动创建一个默认的浏览导航控制，这些控制方式可以修改。

2．创建框架结构

建立一个包含完整内容的框架结构比较简单，可以按以下步骤来进行。

（1）用鼠标拖曳一个"框架"图标到流程线上，或者复制一个"框架"图标到流程线上。

（2）用鼠标拖曳另一个图标到流程线上的"框架"图标的右边。可以直接放到"框架"

图标右边的有"显示"图标、"移动"图标、"擦除"图标、"等待"图标、"导航"图标、"计算"图标、DVD 图标,"知识对象"图标、"群组"图标;而其他图标拖到"框架"图标的右边时,会自动放进"群组"图标中。在"群组"图标中,可以建立新的流程。

也可以从流程线上拖曳或复制其他图标到"框架"图标的右边,还可以从 Windows 的资源管理器中直接拖曳媒体文件到"框架"图标的右边。

(3)在程序制作过程中,可以随时按以上的方法将图标放到"框架"图标的右边来增加新的页。

3. 嵌套框架结构

在实际应用中,经常将一个框架结构嵌套在另一个框架结构中,这是一种非常好的办法,同时也可以让用户更快地转向感兴趣的内容上。例如,在设计电子书时,一种方法是使用一个框架结构,然后将所有的需要显示的页作为"框架"图标的节点页。另外一种更好的方法是,先使用一个"框架"图标,将一些"群组"图标作为节点页,在每个"群组"图标中再使用另一个"框架"图标,内层"框架"图标中的每个节点页便是该章节的具体的内容。该结构如图9.2所示。

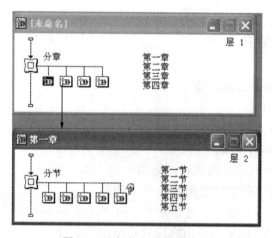

图 9.2 "框架"图标的嵌套

按照这种方式,用户可以从某一章的第一页快速地转到该章的最后一页。而按第一种方法,用户则需要通过查找或向前翻页等方法才能到本章的最后一页,相比之下,第二种方法要好得多。

9.1.2 默认的导航控制

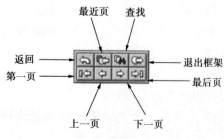

图 9.3 框架结构的默认导航控制

当在流程线上建立了框架结构以后,运行程序,就可以在"演示窗口"中看到一个由 8 个按钮组成的按钮组,如图9.3所示,这就是由"框架"图标提供的默认导航控制。

这些按钮提供了对当前框架结构中的页面进行管理的功能,依次是

(1)"返回":从当前页面返回到上一次访问的页面。

（2）"最近页"：会弹出一个如图 9.4 所示"最近的页"对话框，列出最近访问的一些页面。用户可以在页面列表中双击其中任一页，程序将跳转到所选的页面执行。

（3）"查找"：会弹出一个如图 9.5 所示的"查找"对话框，用户可以通过某一关键词来寻找特定的页面。

图 9.4 "最近的页"对话框

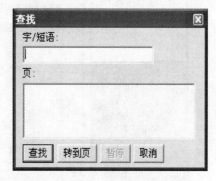

图 9.5 "查找"对话框

在选项"字/短语"下面的输入框中可以输入要查找的关键词，输入后单击"查找"按钮，在输入框右边会显示查找的进度百分比，在查找的过程中可以单击"暂停"按钮来暂停查找的过程，这时"暂停"按钮变成"恢复"按钮。

提示：对于 Find 对话框中的搜索条件，可以使用布尔逻辑操作符，从而设置复杂的搜索条件。如：设置查找包含"你、我、他"三个文字的节点页，可以使用表达式：你&我&他。如设置包含"你、我、他"三个中的任意一个文字的查找时，则可使用表达式：你｜我｜他。具体使用方法可以参看逻辑运算符内容的介绍。

在选项"页"下面就会列出包含有所指定的关键词的页的名称，如图 9.6 所示。

在选项"页"下面的列表中单击要跳转的页的名称，再单击"转到页"按钮，Authorware 就会自动转到这个页面进行显示。如果关键词是包含在显示文本中的，Authorware 在显示这段文本时，就会将关键词突出显示，如图 9.7 所示。

图 9.6 查找到的页面

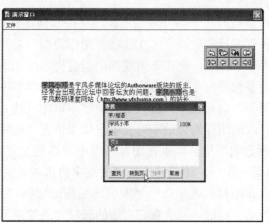

图 9.7 突出显示关键词

查找完成后，单击"取消"按钮可以关闭"查找"对话框。

在如图 9.5 所示的对话框中，Authorware 查找关键词的范围除了在每个页中的显示文本，还可以是页中的所有图标的图标关键字。要编辑某个图标的关键字，可以选中这个图标，再选择菜单命令"修改"→"图标"→"关键字"，就会弹出如图 9.8 所示的"关键字"对话框。

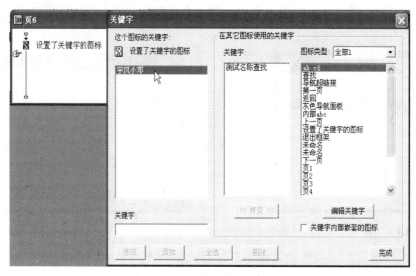

图 9.8 "关键字"对话框

对话框分成左右两部分。

左边是对指定的图标进行设置，在选项"这个图标的关键字"下方可以看到当前要设置的图标的名称，在名称下方是当前图标所指定的所有关键字的列表。在选项"关键字"下面的输入框中可以输入要设置的关键词，输入一个后，单击"添加"按钮，所输入的内容就会添加到在选项"这个图标的关键字"下方的关键字列表中。在关键字列表中单击要修改的某个关键字，在选项"关键字"下面会出现这个关键字的内容，可以在这里修改，然后单击"修改"按钮确认修改。在关键字列表中单击要删除的某个关键字，再单击"删除"按钮，就可以删除这个关键字，或者单击"全选"按钮，选中所有的关键字后再单击"删除"按钮就可以删除全部的关键字。

在对话框的右半部分是选项区域"在其他图标使用的关键字"，在这里可以查看当前程序中的所有图标的关键字。在选项"图标类型"右边的下拉列表中可以选择图标的类型，比如选择"显示"类，则在下面就列出当前程序中的所有"显示"图标的名称。在图标名称列表中单击要设置的图标的名称，在选项"关键字"中就会列出这个图标的所有关键字。在选项"关键字"的列表中单击某个关键字，单击"拷贝"按钮，就可以将所选的关键字添加到左边要修改的图标的关键字列表中。如果单击"编辑关键字"按钮，则在对话框左边转为修改这里所选的图标。如果在图标列表中单击的是"群组"图标、"判断"图标、"交互"图标、"框架"图标，那么复选框"关键字内部嵌套的图标"就变为可用，如果选中这个复选框，那么在图标列表中选中"群组"图标、"判断"图标、"交互"图标、"框架"图标这 4种图标的某一种时，就会在它右边的选项"关键字"列表中列出这个图标以及它所包含的所有子图标的关键字。

在如图 9.8 所示的对话框中，各个选项的名称都可以修改，方法如下：

选择菜单命令"修改"→"文件"→"导航设置"，这时会弹出如图 9.9 所示的"导航设置"对话框。

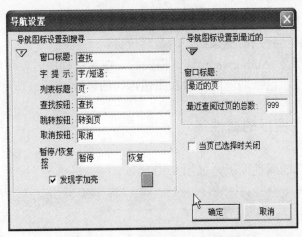

图 9.9 "导航设置"对话框

这个对话框包含两个选项区域和一个复选框。

① 选项区域"导航图标设置到搜寻"是设置如图 9.5 所示的"查找"对话框的窗口属性，其中各选项后面的输入框中显示的内容就是默认显示在"查找"对话框上的提示内容。

● 选项"窗口标题"是设置查找窗口的标题，默认是"查找"。
● 选项"字提示"是关键字输入框前面的提示文本，默认是"字/短语:"。
● 选项"列表标题"是显示查找到的页面的列表框的列表标题，默认是"页:"。
● 选项"查找按钮"是"查找"按钮上的文本，默认是"查找"。
● 选项"跳转按钮"是"跳转"按钮上的文本，默认是"转到页"。
● 选项"取消按钮"是"取消"按钮上的文本，默认是"取消"。
● 选项"暂停/恢复按钮"是"暂停"和"恢复"按钮上的文本，默认是"暂停"或"恢复"。
● 选项"发现字加亮"是设置是否高亮显示查找到的文本。右侧的颜色块可以选择高亮颜色。

② 选项区域"导航图标设置到最近的"是设置如图 9.4 所示"最近的页"对话框的窗口属性。

● 选项"窗口标题"是设置最近访问页列表的窗口标题名称，默认是"最近访问的页面"。
● 选项"最近查阅过页的总数"是设置在显示用户已浏览过的页面列表中最多显示多少个页面。

③ 复选框"当页已选择时关闭"是设置在如图 9.4 所示"最近的页"对话框或者如图 9.5 所示的"查找"对话框中选择页面后的操作。如果选中这个复选框，那么在"最近的页"对话框中双击要跳转到的页面后，或者在"查找"对话框中单击"转到页"按钮转到相应的页面后，对话框会自动关闭。

可以根据程序设计的需要来修改这些选项的内容，这些修改只影响当前程序中所显示的对话框。

（4）"退出框架"：退出当前框架结构，进入下面的流程。

（5）"第一页"：跳转到当前框架结构的第一页。

（6）"上一页"：跳转到当前框架结构中当前页的前一页。

（7）"下一页：" 跳转到当前框架结构中当前页的后一页。

（8）"最后页"：跳转到当前框架结构的最后一页。

这些按钮和功能都是 Authorware 默认提供的，在制作程序时，可以直接使用它们，也可以根据需要进行修改，包括功能的修改和按钮形状的修改。

9.1.3 "框架"图标的属性

打开"框架"图标的属性面板，如图 9.10 所示。

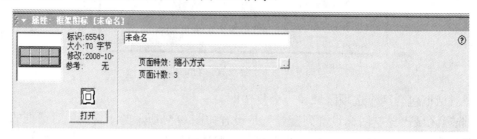

图 9.10 "框架"图标的属性面板

在属性面板中包含两个选项：

（1）选项"页面计数"后面显示的是当前框架结构中所拥有的页面的总数，这个数字也可以通过系统变量 PageCount 来获得。本例中，页面的总数是 3。

（2）选项"页面特效"是设置框架结构的页面之间切换时的过渡效果，默认是"缩小方式"。单击右侧的按钮，将弹出如图 9.11 所示的"页特效方式"对话框，这个对话框的使用方法和"显示"图标的过渡效果设置是一样的。

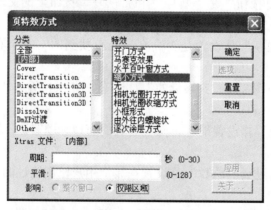

图 9.11 "页特效方式"对话框

在当前框架结构中的页面进行切换时，比如转入下一页，或者退出当前框架时，Authorware 会自动使用选项"页面特效"指定的过渡效果来擦除当前页面所包括的所有内容，然后再进入新的页面或者退出框架。

9.1.4 示例：简易电子书

一本简单的电子书，可以翻页，可以查询。

1．设计分析

利用框架结构中提供的控制可以实现翻页和查询的功能，使用框架结构，就可以完成电子书的制作，如果某一章有页数多就可以再用一层框架结构来实现。

2．制作准备

准备好文字资料，存放在 RTF 中，并用 Microsoft Word 在文本中插入分页符。

3．制作过程

用鼠标拖曳一个"框架"图标，命名为"分页"。

由于所需的文本已经全部输入在 RTF 文件中，并且在 RTF 文件中按照需要进行分页，这时可以在"框架"图标的右边单击，将粘贴指针移到"框架"图标的右边；单击工具栏的"导入"按钮，在弹出的"导入哪个文件？"对话框中找到准备好的 RTF 文档，单击"导入"按钮关闭对话框；在弹出的如图 9.12 所示的"RTF 导入"对话框，在选项区域"硬分页符"中选中"创建新的显示图标"，在选项区域"文本对象"中单击选中"滚动条"，再单击"确定"按钮关闭对话框。

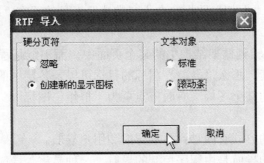

图 9.12 "RTF 导入"对话框

这时 Authorware 会为 RTF 文件中的每一页内容创建一个框架页，并且按顺序给所有的页面进行编号，结果如图 9.13 所示。

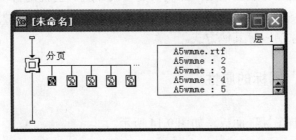

图 9.13 导入完成

双击新加入的"框架"图标，打开其结构编辑窗口，根据需要修改其中的按钮。

9.2 导航设计

在普通的印刷媒体如书本中，会提供相应的阅读帮助，包括标题、子标题、页数、章节、目录索引、附录和参考资料等，这些有助于学习者理解材料的结构，控制阅读的先后顺序。多媒体课件的屏幕显示结构与印刷媒体不同，当提供的学习内容比较多时，也要建立适当的导航来对学习者起到指引、指导和帮助的作用。在 Authorware 中，可以使用"导航"图标来创建导航结构，框架结构默认提供的导航控制实际上就是使用"导航"图标来创建的。

9.2.1 "导航"图标的作用

使用"导航"图标可以实现程序流向的转移，可以使程序跳转到另一个图标位置处，从而在程序中建立起超级链接。这和系统函数 GoTo 的作用是类似的，所不同的是，使用"导航"图标只能跳转到框架结构下的某一页，但 Authorware 为"导航"图标提供了丰富的选项，可以设置各种不同的跳转方式。如果程序中有多个"框架"图标，那么利用"导航"图标可以自动链接到任意框架结构中的任何一页。

1. 使用"导航"图标

要创建导航，只需要将图标面板中拖曳一个"导航"图标到流程线上。"导航"图标的位置很灵活，可以放在流程线的任何地方，可以放在"群组"图标中，可以附属于"判断"图标、"交互"图标或者"框架"图标，在大多数情况下是放置在"框架"图标的内部。

2. "导航"目标

"导航"图标只能跳转到框架结构中的某个页面中，而不能是程序中的其他位置。如果在程序中存在框架的嵌套，那么"导航"图标的目标可以是各层中的节点页，但不允许是某一层中的某个节点页中的某个图标（有时节点页为"群组"图标）。

3. 导航方式

使用"导航"图标的方式有两种：自动导航和用户导航。

（1）自动导航。自动导航是由程序控制的导航，一种是将"导航"图标直接放到流程线上，当程序执行到"导航"图标时，就会直接执行导航链接并转到指定的目标页。另一种是将"导航"图标放到判断结构的分支中，再由程序来决定是否跳转。

（2）用户导航。用户导航是由用户控制的交互式导航，也就是将"导航"图标放到交互结构的分支中，由最终用户通过一定的操作来跳转到不同的页。交互类型可以是按钮，也可以是热区响应和热对象响应等其他方式。

9.2.2 "导航"图标的属性

打开"属性：导航图标"面板，如图 9.14 所示。

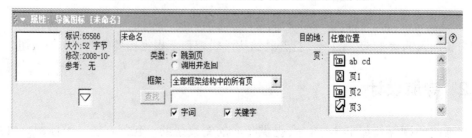

图 9.14　"属性：导航图标"面板

在选项"目的地"中可以选择跳转到目标页的类型，其中包含以下 5 种选择。

● 任意位置：跳转到任意"框架"图标下的任意一页中。

- 最近：返回到已查看过的页。
- 附近：实现框架内的任意跳转。
- 计算：根据指定的表达式的值（目标图标的 ID），跳转到相应的图标所对应的页。
- 查找：可以在查询的结果中选择要跳转的页。
- 在选项"目的地"中选择的跳转类型不同，"导航"图标的属性面板中的其他选项会跟着变化并且"导航"图标的显示在流程线上的图形也会跟着变化。默认选择的是"任意位置"。下面分别对这 5 种类型进行介绍。

1. 任意位置

如图 9.14 所示的就是在选项"目的地"中选择了"任意位置"时的属性面板。此时可以设置为跳转到任一页目标类型，它可以使用户转到任何页面。其中的选项含义如下。

（1）选项"类型"是设置这次导航完成后程序的执行方式。其中包括两个单选项。

- "跳到页"：这种方式实际上就是线性导航的方式，Authorware 会从当前位置直接跳转到目标页。例如，互联网就是使用这种类型的链接进行导航的。一旦设置成这种线性导航的方式，如果当前是在某个框架结构的页中，那么当前页中的所有信息将被自动擦除。程序将直接从目标页开始执行，如果目标页不在当前框架结构中，那么 Authorware 在擦除当前页面中的信息后，还要执行当前"框架"图标内部的出口段中的内容，然后再退出当前框架结构，再转入目标页所在的框架结构，在转往目标页之前，还会执行目标框架中"框架"图标内部的入口段中的内容。
- "调用并返回"：这种方式实际上是循环导航的方式，Authorware 在显示目标页面后，当前页面中的内容不会被擦除。当目标页面中的所有内容均执行后，程序会返回到调用目标页的页面位置。循环导航的链接方式的一个典型应用就是编制一个词汇表，用户可以链接到包含词汇解释的目标页面，当看完词汇解释后，还可以返回调用该解释的页面。

（2）选项"框架"后面的下拉列表中给出的是当前程序中所有的"框架"图标的图标名。

（3）选项"页"的右侧的列表框中给出的是在选项"框架"所选的"框架"图标的所有页的名称；如果在选项"框架"后选择的是"全部框架结构中的所有页"，则在此选项中列出当前程序中的所有页。

（4）除了通过选项"框架"来控制在选项"页"出现的页，还可以通过"查找"按钮来筛选。在"查找"按钮的右边的输入框中输入要查找的词语，再单击"查找"按钮，Authorware 就会从选项"框架"所指定的"框架"图标的页面中进行查找，如果有匹配的页面，就在选项"页"右侧列出来。查找的范围由下面的"字词"和"关键字"这两个复选框来确定。如果选中"字词"，就从页中所有的显示文本中查找（要注意这里的查找是以英文单词的格式来进行的，也就是以空格或英文标点符号来分隔的词，中文也要以空格分开才能找到）；如果选中"关键字"，就从页中所有图标的图标关键字中进行查找。

（5）在选项"页"的右侧的页列表中单击某个页面的图标名就可选中要跳转的目标页。没有指定目标页之前，"导航"图标的图标名默认为"未命名"，选定目标页之后，"导航"图标的名称自动变为"导航到 "<目标页名>""。

2. 最近

在如图 9.14 所示的"属性：导航图标"面板中的选项"目的地"后选择"最近"项，

这时属性面板变为如图 9.15 所示。此时可设置为让用户跳转回已经浏览过的页。

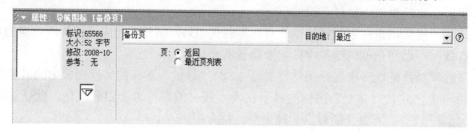

图 9.15　目的地为"最近"时的"导航"图标属性面板

在选项"页"中可以设置跳转方向,包含两个单选按钮。

● 返回:返回到上一次访问的页,也就是沿历史记录从后向前跳转到浏览过的页,一次只能向前跳转一页。

● 最近页列表:如果选中此项,则程序运行时,执行到此"导航"图标,将出现如图 9.4 所示"最近的页"对话框,其中列出最近访问过的页的名称,双击某一页,程序就可以跳转到该页执行。

在框架结构中提供的默认导航控制中有两个就是使用这种方式来设定的。

3．附近

在如图 9.14 所示的"属性:导航图标"面板中的选项"目的地"后选择"附近"项,这时属性面板如图 9.16 所示。此时可以设置为在框架结构内部的页面之间跳转以及跳出框架。

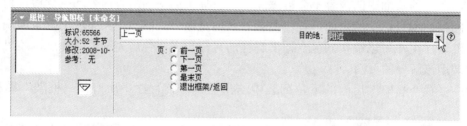

图 9.16　目的地为"附近"时的"导航"图标属性面板

在选项"页"可以指定跳转目标在同一个"框架"图标中的下挂图标中,包含 5 个单选按钮。

● 前一页:跳转到当前页的前一页(同一个框架结构中位于当前页的左边的那一页,对于第一页来说,它的前一页是框架中的最后那页)。

● 下一页:跳转到当前页的下一页(同一个框架结构中位于当前页的右边的那一页,对于最后一页来说,它的下一页是框架中的第一页)。

● 第一页:跳转到框架结构中的第一页。

● 最末页:跳转到框架结构中的最后一页。

● 退出框架/返回:退出当前框架结构或返回。通常情况下是执行"框架"图标内部的出口段中的内容,然后返回到主流程线上继续向下执行。如果是通过调用方式跳转到当前框架中的,就会返回跳转点。

在框架结构中提供的默认导航控制中有 5 个就是使用这种方式来设定的。

4．计算

在如图 9.14 所示的"属性：导航图标"面板中的选项"目的地"后选择"计算"项，这时属性面板如图 9.17 所示。此时可以设置为根据表达式的计算结果来跳转到目标页。

图 9.17　目的地为"计算"时的"导航"图标属性面板

其中选项"类型"中的选择项同"目的地"为"任意位置"时的选项"类型"的作用一样。

选项"图标表达"后面的输入框中可以输入一个表达式，用来计算目标页的编号，可以输入要跳转到的框架页的图标 ID，也可以输入要跳转到的框架页的图标名。要注意的是，如果输入的是图标名或包含图标名的变量，要在它们的前面添加一个符号"@"。

例如，要跳转到的页的名称为"第二页"，就可以输入以下表达式：

> @"第二页"

注意要以"@"开头，页的图标名要放在英文双引号中。如果使用的是变量或表达式来指定图标名，就不需要双引号。例如，页的名称存放在变量 ico 中，就可以输入以下表达式：

> @ico

如果输入的是图标的 ID 或包含图标 ID 的变量，就不需要添加符号"@"。例如，要跳转到页的名称为"第二页"中，可以用以下方式：

如果在程序中已经将这个图标的 ID 存入到一个自定义变量 icoid 中：

> Icoid=IconID@"第二页"

那么就可以在选项"图标表达"中输入以下变量：

> icoid

5．查找

在如图 9.14 所示的"属性：导航图标"面板中的选项"目的地"后选择"查找"项，这时属性面板如图 9.18 所示。选择这种方式后，当执行到"导航"图标时，会出现一个如图 9.5 所示的"查找"对话框，用户可以通过关键词来搜索相关页面。

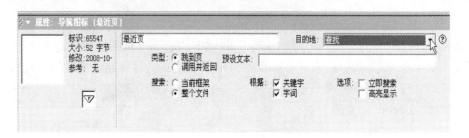

图 9.18 目的地为"查找"时的"导航"图标属性面板

（1）选项"类型"中的选择项同"目的地"为"任意位置"时的选项"类型"的作用一样。

（2）选项"预设文本"是设置查找的默认值，后面的输入框中输入的内容会出现在如图 9.5 所示"查找"对话框的选项"字/短语"中。在右侧的文本框中可以输入字符串，输入的字符串必须包含在双引号内，也可以输入变量或表达式。

（3）选项"搜索"用于设置查找范围，后面包含两个单选按钮。

- 当前框架：表示查找范围为当前"框架"图标内。
- 整个文件：表示查找范围为在整个 Authorware 文件中的所有"框架"图标。

（4）选项"根据"用于设置查找的范围，后面包含两个复选框。

- 关键字：如果选中该项，就表示查找每一页中的所有图标（包括页图标本身）的图标关键字。利用此种方式搜索，可以定位那些不显示文本对象的图标，如"数字电影"图标或"声音"图标。
- 字词：如果选中该项，就表示从每一页中的所有文本对象中查找。

（5）选项"选项"包含两个复选项。

- 立即搜索：如果在"预设文本"中设定查询文本，那么执行到这个"导航"图标时就开始查找，而不用等用户在"查找"对话框中单击"查找"按钮。
- 高亮显示：选中此项后，当查找到和关键词相匹配的页面时，如果是在文本对象中找到了相同的关键词，那么在"查找"对话框中的图标列表中除了会列出所找到的页面的图标名，还会在页面名称的右边列出关键词所在的位置的部分文本，如图 9.19 所示就是一个查找提示。Authorware 提取的内容的多少会随着对话框的大小自动确定（用户可以拖曳对话框的边框来调整大小）。

图 9.19 查找提示

在框架结构中提供的默认导航控制中有一个就是使用这种方式来设定的。

6. 各种类型的"导航"图标

在"导航"图标的属性面板中，设置不同的选项，"导航"图标就会有不同的外观，如表 9.1 所示。

表 9.1　"导航"图标的各种外观

图 标 外 观	目的地——选项"页"	图 标 外 观	目的地——选项"类型"
▽	最近——返回	▽	任意位置——跳到页
▽	最近——最近页列表	▽	任意位置——调用并返回
▽	附近——前一页	▽	计算——跳到页
▽	附近——下一页	▽	计算——调用并返回
▽	附近——第一页	▽	查找——跳到页
▽	附近——最末页	▽	查找——调用并返回
▽	附近——退出框架/返回		

9.3　"框架"图标的内部结构

像"群组"图标一样，在"框架"图标的内部还可以包含其他图标，也包含有内部流程线。

9.3.1　"框架"图标的内部流程

在流程线上双击"框架"图标，就可以打开这个"框架"图标的内部结构窗口，如图9.20 所示。

"框架"图标的结构窗口包括两段流程线：入口段（进入）和出口段（退出）。入口段和出口段之间有一条分界线，分界线右边的控制黑块可以调整入口段和出口段的大小。

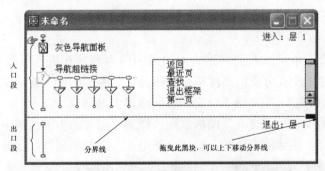

图 9.20　"框架"图标的内部结构窗口

1．入口段

当程序执行到框架结构时，通常是显示第一页中的内容，或者可以使用"导航"图标跳转到其他的页。但无论用哪种方法进入到框架结构的某一页中，都必须先执行"框架"图标内部结构中的入口段。如果在框架结构中需要显示相同的文本或图形时，可以将它们放在入口段。

默认情况下，在入口段中会包含一个"显示"图标和一个交互结构，在程序执行中执行到"框架"图标时出现的如图9.3 所示的导航控制就是由它们创建的。

在入口段的第一个图标是"显示"图标，它的主要功能是在"演示窗口"中显示一个图形。此图形划分为 8 格，分别用来放置 8 个按钮，如图 9.21 所示。在实际制作中可以把它替换掉。如果需要在"框架"图标的每个节点页上显示相同的背景，也可以将背景图导入到此图标中。

在入口段的交互结构中，包括了 8 个按钮交互分支。双击"交互"图标，在"演示窗口"中可以看到 8 个按钮，如图 9.22 所示。

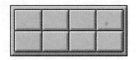

图 9.21 默认按钮底板图

图 9.22 默认的导航按钮

在实际制作时可以将它们替换掉，可以将不需要的交互分支删除，或者改变位置，还可以运用 8.2 节中所介绍的方法将交互按钮替换成自己喜欢的按钮，甚至可以替换成使用热区响应、热对象响应等。

2. 出口段

出口段在入口段的下方，默认的出口段不包含图标，即为一条空的流程线。在 Authorware 退出框架结构之前，必须完成两件事情。

（1）返回"框架"图标窗口，执行出口段的流程。在进入某个框架结构后，不论是使用设置为"退出框架"的"导航"图标，还是跳转到另一个框架结构中，都会先执行在出口段所放置的图标。显然，可以将一些在退出框架结构时应当完成的操作放在出口段的流程线上。但如果是在框架结构中使用系统函数 quit()来直接退出程序时，就不会执行出口段中的内容。

（2）清除"演示窗口"的当前框架结构中所显示的内容，包括"框架"图标的内部结构及框架页中的内容。但如果在框架结构中的某个"显示"图标或者"交互"图标的属性中选中了"防止自动擦除"，则在退出框架结构时不会擦除这样的图标。

9.3.2 框架中的"交互"图标

从如图 9.20 所示中可以看到，因为入口段中的内容是在进入框架的每一页都要执行的，因此在这里创建的交互分支的属性都是默认为永久返回的，也就是在属性面板中的选项"范围"后面选中"永久"，在选项"分支"后面选择"返回"。

可以用鼠标再拖曳一个"交互"图标放到"框架"图标的内部结构中的入口段。拖曳一个图标到这个"交互"图标的右边时，默认会使用永久返回的属性，如图 9.23 所示。

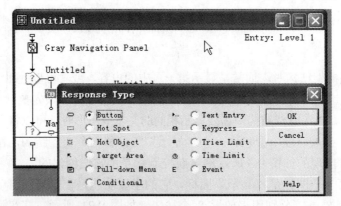

图 9.23 在"框架"图标中创建交互结构

如果"交互"图标直接放到主流程线上，这时创建交互分支，默认是不使用永久属性的。

9.3.3 示例：继续学习

当在课件中的内容比较多时，用户很难一次就学习完全部内容，这时就经常会希望在学习到一定的位置退出后，下一次打开课件时能直接进入到上一次退出的地方继续学习。

1. 设计分析

在 Authorware 的文件属性面板的"交互作用"选项卡中有一个选项"在返回时"可以设置为"继续执行"，这样在运行程序的中途退出，下次重新进入时会回到上次退出的地方，但是这样设置经常会出现问题，如在程序中不好控制；当使用跳转类系统函数 JumpFile 或 JumpFileReturn 在 Authorware 程序之间跳转时，设置会出错。

为此要让用户能够回到上次退出的地方继续学习，通常是由程序员在程序中添加相应的控制。不同的程序结构要添加的控制不同，但对于使用框架结构的程序来说，要实现这样的功能就比较方便。在用户退出程序时，可以将用户当前访问的页面的序号或者 ID 保存在一个外部文本中，下次运行程序时，先读取这个文本文件，再用"导航"图标跳转到由这个序号或 ID 指定的框架页即可。由于 Authorware 在进入框架结构的任何一页时都会执行"框架"图标的内部结构的入口段，因此这种跳转不影响框架结构的使用。

2. 制作准备
这里以前面创建的简易电子书为例。

3. 制作过程
打开前面制作的简易电子书程序，另存为一个新的程序。

（1）修改程序的退出。双击"分页"框架图标，打开它的内部流程窗口，在"框架"图标内部结构的出口段添加一个"计算"图标，命名为"退出前记录位置"，并在其中输入以下代码：

```
--将当前页的 ID 写入文本文件
WriteExtFile(FileLocation^"weizhi.txt",CurrentPageID)
--退出程序
quit()
```

保存的位置是程序所在目录下的 weizhi.txt 文件中，这里使用系统函数 WriteExtFile 来写入，每次保存时会先覆盖原来的，也就是只保存这一次退出时的位置。如果要制作的是书签功能，就要使用 AppendExtFile 来添加了。

（2）修改程序的进入。在程序的开头添加一个"计算"图标，命名为"读取上次退出的位置"，在其中输入以下代码：

```
--读取文件
temp:=ReadExtFile(FileLocation^"weizhi.txt")
```

这是从保存的文本文件中读取内容并保存到自定义变量 temp 中。

用鼠标拖曳一个"导航"图标到"读取上次退出的位置"计算图标的下方，命名为"跳转"。打开它的属性面板，在选项"目的地"中选择"计算"，再在选项"图标表达"后面输入自定义变量 temp，如图 9.24 所示。

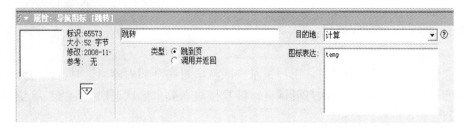

图 9.24　设置"导航"图标的属性

（3）完成流程图。程序修改完成，程序流程图如图 9.25 所示。

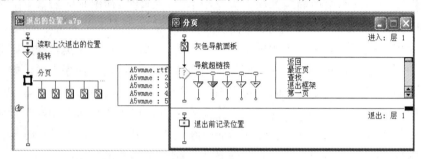

图 9.25　程序流程图

9.4　对程序流程的再认识

在没有分支的情况下，Authorware 的程序在执行时，会从开始点开始执行，再沿着主流程线依次往下执行，一直执行到结束点。除了主流程线，Authorware 还提供了分支流程，当程序执行到分支流程线时，会自动选择分支或由用户选择分支执行。

9.4.1　影响程序流程的因素

在 Authorware 中，可以使用 "判断"图标、"交互"图标、"框架"图标来创建分支线，也可以使用"导航"图标或系统函数来改变流程的走向。大多数情况下，控制程序流程实质上就是决定从一个图标到另一个图标的执行路径。在 Authorware 程序中，有两种方法来控制程序流程。

1．用户控制与程序自动控制

在使用"交互"图标和"判断"图标的情形下，程序的运行方向都是由流程线来决定的。

（1）判断。Authorware 的判断结构可以让 Authorware 程序在特定的环境中实现自动控制，根据设定的条件执行判断结构中的一个分支或多个分支，执行完成后就退出判断结构进入下面的流程。例如，在用户登录后，根据当前的时间的不同，向用户发出不同的问候，如图 9.26 所示。

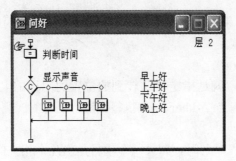

图 9.26　判断结构的流程示意

（2）交互。Authorware 的交互结构是让最终用户来决定 Authorware 程序的执行，当用户的操作（单击按钮、热区域，或者按键盘上的某个键）与交互结构中设定的条件相同时，就执行这个分支或多个分支，在执行完分支后，再根据分支路径的设定继续往下执行。例如，让用户单击不同的按钮，来让程序进行录音或者回放，如图 9.27 所示，在录完音后，就会回到控制界面，还是由用户来决定是继续录音还是回放上次录音的内容。

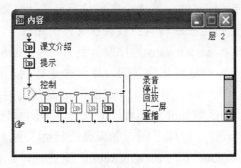

图 9.27　用户的控制

2．沿路径执行和跳转

控制流程意味着 Authorware 从流程线上的一个位置跳转到流程线上另一个位置。

（1）导航。可以在框架结构中通过"导航"图标和"框架"图标实现跳转，也可以在程序中的任何一个地方使用"导航"图标来实现跳转，但是跳转的目标必须是包含在"框架"图标中的图标。程序的导航也是将控制权交给用户。程序中可以提供下一页、前一页、搜索等按钮，使用户可以随意地在页与页之间转移，例如，可以给课件增加一章的导航，使用户在任何位置学习时都可以快速地转到其他章进行学习，如图 9.28 所示。

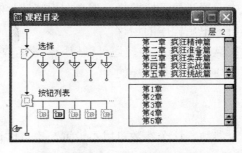

图 9.28　使用"导航"图标实现跳转

（2）随意跳转。使用"导航"图标只能跳转到某个框架结构的某一页中，如果要跳转到流程线上的任意位置甚至另一个程序，就要使用"跳转"类系统函数来完成。

① 同一程序内部。如果是在同一个程序的内部进行跳转，可以使用系统函数 GoTo 来完成，这个函数的使用格式是

GoTo(IconID@"IconTitle")

该函数只有一个参数，就是指定要跳转到的位置的图标的名字"IconTitle"。该函数只能在"计算"图标中使用，当 Authorware 执行到这行语句时，将跳到在 IconTitle 中指定的图标处继续执行。

② 两个 Authorware 程序之间。如果一个项目是由几个相关的文件组成的，每个文件包含不同的应用程序，在这种情况下，就可以在不同的文件之间实现跳转从而控制程序的流程。在不同的文件之间实现跳转和在一个文件中的不同图标间实现跳转是不同的，此时不能使用"导航"图标或 GoTo 函数，而必须通过系统函数 JumpFile 或 JumpFileReturn 来实现。这两个函数的使用格式是一样的：

JumpFile("filename"[, "variable1, variable2, ...", ["folder"]])

JumpFileReturn("filename"[, "variable1, variable2, ...",["folder"]])

第 1 个参数是指定跳转目标文件，第 2 个参数是指定跳转时要传递的变量（在两个程序中都要定义），第 3 个参数是指定在跳转时查找目标文件的路径。

这两个函数都可以从一个 Authorware 程序跳转到另一个 Authorware 程序，但只限于源程序与源程序之间，打包文件和打包文件之间。这两个函数的不同在于如果使用 JumpFile 是退出当前程序进入目标程序，而使用 JumpFileReturn 则是暂时退出当前程序进入目标程序，当在目标程序中使用系统函数 quit 退出程序时就会再返回跳转前的程序中。

③ Authorware 程序与第三方程序之间。如果要跳转到其他不是 Authorware 开发的程序，可以使用系统函数 JumpOut 和 JumpOutReturn 来进行，这两个函数的使用格式是一样的：

JumpOut("program" [, "document"] [, "creator type"])

JumpOutReturn("program" [, "document"] [, "creator type"])

第一个参数是指定要跳转到的程序所在的位置，第二个参数可以指定使用目标程序来打开的文档，第三个参数是用于苹果系统中来指定应用程序的创建类型。

这两个函数的不同之处在于，如果使用 JumpOut 来跳转，则会先退出 Authorware 程序再运行目标程序，而使用 JumpOutReturn 来跳转，则不会退出 Authorware 程序。

3. 中止程序

如果在文件属性面板中设置了显示标题栏，那么在程序运行的过程中，用户可以随时单击标题栏上的"关闭"按钮来中止程序的运行。

除了标题栏的控制，在 Authorware 中，还可以使用系统函数 Quit 或 QuitRestart 来中止程序的运行。这两个函数的使用格式是一样的：

Quit([option])

QuitRestart([option])

这两个函数都只有一个参数，这个参数可以不设置，也可以设置为以下 4 个数字。

0：退出当前程序。如果当前程序是从另一个程序使用 JumpFileReturn 跳转过来的，则退出当前程序后会返回到跳转前的程序。如果不是跳转过来的，则退出当前程序后回到操作系统。

1：不管是不是使用 JumpFileReturn 跳转过来的，都退出当前程序回到操作系统。

2：退出当前程序并重新启动操作系统。

3：退出当前程序并关闭操作系统。

使用 Quit 和 QuitRestart 的不同之处在于，当在文件属性面板中的选项"在返回时"后面选择了"继续执行"，则使用 Quit 退出以后，下次运行程序时会回到调用 quit 函数的位置；而使用 QuitRestart 退出程序时，Authorware 会清空所有变量，下次调用程序时还是从开头运行。

9.4.2 几种不同的程序框架对比与组合应用

在 Authorware 中，程序流程可以通过"交互"图标、"判断"图标、"导航"图标和"框架"图标来控制。不过这 4 种图标的功能是不相同的，在设计过程中，应当根据需要选择相应的图标：

"交互"图标可以让用户选择一个分支。

"判断"图标是由 Authorware 自动地选择分支。

"导航"图标用于实现从一处跳转到另一处。

框架结构中包含所有的"导航"图标可以跳转的目标页。

但在实际应用中，经常会把这几种结构组合使用。

"导航"图标使用最多的地方是"框架"图标。在框架结构中可以通过"导航"图标随心所欲的在所需节点页之间跳转。

在"框架"图标的内部结构中就是使用"交互"图标与"导航"图标结合来创建导航控制。在框架外更可以使用"交互"图标和"导航"图标来创建更多的控制。例如，自学类的课件中，可能会要求课件在运行过程中，既可以由学生来手动翻页，也可以在学习完一页中的内容后自动转入下一页，并且用户也可以选择是手动还是自动，就可以在每一页的最后使用一个交互结构来根据用户的选择是否自动往下翻一页，如图 9.29 所示。

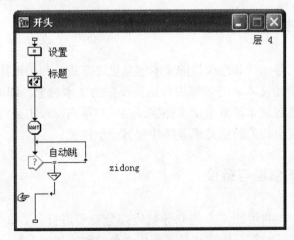

图 9.29　交互与导航的结合

这里就是使用自定义变量的值来决定是否跳转下一页。

在创建导航中，通过使用"判断"图标和"导航"图标，可以使程序的导航更加灵活。例如，"框架"图标提供的导航控制中，单击"下一页"按钮就会进入下一页，如果当前是最后一页，用户再单击下一页时默认是回到第一页。有时会要求在最后一页时，单击下一页应该进入另一个框架结构中，或者转入另一个程序，就可以把下一页的控制改成如图 9.30 所示的判断与导航结合的通用控制。

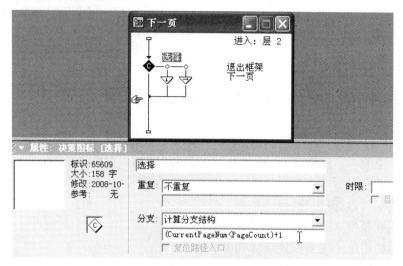

图 9.30　判断与导航结合的通用控制

其中"判断"图标中条件是使用系统变量 CurrentPageNum 和 PageCount 来控制的，系统变量 CurrentPageNum 中存储的是当前框架页的序号，系统变量 PageCount 中存储的是当前框架结构的总页数。如果当前不是最后一页，那么表达式 CurrentPageNum<PageCount 就是成立的，也就是值为 TRUE，在和 1 相加时会把 TRUE 转换为 1，也就是最后的和为 2，这时根据"判断"图标中的设置，程序会执行第 2 个分支。如果当前是最后一页，表达式 CurrentPageNum<PageCount 的值就是 FALSE，在和 1 相加时会把 FALSE 转换为 0，这样最后的和为 1，程序会执行第 1 个分支。

9.5　利用文本样式中的热字制作交互

在互联网中提供的是一种非连续性的文本信息呈现方式，利用链接将各种信息串联成具有相关性的信息。所谓超文本就是能够进行链接操作的文本对象，即通常所说的"热字"。Authorware 中也可以通过文本样式来定义热字，当用户单击、双击或将鼠标指针移至指定的文本对象时，也会呈现出相关的信息或者跳转到另一个位置。

9.5.1　超文本的创建与链接

在 Authorware 中，利用超文本建立导航链接分三步进行：首先建立好相应的框架结构；其次定义好文本样式；第三步将该样式应用到要设置的文本对象上并建立与具体框架页之间的链接。

1. 定义热字

选择菜单命令"文本"→"定义样式"或者按组合键 Ctrl+Shift+Y，打开"定义风格"对话框，如图 9.31 所示。

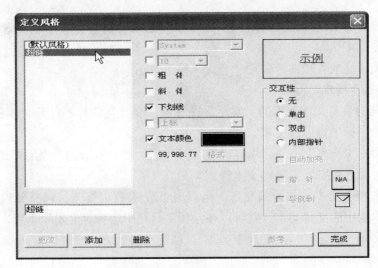

图 9.31　"定义风格"对话框

单击"添加"按钮，将名称框中的默认文本"新样式"改为需要的名称，例如，这里设置为"超链"，在中间一栏给这些样式选择合适的格式，如图 9.31 所示就是一种常见的超链接的格式，单击"更改"按钮，确认修改。

要设置为热字，还需要在选项区域"交互性"进行相应的设置，首先要在 3 个单选项"单击"、"双击"、"内部指针"中选择其中的一个，选择后，下面的 3 个复选框就变为可用。复选框"自动加亮"是设置在激活超文本时，这部分文本是否加亮显示，可以根据需要来确定是否选上。复选框"指针"是设置当鼠标移到超文本上时是否改变为新的指针，这个和交互分支属性中的指针是一样的，选中复选框后，右边就会默认出现手形指针，可以单击右边的手形指针部分打开"鼠标指针"对话框来更换成其他的指针，这个复选框也可以根据需要是否选中，但建议尽量选中这个复选框，因为在网页中当鼠标移到超链接上时都会变成手形。

复选框"导航到"就是将文本设置为热字的关键选项，选中这个复选框后，单击右边的导航标记，会弹出如图 9.32 所示的"属性：导航风格"对话框。

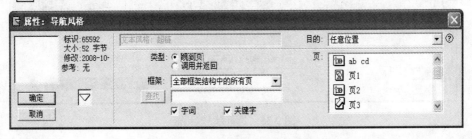

图 9.32　"属性：导航风格"对话框

在这个对话框中，可以指定链接的目标页，现在在对话框中列出的就是当前程序中所有的页面。这个对话框的选项和"导航"图标的属性面板是完全一样的，所不同的是在对话框的左边多了"确定"和"取消"两个按钮。也就是说，每定义一个超文本，实际上就是在文本中添加一个"导航"图标，同样超文本也只能跳转到某个框架结构中的某一页。

但在定义热字时通常不指定跳转目标，因为如果在这里设置了跳转目标，所有使用这种样式的文本都会跳转到同一个目标页。因此这时可以单击"取消"按钮关闭对话框，就只选中复选框"导航到"而不指定目标页。（如果要指定跳转目标，就可以在选择了目标页以后，单击"确定"按钮。）

设置后单击"完成"按钮，关闭"定义风格"对话框。

2．应用链接字样式

双击要设置的带有文本对象的"显示"图标或"交互"图标，打开"演示窗口"，在其中输入要在这个图标中显示的文本。

选择菜单命令"文本"→"应用样式"，打开如图 9.33 所示的"应用样式"对话框，在这个对话框中可以看到刚才定义的文本样式。

如果要设置整个文本块作为超文本，可以用"选择/移动"工具选择要设置的文本块；如果要设置文本块中的部分文本，就可以在绘图工具箱中选择"文本"工具，再在文本块中选中要设置的文本（注意：一定要选中文本），如图 9.34 所示。

图 9.33　"应用样式"对话框

图 9.34　应用链接字风格

在"应用样式"对话框中单击选中要使用的样式前面的复选框，如果在定义文本样式时没有给复选框"导航到"指定跳转的目标页，这时就会弹出如图 9.32 所示的"属性：导航风格"对话框，根据需要选定要跳转的目标页，例如，可以在选项"页"中单击要跳转到的页，如图 9.35 所示，或者在选项"目的"后面选择其他的跳转类型，再选择其他的跳转目标，设置好单击"确定"按钮。如果不想此时设置跳转目标，可以单击"取消"按钮，这时就只应用文本样式中的格式，但不进行跳转。

图 9.35　选择跳转目标

关闭对话框后可以看到选中的文本样式发生了改变，如图 9.36 所示。

如果刚才在应用文本样式时没有指定跳转目标页，还有一种办法来指定跳转页，那就是在编辑环境中，运行程序，当程序执行到这个显示对象所在的图标时，可以在"演示窗口"中激活刚才的文本（根据在文本样式中选择的交互方式来激活，也就是单击、双击、把鼠标指针移到文本上其中的一种），这时也会弹出如图 9.32 所示的"属性：导航风格"对话框来进行设置。注意这种方法不能在打包后进行设置。

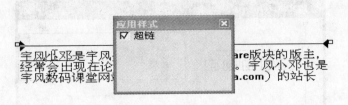

图 9.36　应用样式后

设定好后，关闭"演示窗口"，可以看到，设置了超文本的文本对象所在的图标的右上角多了一个倒三角形，如图 9.37 所示，表示该图标中定义了超文本。

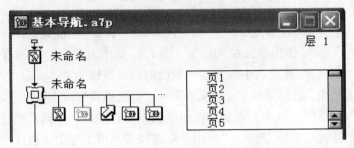

图 9.37　添加超文本后的显示图标

上述步骤完成后，就制作了一个超文本。如果要制作的是小字典或者术语查询类的程序，就需要在如图 9.32 所示的"属性：导航风格"对话框中在选项"类型"后面选中"调用并返回"。

9.5.2　示例：制作超文本帮助

在多媒体产品中，都需要添加帮助，以便让用户对产品本身的内容、产品的功能、产品的使用方法等内容进行介绍。当帮助的内容大部分都是文本时，经常会把帮助做成类似于网页一样，可以只单击文字就跳转到对应的内容处。这里要制作的是这样一个帮助：在帮助的首页，显示出帮助的目录，单击某一个栏目，就进入这个栏目的内容介绍。在查看帮助时，可以翻页进行查找。

1．设计分析

通过 Authorware 的超文本格式的跳转功能可以建立类似于网页的效果。使用超文本，也能在用户浏览文本时起到导航的作用，跳转到其他的"框架"图标的页中。利用超文本建立导航，主要有两个步骤。

（1）建立有链接功能的文本样式。

（2）将文本样式应用到文本对象上。

2．制作准备

先将帮助的文本分页导入到一个框架结构中，如图 9.38 所示。

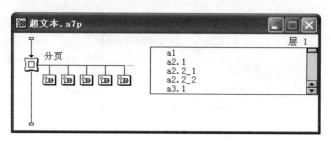

图 9.38　分页导入到框架结构

将每一个小栏目放在一个框架页中，只要把栏目与框架页对应即可。

3．制作过程

用鼠标拖曳一个"显示"图标到"分页"框架图标与第一个框架页图标的中间，也就是将新加入的"显示"图标作为框架结构的第一页，这是作为整个帮助的首页。将这个"显示"图标命名为"首页"，并在其中输入整个帮助的目录结构的文本。

（1）定义链接样式。选择菜单命令"文本"→"定义样式"或者按组合键 Ctrl+Shift+Y，打开"定义风格"对话框。单击"添加"按钮添加一个新样式，根据需要设定文本的格式，再在选项区域"交互性"中单击选中"单击"单选按钮，单击选中"指针"复选框，单击选中"导航到"复选框，如图 9.39 所示。

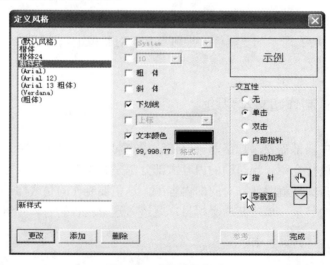

图 9.39　增加链接样式

在"添加"按钮的上方的样式名称的文本框中将新增加的样式名修改为"目录链接"，设置后，单击"更改"按钮。单击"完成"按钮关闭对话框。

（2）应用样式并指定链接目标。双击"首页"显示图标打开"演示窗口"，选中要设置链接的文本，例如，这里选中的是第 1 部分的标题，在工具栏上单击"文本风格"的下拉按钮，如图 9.40 所示。

在打开的样式列表中单击"目录链接"，会弹出如图 9.41 所示的"属性：导航"对话框，在选项"页"右边的列表中单击要跳转到的页，这里对应的是"a1"群组图标。

图 9.40 "文本风格"的下拉列表

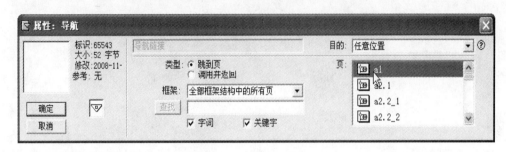

图 9.41 指定跳转位置

设置后,单击"确定"按钮关闭对话框。

同样操作为其他目录指定链接目标。设置后关闭"演示窗口"。

(3)修改"框架"图标的内部结构。双击"分页"框架图标打开内部的流程窗口,删除"灰色导航面板"显示图标;再单击选中"返回"导航图标,再按 Delete 键将这个分支删除;同样操作删除"最近页"和"退出框架"这两个交互分支。

修改剩下的几个按钮的按钮样式。

(4)完成流程图。制作完成的程序流程图如图 9.42 所示。

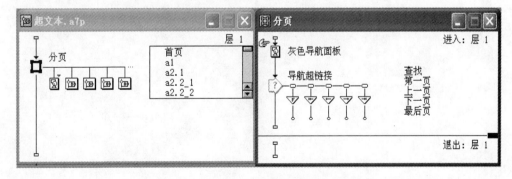

图 9.42 程序流程图

习　题

1．"框架"图标由哪几部分组成，分别有什么作用？

2．"导航"图标的作用是什么？

3．使用"导航"图标只能跳转到某个框架结构的某一页中，如果要跳转到流程线上的任意位置甚至于另一个程序，要使用什么函数来完成？

第 10 章 程序调度与发布

当要制作的多媒体课件或程序比较复杂时，不可能一次就把程序编辑完成，在制作过程中需要经常进行调试。Authorware 为编辑程序提供了非常方便的调试功能，并提供了专门的调试窗口，使调试工作变得非常简便和有效。当程序调试完成后，要将程序提供给用户使用，还需要将程序发布成可以独立运行的软件，也就是不再需要安装 Authorware 软件。利用 Authorware 开发的多媒体程序，可以同时发布成单机版和网络版，其中单机版可以发布成支持 Windows 系统和苹果系统的两种版本，这也是 Authorware 优于其他一些多媒体工具的原因之一。

10.1 程序调试

Authorware 7.0 程序的调试非常方便，在程序运行时，可逐步跟踪程序运行及流向，可以在程序运行时对其进行修改。下面是程序调试的基本方法。

10.1.1 设置调试起点与终点

在前面编辑程序时，经常会运行一下程序，以测试程序能否顺利运行，并且可以在"演示窗口"中检查是否达到了预期的效果。除了运行整个程序，Authorware 也可以运行部分程序，也可以逐个图标运行。

1. 直接运行程序

程序编辑过程中，随时可以单击工具栏上的"重新运行"按钮，或者选择菜单命令"调试"→"重新开始"，或者直接按组合键 Ctrl+R，这时 Authorware 7.0 会在"演示窗口"中运行当前程序。在运行过程中，如果要停止运行，可以选择菜单命令"调试"→"停止"，这时 Authorware 会关闭"演示窗口"。如果不想关闭"演示窗口"，可以选择菜单命令"调试"→"暂停"或按组合键 Ctrl+P，来暂停程序的运行，这时可以在"演示窗口"中调整各对象的位置，也可以在"演示窗口"中看到一些不可见的对象，如热区域、目标区、文本输入区域等，并对它们进行调整，还可以双击显示对象进入它们的编辑状态。调整完后，可以选择菜单命令"调试"→"播放"或按组合键 Ctrl+P 来让程序继续运行。

在编辑窗口运行程序时，如果遇到一些没有设置对象的图标，例如，"显示"图标、"移动"图标、"擦除"图标等，或者一些没有设置交互对象的交互分支，例如，目标区交互，这时程序都会暂停，并进入这个图标或交互分支的编辑状态（注意打包后的程序会忽略这些问题）。设置后可以选择菜单命令"调试"→"播放"或按组合键 Ctrl+P 让程序继续运行。

在程序调试运行过程中，用鼠标双击某个显示对象或可见的交互分支标志（如按钮），都可以暂停程序运行，然后自动打开编辑窗口，修改完毕后可以选择菜单命令"调试"→"播放"或按组合键 Ctrl+P 继续运行程序。

2．部分调试

当编辑的程序很长时，可以将程序分成几个部分调试。调试程序局部时，需要用到"开始"标志旗 ✎ 和"停止"标志旗 ✎ 。

调试部分程序的方法是：从图标面板中将"开始"标志旗拖曳到流程线上要调试的程序部分的起始处，再将"停止"标志旗拖曳到要调试的程序部分的终止处，如图 10.1 所示。就像拖曳其他图标一样，可以在流程线上将标志旗拖曳到其他位置。

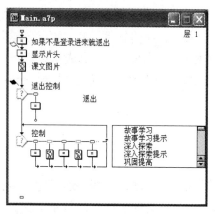

图 10.1　部分程序的调试

当在流程线上添加了"开始"标志旗后，这时工具栏上的"运行"按钮会变成"从标志旗开始运行"按钮 ▷ ，单击这个按钮，或者选择菜单命令"调试" → "从标志旗处运行"，Authorware 就从"开始"标志旗下方的第一个图标开始运行程序。如果添加了"停止"标志旗，执行到"停止"标志旗所在的位置就结束运行；如果没有"停止"标志旗，就执行到程序的最后。标志旗的控制只对源程序有效，对发布后的程序无效。

在使用"开始"标志和"停止"标志时，不一定要让它们成对出现，也可以是只使用其中的一个，这需要根据实际的调试需要来决定。

将标志旗拖到流程线后，图标栏的原标志旗位将出现空白，也就是在同一次调试中"开始"标志或者"停止"标志都只能使用一次。

当调试结束，不需要标志旗时，可以将它们拖曳回图标面板，或者拖曳出流程设计窗口，或者直接在图标面板是标志旗原位置的空白处单击鼠标，都可以把标志旗收回图标面板。

10.1.2　使用控制面板

在调试程序时，还可以使用控制面板来控制程序的运行和跟踪程序的执行情况。

1．打开控制面板

单击常用工具栏上的"控制面板"按钮，或者选择菜单命令"窗口" → "控制面板"，或者按组合键 Ctrl+2，都可以打开或关闭如图 10.2 所示的控制面板。在控制面板打开时，也可以单击控制面板标题栏右边的"关闭"按钮来关闭面板。

单击该面板右侧的"显示跟踪"按钮，可以弹出完整的控制面板和跟踪窗口，如图 10.3 所示。

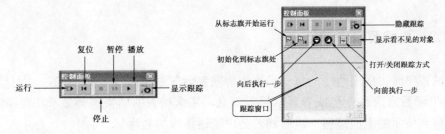

图 10.2 控制面板   图 10.3   完整的跟踪窗口

2．控制面板功能介绍

控制面板由 12 个按钮和 1 个图标跟踪窗口组成，通过用鼠标拖动边界可以改变窗口大小。把鼠标停留在按钮上，程序会自动显示各个图标按钮的名称，用鼠标单击按钮，便可以执行此按钮相应的功能，结果显示在跟踪窗口中。表 10.1 中列出的是控制面板中各个按钮的功能简介。

表 10.1 控制面板中按钮的功能

按 钮 图 片	命 令	功 能 简 介
	运行	从流程线的开始点开始执行程序，而不管程序是否已经正在"演示窗口"中运行，也不管是否有开始标志旗。相当于选择菜单命令"调试"→"重新开始"
	复位	返回程序开头，并将播放窗口和跟踪窗口清空，同时将所有变量初始化。相当于选择菜单命令"调试"→"复位"
	停止	暂停当前程序的运行并关闭"演示窗口"。相当于选择菜单命令"调试"→"停止"
	暂停	暂停当前程序的运行而且保留"演示窗口"。相当于选择菜单命令"调试"→"暂停"
	播放	从当前暂停的位置开始运行。相当于选择菜单命令"调试"→"播放"
	显示跟踪	显示跟踪窗口
	隐藏跟踪	隐藏跟踪窗口
	从标志旗开始执行	从"开始"标志旗指定的位置开始运行程序。相当于选择菜单命令"调试"→"从标志旗处运行"
	初始化到标志旗处	进行变量初始化并回到"开始"标志旗指定的位置。相当于选择菜单命令"调试"→"复位到标志旗"
	向后执行一步	以"群组"图标为一个执行单位，不再深入执行内部的每个图标，也就是一次就执行"群组"图标内的所有图标。相当于选择菜单命令"调试"→"单步调试"
	向前执行一步	沿流程线逐个图标跟踪执行（深入到"群组"图标内部时也逐个图标执行），也就是依次执行"群组"图标内的每一个图标。相当于选择菜单命令"调试"→"调试窗口"
	打开跟踪方式	在跟踪窗口中，显示每个图标的执行情况以及"Trace"函数的执行结果
	关闭跟踪方式	不在跟踪窗口中显示信息
	显示看不见的对象	在程序运行的过程中，可以按住此按钮来查看"演示窗口"中不可见的部分，如热区域、目标区、文本输入框等都会显示出来

10.1.3 跟踪窗口中的信息

当调试程序时，应用程序的每一步执行情况都会在跟踪窗口中显示出来。而且如果使用了"Trace"函数来跟踪变量或者显示提示信息，那么相应的结果也会显示在跟踪窗口。把鼠标指针移到按钮的上面停留一段时间就会出现该按钮的名称。

1. 跟踪窗口

在编辑程序过程中，如果打开了跟踪窗口，在运行程序时，就可以看到每个图标的执行信息了，如图 10.4 所示。

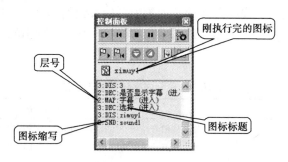

图 10.4　跟踪信息

从图 10.4 可以看出，每个图标的信息各占一行，每个图标的跟踪信息的格式是：图标所在的流程设计窗口的层号、图标缩写、图标标题。

跟踪窗口就是用于显示正在运行的图标类型及名称，图标类型使用的是缩写字母，不同缩写字母所代表的图标类型详见表 10.2。

表 10.2　图 标 缩 写

图 标 类 型	缩　　写	图 标 类 型	缩　　写
"显示"图标	DIS	"交互"图标	INT
"移动"图标	MTN	"计算"图标	CLC
"擦除"图标	ERS	"群组"图标	MAP
"等待"图标	WAT	"数字电影"图标	MOV
"导航"图标	NAV	"声音"图标	SND
"框架"图标	FRM	"DVD"图标	DVD
"判断"图标	DES	"知识对象"图标	KNO

2. 使用 Trace 函数

使用 Trace 函数可以将指定的信息显示到跟踪窗口中。Trace 函数的使用方法是

Trace("string")

该函数用于调试 Authorware 程序，当 Authorware 执行到 Trace 函数时，就将参数"string"这个字符串的值显示到 Authorware 的调试窗口中。该函数只能用在"计算"图标中。

Trace 函数的参数可以是字符串，也可以是一个变量或表达式。如果是变量或表达式，

Authorware 会将变量或表达式的结果显示在跟踪窗口上。

下面以一个简单的例子进行说明。

新建一个程序。用鼠标拖曳一个"计算"图标，在"计算"图标中输入以下语句：

```
temp:=3
Trace("Authorware 版本")
Trace(Version)
Trace("自定义变量 temp")
Trace(temp)
```

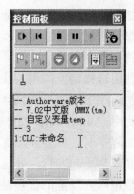

打开控制面板，并打开跟踪窗口，运行程序，就可以在跟踪窗口见到如图 10.5 所示的跟踪信息。

可以注意到 Trace 函数的跟踪信息是以"--"开头的。Trace 函数的信息只会出现在调试窗口中，并不会出现在"演示窗口"中，不会影响程序的执行。

图 10.5　显示跟踪信息

10.1.4　检查变量与表达式的值

前面已经介绍过，可以在"显示"图标或"交互"图标的文本对象中输入用大括号{}括住的变量或表达式，当在"演示窗口"中显示这个文本对象时，就会显示这个变量或表达式的值。

如果变量或表达式的值随时发生变化，则可以在"显示"图标或"交互"图标的属性面板中选中"更新变量显示"复选框，这样在程序运行过程中，Authorware 就会根据变量或表达式的值来实时更新显示对象的内容。使用这个功能也可以在程序运行过程中实时跟踪变量的值的变化。这也是比较常用的程序调试方法。

10.2　素材的管理

多媒体的最大特点就是在同一个作品中使用多种媒体（如声音、视频、动画、图像等）来表现内容，程序的开发过程也就是对这些媒体的管理过程。在制作多媒体产品之前根据程序的需要，准备好作品中将要用到的各种素材；在程序制作过程中，要创建和集成各种媒体；将程序发布时，要整理好程序所有用到的外部媒体。

10.2.1　素材链接与嵌入的区别

可以利用 Authorware 创建某些媒体内容如文本和简单的图形对象。然而，大部分多媒体素材都是使用其他媒体编辑工具制作的。当制作好多媒体素材后，就可以在 Authorware 程序中添加这些素材，在添加素材时，可以将素材嵌入到程序内部，也可以使用链接的方式将素材放在程序外部。

1. 不同素材的处理

对于文本文件来说，在导入时只能将文本内容导入到程序的内部，而不能使用链接的方式。如果要将文本放在程序外部，可以使用系统函数或外部函数来读取文本文件的内容。

对于图形和声音来说，在导入时可以选择是嵌入还是链接。

对于数字电影来说，在导入时 Authorware 会根据文件格式自动选择是嵌入还是链接。

2. 链接与嵌入的区别

如果将媒体素材文件嵌入到程序内部，则是将素材文件的所有数据都存放到程序中。如果将媒体素材文件链接到程序，也就是将素材文件存放在程序外部，而在程序中只保存素材文件的文件名和路径。

使用链接功能的最大优点是，在程序开发过程中和程序发布以后，程序人员都可以方便地替换程序中所使用的媒体内容。也就是只需要将外部文件用新的修改后的文件代替时，不需要利用 Authorware 7.02 来重新修改，就可以实现产品功能的修改。但使用这种方法时，在发布程序时，所涉及的文件名及位置就不能再改变了，同时在发行程序时，要确保所有的外部文件都一起发行，并且安装在正确的路径位置上。

使用嵌入功能的优点是发行程序时，不需要再带上素材文件，而是将素材打包在程序内部，这样有利于对素材的保护。但使用这种方法，素材更新时就需要重新修改程序。

对于外部链接的媒体素材，如果媒体文件丢失了，在程序中就不能再使用了。而对于嵌入的媒体素材，即使对应的媒体文件已经丢失，也不会影响到程序的执行。

使用哪一种功能要根据产品的需要来决定，但对于图像和声音来说，可以在编辑程序时使用链接方式导入到程序中，当程序调试完成要正式发布时，又可以将这些媒体素材自动打包到程序内部，详细的方法在发布程序时进行介绍。

10.2.2　外部媒体浏览器

对于使用链接方式导入的媒体素材，除了可以在存放这个媒体文件的图标中进行管理以外，Authorware 还提供了一个"外部媒体浏览器"来对当前程序中所使用的所有外部文件进行管理。

1. 打开外部媒体浏览器

选择菜单命令"窗口"→"外部媒体浏览器"，或者按组合键 Ctrl+Shift+X，就可以打开如图 10.6 所示的"外部媒体浏览器"窗口。但是如果当前程序中没有链接媒体时，会出现一个出错提示框。

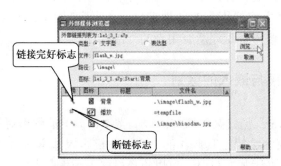

图 10.6　"外部媒体浏览器"窗口

在"外部媒体浏览器"窗口可以看到与当前程序有链接关系的所有外部文件列表，在这里显示了每一个外部媒体文件的名字、文件路径以及它所在的图标的类型和图标名，在列表的第一项中还可以看到这个链接是正常的还是断链的（外部文件已不在指定的位置上）。同样对于使用变量或表达式来指定外部文件的路径的方式，如果变量或表达式的值所对应的外部文件也不在指定位置，Authorware 也会把它当做断链的。

2. 管理外部内容

打开如图 10.6 所示的"外部媒体浏览器"窗口后，就可以修改外部链接文件的文件名和路径。在外部文件列表中单击某一个文件，在选项"类型"后面可以看到当前的链接是使用文字型（直接使用外部文件的具体路径来指定）还是使用表达型（直接变量或表达式来指定），在选项"文件"和选项"路径"后面就可以看到外部文件对应的文件名和路径，在选项"图标"后面可以看到这个外部文件所在的图标在流程线上的层次关系（依次是所在的文件名、所在"群组"图标名、最后是当前图标名）。在选项"类型"后面可以重新指定链接的使用方式；在选项"文件"后面可以重新指定一个文件的名字；在选项"路径"可以修改链接的路径。

如果可以单击"浏览"按钮，就会弹出如图 10.7 所示的"导入哪个文件？"对话框。

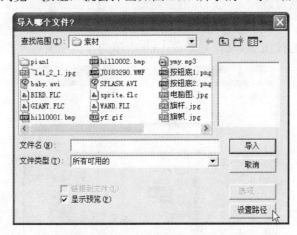

图 10.7　"导入哪个文件？"对话框

在这个对话框中可以重新选择要链接的文件，可以注意到这时对话框中的"链接到文件"复选框是不可用的，也就是所选择的文件只能以链接的方式导入。此外，这个对话框比普通的导入文件对话框多了一个"设置路径"的按钮，这个按钮是将在对话框中当前正在查看的文件夹设置为链接文件的路径，也就是修改"外部媒体浏览器"窗口中的选项"路径"的值。如果在如图 10.7 所示的对话框中选择某个文件，再单击"导入"按钮，则会同时显示"外部媒体浏览器"窗口中的选项"文件"和选项"路径"的值。

10.2.3　输出内部多媒体素材

对于嵌入在内部的素材，如果对应的文件已经丢失而又必须对这些内部媒体数据进行修改，就可以将这些多媒体素材导出到程序外部。方法如下

选中要导出的媒体所在的一个图标或多个图标，再选择菜单命令"文件"→"导入和导出"→"导出媒体"，这时会弹出如图 10.8 所示的"导出媒体"对话框。

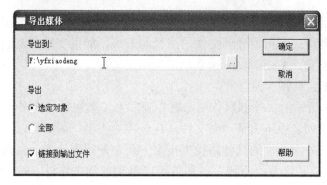

图 10.8 "导出媒体"对话框

在选项"导出"下面有两个单选按钮，如果选中"选定对象"，则只导出所选中的图标中的媒体素材；如果选中"全部"，则导出当前程序所有的媒体素材。

如果选中了"链接到输出文件"复选框，则在导出媒体后，Authorware 将原来的嵌入内部方式存放的媒体转换为链接方式，并链接到对应的导出的媒体文件。

在选项"导出到"下面的输入框中可以指定要导出的媒体的保存路径，可以直接输入路径，也可以单击右边的按钮 来打开如图 10.9 所示的"浏览文件夹"对话框选择路径。

图 10.9 "浏览文件夹"对话框

在文件夹树形列表中单击要指定的文件夹，再单击"确定"按钮关闭对话框，在如图 10.8 所示的"导出媒体"对话框中可以看到所选择的路径。

在"导出媒体"对话框中设置后，单击"确定"按钮，就可以将媒体素材从程序内部导出到外部，导出后的媒体的文件名使用的是图标的名字，如果有多个相同的对象，就添加一个序号来命名。

可以导出的媒体种类是文本、图像、声音和导入内部的数字电影，Authorware 会根据不同的素材使用不同的保存方式。对于文本，导出后的文本保存在 RTF 文档中，并且同一个图标中的多个文本块会导出到多个 RTF 文档中；对于图像和声音，Authorware 会将它按原来的格式导出；对于数字电影，Authorware 在导出后会转换成 BMP 格式的序列文件，也就是每一帧转换为一个 BMP 图像文件（256 色）。

10.3　打包或发布

当程序设计全部完成后，就需要对程序进行发布，以便程序能够发行。因为最终用户的机器中不可能都安装有 Authorware 7.02，因此必须将 Authorware 制作的程序发布成可以独立运行的多媒体软件。Authorware 7.0 提供了强大的一键发布功能，可一次同时发布格式为 EXE 文件（或不带播放器的 A7R 文件）、适用于网络播放的 AAM 文件和 HTML 网页文件。

10.3.1　Authorware 播放器的版本

要发行 Authorware 制作的产品之前，首先要考虑的是使用何种介质来作为存储程序的载体，是本机硬盘、光盘，还是网络，这要根据最终用户的需求。

使用 Authorware 制作的源程序只能在安装有 Authorware 的计算机中打开，为了方便在没有安装 Authorware 的计算机也能查看多媒体程序的内容，Authorware 也使用了类似于音乐和电影播放器的一个播放器，这就是 Authorware 的 run-time 应用程序。

Authorware 的播放器包括两种：一种是单机版的，适用于在本地硬盘、光盘或者局域网中使用；另一种网络版的，适用于局域网或者互联网。为此可以根据需要将 Authorware 程序发布为支持单机运行的软件，也可以发布为在网络中运行的软件。

1. 单机版

单机版的播放器又包括两种：一种是支持 Windows 系列操作系统的，可执行文件是 Runa7w32.exe，可以在 Authorware 安装后的文件夹中找到，它可以在 Windows 95、Windows 98、Windows Me、Windows NT 4.0、Windows 2000 Pro、Windows 2000 Server、Windows XP、Windows 2003 Server、Windows Vista 这些操作系统中使用；另一种是支持苹果系列操作系统，可执行文件可以在 Authorware 的官方网站中找到，可以在 Mac OS 系列的操作系统中使用。

要使用单机版的播放器来播放 Authorware 程序，就需要对 Authorware 程序进行打包，这时有两种处理方法：一种方法是把播放器和被打包程序分开，只对程序进行打包（类似于其他编程语言的编译），这样得到的是一个不带播放器的 a7r 格式不能独立运行的程序文件，最后将打包后的程序和播放器一起进行发行；另一种方法是将播放器和被打包程序合成在一个文件中，这样得到的是一个可以独立运行的可执行文件。

如果一个产品中包含多个程序，而这几个程序由用跳转类系统函数 JumpFile 或 JumpFileReturn 来连接的，通常可以把第一个程序发布为带播放器的文件，而把其他程序发布为不带播放器的文件。

2. 网络版

Authorware 的网络版播放器实际上是网页浏览器（如 Internet Explorer）的一个插件，它可以在线安装，也就是在用户浏览包含有 Authorware 插件的网页时自动从 Macromedia 的网站中下载，也可以使用由第三方制作的一些网络播放器安装文件来让用户在自己的计算机中进行安装。

要使用 Authorware 的网络播放器，就需要将 Authorware 程序进行网络化打包。它实际上是将打包好的 a7r 文件分割成适用于网络传输的片段文件，再用一个格式为 aam 的文件来记录所有的片段文件在整个程序文件中的位置和大小，然后将 aam 文件嵌入到网页中。

另外要说明的是，Authorware 的不同版本，提供的播放器是不相同的，不能相互兼容，也就是说，Authorware 7.02 的播放器不能播放 Authorware 6.x 以及以前版本的程序文件。

10.3.2 Windows 中应用程序的发布

为了帮助程序设计人员发行程序，Authorware 提供了一键发布功能，它实际上是一个综合性的工具，在进行相关的设置后，就可以将程序打包，并带上所有与程序相关的文件。在发布前首先要将制作好的程序保存到一个源程序文件中，未保存的临时程序不能打包。

1．发布程序时所需要的文件

在使用 Authorware 的播放器来播放程序时，除了程序本身，还需要其他支持文件，包括外部链接文件、包含过渡效果的 Xtra 文件、播放数字电影的驱动程序文件、动态链接库 DLL 文件等。

2．发布设置

在使用一键发布之前，需要进行一些设置，以便能够根据需要来打包和发布应用程序。下面以一个制作好的课件为例来进行介绍。

选择菜单命令"文件"→"发布"→"发布设置"，或按组合键 Ctrl+F12，就可以打开如图 10.10 所示的"一键发布"设置对话框。

其中选项"指针或库"是即将要发布文件的完整路径名，默认选项为当前打开的文件。如果希望发布其他文件，可以单击右侧的按钮 ，在出现的下拉菜单中进行选择，要是没有所需要的文件，可以单击"Open"命令，从出现的对话框中选择路径及文件。

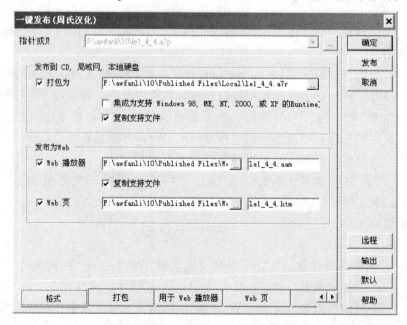

图 10.10 "一键发布"设置对话框

这个对话框默认包含 5 个选项卡，根据在"格式"选项卡中的选择，选项卡的数量会发生变化。

（1）指定输出文件类型。在默认的"格式"选项卡中的各选项含义如下。

选项区域"发布到 CD，局域网，本地硬盘"包括一个选项。

选项"打包为"是用来设定打包后文件要保存的位置，如要修改保存的位置，可以单击右侧的按钮 ，从出现的"打包文件为"对话框中选择路径和设置打包后的文件名。这个选项还包括两个复选框：如果选中"集成为支持 Windows 98，ME，NT，2000，或 XP 的 Runtime 文件"复选框，打包得到的应用程序中含有 Authorware Runtime 应用程序，这样打包后将生成 EXE 文件，可以单独运行于 Windows 系统下。如果选中"复制支持文件"复选框，会将在"文件"选项卡中指定的文件一起复制到指定的打包文件的路径中。

选项区域"发布为 Web"是设置网络发布的文件存储路径及文件名。其中包括两个选项：选项"Web 播放器"是指发布的应用程序可以应用 Authorware 7.0 网络播放程序进行播放，其后缀为.aam。选项"Web 页"将发布一个网页应用文件，其后缀为.htm。

这里只需要发布为单机格式，取消选项"Web 播放器"和选项"Web 页"这两个复选框的选中状态，这时对话框如图 10.11 所示。

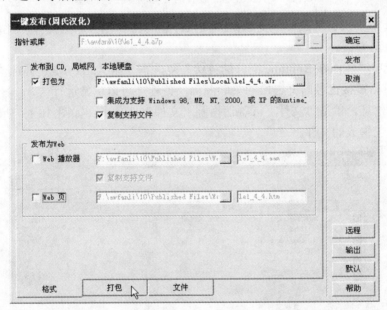

图 10.11　只发布单机版时的"一键发布"设置对话框

（2）打包选项设置。单击"打包"标签切换到 "打包"选项卡，如图 10.12 所示，在这个选项卡中可以设置一些打包时的属性。

其中包括一个选项区域"打包"选项，里面有 4 个复选框。

● 如果选中"打包所有库在内"复选框，则将所有的库文件打包到可执行文件中，有利于防止因为链接不当而产生的错误，但会加大文件的体积。

● 如果选中"打包外部媒体在内" 复选框，将把程序中链接的外部媒体文件打包到程序中。注意，此选项对链接的数字电影文件无效。而对于链接的图片可以在编程时使用链接的方式，而打包时再导入程序内部。如果不想将链接文件打包进程序内部，则可以取消这个复选框。

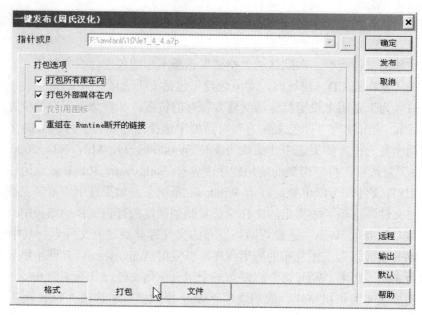

图 10.12 "一键发布"设置对话框的"打包"选项卡

● 如果选中"仅引用图标"复选框，就只打包与文件相关联的图标。此选项只在打包库文件时有效。

● 如果选中"重组在 Runtime 断开的链接"复选框，则 Authorware 7.0 会在运行程序时自动重新链接已经断开链接的关联图标，使程序可以正常运行。

（3）文件信息。单击"文件"标签切换到"文件"选项卡，如图 10.13 所示，这个选项卡用来设置打包生成的文件。

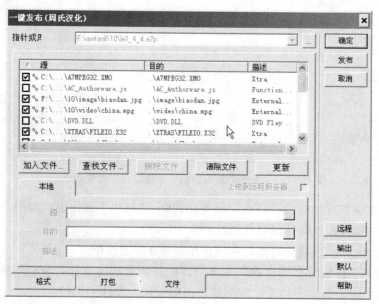

图 10.13 "一键发布"设置对话框的"文件"选项卡

在文件列表中列出了 Authorware 程序文件打包后的文件以及 Authorware 所能找到的所有支持文件。在文件列表中单击任何一个文件，将在下方的"本地"栏中显示相应的信息，在选项"源"后面可以看到和修改所选文件的原始位置，在选项"目的"的后面可以看到所

选文件将要复制到的位置，可以在后面的输入框中输入新的路径，也可以单击这个输入框右边的按钮﹏|，这时会弹出一个"选择目标文件"的对话框来指定路径。在选项"描述"后面可以看到和修改所选文件的描述信息。

如果不想复制某个支持文件，则可以在文件列表中单击选中这个文件，再单击"删除文件"按钮；如果单击"清除文件"按钮则会从列表中删除所有的支持文件。

单击"查找支持文件"按钮，则会弹出如图 10.14 所示的"查找支持文件"对话框。

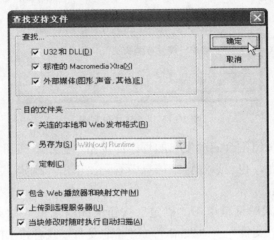

图 10.14 "查找支持文件"对话框

在对话框中可以查找当前程序所需要的支持文件，根据需要选择不同的选项，设置后单击"确定"按钮，Authorware 就会自动查找支持文件，并将查找到的文件放到如图 10.13 所示的文件列表框中。

如果有些支持文件不能被 Authorware 所找到，如使用系统函数来读取的文本文件等，对于这些文件，可以在如图 10.13 所示的对话框中单击"加入文件"按钮，则会弹出如图 10.15 所示的"加入文件夹－源"对话框。

图 10.15 "加入文件夹 － 源"对话框

在这个对话框中，可以选择程序要使用的支持文件，选择后，再单击"打开"按钮，所选的文件就会被放到如图 10.13 所示的文件列表框中。

3. 导出设置信息

在"一键发布"设置对话框中单击右侧的"输出"按钮，可以将发布设置保存为注册表文件（*.reg）。

4. 打包发布

设置完成后，在"一键发布"设置对话框右侧，单击"发布"按钮，Authorware 7.0 将开始对文件进行打包，打包完毕后，出现如图 10.16 所示的发布完毕对话框。

图 10.16　一键发布完成

如果单击"预览"按钮则会启动发布的程序；单击"细节"按钮将显示发布详细信息，如果发布过程中出现问题，也可以在详细信息中看到。单击"确定"按钮完成发布，并返回"一键发布"设置对话框。

在"一键发布"设置对话框单击"确定"按钮关闭对话框。如果已经进行过发布设置后，可以选择菜单命令"文件"→"发布"→"一键发布"或者按 F12 键，也可以将当前程序文件进行发布。

5. 批量发布

在 Authorware 7.0 中新增了批量发布功能，操作步骤如下。

选择菜单命令"文件"→"发布"→"批量发布"，打开批量发布对话框，如图 10.17 所示。

单击对话框上的"添加"按钮，出现选择文件对话框。通过该对话框添加发布文件，如图 10.18 所示。在这个对话框中，可以按住 Ctrl 键，再依次单击要选择的文件，这样可以选中文件名不连续的多个文件；也可以单击一个文件，再按住 Shift 键不放，单击另一个文件，这样可以选中这两个文件之间的所有文件。

图 10.17　批量发布对话框

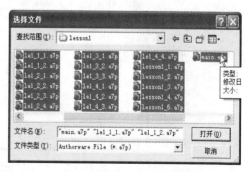

图 10.18　添加批量发布文件

选择好文件后，单击"打开"按钮打开所选文件后，所选文件就出现在批量发布对话框的列表框中，如图 10.19 所示。

如果要从列表中删除某个文件，在列表中单击这个文件，再单击"删除"按钮即可。

添加要发布的文件后，可以单击"发布"按钮，Authorware 就会按每个文件的一键发布设置来发布文件。在发布过程中可以看到发布进度，即当前在发布第几个程序，如图 10.20 所示。

图 10.19　添加了文件的批量发布对话框

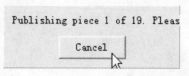

图 10.20　发布进度

发布成功后出现如图 10.21 所示的发布完毕对话框。

单击"细节"按钮可以查看详细发布信息，如果出现问题，可以在详细信息中看到。

单击"确定"按钮就返回到如图 10.19 所示的批量发布对话框，在这里如果单击"确定"按钮，则会先弹出如图 10.22 所示的"批保存为"对话框。

图 10.21　批量发布完毕对话框

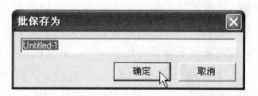

图 10.22　"批保存为"对话框

在这个对话框中可以将批量设置保存起来。通常在如图 10.19 所示的批量发布对话框中单击"取消"按钮来关闭对话框。

10.3.3　Web 流媒体的发布

在 Authorware 提供一键发布功能之前，要将 Authorware 程序发布成网络格式是一件非常麻烦的事。而使用一键发布，就只要设置好相关的选项即可。如果要发布到网上，保存的网络文件名不能包含中文，并且源程序也尽量不使用中文名。后缀为.aam 的文件可以直接在浏览器中查看，也可以把它嵌入到网页中去。

1．发布设置

要进行网络打包，同样要先进行设置。首先打开如图 10.10 所示的"一键发布"设置对话框，这里只需要发布为网络格式，因此取消选项"打包为"这个复选框的选中状态，这时对话框如图 10.23 所示。

（1）网络播放设置。单击"用于 Web 播放器"标签切换到"用于 Web 播放器"选项卡，如图 10.24 所示，这个选项卡主要用于网络播放文件进行设置。

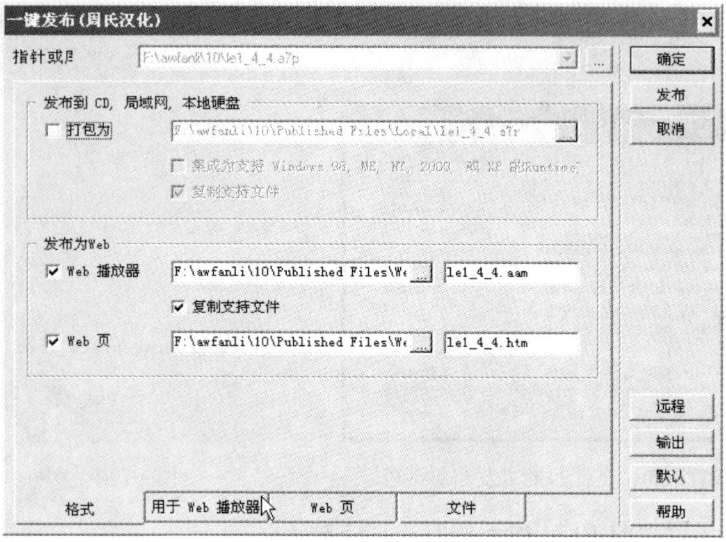

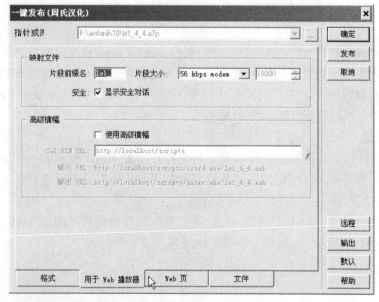

图 10.23 取消选项"打包为"的"一键发布"设置对话框

其中各选项含义如下。

选项区域"映射文件"是对发布后的片段文件的一些设置，其中包含 3 个选项。

● 选项"片段前缀名"是设置分割成的片段文件的文件头名称。Authorware 是使用 8.3
  节的文件名结构来给片段文件命名，即文件名称部分包含 8 位，后缀名包含 3 位。
  而文件名称部分的前 4 位由这个选项来指定，后面的 4 位自动从 0001（十六进制）
  开始命名。

● 选项"片段大小"是指定分割成的片段文件的大小。系统默认为将原程序压缩为
  16KB 大小的多个数据包。可以在右边的下拉列表框中选择要适应的网络，
  Authorware 7.0 将自动指定大小；也可以在下拉列表中选择"Custom"，然后在右边
  的输入框中输入数值。

● 选项"安全"是指定在用户浏览时是否显示安全信息提示框。

图 10.24   "一键发布"设置对话框的"用于 Web 播放器"选项卡

选项区域"高级横幅"是在该项中可以设置高级流的信息。

当选中"使用高级横幅"复选项时，下面的内容变为可用状态，这样就可以对网址进行设置。

（2）网页文件的设置。单击"Web 页"选项卡，如图 10.25 所示，这个选项卡主要是对发布网页文件（htm）的设置。

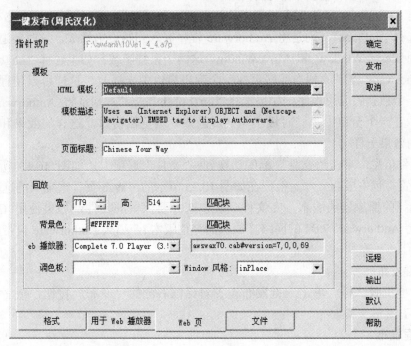

图 10.25 "一键发布"设置对话框的"Web 页"选项卡

其中各选项含义如下。

（1）选项区域"模板"是对网页模板的一些设置。其中包含 3 个选项。

● 选项"HTML 模板"是指定发布后的网页使用的模板。

● 选项"模板描述"会列出所选择的模板类型的描述信息。

● 选项"页面标题"是指定发布后的网页出现在浏览器的标题栏上的标题，默认是使用在文件属性面板中指定的标题名。

（2）选项区域"回放"是对网页显示属性进行设置，其中包括网页显示的大小、背景颜色、播放程序及窗口风格等。包括以下选项：

● 选项"宽"和"高"是指定发布后的程序在网页中显示的大小。单击其后的"匹配块"按钮则自动设为源程序文件属性面板中指定的"演示窗口"大小。

● 选项"背景色"是指定发布后网页的背景色。单击其后的"匹配块"按钮则自动设为源程序文件属性面板中指定的背景色。

● 选项"Web 播放器"是指定调用的网络播放器。可选的播放器有 3 种设置：Complete 7.0 Player（支持 Authorware 7.02 的网络播放器的完整版本）、Compact 7.0 Player（支持 Authorware 7.02 的网络播放器的简化版本）、Full 7.0 Player（支持 Authorware 7.02 以及所有 Authorware 版本的网络播放器的完全版本）。默认是 Complete 7.0 Player，通常不用修改。当最终用户通过网页浏览器浏览包含

Authorware 程序的插件时，如果没有安装网络播放器，则会自动从 Authorware 的官方网站上下载，但建议尽量把第三方的网络播放器安装版提供给用户下载使用。

- 选项"调色板"：指定网页浏览器在浏览发布后的网页时所使用的调色板。有两种选择：如果选择"前景"，则使用 Authorware 程序的调色板，这是默认选择；如果选择"背景"，则使用浏览器的调色板。
- 选项"Windows 风格"是指定网络浏览器如何显示发布后的网页。有 3 种选择：如果选择"inPlace"，则是将 Authorware 程序嵌入到网页中播放，这时要避免在程序中使用 ResizeWindow 和 MoveWindow 这两个系统函数；如果选择"onTop"，则是将 Authorware 程序放到当前网页的一个弹出窗口中来播放，这样可以使程序看起来更像一个独立的应用程序；如果选择"onTopMinimize"，则是将 Authorware 程序单独显示在一个窗口中，同时极小化（或隐藏）浏览器窗口，这样的效果和一个单机程序的效果一样。

（3）文件信息。单击"文件"标签切换到 "文件"选项卡，如图 10.13 所示，这个选项卡用来设置打包生成的文件。根据在如图 10.25 所示的"Web 页"选项卡的选项"Web 播放器"中选择的播放器的版本，在文件列表中选择要保留的文件，如果使用 Complete 7.0 Player（支持 Authorware 7.02 的网络播放器的完整版本），那么 Authorware 自带的 Xtra 文件就不需要带上。

2．一键发布

和发布单机版一样，单击一键发布设置对话框右侧的"发布"按钮，或者在保存设置后，可以按 F12 键一键发布。

3．远程发布

Authorware 还可以将文件直接发布到 FTP 网络中的机器中。

单击一键发布设置对话框右侧的"远程"按钮，会弹出"远程设置"对话框。

在这个对话框中可以设置将在发布文件的同时将文件发布到远程主机上。方法是：选中复选框"发布到远程服务器"，然后在选项"FTP 主机"填写主机地址，在选项"主机目录"后的文本框内输入上传主机的文件目录，然后在"登录"及"密码"文本框内分别填上用户名和密码，设置好后单击"确定"按钮。

在如图 10.13 所示的"文件"选项卡中，在文件列表中单击某个文件，可以看到复选框"上传到远程服务器"是否可用，如果可用，就可以设置是否在发布时上传。

如果计算机已连线上网，在发布程序的同时就可以登录主机并上传网络文件。

10.3.4　在苹果系统中打包

只要在苹果系统中重新发布，就可以将 Authorware 程序运行于 Mac OS 系列的操作系统中。

1．准备工作

在苹果系统中打包之前，先要在 Windows 系统中将 Authorware 源程序发布成不带播放器的 a7r 文件，然后将 a7r 文件和外部链接的媒体文件一起复制到苹果机器中。

在苹果系统中安装 Authorware 提供的苹果系统打包工具（可以到官方网站下载，也可以到 http://www.yfshuma.com/downa 下载）。

2. 打包

启动 Authorware 7 Packager 的程序窗口，如图 10.26 所示。

图 10.26　Authorware 7 Packager 的程序窗口

单击"Browse"按钮，打开如图 10.27 所示的选择文件的"Open"对话框。

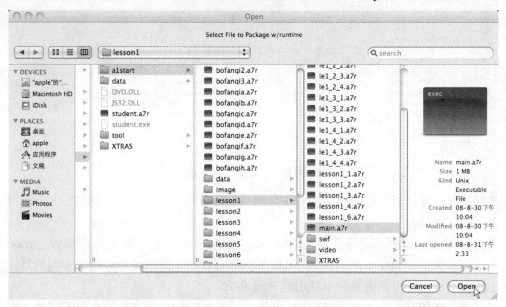

图 10.27　"Open"对话框

在选择文件对话框中找到要打包的 a7r 文件所在的文件夹，单击 a7r 可以看到右下角的 "Open"按钮变为可用，这时可以单击"Open"按钮选择文件并返回如图 10.26 所示的程序窗口。

下面介绍单机版的打包过程：

在程序窗口中选中"Package for Mac Playback"单选按钮，在下方的下拉列表框中有两个选择：如果选择"For Power Machintosh Native"，则是发布为可以直接运行的程序；如果选择"Without Runtime"，则是发布为不带播放器的程序。

选中"Package With Fonts"复选框，将字体一起打包进程序中。

根据需要进行设置，如图 10.28 所示。

设置后，单击"Package"按钮，这时会弹出如图 10.29 所示的选择保存位置的"Save"对话框。

图 10.28　单机打包的设置

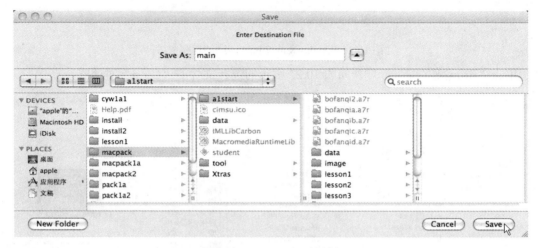

图 10.29　"Save" 对话框

选择好保存路径后，单击对话框右下角的"Save"按钮就可以完成打包。

3．注意的问题

要将 Authorware 程序在苹果系统中使用，首先要注意的是，苹果系统和 Windows 系统有很多不同，但是 Authorware 的绝大多数图标都可以在苹果系统中使用，不同的是在播放数字电影时，尽量使用苹果系统中常用的 mov 格式。

另外要注意的是，在苹果系统中 Authorware 程序所使用的支持文件是不同的。在苹果系统中，可以在打包工具的安装目录下找到相关的支持文件，如图 10.30 所示。

图 10.30　苹果系统中 Authorware 的支持文件

通常需要把 IMLLibCarbon、MacromediaRuntimeLib 这两个文件和 Xtras 目录一起复制到打包后的程序文件所在的目录中。如果打包后的是不带播放器的程序文件，则要使用如图 10.30 所示的文件 RunA7M 来播放。

习　题

1．程序调试的方法有哪些？
2．Authorware 多媒体应用程序发布最方便、快捷的方式是哪种方式？

第4篇 高级应用

第11章 使用插件扩充 Authorware 功能

为了增加对计算机更深层次、更广泛的控制，Authorware 还通过使用 Xtras（插件）来拓展多媒体程序的应用，从而给多媒体程序的设计带来更多的生机与活力。

11.1 Xtra 简介

Authorware 的图标在多媒体创作方面提供了很强的功能，但是 Authorware 还在这个基础上提供了可扩展性，这样程序员就可以给 Authorware 增加新的功能。

11.1.1 Macromedia 公司的 Xtras 模型

Authorware 是使用一种被称为 Xtra 的技术来扩展其功能。Xtras 文件（后缀名为.X32）是一类用于实现扩展功能的特殊文件，Xtras 的定义可以理解为：按照 Macromedia 公司的开发规范 Xtra Development Kit（XDK）开发出来的，专为 Macromedia 公司的产品提供扩展功能的一类文件。

Authorware 7.02 将所有的 Xtra 文件都存放在 Authorware 安装后的目录下的 Xtras 目录中，如图 11.1 所示，里面存放着所有的 Xtras 文件，用于 16 位系统的 Xtras 文件的后缀为 X16，用于 32 位系统的 Xtras 文件的后缀为 X32，从版本 7 开始 X16 文件已经被淘汰。

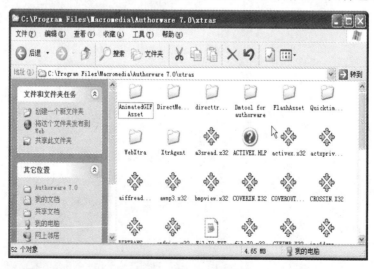

图 11.1　Xtras 文件夹

程序员自己增加的 Xtra 也可以复制到该目录中，Authorware 便会自动识别，如果不与其他 Xtra 文件产生冲突，便可以直接在 Authorware 中使用了，应用起来非常方便。Authorware 安装时自带了很多 Xtra 文件（部分为 Authorware 的核心组件），目前也有很多第三方公司和个人从事 Xtras 的开发，例如，在 Authorware 7.02 汉化版中就由汉化作者提供了很多 Xtra 文件。

11.1.2 插件的种类

在 Authorware 中，按照 Xtra 功能的不同，可以将 Xtra 分为以下 5 种类型。

1. Transition Xtras

Transition Xtras 专门提供多种多样的过渡效果，在使用"显示"图标、"交互"图标、"擦除"图标、交互分支等图标时，可以让对象的显示或擦除产生丰富多彩的过渡效果。例如，以百叶窗效果擦除一个对象，或是让一个对象缓慢浮现等。

2. Sprite Xtras

Sprite Xtras 可以在 Authorware 流程线上添加一些具有特殊功能的图标，即 Sprite 图标，例如，插入 ActiveX 控件，播放 Flash 动画、GIF 动画、QuickTime 电影等。

3. Scripting Xtras

Scripting Xtras 为 Authorware 提供一些自定义函数，功能与 UCD 文件类似，可以像使用系统函数一样调用它们，但无须手动加载文件中的函数，只要把 Xtra 文件复制到 Xtras 文件夹中即可。

4. MIX、service 和 viewer Xtras

此类 Xtras 为 Authorware 的核心组件，在进行程序设计，程序调试与运行时，都必须有这些 Xtras 文件提供支持。

5. Tool Xtras

Tool Xtras 为 Authorware 提供一些附加的功能，并将出现在 Authorware 的 Xtras 菜单中，例如"Convert WAV to SWA"（转换 WAV 为 SWA），如图 11.2 所示，该 Tool Xtra 可以将 WAV 文件转换成 SWA 文件。

图 11.2　Tool Xtra

注意：对于 Authorware 自带的 Xtra 来说，在一键发布时，Authorware 可以自动添加到一键发布对话框中的文件列表中；对于第三方提供的 Xtra 文件，在发布程序时，就需要在一键发布对话框中手动添加，或者直接复制到发布后的打包程序的 Xtras 目录中。

11.2　Sprite 插件的使用

Authorware 功能的扩展性在 Sprite Xtra 上得到重要体现，正是 Sprite Xtra 所提供的特殊功能给多媒体创作带来了许多便利。Sprite Xtra 可以用"计算"图标进行控制，而且属性也可以通过脚本指定，就像 Authorware 中的内置媒体文件一样。

11.2.1　Sprite 插件简介

Sprite Xtra 是较为重要的一类 Xtra，它能够为 Authorware 增加一些特殊的功能，例如，后面专门介绍过的 ActiceX，用于播放 Flash 动画的 Flash Asset Xtra，用于播放 GIF 动画的 Animated GIF Asset Xtra，用于播放 QuickTime 格式文件的 QuickTime Asset Xtra，以及一些诸如 MPEG Advance Xtra、DirectMedia Xtra、QuickDraw 3D Model 的第三方 Sprite Xtras 等。

如果需要应用第三方 Sprite Xtras，只要将对应的 X32 文件复制到 Authorware 安装目录下的 Xtras 文件夹中，Authorware 会自动识别，新添加的 Sprite Xtra 将会出现在"插入"菜单中，如图 11.3 所示。

图 11.3　第三方 Sprite Xtras

例如，Tabuleiro Xtras 和 DirectXtras 就是由汉化版添加而成的插件。

在流程线上单击要插入 Sprite Xtra 的位置，将粘贴指针移到这里，再在"插入"菜单中选择相应的命令，例如，插入 Flash xtra 的菜单命令是"插入"→"媒体"→"Flash Movie"；弹出 Sprite Xtra 的属性设置对话框，设置后单击"确定"按钮关闭对话框后，在流程线上就会出现一个 Sprite Xtra 图标，不同的 Sprite Xtra 对应的 Sprite Xtra 图标也不同，如图 11.4 所示的就是一些常见的 Sprite Xtra 图标。

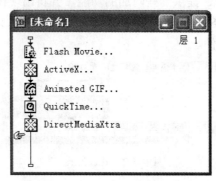

图 11.4　常见的 Sprite Xtra 图标

和其他图标一样，Sprite Xtra 图标也有自己的属性面板，而且基本上都是自带单独的属性设置对话框。此外 Sprite Xtras 也支持方法和事件，可以用 CallSprite()函数调用其方法，还可为其设置事件交互。

除了在 Sprite Xtras 的图标面板或属性设置对话框中设置属性外，也可以使用相关函数来设置属性或者获得属性的值，这几个函数为 GetIconProperty()、GetSpriteProperty()、

SetIconProperty()和 SetSpriteProperty()，它们的功能见表 11.1。

表 11.1　设置 Sprite 图标属性的相关函数

函　　数	功　　能
GetIconProperty()	获取 Sprite 图标的属性值
GetSpriteProperty()	获取 Sprite 对象的属性值
SetIconProperty()	设置 Sprite 图标的属性值
SetSpriteProperty()	设置 Sprite 对象的属性值

仅从表中的解释可能还不能区分它们之间的区别，这里先简要介绍：Sprite 对象和 Sprite 图标是不同的，它们相互独立但又联系紧密，Sprite 对象需要通过 Sprite 图标才能引入到 Authorware 中得以演示，例如，Flash 动画作为一个 Sprite 对象，它必须通过一个 Sprite 图标（如 Flash Asset Xtra 图标）才能插入 Authorware 文件内。针对 Sprite 对象的函数中带有"Sprite"，而针对 Sprite 图标的函数带有"Icon"（也有某些属性同时支持这两类函数），在附录中给出常见的 Sprite Xtra 属性和方法的介绍。

11.2.2　事件交互

事件交互与其他各种交互类型相比有着本质的区别。其他的交互类型可以说是程序与用户之间进行交互，而事件交互则是程序与 Sprite Xtra 之间的交互。例如，程序同 Flash 动画的交互等。

1．事件交互的设置

打开事件交互类型的属性面板，如图 11.5 所示。

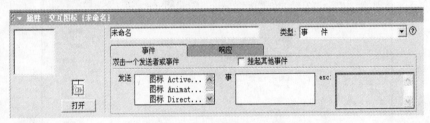

图 11.5　事件交互的属性面板

其中的"响应"选项卡中的选项和按钮交互的完全一样。

"事件"选项卡中各选项的说明如下。

● 选项"发送"是设置事件发送者，在它右边的列表框中列出了当前应用程序中可以发送事件的所有 Sprite Xtra 图标。双击某个 Sprite Xtra 图标可以选中它，选中的 Sprite Xtra 图标前会有一个"x"标志。再次双击就可以取消选中。

● 选项"事件"是设置接收的事件，在它右边的列表框中列出的是在选项"发送"中选择的 Sprite Xtra 图标可以发送的所有事件，可以从中选择一种或多种作为事件交互将要响应的事件。双击某个事件可以选中它，选中的事件前会有一个"x"标志。要选中事件，也可以在选项"发送"中单击某个 Sprite Xtra 图标，再在事件列表中双击要选择的事件。再次双击就可以取消选中。在同一个事件交互中可以选择多个要响应的事件。

- 选项"esc"是当前所选择事件的简要说明，主要是事件调用的使用方法。
- 如果选中"挂起其他事件"复选框，则程序响应本事件时，不再响应其他的事件，以防止其他事件的干扰。
- 在未选中事件发送者或事件时，在属性面板中可以看到提示"双击一个发送者或事件"。

2. 插件的事件处理

事件是用户与 Sprite Xtra 对象交互操作时产生的操作或者变化，例如，用户在文本框控件中输入了内容，或者在 Flash 中使用 getURL 来打开网页等。

Authorware 使用事件交互来接收由控件发送的事件，当 Sprite Xtra 对象产生事件后，如果这个事件和事件交互中指定的事件相匹配，则执行事件交互分支中的图标。

11.2.3 Animated GIF Asset Xtra

GIF 动画是在网络中非常常见的一种动画文件格式，它是基于位图的动画，一般都制作成画小、播放长度短、容量较小的文件。如果在"显示"图标中直接导入 GIF 文件，则只能显示静态的 GIF 图片，或者是显示动态显示 GIF 动画的第一帧。Authorware 提供对 Animated GIF 的支持，就是使用 Animated GIF Asset Xtra 播放 GIF 动画。

1. 导入 GIF 动画

在流程线上要插入 Gif 动画的位置单击，将粘贴指针移到这里，选择菜单命令"插入"→"媒体"→"Animated GIF"，会弹出如图 11.6 所示"Animated GIF Asset 属性"对话框，在此可以进行 Gif 动画的播放属性设置。

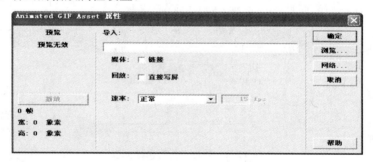

图 11.6 "Animated GIF Asset 属性"对话框

要添加 Gif 动画，可以在选项"导入"下面直接输入要使用的 Gif 动画文件的路径；或者单击"浏览"按钮打开浏览文件对话框，再选择需要播放的 Gif 动画文件。

如果要播放互联网上的动画，可以单击"网络"按钮，在弹出的如图 11.7 所示的"Open URL"对话框中直接输入 Gif 动画文件的 URL 地址。要使用这种方式，必须是程序人员和最终用户的机器在线。

图 11.7 输入 GIF 文件的 URL 地址

设置好其他属性后，单击"确定"按钮关闭"Animated GIF Asset 属性"对话框，在流程线上就出现一个 Gif Xtra 图标。

2. 设置 Gif Xtra 图标的属性

打开 Gif Xtra 图标的属性面板，如图 11.8 所示。

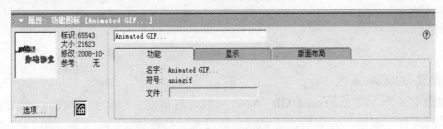

图 11.8　Gif Xtra 图标的属性面板

在"功能"选项卡中的各选项显示的是一些提示信息。

（1）"显示"选项卡。单击"显示"选项卡，如图 11.9 所示。

图 11.9　"显示"选项卡

下面是各个选项的含义。

● 选项"层"可以指定 Gif 动画显示的层，和其他的显示对象的层是一样的。

● 选项"特效"可以指定 Gif 动画显示时的过渡效果，和"显示"图标的一样。

● 选项"模式"是设定 Gif 动画的显示模式的，和在"显示"图标中导入的图形的设置中的选项"模式"是一样的。

● 选项"颜色"包含两种，分别是"前景色"和"背景色"，用来修改 Gif 动画的前景色和背景色的显示。可以单击旁边的颜色方块来选择要设置的颜色。

● 选项"选项"中的复选框是设置 Gif 动画的显示效果的，其中的 3 个复选框分别是：如果选中"防止自动擦除"复选框，就可以让 Gif 动画不被其他图标设置的自动擦除功能从"演示窗口"中擦掉；如果选中"擦除以前内容"复选框，则执行到这个 Gif Xtra 图标时，将擦除这个图标以前显示的内容（除非该图标也设置了"防止自动擦除"）；如果选中了"直接写屏"复选框，则 Gif 动画将显示在所有对象的最上层，而且此时选项"层"中的设置变成无效，选项"特效"也变为不可用。

（2）"版面布局"选项卡。单击"版面布局"选项卡，如图 11.10 所示。

该选项卡中的选项和"交互"图标的属性面板中的"版面布局"选项卡是一样的，同样和"显示"图标的属性面板的各个选项的功能以及设置方法都是一样的。

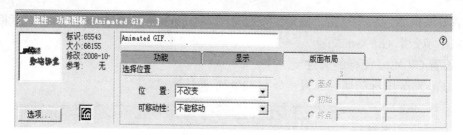

图 11.10　Gif Xtra 图标的属性面板的"版面布局"选项卡

3. 设置 Gif Xtra 属性

在如图 11.6 所示"Animated GIF Asset 属性"对话框中指定要播放的 Gif 动画时，可以设置相关的属性。在导入完成后，还可以重新设置这些属性。

在 Gif Xtra 图标的属性面板中单击左下角的"选项"按钮，就又会打开如图 11.6 所示"Animated GIF Asset 属性"对话框。

（1）选项"媒体"包含一个"链接"复选框，如果选中这个复选框，则 Gif 动画是以链接的方式存放在程序外部的，在程序中只记录 Gif 动画的路径；如果不选中，则将 Gif 动画嵌入到程序的内部。当选中"链接"复选框，在上方的"导入"选项的提示变成了"链接文件"。

（2）选项"回放"包含一个"直接写屏"复选框，这和 Gif Xtra 图标的属性面板的"显示"选项卡中的选项"直接写屏"是一致的。

（3）选项"速率"用于控制 Gif 动画的播放速度。右边的下拉列表框中包含 3 个选择项。

● 正常：这是默认设置，Authorware 中 GIF 动画的默认播放速率为 15fps，即 15 帧/秒。

● 固定：可以指定播放的速度。如果需要更改该速率，可以在"速率"下拉列表框中选择"固定"，然后在右侧的文本框中输入指定的速率。

● 锁步：按当前 Authorware 文件中默认的整体速度播放动画的每一帧。

4. 调整 Gif 动画的显示大小

运行程序应该可以看见正在播放的 GIF 动画。暂停程序，在"演示窗口"中单击选中 Gif 动画，在动画周围会出现 8 个控制句柄，拖曳句柄可以对 GIF 动画的显示大小进行调整，如图 11.11 所示。

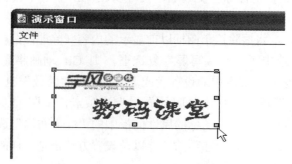

图 11.11　调整 Gif 动画的显示大小

拖曳 Gif 动画可以调整动画在"演示窗口"中的显示位置。这里改变的是 Gif Xtra 图标的播放窗口的位置和大小。

11.2.4 Flash Asset Xtra

Flash 动画是比较流行的一种动画文件格式，它是一种基于矢量的动画，改变大小后不影响画面的质量。在 Authorware 中，可以使用 Flash Asset Xtra 来导入和播放 Flash 动画，还能让程序与动画之间进行交互。

1. 导入 Flash 对象

在流程线上要插入 Flash 动画的位置单击，将粘贴指针移到这里，选择菜单命令"插入"→"媒体"→"Flash Movie"，这时会弹出如图 11.12 所示的"Flash Asset 属性"对话框，在此可以对 Flash Asset Xtra 的属性进行详细设置。

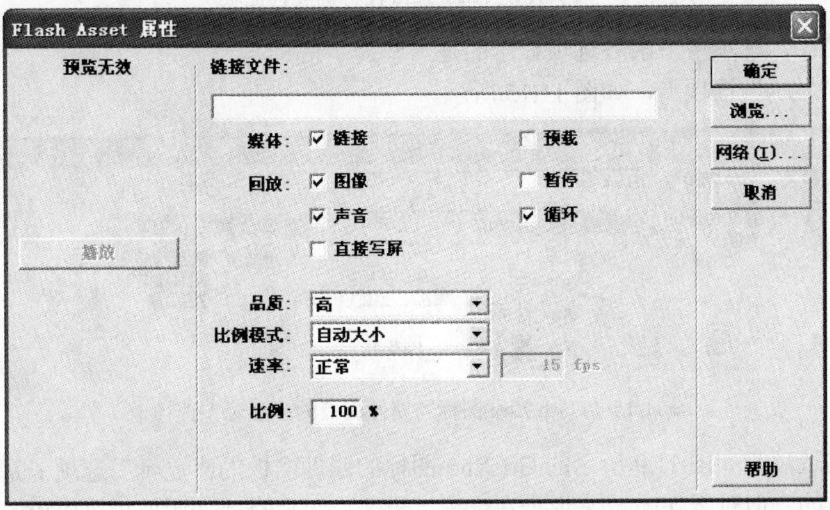

图 11.12　"Flash Asset 属性"对话框

要添加 Flash 动画，可以在选项"链接文件"下面直接输入要使用的 Flash 动画文件的路径，或者单击"浏览"按钮打开浏览文件对话框，再选择需要播放的 swf 文件。

提示：对于 Authorware 来说，可以使用 Flash Asset Xtra 来播放的 Flash 的格式有所限制，最高可以支持 Flash Player 7 版本及以下的 swf 格式。对于更高版本的 swf 文件，可以使用 Shockwave Flash Object 控件来播放。

如果要播放互联网上的动画，可以单击"网络"按钮，在弹出的如图 11.13 所示的"Open URL"对话框中直接输入 swf 文件的 URL 地址。要使用这种方式，程序人员和最终用户的计算机必须是在线的。

图 11.13　直接输入 swf 文件的 URL 地址

设置好后，单击"OK"按钮关闭对话框，在流程线上就出现一个 Flash Xtra 图标。

使用 Flash Asset Xtra 来播放 Flash 动画的最大好处是可以将 Flash 动画嵌入到程序内

部，并且可以设置显示的层和透明效果。

2. Flash Xtra 图标的属性

打开 Flash Xtra 图标的属性面板，如图 11.14 所示。

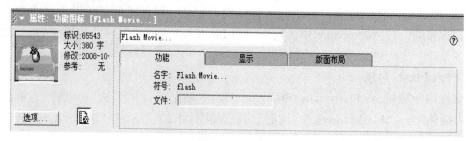

图 11.14　Flash Xtra 图标的属性面板

在"功能"选项卡中的各选项显示的是一些提示信息。

单击"显示"选项卡，如图 11.15 所示。

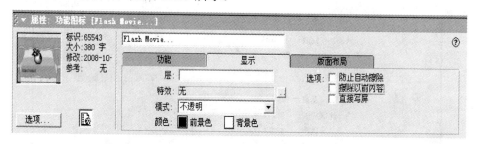

图 11.15　Flash Xtra 图标的属性面板的"显示"选项卡

这里的选项和如图 11.9 所示的 Gif Xtra 图标的属性面板的"显示"选项卡是一样的，设置也是一样的。但对于 Flash 来说，在选项"模式"中只有"透明"项可以用，这一项可以把 Flash 动画的背景去掉，不管 Flash 原来的背景颜色设置成什么颜色。另外选项"颜色"中的"背景色"对 Flash 动画无效。

Flash Xtra 图标的属性面板的"版面布局"选项卡和 Gif Xtra 图标的属性面板的完全一样。

3. Flash 对象的属性设置

在如图 11.12 所示的"Flash Asset 属性"对话框中指定要播放的 Flash 动画时，可以设置相关的属性。在导入完成后，还可以重新设置这些属性。

在如图 11.15 所示的 Flash Xtra 图标的属性面板中单击左下角的"选项"按钮，就会又打开如图 11.12 所示的"Flash Asset 属性"对话框。

（1）选项"媒体"包含两个复选框。

● 默认设置下，程序只是和需要播放的 Flash 动画间建立了一种链接关系，并没有将 swf 文件导入到 Authorware 文件内部，也就是外部 swf 文件的更新能同步反映到程序中。如果需要将 Flash 动画嵌入至 Authorware 文件内部，应该取消"链接"复选框的选中。

● 如果选择了"预载"复选框，则程序在播放 Flash 动画前会将 swf 文件预载入内存，以此提高 Flash 动画的播放速度。如果取消"链接"复选框的选中，将默认选中"预载"。如果选中"链接"复选框，则可以根据需要来决定是否选中"预载"复选框。

（2）选项"回放"包含 5 个复选框。

● 复选框"图像"和"声音"分别用于控制是否显示动画的图像和播放动画中的声音（如果 swf 文件中包含音频）。

● 如果选中"暂停"，则 Flash 动画载入后将暂停在第一帧画面，需要使用其他方式使 Flash 动画开始播放（例如调用 Play 方法）。

● 复选框"循环"决定 Flash 动画是否循环播放。

● 复选框"直接写屏"用于控制是否让 Flash 动画显示于屏幕的最顶层。和 Flash Xtra 图标的属性面板"显示"选项卡中的复选框"直接写屏"是一致的。

（3）选项"品质"包含一个下拉列表框，可以选择 Flash 动画播放时的画面质量。其中包含 4 个选择项。

● "高"：始终以高质量的方式来播放 Flash 动画。

● "低"：始终以低质量的方式来播放 Flash 动画，这样可以加快播放速度。

● "自动-高"：以高质量的方式播放 Flash 动画，一旦不能够以预定的速度播放动画，则降低动画的质量。

● "自动-低"：以低质量的方式播放 Flash 动画，一旦速度提高，则提高动画的质量。

（4）选项"比例"可以对动画的显示进行缩放，这是动画的内容本身的显示比例。可以在后面的输入框中输入一个数（百分比），默认是 100，也就是 100%，就按原来的比例来显示。输入的数可以比 100 小（缩小动画），也可以比 100 大（放大）。Flash 动画的优势就在于放大后仍不变形。

（5）选项"比例模式"可以选择动画画面的缩放模式。它在选项"比例"发生改变或者 Flash 动画的显示大小（实际上是 sprite xtra 的播放窗口大小）被改变后，当这两者不一致时如何进行处理。在后面的下拉列表框中包含 5 个选择项。

● "显示全部"：将动画按 sprite xtra 的播放窗口的比例来缩放动画，但显示动画的全部内容并保持动画的比例，多出的空间用动画的背景色填充。

● "无边界"：将动画按 sprite xtra 的播放窗口的比例来缩放动画，保持动画的比例，超出 sprite xtra 的播放窗口的部分会被截去。

● "精确适配"：不保持动画的比例，将动画按 sprite xtra 的播放窗口的比例来缩放动画，超出 sprite xtra 的播放窗口的部分会被截去。

● "自动大小"：自动将选项"比例"恢复为 100，并将动画按 sprite xtra 的播放窗口的比例来缩放动画。

● "无比例"：保持动画的比例大小，并截去多余的部分。

要调用 Flash Xtra 的播放窗口的大小，可以运行程序再按组合键 Ctrl+P 暂停，就可以任意调整 Flash Xtra 动画的显示大小。

（6）选项"速率"是设置 Flash 动画的播放速度。在后面的下拉列表框中包含 3 个选择项，与动画 GIF 的设置相似。

● 默认是"正常"，播放速率是 15 帧/秒。

● 如果需要调整该速率，可以在下拉列表中选择"固定"，然后在右侧的文本框中输入指定的 Flash 动画播放速率。最后一项"Scale"（比例）可以设置动画播放时画面大小的缩放比率，100%表示原始大小。

● "锁步"：按当前 Authorware 文件中默认的整体速度播放动画的每一帧。

4．调整 Flash 动画的显示大小

运行程序应该可以看见正在播放的 Flash 动画。暂停程序，在"演示窗口"中单击选中 Flash 动画，在动画周围会出现 8 个控制句柄，拖曳句柄可以对 Flash 动画的显示大小进行调整。拖曳 Flash 动画可以调整动画在"演示窗口"中的显示位置。

5．对 Flash 对象的编程控制

Flash Asset Xtra 提供了大量的属性和方法，除了可以在 Flash Asset Properties 对话框中进行一些常规的属性设置外，还可以通过函数对 Flash Asset Xtra 进行更为精确的控制以及实现更为复杂的功能。例如，设置 SWF 文件的路径就可以使用 SetIconProperty(@"Flash Movie", #URL, FileLocation^"files\\demo.swf")或 SetIconProperty(@"Flash Movie", #pathname, FileLocation^"files\\demo.swf")。又如，使用语句 SetSpriteProperty(@"Flash Movie", #scale, 200)就可将画面大小放大 2 倍。要注意这时缩放的是 Flash 动画，但 Flash Xtra 的播放窗口不发生改变。

6．感知 Flash 中的交互

使用事件交互可以获得 Flash Xtra 图标中的 Flash 动画播放过程中传送出来的事件，如图 11.16 所示就是在事件交互中查看 Flash Xtra 图标的事件。

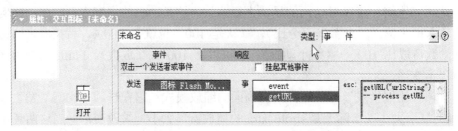

图 11.16　查看 Flash Xtra 图标的事件

7．范例：使用 Flash 制作的精美游戏

Flash 除了可以制作精美的动画以外，还具有一定的交互功能，因此经常可以使用 Flash 来制作一些精美的游戏。在课件中特别是语言学习类课件中，可以通过使用 Flash 游戏来增加课件的趣味性。

（1）设计分析。在 Authorware 中可以使用事件交互来与 Flash 进行通信，当在 Flash 中完成游戏时，可以向 Authorware 传送一个事件，当 Authorware 收到事件后，可以使用 Flash Xtra 提供的方法 getVariable 来获得 Flash 中的变量的值。

（2）制作准备。在 Flash 中制作好相关的游戏，在游戏结束的地方添加以下语句：

```
getURL("end");
    right = String(score);
```

使用 getURL 来打开某个指定的页面，执行这个语句时，Authorware 就可以接收到 getURL 事件。

将游戏发布为支持 Flash Player 6 格式的 swf 动画，再将这个 swf 文件复制到源程序所在目录或者子目录中，这里是复制到子目录 youxi 下。

（3）制作过程。

① 新建一个程序，并保存。如果要使用链接的方式来导入 Flash 动画，就最好先保存

源程序再导入。如果 Flash 动画中还从外部加入文件，Authorware 源程序的保存路径以及 Flash 动画的路径中就不能有中文字符和其他全角字符。

② 选择菜单命令"插入"→"媒体"→"Flash Movie"，在弹出的如图 11.12 所示的 "Flash Asset 属性"对话框中，单击"浏览"按钮，会弹出"打开 Shockwave Flash 影片"对话框，在这个对话框中找到要使用的 swf 文件，单击"打开"按钮。

在"Flash Asset 属性"对话框中单击选中选项"媒体"右边的"预载"，其他保留默认设置，如图 11.17 所示。

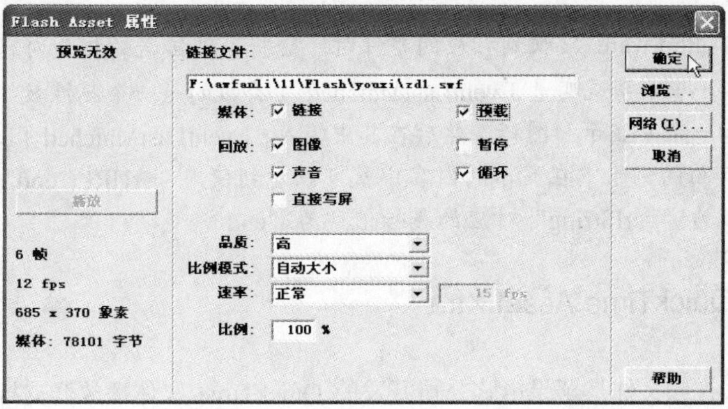

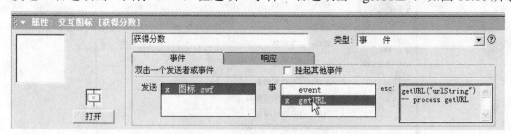

图 11.17　设置 Flash Asset 属性

设置后，单击"确定"按钮关闭"Flash Asset 属性"对话框。将流程线上新加入的 Flash Xtra 图标改名为"swf"。

③ 用鼠标拖曳一个"交互"图标到 Flash Xtra 图标的下方，命名为"控制"。

④ 用鼠标拖曳一个"计算"图标到"交互"图标的右边，在弹出的"交互类型"对话框中单击选中"事件"，单击"确定"按钮关闭对话框。将新加入的"计算"图标命名为"获得分数"。

⑤ 双击"获得分数"计算图标上方的交互类型标识符打开交互分支的属性面板，在选项"发送"右边双击"图标 swf"，在选项"事件"右边双击"getURL"，如图 11.18 所示。

图 11.18　设置事件交互分支的属性

⑥ 在"计算"图标中输入以下代码：

```
fenshu:=CallSprite(@"swf", #getVariable,"right")
```

这里 fenshu 是自定义变量，系统函数 CallSprite 调用的第三个参数就是在 Flash 中使用的变量 right，要用英文双引号括起来。

制作完成后的程序流程图如图 11.19 所示。

图 11.19　程序流程图

提示：在 Authorware 接收到相应的事件时，会将事件传送的相关内容保存在系统变量 EventLastMatched 中，系统变量 EventLastMatched 中存放的是一个属性数组，可以在事件交互分支下面添加一个"显示"图标，然后在其中输入{ EventLastMatched }来显示接收到的内容。例如，在前面的例子中在显示的内容中就可以看到使用 getURL("end")来传送事件，那么可以看到属性为"#urlString"对应的属性值就为"end"。

11.2.5　QuickTime Asset Xtra

QuickTime 视频文件是苹果电脑公司开发的 QuickTime 媒体播放器支持的格式，除了常见的 mov 视频格式，还可以播放带有虚拟交互的 QuickTime VR 文件。在 Authorware 中，可以使用 QuickTime Asset Xtra 来播放 QuickTime 支持的各种媒体文件，但是最终用户的系统中必须安装 QuickTime 程序。

1．导入 QuickTime 文件

在流程线上要插入 QuickTime 文件的位置单击，将粘贴指针移到这里，选择菜单命令"插入"→"媒体"→"QuickTime"，会弹出"QuickTime Xtra 属性"对话框，如图 11.20 所示。

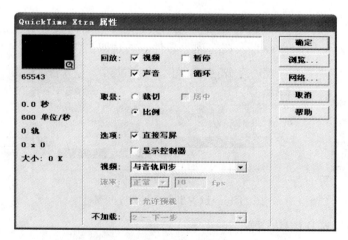

图 11.20　"QuickTime Xtra 属性"对话框

要添加 QuickTime 文件，可以直接输入要使用的 QuickTime 文件的路径，或者单击"浏览"按钮打开浏览文件对话框，再选择需要播放的 QuickTime 文件。

如果要播放互联网上的 QuickTime 文件，可以单击"网络"按钮，在弹出的如图 11.21 所示的"Open URL"对话框中直接输入 QuickTime 文件的 URL 地址。要使用这种方式，必

须是程序人员和最终用户的机器在线。

图 11.21　输入电影文件的 URL 地址

设置好其他属性后，如图 11.20 所示，单击"确定"按钮关闭"QuickTime Asset 属性"对话框，在流程线上就出现一个 QuickTime Xtra 图标。

2．设置 QuickTime Xtra 图标的属性

打开 QuickTime Xtra 图标的属性面板，如图 11.22 所示。

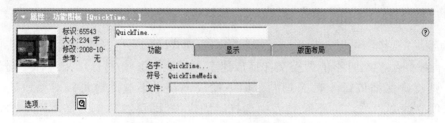

图 11.22　QuickTime Xtra 图标的属性面板

在"功能"选项卡中的各选项显示的是一些提示信息。

QuickTime Xtra 图标的属性面板的"显示"选项卡和"版面布局"选项卡与 Gif Xtra 图标的属性面板的完全一样。但是选项"模式"对 QuickTime 文件无效。

3．设置 QuickTime Xtra 属性

在如图 11.22 所示的"QuickTime 属性"对话框中指定要播放的 QuickTime 文件时，可以设置相关的属性。在导入完成后，还可以重新设置这些属性。

在 QuickTime Xtra 图标的属性面板中单击左下角的"选项"按钮，就又会打开如图 11.20 所示的"QuickTime Xtra 属性"对话框。

（1）在选项"回放"的各个复选项中，"视频"和"声音"复选框分别控制播放媒体文件时是否显示视频图像和播放音频，"暂停"复选框可以设置文件播放前是否暂停在第一帧，"循环"设置是否循环播放文件。

（2）选项"取景"用来设置媒体文件画面和 Sprite 图标范围的匹配模式。当选中"裁切"时如果文件画面超出 Sprite 图标范围，则将被剪裁，如果同时选中"居中"则由周围向中心剪裁；当选中"比例"时如果文件画面超出 Sprite 图标范围则将自动调整大小以适应 Sprite 图标范围。

（3）在选项"选项"中，如果取消"直接写屏"复选框，则往下的属性都将不能设置。如果选中"直接写屏"复选框，就可以让文件画面显示在屏幕最顶层。如果选中"显示控制器"后在播放媒体文件时可以显示 QuickTime Asset Xtra 的播放控制条，如图 11.23 所示，可以实现播放、暂停，进度拖拽，声音调节以及快进、回退等控制。

图 11.23 QuickTime Asset Xtra 的播放控制条

（4）选项"视频"可以选择视频与音频的同步模式，如果选择"与音频同步"则表示保持视频与音频同步，此时不能调整文件播放速率，默认 10 帧/秒。如果选择"播放每一帧（静音）"则将确保播放每一帧的画面，但不播放声音，不过此时可以对播放速率进行设置，在选项"速率"右边的下拉列表中选择"固定"，即可在右侧的文本框中输入指定的播放速率。

4. 调整 QuickTime 文件的显示大小

运行程序应该可以看见正在播放的 QuickTime 文件。暂停程序，在"演示窗口"中单击选中 QuickTime 文件，在视频周围会出现 8 个控制句柄，拖曳句柄可以对 QuickTime 文件的显示大小进行调整。拖曳 QuickTime 动画可以调整动画在"演示窗口"中的显示位置。

11.2.6 使用 DMX 插件

DirectMediaXtra（简称 DMX）也是一种 Sprite Xtra，这是由第三方开发的 Xtra 文件，在汉化版中提供了这个插件，使用 DMX 插件可以播放绝大部分的视频格式和音频格式，但用户的机器中必须安装有这些音、视频格式的支持文件。

1. 使用 DirectMediaXtra

要使用 DirectMediaXtra，可以选择菜单命令"插入"→"Tabuleiro Xtras"→"DirectMediaXtra"，这时会弹出如图 11.24 所示的 DirectMediaXtra 属性对话框。

单击"浏览文件"按钮，打开一个选择文件的对话框，可以选择一个媒体文件。选择好文件后，在如图 11.24 所示的属性对话框中，可以看到所选文件的长度（时间），尺寸等信息能正确地显示出来。要注意的是，最好先将文件复制到源程序所在目录或某个子目录中，再导入文件。

在属性对话框中可以预览文件，标注提示点并设置播放选项（工具条，音量，速率，平衡等）。

设置好后，单击"确定"按钮关闭对话框。在流程线上就出现一个 DirectMediaXtra 图标。打开 DirectMediaXtra 图标的属性面板，可以看到和 Gif Xtra 图标的属性面板完全一样。

图 11.24　DirectMediaXtra 属性对话框

运行程序再暂停，可以重新调整播放的位置和尺寸。

DirectMediaXtra 只能运行在 Windows 系列的操作系统环境中。

DirectMediaXtra 会自动定位所有在同一目录下的相关媒体文件，或者在 searchpath 变量中指定的目录中，但不会从 HTTP 服务器上查找媒体文件。

2．提示点

每一个 DirectMediaXtra 可以有最多 64 个提示点，以毫秒为单位，每一个提示点的名字最多可以使用 32 个字符。

要建立一个提示点，可以在属性对话框中预览文件时确定时间，操作步骤如下：

在如图 11.24 所示的属性对话框中导入了要播放的文件后，在预览框下面单击"播放"按钮，当播放到要设置提示点的位置时，可以单击"暂停"按钮。再单击"增加"按钮，会弹出如图 11.25 所示的"新建提示点"对话框来指定提示点的名字。

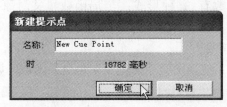

图 11.25　"新建提示点"对话框

输入名称后单击"确定"按钮。所输入的名称就会出现在 DirectMediaXtra 属性对话框的提示点列表中。

如果想修改提示点，在提示点列表中双击名字就可以直接编辑了。

在提示点列表中单击某个提示点，单击"转到"按钮就可以在预览框中转到对应的位置开始播放。要删除某个提示点，可以在列表中单击要删除的提示，点再单击"删除"按钮。

当设置了提示点以后，就可以使用事件交互来获取 DMX 经过提示点时发送的 CuePointPassed 事件。

11.3 Script 插件的使用

Scripting Xtras 实际上是自定义的函数库，这是 Authorware 为用户提供的一种引用自定义函数的方法。和其他 Xtras 一样，Scripting Xtras 文件也被安装到 Authorware 安装目录下的 Xtras 文件夹中，如果需要安装新的 Scripting Xtras，只需将 X32 文件复制到该文件夹中，Authorware 便可自动识别。

11.3.1 Script 插件简介

打开 Authorware 的函数面板，在选项"分类"下拉列表中底部以 Xtra 开头的函数分类就是 Scripting Xtras，如图 11.26 所示，这里包括了 Authorware 7.02 自带的 Xtras，还有些汉化版提供的 Xtras。如果安装了新的 Scripting Xtras，则 Xtras 的名称同样会出现在这个列表中。选择某个分类的 Scripting Xtra 函数，可以像查看系统函数一样查看它们的使用说明。

下面是 Authorware 自带的 Scripting Xtras 函数。

"Xtra ActiveX"（ActiveX 外挂）类：主要用于对 ActiveX 控件的控制。

"Xtra fileio"（文件输入/输出外挂）类：主要用于对外部文件进行操作。

"Xtra Mui"（Mui 外挂）类：主要用于对特殊线性数组的操作。

"Xtra PwInt"（PathWare 外挂）类：主要用于对 PathWare 的控制。

"Xtra QuickTimeSuppert"（QuickTime 支持外挂）类：主要是获得 QuickTime 的信息。

"Xtra SecurityInstaller"（安全设置外挂）类：主要用于进行网络安全的设置。

"Xtra SpeechXtra"（语音播放外挂）类：主要用于文本朗读。

"Xtra XmlParser"（XML 标志外挂）类：主要用于对 XML 进行控制。

11.3.2 Script Xtras 函数说明

Scripting Xtras 中的函数有 3 种形式：全局函数、父对象方法和子对象方法，使用 Scripting Xtras 之前必须将其区分开来。

1. Script Xtras 函数的辨别

如果函数描述的格式与系统函数类似，则说明是全局函数，如图 11.27 所示。

图 11.26　Authorware 7.02 的 Scripting Xtras

图 11.27　Scripting Xtras 中的全局函数

如果函数说明是以 **CallParentObject** 开头，则说明是父对象方法，如图 11.28 所示。

如果函数说明是以 **CallObject** 开头的，则说明是子对象方法，如图 11.29 所示。

图 11.28　Scripting Xtras 中的父对象方法

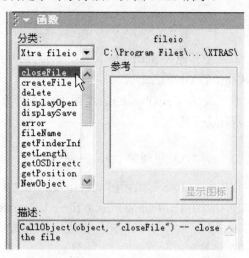
图 11.29　Scripting Xtras 中的子对象方法

2．Scripting Xtra 函数的用法

知道判别一个 Scripting Xtra 函数的类别是不够的，更关键的是了解它们之间的区别与用法。全局函数与 Authorware 系统函数的使用方法是一样的，只是在计算图标中不显示为系统函数格式（黑色、粗体）。大多数第三方 Scripting Xtras 中包含的函数均为全局函数，使用起来非常方便，例如 Budapi.X32。

父对象方法与子对象方法可以比喻成图标工具栏上的图标和流程线上的图标，图标工具栏上的每一个图标都属于一个特定类别，有固定的功能。例如，声音图标是播放音频文件的。当将某个图标拖放到流程线上时，就等于创建了该"父图标"的一个"子图标"。"子图标"是"父图标"的一个实例（instance），并且显而易见由同一个"父图标"创建的"子图标"具有相同的性质，但每个"子图标"同时又拥有自己的特性。例如，拖放了几个声音图标到流程线上，它们都可以由同样的函数进行控制（相同性质），而它们播放的声音却完全可能是各不相同的（特性）。如果读者有面向对象编程的初步知识，这一点是比较容易理解的。

一个父对象可以执行的功能是由它的方法来决定的，但是父对象的功能必须借助子对象才能得以体现，就像图标工具栏上的图标只有拖放到流程线上才能发挥具体功能一样。可见要使用某个 Scripting Xtras 的功能时，必须创建一个子对象实例（child instance）来实现，父对象是由 Scripting Xtras 自动创建的。使用 Scripting Xtras 时的 4 个相关函数及其功能如表 11.2 所示。

表 11.2　使用 Scripting Xtras 的相关控制函数

函　　数	功　　能
NewObject()	创建一个子对象实例
CallObject()	调用一个子对象方法
CallParentObject()	调用一个父对象方法
DeleteObject()	删除一个由 NewObject()创建的子对象

以 Xtra fileio 类函数为例举一个简单的例子，使用该类函数前必须使用 NewObject()创建一个子对象实例，格式为

```
new := NewObject("fileio")
```

如果是其他类 Scripting Xtras，则将括号中的参数换成对应的 Scripting Xtras 名称，例如 NewObject("XmlParser")。

然后使用 CallObject()函数调用此子对象的方法，例如，调用一个标准的打开文件对话框，语句为

```
open := CallObject(new, "displayOpen")
```

程序执行到这行语句时就会出现一个"打开"对话框。

使用语句 CallParentObject("fileio", "version")调用父对象的 version 方法，可以返回 fileio 的版本。当子对象实例的任务完成后，应该使用 DeleteObject(new)将其删除，释放资源。

11.4 Transition 插件的使用

前面已经介绍了 Transition Xtras 的功能，这里主要介绍 Transition Xtras 的分类以及一些第三方 Transition Xtras 的应用。

11.4.1 Transition Xtras 的分类

Authorware 安装完毕后，存在两类 Transition Xtras，一类是内建于 Authorware 程序中的过渡效果，即"分类"中的[内部]类过渡效果，如图 11.30 所示，它们不需要单独的 Xtras 文件支持。

另一类是 Authorware 自带的过渡效果，即文件 THEBYTE.X32、COVEROUT.X32 和 DIRTRANS.X32 所提供的过渡效果，这些 Xtras 文件会被自动安装到 Xtras 文件夹中。在"特效"对话框中选择[内部]之外的过渡效果，Xtras file 后面将显示该过渡效果所属的 Xtra 文件，如图 11.31 所示。

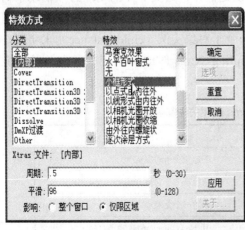

图 11.30 内部过渡效果

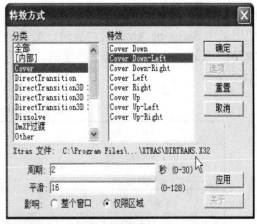

图 11.31 自带过渡效果

11.4.2　第三方 Transition Xtras

除了 Authorware 自带的 Transition Xtras 外，还有一些常用的第三方 Transition Xtras，它们往往能提供更为精彩的过渡效果。例如，汉化版提供的 DM Transition Pack、DM Xtreme Transition、DirectTransition、DirectTransition3D 和 Killer Transitions 等。需要使用这些 Transition Xtras 时，只要将对应的 X32 文件复制到 Authorware 安装目录下的 Xtras 文件夹中，Authorware 便能自动识别，再次启动 Authorware，新的过渡效果就将出现在"特效方式"对话框中，如图 11.32 所示。

部分第三方过渡效果还自带选项设置对话框，可以单击"选项"按钮打开，如图 11.33 所示。

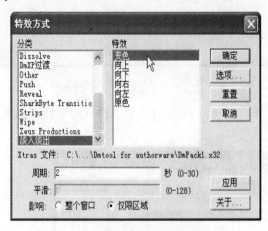
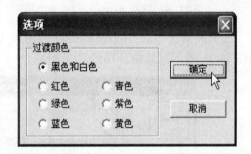

图 11.32　应用第三方 Transition Xtras　　　图 11.33　Transition Xtras 自带的设置对话框

11.5　ActiveX 控件的使用

Authorware 7.02 本身所能提供的功能相对简单，无法应付更加复杂的程序。为了满足一些高级设计人员进行复杂程序设计的需要，Authorware 7.02 提供了对 ActiveX 控件的支持，允许用户在 Authorware 7.0 文件中嵌入 ActiveX 控件以实现特殊功能，并与在其他软件环境中使用 ActiveX 控件一样方便、快捷。

11.5.1　导入 ActiveX 控件

目前有众多软件制造商都支持 ActiveX 技术，所以大多数实用功能都具有相应的 ActiveX 控件，这就意味着在 Authorware 7.0 中可以通过调用 ActiveX 控件直接使用现成的程序模块实现某些特殊功能，从而省去许多烦琐的编程工作，也大大扩展了 Authorware 7.0 的功能。例如，可以使用 Shockwave Flash Object 控件来播放各种版本的 Flash 动画，可以使用日历控件来显示日历。

要在 Authorware 7.0 中嵌入一个 ActiveX 控件，必须插入一个 Sprite 图标（Sprite 图标用于插入 ActiveX 控件和 Xtras）。具体步骤如下：

在流程线上要插入 QuickTime 文件的位置单击，将粘贴指针移到这里，选择菜单命令"插入"→"控件"→"ActiveX"，弹出如图 11.34 所示的选择 ActiveX 控件对话框，在列表中选择需要使用的 ActiveX 控件名称，例如"Shockwave Flash Object"。也可以在"Search"按钮右边的文本框中输入关键字，再单击"Search"按钮查找控件，如图 11.35 所示。

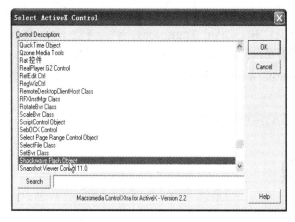 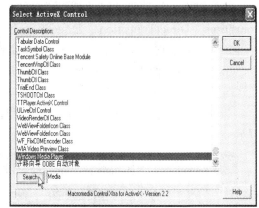

图 11.34 选择 ActiveX 控件对话框　　　　　　　　图 11.35 查找 ActiveX 控件

选中需要使用的 ActiveX 控件后单击"OK"按钮，此时会显示该控件的属性对话框，如图 11.36 所示，其中各项的含义稍后介绍。

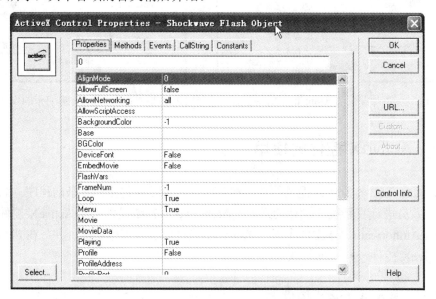

图 11.36 ActiveX 控件的属性对话框

单击"OK"按钮关闭控件的属性对话框，此时流程线上应该出现一个名为"ActiveX…"的 Sprite 图标，这表明 ActiveX 控件图标已经成功插入到程序流程中。

打开 ActiveX 控件图标的属性面板，如图 11.37 所示。

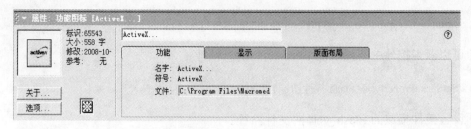

图 11.37　ActiveX 控件图标的属性面板

在"功能"选项卡中的各选项显示的是一些提示信息。对于 ActiveX 控件，支持文件为 Authorware 7.0 安装目录下 XTRAS 文件夹中的 activex.x32 文件。

ActiveX 控件图标的属性面板的"显示"选项卡和"版面布局"选项卡与 Gif Xtra 图标的属性面板的完全一样。但是由于 ActiveX 不支持选项"层"、"过渡效果"以及"模式"，它始终显示在屏幕的最顶层，所以设置"层"值与选中"直接写屏"复选框与否都没有意义，设置的过渡效果或透明模式也将不会作用在 ActiveX 上，并且 ActiveX 不能被其他图标自动擦除，只能用"擦除"图标和系统函数 EraseIcon 擦除，所以也无须设置"防止自动擦除"选项。

插入 ActiveX 控件后运行程序后发现大多数 ActiveX 控件的显示区域都偏小。为了解决此问题，可以在程序运行到显示 ActiveX 控件界面时暂停运行，单击选中控件的播放窗口，此时控件周围会出现控制句柄，拖曳句柄可以调整大小，拖曳控件也可以调整它的显示位置。

11.5.2　控件的设置

要想使嵌入的 ActiveX 控件正常发挥功能，就必须了解控件的属性（"Property"）、方法（"Method"）和事件（"Event"），以及学会在 Authorware 7.0 中控制 ActiveX 控件的方法。

1．属性设置

在如图 11.36 所示的 ActiveX 控件属性对话框中可以设置相关的属性。在导入完成后，还可以重新设置这些属性。在 ActiveX 控件图标的属性面板中单击左下角的"选项"按钮，就又会打开如图 11.36 所示的 ActiveX 控件属性对话框。

ActiveX 控件属性对话框分成 5 个选项卡，其中"属性"选项卡中列出了该控件所有支持的属性名称及其当前取值。单击某项属性，可以在上面的文本框中对当前属性值进行选择或修改。除了手动设置控件的属性外，更多的是在"计算"图标中使用函数动态控制控件属性的取值，在 Authorware 7.02 中用来读取和设置 ActiveX 控件属性值的函数分别为常规类中的 GetSpriteProperty 和 SetSpriteProperty，使用格式为

```
result := GetSpriteProperty(@"SpriteIconTitle", #property)
SetSpriteProperty(@"SpriteIconTitle", #property, value)
```

其中"#property"参数可以使用如图 11.36 所示的属性列表中所列出的属性名称。不同的 ActiveX 控件所支持的属性有较大的差别，详细的说明可以参考控件的帮助文档。

以 Shockwave Flash Object 控件为例：

result := GetSpriteProperty(@"Flash 控件图标名", #TotalFrames)

即可以获得控件中要播放的 Flash 动画的总帧数。

SetSpriteProperty(@"Flash 控件图标名", #URL, "Flash 动画的路径")

即设置控件播放的 Flash 动画的文件路径。

2．调用控件的方法

在如图 11.36 所示的 ActiveX 控件属性对话框中单击"Methods"（方法）标签打开"Methods"选项卡，如图 11.38 所示，此选项卡中列出了该控件所有支持的方法。

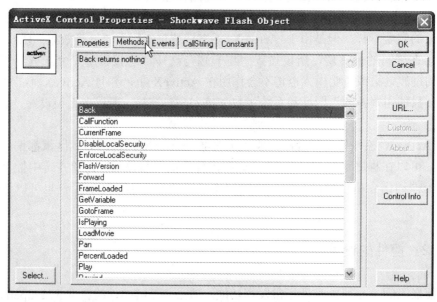

图 11.38　ActiveX 控件方法列表

在 Authorware 7.02 中，可以通过常规类中的系统函数 CallSprite 调用 ActiveX 控件的方法控制控件，使用格式为

result := CallSprite(@"SpriteIconTitle", #method [, argument...])

其中"#method"参数可以使用方法列表中所列出的方法名称，"argument"为可选参数（部分方法须带有参数），不同的 ActiveX 控件支持的方法也有较大差别，详细的说明可以参考控件的帮助文档。

以 Shockwave Flash Object 控件为例：

result := CallSprite(@"Flash 控件图标名", # GetVariable, "<Flash 动画中的变量名>")

就可以获得所指定的 Flash 动画中的变量名的值。

3．接收 ActiveX 控件的事件

在如图 11.36 所示的 ActiveX 控件属性对话框中单击"Events"选项卡，如图 11.39 所示，此选项卡中列出了该控件所有支持的事件。在 Authorware 7.02 中，通过事件交互捕捉 ActiveX 控件内发生的事件，然后根据事件是否发生以及触发后传递给 Authorware 7.02 的参数信息决定执行某些流程。

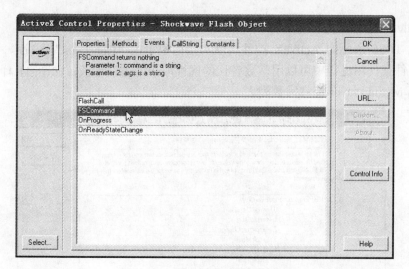

图 11.39　Active X 控件事件列表

4．使用复合性的参数

在如图 11.36 所示的 ActiveX 控件属性对话框中单击"CallString"（事件）标签打开 "CallString"选项卡，如图 11.40 所示，该选项卡列出了该控件支持使用 CallString 复合参数 的属性名称及方法。

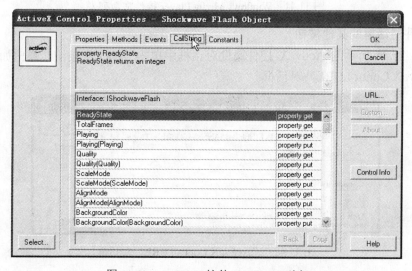

图 11.40　Active X 控件 CallString 列表

CallString 是 Authorware 6.0 开始增加的一项功能，用于在系统函数 CallSprite 中使用复 合性的参数，使用格式为

```
CallSprite(@"SpriteIconTitle", #CallString, "string")
```

例如：

```
CallSprite(@"Treeview",#CallString,"Nodes.Add(,,'R1','第 1 章',,)")
```

即通过 CallString 方式设置树形列表控件的节点的值。

5．ActiveX 控件常数

在如图 11.36 所示的 ActiveX 控件属性对话框中单击"Constants"选项卡，此选项卡中列出了该控件在使用过程中可以用常数替代的属性取值或方法参数，如图 11.41 所示列出的是 Windows Media Player 控件常数列表。

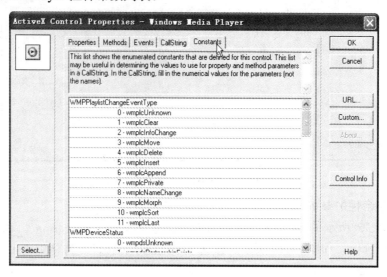

图 11.41　Windows Media Player 控件常数列表

6．控件对话框的其他按钮

在如图 11.36 所示的 ActiveX 控件属性对话框中单击"URL"按钮，弹出如图 11.42 所示的"ActiveX Control URL"对话框。

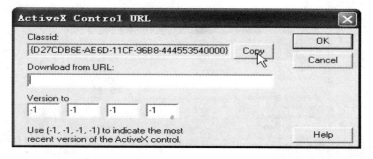

图 11.42　"ActiveX Control URL"对话框

在选项"Classid"下面显示的是当前控件 ClassID；如果该控件可以在网络上更新，还可以在选项"Download from URL"中填写该控件的下载地址；在"Version to"下的各栏中填写 ActiveX 控件的详细版本号（控件版本号可以从 OCX 或 DLL 文件的属性中获得），如果均填写"－1"则表示下载该控件的最新版本。

部分控件自带了属性设置对话框，如日历控件，此时"Custom"按钮为可用状态，单击该按钮即可打开该控件自带的设置对话框，如图 11.43 所示。

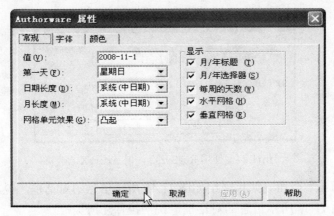

图 11.43　控件自带的设置对话框

如图 11.36 所示，单击"Control Info"按钮可以弹出有关该控件的一些详细信息。

如果需要使用 ActiveX 控件的帮助，可以单击"Help"按钮打开帮助文档，只是这里所能提供的帮助信息较为有限。有些控件本身附带有帮助文档，单击"Ctrl Help File"按钮，单击此按钮打开该控件附带的帮助文档。

11.5.3　控件的注册

一个 ActiveX 控件要在应用软件中发挥作用，必须先在 Windows 系统的 Registry 数据库中注册，注册成功后才能正常使用。系统中存在很多已经注册了的 ActiveX 控件，包括操作系统自带的以及应用软件所提供的，如果需要使用一个新编写的 ActiveX 控件，则必须在使用前对该控件进行注册。对 ActiveX 控件的注册可以使用手动注册，也可以使用 Authorware 7.0 所带的"Scripting Xtra"函数注册。

1．了解 ActiveX 控件的 ClassID

每个 ActiveX 控件都有一个 64bit 的唯一 ClassID，以便在操作系统中识别它们。在如图 11.42 所示的"ActiveX Control URL"对话框中可以看到当前控件的 ClassID，单击右边的"Copy"按钮可以将 id 值复制到 Windows 的剪贴板中，然后再粘贴到需要的地方，当然也可以手动记录下来。

2．手动注册与注销

Windows 系统自带一个注册工具 RegSvr32.exe（Register Server，对于 9x 系统，该程序在 SYSTEM 目录下，对于 NT 以上系统，该程序在 SYSTEM32 目录下），使用它便可以实现 ActiveX 控件的手动注册。使用格式为

Regsvr32 <ActiveX 控件文件的路径>

要在系统中注册一个 ActiveX 控件，首先需要准备对应的 OCX 或 DLL 文件。现以 ActiveMovieControl Object 控件中的 AMOVIE.OCX 文件为例。在 Windows 的开始菜单中单击"运行"命令，然后在弹出的"运行"对话框中输入以下内容，如图 11.44 所示。

Regsvr32 c:\windows\system32\amovie.ocx

图 11.44 使用 RegSvr32 注册 ActiveX 控件

然后单击"确定"按钮。如果弹出如图 11.45 所示信息的对话框，说明控件注册成功。如果弹出如图 11.46 所示信息的对话框，说明控件注册失败。

图 11.45 控件注册成功

图 11.46 控件注册失败

如果 RegSvr32.exe 未带参数或所带参数有误，例如，在如图 11.44 所示的"运行"对话框中输入 Regsvr32 /? 则会出现类似如图 11.47 所示的信息，这个消息对话框列出了 RegSvr32.exe 所支持的运行参数及相应含义。

图 11.47 RegSvr32 的运行参数

能够在系统中注册一个 ActiveX 控件，就可以在系统中注销该控件。注销一个控件的方法与注册一个控件的方法基本类似，只是加上一个运行参数"/u"（Unregister Server），例如，在"运行"对话框中输入以下内容：

Regsvr32 /u c:\windows\system32\amovie.ocx

单击"确定"按钮，如果出现如图 11.48 所示的信息，则表示控件已被成功注销，如果出现错误，同样会出现错误信息提示。

3．函数注册与注销

除了手动注册与注销 ActiveX 控件外，更多的是使用 Authorware 7.02 所带的"Scripting Xtra"函数实现 ActiveX 控件的注册与注销，因为当要把多媒体光盘或程序发送给其他用户时，不可能要求每个用户自己去注册。

图 11.48　控件注销成功

这里需要使用函数 Scripting Xtras 的 Xtra ActiveX 分类中的相关函数，可以在函数面板中的选项"分类"中选择"Xtra ActiveX"查看该类函数。

注册 ActiveX 控件的函数是"ActiveXControlRegister()"，使用格式为

ActiveXControlRegister("FILENAME")

参数 FILENAME 是 ActiveX 控件文件（OCX 或 DLL 文件）的路径。

以 ActiveMovieControl Object 控件的 AMOVIE.OCX 文件为例，注册该控件的语句为（假设该文件在 c:\windows\system32 目录下）

ActiveXControlRegister("c:\windows\system32\amovie.ocx")

如果控件注册成功，则函数返回值为-1，否则返回值为 0。

注销某个 ActiveX 控件的函数为 ActiveXControlUnregister()，使用格式为

ActiveXControlUnregister("FILENAME")

例如：

ActiveXControlUnregister("c:\windows\system32\amovie.ocx")

如果注销成功，则函数返回值为-1，否则返回值为 0。

4．ActiveX 控件的检测

如果在程序中使用了某些特殊的或是自行编写的 ActiveX 控件，在用户系统中运行但不能确保这些控件已经注册，那么就需要在程序运行开始时检测该控件是否已经注册，如果未注册，就需要自动进行注册。在 Authorware 7.0 中用于检测一个 ActiveX 控件是否已经在系统中注册的函数是 ActiveXControlQuery，使用格式为

ActiveXControlQuery("CLASSID")

前面已经介绍过控件的 CLASSID 可以在控件属性对话框上单击"URL"按钮获得，例如 ActiveMovieControlObject 控件的 CLASSID 为{05589FA1-C356-11CE-BF01- 00AA0055595A}。

获得了 ActiveX 控件的 CLASSID，则检测语句为

Result := ActiveXControlQuery("{05589FA1-C356-11CE-BF01-00AA0055595A}")

如果控件已经在系统中注册，则函数返回值为-1，否则返回值为 0。

5．注册示例

将需要注册的控件文件（OCX 或 DLL 文件）复制到程序文件目录下以备使用。首先检

测用户的系统是否支持安装 ActiveX（使用函数 ActiveXInstalled()，如果函数返回值为 0 说明当前系统不支持 ActiveX），然后检测 CLASSID 对应的 ActiveX 控件是否已经注册，如果没有注册，则弹出一个提示窗口让用户自己决定是否注册该控件（使用函数 SystemMessageBox），从而保证了程序的完整性，避免了未注册控件造成程序不能正常运行的问题。例如，以下代码就是在程序中自动注册 ActiveMovie 控件：

```
title := "ActiveX 控件检测"

hint00 := "当前系统不支持 ActiveX！"

hint01 := "ActiveMovieControl Object 控件未注册，程序将自动进行注册，确定吗？"

hint02 := "控件注册成功！"

hint03 := "控件注册失败！"

hint04 := "您选择不注册该控件，这可能影响程序的正常使用！"


if ActiveXInstalled()=0 then
    SystemMessageBox(WindowHandle, hint00, title, 16)
    Quit()
else
    if ActiveXControlQuery("{05589FA1-C356-11CE-BF01-00AA0055595A}")=0 then
        result01:=SystemMessageBox(WindowHandle, hint01, title, 33)
        if result01=1 then
            result02:=ActiveXControlRegister(FileLocation^"files\\AMOVIE.OCX")
            if result02:=-1 then
                SystemMessageBox(WindowHandle, hint02, title, 48)
            else
                SystemMessageBox(WindowHandle, hint03, title, 16)
            end if
        else
            SystemMessageBox(WindowHandle, hint04, title, 33)
        end if
    end if
end if
```

这里是将 AMOVIE.OCX 文件放在程序所在目录下的子目录 files 中。当要在程序中使用 ActiveMovie 控件时，可以把以上代码放在程序的开头。

6. 示例：嵌入 IE 浏览器控件

要在 Authorware 程序中嵌入网页内容，并能像网页浏览器 Internet Explorer 一样浏览 URL 地址指定的内容。

（1）设计分析。可以使用 Microsoft Web 浏览器控件在 Authorware 中浏览网页，可以是本机中的网页文件，也可以是互联网上的网站的页面。在使用 Microsoft Web 浏览器控件时，可以调用 Navigate 方法来指定要显示的网页。当在控件中查看过多个网页后（不管是 Authorware 指定的网页，还是通过网页内部的链接跳转的网页），都可以调用方法

GoForward、**GoBack** 来访问浏览的历史记录，可以调用方法 **GoHome** 来访问当前计算机的网页浏览器中设置的默认主页，可以调用方法 Refresh 来刷新当前正在查看的网页。

可以使用文本输入交互来输入要查看的网页地址。

（2）制作过程。

① 选择菜单命令"插入"→"控件"→"ActiveX"，在弹出的"Select ActiveX Control"的控件列表中选择"Microsoft Web Browser"，选择好后单击"OK"按钮关闭对话框。

这时会弹出"ActiveX Control Properties – Microsoft Web Browser"对话框，如图 11.49所示，切换到"Methods"就可以看到这个控件的方法。选择"Navigate"，单击"OK"按钮关闭对话框。

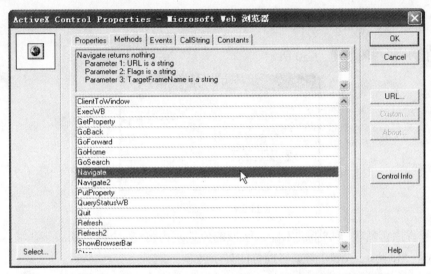

图 11.49　Microsoft Web 浏览器控件的属性设置

将流程线上新出现的 ActiveX 控件图标命名为"webview"。

② 用鼠标拖曳一个"交互"图标到 ActiveX 控件图标的下方，命名为"控制"。

③ 用鼠标拖曳一个"计算"图标到"交互"图标的右边，在弹出的"交互类型"对话框中单击选中"文本输入"，单击"确定"按钮关闭对话框。将新加入的"计算"图标命名为"*"。

双击这个"计算"图标，打开它的代码编辑窗口，在其中输入以下代码：

```
CallSprite(@"webview", #Navigate, EntryText)
```

输入完毕后，关闭代码编辑窗口并保存。这里的系统变量 EntryText 就是用户所输入的内容。

④ 单击选中这个"计算"图标，单击工具栏上的"复制"按钮；再在这个"计算"图标的右边单击，将粘贴指针移到这个"计算"图标的右边，单击工具栏上的"粘贴"按钮。双击新粘贴的"计算"图标上方的交互类型标识符打开交互分支的属性面板，在选项"类型"后选择"按钮"，再将新粘贴的"计算"图标改名为"转到"。

⑤ 用鼠标拖曳 4 个"计算"图标到"转到"计算图标的右边，依次命名为"后退"、"前进"、"刷新"、"主页"。

在"后退"计算图标中输入以下代码：

```
CallSprite(@"webview",#GoBack)
```

在"前进"计算图标中输入以下代码：

```
CallSprite(@"webview",#GoForward)
```

在"刷新"计算图标中输入以下代码：

```
CallSprite(@"webview",#Refresh)
```

在"主页"计算图标中输入以下代码：

```
CallSprite(@"webview",#GoHome)
```

完成的程序流程图如图 11.50 所示。

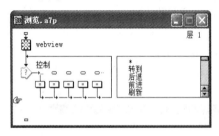

图 11.50　程序流程图

⑥ 运行程序再暂停，调整文本输入区域的位置，再将 5 个按钮依次排在输入区域的右边，然后调整 Microsoft Web 浏览器控件的显示区域。

⑦ 重新运行程序，输入一个网址，再单击"转到"按钮，就可以看到所指定的网页的内容了，如图 11.51 所示。

图 11.51　在 Authorware 中显示网页

如果要查看的是互联网上的网站的网页，要求运行程序的机器必须是在线的。

11.6　UCD 扩展函数

Authorware 7.0 为用户提供了大量的系统函数，可以满足绝大多数用户的创作需求，灵活地实现了多媒体对象的控制，但它不可能提供类似专业编程工具全面的功能函数，如文本信息加密、读/写注册表、数据库操作等。为了满足高级用户的设计需求，Authorware 7.0 提供了通用的接口标准，允许用户编写自定义函数，然后在 Authorware 7.0 中调用它们，支持以 Xtra 方式和 UCD 方式扩展的功能，这就使在 Authorware 7.0 中实现各种控制需求成为可能。这样，普通用户也可以使用现有的 UCD 资源实现更多复杂特殊的功能，省去烦琐的编程工作。

11.6.1　导入和使用 UCD 扩展函数

用户自定义函数包含在各个 UCD 文件之中，要使 Authorware 能够准确定位函数的位置并加以调用，必须建立一种 Authorware 程序与用户自定义函数的联系，那就是将需要使用的用户自定义函数导入到 Authorware 文件中，这样 Authorware 就记录了该函数的"路径"，从而使程序运行时能够准确地调用自定义函数。

1. 导入 UCD 中的函数

打开函数面板，在选项"分类"下拉列表中选择最后一项，即当前文件名对应的那一项。

只有完成前面一步后函数面板中的"载入"按钮才处于有效状态，单击"载入"按钮会弹出如图 11.52 所示的"加载函数"对话框，选择需要调用的用户自定义函数所在的 UCD 文件，然后单击"打开"按钮。

选择 UCD 文件后，Authorware 会弹出图 11.52、图 11.53。在如图 11.52 所示的选择 UCD 文件、图 11.53 所示的"自定义函数在"对话框中列出该 UCD 文件中包含的所有函数，单击一个函数可以在右侧窗口中查看其使用说明。

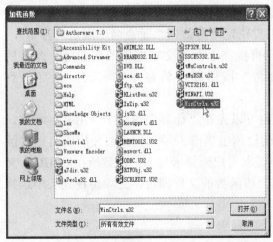

图 11.52　选择 UCD 文件

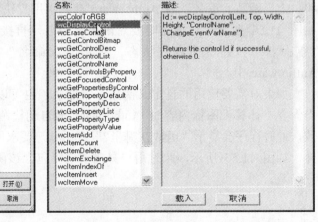

图 11.53　"自定义函数在"对话框

选择需要导入的函数（可以按住 Ctrl 键或 Shift 键一次选择多个函数），然后单击"载入"按钮即可将选中的函数导入至 Authorware 中。

用户自定义函数导入 Authorware 中后，可以像系统函数一样进行查看，如图 11.54 所示。

图 11.54　用户自定义函数导入至 Authorware 中后

　　用户自定义函数导入到 Authorware 中以后即可像系统函数一样用于"计算"图标中，只是显示格式不同于系统函数（系统函数默认显示为黑色、粗体），这与 Scripting Xtras 非常相似（只是 Scripting Xtras 中的函数无需加载过程）。

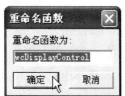

图 11.55　重命名用户
自定义函数

2．改名和删除

　　与系统函数不同的是，用户自定义函数可以重命名和删除，选中一个自定义函数，然后单击"改名"按钮即可对其改名，如图 11.55 所示。

　　如果某个载入的函数没有在程序中使用，单击"卸载"按钮则可将其从 Authorware 中删除，如果选中的函数已经被使用则不能删除。

3．导入 UCD 函数的其他问题

　　如果在导入自定义函数时，函数名和 Authorware 中已经存在的函数（包括系统函数和自定义函数）重名，则 Authorware 会要求用户决定"覆盖"、"重命名"或是"忽略"，如图 11.56 所示。如果此时要对函数重命名，直接在上面的文本框中改名即可，改名后"重命名"按钮变为有效状态，单击"重命名"按钮即可将原本重名的函数导入到 Authorware 中。

　　如果对需要使用的自定义函数非常熟悉，也可以先在"计算"图标中使用某一函数，当保存"计算"图标内容时 Authorware 会自动检测出当前未导入但已被使用的自定义函数，此时程序会显示"函数在哪里?"对话框，要求用户选择未导入的函数所在的 UCD 文件，如图 11.57 所示，此时用户只需要选择包含该函数的文件即可，无须再在列表中选择该函数。

图 11.56 函数名重复

图 11.57 选择 UCD 文件

11.6.2 调用 DLL 文件中的函数

Authorware 支持调用标准 DLL 文件中的函数，但调用过程与 UCD 相比就要稍微麻烦一些，主要是导入函数过程中需要自行指定函数参数的类型和返回值类型。

1. 导入 UCD 中的函数

首先在函数面板的选项"分类"中选择当前程序名，再单击"载入"按钮打开如图 11.52 所示的"加载函数"对话框，选中包含被调用函数的 DLL 文件，例如，选择 Windows 的系统目录下的 shell32.dll，然后单击"打开"按钮。

选择 DLL 文件后，这时 Authorware 会弹出如图 11.58 所示的"非 Authorware DLL"对话框。在这个对话框中需要指定函数参数的类型和返回值的类型，需要自行输入需要加载函数的"函数名字"、"参数"、"返回"、"描述"等。

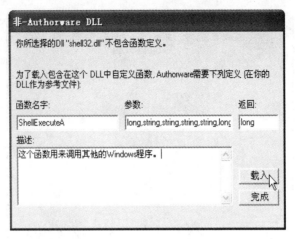

图 11.58 "非-Authorware DLL"对话框

调用 DLL 文件中的函数时要求必须对 DLL 文件包含的函数名称，函数的参数个数与类型，返回值的类型相当熟悉。在选项"函数名字"下的文本框中输入需要调用的函数名称；在选项"参数"下的文本框中输入函数的所有参数的类型，多个参数之间用逗号分隔；在选项"返回"下的文本框中输入返回值的类型，在选项"描述"下的文本框中输入对该函数的描述，如图 11.58 所示就是加载 Shell.dll 中的 ShellExecuteA 函数。

函数定义好后，单击"载入"按钮，如果对话框的底部出现提示："成功载入"，则表示定义的函数加载成功。

如果函数加载失败会弹出消息窗口，如图 11.59 所示表示函数名称定义错误，如图 11.60 所示表示参数类型定义错误。

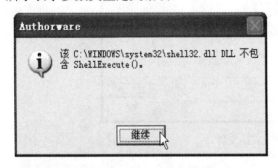

图 11.59 函数名称定义错误

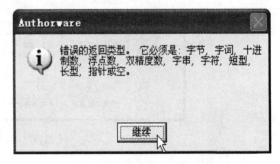

图 11.60 参数类型定义错误

载入一个函数后，可以继续在如图 11.58 所示的"非 Authorware DLL"对话框中继续加载同一个 DLL 文件中的函数，当加载完成后，单击"完成"按钮关闭对话框。这时会返回如图 11.52 所示的"加载函数"对话框，可以继续选择其他 DLL 或 UCD 文件，也可以单击"取消"按钮关闭对话框。

DLL 中的函数成功导入 Authorware 中后，可以在函数面板中查看，如图 11.61 所示，也可以和系统函数一样用于"计算"图标中，这与 UCD 是一样的。

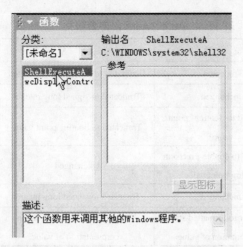

图 11.61　DLL 中的函数导入 Authorware 中

　　同样可以事先在"计算"图标中使用 DLL 文件中的函数，确保格式正确，然后以前面的步骤加载 DLL 文件中的函数。

2．参数和返回值的类型转换

　　在加载 DLL 文件中的函数时，需要定义参数和返回值的类型，这里可供使用的类型有11 个，它们的名称、含义以及与 C 语言和 Windows 变量类型的对应关系见表 11.3。

表 11.3　函数参数类型

参 数 类 型	含　义	等同 C 或 Windows 的类型
Char	Signed byte	char
Byte	Unsigned byte	unsigned char, BYTE
Short	Signed integer	int, short, BOOL
Word	Unsigned integer	unsigned, HANDLE, HGLOBAL, HWND, UINT, WORD
Long	Signed long integer	Long, LONG
Dword	Unsigned long integer	unsigned long, DWORD
Float	Floating point	float
Double	Double-precision floating point	double
Pointer	Far pointer	far, LPRECT, LPPOINT
String	Far pointer to zero-terminated string	LPCSTR, LPSTR
Void	No arguments	void, VOID

　　在 Authorware 中变量类型只有三大类：整型、实型和字符串型，它们可以细分为一些小的分类。那么 Authorware 如何提供自定义函数所需的参数类型呢？这里有一个转换关系，见表 11.4，Authorware 依照这个规则将内部的参数类型转换成自定义函数所需的类型。例如，一个自定义函数 MyFunction(string)的参数为一个字符串变量，如果在 Authorware 中使用 MyFunction(888)，则 Authorware 会先将 888 转换成字符串"888"，然后传递给函数MyFunction()。

表 11.4　Authorware 内部参数类型的转换

所需参数类型	整　　型	实　　型	字　符　串
char, byte, short, word	Truncated	Converted to integer and truncated	Converted to integer and truncated
long, dword	Unchanged	Truncated to signed long integer	Converted to signed long integer
float	Converted to floating- point value	Truncated to floating point value	Converted to floating point value
double	Converted to double-precision floating-point value	Unchanged	Converted to double-precision floating point value
pointer	Unchanged	Truncated to signed long integer	Far pointer to string
string	Far pointer to formatted string representation of value	Far pointer to formatted string representation of value	Far pointer to string

自定义函数返回值的类型的名称、含义以及与 C 语言和 Windows 变量类型的对应关系见表 11.5。

表 11.5　返回值类型

参 数 类 型	含　　义	等同 C 或 Windows 的类型
char	Signed byte	char
byte	Unsigned byte	unsigned char, BYTE
short	Signed integer	int, short, BOOL
word	Unsigned integer	unsigned, HANDLE, HGLOBAL, HWND, UINT, WORD
long	Signed long integer	long, LONG
dword	Unsigned long integer	unsigned long, DWORD
float	Floating point	float
double	Double-precision floating point	double
pointer	Far pointer	far, LPRECT, LPPOINT
string	Handle to zero-terminated string	HANDLE containing a zero-terminated string
void	No return value	void, VOID

调用自定义函数时，Authorware 要将内部参数类型转换成适合自定义函数要求的类型，那么反过来自定义函数返回值的类型也必须转换成 Authorware 的参数类型，它们的转换规则见表 11.6。

表 11.6　返回值类型的转换

函数返回值类型	转　换　结　果
char, short	Sign extended to long integer
byte, word	Promoted to long integer without sign extension
long, dword	Unchanged
float	Promoted to double-precision floating point value
double	Unchanged
pointer	Cast to long integer
string	String

11.6.3 UCD 与 DLL 文件的路径

设计的多媒体程序多数情况下不只是限于单机运行，而且是涉及一个相对路径的问题，要确保多媒体程序在任何目录下运行都能准确定位媒体资源。不只是媒体素材需要使用相对路径，UCD 文件和 DLL 文件同样如此，如果导入函数时 UCD 或 DLL 文件为绝对路径，则当程序在新目录下运行时经常会出现如图 11.62 所示的错误信息，因为程序无法准确定位自定义函数。

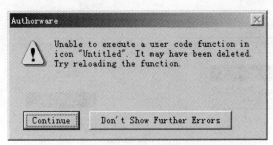

图 11.62　程序无法定位自定义函数

通常的做法是把需要使用的 UCD 文件和 DLL 文件复制到当前程序目录下（与 a7p 同目录），然后再将其中的函数导入 Authorware 中，这样当作品发布时只要保持程序与 UCD 文件和 DLL 文件的相对路径不变就可以避免函数丢失问题。

在一键发布设置时，Authorware 会将所找到的 UCD 文件和 DLL 文件复制到程序所在目录。但如果导入的是 Windows 所带的 DLL 文件（比如 shell32.dll）中的函数时，发布程序时不需要带上，否则可能会和用户机器中的文件冲突。

对于已经导入 Authorware 中的用户自定义函数，可以在函数面板中单击选中这个函数，就可以看到这个函数所在文件的路径，如图 11.54 所示，如果 UCD 或 DLL 文件的路径显示为类似 ".\folder\UCDName.U32" 的格式，说明该函数是以相对路径导入的。如果显示的路径为完整路径，则说明该函数是以绝对路径导入的，这样就容易导致函数丢失的问题。

11.6.4 使用 Visual C++进行 UCD 的开发

虽然具有特殊的扩展名（16 位 Windows 以下为 UCD，32 位以下为 U32），本质上 UCD 是一种 DLL。DLL 是一种本身不能执行的应用程序，而是输出供外部调用的函数。Windows 操作系统的核心功能就是存放在许多系统 DLL 中的。与一般的 DLL 相比，UCD 在开发时要额外遵循 Macromedia 公司定义的一些规范以与 Authorware 协同工作。Authorware 只能识别按 SDK 方式开发的标准 DLL，显然 C 语言是最佳开发语言，其他语言编译的动态库很可能无法被 Authorware 识别，如 Visual Basic 开发出的 DLL 是基于 COM 组件技术的 ActiveX DLL，而 C++编辑器生成的 DLL 会修改导出函数名，这都导致 Authorware 无法使用。本节将介绍以 C 语言和 SDK 方式来开发 UCD，首先介绍 Visual C++ 6.0（以下简称 VC）开发 DLL 的过程，再逐步细化到 UCD 开发所需遵循的规范。

用 C 语言开发 DLL 一般需要准备编写的代码及文件一般有 3 个组成部分。

（1）源代码与头文件（*.C 和*.H 文件）：这是实现 DLL 功能的主体部分，DLL 的函数实现就是源代码中的 C 程序。

（2）资源文件（*.RC 和相关的*.ICO、*.BMP 文件）：定义了 DLL 所需要的字符串、对话框模板以及图标、位图等资源。对于 UCD 来说，资源文件中还包括提供给 Authorware 的调用接口信息。

（3）模块定义文件（*.DEF）：定义了项目编译后的文件名，以及编译完成后需要输出供应用程序调用的函数等。

图 11.63 说明了在 VC 中开发 DLL 的各个概念之间的关系以及开发的流程。

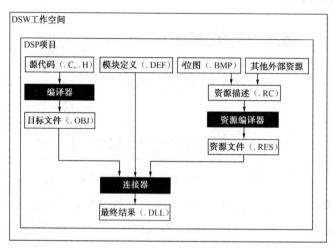

图 11.63　在 VC 中开发 DLL 的流程

开发 UCD 所需要的工作全部可以用 VC 开发环境来完成。但需要说明的是，由于 VC 提供的工具与向导主要是为 C++开发者服务的，编写 C 代码必须做一些工作。这里以一个简单的例子来说明整个 UCD 开发过程。该示例只提供一个输出函数 HelloWorld，可以被 Authorware 调用显示一个"Hello world！"的消息框。

1．建立工程

建立工程的步骤如下：

（1）在 VC 环境中选择菜单"File-New…"弹出新建对话框，在"Project"选项卡中的列表中选择"Win32 Dynamic-Link Library"类型，在"Project Name"输入框中输入要建立的项目名称"myfirstdll"，在"Location"输入框中输入项目保存的位置。

（2）单击"OK"按钮进入向导，选择"An Empty DLL Project"并单击"Finish"按钮。

（3）向导将显示一个最终的确认画面，单击"OK"按钮返回 IDE 环境，这时已经建立了一个工作空间和一个空项目。

2．编写函数实体

工程建立后要向新建立的项目中添加代码文件。再次选择菜单"File-New…"弹出新建对话框，在"Files"选项卡中的列表中选择"Text File"类型，并在右方的"File"输入框中输入"hello.c"，然后单击"OK"按钮返回 IDE 环境并在 hello.c 中输入下面的代码：

```
#include <windows.h>
BOOL WINAPI DllMain(HANDLE hModule, DWORD fdwReason, LPVOID lpReserved)
{
```

```
        return TRUE;
    }


    void WINAPI HelloWorld(LPSTR Title)
    {
        MessageBox(NULL,"Hello world !", Title, MB_OK);
    }
```

DllMain 是每个 DLL 都必须提供的，是 DLL 被调用的入口点，一般直接返回 TRUE 即可。HelloWorld 函数就是我们实现自定义功能的函数，作为示例，这里只弹出一个对话框，读者可以根据自己的需要改写为自己的代码。

再建立一个"Text File"类型的源文件，起名为"myfirstdll.def"，在其中输入下面的代码：

```
LIBRARY myfirstdll
EXPORTS
HelloWorld
```

LIBRARY 指明了最终生成的文件是 myfirstdll.dll 文件，EXPORTS 说明该文件的输出函数为 HelloWorld。

按 F7 键即可编译连接产生最终供 Authorware 调用的 DLL 文件，不过此时没有包含接口信息，下面我们介绍如何加入接口信息。

3. 加入接口信息

要想让 Authorware 自动识别出 UCD 中的函数调用方式，我们在 DLL 的开发中加入接口信息。这些接口信息是开发者通过编写资源文件(.RC)加入 UCD 的，经过资源的编译和最终的连接，信息就能加入到 DLL 中，这样开发出来的 DLL 就可以被称为 UCD 了。

下面是一个典型的.RC 文件中的接口信息，注意"--"号后面的斜体文字是说明文字，并不是接口信息的内容，使用时应予以去除。"函数一"、"函数二"实际开发中应替换为要定义的函数名称：

```
--第一部分开始定义输出函数列表
1 DLL_HEADER LOADONCALL DISCARDABLE
BEGIN
    "函数一\0",          --列出要输出的函数名
    "函数二\0",          --列出要输出的函数名，如有更多函数，继续列出，直到列表结束
    "\0"               --列表结束标志
END


--第二部分开始定义每个函数的接口信息
函数一 DLL_HEADER LOADONCALL DISCARDABLE
BEGIN
    "\0",                            --定义函数所在的文件名，为空说明就在本 UCD 内
```

```
"V\0",                              --定义函数的返回值类型，V 代表 void，无返回值
"V\0",                              --定义函数的参数，V 代表 void，无参数
"函数一()\r\n",                     --定义函数调用格式
"显示一个消息框.\r\n",              --定义说明信息，给用户看的
"这是我的第一个 UCD 函数\r\n",
END
--以下略，继续定义其他函数，格式同函数一
…
```

可以看出资源文件中接口信息包含两部分，一部分是说明 UCD 共包含了哪些输出函数，另一部分是对每个输出函数进行详细的调用说明。在调用说明中，一部分是给 Authorware 使用的，另一部分是给用户使用的，我们在 Authorware 中看到的导入函数的说明也在这里设置。接口定义信息中最重要的就是对函数参数与返回值及其类型的定义，在 Authorware UCD 的开发文档中给出了所支持的常用参数和返回值的类型，但这些类型是在 16 位 Windows 下制定的，有些代号已不能正常工作，还有些定义在 32 位 Windows 下已经变化，比如整数的长度已没有 long 与 int 之分（Authorware 的"I"与"L"还是不同长度）。较小数据类型可以被较大数据类型所兼容，可见目前可用的接口定义信息并没有那么复杂。从笔者的经验来看，所有这些类型被归为几大类，每一类又可以使用一个代号。资源文件中常用的接口代号可以总结为表 11.7。

表 11.7　UCD 参数与返回值类型及接口定义代号

代　号	可在 C 函数中对应使用的形参类型	说　明
V	void	无参数或返回值
C	char,BOOL	-128～127 的整数
B	unsigned char,BYTE,BOOL	0～255 的整数
I	Int,short, BOOL…	短整型数值
L	Int,long,BOOL…	整型数值
F	float,double	浮点数数值
P	HANDLE,LPSTR	指针（整数）
S	LPSTR	字符串
A	AWPARAM_PTR	资源块指针

Authorware 中的变量只可能有下面 3 种类型：字符串，长整数，双精度浮点数，根据经验参数类型代号使用"V"、"L"、"I"、"F"、"S"就可以满足大多数需要。参数的数据类型要求并不严格，例如，在 C 代码中可以使用 BOOL 类型做逻辑运算，而实际上将所有非 0 值看做"真"，将 0 值看做"假"，可见接口代号可以使用任何整型代号如"B"、"C"、"I"等。但是在使用中一定要注意不同类型的数据是有数值范围的，使用不当可能造成难以发现的错误，例如，可以在 C 代码中用 int 作为参数，而在资源描述文件中使用代号"C"。但必须注意的是，Authorware 在传入参数时会对参数进行检查，使其符合接口定义，如果从 Authorware 传入一个 128 的值，在 DLL 函数中这个值将变为-1，因为 128 超出了 char 类型的范围而造成溢出，这一点在开发中一定要引起重视，尽量使数据类型严格对应或保证参数

（或返回值）的接受方数据类型长度大于等于发送方数据类型长度。

下面给出我们所举的示例程序 HelloWorld 的接口信息的编写程序。如果要让 HelloWorld 成为真正的 UCD，只要再加入一个资源文件并输入接口信息即可，按上一节的方法在工程中再建立一个新的文本文件，取名为"myfirstucd.rc"，在文件中输入以下代码：

```
1 DLL_HEADER LOADONCALL DISCARDABLE
BEGIN
    "HelloWorld\0",
    "\0"
END


HelloWorld DLL_HEADER LOADONCALL DISCARDABLE
BEGIN
    "\0",
    "V\0",
    "S\0",
    "HelloWorld(Title)\r\n",
    "显示一个消息框,标题条用 Title 参数指定.\r\n",
    "这是我的第一个 UCD 函数\r\n",
END
```

接口信息中规定了函数列表，以及 HelloWorld 函数有一个字符串型的参数（S），没有返回值（V）。编译后即可用 Authorware 导入该外部函数，此时 Authorware 已能正确识别和显示 DLL 中已存在的函数列表供用户选择。示例 DLL 中只有一个函数 HelloWorld，将其导入后即可在函数对话框中看到函数的详细说明。

在使用 VC IDE 编辑资源文件时，一定要注意用文本方式，而 VC 的默认方式是资源方式（Resource），该方式会将文本方式显示的接口定义转成二进制形式，之后我们就无法看懂并修改了。记住：在 UCD 开发中不要使用 Workspace 窗口中的资源导航功能打开资源，如果打开了，千万不要保存，立即关闭窗口，然后从"File-Open"菜单中重新打开 RC 文件，并在打开文件对话框下方的"Open as"栏中选择"Text"类型。

编写 UCD 时要注意的是，C 语言中字符串是通过字符数组实现的，Windows 函数也是一样。可见在 UCD 函数中所使用的字符串参数与返回值实际上都是指向字符串地址的指针。在字符串作为参数的情况下不会有什么问题，Authorware 将一个指向字符串的地址传入，在 UCD 函数的对应形式参数的类型应该是 LPSTR，在资源中的接口定义代号应该是"S"。但是在需要字符串作为返回值时，由于字符串都是字符指针，就会有一个指针是否有效的问题。如果在函数中定义了一个字符串变量并返回它的指针，那么在函数返回时这个局部变量将被释放，返回的指针也成了无效指针，在 Authorware 中使用这样的指针肯定导致非法操作。

解决该问题的办法是在函数中动态分配全局内存保存字符串内容，并将分配的内存地址作为参数返回给 Authorware。不要担心分配的内存没能回收而可能造成程序员最担心的错误——内存泄露，这部分内存将由 Authorware 来管理，在适当时候会自动释放。具体使用方法是使用 Windows 提供的动态分配内存的相关 API 函数，我们可以从 Authorware 安装光盘中的 Macromedia 的 UCD 开发文档的示例中得到参考：

```
HGLOBAL EXPORT WINAPI ReverseString( LPCSTR text )
{
        int len = strlen(text) + 1;                          //计算所需要内存块的大小
        HGLOBAL hString = GlobalAlloc(GHND, len);            //先分配指定大小的内存块
        if (hString)
        {
                LPSTR pString = GlobalLock(hString);         //锁定该内存块
                strcpy(pString, text);                       //复制字符串到内存块
                _strrev(pString);                            //反转内存块的内容
                GlobalUnlock(hString);                       //解锁内存块
        }
        return hString;                                      //返回该内存块的地址
}
```

该函数实现的功能是将传入的字符串中字符顺序颠倒后返回。使用 GlobalAlloc 函数分配内存空间，使用 GlobalLock 锁定已分配的空间并进行字符串的复制与倒序操作，最后用 GlobalUnlock 函数解锁并返回该内存的地址。该方法可以用于所有返回字符串类型的函数。

Authorware 安装光盘中的 UCD 开发文档提供了详细的 UCD 开发规范与参考示例，有编程语言基础的用户可以进一步研究以扩展和增强 Authorware 的功能，本书所介绍的各种参考资源中也可以找到现成的 UCD 资源。

习　题

1. 什么是 Xtras，它的主要功能是什么？
2. Authorware 7.02 中有几类 Xtras？
3. 在 Authorware 7.02 中如何使用 Sprite 插件？
4. 如何在 Authorware 7.02 中使用 ActiveX 控件？
5. 如何导入和使用 UCD 扩展函数？

第 5 篇 综 合 应 用

第 12 章 数据库应用

作为基于图标式多媒体工具软件，Authorware 常被用于制作各种演示系统、教育培训作品及导游查询系统等，在这些领域，经常会遇到一定的数据库操作，例如，在教育培训产品中经常要跟踪学生的学习记录，而查询系统更需要大量数据的支持。Authorware 提供了多种方式，包括 ODBC、ActiveX 控件等，从而实现对各种数据库如 Access、SQL Server、Excel、MySQL 等的操作。

12.1 了解数据库

一般来说，数据库就是能够存取和维护的数据及数据间逻辑关系的集合体，通信录、词典、图书馆中的索引等都是数据库。在一本字典中，所有的汉字按字母顺序排列，在字典的开头提供了一些查询的方法，比如拼音、部首等，使用户很快就能查询到某个汉字。

12.1.1 数据库的基本概念

数据库是表的集合，表是记录的集合。在一个数据库中包括多个表，表的结构可以不同，各表中存放的数据也不同。表中记录的结构是相同的，只是内容有可能不同。在使用 Authorware 进行数据库编程之前，首先必须了解、掌握与数据库有关的一些基本概念，如数据库、表、字段、关键字等。

1. 数据库

简单地说，数据库是数据的集合体，数据库就像一个学校，学校是由班级组成的，班级是由学生组成的。校领导、学生处、教师是学校的辅助工具。

同样，数据库由表组成，表由数据（记录）组成，如图 12.1 所示。数据库中还包括一系列的辅助工具，也就是数据库管理系统。

实际上，表是数据库的基本单位，数据的存储和管理都是在表中完成的。

2. 表

数据库的表和通常的表格相类似，它其实就是表格的另一种存储方式，如图 12.2 所示的是 Access 数据库的一个表。

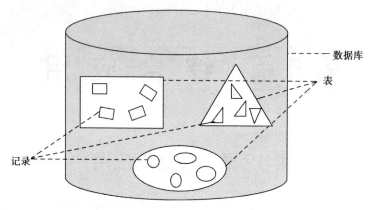

图 12.1 数据库示意图

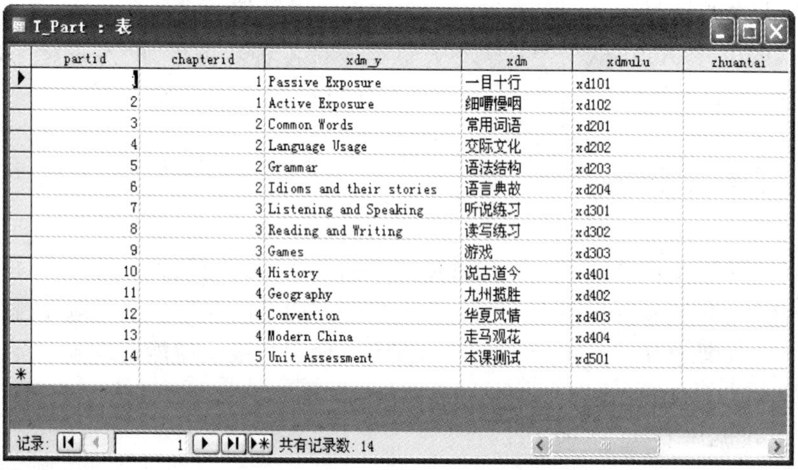

partid	chapterid	xdm_y	xdm	xdmulu	zhuantai
1	1	Passive Exposure	一目十行	xd101	
2	1	Active Exposure	细嚼慢咽	xd102	
3	2	Common Words	常用词语	xd201	
4	2	Language Usage	交际文化	xd202	
5	2	Grammar	语法结构	xd203	
6	2	Idioms and their stories	语言典故	xd204	
7	3	Listening and Speaking	听说练习	xd301	
8	3	Reading and Writing	读写练习	xd302	
9	3	Games	游戏	xd303	
10	4	History	说古道今	xd401	
11	4	Geography	九州揽胜	xd402	
12	4	Convention	华夏风情	xd403	
13	4	Modern China	走马观花	xd404	
14	5	Unit Assessment	本课测试	xd501	

图 12.2 Access 数据库的表

但数据库的表相对来说，要符合的条件比较多：

（1）表只能有一行标题栏，通常数据库中都是把标题栏和数据分开存放，标题栏通常存放在表的结构中，数据存放在表的浏览中。

（2）表中的数据都是同类的，都包含同样的属性，这样的数据才可以作为表的记录。例如，所有的学生信息可以放在一个表中，所有的教师信息放在另一个表中，当然如果强制把学生和教师放在一起也可以，那就不太好确定要存放什么样的信息了。一般对于学校来说，要了解的教师信息和学生信息是不一样的。

在数据库中要处理表，通常从两个方面来进行：结构和数据。

通常的表格也可以从两个方向来看，横向来看，每一行数据应该是类似的；纵向来看，每一列数据都是同类的。通常的表格为了说明每一列数据是什么东西，可以使用标题栏，即把表格的第一行独立出来，用来给表格的每一列做标识。

与数据库中的表类似，为了方便对每一列的数据加以说明，把这些说明单独拿出来作为表的结构。反过来说，表的结构就是对表的每一列的数据的详细说明，包括"名称"、"大小"（最多可以放多少字符）、"类型"（文字还是图片等）、"是否有重复"等。例如，在Access 数据库中，图 12.2 中表的结构如图 12.3 所示。

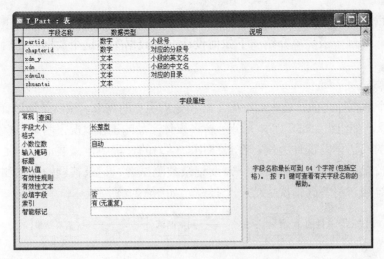

图 12.3　Access 数据库中表的结构

3. 基本术语

字段：在数据库中，表的每一列都有唯一的名称，包含不同的数据，每一列都有一个相关的数据类型。一列通常称做一个字段，有时也称做属性。和普通表格的列不同的是，数据库的字段除了用一个名称来区分外，还要指定这一列数据的数据类型，以及这一列是存放数据的最大长度。

记录：表的每一行具有相同的格式，也具有相同的属性。一行通常称做一条记录。记录是一个数据组，它代表实际生活中存在的一个实体，例如一篇文章、一本书、一个学生等。在数据库中存储数据或处理数据时，都是以记录作为基本单位的。

值：每一行由对应于每一列的单个值组成，每个值必须与这个列指定的数据类型相同。

键：数据库的字段不能是相同的，但记录有可能会相同，例如，两个同名的学生，为了方便区分每一个特定的记录，可以为每个记录分配一个唯一的标志，就像我们每个人都有唯一的身份证号一样，这可以让详细信息存到数据库的操作更为方便。在表中作为标志的这个字段通常称为键或者主键。通常，数据库由多个表组成，可以使用键作为表之间的引用。

索引：存放在表中的数据通常都是杂乱的，当数据比较多时，查找数据的速度就会变慢。在数据库中，可以为某个特定的字段创建一个特殊的数据结构，这就是索引，实际上就是把这一列的数据按照一定的顺序重新存放一遍，从而可以在这一列中快速地定位某一个指定的值。索引可以有效地加快在表上进行的搜索操作，但也要付出一定的代价，即要使用更多的存储空间，一般不会对表中的每一列都建立索引，而是只对经常用于查询的那几列建立索引。

了解以上知识，基本上就可以看懂别人的数据库结构了，但要自己来设计数据库，要考虑的东西还很多，后面会简要介绍。

12.1.2　数据库设计

建立一个新的数据库是所有工作的开始。数据库是由几个二维表构成的，所谓的数据库设计，就是设计和创建这些二维表的框架结构。也就是说，设计一个有条理的数据库包括两方面的工作，第一是要决定数据库中应该有什么数据，以及这些数据是怎样组织的，第二是要将设计的数据结构转换为实际的数据库。数据库的设计其实是一个庞大而重要的工程，这里就以一个实际的例子来简单介绍一下如何设计一个数据库。这个数据库在后面的各个部分都可能用到。

1. 了解需求

在设计一个数据库之前，首先要准确了解和分析用户的需求，也就是通过详细调查现实世界要处理的对象，如组织、部门等，充分了解多媒体产品的工作概况，明确用户的各种需求。

以自学类的汉语学习课件为例，在最终用户学习的过程中，需要记录学生在各个栏目中的完成练习的情况；在提供的测试中，需要记录被测试者、记录答题的次数和得分，然后确定最后的得分等级，将答题情况生成一个报表，如图 12.4 所示。

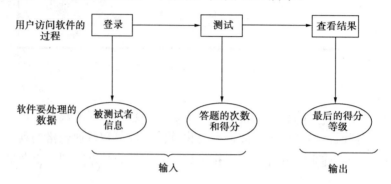

图 12.4　访问过程中的信息

现在根据以下两个要求来进一步考虑：

必须确定希望从数据库中得到什么信息，也就是希望达到什么目的。

必须计划好要向数据库输入什么，也就是将要保存什么数据。

在考虑向数据库输入什么数据以前，逆向考虑需要从数据库输出什么数据。

初步的想法是，作为一个老师，进行练习和测试都是日常的工作，现在是希望将练习和测试的工作转移到多媒体软件上进行。在这种情况下，想从计算机练习或测试中得到的是包含在通常学校课堂的练习卷或测试卷上的东西。

对于每次练习或测试，要选择进行练习或测试的题目。

在被测试者答题时，要判断每一题的回答是否正确，也就是有没有得分。

在练习或测试结束时，要计算被测试者的总得分，根据总得分确定得分等级。

再从这个目标去考虑哪些数据需要存放到数据库中。

2. 搭建框架

在了解了需求之后，就可以根据需求来规划数据库的基本结构，也就是要将数据库分成哪几个表，每个表中存放哪些数据。

规划结构要尽量遵循一些基本原则：

第一个原则是先在纸上做设计，这样就不用为具体的实现分散精力。

第二个原则是每一个表只表示一个主题，主题可能是一种对象，也可能是一种事件，他们的共同特点就是能保存为数据，并被作为处理的信息，这也就是把要存储的信息进行划分。比如汉语学习课件中，在一次测试的过程中：首先需要知道是谁来测试，因此需要从数据库中查询用户的相关信息；其次要知道考试的题目是什么，这些也要预先保存在数据库中；然后要知道的是每一道题的回答情况，这就需要把每一题的用户选择保存起来。在这里的一次测试中，测试的最后结果只需要给被测试者在测试完成后看一下就可以了，所以数据库就可以分成这样几种：被测试者的身份信息、题目信息、答题信息。如果每次测试的结果都要保留，数据库的结构就需要增加这方面的表，如图 12.5 所示。

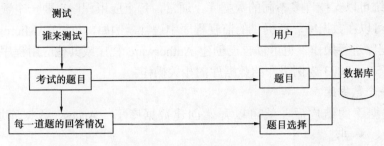

图 12.5　测试方面的初步分析

第三个原则是表中的数据不应包含多种内容的字段，多种内容的字段是指字段值可以划分成多个小的部分的字段，比如通信地址还可以分成邮编和实际地址，通信地址不适合作为一个字段。也就是在划分字段时，要把一个记录分割成一个个不能再分的数据单位。例如，这里的题目信息通常会根据题目的类型再分成不同的表，例如，选择题一个表，填空题一个表等。假定这里用的都是选择题，只建立一个表，表的字段可以划分为题干、答案和选择支，而选择支又要根据每题的选择项的数目再分成不同的字段，如图 12.6 所示。

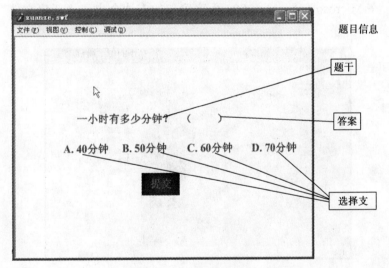

图 12.6　选择题的信息

被测试者的身份信息表，可以划分成的字段通常有用户名、密码、真实姓名、性别、出生日期、注册时间等，根据需要还可以再增加其他字段；答题信息这个表，通常要包括的信息有谁答的题，答的是哪一题，回答问题的时间，选择了哪一个选择项，是否选对等字段。

第四个原则是每个表都要有主键，因为主键可以唯一地标识表中的每一条记录，还可以用来建立表间关系。在选择主键时，要考虑的是主键值必须唯一，主键字段不能为空。为了引用的方便，通常可以为每个表添加一个编号字段，在很多数据库都有一个自动编号字段，也就是增加一条记录时，这个字段的值就按照编号的顺序自动加入一个新编号。

12.1.3　数据库操作

数据库系统可以支持许多不同的数据库，通常，每个应用程序需要一个数据库。要进行数据库操作，可以在数据库厂商提供的监视程序中进行，例如，可以在 Microsoft Access 中对 Access 数据库进行操作，也可以自己创建 Authorware 程序或其他应用程序来进行。下面以 Microsoft Access 2003 为例来介绍数据库的相关操作。

1．新建一个数据库

设计好数据库的结构后，就可以开始创建数据库了。Access 数据库通常可以使用 Microsoft Access 来创建。

Microsoft Access 2003 是 Microsoft Office 2003 系列中的一个产品，如果在安装 Microsoft Office 2003 时使用的是默认设置，Microsoft Access 2003 不会安装。因此这时可能需要找到 Microsoft Office 2003 重新安装，添加 Microsoft Access 2003 程序。

Microsoft Access 2003 的启动和其他 Microsoft Office 软件是一样的，可以从 Windows 的开始菜单中启动，也可以在 Windows 的资源管理器中直接双击一个 Access 数据库（后缀名为.mdb）文件来启动。

启动 Microsoft Access 2003 后，选择菜单命令"文件"→"新建"或者单击工具栏上的"新建"按钮，在 Microsoft Access 2003 程序窗口的右边会出现"新建文件"的窗口，如图 12.7 所示。

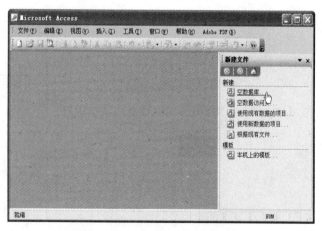

图 12.7　"新建文件"的窗口

在"新建"下面单击"空数据库"，会弹出"文件新建数据库"对话框。在选项"保存位置"后面找到要保存的位置，通常可以把数据库保存在源程序所在目录或者其子目录中，例如这里保存在源程序子目录 data 中。要注意的是，程序发布后，需要将数据库复制到打包程序对应的目录中。

在选项"文件名"右边的文本框中可以输入一个名字作为数据库名。数据库名称中可以使用的字符包括英文字母、数字、下划线，还可以是中文或其他一些特殊字符，但由于这个名字要在"计算"图标中使用，因此尽量使用简单好记的英文名，而且只使用英文字母、数字、下划线。另外，新数据库名不能和已经有的数据库的名字相同。例如，这里输入的是"xxjl"，这个名字将在程序中引用。

设置好后，单击"创建"按钮关闭对话框。这时就进入了所创建的数据库的管理窗口，如图 12.8 所示，在窗口的左边是当前数据库的一些对象，在工具栏上是一些控制按钮，右边列出的是一些可以对左边所选对象进行操作的一些选项。

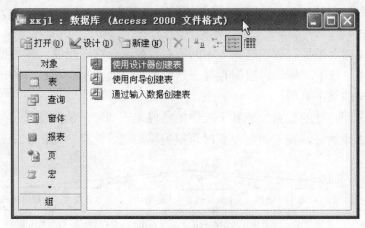

图 12.8　数据库管理窗口

在左边可以看到有一个选项"SQL 查询"，这里显示的是刚才所做的操作使用的 SQL 查询代码。

已经创建的数据库可以使用选择菜单命令"文件"→"打开"或者单击工具栏上的"打开"按钮来打开，也可以直接在 Windows 的资源管理器中双击数据库文件名打开。

2．复制一个数据库

如果已经创建好一些数据库，也可以直接复制过来：一种方法是在 Windows 的资源管理器中将数据库文件复制一份；另一种方法是在如图 12.7 所示的"新建文件"窗口中，在"新建"下面单击"根据现有文件"，这时会弹出"根据现有文件创建"的对话框，这个对话框和打开文件的对话框一样，找到一个已经有的数据库文件，单击选中它后，单击"创建"按钮，如果出现安全警告对话框，单击"打开"按钮即可，这样 Microsoft Access 2003 也会将原数据库复制一份。

这种方法不推荐使用，因为也许现有的数据库存在一些问题，如数据不一致，或者信息不准确等。这样做容易将原来的错误导入新的数据库结构。

3．删除一个数据库

如果一个数据库已经不需要了，只需要在 Windows 的资源管理器中找到要删除的数据库文件，将它删除就可以了。

删除数据库会将其中的所有内容都删除，在执行这个操作前要考虑清楚。

12.1.4　表操作

创建数据库后的下一步就是创建实际的表，因为数据库中的数据要保存在表中。

1．表的结构

表是由字段组成的，表的结构可以说是表中所有字段的说明。如图 12.3 所示就是 Access 的一个表的结构，可以看到，在 Microsoft Access 中，一个字段的说明通常包括 4 部分：字段名、字段类型、字段描述、字段属性。确定表的结构，主要就是确定表中的每一个字段的名字、字段的类型以及字段的属性。

在所有字段类型中，只有文本型的需要指定所需的最大长度，其他类型的长度是由系统自动设定的。

对于日期和时间型的字段，Access 存储的时间格式都是"年-月-日 时:分:秒"，但可以显示为不同的格式。

在设计数据库时要根据存放在这一列中的所有数据来考虑选择哪一种类型，每种类型占用的存储空间是不一样的，例如，要保存某一题的得分，最大不会超过 100，最小就是 0，就可以使用字节类的数字类型。

现在可以为前面设计的数据库的各个表中的字段来选择相应的类型了。

可以先在纸上设计好，在下面创建表时再根据需要进行选择，如图 12.9 所示。

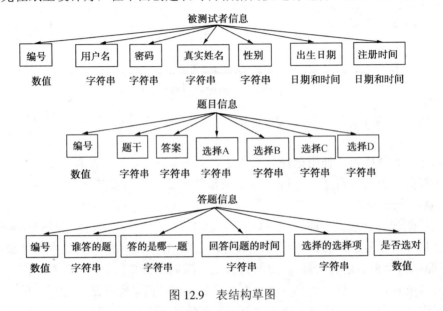

图 12.9　表结构草图

在决定字段的类型时，首先应该考虑该字段的值类型，因为这对于所选择的类型来说具有非常明显的意义。

通常，在数值列中存储数，在串列中存储串，在日期和时间列中存储日期和时间。如果数值有小数部分，那么应该用浮点类型而不是整数类型，如此等等。有时也存在例外，不能一概而论。主要是为了有意义地选择类型，应该理解所用数据的特性。在存储值为数字的字段时，并不会全部使用数值型，例如电话号码，虽然都是数字，但通常是保存为字符串形式。一般来说，需要进行计算的数字字段就用数值型，不需要计算的数字字段就用字符串型。

2．创建表的结构

和创建数据库一样，创建一个新表也有两种方法：第一种方法是直接创建一个表，第二种方法是复制一个已有的表。如果是创建一个全新的表，通常分为两步，先建立表结构，再输入数据。下面以创建存储用户信息的表为例来介绍如何在 Access 数据库中添加表。

（1）设置表结构。在如图 12.8 所示数据库的管理窗口中，在右边双击"使用设计器创建表"，这时会弹出表结构设计器。

在表结构设计器中可以添加和修改字段结构，在操作界面的上半部分可以依次设置每个字段的字段名及数据类型，每一行可以设置一个字段；在下半部分可以设置在上半部分选中的某个字段的属性。

① 添加编号字段。首先要添加的是存放学生编号的字段。

在选项"字段名称"下面的文本框是用来指定字段名的。编号字段习惯于用 id 作为字段名，当然也可以使用别的名字。在"字段名称"下面第一行对应的文本框中输入字段名，在这里使用的是 studentid 。

选项"数据类型"是用来设置字段类型的。在下面的第一行对应的的文本框中单击，这时可以看到一个下拉列表框，默认选择的类型是"文本"。编号通常是从 1 开始，并依次增加，因此编号字段可以设置为数字类型。再根据可能的取值来考虑使用哪个数字类型。因为学生的数量不会太大，因此可以选择"整型"。在选项"数据类型"的下面单击第一行对应的下拉按钮，在打开的下拉列表中单击"数字"，在下方单击选项"字段大小"右边的下拉按钮，在打开的下拉列表中单击"整型"，如图 12.10 所示。

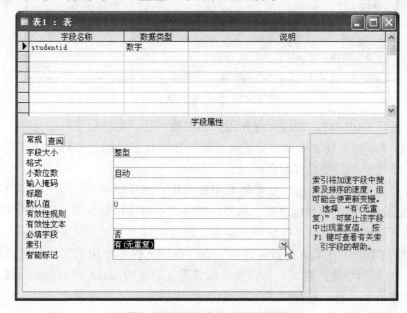

图 12.10　添加字段和设置属性

在设置字段属性时，还有一个属性经常需要考虑，那就是选项"索引"，如果设置为"有"就是将当前字段设置为索引字段，实际上是在数据库外记录这个字段中所有数据的顺序，这样在查询时可以加快速度。索引有两种，一种是"有重复"，一种是"无重复"，要根据字段的数据情况进行选择，例如，编号的数字就不能重复，每个学生应该有唯一的号码，因此"编号"字段的索引应该设置为"有（无重复）"，如图 12.10 所示。

② 添加用户名字段。设置好第一个字段后，再依次设置其他字段：存放用户名的字段，字段名设置为 username，在选项"字段名称"下面的第二行对应的文本框中输入字段名。

用户名通常使用字母和数字来构成，字段类型使用文本型。文本型是输入选择的字段类型，不需要进行修改。对于文本类型，通常需要设置属性中的选项"字段大小"，在这里输入的数值是在这个字段中最多可以输入的英文字符的个数（中文字符相当于两个英文字符），默认是 50，最大可以为 255，也就是 Access 的文本型字段中字符数限制是 255。这里输入的数字越大，表示要占用的空间就越多。这里使用的是默认值。在同一个程序中用户名不能重复，而且经常要进行查询，还需要在选项"索引"右边选择"有（无重复）"，如图 12.11 所示。

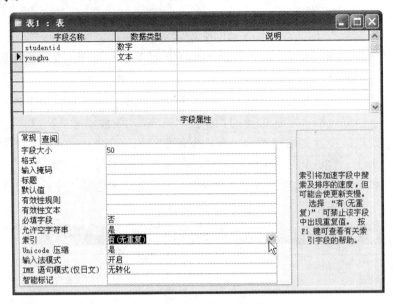

图 12.11　设置文本型字段

在第三行设置密码字段，密码字段和用户名字段一样，都使用字符串类型，字段名使用 password，字段类型也选择文本型，字段大小也使用默认值。因为密码可以重复，也很少会直接查询，所以这里不需要设置索引。

在第四行设置真实姓名字段，真实姓名字段和用户名字段一样，都使用字符串类型，字段名使用 truename，字段类型也选择文本型，字段大小也使用默认值。因为真实姓名可以重复，但需要进行查询，所以这里在选项"索引"右边选择"有（有重复）"。

③ 添加性别字段。在第五行设置性别字段，先输入性别字段的字段名，在这里设置为 sex。性别通常只有两个值，也就是男和女，或者英文中使用 male 和 female，这里没有必要再指定其他性别值了。对于这种值的个数比较固定的字段，有多种处理方法，如果只有两个值，在 Access 中可以使用"是/否"型，也就是逻辑型。可以使用文本型，也可以使用数字型（如用数字 1 和 0）。为了方便输入，可以在这个字段的属性中选项"默认值"右边输入一个默认值，比如 ""male""，这样在不输入内容时，默认就是 male。

④ 添加出生日期字段。在第六行设置出生日期字段，先输入出生日期字段的字段名，设置为 born。在出生日期字段中需要存储日期信息，因此字段类型使用日期和时间类型。在选项"类型"下面的第六行对应的文本框中单击，再单击下拉按钮，在打开的下拉列表中单击"日期/时间"。通常要考虑以什么格式来显示，还有是否要显示时间。Access 有多种格式来显示日期和时间型的数据。一个人的出生日期通常只需要知道年、月、日就可以了，在字段属性中的选项"格式"后面选择"短日期"，在选择格式时可以看到每种格式的示例，例如"短日期"对应的是"1994-6-19"。

在第七行设置注册时间字段，注册时间字段和出生日期字段一样，都使用日期和时间类型，字段名使用 register。对于用户的注册时间，除了需要记录日期，还要记录时间，因此除了在字段类型中设置为"日期/时间"型，还要在字段属性的选项"格式"中选择"常规日期"。设计好的表如图 12.12 所示。

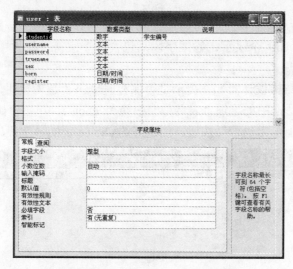

图 12.12   user 表中各字段的属性

（2）输入表名。添加完所有的字段后，单击标题栏上的"关闭"按钮关闭设计器窗口，这时会弹出一个信息提示对话框询问是否保存表的设计，单击"是"按钮，弹出如图 12.13 所示的"另存为"对话框。

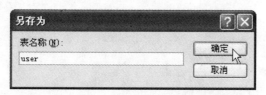

图 12.13   "另存为"对话框

在选项"表名称"下面的文本框中可以输入要创建的表的名称。表的名称也和数据库名一样，尽量使用简单好记的英文名，而且不能包含英文句号（.）、感叹号（!）、重音符号（`）、中括号（[]）、空格等这些特殊字符；如果使用了多个英文单词，尽量用下划线来分隔。由于这里是为被测试者创建一个表，命名为 user 。设置后，单击"确定"按钮关闭对话框。由于没有定义主键，因此会弹出一个询问是否定义主键的提示对话框，如果选择"是"按钮，Microsoft Access 会创建一个自动编号的字段，这里不需要创建，所以单击"否"按钮关闭提示框。

回到如图 12.8 所示数据库的管理窗口中，在窗口的右边可以看到新创建的表。

3．创建另两个表

按照前面介绍的步骤可以继续创建数据库的另外两个表。

（1）创建题目信息表。这里假定只包括选择题，而且都是 4 个选择支，要创建的字段包括题干、答案和 4 个选择支，为了操作方便，再加一个编号字段。

在如图 12.8 所示数据库的管理窗口中，在右边双击"使用设计器创建表"，这时会弹出对话框来设计表结构。

下面依次介绍各个字段的属性设置。

编号字段，字段名用 choiceid，字段类型用数字型，属性中选项"字段长度"选择"整型"，选项"索引"选择"有（无重复）"。

题干字段、答案字段以及 4 个选择支字段，主要输入的都是字符，此都设为文本类型。

由于题干和 4 个选择支要存放的字符可能会比较多，因此属性中选项"字段大小"都设置为 200，也就是最多 100 个汉字；答案字段只包含一个字符，属性中选项"字段大小"设为 1。

设置后，关闭表结构设计器，在提示是否保存时单击"是"按钮，在弹出的如图 12.13 所示的"另存为"对话框中的选项"表名称"中输入 choice，单击"确定"按钮，在是否定义主键的提示对话框中单击"否"按钮。创建好的 choice 表的各字段属性如图 12.14 所示。

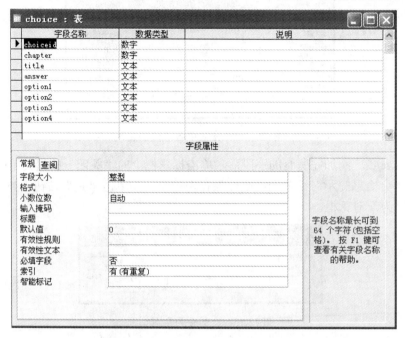

图 12.14　choice 表的各字段属性

（2）创建答题信息表。答题信息表要包含的字段有谁答的题，答的是哪一题，回答问题的时间，选择了哪一个选择项，是否选对等，再加上一个编号字段，共有 6 个字段。

在如图 12.8 所示数据库的管理窗口中，在右边双击"使用设计器创建表"，会弹出对话框来设计表结构。

下面依次介绍各个字段的属性设置。

第一个字段仍然是编号字段，字段名为 resultid，因为这个表中的数据是由程序自动插入的，因此这个字段的数据类型可以设置为"自动编号"，并在属性中将选项"索引"设置为"有（无重复）"。

第二个字段存储答题的人，在这里通常不存储用户名和真实姓名，只需要存储用户编号就可以了，因此这个字段的名称设为 studentid，字段设置和 user 表中对应。

第三个字段存储所答的题，同样这里不存储题干，而只存储题目编号就可以了，因此这个字段的名称设为 choiceid，字段设置和 choice 表中对应。

第四个字段存储回答问题的时间，除了需要日期，还需要具体的时间，因此这里选择"日期/时间"型，属性中选项"格式"设置为"常规时间"。

第五个字段存储用户的选择，这里只需要存储一个字符，因此这里设置为"文本"型，属性中"字段大小"设为 1。

第六个字段存储用户的选择是否选对，为了计算方便，可以这样设置：当用户选择是对的时候，就用数字 1 表示，如果选择错误，就用数字 0 表示，可见这里可以使用数字型，属性中选项"字段大小"设置为"字节"。

设置好后，关闭表结构设计器，在提示是否保存时单击"是"按钮，在弹出的如图 12.15 所示的"另存为"对话框的选项"表名称"中输入 result，单击"确定"按钮，在是否定义主键的提示对话框中单击"否"。设置好的 result 表的各字段属性如图 12.15 所示。

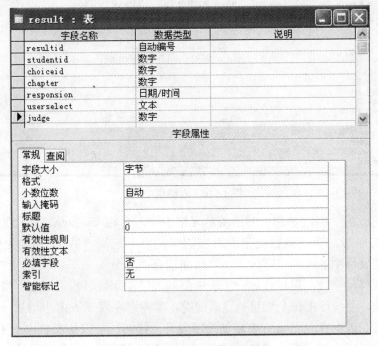

图 12.15　result 表各字段属性

4．修改表结构

表结构按照预先的设计建立之后，有时还需要修改结构，例如，添加一个字段，删除多余的字段，修改字段名称及类型等。要修改某个表的结构，可以在如图 12.8 所示数据库的管理窗口中，在右边列出的表名中用鼠标右键单击要修改的表，在打开的右键菜单上单击"设计视图"命令。这时进入表结构设计器。

（1）修改字段。在表结构设计器的上半部分的字段列表中单击某个要修改的字段属性，直接修改字段名称和字段类型，在下半部分可以修改对应的属性。

（2）增加字段。可以在字段列表的所有字段的下面一行设置新的字段；如果要在字段中间插入一个字段，可以在要插入的字段的这一行中单击鼠标右键，在打开的右键菜单中单击"插入行"命令，在这个位置就会增加一个空行，再输入新的字段的名称，设置好字段的类型和属性。

例如，在存储题目的表 choice 中需要增加一个字段来存放题目所在的栏目，就可以打开表 result 的结构设计窗口，在字段 title 所在的行上单击鼠标右键，会弹出右键菜单，如图 12.16 所示，再单击"插入行"命令。

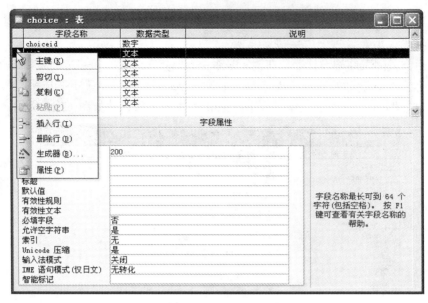

图 12.16　右键菜单

在新增加的行的"字段名称"对应的单元格中输入名称 chapter，为了存储的方便，这里只存入栏目的序号，在"数据类型"对应的单元格中选择"数字"；因为栏目的数量不多，因此可以在属性中的选项"字段大小"后面选择"字节"。

（3）复制或移动字段。可以在同一个表中复制或移动字段，也可以在不同的表中复制或移动字段。例如，要统计出每个栏目的完成情况，就需要在表 result 中增加一个存放栏目的字段，这个字段和前面在表 choice 中增加的字段是一样的，可以从表 choice 中复制过来。

打开表 choice 的表结构设计窗口，在要复制的行也就是 chapter 字段这一行最左边的那个方块上单击鼠标右键，在打开的右键菜单中单击"复制"命令，关闭表结构设计窗口。打开表 result 的表结构设计窗口，在要插入的位置如字段 responsion 对应的行上单击鼠标右键，在打开的右键菜单中单击"插入行"命令，再在新增加的空白行的最左边的那个方块上单击鼠标右键，在打开的右键菜单中单击"粘贴"命令。

（4）删除字段。如果表中有字段是多余的，可以将它删除。同样，在要删除的字段的这一行中单击鼠标右键，在打开的右键菜单中单击"删除行"命令。

（5）确认修改。设置后，关闭表结构设计器，在提示是否保存时单击"是"按钮确认删除；如果不想保存，可以单击"否"按钮。

5．复制或删除表

在同一个数据库中可以有多个表，可以将一个表复制为另一个表，还可以复制到另一个数据库中，也可以将多余的表删除。

（1）复制表。如果要复制一个已经做好的表，可以按以下操作：

在如图 12.8 所示的数据库的管理窗口中，在右边的表名列表中用鼠标右键单击要复制的表，在打开的右键菜单中单击"复制"命令。在右边的空白处单击鼠标右键，或者打开另一个数据库，在管理窗口右边的空白处单击鼠标右键，在打开的右键菜单中单击"粘贴"命令，这时会弹出如图 12.17 所示的"粘贴表方式"对话框。

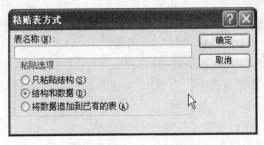

图 12.17　"粘贴表方式"对话框

在选项"表名称"下面输入一个新的名称（在同一个数据库中不能和原来的表的名字重复），在选项"粘贴选项"可以根据需要进行选择，设置好后，单击"确定"按钮关闭对话框。

（2）删除表。如果一个表已经没有用了，可以将它删除，删除一个表的操作很简单。在要删除的表名上单击鼠标右键，在打开的右键菜单中单击"删除"命令，再在弹出的删除确认提示框中单击"是"按钮。

（3）移动表。可以将创建好的表从一个数据库中移到另一个数据库中。在要移动的表名上单击鼠标右键，在打开的右键菜单中单击"剪切"命令；再打开另一个数据库，在管理窗口的右边单击"粘贴"命令，弹出如图 12.17 所示的"粘贴表方式"对话框，输入一个新的表名，设置好相关选项，单击"确定"按钮关闭对话框。

移动表的操作实际上就是将原表复制到另一个数据库中，再将原表删除。

12.1.5　记录操作

通常，表中的每一行都描述了现实世界中的一些对象或关系，而一行中的字段值存储了关于现实世界对象的信息，例如，在被测试者表中的一条记录，就包含了一个被测试者的有关信息。

1．向表中输入记录

在可以使用数据库完成许多操作之前，必须在其中保存一些数据，在 Microsoft Access 中，可以直接输入或编辑记录。下面以刚才创建的表 user 来介绍如何向表中添加记录。

在如图 12.8 所示的数据库的管理窗口中，在右边的表名列表中双击要添加记录的表，就会弹出如图 12.18 所示的查看和修改表中记录的窗口。

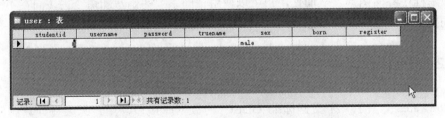

图 12.18　查看和修改表中记录的窗口

在这里，每一行可以输入一个记录，每个字段对应于这一行的一个单元格。要添加记录，可以依次输入每个字段对应的值，在单元格中单击，就可以输入这个字段的内容。

数字型和文本型的字段中输入的内容没有什么限制。

在"日期/时间"型的字段中，如果要输入日期，就必须输入一个包括年、月、日的数据：先输入年，通常用 4 位（也可以是两位，Access 会自动根据在属性中设置的格式进行转换），再加上一个连接号（-），再输入月份，也就是 1～12 的某一个数，然后加上一个连接号（-），最后输入一个日子，也就是 1～31 的某一个数，另外，要注意大、小月之分。如果格式不对，Access 会弹出错误提示。如果还要输入时间，则在日期后面还需要跟上一个空格，再输入一个包含时、分、秒的数据：时、分、秒之间用英文冒号（:）分隔，小时可以是 0～23 的一个数字，分和秒都是 0～59 的一个数字。

在一行中输入完毕后，可以继续在下一行中输入新记录。

输入完记录后，在如图 12.18 所示窗口的标题栏上单击关闭按钮，Access 会自动保存所做的修改。

2．修改或删除记录

通常，除了从数据库中获取数据，还会经常修改这些数据。

在如图 12.8 所示数据库的管理窗口中，在右边的表名列表中双击要添加记录的表，弹出如图 12.18 所示的查看和修改记录的窗口。

在某一条记录的某个单元格上单击，可以看到这条记录的左边会出现一个黑色的小三角形，这是指示当前正在操作的记录。

在要修改的记录的这一行中单击，再在要修改的字段对应的单元格中单击，就可以修改其中的内容。

在数据库中，有些记录过时，或者失效，例如，有些用户不再使用了，就可以将它们从数据库中删除。在要删除的记录的最左边的指示位置上单击鼠标右键，在打开的右键菜单上单击"删除记录"命令，会弹出一个删除确认提示框，单击"是"按钮。

修改完记录后，在如图 12.18 所示窗口的标题栏上单击关闭按钮，Access 会自动保存所做的修改。

12.2　访问数据库

利用 Microsoft ODBC 接口和标准 SQL 语言，Authorware 可以方便地支持 Foxpro、dBase、Oracle、Sybase、Access、SQL Server 等数据库。ODBC 是 Open Database Connectivity（开放式数据库连接性）的缩写，它是 Microsoft Windows Open System Architecture（即 WOSA）的一个组件，在开发过程中，它提供了一系列较宽范围的数据库格式的应用程序界面函数，从而使用户可以使用相同系列的函数和命令去访问在不同服务器上或不同格式的数据库中的信息。

12.2.1　连接数据库

Authorware 提供了一个支持标准 ODBC 的数据库接口，用户只要在计算图标中使用 UCD 文件 ODBC.u32 中的数据库函数和标准 SQL 语言，就可以对数据库中的数据进行添加、删除、查询等基本操作。但要在 Authorware 中通过 ODBC 访问数据库，首先要与数据库进行连接。连接方式有两种：一种是通过数据源进行连接，另一种是使用 ODBC.u32 中的 ODBCOpenDynamic 与数据库连接。

1. 配置数据源

要使用数据源连接数据库，系统中的驱动程序必须可用，而且必须建立 ODBC 数据源。

（1）ODBC 驱动程序和数据源简介。ODBC 驱动程序是用来连接某一种数据库类型，而数据源则是通过 ODBC 驱动程序链接某个数据库的配置。这两个功能都可用 ODBC 管理应用程序实现，Windows 系统标准安装情况下都安装有 ODBC 管理应用程序，可以在控制面板中找到。

ODBC 驱动程序是一种 DLL，它含有可与各种不同数据库相连接的函数，每种 ODBC 驱动提供的基本系列的函数都包含以下基本功能。

① 提供数据库连接。

② 准备和执行 SQL 语句。

③ 处理事务。

④ 返回结果。

⑤ 通知应用程序错误信息。

数据源的信息包括用于访问数据库的驱动和数据库的路径，同时还要为数据源提供一个名字，以便在程序中引用。要在应用程序中建立一个数据源，需要知道使用哪个驱动程序，以及如何设置它。数据源的创建既可以利用手工创建，也可以在 Authorware 应用程序中通过外部函数来实现。

下面以保存在文件夹 "F:\awfanli\12\data" 中的 Access 数据库 xxjl.mdb 为例，分别介绍这两种方法配置数据源的步骤。

（2）手工配置数据源。手工配置数据源是通过 Windows ODBC 数据源管理器来建立和管理系统中的数据源。以下的步骤是在 Windows XP 中进行的，其他系统中的步骤类似。

① 打开数据源管理器。在 Windows 中 "控制面板" 窗口中双击 "管理工具"，在打开的 "管理工具" 就可以看到 "ODBC 数据源（32 位）" 图标，如图 12.19 所示。

图 12.19　"管理工具" 窗口

双击 "ODBC 数据源（32 位）" 图标，弹出如图 12.20 所示的 "ODBC 数据源管理器" 窗口，可看到该窗口中共包括了 "用户 DSN"、"系统 DSN"、"文件 DSN"、"驱动程序"、"跟踪"、"连接池"、"关于" 7 个选项卡，分别用来配置数据源和显示 ODBC 驱动程序及辅助调试等。

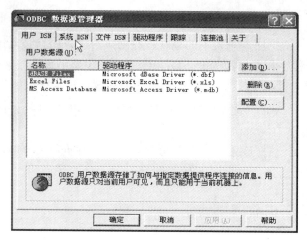

图 12.20 "ODBC 数据源管理器"窗口

在该窗口中前 3 个选项卡的标签是以字符 DSN 结束的。DSN 是 Data Source Name（数据源名）的缩写，它是程序用来识别 ODBC 数据源的名称。

ODBC 数据源可分为 3 种类型：用户、系统和文件。尽管所有 DSN 的目的是一致的，但在使用时还是有区别的。

"用户 DSN"选项卡中列出的是当前机器中已有的用户数据源，并可以增加、删除和配置用户数据源。ODBC 的用户数据源存储了如何与指定数据提供者连接的信息，如果本地机器被设置为多用户登录，则在此选项卡中设置的数据源只能供当前用户使用，而其余用户是不可访问的。

"系统 DSN"选项卡中列出的是当前机器已有的系统数据源，并可以增加和删除、配置系统数据源。系统 DSN 可以被当前机器上的所有用户使用。

"文件 DSN"选项卡中列出的是当前机器已有的文件数据源，并可以增加和删除、配置文件数据源。文件数据源允许用户连接数据提供者。文件 DSN 是在一个文本文件中存储 DSN 信息，这个文本文件是一个包括有关数据库的驱动程序和地址信息的 INI 文件，它可以由安装了相同驱动程序的用户共享。

"驱动程序"选项卡中列出的是当前系统所安装的 ODBC 驱动程序。如果需要安装新的驱动程序，只能使用其安装程序来进行。

② 添加新的系统数据源。如图 12.20 所示的"ODBC 数据源管理器"窗口中单击"系统 DSN"选项卡，单击"添加"按钮，弹出如图 12.21 所示的"创建新数据源"对话框。

这里是为一个 Access 数据库增加数据源，故此在驱动程序列表中单击选中"Driver do Microsoft Access (*.mdb)"项，选择好驱动程序后单击"完成"按钮关闭该对话框，这时会弹出"ODBC Microsoft Access 安装"对话框。

这个对话框是与驱动程序相关的特定数据库类型的设置对话框，可以设置新增加的数据源的名字和要引用的数据库的路径。在选项"数据源名"后的文本框中输入一个名字，比如 hanyuDSN，即在 Authorware 应用程序中指定的数据源的名字。可以在选项"描述"后输入对该数据源的描述。

单击"选择"按钮，弹出如图 12.22 所示的"选择数据库"对话框。

图 12.21　"创建新数据源"对话框

图 12.22　"选择数据库"对话框

在选项"驱动器"下的下拉列表框中选择"f:"盘，然后在选项"目录"下的目录列表框中双击目录名找到数据库所在的目录，在左边的文件列表框中就会出现所选目录下的所有Access 数据库，单击"xxjl.mdb"选中它，如果不想让 Authorware 应用程序修改该数据库，则可选中选项"只读"，设置后单击"确定"按钮关闭该对话框，回到"ODBC Microsoft Access 安装"对话框。

在对话框中单击"高级"按钮，弹出"设置高级选项"对话框。可在选项"默认授权"中可以设置数据源的"登录名称"和"密码"；在选项"选项"中可以设置一些特殊选项，例如缓冲区大小、默认目录等。设置后的数据源安装对话框如图 12.23 所示。单击"确定"按钮关闭该对话框，回到"ODBC 数据源管理器"窗口，在"系统 DSN"选项卡的选项"系统数据源"下面的列表中可以看到新创建的 hanyuDSN，如图 12.24 所示。

若在数据源列表框中选中新建的数据源 hanyuDSN，再单击"配置"按钮则又弹出如图 12.23 所示的"ODBC Microsoft Access 安装"对话框，可以在此对话框重新对数据源进行配置。

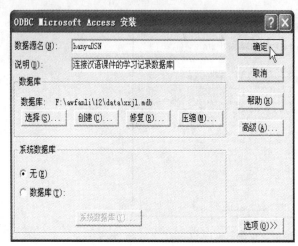
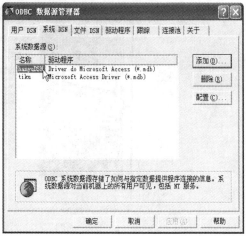

图 12.23 设置后的数据源安装对话框   图 12.24 添加了新数据源的"系统 DSN"选项卡

（3）自动配置数据源。虽然手工配置数据源是一件很容易的工作，但是如果 Authorware 要在不同的计算机上使用，那么就需要在每一台计算机上重新配置一次。可见，Authorware 提供了配置数据源的 UCD 文件 tMsDSN.u32（在 Authorware 的安装目录中可以找到）。

在文件 tMsDSN.u32 中只有一个函数 tMsDBRegister()，使用该函数就可以实现数据源的创建工作。该函数的语法格式为

result := tMsDBRegister(dbReqType, dbType, dbList)

其中的参数含义如下。

参数 dbReqType：指定要进行的数据源操作，例如增加或删除等。其取值可以是 1～7，每个数字代表一种操作。

1：增加 ODBC 数据源。

2：配置 ODBC 数据源。

3：删除 ODBC 数据源。

4：增加系统 ODBC 数据源。

5：配置系统 ODBC 数据源。

6：删除系统 ODBC 数据源。

7：删除默认的 ODBC 数据源。

当要增加 ODBC 数据源时，通常指定 dbReqType 为 4。

参数 dbType：指定要安装的数据源驱动程序。例如，要安装的是 Access 数据库的数据源，则需指定 dbType 为"Microsoft Access Driver (*.mdb)"。

参数 dbList：指定 ODBC 数据源的名字、描述以及与相关的数据库文件名，各项说明之前用分号分开。例如，相关的数据库文件是 F:\awfanli\12\data\xxjl.mdb，则 dbList 可指定为

"DSN=yinDSN;Description= 汉 语 学 习 记 录 数 据 库 ;FIL=MS   Access;   DBQ= F:\\awfanli\\12\\data\\xxjl.mdb"

使用函数建立数据源的具体步骤如下：

用鼠标拖曳一个"计算"图标到流程线上，命名为"自动配置数据源"，在其中输入

以下内容：

```
dbReqType:=4
dbType:="Microsoft Access Driver (*.mdb)"
dbList:="DSN=hanyu2DSN;Description=汉语学习记录数据库;FIL=MS Access;"
dbList:=dbList^ "DBQ=F:\\awfanli\\12\\data\\xxjl.mdb"
result:=tMsDBRegister(dbReqType, dbType, dbList)
```

其中，dbReqType、dbType、dbList 是自定义变量，用于给函数 tMsDBRegister 设置参数。
单击工具栏上的"运行"按钮运行程序。

在 Windows 的控制面板中打开"ODBC 数据源管理器"窗口，在"系统 DSN"选项卡
中就可以看到名为"hanyu2DSN"的数据源，如图 12.25 所示。

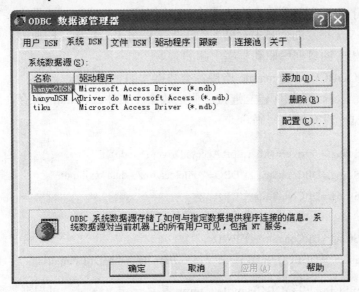

图 12.25　配置成功后的"系统 DSN"选项卡

在系统数据源列表中单击选中"hanyu2DSN"，单击"配置"按钮，弹出"ODBC
Microsoft Access 安装"对话框，在此对话框中就可以看到在参数 dbList 中所输入的信息。

这说明自动配置数据源是成功的。如果要删除数据源，只需更改自定义 dbReqType 的值
即可。

因为在用户机器中数据库的位置是变化的，因此在配置数据源时尽量不使用绝对路径。
在刚才的例子中，在输入完"计算"图标中的内容以后，再将程序保存在数据库所在目录或
者数据库的上一级目录，例如，这里可以保存在"f:\\awfanli\12"中，就是在数据库的上一
级目录中。换句话说，数据库 xxjl.mdb 在源程序所在目录的子目录 data 中，在前面的代码
中设置 dbList 的语句就可以换成

```
dbList:="DSN=hanyu2DSN;Description=汉语学习记录数据库;FIL=MS Access;"
dbList:=dbList^ "DBQ="^FileLocation^"data\\xxjl.mdb"
```

这样将程序移到其他位置也可以使用。

2. 直接连接

在 Authorware 7.02 提供的 UCD 文件 ODBC.u32 中包含了一个 ODBCOpenDynamic 函数，使用这个函数可以直接和指定的数据库连接。

函数格式为

```
ODBCHandle := ODBCOpenDynamic(WindowHandle, ErrorVar, DBConnString)
```

参数说明如下。

WindowHandle：一个系统变量，其中存放的是 Authorware 演示窗口的句柄。

ErrorVar：可以指定一个自定义变量，用于保存访问数据库时产生的错误信息。

DBConnString：包含连接数据库时需要使用的数据库驱动程序名、数据库存储位置等参数，参数之间使用分号进行分隔。

当返回值大于 0，表示数据库连接成功，否则表示没有成功。如果连接失败，可以通过查看由参数 ErrorVar 指定的变量中存储的错误提示信息来分析出错的原因，一般情况下都是由于系统中缺少相应的数据库驱动程序引起的。

下面是使用 ODBCOpenDynamic 连接各类数据库的示例。

（1）与 MS Access 数据库建立连接。假定数据库文件 xxjl.mdb 保存在源程序的子目录 data 中，假定数据库没有访问密码。

```
DBConnString:= "Driver={Microsoft Access Driver (*.mdb)};"          --驱动程序名
DBConnString:=DBConnString^"DBQ="^Filelocation^" data\\xxjl.mdb;"    --数据库文件路径
DBConnString:=DBConnString^"UID=; "                                  --用户名（可省
略）
DBConnString:=DBConnString^"PWD=; "                                  --密码（可省略）
ODBCHandle := ODBCOpenDynamic(WindowHandle, temp, DBConnString)      --建立连接
```

这里 DBConnString 和 ODBCHandle、temp 都是自定义变量，可根据需要进行修改。

（2）与 MS Excel 数据库建立连接。假定数据库文件 xxjl.xls 保存在源程序的子目录 data 中，假定数据库没有访问密码。

```
DBConnString:= "Driver={ Microsoft Excel Driver (*.xls)};"          --驱动程序名
DBConnString:=DBConnString^"DBQ="^Filelocation^" data\\xxjl.xls;"    --数据库文件路径
ODBChandle:=ODBCOpenDynamic(WindowHandle, temp, DBConnString)
```

（3）与 SQL Server 数据库。假定 SQL Server 数据库 yfshuma 是在计算机的 IP 地址 192.162.0.1 上的。

```
DBConnString:="DRIVER={SQL Server};"                --驱动程序名
DBConnString:=DBConnString^"Server=192.162.0.1;"    --数据库所在计算机的 IP 地址
DBConnString:=DBConnString^"Database=yfshuma;"      --数据库名
DBConnString:=DBConnString^"Uid=yfxiaodeng;"        --用户名
DBConnString:=DBConnString^"Pwd=123456;"            --密码名
ODBCHandle:=ODBCOpenDynamic(WindowHandle, temp, DBConnString)
```

12.2.2 ODBC.U32 的使用

当和数据库建立连接以后，就可以利用 UCD 文件 ODBC.u32 中提供的外部函数和 SQL 语言，可以在 Authorware 中的"计算"图标中添加相应的代码，通过数据源对指定的数据库进行各种操作，包括查询和更新数据库等。

该 U32 还提供了 ODBCOpenDynamic 以外的其他函数，使用它们可以在 Authorware 中对数据库进行操作。

（1）ODBCOpen。对于配置的数据源，在 Authorware 中使用时，还需要使用这个函数来建立正式的连接。这个函数的使用格式是

> ODBCHandle:= ODBCOpen(WindowHandle,ErrorVar,Database,User,Password)

该函数打开由参数 Database 指定的数据源，包括 5 个参数。

WindowHandle——Authorware 应用程序的窗口的句柄，直接输入该参数即可。

ErrorVar——存放该打开数据库函数的执行出错信息。

Database——数据源名称。

User——该数据源的合法使用者名。

Password——与该数据源的合法使用者名对应的密码。

（2）ODBCExecute。当使用 ODBCOpen 函数或 ODBCOpenDynamic 函数建立连接中，就可以使用这个函数来进行数据库操作。这个函数的使用格式是

> data:= ODBCExecute(ODBCHandle,SQLString)

这个函数使用 SQLString 参数指定的 SQL 查询语句对指定的数据库进行查询操作，SQL 语句要放在英文双引号中。参数 ODBCHandle（句柄）是由 ODBCOpen 函数或 ODBCOpenDynamic 函数返回的。执行的结果保存在指定的变量 data 中。

（3）ODBCClose。当使用完数据库后，用这个函数来关闭连接。这个函数的使用格式是

> ODBCClose(ODBCHandle)

该函数将 ODBCHandle 指定的 ODBC 数据库连接关闭，参数 ODBCHandle（句柄）由 ODBCOpen 函数或 ODBCOpenDynamic 函数返回。

12.2.3 SQL 是什么

SQL 的全称是 Structured Query Language，也就是"结构化查询语言"，它是访问关系数据库管理系统的标准语言，具有强大的数据库操作功能。SQL 语言除用于数据库查询之外，还可以实现数据库定义、更新等各种操作。SQL 语言可以用来将数据保存到数据库中，以及从数据库中取回数据。在 Authorware 中要通过 ODBC 来操作数据库，就需要掌握 SQL 结构化查询语言。这里主要介绍如何使用 SQL 语言对表中的记录的控制：数据查询（主要通过"SELECT"查询语句返回查询结果）、数据操作（通过"INSERT"、"UPDATE"、"DELETE"等进行更新）。

这里的查询和操作都是以前面创建的学习记录数据库为例来说明的，各表中的字段可以参见 12.1.4 节。

1. 数据查询

SELECT 语句用于构造数据库的查询。SELECT 语句中可以包含一些子句，如 FROM 子句、WHERE 子句、ORDER BY 子句等。

SELECT 语句的基本格式如下：

```
SELCET <*|ALL|DISTINCT 字段名 1[, 字段名 2,...]>
    FROM <表名 1>[,<表名 2>...]
    WHERE <条件 1> [AND | OR <条件 2>]
    ORDER BY <字段名> [ASC|DESC]
    GROUP BY <字段名>
```

其中的符号"<>"表示该参数必须使用，而"[ ]"表达其中的参数是可选的，"|"表示在几个参数中选择其中一个。"DISTINCT"是指在查询结果中去掉重复行；"ASC"、"DESC"分别指排列的顺序是升序与降序。另外，就是对于 SQL 的关键字来说，是不区分大小写的。

（1）基本查询。基本查询的格式是：SELECT <字段名> FROM <表名>

SELECT 是查询记录的关键字，后面再跟上要查询的字段的字段名，多个字段名之间用英文逗号（,）分隔，如果要查询所有字段，可以使用通配符星号（*）；后面再跟上关键字FROM，后面跟上要查询的记录所在的表的名字。

例如，要求显示用户表中的所有用户名和真实姓名，就可以使用以下 SQL 语句：

```
select username,truename from user
```

在进行查询时，将从 user 表中的每一条记录中取出其中的字段 username 和 truename 的值。如果要将这个 SQL 语句用在 Authorware 程序中，就可以在"计算"图标中输入以下代码：

```
--假定数据库 xxjl.mdb 保存在源程序的子目录 data 中并且数据库没有访问密码
DBConnString:= "Driver={Microsoft Access Driver (*.mdb)};"
DBConnString:=DBConnString^"DBQ="^Filelocation^"data\\xxjl.mdb;"
DBConnString:=DBConnString^"UID=; "
DBConnString:=DBConnString^"PWD=; "
ODBCHandle := ODBCOpenDynamic(WindowHandle, temp, DBConnString)    --连接
SQLString=" select username,truename from user "
data:= ODBCExecute(ODBCHandle,SQLString)                          --执行
ODBCClose(ODBCHandle)
```

其中 DBConnString、ODBCHandle、SQLString、temp、data 是自定义变量。

在 SELECT 关键字后面的字段名可以用星号（*）来代表所有字段，如果要查询用户名中的所有信息，就可以使用以下 SQL 语句：

```
select * from user
```

在查询时可以使用 distinct 来避免选取重复行。例如，要查询所有的真实姓名，但真实姓名有可能重复，就可以在字段名前加上 distinct 来指定要去掉重复的行：

```
select distinct truename from user
```

（2）条件查询。在 SELECT 语句中可以使用 WHERE 关键字来指定查询的条件。如果不指定条件，就是从所有记录中选择内容。

在 WHERE 后面的一个条件的格式通常为：先是一个字段名，再跟上一个条件运算符，然后再跟上一个数值或表达式。在条件中必须包含字段名，在执行包含 WHERE 条件的查询时，其实就是依次将每一个记录的指定的字段的值与条件中的值进行比较，如果符合条件就取出这条记录。

在条件运算符两端的数据类型要相同，也就是数值的类型要和字段的数据类型要相一致，例如，不能将一个字符型数据与数字型的字段比较。如果要在条件中使用字符串时，要将字符串用英文单引号括起来；如果要在条件中使用日期时间，就要将日期时间用英文字符"#"括起来；如果使用的是数值，就直接使用。

字段类型不同，可以使用的运算符也不一样。在 SQL 查询的条件中可以使用的运算符有以下 5 种。

① 比较运算符。比较运算符包括等于（=）、不等于（!=）、大于（>）、大于或等于（>=）、小于（<）、小于或等于（<=）。

例如，要从用户表中查询出所有的男性的用户名和注册时间，可以使用以下 SQL 语句：

```
select username, register from user where sex='male'
```

② 逻辑运算符。如果在 WHERE 后面有多个条件，可以使用逻辑运算符来连接。逻辑运算符有 NOT（逻辑非）、AND（逻辑与）和 OR（逻辑或）。

③ 范围选择符。范围选择符 BETWEEN…AND 用于在一系列值中查找，这一系列的值是通过给出最小值和最大值来确定的。最小值和最大值是条件的一部分。

例如，要查询出生日期在 1972 年 9 月 1 日到 1975 年 6 月 31 日之间的所有用户名和出生日期，可以使用以下 SQL 语句：

```
select username,born from user where born between #01/01/73# and #01/01/75#
```

要注意的是在分行书写时，Where 左边必须有空格。

④ 值匹配运算符。值匹配运算符 IN 用于比较某值同一系列文本指定的值，可以用来查找某几个值中的一个，也就是从表中选取与若干指定值之一相匹配的记录，相当于使用 OR 连接表达式。

例如，在题目表中找出所有答案为 A 或 B 的题目，可以用以下 SQL 语句：

```
select title from choice where answer IN('A','B')
```

⑤ 模糊运算符。模糊运算符 LIKE 可以完成诸如"大概是……"，"类似于……"一类的模糊查询，在 LIKE 后面的值可以使用百分号（%）来匹配任意数量的字符，还可以使用下划线（_）来匹配单个字符，比如可以用"邓%"这样的条件来查找所有姓"邓"的人，如果使用"%邓%"就表示要查找在名字中有一个字是"邓"的人。

例如，要从用户表中查找所有以 D 开头的用户名，可以用以下 SQL 语句：

```
select username from user where username like 'd%'
```

在查询英文字符时是不区分大小写的。

（3）将查询结构排序。在 SELECT 语句中可以使用 ORDER BY 关键字来指定查询的条件。从查询记录的 SQL 代码中还可以看到，ORDER BY 顺序的格式通常为：先是一个字段名，这个字段名是作为排序依据的，也就是将查询结果按照这个字段的值重新排列。

对于数字类型的字段，排序时按数值的大小排序；对于字符型类型的字段，就按 ASCII 的顺序来排列，确定顺序时是以字典的方式来进行，也就是先比较第一个字符，如果相同再比较第二个字符，依次往后进行比较；按一个关键字指定排序的方向，使用 ASC 时查询结果按递增顺序排列，使用 DESC 时查询结果按递减顺序排列。

（4）统计函数。统计函数是用来累加、合计和显示数据边界的函数，函数通常是和字段名相联系的。统计函数使用在 SELECT 语句中，位置是在 SELECT 关键字之后，而且统计函数的参数必须是表中的某个字段。

SQL 中常用的统计函数有：

COUNT 函数的参数除了字段名，也可以使用通配符星号（＊）来代替所有字段，查询后返回一个整数值，这个函数用于统计总行数，或者某个指定字段的值的个数。如果是指定字段时，就只统计不为 NULL 值的字段值的数量，还可以在字段名前面加上一个关键字 DISTINCT，这时值相同的就只计算一次。

SUM 函数通常用于计算某个数字类型的字段的总和，AVG 函数通常用于计算某个数字类型的字段的平均值。如果用这两个函数来计算字符型或日期型字段，Access 会自动将字符和日期转换成数字后再计算。在字段名前面也可以加上一个关键字 DISTINCT，值相同的只参与一次计算。

MAX 函数用于获取某个字段的最大值，MIN 函数用于获取某个字段的最小值，在字段名前面也可以加上一个关键字 DISTINCT，但这时加和不加结果都是一样的。

例如，要统计某人总共做对了几个题，可以用以下 SQL 语句：

```
select count(judge) from result where judge=1 and studentid=1
```

（5）使用 GROUP BY 分组统计。在实际的查询工作中，有时可能不关心查询到的记录内容是什么，而是要知道一些统计信息，例如，在被测试人员中有多少个男生，有多少个女生，或者要查找某一题的平均成绩。在 SELECT 语句中，可以使用 GROUP BY 关键字来对查询结果进行分组，在后面跟上要作为分组依据的字段名。

例如，要统计用户表中男生和女生的人数，可以用以下 SQL 语句：

```
select sex,count(sex) from user group by sex
```

2．数据操作

除了在 Microsoft Access 中增加和修改表中的记录，还可以使用 SQL 语句在表中进行数据的改变。

（1）插入记录。使用 INSERT 语句可以往表中插入新的记录。INSERT 语句的语法格式是

```
INSERT INTO <目标表名>[(<字段名表>)]
    VALUES (<值表>)|SELECT 语句;
```

插入记录的基本格式是：INSERT INTO 是插入记录的关键字，后面再跟上要创建的表的名字，在表名后面跟上一对小括号，在括号内列出要添加数据的各个字段的字段名，字段名之间用英文逗号（,）分隔；后面再跟上关键字 VALUES，在它后面又是一对小括号，在这个小括号里列出的是和前一个括号中各字段的值，也用英文逗号（,）分隔，值的个数和位置都要一致，具体的数值要用单引号括起来，关键字如 NULL 和函数不需要使用单引号。如果所有字段都要添加数据，字段名列表所在的那个括号以及字段名都可以省略，只要按表中的字段的顺序设置关键字 VALUES 后面的值列表即可。还可以在值列表中使用 SELECT 语句中从另一个表中查询出结果来插入当前表中，当然这两个表的结构要相同。

例如，当注册了一个新用户时，就要向用户表中插入一条记录：

```
insert into user values(6,'xiaodeng','deng','dengchunzhi','male',#1973-6-5#,#2007-9-18 12:20:35#)
```

这里假定用户表 user 中只有 5 条记录，并且没有 xiaodeng 这个用户名。

在实际中首先要判断新输入的用户名在不在表中，如果没有这个用户名再获得 studentid 的最大值，就将最大值加 1 作为新用户的 id 。因为在前面定义用户名这个字段时设置了索引为"有（无重复）"，如果是重复的用户名，这条记录就不会被插入到表中。

（2）更新记录。使用 UPDATE 语句可以更新表中已有的记录。通常在某一时刻只能更新一张表。

UPDATE 语句的语法格式是

```
UPDATE <表名>
    SET <字段名 1>=<表达式 1>[,<字段名 2>=<表达式 2>,...]
        [WHERE  <条件>];
```

修改记录的基本格式是：UPDATE 是修改记录的关键字，后面再跟上要修改的记录所在的表的名字，后面再跟上关键字 SET，在它后面是用赋值语句给指定字段添加一个新值，如果有多个字段，可以用英文逗号（,）分隔，要修改成的新值也可以是表达式，值的类型要与字段的类型一致，在后面再跟上 WHERE 关键字，WHERE 后面的条件格式中 SELECT 语句中的条件是一样的。如果要修改某一字段对应的所有行数，就可以省略 WHERE 关键字以及后面的条件。

例如，要将所有用户的密码修改为一个统一的密码，就可以使用以下 SQL 语句：

```
update user set password='1234'
```

（3）删除记录。使用 DELETE 语句的作用可以从表中删除指定的记录。DELETE 语句的语法格式是

```
DELETE   FROM <表名>
    [WHERE <条件>]
```

删除记录的基本格式：DELETE 是删除记录的关键字，后面跟上关键字 FROM 用来指

定删除记录的位置，再跟上要删除的记录所在的表的名字，然后跟上 WHERE 关键字，用 WHERE 条件来指定要删除的记录，WHERE 后面的条件格式中，SELECT 语句中的条件是一样的。若不指定条件，则表中所有的记录将被删除。

例如，要删除所有以 d 开头的用户名的用户，可以使用以下 SQL 语句：

delete from user where username like 'd%'

（4）由查询结果建立一个新表。使用 SELECT…INTO 语句的作用可以将查询结果建立一个新表。SELECT…INTO 语句的语法格式是

SELECT <字段名> INTO <新表名>
  FROM <原表名>;

基本格式：SELECT 是关键字，后面跟上字段名列表，也可以使用*号来代替所有字段名，再跟上关键字 INTO 用来指定要插入的位置，后面跟上要插入的表的名字，然后跟上关键字 FROM 用来指定数据的来源，最后跟上要查询的表的名字。这个新表可以作为报表的基础，也可以用来为表做备份。

例如，要为用户表做一个备份，可以使用以下 SQL 语句：

select * into userbak from user

习　题

1. 如何创建一个 Access 数据库？如何在 Access 数据库中创建一个表？
2. 如何在 Authorware 中配置数据源？
3. 如何连接 Access 数据库？
4. SQL 数据操作语句有哪些？

第 13 章 综合实例

本章将以一个"汉语教学课件"为主要线索回顾 Authorware 实际开发中的各个知识点,读者可以发现其中部分内容已经在前面的章节中作为单独的实例介绍过。本章将完整地将这些技术应用在一个课件中。

13.1 汉语课件的结构分析

一本书主要包括封面、目录、内容 3 部分,课件的主体也包括这 3 部分,但课件通常将封面和目录集中在一起作为首页。当要学习的内容比较多时,程序的主体部分又可以分成多个子程序。对于教学内容来说,通常可以按照章节结构进行划分,而对于多媒体软件来说,可以按照功能进行划分。

在这个汉语学习课件中,教学内容分成 5 个栏目:故事学习、深入探索、巩固提高、文件扩展、本课测试,相应地可以把课件内容分成 5 个主要的子程序,再加上用户登录、片头、退出系统等部分,整个课件就包含一个主程序和若干个子程序。主程序主要是用于连接各个子程序。主程序和各个子程序可以开发成独立的 Authorware 源文件,然后通过函数"JumpFile"或"JumpFileReturn"相互跳转调用。JumpFile 和 JumpFileReturn 系统函数的主要区别就在于当在跳转目标中使用系统函数 quit()退出程序时,使用 JumpFileReturn 跳转时会返回跳转前的目标。如果跳转是单线的,也就是只从主程序跳转到子程序,再从这个子程序返回主程序,子程序内部不用跳转,可以使用 JumpFileReturn 来控制;如果跳转是网状的,也就是子程序之间可以相互跳转,就最好使用 JumpFile 来跳转。另外,在使用这两个函数进行跳转时,会关闭原来的程序窗口,打开目标窗口,如果想要两个窗口并存,就要使用 JumpOutReturn 来进行跳转。例如程序的帮助,还有一些在课件中使用的小工具等,如果是整个程序通用的,就可以将帮助或者小工具做成一个单独的可执行的 exe 程序,然后在整个程序中使用 JumpOutReturn 来打开。

划分好子程序后,就要考虑在主程序与子程序之间如何跳转,在子程序与子程序之间是否要进行跳转,如何进行跳转等问题,应根据课件的制作需求来考虑。在这个汉语学习课件中,就只需要从主程序跳转到各个子程序中,各个子程序之间不需要跳转。程序的整体结构如图 13.1 所示。

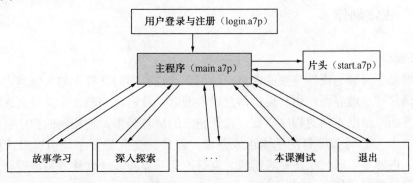

图 13.1 汉语课件的程序框架

本章将介绍主程序 main.a7p、登录注册模块 login.a7p、开场动画模块 start.a7p、退出模块 quit.a7p 和故事学习 gsxx.a7p 的制作过程。深入探索、巩固提高、文件扩展和本课测试等模块与故事学习模块制作技术类似，其内容与 Authorware 技术本身没有什么联系，就不详细说明了。其中部分模块的制作技术在前面的章节中已经作为实例加以说明，为方便读者查阅，将本章的综合实例内容与章节的对应关系如表 13.1 所示。

表 13.1　综合实例内容与章节对照表

子程序	示例内容	所在章节
用户登录与注册	登录控制	8.6.3
	用户信息的数据库操作	13.5
主程序	程序主框架与子程序调用	13.2
开场动画	图标的显示与擦除	5.3.1
	声音与背景音乐	5.3.2
故事学习	使用不同效果的文本	3.2.6
	制作逼真的阴影效果	3.4.3
	用滚动字幕显示课件内容	5.4.6(2)
	视频控制与电影播放器	4.2.5
	改进电影播放器	5.4.9(2)
	制作判断题	8.2.3
	制作拖曳题	8.4.4
	保存学习情况（制作选择题）	13.6.2
显示制作人员	逐页显示制作人员名单	5.2.4

子程序中的主体部分就是依次展示各部分教学内容，在课件中经常可以使用框架结构来作为子程序的整体控制结构，在"框架"图标的内部添加程序的通用控制；在框架页中显示各种内容，可能是静态的文本或图片，可能是视频或动画，也可能是有交互控制的题目。本章将在"故事学习"子程序中演示这些技术。"深入探索"、"巩固提高"、"文件扩展"的制作与之类似，本章就不详细说明制作过程了。

13.2　主程序 main.a7p 的制作

13.2.1　主体制作

1. 界面设计

交互界面是学习者与课件交互的窗口，学习者通过界面向计算机输入信息进行控制、查询和操纵；课件则通过界面向用户提供信息以供阅读、分析、判断。交互界面通常包括风格和组成两个方面。根据不同的程序需要，设计相应的屏幕类型，使相同的程序具有相对稳定的屏幕风格，并考虑每类屏幕的基本组成要素。课件的交互界面主要由窗口、标题栏、菜单、交互区、内容显示区、状态栏等组成。友好的交互界面能使软件容易被理解和接受，又能让使用者容易掌握和使用。

为了将界面设计得有效和精巧，要遵循以下一系列界面设计的指导原则。

- 一致性：对于具有同样功能的操作对象，在形象和格式上要力求一致，起控制作用的按钮和菜单也应一致。
- 权衡性：指在界面中必须强调人的需求一直优于计算机的处理要求。
- 灵活性：要求一个系统对于区分用户的需求必须是敏感的。一个真正灵活的系统允许一个人用与他的知识技能和经验相称的方式进行交流，如显示或不显示提示、允许默认设置、建立用户记忆等。
- 简洁性：指界面的复杂度、清晰度应该与用户的能力相当。
- 可理解性：指界面的设计应该让人能够理解和领会。
- 自然性：指界面设计应该模仿使用者常用的行为方式，使操作变得熟悉、自然，从而很快可以熟悉软件，同时界面上的文字信息、图形信息应该在使用者的知识范围以内。

在进行界面设计时，具体要做的工作是界面的布局、文字用语的合理使用、色彩的选择等。研究表明：人们看到信息显示时，第一眼往往看见界面左上部中间的位置，并迅速向顺时针方向移动。在这个过程之后，人眼视觉受对称均衡、标题重心、图像及文字影响，显然屏幕左上角是人视线的明显启动点。以下是屏幕构成元素在一般情况下的放置规律：

- 屏幕的标题一般位于屏幕上中部。
- 屏幕标志符号等置于屏幕右上角。
- 主体常占用屏幕上大部分区域，通常从中上部到底部的靠上部分，这时的描述应简短，图像质量要高。
- 有关信息项，如状况、情况、注释行等应放在屏幕底部。
- 功能键区、按钮区等可放在屏幕底部。
- 菜单条等则应放在屏幕顶部。

2．运行效果

程序运行后会显示课件的主选单，当鼠标移动到每个选单的按钮上时，就会显示相关的文字说明，当鼠标离开按钮区域后，对应的提示文字消失。程序运行如图 13.2 所示。在13.2.4 节还将为其添加退出程序的功能。

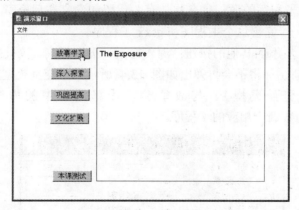

图 13.2　主程序的屏幕界面

3．功能分析

这里主要考虑两方面的问题：一是为各个按钮建立交互响应，以响应用户的鼠标进入按钮区域后的操作；二是在响应结束后要擦去显示的内容。

Authorware 提供了 11 种响应方式，这里比较合适的是热区域响应，选择的理由是对素材不需要太多的修改。在鼠标离开后就擦除响应的内容，可以通过设置交互响应的属性来实现。

4．程序结构

完成的程序流程图如图 13.3 所示。

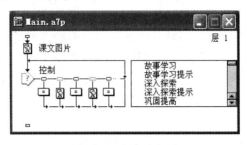

图 13.3　程序流程图

5．制作步骤

具体的制作步骤如下。

（1）新建一个文件，保存为"Main.a7p"。

（2）在流程线拖曳一个"显示"图标改名为"课文图片"，双击打开后可以加入课文相关的图片，作为一个待完善的原型，这里仅用一个矩形框来代替。

（3）从图标面板拖曳一个"交互"图标到"显示"图标的下方，命名为"控制"。

（4）从图标面板拖曳一个"计算"图标到"控制"交互图标的右边，松开鼠标时，会弹出一个如图 13.4 所示的"交互类型"对话框，使用默认的按钮交互，单击"确定"按钮，将图标命名为"故事学习"。双击计算图标打开程序代码窗口，输入调用故事学习子程序的代码：

```
--跳转到故事学习子程序中
JumpFileReturn(FileLocation^"gsxx")
```

gsxx 是故事学习子程序的源程序名称，有关代码的含义在后面章节中将详细介绍，在后面的章节我们将进一步完善这个主程序和 gsxx 子程序。

（5）重复第（4）步添加其他的按钮：深入探索、巩固提高、文化扩展和本课测试（在已有的交互后面添加新图标将不会再弹出如图 13.4 所示的"交互类型"对话框，而是直接设置为左边邻近的交互类型）。与故事学习计算图标中的内容类似，也是使用 JumpFileReturn 系统函数调用相应的子程序。

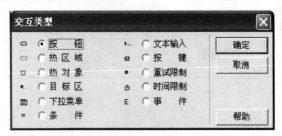

图 13.4　"交互类型"对话框

（6）从图标面板拖曳一个"显示"图标到按钮交互图标"故事学习"的右边，双击按钮打开属性面板修改交互类型为"热区域"，将图标命名为"故事学习提示"，如图 13.5 所示。

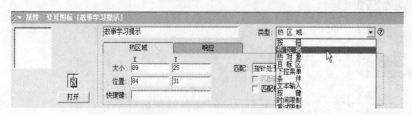

图 13.5　交互类型属性选择

（7）双击"显示"图标"故事学习提示"上方的交互类型标识符 ┅┅ ，打开属性面板。

单击"响应"选项卡，在选项"擦除"后面的下拉列表框中选择"在下一次输入之前"，如图 13.6 所示。设置以后，鼠标离开指定的区域之后，该分支的内容就被擦除。

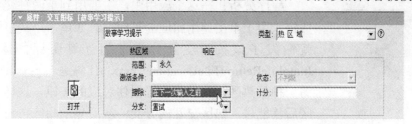

图 13.6　热区响应属性面板

（8）双击打开"故事学习提示"显示图标的演示窗口，利用文本工具输入提示文字"The Exposure"，并调整位置到合适。

（9）重复步骤（8），在"深入探索"、"巩固提高"、"文化扩展"和"本课测试"的后面分别添加"深入探索提示"、"巩固提高提示"、"文化扩展提示"和"本课测试提示"热区域交互并添加提示文字。

（10）单击工具栏上的"运行"按钮或者选择菜单命令"调试"→"重新运行"或者按组合键 Ctrl+R，运行程序，再选择菜单命令"调试"→"暂停"或者按组合键 Ctrl+P 暂停程序运行，这时在"演示窗口"中除了看到各个按钮外，还可以看到几个虚线边框，这是代表热区的响应范围，如图 13.7 所示。

（11）单击"演示窗口"中的虚框边线，在其周围出现 8 个小方框。把鼠标指针移动到热区虚线框边线上的小方框处，拖曳鼠标，就可以调整热区的大小和位置，如图 13.8 所示。

通过拖曳小方框，调整热区的大小正好框住图片中"故事学习"按钮的部分。设置后，可以选择菜单命令"调试"→"停止"来关闭"演示窗口"。

（12）重复步骤（11），调整其他热区的位置正好框住各自提示的按钮。完成后，运行程序再暂停，可以看到所有的热区设置如图 13.9 所示。

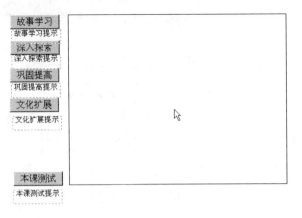

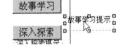

图 13.7 暂停程序　　　　　　　　　　　　图 13.8 调整热区

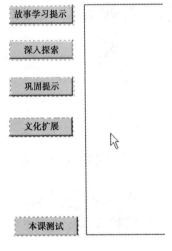

图 13.9 热区设置

程序分析： 在这个应用中，主要用到了两种交互，一种是按钮，用于单击调用相应的子程序，如单击"故事学习"按钮就激发了该按钮交互分支下的计算图标，运行其中的 JumpFileReturn(FileLocation^"gsxx")代码进入 gsxx.a7p 子程序；另一种是热区，其位置恰好框住对应的按钮，这样鼠标进入热区后就能进入热区交互的分支，从而显示相应按钮的提示文字了。

实际运行程序即可看到如图 13.2 所示的效果，但是单击按钮会弹出如子程序"gsxx 在哪里"的提示，因为这些子程序还没有制作，所以本示例只能展示一个课件的主界面，我们将在后续的几节中逐步展开课件制作的技术细节。从本例中可以看出，用 Authorware 的流程线和交互来设计交互性的多媒体作品是非常容易的，用户可以直接在 Authorware 中表达思路并制作出程序的框架结构，下面要做的，就是美化和完善了。

13.2.2 与登录模块的通信

1. 设计分析

在这个课件中，需要记录学生的学习记录，开头部分的程序需要实现用户登录的功能，当用户输入正确的用户名和密码后才跳转进行课件的主体部分。

根据程序框架，课件的主体部分必须是从登录程序跳转过来的，不能直接进入，因此课件的主体需要获得用户是否登录成功的信息来确定是否运行。在 Authorware 中使用 JumpFile 或 JumpFileReturn 进行跳转时，可以进行变量传递，从而可以在登录部分将用户登录成功的变量传递到课件的主体部分，而主体部分先判断这个变量的值再决定是否运行。在课件主体部分还需要记录用户的学习数据，需要知道当前是哪一个用户在学习，登录部分记录哪个用户登录了，还需要从登录部分将用户的一些信息传递到课件的主体部分。由于在数据库中用户的 ID 是唯一的，因此可以将用户的 ID 传递到主体部分，而主体部分在保存记录时也只需要保存用户的 ID 就可以了。

2．制作过程

重新打开源程序"Main.a7p"，进入它的流程设计窗口。

在最前面拖曳一个"计算"图标，命名为"如果不是登录进来就退出"，在其中输入以下代码：

```
if loginsuccess<>1 then
    Quit()
end if
```

其中，loginsuccess 是自定义变量，在创建时不需要指定默认值，初始值为 0。如果直接运行 Main.a7p 程序，必然导致代码中的 Quit()分支被执行，程序就自动退出了。只有程序是从登录程序"Login.a7p"跳转过来，loginsuccess 的值才可能是 1，程序才能正常执行，从而避免用户绕过登录直接进入主程序模块。

而在 Login.a7p 中使用 JumpFile 跳转到主程序时，也必须加上相应的参数来传递变量，具体方法在 13.5 节介绍。

注意加上以上检测代码后，在 Authorware 环境中就无法正常运行 main.a7p 程序了，因为直接运行，loginsuccess 变量始终为 0，程序就会立即结束，只能先运行 login.a7p 程序，登录通过后再调用主程序。要在编辑环境下测试主程序，可以用鼠标将图标面板中的开始小白旗拖动到"如果不是登录进来就退出"图标的下面，以后就可以跳过这一图标来进行测试了，这对于发布后的程序不起作用。

13.2.3　显示片头

进入主程序后，在显示主画面之前，首先显示一个片头来展示课件的名称、制作单位等信息，这里单独制作一个片头模块，然后在主程序中用 JumpFileReturn 来调用。

打开 Main.a7p 文件，在"如果不是登录进来就退出"计算图标下面，再增加一个计算图标，命名为"显示片头"，在其中输入以下代码：

```
JumpFileReturn("start.a7p")
```

这样就会调用片头模块 start.a7p，运行后再返回主程序继续执行主画面。

13.2.4　退出学习

在主程序中，如果用户想要退出程序，则需要增加相应的交互控制。制作方法如下：

（1）用鼠标拖曳一个"交互"图标到"课文图片"图标的下方，命名为"退出控制"。

（2）用鼠标拖曳一个"计算"图标到"交互"图标的右边，在弹出的"交互类型"对话框中单击"确定"按钮关闭对话框，也就是使用默认的按钮交互，将新加入的"计算"图标命名为"退出"。

（3）在"登录"计算图标中输入以下代码：

```
JumpFile(FileLocation^"quit")
```

如果要在程序的任何时候都可以退出，就需要将这个退出交互设置为永久交互。双击"退出"计算图标上方的交互类型标识符打开它的属性面板，在"响应"选项卡中将选项"范围"右边的复选框"永久"选中，再将选项"分支"修改为"返回"。

这样当用户单击"退出"按钮时，将会跳转到 quit.a7p 子程序中，我们将在这个子程序中显示制作人员名单，最后退出应用。制作完成的程序流程图如图 13.10 所示。

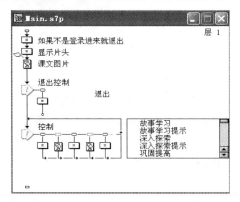

图 13.10　程序流程图

13.2.5　美化外观

将原型中的"课文图片"用事先设计好的背景图片代替，再使用 8.2.2 节中介绍的方法将默认按钮修改为美化后的自定义按钮，最后的效果如图 13.11 所示。

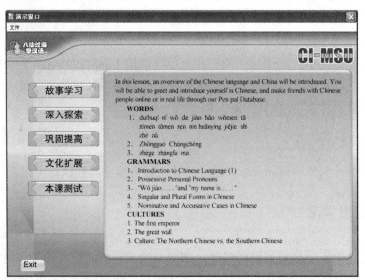

图 13.11　美化完成后的窗口

13.3　片头 start.a7p 的制作

片头模块主要的功能是显示课件的名称，制作人员，或是通过一段精彩的视频动画吸引用户的注意力，我们在本书的第 1 章即演示了一个播放视频开场动画的例子，在 5.3.1 节也介绍了用图片和文字展示的片头，可以直接使用。读者可以直接将 1.2.4 节制作的"开场动画.a7p"或 5.3.1 节制作的"片头.a7p"，另存为到与主程序"main.a7p"相同的目录下并命名为"start.a7p"。

打开 main.a7p 主程序，确认调试的开始小白旗在第一个计算图标的后面，执行程序测试片头是否正常显示。

13.4　退出模块 quit.a7p 的制作

与片头模块类似，我们可以在前面学习的基础上快速完成退出模块的制作。我们直接利用 5.2.4 节制作的源程序"逐页显示制作人员名单.a7p"，将其另存为"Quit.a7p"并进入它的流程设计窗口。

用鼠标拖曳一个"等待"图标到最下方，打开它的属性面板，在选项"事件"后面选中"单击鼠标"，在选项"时限"右边输入系统变量 IconTitle，再取消其他复选框的选中，如图 13.12 所示。设置成等待的时间由当前"等待"图标的名字来确定，并可以单击跳过等待。将"等待"图标命名为一个合适的数字。

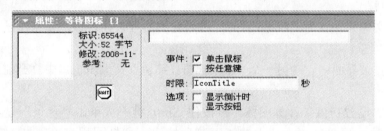

图 13.12　设置等待方式

再用鼠标拖曳一个"计算"图标到"等待"图标的下方，在其中输入以下代码：

```
Quit()
```

执行这个"计算"图标后退出程序。

13.5　登录模块 login.a7p 的制作

要记录学生的学习数据，就需要知道当前是哪一个学生在学习，为此在课件的开始让用户先进行登录。我们将在 8.7.3 节登录程序的基础上完成本实例。

用户登录的过程通常是，首先显示一个登录界面，用户在输入框中输入用户名和密码等信息，再在程序中进行验证，如果用户名和密码都对，就进入课件开始学习。用户名的设置有几种方式，一种是由教师或程序人员指定，另一种是让用户自己注册。通常要根据课件的需求来选择。例如，在这个汉语课件中，就要求所有人都可以使用课件，也就是用户名和密码由学生自己创建，在登录时自动判断，如果是新用户就让学生进行注册。

1．设计分析

用户的登录过程可以用如图 13.13 所示的示意图来表示。

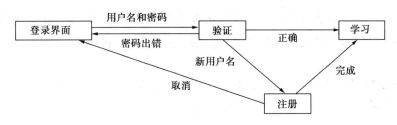

图 13.13 登录流程示意图

首先由用户在登录界面输入用户名和密码，再由程序将输入的结果与数据库中已经保存的用户名和密码进行比对。在比对时就会出现几种情况：用户名和密码都对，就进入课件；如果用户名对，而密码不对，就要让用户重新输入；如果用户名不对，就要求用户进行注册，注册完成后也可以进入课件，如果不注册就返回登录界面。

登录界面的实现在 8.7.3 节已经详细介绍了，可以在原有的基础上进行修改；注册界面可以在登录界面的基础上进行修改。

2．制作准备

找到前面 8.7.3 节制作的登录程序。

3．制作过程

新建一个文件并保存为"Login.a7p"，进入它的流程设计窗口。在制作过程中，请参照前后介绍的流程图。

（1）添加登录界面。启动另一个 Authorware 环境并在编辑窗口中打开前面制作的登录程序。

单击选中"设置初值"计算图标，再按住 Shift 键不放单击"背景"显示图标，同时选中这两个图标，再单击工具栏上的"复制"按钮。切换回程序"Login.a7p"的编辑窗口，在"登录控制"交互图标的上方单击，将粘贴指针移到最上方，再单击工具栏上的"粘贴"按钮。

切换到登录程序所在的编辑窗口，同时选中"用户名"群组图标和"密码"群组图标，再单击工具栏上的"复制"按钮。切换回程序"Login.a7p"的编辑窗口，在"登录控制"交互图标的右边单击，在"登录"计算图标的左边或右边都可以，将粘贴指针移到"登录"计算图标的左边或右边，再单击工具栏上的"粘贴"按钮，这时会弹出如图 13.14 所示的"变量名冲突"对话框，单击"确定"按钮关闭对话框。

图 13.14 "变量名冲突"对话框

说明：在不同的程序间复制图标时，Authorware 会自动将图标中的自定义变量也复制到目标程序中。如果目标程序中已经有同样的变量，在复制时 Authorware 会弹出如图 13.14 所示的"变量名冲突"对话框。如果单击"取消"按钮，则是取消复制图标的操作。如果直接单击"确定"按钮，就是用新的变量替换原来的变量（在 Authorware 中，变量通常包含变量名和默认的初始值设置）。也可以在变量名列表中单击某个变量，然后在右边的文本框中输入一个新的名字，再单击"改名"按钮，就可以将重复的变量修改为新的名字，修改完后再单击"确定"按钮就不会覆盖原来的变量。而这里重复的变量都是从登录程序中复制过来的，可以直接单击"确定"按钮。

在工具栏上单击"运行"按钮运行程序，再按组合键 Ctrl+P 暂停程序，调整登录按钮的位置。

（2）添加注册界面。注册界面和登录界面很类似，不同的是注册界面中需要使用 5 个文本输入框来让用户依次输入用户名、密码、真实姓名、性别、出生年月等 5 项信息。可以在前面的登录界面的基础上来创建注册界面。

选择菜单命令"编辑"→"选择全部"或者按组合键 Ctrl+A，选中流程线上的所有图标，再单击工具栏上的"复制"按钮；在"登录控制"交互图标的下方单击将粘贴指针移到它的下方，再单击工具栏上的"粘贴"按钮。

将新粘贴的"设置初值"计算图标改名为"设置初值 2"，将新粘贴的"背景"显示图标改名为"背景 2"，将新粘贴的"登录控制"交互图标改名为"注册控制"，将新粘贴的"登录"计算图标改名为"注册"，将新粘贴的"用户名"群组图标改名为"用户名 2"，将新粘贴的"密码"群组图标改名为"密码2"。

单击选中"注册控制"交互图标右边的"密码 2"群组图标，再单击工具栏上的"复制"按钮；在"密码 2"群组图标的右边单击将粘贴指针移到它的右边，再单击工具栏上的"粘贴"按钮 3 次。将粘贴的 3 个"群组"图标依次改名为"真实姓名"、"性别"、"出生年月"。

双击"真实姓名"群组图标打开它的流程设计窗口，可以看到其中的"交互"图标的名字为"输入密码3"，这是由 Authorware 自动按序号来命名的。

说明：如果一个图标的名字在"计算"图标中被引用了，那么在同一个程序中复制这个图标时，Authorware 会自动在图标名后面添加一个序号，如果复制多个，则序号依次增加。同样，打开"群组"图标"性别"的流程窗口，可以看到其中的"交互"图标的名字为"输入密码 3"。如果一个图标的名字在"计算"图标中被引用了，那么这个图标的名字在同一个程序中就只能使用一个，不能有重复的；如果在给新的图标命名时，所给的名字与这样的图标名重复，Authorware 就会弹出一个警告提示框来提醒。

将"真实姓名"群组图标中的"输入密码 3"交互图标改名为"输入真实姓名"，将"性别"群组图标中的"输入密码 4"交互图标改名为"输入性别"，"出生年月"群组图标中的"输入密码5"交互图标改名为"输入出生年月"。

这样就增加了注册界面的程序结构，如图 13.15 所示。

（3）注册界面的修改。双击"背景 2"显示图标，修改其中的提示信息，并增加 3 个矩形方框，分别用于作为其他 3 个输入区域的边框。

从图标面板中将"开始"标志旗拖曳到"设置初值 2"计算图标的上方，这是因为从头运行程序还不能执行到交互结构注册控制。

在工具栏上单击"控制面板"，再在打开的控制面板上单击"显示跟踪"展示控制面板，可以在程序编辑中更好地控制程序的运行。

在控制面板上单击"从标志旗开始执行"按钮运行程序，再单击"暂停"按钮暂停程序的执行。在"演示窗口"中调整热区的位置和按钮的位置，热区的位置要和对应的输入区域的边框重合。

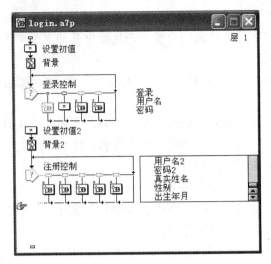

图 13.15　增加的注册界面的程序结构

　　调整后，在控制面板上单击"播放"按钮继续运行程序，在真实姓名对应的方框上单击，这时会出现一个输入区域，只是位置还在原来的输入密码的位置；在控制面板上单击"暂停"按钮暂停程序，将输入区域拖曳到真实姓名对应的方框上，如图 13.16 所示。用同样的操作调整"性别"和"出生年月"对应的输入区域的位置。

图 13.16　调整输入区域的位置

　　（4）调整注册界面的输入设置。在注册界面中有 5 个输入区域，需要 5 个自定义变量来记录输入的内容。双击"计算"图标"设置初值 2"，打开它的代码编辑窗口，将其中的代码修改为

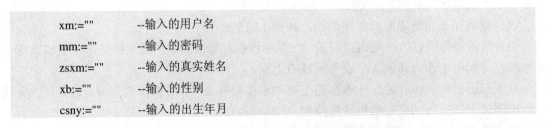

```
xm:=""          --输入的用户名
mm:=""          --输入的密码
zsxm:=""        --输入的真实姓名
xb:=""          --输入的性别
csny:=""         --输入的出生年月
```

　　这里增加了 3 个自定义变量，在"群组"图标内部也要修改存放输入内容的语句，例如，在"真实姓名"群组图标内的"设置默认内容"计算图标中的代码就要修改为

```
PresetEntry:=zsxm
```

在"真实姓名"群组图标内的"*"计算图标中的代码就要修改为

```
zsxm:=EntryText
```

同样要修改"性别"群组图标和"出生年月"内部的"计算"图标。

在登录界面只有两个文本输入，在单击其中一个热区进入这个输入时，只需要记录另一个文本输入的内容；而在注册界面中有 5 个输入区域，例如，登录界面多了 3 个，可见在单击某个热区进入这个输入区域时，就无法像登录界面那样知道刚才是在哪一个输入区域。这里可以增加一个自定义变量来记住当前的位置。在进入另一个分支之前，将指定位置的输入内容保存到对应的自定义变量中。

在"注册控制"交互图标右边的 5 个"群组"图标内部的"设置默认内容"计算图标中增加一行语句，用于给自定义变量 register 赋一个数字值来指明位置。例如，在"用户名2"群组图标中的"设置默认内容"计算图标的代码就要修改为

```
PresetEntry:=xm
register:=1
```

同样，修改其他"群组"图标中的"设置默认内容"计算图标，数字按从左往右的顺序依次是 2～5。

在 5 个"群组"图标附着的"计算"图标就是用于记录上一次输入的内容，在这 5 个附着的"计算"图标的内容都是一样的，其代码如下：

```
--记录用户上次输入的内容
if register=1 then xm:=EntryText@"输入用户名 2"
if register=2 then mm:=EntryText@"输入密码 2"
if register=3 then zsxm:=EntryText@"输入真实姓名"
if register=4 then xb:=EntryText@"输入性别"
if register=5 then csny:=EntryText@"输入出生年月"
```

（5）调整登录按钮和注册按钮。在控制面板中单击"运行"按钮运行程序，在"演示窗口"中单击用户名或密码右边的输入框进入它们的输入区域时，可以注意到这时登录按钮变为不可用，这是因为已经进入了"群组"图标中的输入交互结构。如果要使登录按钮在输入时始终可用，就需要将登录按钮所在的分支设置为永久，也就是双击"登录"计算图标上方的交互类型标识符，在打开的属性面板中将选项"范围"右边的复选框"永久"选中。同样要将"注册控制"交互图标右边的"注册"分支也设置为永久。

但这时会发现"登录控制"交互图标下方的流程线发生了变化，如图 13.17 所示，可以看到，"登录控制"交互图标与"设置初值 2"计算图标之间的流程线连在了一起，而不是像如图 13.18 所示那样分开。

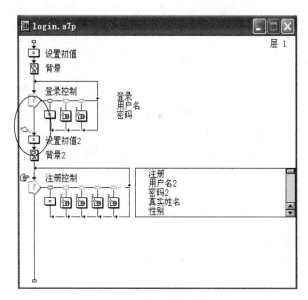

图 13.17　流程线的变化

这时再在控制面板中单击"运行"按钮运行程序时，会看到注册界面部分的内容也会同时出现在"演示窗口"中。这时因为在"登录控制"交互结构中，所有的分支都设为永久，这样 Authorware 在执行了这个交互结构以后，还会继续执行下面的流程。在很多情况下可能需要这样的设置，但在这里就要给"登录控制"交互结构增加一个不是永久的分支，如一个不会执行的条件分支。

用鼠标拖曳一个"群组"图标到"登录控制"交互图标和"登录"计算图标的中间，在弹出的"交互类型"对话框中单击选中"条件"，单击"确定"按钮关闭对话框，就又可以将上下两段流程分为两部分了。完成的程序流程图如图 13.18 所示。

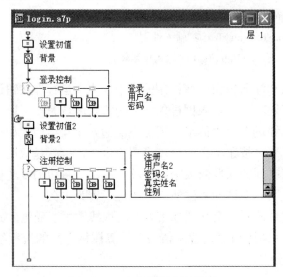

图 13.18　完成的程序流程图

（6）在注册分支增加输入内容的保存。当登录分支和注册分支修改为永久后，用户就有可能在输入完内容后直接单击登录按钮或注册按钮，因此同样需要在进入登录分支和注册分支保存前一次输入的内容。

在"注册"计算图标中增加保存注册部分输入的内容，其中的代码修改为

```
--记录用户上一次输入的内容
if register=1 then xm:=EntryText@"输入用户名 2"
if register=2 then mm:=EntryText@"输入密码 2"
if register=3 then zsxm:=EntryText@"输入真实姓名"
if register=4 then xb:=EntryText@"输入性别"
if register=5 then csny:=EntryText@"输入出生年月"


userid:=1                    --临时指定的一个 ID
loginsuccess:=1              --指定的登录成功的标志
JumpFile(FileLocation^"main","userid,loginsuccess")
```

（7）修改登录部分。为了在登录分支保存用户输入的用户名和密码，就需要将整个登录部分按照注册部分的程序进行修改，即在各个热区域分支的内部增加一个自定义变量来保存当前的输入位置，这样就可以在登录分支中根据这个自定义变量的值来保存不同的输入内容了。

在"用户名"群组图标内部的"设置默认内容"计算图标的代码修改为

```
Login:=1
PresetEntry:=xm
```

在"密码"群组图标内部的"设置默认内容"计算图标的代码修改为

```
login:=2
PresetEntry:=mm
```

将"登录"计算图标中的代码修改为

```
if login=1 then xm:=EntryText@"输入用户名"
if login=2 then mm:=EntryText@"输入密码"


userid:=1                   --临时指定的一个 ID
loginsuccess:=1             --指定的登录成功的标志
JumpFile(FileLocation^"main","userid,loginsuccess")
```

在"用户名"和"密码"群组图标附着的"计算"图标中的代码不需要修改，因为登录部分只有两个输入区域。

4．改进的多重输入结构

在前面将包含两个输入区域的登录界面修改为 5 个输入区域的注册界面的过程中，只要增加一个输入区域，就需要改动整个交互结构中的所有分支。这时常会考虑有没有办法来改进程序的结构，最好的情况是，如果要增加一个输入区域，只需要将热区域交互分支复制一次就可以增加一个输入区域，而不需要太多的修改。

（1）修改分析。从前面的操作中可以看到，要增加一个输入区域，需要 3 部分操作：第

1 部分是要修改增加的分支内部的流程中存放输入内容的变量；第 2 部分是修改其他交互分支中存放输入记录的设置，例如，要增加一个电子邮件的输入区域，在现有的热区域交互分支中都要增加一个对电子邮件的输入区域的变量的记录；第 3 部分是要修改新增加的输入区域的位置。

在前面的例子中，如果要增加输入区域，就要增加变量。为此，要做到通用，首先就不能增加变量，可以考虑将输入的内容统一保存在一个数组中，而数组中元素的个数是不限制的。在前面的制作中可以看到，输入的区域和热区域是重合的，也就是输入区域的大小、位置和热区域是一样的，而热区域的大小可以使用系统变量 ResponseHeight 和 ResponseWidth 来获得，热区域的位置可以使用系统变量 ResponseLeft 和 ResponseTop 来获得，这样就可以考虑在输入区域的设置中使用热区域的系统变量来指定。

将源程序"Login.a7p"另存为一个文件，如"Loginbak.a7p"。下面的操作是在"Login.a7p"中进行的，并以注册部分的修改为例。

（2）修改代码部分。首先要修改的是存放输入内容的部分，将"设置初值 2"计算图标中的代码修改为

```
regcontent:=[]                                --存放用户输入的内容
num:=IconNumChildren(IconID@"注册控制")        --获得指定交互图标下挂的分支总数
--将数组中元素的初值设置为空字符串
repeat with i:=1 to num
    regcontent[i]:=""
end repeat
```

其中，regcontent 是一个自定义变量，它被定义为一个数组变量，用于存放所有输入区域输入的内容。Num 也是一个自定义变量，用于保存"注册控制"交互图标所包含的交互分支的总数。i 是一个自定义变量，用做循环计数器。

其次要修改的就是在输入交互结构中保存输入内容的代码，双击"注册控制"右边的"用户名 2"群组图标打开它的下一级流程设计窗口，将其中的"设置默认内容"计算图标中的代码修改为

```
register:=1
PresetEntry:=regcontent[register]
```

将其中的"计算"图标"*"中的代码修改为

```
--记录用户输入的内容
regcontent[register]:=EntryText
```

这里用自定义变量 register 来指定当前输入区域的序号，也就是存放在数组中的序号。

再将其中的输入交互结构中的"输入用户名 2"交互图标改名为"regenter1"，这里名称中数字 1 是和前面指定的变量 register 的值相对应的。

同样操作，依次修改"密码 2"群组图标、"真实姓名"、"性别"、"出生年月"的内部流程，和"用户名"群组图标中的修改是一样的，并依次设置序号为 2~5。

修改完"注册控制"右边的"群组"图标内部的流程后，就可以修改它们所附着的"计

算"图标中的代码，其中输入的代码都是一样的：

```
--记录用户上次输入的内容
ico:="regenter"^register                    --前一次输入交互结构中的"交互"图标的名称
regcontent[register]:=EntryText@ico
```

其中，ico 是自定义变量，因为在前面将输入交互结构中的"交互"图标的名字都按序号重新进行了命名，而这个序号是和自定义变量 register 的值对应的，可以用它来指定前一次输入时的"交互"图标的名字。

在"注册"计算图标中同样也要保存前一次输入的内容，代码修改为

```
--记录用户上次输入的内容
ico:="regenter"^register                    --前一次输入交互结构中的"交互"图标的名称
regcontent[register]:=EntryText@ico


userid:=1                                   --临时指定的一个 ID
loginsuccess:=1                             --指定的登录成功的标志
JumpFile(FileLocation^"main","userid,loginsucess")
```

经过这样的修改后，要增加一个输入区域，只需要在复制一个热区域交互分支后，再修改"设置默认内容"计算图标中指定的自定义变量 register 的值就可以了。但还要调整输入区域在"演示窗口"中的位置。

（3）修改输入区域的属性。

下面是以"用户名 2"群组图标中的输入区域为例来说明如何修改。

双击"用户名 2"群组图标打开它的下一级流程设计窗口，打开"regenter1"交互图标的属性面板，单击"文本"区域按钮打开"属性：交互作用文本字段"对话框，在选项"大小"右边的两个输入框中分别输入"ResponseWidth@"用户名 2""和"ResponseHeight@"用户名 2""，也就是用热区域"用户名 2"的宽和高来指定输入区域的大小；在选项"位置"右边的两个输入框中分别输入"ResponseLeft@"用户名 2""和"ResponseTop@"用户名 2""，也就是用热区域"用户名 2"的左边距和右边距来指定输入区域的位置，如图 13.19 所示。设置后，单击"确定"按钮关闭对话框。

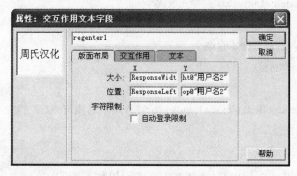

图 13.19　设置输入区域的属性

同样操作，修改其他 4 个"群组"图标中的输入区域的属性。

设置后，在增加一个输入区域时，只需要调整它所在的分支对应的热区域的位置和大小就可以了。

5．访问数据库

登录过程中需要对用户输入的用户和密码进行验证，也就是在数据库中查询有没有这样的用户存在，以及所输入的密码对不对。注册过程中需要将用户输入的相关信息保存起来，也就是将输入的信息保存到数据库中。

（1）设计分析。用户名和密码的验证，通常可以用输入的用户名和密码作为条件从数据库中查询有没有对应的记录，如果有，就表示输入的是正确的，如果没有，就表示输入的是错误的。但这里要区分出是用户名错误还是密码错误，再针对不同的情况给出不同的处理，可以只用输入的用户名作为条件来查找这个用户名对应的密码，如果没有找到内容，则表示数据库中没有这个用户；如果找到内容，则表示用户名存在，这时再将找到的内容与输入的密码进行比较，如果相同，则表示输入的都是正确的，如果不同，就表示输入的密码是错误的。

对于不同情况的处理，就是将流程转移到不同的位置，可以使用系统函数 Goto 来跳转，也可以将不同的部分放到框架的不同页中，使用"导航"图标来跳转。

要保存用户输入的注册信息，可以将输入的信息插入到保存用户信息的表中。在插入前首先要检查用户输入的数据是否合适，也就是各项信息是否符合表中各字段的属性。另外，还要考虑有一些不是用户输入的字段的数据如何添加，例如，用户的 ID、注册时间等。对于这些字段，同样要考虑它们的属性。例如，同一个表中用户的 ID 不能重复，这就要考虑在插入新的用户时，它的 ID 如何产生才不会重复。一种方法是先找出这个表中的用户 ID 的最大值，再对这个最大值加 1 作为新的用户的 ID，从而避免重复；另一种方法就是将在表中的用户 ID 的字段的属性设置为自动编号，也就是由数据库去自动管理编号。

（2）制作过程。

① 在用户单击"登录"按钮后，首先要判断有没有输入内容，或者是不是只输入了部分内容，然后再从数据库中进行比较。

将"登录"计算图标中的代码修改如下：

```
--保存前面输入的内容
if login=1 then xm:=EntryText@"输入用户名"
if login=2 then mm:=EntryText@"输入密码"


--先进行判断，再从数据库查询
if xm="" | mm="" then
    --显示警告
    SystemMessageBox(WindowHandle, "请输入用户名或密码！", "警告", 48) -- 1=OK
else
    --设置数据库的连接
    DBConnString:= "Driver={Microsoft Access Driver (*.mdb)};"
    DBConnString:=DBConnString^"DBQ="^FileLocation^"data\\xxjl.mdb;"
    DBConnString:=DBConnString^"UID=; "
```

```
DBConnString:=DBConnString^"PWD=; "
ODBCHandle := ODBCOpenDynamic(WindowHandle, temp, DBConnString)   --连接
--从数据库中查询有没有输入的用户名
SQLString:="select studentid,password from user where username='"^xm^"'"
data:= ODBCExecute(ODBCHandle,SQLString) --执行
ODBCClose(ODBCHandle)   --关闭连接
if data<>"" then
    --如果查询到内容，就表示有这个用户存在
    stmm:=GetLine(data,2,2,Tab)
    if stmm<>mm then
        --如果密码不匹配，就给出提示
        SystemMessageBox(WindowHandle, "密码不正确！", "错误", 16) -- 1=OK
    else
        --如果密码匹配，就跳转到学习界面
        userid:=GetLine(data,1,1,Tab)
        loginsuccess:=1   --指定的登录成功的标志
        JumpFile(FileLocation^"main","userid,loginsuccess")
    end if
else
    --如果没有查询到内容，就表示输入的用户名不存在
    GoTo(IconID@"设置初值 2")   --跳转到注册界面的开头
end if
end if
```

其中，DBConnString、data、stmm 是新增加的自定义变量，ODBCOpenDynamic、ODBCExecute、ODBCClose 是 ODBC.u32 中的外部函数，在保存"计算"图标中的内容时，在弹出的"查找函数文件"对话框中可以在 Authorware 的安装目录下找到这个文件。系统函数 SystemMessageBox 用于产生一个提示框，可以在"计算"图标的代码编辑窗口中单击"插入消息框"按钮来插入。系统函数 GetLine 是用于从某个字符串中取出一行或几行，使用格式为：resultString:=GetLine("string",n[,m,delim])，第 1 个参数是要取值的字符，第 2 个参数是起始行，第 3 个参数是结束行，当第 3 个参数和第 2 个参数相同时就只取一行，第 4 个参数是用于指定在字符串中使用的分隔符，默认是回车换行符，也可以自定义。Authorware 从数据库的表中读取记录时，多个记录之间使用回车换行符（Return）来分隔，同一个记录中的多个字段使用制表符（Tab）来分隔。因为在表中用户名不会重复，因此如果读取错了内容，也只会有一行，而这行中的两个字段的值是使用 Tab 符分隔，这样在程序中就可以将 Tab 指定为分隔符。Tab 在这里是系统变量，不需要加英文双引号。

② 在用户单击了"注册"按钮后，也需要先判断有没有输入内容，还需要判断输入的内容是不是符合字段的属性；主要检查的是性别和出生年月，性别只能填两个值，一个是 male，一个是 female；出生年月要检查是不是正确的日期格式，例如，要求按年月日的格式来输入，中间用"-"分隔，还有可能要检查输入的年份、月份、日期是不是合理。这些都

符合以后，就可以插入到数据库中。在用户登录时已经输入了用户名和密码的内容，可以显示在注册页面中，也就是作为注册时的初始值。

在"设置初值 2"计算图标中的代码的最后添加以下几行代码：

```
--设置注册时的初始值
regcontent[1]:=xm
regcontent[2]:=mm
```

因为在注册界面中用户名对应的序号是 1，密码对应的序号是 2，只需要将登录时输入的内容存放到数组的对应位置就可以。

将"注册"计算图标中的代码修改为

```
--记录用户上次输入的内容
ico:="regenter"^register  --前一次输入交互结构中的"交互"图标的名称
regcontent[register]:=EntryText@ico


--先检查用户是不是输入了所有的内容
check:=0
repeat with i:=1 to num-1
    if regcontent[i]="" then
        check:=1
        exit repeat
    end if
end repeat
if check=1 then
    SystemMessageBox(WindowHandle, "请输入全部内容！", "警告", 48) -- 1=OK
else
    --再检查所有内容的格式
    if regcontent[4]<>"male" & regcontent[4]<>"female" then
        SystemMessageBox(WindowHandle, "性别输入的内容不对！", "错误", 16) -- 1=OK
    else
        borncheck:=0
        --用"-"作为分隔符来统计输入的日期有没有 3 行
        hang:=LineCount(regcontent[5],"-")
        if hang<>3 then
            borncheck:=1
        else
            bornyear:=GetLine(regcontent[5],1,1,"-")
            bornmonth:=GetLine(regcontent[5],2,2,"-")
            bornday:=GetLine(regcontent[5],3,3,"-")
            if bornyear>2000 | bornyear<1950 | bornmonth<1 | bornmonth>12 | bornday<1
```

```
                        | bornday>31 then
                            borncheck:=1
                        end if
                end if
            if borncheck=1 then
                    SystemMessageBox(WindowHandle, "出生年月输入不对！", "错误", 16)
            else
                    --检查都通过了，就可以插入到用户表中了
                    --设置数据库的连接
                    DBConnString:= "Driver={Microsoft Access Driver (*.mdb)};"
                    DBConnString:=DBConnString^"DBQ="^FileLocation^"data\\xxjl.mdb;"
                    DBConnString:=DBConnString^"UID=; "
                    DBConnString:=DBConnString^"PWD=; "
                    ODBCHandle := ODBCOpenDynamic(WindowHandle, temp, DBConnString) --连接
                    --从数据库中查询用户 ID 的最大值
                    SQLString:="select max(studentid) from user"
                    data:= ODBCExecute(ODBCHandle,SQLString) --执行
                    stid:=data+1    --生成新的 id
                    streg:=Year^"-"^Month^"-"^Day^" "^Hour^":"^Minute^":"^Sec    --生成注册日期
                    --插入记录的语句
                    SQLString:="insert into user Values("^stid^"','"^regcontent[1]^"','"
                    SQLString:= SQLString ^regcontent[2]^"','"^regcontent[3]^"','"^regcontent[4]
                    SQLString:= SQLString ^"',#"^regcontent[5]^"#,#"^streg^"#)"
                    data:= ODBCExecute(ODBCHandle,SQLString) --执行
                    ODBCClose(ODBCHandle)    --关闭连接
                    --插入成功后进行跳转
                    userid:=stid
                    loginsuccess:=1    --指定的登录成功的标志
                    JumpFile(FileLocation^"main","userid,loginsuccess")
            end if
        end if
    end if
```

其中，check、hang、borncheck、bornyear、bornmonth、bornday、stid、streg 是新增加的自定义变量。其中 check 用于判断输入区域中有没有空白，因为所有的输入内容都保存在数组中，因此用循环来依次检查每一个元素是否为空。循环的结束条件是 num-1，其中自定义变量 num 的值在前面的"设置初值 2"计算图标中已经设置为交互结构的分支总数。因为有一个分支是按钮交互，因此输入区域的总数是分支总数减 1；另外，在循环时，只要有一个为空，就可以结束循环了。自定义变量 borncheck 用于判断日期的格式有没有问题，出生日期包括年、月、日 3 部分，因此首先可以判断用户输入的内容是不是包含这 3 部分。这里是

使用系统函数 LineCount 来获得总行数，这个函数的使用格式是 number := LineCount("string" [, delim])，它可以使用两个参数，第 1 个用于指定字符串，第 2 个是指定在字符串中使用的分隔符，默认是回车换行符，也可以使用自定义的字符，例如，这里使用的是 "-"；当输入的内容包含 3 部分时，再将它分成 3 部分，然后依次检查这 3 部分是不是在合理的范围内。

13.6 故事学习模块的制作

故事学习子界面是学生与学习内容进行交流的界面，是人机联系的部分，也是程序设计中的重要部分。在子界面中，通常把通用的控制放在界面的底部，把阅读内容或题目的答题控制放在界面的中间。

13.6.1 设计思路

在这个汉语课件中，在故事栏目的展示部分为每一小段文字配上一个图形，还要求介绍这段文字中的重点词语的相关内容。故事部分的子界面安排如图 13.20 所示。

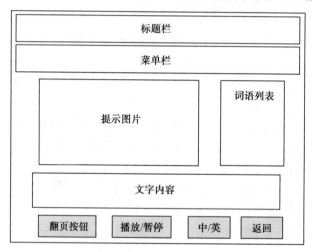

图 13.20 故事部分的子界面

其他栏目的展示内容包括文字、图片、视频等，都放在界面的中间部分。

13.6.2 导航框架的制作

1．设计分析

课文的内容是像电子书一样一页一页学习的，可以使用框架图标来实现。读者可以返回 9.1.4 节回顾制作电子书的方法。首先要制作的是学习内容的分页导航框架，在下一节再介绍每一页内容的制作。

2．制作过程

（1）新建文件并保存为 "gsxx.a7p"。

（2）用鼠标拖曳一个显示图标到流程线上，命名为 "背景"，然后导入事先设计好的背景图片，如图 13.21 所示。

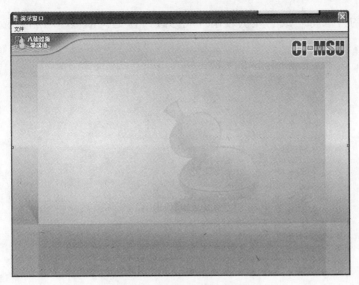

图 13.21　故事学习模块的背景

（3）用鼠标拖曳一个框架图标到流程线上，命名为"分页"，并在其右侧拖曳几个群组图标，分别命名为"页 1"、"页 2"……，本书只作为示范，所以仅制作了 2 页课件的内容，实际的课件将根据学习内容增加更多的导航页。在一课学习完成之后，还可以随机出几道题目检测用户的学习情况，这里制作 2 题作为示范，在学习内容页的后面再增加 2 个群组图标作为页面，命名为"题 1"和"题 2"。完成后的流程线如图 13.22 所示。

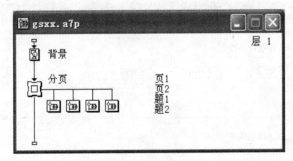

图 13.22　完成后的流程线

（4）双击打开导航框架图标，制作导航按钮。删除系统默认生成的"Gray Navigation Panel"显示图标，在交互图标中只保留"Exit framework"、"First page"、"Previous page"、"Next page"、"Last page"按钮交互，并把名称改为"返回"、"第一页"、"上一页"、"下一页"、"最后页"，如图 13.23 所示。

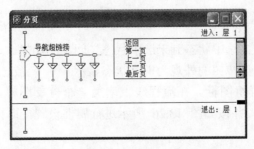

图 13.23　导航按钮

按 8.2.2 节的方法将生成的默认按钮外观修改为自定义按钮，增加美观度，如图 13.24 所示。

图 13.24　自定义导航按钮的外观

（5）在分页导航框架的退出部分增加一个计算图标，命名为"返回主程序"，用于返回主程序，输入代码：

```
Quit()
```

单击"返回"导航按钮退出框架时，将会调用该计算图标返回调用的主程序。现在的分页导航框架应如图 13.25 所示。

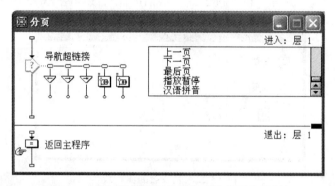

图 13.25　增加退出返回主程序后的分页导航框架

（6）制作故事播放暂停控制。用鼠标拖曳一个群组图标到"最后页"按钮交互的右边，再增加一个按钮交互，命名为"播放暂停"，来控制学习内容中播放的对话录音。选中该群组图标后按组合键 Ctrl+=打开代码窗口，输入附加代码：

```
checked:=~checked
```

其作用是使该按钮在被选中状态到未选中状态之间来回切换。

使用自定义按钮修改该按钮的外观为正常状态显示 ⏸ ，被选中状态显示 ▶ 。

打开"播放暂停"群组图标，在流程线上增加一个分支图标，命名为"选择"，打开"选择"分支图标的属性，并按如图 13.26 所示进行属性设置，即按播放按钮的状态来选择进入不同的分支。

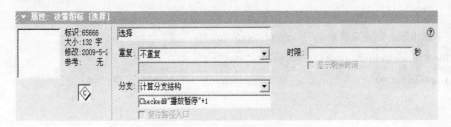

图 13.26　分支属性设置

用鼠标拖曳两个计算图标到分支图标的右侧，建立两个分支，分别命名为"播放"和"暂停"。

在"播放"计算图标中输入以下代码，用来重新播放已暂停的对话录音。

```
ico:="sound"^CurrentPageNum
if MediaPlaying@ico=0 then
    MediaPlay(IconID@ico)
else
    MediaPause(IconID@ico,0)
end if
```

对话录音是事先录制好的 MP3 格式的声音，将在学习内容的制作中使用声音图标来播放，每个故事页面的声音图标命名规则是"sound"+页面序号，即"页 1"内容中的对话录音使用"sound1"命名，"页 2"中的则使用"sound2"命名。可以使用代码 "sound"^CurrentPageNum 来引用相应的声音图标名称对其进行控制。其中 IconID 变量是将对应名称的图标转换为系统内部使用的 ID 序号形式，交给 MediaPlay 函数和 MediaPause 函数来控制其播放和暂停。

在"暂停"计算图标中输入以下代码：

```
Eval("MediaPause(@\"sound"^CurrentPageNum^"\",1)")
```

制作完成的流程线如图 13.27 所示。

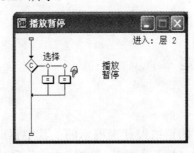

图 13.27　"播放暂停"群组内部的流程线

（7）制作汉语和拼音显示切换按钮。这个按钮将把提示文字在汉语和拼音的两种状态来回切换，其工作方式与第（6）步的"播放暂停"按钮类似，可以直接将第（6）步制作的"播放暂停"群组图标复制粘贴再制作一个按钮交互，命名为"汉语拼音"，然后通过制作自定义按钮将按钮的状态图片修改为正常状态显示 汉语 ，被选中状态显示 拼音 。

打开群组图标，修改分支名称为"拼音"和"汉语"，并将计算图标的内容分别修改为

```
Eval("displayIcon(@\"zimuy"^CurrentPageNum^"\")")
Eval("EraseIcon(@\"zimuz"^CurrentPageNum^"\")")
xianshizimu:=0
```

和

```
Eval("displayIcon(@\"zimuz"^CurrentPageNum^"\")")
Eval("EraseIcon(@\"zimuy"^CurrentPageNum^"\")")
xianshizimu:=1
```

其中图标名称为 zimuy+页面序号和 zimuz+页面序号的图标是用来显示拼音文字和汉语文字的显示图标的名称，这里将根据按钮的状态显示和擦除对应的内容来实现拼音内容与汉语内容的切换。这两个显示图标将在下一步中制作。

制作完成的流程线如图 13.28 所示。

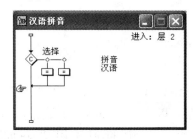

图 13.28　"汉语拼音"群组内部的流程线

完成这一步后，分页导航框架的交互结构应如图 13.29 所示。

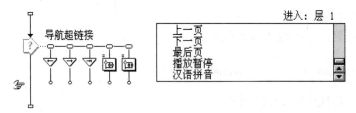

图 13.29　分页导航框架的交互结构

13.6.3　学习内容的制作

1．设计分析

课文的内容是按图 13.18 的窗口设计来展示的。其中窗口下方的各个导航按钮已经在 13.5 节制作完成，本节将完成"提示图片"、"文字内容"和"词语列表"等学习内容的显示。主要通过显示图标来展示图片与文字，通过声音图标来播放对话录音。此外本节还使用了 Flash 技术完成汉语词语的发音、笔画和书写练习功能。

2．制作过程

首先制作第一页内容，双击打开"页 1"群组图标。

（1）在流程线上加一个计算图标，命名为"设置播放按钮"，在其中输入以下代码：

Checked@"播放暂停":=0

该代码的作用是将导航交互中的"播放暂停"按钮的状态设计为未选中状态，即播放状态，以便通过声音图标来播放对话录音。

（2）制作背景。增加一个显示图标，命名为"文字底"，在其中导入事先设计好的背景图片。

（3）制作提示图片。提示图片是学习内容的显示部分，根据学习内容可以是视频、文字和图片，这里为一张事先设计好的图片，可以使用显示图标来展示。在流程线上再增加一个显示图标，命名为"图"，在其中导入事先设计好内容的图片。

（4）制作文字内容。文字内容是对话录音的文字版本，根据用户的选择将显示包含汉字的文字形式或包含拼音的文字形式，这里使用分支图标来实现，同时可以使用 13.5 节设计的"汉语拼音"交互按钮来实现汉语与拼音的切换。

在流程线下方增加一个分支图标，并在后方增加两个显示图标作为分支，分别命名为"zimuy1"和"zimuz1"，命名的规则是与 13.5 节"汉语拼音"导航按钮相对应的，后面的数字是导航页面的序号，现在制作的是第一页学习内容，序号为 1。通过"汉语拼音"按钮的切换，可以显示和擦除这两个图标的内容来实现显示切换。

打开分支图标的属性设置面板，设置分支类型为"计算分支结构"，并在下面的计算式中输入"Test(xianshizimu=1, 2,1)"，即通过 xianshizimu 变量来控制分支的选择。

在分支图标下方添加一个"文字"显示图标，打开"演示窗口"后分别在同样的文字内容显示位置输入拼音版本和汉语版本的文字内容。

（5）制作对话录音。在流程线下方增加一个声音图标，命名为"sound1"，13.5 节已经说明了，为了使"播放暂停"按钮能对声音图标进行播放控制，声音图标的命名规则是"sound"+页面序号，也即现在制作的是第一页学习内容，声音图标的名字就是"sound1"，当制作第二页学习内容时，对话录音的图标名就是"sound2"了，"播放暂停"按钮的播放控制是通过代码"sound"^CurrentPageNum 来引用声音图标名的。

打开声音图标的属性面板，导入 sound 子目录下事先录制好的 MP3 声音文件 story_1_1.mp3，为了减小程序文件，导入时选择了外部链接的方式。

（6）制作词语列表及交互。词语列表可通过一个显示图标显示在窗口设计中的词语列表位置。本页学习内容生词只有一个"中国"及其拼音。为了让用户能够有更丰富的学习体验，这里使用 Flash 技术制作了汉字笔顺演示、鼠标书写练习等小游戏，然后在 Authorware 中插入和控制。Flash 游戏的制作过程这里不做介绍，只说明如何在 Authorware 中使用 Flash 动画。

在流程线上再增加一个交互图标，命名为"控制"，在右侧加入一个热区交互的群组图标，命名为"显示汉字中国"，热区的位置正好覆盖词语"中国"的显示位置。

打开群组图标，如图 13.30 所示完成流程线的设计。

其中，"暂停"计算图标的目标是将正在播放的对话录音暂停，等用户退出 Flash 交互后再由"恢复"图标恢复。这两个计算图标的内容分别如下。

图 13.30　"显示汉字中国"交互的控制

暂停：

```
ico:="sound"^CurrentPageNum
if MediaPlaying@ico>0 then
    Eval("MediaPause(@\"sound"^CurrentPageNum^"\",1)")
    Checked@"播放暂停":=1
end if
```

恢复：

```
if MediaPlaying@ico>0 then
    MediaPause(IconID@ico,0)
    Checked@"播放暂停":=0
end if
```

"暂停"图标之后是一个 Flash 动画，是通过菜单"插入"→"媒体"→"Flash movie…"实现的。该 Flash 动画的窗口如图 13.31 所示。

图 13.31　Flash 动画实现更复杂的交互

为了防止在编辑环境下拖动 Flash 动画改变位置，可按组合键 Ctrl+=打开附加代码窗口，输入"Movable:=0"，禁止用户拖动 Flash 动画。

Flash 动画之后是一个热区交互，用于退出 Flash 应用，将热区覆盖在 Flash 动画右上角的关闭按钮，交互响应分支设置为退出交互，这样当用户单击热区后就进入交互下方的流程"恢复"并使用一个擦除图标来擦除 Flash 动画。

使用同样的方法可以制作第二页的学习内容，在实际的课件中，学习内容可能不止两页，继续用同样的技术完成更多页面的制作。

13.6.4 练习题的制作

在汉语学习课件中，将所有的题目都保存在数据库中。在前 4 个栏目中，除了提供一些阅读内容以外，还从数据库中随机选出一些题目给学生练习。

1. 设计分析

在课件中进行答题，首先要从数据库中读取练习或测试的题目，在回答以后再将信息存入数据库，如图 13.32 所示。

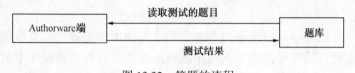

图 13.32 答题的流程

（1）选择题目。通常可以在 Authorware 中指定要测试的题目的总数，再从数据库随机查询出指定数目的题目。如果题目比较少，可以一次性查询出所有的题目信息。如果比较多，可以只查询出题目的编号。根据 Authorware 访问数据库的方法，选择题目的流程可以进一步细化，如图 13.33 所示。

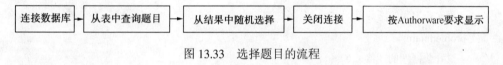

图 13.33 选择题目的流程

随机选题的方法有很多，这里用的方法是，首先查询出所有题目的编号，再从所有编号中随机取出所要的编号，然后用这些编号从表中查询出相对应的题目，如图 13.34 所示。

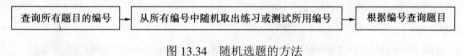

图 13.34 随机选题的方法

（2）显示题目。题目的显示要根据题目的类型不同来采用不同的显示方法。这里以选择题为例，选择题的制作可以参照 8.2.3 节介绍过的判断题进行，可以复制过来进行修改，当然也可以重新制作。由于题目的内容是变化的，因此可以将读取出来的题目的题干和选择支分别存放到不同的变量中，再将这些变量加上括号"{}"后输入到"显示"图标中。

（3）存储结果。将答题结果存入数据库中，实际上就是将每一题的答题信息插入到指定的表中。在使用者答题过程中，Authorware 首先记录相关的信息，当使用者提交后，再将答题信息传送到数据库中，如图 13.35 所示。

图 13.35 存储答题信息

2. 制作准备

将课件的内容展示部分制作完成。以故事学习栏目为例，假定基本完成的程序保存为

"gsxx.a7p"，如图 13.36 所示，并保存在主程序同一目录中。把所有题目已经全部输入到数据库的表 choice 中，并且这里以选择题为例进行介绍。

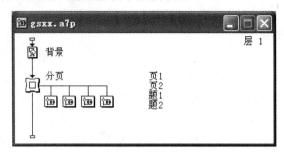

图 13.36　程序初始流程图

3．制作过程

假定在故事学习部分每次只出现两个题目，这里使用的出题方式是在程序的开头，先从数据库中随机取出题目的编号；在进入每个题目所在的页时再从数据库中取出对应的题目；在用户单击"提交"按钮之后将答题的结果存入数据库，可以保证在每一次进入学习界面后，在学习的过程中题目是固定的，但下次进入就发生了变化。也可以每次在进入题目的界面随机选一题，但在同一次学习中，题目的变化太大，还有可能重复。

（1）随机取出题号。用鼠标拖曳一个"计算"图标到"背景"显示图标的下面，命名为"获得题号"，在其中输入以下代码：

```
--每次要出现的题数
problemnum:=3
--设置数据库的连接
DBConnString:= "Driver={Microsoft Access Driver (*.mdb)};"
DBConnString:=DBConnString^"DBQ="^FileLocation^"data\\xxjl.mdb;"
DBConnString:=DBConnString^"UID=; "
DBConnString:=DBConnString^"PWD=; "
ODBCHandle := ODBCOpenDynamic(WindowHandle, temp, DBConnString)    --连接
--从数据库中查询第一个栏目的所有题目的题号
SQLString:="select choiceid from choice where chapter=1"
data:= ODBCExecute(ODBCHandle,SQLString)                          --执行
ODBCClose(ODBCHandle)                                            --关闭连接
--算出题目的总数
total:=LineCount(data)
--将题目序号存放到数组中
proid:=[]
repeat with i:=1 to total
    proid[i]:=GetLine(data,i)
end repeat
--取出 3 个随机数，存放到一个数组中
randomnum:=[]
```

```
repeat with i:=1 to problemnum
    ind:=Random(1,total-i+1,1)
    randomnum[i]:=proid[ind]
    DeleteAtIndex(proid,ind)
end repeat
```

这段代码主要是从数据库中先取出第 1 个栏目中可以用的所有题目的编号,再将这些编号存放到一个数组中,然后从这个数组中随机取出 3 个元素存放到另一个数组中。在随机取元素的过程中,为了防止取出的随机数是重复的,采取的方法是,先按编号的总数生成一个随机的数字,从编号数组中取出这个位置上对应的元素,再将这个元素从编号数组中删除,然后再从编号数组剩下的元素中再随机取一个元素,这时要注意的是生成随机数的编号总数也要相应地减少。

在这里 problemnum、DBConnString、ODBCHandle、SQLString、data、total、proid、i、randomnum、ind 是自定义变量,其中 problemnum 存放的是当前要出的题,total 存放的是编号的总数,i 是循环计数器,proid 被定义为一个数组,存放所有的编号,randomnum 也定义为一个数组,存放随机取出的编号。系统函数 Random 是用来产生随机数的,它的使用格式为 number := Random(min, max, units),其中前两个参数是用来指定随机数的范围,第 3 个参数是用来指定随机数变化的范围,例如,Random(3,18,2)就是在 3～18 之间取出一个随机数,这些数是从第 1 个参数 3 开始,以 2 为变化间隔,也就是可取的数依次是 3、5、7、9、…;系统函数 DeleteAtIndex 是用来从数组中删除一个元素,这个函数的使用格式为 DeleteAtIndex(anyList, index),第 1 个参数是数组的名字,第 2 个参数是元素的位置。

(2)显示题目。这里以选择题为例,可以先创建好选择题的结构,然后在这个基础上来显示从数据库中读取的题目内容。

① 创建选择题的结构。选择题的实现可以参照 8.2.3 节和 8.10.2 节来制作。

用鼠标拖曳一个"群组"图标到"框架"图标右边的合适位置,命名为"题 1"。双击这个图标,打开它的下一级流程设计窗口,在其中制作好选择题的基本结构,可以从前面的制作过的程序复制过来再修改,流程结构如图 13.37 所示。

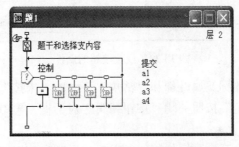

图 13.37　选择题的流程结构

但和前面不同的是,这里把题干和选择支的内容都放在同一个图标中。因此这时的选择按钮也需要设置成不带标签的按钮。下面是选择按钮的修改过程:

双击"群组"图标"a1"上方的交互类型标识符打开交互分支的属性面板,单击左边的"按钮"按钮打开"按钮"对话框,在按钮样式列表中单击选中"标准 Windows 收音机按钮",再单击下方的"编辑"按钮,这时会弹出一个提示要求创建一个按钮的副本,如

图 13.38 所示。

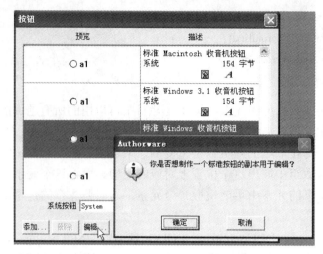

图 13.38　编辑 Authorware 提供的默认按钮

在编辑 Authorware 提供的默认按钮时，都会要求创建副本，单击"确定"按钮关闭提示，这时就会弹出"按钮编辑"对话框，这时默认选中的是"常规"下面的"未按"状态，在选项"标签"的右边选择"无"，如图 13.39 所示。

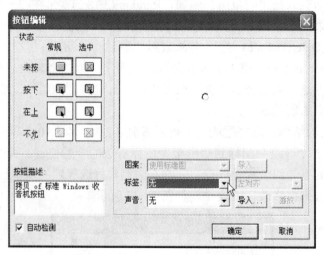

图 13.39　设置按钮的属性

因为按钮的其他状态的标签属性都和"常规"下面的"未按"状态是一样的，因此不需要再另外设置，单击"确定"按钮关闭"按钮编辑"对话框，再单击"确定"按钮关闭"按钮"对话框。

可以在修改好一个按钮后，再添加其他分支，如果所有按钮分支都已经建立，也可以修改它们的样式，例如，双击"a2"群组图标上方的交互类型标识符打开交互分支的属性面板，单击左边的"按钮"按钮打开"按钮"对话框，在按钮样式列表中找到"拷贝 of 标准 Windows 收音机按钮"（名字是由 Authorware 自动添加的）这个新增加的样式，如图 13.40 所示，单击"确定"按钮关闭"按钮"对话框。

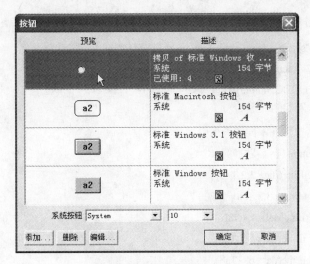

图 13.40　选择按钮样式

在"题干和选择支内容"显示图标中输入一个题目的题干和选择支内容,这里将这几个部分放在不同的文本块中。

将"开始"标志旗拖曳到"题干和选择支内容"显示图标的上方,再单击工具栏上的"从标志旗开始执行"按钮,在"演示窗口"中双击题目的内容进入编辑状态,这时可以调整文本块的位置,同时调整按钮的位置,如图 13.41 所示。

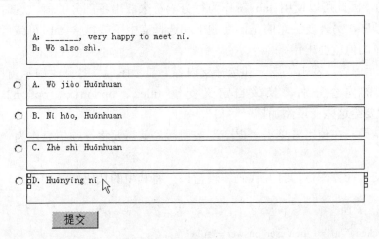

图 13.41　调整界面中的各元素

调整后,关闭"演示窗口"。

② 读取题目内容。用鼠标拖曳一个"计算"图标到"题干和选择支内容"显示图标的上方,命名为"读取内容",在其中输入以下代码:

```
--设置数据库的连接
DBConnString:= "Driver={Microsoft Access Driver (*.mdb)};"
DBConnString:=DBConnString^"DBQ="^FileLocation^"data\\xxjl.mdb;"
DBConnString:=DBConnString^"UID=; "
DBConnString:=DBConnString^"PWD=; "
ODBCHandle := ODBCOpenDynamic(WindowHandle, temp, DBConnString)     --连接
```

```
            --从数据库中查询随机取出的第 1 个编号对应的题目内容
        SQLString:="select * from choice where choiceid="^randomnum[1]
        data:= ODBCExecute(ODBCHandle,SQLString)                    --执行
        ODBCClose(ODBCHandle)                                        --关闭连接


            --将题目内容放置在不同的变量中
        cid:=randomnum[1]    --题目的 id
        chapterx:=GetLine(data,2,2,Tab)                              --栏目的编号
        titlex:=GetLine(data,3,3,Tab)                                --题干
        answerx:=GetLine(data,4,4,Tab)                               --答案
        option1x:=GetLine(data,5,5,Tab)                              --选项 1
        option2x:=GetLine(data,6,6,Tab)                              --选项 2
        option3x:=GetLine(data,7,7,Tab)                              --选项 3
        option4x:=GetLine(data,8,8,Tab)                              --选项 4
```

这里的 cid、chapterx、titlex、answerx、option1x、option2x、option3x、option4x 是新增加的自定义变量，分别用于存放同一个题目的各部分的内容。由于读取的记录应该只有一条，因此只需要将这条记录的各部分存放到不同的变量即可。因为记录的各字段值是使用 tab 符来分隔的，因此可以使用 tab 符作为行分隔符来取出各部分的值。这时要注意在设计表时各字段的顺序，另外要注意的是，在题干和选择支中不能包含 tab 符或者换行符，否则分隔到各个变量的值就会出错。

③ 修改显示内容。双击"题干和选择支内容"显示图标，打开"演示窗口"，将原来的题干和选择支的内容分别替换成自定义变量 titlex、option1x、option2x、option3x、option4x，注意要给这些变量添加括号"{}"。

（3）存储结果。在使用者单击"提交"按钮后，就需要将答题信息作为一条记录插入到表 result 中。

双击"提交"计算图标，打开代码编辑窗口，将其中的代码修改如下：

```
            --获得用户的选择
        if Checked@"a1"=1 then user_answer:="A"
        if Checked@"a2"=1 then user_answer:="B"
        if Checked@"a3"=1 then user_answer:="C"
        if Checked@"a4"=1 then user_answer:="D"
            --判断选择是否正确
        if user_answer=answerx then
            prompt:=1
        else
            prompt:=0
        end if
            --获得当前时间
        streg:=Year^"-"^Month^"-"^Day^" "^Hour^":"^Minute^":"^Sec       --生成答题时间
```

```
--设置数据库的连接
DBConnString:= "Driver={Microsoft Access Driver (*.mdb)};"
DBConnString:=DBConnString^"DBQ="^FileLocation^"data\\xxjl.mdb;"
DBConnString:=DBConnString^"UID=; "
DBConnString:=DBConnString^"PWD=; "
ODBCHandle := ODBCOpenDynamic(WindowHandle, temp, DBConnString)      --连接
--将答题信息插入表中
SQLString:="insert into result(studentid,choiceid,chapter,responson,userselect,judge) "
SQLString:=SQLString^"Values("^stid^","^cid^","^chapterx^",#"^streg^"#,'"^user_answer^'","^pro
    mpt^")"
data:= ODBCExecute(ODBCHandle,SQLString)                       --执行
ODBCClose(ODBCHandle)                                          --关闭连接
```

在这段代码中，首先将用户的选择与读取出来的答案进行比较，将比较的结果作为答题信息的一部分。在这里 user_answer、prompt、streg、stid 是新增加的自定义变量，user_answer 存放的是用户的选择，prompt 存放的是比较的结果，streg 存放的是提交的时间，stid 存放的是用户的编号，不是在当前程序中设置的，而应该是由主程序传送过来的。

（4）添加另外两个题目。当制作完第 1 个题目后，另外两个题目的添加就比较简单，只需要复制第 1 个题目后做些简单的修改就可以了。

以制作题目 2 为例，在"框架"图标的右边单击选中"题 1"群组图标，再单击工具栏上的"复制"按钮；在"框架"图标的右边要插入题目 2 的位置单击，将粘贴指针移到这里，再单击工具栏上的"粘贴"按钮。将新粘贴的"群组"图标改名为"题2"。

双击"题 2"群组图标打开它的下一级流程设计窗口，只需要双击其中的"读取内容"计算图标，打开它的代码编辑窗口，将其中的一行代码：

```
SQLString:="select * from choice where choiceid="^randomnum[1]
```

修改为

```
SQLString:="select * from choice where choiceid="^randomnum[2]
```

也就是要读取随机取出的第 2 个编号对应的题目即可。其他的都可以不用修改。

与主程序类似，为了防止用户绕过登录直接进入故事学习子程序，可以在流程线的最前面增加一个"如果不是登录进来就退出"的计算图标，在其中加入代码：

```
if loginsuccess<>1 then
    Quit()
end if
```

这样程序的运行就必须从 Login.a7p 登录模块进入了。读者可以打开该模块运行来验证本章的成果。

实验 1　初步认识 Authorware 7.02

实验目的

（1）了解多媒体创作工具 Authorware 7.02 和它的主要特点。
（2）熟悉 Authorware 7.02 的安装、开启以及关闭。
（3）熟悉 Authorware 7.02 的主界面、设计图标以及常用的几个面板。
（4）掌握用 Authorware 7.02 创建多媒体程序的基本过程。

实验准备

（1）复习第 1 章的内容。
（2）熟悉 Authorware 7.02 的创作环境。

实验内容

1. 熟悉多媒体创作工具 Authorware 7.02

- 安装 Authorware 7.02。
- 启动 Authorware 7.02。
- 关闭 Authorware 7.02。
- 打开 Authorware 的安装目录下的"ShowMe"目录，双击打开以.a7p 为后缀名的某个程序，打开程序后，在"演示窗口"中单击"Run the Example"来查看实际运行的效果。以便对 Authorware 创作的作品有一个初步的认识。

2. 掌握 Authorware 7.02 创建多媒体程序的基本流程

- 了解 Authorware 7.02 的主界面。
- 了解它的图标面板。
- 了解它的属性面板。
- 了解它的常用面板。
- 理解它的程序流程设计。

扩展练习

制作一个简单的 Authorware 实例，实例名称为"片头.a7p"。

（1）参照 1.2.4 节。

（2）建立存放实验实例的目录。例如，设置为 E:\Authoreware 实验，所有的 Authorware 实例均存放在该目录下，这个目录是实验的主目录。为了更好地管理，将第 1 章的实例存放到 E:\Authoreware 实验\cha1，以后的章节依此类推。

（3）建立存放实例中用到的其他文件的目录，这些目录一般和.a7p 文件放在同一目录下。例如，设置存放图像文件的目录为 E:\Authoreware 实验\cha1\image，设置数据文件的存放目录为 E:\Authoreware 实验\cha1\data 等。

（4）保存"片头.a7p"后，运行该程序，查看实际运行效果。

实验 2 Authorware 7.02 基本操作

实验目的

（1）了解 Authorware 的开发过程。
（2）了解常用的图形图像处理软件。
（3）了解常用的音频视频处理软件。
（4）了解 Flash 以及其他动画制作软件。
（5）学会在 Authorware 7.02 中导入 PowerPoint 文档。
（6）掌握 Authorware 7.02 的文件操作和图标操作。

实验准备

（1）复习第 2 章内容。
（2）熟练掌握用 Authorware 7.02 制作多媒体的基本操作。

实验内容

1．学会使用常用的图形图像处理软件
● 可以有选择地下载一些图像处理软件，例如，Photoshop、Illustrator 或者 CorelDraw 等。
● 简单地熟悉它们的环境，如果在制作程序过程中，用到需要处理的图片，可以在这些环境下进行处理来达到自己需要的要求。
● 用专门的按钮制作软件或者图像处理软件来制作一些多媒体按钮。
● 掌握一些常用的图像格式转换方法。
2．学会使用一些常用的音频视频以及动画编辑软件
● 掌握一些常用的音频处理软件，例如录音软件、音频编辑软件以及声音转换工具等。
● 了解 Authorware 7.02 支持的视频格式。
● 掌握一些简单的视频转换工具和视频切割工具。
● 掌握一些简单的制作 Flash 动画的工具。
3．制作简单实例"认识电脑"
　　在对 Authorware 7.02 有了一个初步认识后，我们将通过一个简单的"认识电脑"的多媒体程序介绍在 Authorware 7.02 中创建、保存、运行一个应用程序的操作过程。
　　启动 Authorware 7.02，新建一个文件，保存为"认识电脑.a7p"，导入"电脑图片"，其显示如图 T2.1 所示。

图 T2.1　导入的"电脑图片"

最终运行的结果是，当鼠标处于计算机某个组件指定的区域时，将显示该组件的名称，如图 T2.2 所示，是将鼠标移到处于显示器的指定区域所显示的效果。

图 T2.2　运行显示的效果

制作过程

（1）新建一个文件，保存为"认识电脑.a7p"。

（2）单击工具栏上的"导入"按钮，在弹出的"导入哪个文件？"对话框中找到要导入的文件，单击"导入"按钮关闭对话框，流程线上将出现的"显示"图标改名为"电脑图片"。

（3）从图标面板拖曳一个"交互"图标到"显示"图标的下方，命名为"控制"。

（4）从图标面板拖曳一个"显示"图标到"控制"交互图标的右边，松开鼠标时，会弹出一个"交互类型"对话框，单击选中"热区域"，单击"确定"按钮确认选择。

（5）将新加入的"显示"图标命名为"主机"。双击"电脑图片"显示图标，打开"演示窗口"，然后再单击"演示窗口"上的关闭按钮关闭它。再按住 Shift 键不放，双击"主机"显示图标打开"演示窗口"。在"显示"图标的工具面板上单击"文本"工具，在主机对应的位置的空白处单击，输入文字"主机"。

（6）双击"主机"显示图标上方的交互类型标识符-▼-，打开属性面板，在"匹配"选项后选择"指针处于指定区域内"。单击"响应"选项卡，在选项"擦除"后面的下拉列表框中选择"在下一次输入之前"。

（7）单击工具栏上的"运行"按钮，运行程序，再选择菜单命令"调试"→"暂停"或者按组合键 Ctrl＋P 暂停程序运行，这时在"演示窗口"中除了看到计算机的图片外，还可以看到一个虚线边框，这就代表热区的响应范围。

（8）单击"演示窗口"中的虚框边线，在其周围出现 8 个小方框。把鼠标指针移动到热区虚线框边线上的小方框处，拖曳鼠标，就可以调整热区的大小和位置。通过拖曳小方框，调整热区的大小正好框住图片中主机的部分。设置好后，可以选择菜单命令"调试"→"停止"来关闭"演示窗口"。

（9）再用鼠标从图标面板中拖曳一个"显示"图标到"主机"显示图标右边，命名为"显示器"。重复步骤（5）在新的"显示"图标中添加提示；重复步骤（7）、（8）来调整新加入的热区的位置。

（10）同样操作，继续添加其他的响应分支。完成后，运行程序再暂停。

扩展练习

（1）修改导入的"电脑图片"，修改后的文件保存为"*.a7p"，其中，*代表可以是任何符合规则的名称，例如，可以介绍自己的家人，可以将文件保存为"介绍家人.a7p"。

（2）运行自己修改的程序，查看效果。

实验 3　Authorware 7.02 基本对象操作

实验目的

（1）熟悉工具箱的使用。
（2）掌握在程序中如何添加文本。
（3）掌握如何编辑处理文本信息。
（4）掌握利用样式设置文本格式的方法。
（5）熟悉图形、图像编辑加工工具。
（6）掌握对图形、图像的装饰和美化。
（7）初步掌握在文本中使用变量与函数。

实验准备

（1）复习第 3 章内容。
（2）初步掌握对文本、图形和图像的基本操作。

实验内容

1．文本操作

设计一个简单的多媒体应用程序，文件名为"应用样式.a7p"，运行效果如图 T3.1 所示。

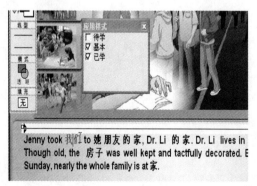

图 T3.1　应用样式效果图

制作过程

（1）在制作前首先定义好样式。选择菜单命令"文本"→"定义样式"，在弹出的对话框中单击"添加"按钮，增加一种文本样式，在样式名对应的文本框中输入所有文本的基本样式的名字，这里命名为"基本"，单击"更改"按钮。

再在中间的格式列表中设置相关的格式，也就是设置字体为"Arial"，字号为 12，选中

"粗体"；设置后单击"更改"按钮确认格式。

单击"添加"按钮，再增加一种文本样式，改名为"已学"，在中间格式列表取消其他复选框的选中状态，单击选中"文本颜色"复选框，再单击它右边的颜色按钮，在打开的颜色调色板中单击所要的绿色，设置后，单击"更改"按钮。

同样再添加一个名为"待学"的样式，只设置文本颜色为"红色"。设置好所有样式后，单击"完成"按钮关闭对话框。

（2）对文本应用样式。在工具栏上单击"控制面板"按钮打开"控制面板"。单击"控制面板"上的"运行"按钮运行程序，当"演示窗口"中出现要设置的文本时，单击"暂停"按钮暂停程序。在文本部分双击，进入文本所在的"显示"图标；选择菜单命令"文本"→"应用样式"，打开"应用样式"面板。在绘图工具箱中单击"文本"工具，在文本部分单击，进入编辑状态。用鼠标拖曳选中所有文本，在"应用样式"面板中单击选中"基本"样式。再用鼠标拖曳选中已学的词语，在"应用样式"面板中单击选中"已学"样式，在词语中单击，可以看到应用样式后的结果。

扩展练习

（1）设计一种新样式，新样式的名字命名为"重点突出"。它的风格设置为黑体，字号为 12，选中"粗体"和"下划线"，文本颜色设置为红色。

（2）新建一个文件，保存文件名为"重点突出.a7p"。在流程线上用鼠标拖曳一个"显示"图标，命名为"文字"，双击打开该显示图标的"演示窗口"，单击"文本"工具，输入一些文字。在重点突出的文字上应用"重点突出"样式。

（3）运行该文件，查看应用效果。

2．图形操作

利用 Authorware 的图形绘制功能绘制一张桌子和一个小球。绘制好的图形如图 T3.2 所示。

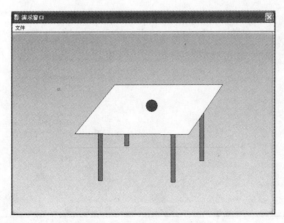

图 T3.2　绘制桌子和小球

制作过程

（1）新建一个文件，保存命名为"绘制桌子和小球.a7p"。在流程线上用鼠标拖曳一个"显示"图标，命名为"背景"。双击"背景"显示图标，打开"演示窗口"，单击工具栏上的"导入"按钮，导入背景图片。

（2）再用鼠标拖曳一个"显示"图标，命名为"桌子和小球"。双击"桌子和小球"显示图标，打开其"演示窗口"，在工具箱中单击"填充"工具，选择一种填充模式，然后在工具箱中选择矩形工具，在"演示窗口"中绘制一个矩形作为桌腿。

（3）在"演示窗口"中选中桌腿对象，单击工具栏上的"复制"按钮，再单击工具栏上的"粘贴"按钮，调整复制的桌腿，使两个桌腿的高度相等并保持合适的距离。

（4）同理，复制另外两个桌腿，调整每个桌腿到合适的位置。

（5）设置背景色和填充模式均为白色，在工具箱中选择多边形工具，在"演示窗口"中绘制桌面，调整好桌面的位置。

（6）设置背景色为红色，选择工具箱中的椭圆工具，按 Shift 键，绘制一个圆形小球。

（7）双击"背景"显示图标，关闭"演示窗口"，按 Shift 键，双击"桌子和小球"显示图标。

（8）单击"运行"按钮，看到如图 T3.2 所示的演示效果。

扩展练习

（1）新建一文件，命名为"绘制电脑.a7p"。

（2）首先在流程线上用鼠标拖曳一个"显示"图标，导入背景图片，并且输入一些文字，对某些文字应用一些新样式。

（3）用鼠标拖曳一个"显示"图标，使用图形绘制工具，首先绘制一张桌子。再绘制一个计算机放在桌面上的场景。

（4）运行程序查看效果。

3．使用系统变量获知图标属性

设计一个变化的滑块，当拖动滑块位置时，其位置信息可以在屏幕上显示出来。实时显示滑块位置，如图 T3.3 所示。

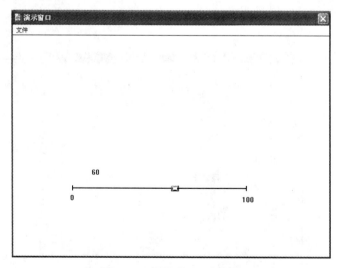

图 T3.3　实时显示滑块位置

制作过程

（1）准备好一个滑块的图片，还有一个指示滑块的滑动范围的图形，这里就用 Authorware 的画线工具画了一个示意图。

（2）用鼠标拖曳一个"显示"图标到流程线上，命名为"底线"，双击它打开"演示窗口"，在"演示窗口"中绘制作为参照的图形，最左端标 0，最右端标 100。

（3）用鼠标拖曳一个"显示"图标到流程线上，命名为"滑块"，在刚关闭前一个"显示"图标的情况下，按住 Shift 键不放，双击新加入的"显示"图标，打开"演示窗口"，这样可以看到前面绘制的参照图标也出现在"演示窗口"中。单击工具栏上的"导入"按钮，在弹出的"导出哪个文件？"对话框中找到前面准备的滑块图像，单击"导入"按钮关闭对话框，将滑块图导入到"演示窗口"中。拖曳滑块图到参照图的最左端。

（4）按组合键 Ctrl＋I 打开属性面板，在选项"位置"后面选择"在路径上"，这时滑块图上会出现一个小三角形，在"演示窗口"中拖曳滑块（注意别拖曳到小三角形）到参照图的最右端。这时在滑块上又出现一个黑色的小三角形，可以拖曳这两个小三角形来设置它们之间的连线，要使这条线成直线，并与参照图中的直线重合。设置好路径后，再在属性面板的选项"活动"后面选择"在路径上"，这样就把滑块的活动范围指定到了前面设置的路径上。设置后关闭"演示窗口"。

（5）再次双击"底线"显示图标打开"演示窗口"，在绘图工具箱中单击文本工具，在"演示窗口"中合适的位置单击，输入以下内容：

{PathPosition@"滑块"}

按组合键 Ctrl＋I 打开属性面板，选中选项"更新显示变量"。设置后关闭"演示窗口"。

单击工具栏上的"运行"按钮运行程序，拖曳滑块，就可以实时看到滑块的当前位置了。

扩展练习

（1）修改"滑块位置.a7p"，把"底线"显示图标重命名为"滑竿"。打开"演示窗口"，把底线图形修改为：用工具箱的矩形工具绘制一个长条作为"滑竿"，把以前的底线删除。

（2）修改{PathPosition@"滑块"}为

当前滑块的位置为：{PathPosition@"滑块"}

（3）运行程序，查看效果。

实验 4　多媒体处理

实验目的

（1）掌握声音文件的导入。
（2）熟悉掌握声音媒体同步。
（3）掌握数字电影的导入。
（4）熟悉掌握数字电影同步媒体。
（5）掌握 DVD 图标的设置和播放控制。

实验准备

（1）复习第 4 章内容。
（2）准备多媒体素材，声音素材和数字电影素材。

实验内容

电影播放器

制作电影播放器，保存文件名为"电影播放器"。运行效果图如图 T4.1 所示。用户可根据自己计算机上的电影短片替换该程序中的"电影"短片。

图 T4.1　控制电影播放器效果图

制作过程

（1）用鼠标拖曳一个"数字电影"图标，命名为"电影"。双击它打开属性面板。

在属性面板中单击"导入按钮"，在弹出的导入文件对话框中找到要播放的文件，单击"导入"按钮导入到程序中。

单击"计时"选项卡，在选项"执行方式"后面选择"同时"，其余使用默认设置。运行程序，在"演示窗口"中拖曳电影画面调整到合适位置。调整后关闭"演示窗口"。

（2）用鼠标拖曳一个"交互"图标，命名为"控制"。用鼠标拖曳一个"计算"图标到"交互"图标的右边，松开鼠标后，会弹出"交互类型"对话框，单击"确定"按钮关闭对话框。将新加入的"计算"图标命名为"暂停"。双击这个"计算"图标，打开代码编辑窗口，输入以下代码：

```
MediaPause（IconID@"电影",1)
```

输入完毕后，单击代码窗口标题栏上的"关闭"按钮关闭代码窗口，在弹出的保存确认对话框中单击"是"按钮。

（3）再用鼠标拖曳一个"计算"图标到"暂停"计算图标的右边，命名为"播放"。双击新加入的"计算"图标，在代码编辑窗口中输入以下代码：

```
MediaPause（IconID@"电影",0)
```

输入完毕后，关闭代码窗口并保存代码。

（4）单击工具栏上的"运行"按钮查看效果。

扩展练习

（1）修改"电影播放器.a7p"，为该文件加上背景以及文字介绍，文字介绍中一些重要文字使用"重点样式"风格。

（2）根据个人能力，可以在（1）的基础上增加一个滑块来显示电影短片播放的位置，具体可参考实验 3 中"滑块位置.a7p"的制作方法。

（3）运行修改的程序，查看最终的效果。

实验 5　对象控制

实验目的

（1）掌握等待图标的应用。
（2）熟练掌握擦除图标的应用。
（3）熟练掌握移动图标的应用。

实验准备

（1）复习第 5 章的内容。
（2）熟练掌握等待图标以及擦除图标的属性。
（3）熟练掌握移动图标的属性和属性设置。
（4）熟练掌握 5 种典型的移动方式。

实验内容

1．等待图标的应用

应用等待图标，设计简单的应用程序，文件名为"图片依次显示.a7p"，运行结果如图 T5.1 所示，3 张图片不是同时显示，而是一张一张地依照次序显示出来。

图 T5.1　图片依次显示效果图

制作过程

（1）首先用鼠标拖曳 3 个显示图标到流程线上，将 3 个显示图标依次命名为"图片 1"、

"图片 2"和"图片 3",分别在 3 个显示图标中导入相关的图片。

（2）用鼠标拖曳一个等待图标到"图片 1"显示图标的下方。双击新加入的"等待"图标打开属性面板，在选项"时限"后面的文本框中输入一个数字，这里是 2，然后取消其他复选框的选中。

（3）单击选中这个"等待"图标，单击工具栏上的"复制"按钮，再在"图片 2"显示图标与"图片 3"显示图标之间单击，将粘贴指针移到此处，单击工具栏上的"粘贴"按钮。运行程序查看效果。

扩展练习

（1）修改"图片依次显示.a7p"，在每张图片的下面加上文字进行介绍，在显示图片的同时有背景音乐。

（2）根据个人情况，新建一个文件，文件名为"依次介绍图片.a7p"，利用声音同步功能，在图片出现的同时，有相应的声音进行介绍。

（3）运行程序查看效果。

2．擦除图标的应用

应用擦除图标，创建一个简单的多媒体应用程序，文件名为"逐页显示人员名单.a7p"，运行效果图如图 T5.2 所示。

图 T5.2　擦除图标应用效果图

制作过程

（1）单击工具栏上的"导入"按钮，在弹出的"导入那个文件？"对话框中找到要导入的文件，单击"导入"按钮关闭对话框。修改新增加的"显示"图标的名字为"背景"。

（2）双击"背景"显示图标，打开"演示窗口"再关闭。

（3）用鼠标拖曳一个新的"显示"图标，命名为"文字 1"，按住 Shift 键不放，双击这个新加入的"显示"图标，打开"演示窗口"。打开已经输入好的文本，选择要复制的文本，选择菜单命令"编辑"→"复制"。再切换回 Authorware 程序窗口，在绘图工具箱中单击"文本"工具，在要输入文字的地方单击，单击工具栏上的"粘贴"按钮。选中全部文本，在缩排线上单击，添加一个字符制表符。如果文本内容中原来添加了 Tab 分隔符，就可以看到文本自动按制表符对齐。如果没有准备好文本，也可以直接输入。

（4）在绘图工具箱中单击"选择/移动"工具，这时文本处于选中状态，在绘图工具箱中单击"模式"下面的按钮，在打开的显示模式中单击"透明"模式，以去掉文本的背景。

根据需要设置好文本的其他格式，包括字体、字号等。

（5）用鼠标拖曳一个"等待"图标到"文字 1"显示图标的下方，命名为"等待 5 秒"双击这个"等待"图标打开属性面板。在选项"时限"后面输入一个数字，这里输入 5，然后取消其他复选框的选中状态。

（6）用鼠标拖曳一个"擦除"图标到"等待"图标的下方，命名为"擦除文字 1"。

（7）单击工具栏的"运行"按钮运行程序，这时程序会在显示内容后，在预定的时间后暂停，并出现"擦除"图标属性面板，在"演示窗口"中单击文字部分，注意不要单击背景图形。这时在属性面板中选项"列"右边的列表框中出现的是图标"文字 1"显示图标。在属性面板中单击"特效"右边的按钮 <u>.</u>，打开"擦除模式"对话框，选择所要的过渡效果后，单击"确定"按钮关闭对话框。

设置"擦除"图标的属性后，关闭"演示窗口"。

（8）在流程设计窗口中，按住 Shift 键不放，依次单击"文字 1"显示图标、"等待 5 秒"等待图标、"擦除文字 1"擦除图标，选中这 3 个图标后，在工具栏上单击"复制"按钮。在"擦除文字 1"擦除图标的下方单击，将粘贴指针移到这里，再在工具栏上单击"粘贴"按钮。将新粘贴的"显示"图标改名为"文字 2"，新粘贴的"擦除"图标改名为"擦除文字 2"。

（9）双击"擦除文字 2"擦除图标，打开它的属性面板，可以看到选项"列"右边的列表框中出现的是"文字 2"显示图标。从这里可以看到，在复制图标的过程中，这种擦除关系也跟着一起复制过来了。如果单独复制"擦除"图标，则擦除对象不会发生改变。

（10）双击"背景"显示图标，打开"演示窗口"再关闭。再按住 Shift 键不放，双击这个"文字 2"显示图标，打开"演示窗口"。修改这里的文本内容，修改后，关闭"演示窗口"。

（11）按照第 6 步的方法继续添加后面的内容，完成后的程序流程图如图 T5.3 所示。

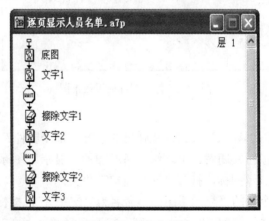

图 T5.3　程序流程图

（12）单击工具栏的"运行"按钮运行程序，就可以查看运行效果了。

扩展练习

（1）修改"逐页显示名单.a7p"，添加背景音乐，在每页文字左边加一张图片，修改擦除文字的过渡效果。

（2）根据本节的学习，根据个人情况，通过利用图像过渡效果的设置，实现图片的移动

效果。提示：设置图片的过渡效果为 Push|PushRight。同样，设置擦除图标的过渡效果也为 Push|PushRight。

（3）运行查看效果。

3．移动图标的应用

创建一个多媒体课件，用来介绍一家人，文件名为"变化图片位置.a7p"。显示的结果如图 T5.4 所示。

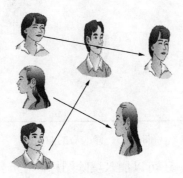

图 T5.4　位置变化图

制作过程

（1）在工具栏上单击"导入"按钮，在弹出的对话框中找到要导入的文件所在的文件夹，程序中用到的图片和声音文件都要事先准备好，单击对话框右下角的"加号"按钮，再单击"添加全部"按钮，将所有素材文件都添加到右边的列表框中。

（2）选择好素材后，单击"导入"按钮。在流程线上出现 3 个"显示"图标和一个"声音"图标，3 个"显示"图标根据它们的内容分别修改为"弟弟"、"妻子"、"女儿"。将声音图标改名为"介绍"。将"介绍"声音图标拖曳到其他"显示"图标的下方，运行程序再暂停，在"演示窗口"中将 3 张图片移到合适的位置，并调整到合适大小。

（3）从图标面板拖曳一个"移动"图标到"介绍"声音图标的右边，建立一个分支。将新加入的图标命名为"移动弟弟"。双击这个"移动"图标打开它的属性面板和"演示窗口"，在"演示窗口"中单击要移动的图片，这里是代表弟弟的图片。将要移动的图片拖曳到目标位置。属性面板中的其他选项可以保留默认设置，也可以根据需要再做些调整，例如，为了使图片不产生移动的痕迹，可以在选项"定时"下面的输入框中将数字改为 0。

（4）双击"移动弟弟"移动图标上方的媒体同步标识符，打开媒体同步的属性面板，在选项"同步于"后面选择"秒"，再在下方的输入框中输入数字 0。

（5）按照同样的方法可以继续添加其他两个移动效果。

（6）当双击移动图标"妻子"和"女儿"上方的媒体同步标识符时，根据声音图标"介绍"的速度，在选项"同步于"下面的输入框中输入合适的时间。

扩展练习

（1）修改"变化图片位置.a7p"，修改 3 个人的位置，运行效果如图 T5.5 所示。

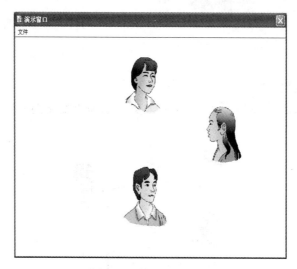

图 T5.5　修改后的效果

（2）在以上修改的基础上，还可以加入擦除图标，在介绍妻子之前，"弟弟"显示图标被擦除，介绍"女儿"之前，"妻子"显示图标被擦除。同时可以运用擦除的特效。

（3）运行程序，查看效果。

4．几个图标的综合应用

创建多媒体程序"综合.a7p"，实现声像的同步，就是一个简单的音乐 MTV。完成的效果如图 T5.6 所示。

图 T5.6　综合应用效果图

制作过程

制作过程参照如图 T5.7 所示的程序流程图。

扩展练习

（1）根据本章学习的内容，选择自己喜欢的歌曲或者电影，制作一个声像同步的 MTV 或者短片。

（2）运行程序，查看效果。

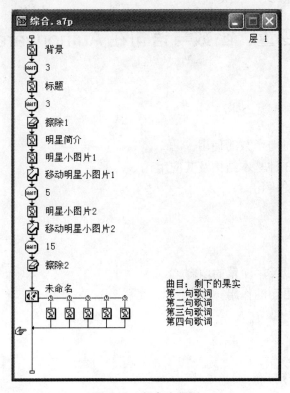

图 T5.7　程序流程图

实验 6　变量、函数与语句在 Authorware 中的应用

实验目的

（1）初步掌握变量与函数的使用。
（2）了解程序的 3 种基本结构及其应用。
（3）掌握程序中的语句。

实验准备

（1）复习第 6 章以及第 7 章的内容。
（2）熟练程序中语句的作用。

实验内容

1．系统变量的应用

制作一个简单的小程序来说明变量在程序中的使用，文件名为"时间显示.a7p"，运行效果如图 T6.1 所示。

图 T6.1　显示当前时间

制作过程
（1）新建一程序文件，保存为"时间显示.a7p"。
（2）用鼠标拖曳一个显示图标到流程线上，并命名为"当前时间显示"。
（3）双击该显示图标打开其"演示窗口"，利用文本工具加入以下文本内容：

当前时间是：

{FullDate}

{FullTime}

（4）打开该显示图标的属性窗口，选中"更新显示变量"复选框。

（5）运行该程序。显示内容会根据系统变量的变化而不断变化。

扩展练习

修改"时间显示.a7p"，重命名为"时间显示 1.a7p"，修改后的显示效果如图 T6.2 所示。

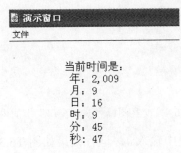

图 T6.2　修改后的显示效果

2．表达式在程序中的应用

制作一个简单的计算正方形面积的小程序来学习表达式在程序中的应用，文件名为"计算正方形面积"，运行效果如图 T6.3 所示。

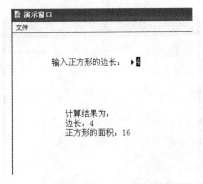

图 T6.3　计算正方形面积

制作过程

（1）新建一个程序文件，保存为"计算正方形面积.a7p"。

（2）用鼠标拖曳一个交互图标到流程线上，并命名为"输入正方形的边长"。

（3）用鼠标拖曳一个计算图标到交互图标的右侧，选择交互类型为文本输入，命名为"*"。双击该计算图标打开代码窗口，输入代码：

```
area:=NumEntry* NumEntry
```

（4）双击交互图标打开"演示窗口"，调整输入文本框的位置。并且利用文本工具加入文本，如图 T6.4 所示。

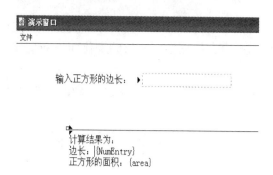

图 T6.4　交互图标"演示窗口"中的内容

（5）运行该程序，在文本框中输入 4，运行效果如图 T6.3 所示。

扩展练习

（1）修改程序文件，计算正方形的周长。

（2）新建一程序文件，命名为"计算圆形面积"。通过输入圆的半径，来计算圆的面积。

3．函数在程序中的应用

在本例中定义一个图标函数来显示当前时间，并在程序中调用该图标函数，程序运行结果如图 T6.5 所示。

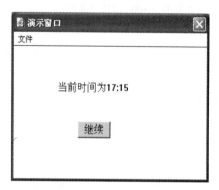

图 T6.5　图标函数程序运行结果图

制作过程

（1）定义一个图标函数，用鼠标拖曳一个"计算"图标到流程线上，命名为"entertime--放在永远执行不到的地方"，双击该计算图标，输入下列语句：

```
jsriqi:=Date
jsshijianh:=Hour
jsshijianm:=Minute
jsshijian:=jsshijianh^":"^jsshijianm
```

（2）再用鼠标拖曳一个"计算"图标到流程线上，命名为"调用公共函数 entertime"。双击"调用公共函数 entertime"计算图标，输入以下语句：

```
CallScriptIcon(IconID@"entertime--放在永远执行不到的地方")
```

（3）用鼠标拖曳一个"显示"图标到"计算"图标的下面，命名为"显示调用结果"，双击显示图标打开"演示窗口"，单击文本工具，输入下列语句：

当前时间为{jsshijian}

（4）用鼠标拖曳一个"等待"图标，双击该等待图标打开它的属性面板，只选中"显示按钮"复选框，其他的不选。

（5）用鼠标拖曳一个"计算"图标，命名为"退出"，双击"退出"计算图标，输入下列语句：

Quit( )

（6）把"entertime--放在永远执行不到的地方"计算图标拖曳到流程线的最下面。

扩展练习

修改"entertime--放在永远执行不到的地方"计算图标的内容，添加当前的日期和秒。修改后的运行效果图如图 T6.2 所示。

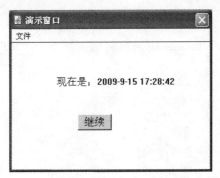

图 T6.6　修改后的运行效果

4．判断图标的应用

设计一个程序，命名为"判断后的提示信息.a7p"。在用户登录的界面中，当最终用户输入了登录信息后，就需要对用户输入的用户名和密码与保存的用户名和密码进行比较，根据比较的情况给出不同的提示。例如，当用户名有错而密码对时的提示信息如图 T6.7 所示。

图 T6.7　提示用户名有错

制作过程

（1）因为这是登录程序的部分，因此假定指定的用户名和密码分别存放在变量 user 和 password 中，而最终用户登录时输入的用户名和密码分别存放在变量 usertemp 和 passtemp 中，这样就可以拖曳一个"计算"图标到流程线上，命名为"判断"，在其中输入以下的代码：

```
--为当前程序假定的一个值，由于本章还没介绍交互的制作，这里假设是通过交互输入来获取用
户名与密码的。当前的例子是密码相同而用户名不同的情况，所以下面的判断将导致 fen 变量为 3，
这将影响选择分支的走向为第 3 个分支，读者可以修改代码查看不同的执行情况。
user="dengchunzhi"
password="123456"
usertemp="xiaodeng"
passtemp="123456"

if usertemp=user & passtemp=password then              --用户名和密码都相同
    fen:=1
else
    if usertemp=user & passtemp<>password then         --用户名相同，密码不相同
        fen:=2
    else
        if usertemp<>user & passtemp=password then     --用户名不相同，密码相同
            fen:=3
        else
            fen:=4                                     --用户名和密码都不相同
        end if
    end if
end if
```

输入完成后，关闭"计算"图标的编辑窗口时并保存代码。

（2）再用鼠标拖曳一个"判断"图标，命名为"选择"。打开"判断"图标的属性面板，在选项"分支"后面选择"计算分支结构"，再在下面的输入框中输入变量 fen。

（3）用鼠标拖曳一个"显示"图标到"选择"判断图标的右边，命名为"全对"。双击"显示"图标上方的分支标记，打开分支属性面板，在选项"擦除内容"后面选择"不擦除"。

双击"显示"图标，在其中输入要给用户的提示内容。

（4）再依次往"全对"显示图标右边添加 3 个"显示"图标作为判断结构的分支，依次命名为"密码出错"、"用户名出错"、"全错"，然后在其中输入相应的提示文字。

（5）运行程序查看结果。

扩展练习

（1）修改"判断"计算图标的程序，使判断结果导致 fen 变量为 4，选择分支走向第 4个分支。

（2）运行查看结果。

实验 7　交 互 设 计

实验目的

（1）熟练掌握交互图标的基本用法。
（2）掌握交互图标中按钮响应的使用。
（3）掌握交互图标中热区响应的应用。
（4）掌握热对象响应的使用。
（5）掌握下拉菜单响应的使用方法。
（6）掌握文本输入响应的使用。
（7）掌握按键交互的使用。
（8）掌握条件响应的应用。
（9）掌握限次、限时响应的应用。
（10）以上交互响应的综合应用。

实验准备

（1）复习第 8 章的内容。
（2）准备程序中用到的素材。

实验内容

1．按钮响应的使用

制作一道判断题的例子来介绍按钮响应的设置方法与应用。程序运行结果如图 T7.1 所示。当用户选择其中某个选项时，单击"提交"按钮，提示不同结果。

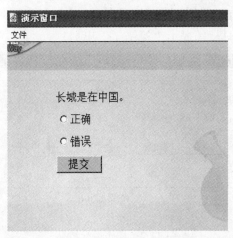

图 T7.1　程序运行结果

制作过程

（1）用鼠标拖曳一个"显示"图标，命名为"题干"，导入背景图片并输入要显示的内容。

（2）用鼠标拖曳一个"交互"图标，命名为控制。用鼠标拖曳一个"群组"图标到"交互"图标的右边，在弹出的"交互类型"对话框中单击"确定"按钮关闭对话框，将新加入的"群组"图标命名为"a1"，双击"群组"图标上方的交互类型标识符，打开它的属性面板。单击属性面板左下角的"按钮"按钮打开"按钮"对话框，在按钮列表中选择"标准收音机按钮"，单击"确定"按钮关闭对话框。

（3）在按钮交互"a1"的属性面板中的选项"标签"后面输入要显示在按钮上的文字""正确""，并设置选项"鼠标"为手形指针。再用鼠标拖曳一个"群组"图标到"a1"群组图标的右边，命名为"a2"。双击"a2"群组图标上方的交互类型标识符，打开它的属性面板，在选项"标签"后面输入按钮提示文字""错误""。

（4）运行程序再暂停，调整题干内容和两个按钮的位置。这时在运行程序过程中，分别单击"演示窗口"中的两个按钮，可以看到这两个按钮都是单击选中后不能取消。

这两个按钮，应该是每次只能选中其中一个，也就是当选中其中一个时，另一个应该取消选中状态。

单击"群组"图标"a1"，按组合键 Ctrl+=打开"计算"图标的编辑窗口，在其中输入以下语句：

```
Checked@"a2"=0
```

输入后，关闭"计算"图标的编辑窗口并保存。

同样，单击"群组"图标"a2"选中它，按组合键 Ctrl+=打开"计算"图标的编辑窗口，在其中输入以下语句：

```
Checked@"a1"=0
```

输入后，关闭"计算"图标的编辑窗口并保存。

再运行程序，就可以看到"演示窗口"中的两个按钮，只能选中其中一个按钮。

（5）后边的步骤请参照 8.2.3 节。

扩展练习

制作一道选择题如图 T7.2 所示。当单击"B.北京"按钮时，提示"答对了，进入下一题"。当单击其他 3 个按钮时，都提示"答错了，出局！"

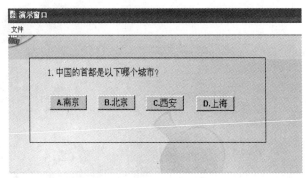

图 T7.2　程序运行结果

2. 热区响应的应用

利用热区域交互，制作一个简单的小例子，文件名为"按钮提示.a7p"。实现的功能是，当鼠标移到按钮上时出现图片提示信息，当鼠标移开时，提示会消失。程序运行的结果如图 T7.3 所示。2.3.3 节的实例也是应用了热区响应交互。

图 T7.3　程序运行的结果

制作过程

（1）添加提示内容。首先在流程线上拖曳一个显示图标，命名为"背景"，打开"演示窗口"，导入事先准备好的图片，然后用鼠标拖曳一个交互图标，命名为"按钮控制"，在"按钮控制"交互图标的右边添加 4 个计算图标，分别命名为"常用词语"、"交际文化"、"语法结构"和"语言典故"。拖曳一个"显示"图标到要添加提示的按钮交互分支的右边，命名为"提示 1"，双击这个"显示"图标打开"演示窗口"，输入要作为提示的内容，导入要作为提示的图片。设置后关闭"演示窗口"。

（2）调整交互分支属性。双击"提示 1"显示图标上方的交互类型标识符，打开它的属性面板。在选项"类型"后面选择"热区域"，在"热区域"选项卡中将选项"匹配"修改为"指针处于指定区域内"；在"响应"选项卡中将选项"擦除"修改为"在一次输入之前"，其他选项的属性使用从交互分支继承的属性即可。

（3）调整交互区域位置和提示位置。运行程序，再按组合键 Ctrl＋P 暂停，将"演示窗口"中的热区域"提示 1"对应的虚框拖曳到对应的按钮上。再按组合键 Ctrl＋P 继续播放程序，把鼠标移到热区域"提示 1"的位置，在出现提示内容之后，再按组合键 Ctrl＋P 暂停，双击提示内容进入它的编辑状态，调整提示内容的位置和大小。

（4）重复以上步骤可以继续添加其他按钮的提示。

扩展练习

（1）修改文件"按钮提示.a7p"，修改按钮的形状和按钮上的文字；把提示的图片换做文字。

（2）运行程序，查看效果。

3. 热对象响应的使用

制作一个小程序，命名为"课文提示.a7p"，实现课文的提示与隐藏。当单击"提示"按钮时，课文提示就出现，当在课文提示上单击时，课文提示就隐藏了。程序运行结果如图 T7.4 所示。

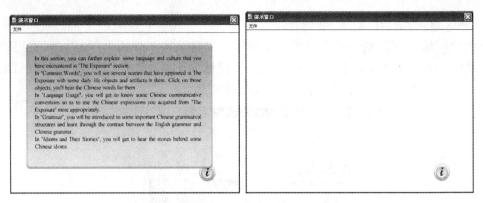

图 T7.4　程序运行结果

制作过程

（1）添加第一个提示。用鼠标拖曳一个"显示"图标，命名为"课文提示"，在其中导入文本的背景图形，并输入相应的课文提示。

（2）建立交互来隐藏提示。用鼠标拖曳一个"交互"图标，命名为"控制"。

插入一个"擦除"图标到"交互"图标的右边，在弹出的"交互类型"对话框中单击选中"热对象"，单击"确定"按钮关闭对话框。将新加入的"擦除"图标命名为"擦除提示"。

运行程序，这时程序会自动暂停，并打开热对象交互分支的属性面板，在"演示窗口"中单击课文提示，将课文提示作为热对象交互的热对象，在属性面板中可以看到选项"热对象"后面出现所选的课文提示所在的"显示"图标的名字。

按组合键 Ctrl＋P 继续运行程序，在课文提示中单击，这时程序又会自动暂停，并打开"擦除"图标的"擦除提示"的属性面板，在"演示窗口"中单击课文提示，这时课文提示的内容就从"演示窗口"中消失，在"擦除"图标的属性面板中的选项"列"中就会出现课件提示所在的"显示"图标的图标名。

关闭"演示窗口"回到流程设计窗口。

（3）建立交互来显示提示。用鼠标拖曳一个"显示"图标到"交互"图标的上方，命名为"显示按钮"，在其中导入作为按钮的图形，并设置好图像的属性。

拖曳一个"显示"图标到"擦除提示"擦除图标的右边建立一个交互分支，将新加入的"显示"图标命名为"课文提示 2"。双击"课文提示"显示图标，打开"演示窗口"，在没有取消其中内容的选中状态时，单击工具栏上的"复制"按钮，关闭"演示窗口"；双击"课文提示 2"显示图标打开"演示窗口"，先不要在"演示窗口"中单击，直接单击工具栏上的"粘贴"按钮，以便让两个"显示"图标中的内容的位置保持一致。

运行程序，这时程序会自动暂停，并打开热对象交互分支的属性面板，在"演示窗口"中单击按钮图形，将按钮图形作为热对象。

（4）后边的步骤请参照 8.4.2 节。

扩展练习

（1）修改"课文提示.a7p"，把提示的信息改为一个图片。程序运行结果如图 T7.5所示。

图 T7.5　程序运行结果

4．目标区域响应的应用

下面通过一个简单的拼图游戏来学习目标区域响应的使用方法。拼图游戏程序运行结果如图 T7.6 所示。

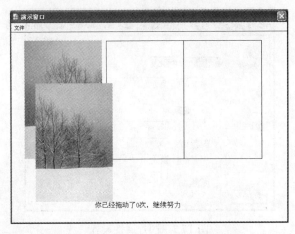

图 T7.6　拼图游戏程序运行结果

制作过程

（1）提前准备一幅 360×270 大小的图片，其大小可采用其他图像工具处理。

（2）新建一个程序文件，保存为"拼图游戏.a7p"，调整文件属性中窗口大小的参数为 800×600。用鼠标拖曳一个计算图标到流程线上，命名为"绘制背景图形"。双击该计算图标，在计算图标窗口中加入以下代码：

```
bx:=(800-360)/2     --游戏区左边界

by:=20              --游戏区上边界

Width:=180          --小图块宽度

height:=270         --小图块高度

--画竖线

Line(1,bx,by,bx,by+height*1)

Line(1,bx+Width*1,by,bx+Width*1,by+height*1)

Line(1,bx+Width*2,by,bx+Width*2,by+height*1)

--画横线

Line(1,bx,by,bx+Width*2,by)
```

```
Line(1,bx,by+height*1,bx+Width*2,by+height*1)
--设置变量
prompt:="请准备开始游戏： "
m:=-1                --拖曳图片次数
```

其中使用到一个画图函数：line(1,x1,y1,x2,y2)，用于以(x1,y1)和(x2,y2)两点为端点画线。

（3）用鼠标拖曳一个显示图标到流程线上，命名为"提示"，双击该显示图标打开其"演示窗口"，在"演示窗口"中加入文本{prompt}，用于显示提示信息，在该图标的属性窗口中选中"更新显示变量"复选框。

（4）用鼠标拖曳一个群组图标到流程线上，命名为"拼图图片"。双击该群组图标，在二级流程线上拖曳一个显示图标并命名为"图片_1"。双击显示图标打开其"演示窗口"，导入预先准备好的图片，双击该图片。如图 T7.7 所示对图像的属性参数进行设置。

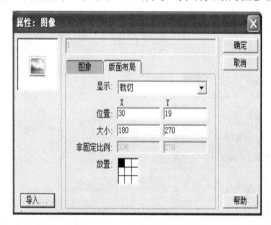

图 T7.7　图片属性设置

设置其中的显示为"裁切"，大小为 180，270，放置为左上角。单击"确定"按钮关闭图像属性对话框，然后关闭"演示窗口"。

在"拼图图片"群组图标的二级流程线窗口中，复制"图片_1"，然后单击工具栏上的"粘贴"按钮，并命名为"图片_2"，双击打开它的图像属性，即如图 T7.7 所示的图像属性对话框，单击鼠标设置，其中"放置"为不同位置。

（5）运行程序，调试"演示窗口"中的对象位置。用鼠标拖曳一个交互图标到流程线上，并命名为"拼图游戏"。用鼠标右键单击该交互图标，选择"计算"打开交互图标的附属计算窗口，输入以下代码：

```
m:=m+1
prompt:="你已经拖动了"^String(m)^"次,继续努力"
```

（6）用鼠标拖曳一个群组图标到"拼图游戏"交互图标的右侧，在弹出的"交互类型"对话框中选择"目标区"类型，并命名为"图片_1"。双击"图片_1"群组图标上方的交互类型标识符，如图 T7.8 所示对交互图标属性进行设置。

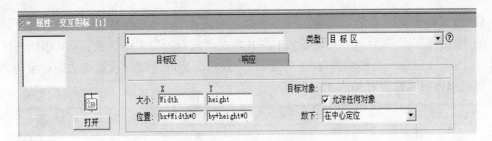

图 T7.8　交互图标属性设置

其中，"大小"定义响应区域大小和图片大小及背景方格的小块大小均保持一致；"位置"则定位于左上角第 1 个位置；"目标对象"选中"允许任何对象"复选框，"放下"选择"在中心定位"。

（7）复制"图片_1"群组图标，单击工具栏上的"粘贴"按钮，并命名为"图片_2"。修改其交互属性窗口中的位置为：bx+width*0,by+height*0。

（8）运行程序，查看效果。

扩展练习

（1）修改"拼图游戏.a7p"，把背景图像绘制成两行两列的表格，相应的图片也分成四小块进行拼接。

（2）有兴趣者可以在以上修改的基础上，实现各个小块只有在正确的位置上才会定位，在其余位置都返回。可参考 8.4.4 节。

5．按键交互的使用

制作一个简单的程序来学习按键交互的使用方法，制作完成的效果是使用键盘上的 2、4、6 和 8 来移动一个大的图片，以便能看到它的全貌。制作完成的程序流程图如图 T7.9 所示。

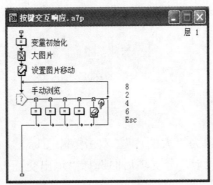

图 T7.9　程序流程图

制作过程

（1）新建一个程序，保存命名为"按键交互响应.a7p"。

（2）用鼠标拖曳一个计算图标到流程线上，并命名为"变量初始化"，双击打开其代码窗口，输入以下两句代码：

```
cx:=1
cy:=1
```

（3）用鼠标拖曳一个显示图标，并命名为"大图片"，双击该显示图标，打开"演示窗口"，在"演示窗口"中导入一个比较大的图片，在"演示窗口"中只能显示其中的一部分。

（4）用鼠标拖曳一个移动图标到"大图片"显示图标的下边，设置移动的对象为"大图片"，移动图标的属性设置如图 T7.10 所示。

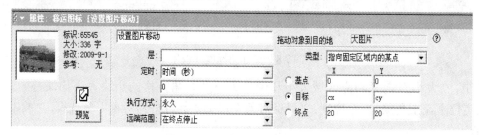

图 T7.10　移动图标的属性

其中：设置"基点"单选按钮时，用鼠标拖曳图片的位置使"演示窗口"中显示大图片的左上角。设置"终点"单选按钮时，再次拖曳图片，使大图片的右下角出现在"演示窗口"中。

（5）用鼠标拖曳一个交互图标，命名为"手动浏览"。用鼠标拖曳一个计算图标到"手动浏览"交互图标的右边，在弹出的"交互类型"对话框中选择按键交互，并将该计算图标命名为"8"，双击"8"计算图标上方的交互类型标识符，在"快捷键"后的文本框中输入8。注意：该项设置与该图表的名称相同。对于一般的字符键直接输入对应的字符，例如A，=，6 等。对于键盘上的非字符键有相应的键名，其中 Alt、Backspace、Enter 等键名与键盘上的对应键相同，如果使用这些非字符键时，"快捷键"后输入的非字符键用引号引起来，例如"Alt"。

（6）继续在交互图标右侧用鼠标拖曳 3 个计算图标和一个擦除图标。图标分别命名为"2"、"4"、"6"和"Esc"。依次在 4 个计算图标中加入下列语句：

"8"计算图标：cy:=cy-1
"2"计算图标：cy:=cy+1
"4"计算图标：cx:=cx-1
"6"计算图标：cx:=cx+1

（7）设置擦除图标的对象为"大图片"，双击擦除图标上方的交互类型标识符，打开其属性窗口，单击"响应"选项卡，分支项后面选择"退出交互"。

（8）运行程序，查看效果。

扩展练习

（1）修改"按键交互响应.a7p"，把 8、2、4、6 这 4 个快捷键换成"UpArrow"（↑）、"DownArrow"（↓）、"LeftArrow"（←）和"RightArrow"（→）。

（2）运行程序，查看效果。

6．文本输入的使用

通过制作一个填空题课件来学习文本输入的使用方法。制作填空题程序运行结果如图 T7.11 所示。

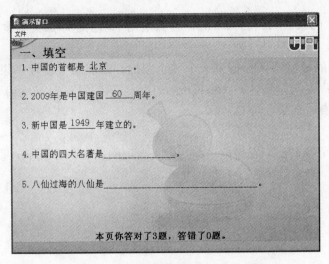

图 T7.11　制作填空题程序运行结果图

制作过程

（1）新建一个程序文件，保存命名为"填空题.a7p"。

（2）用鼠标拖曳一个显示图标到流程线上，命名为"背景"，双击打开其"演示窗口"，导入背景素材图片。再拖曳一个显示图标，命名为"填空题题目"。

（3）拖曳一个交互图标，命名为"题1"。再拖曳两个群组图标到"题1"交互图标的右边，在"交互类型"对话框中选择文本输入。在流程线上按住 Shift 键，双击"题1"交互图标，在"演示窗口"中出现一个输入文本框，拖曳文本框到题1后边需要填空的位置。

（4）在"演示窗口"中双击文本框，打开文本框的"属性"对话框。首先对"交互作用"选项卡中的各项进行设置，如图 T7.12 所示。单击"文本"选项卡，其设置如图 T7.13 所示。设置完成后，单击"确定"按钮。

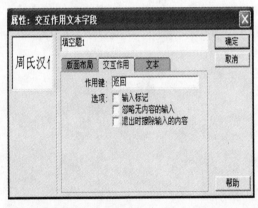

图 T7.12　"交互作用"选项卡设置

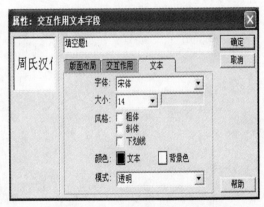

图 T7.13　"文本"选项卡设置

（5）单击第 1 个群组图标上方的交互类型标识符，打开它的属性面板，在"属性"面板的名称文本框中输入"北京"作为该群组图标的名称。"文本输入"选项卡的各参数使用默认值。单击"响应"选项卡，在"擦除"下拉列表中选择"不擦除"选项。在"状态"下拉列表中选择"正确响应"选项，在"分支"下拉列表中选择"退出交互"选项。

（6）单击第 2 个群组图标，命名为"*"，它的设置和"北京"群组图标的属性设置基本一样，不同的是在"状态"下拉列表中选择"错误响应"选项。

（7）重复步骤（3）、（4）、（5）、（6），为其他几个填空题添加文本输入交互，分别命名为"题2"，"题3"，"题4"和"题5"。

（8）在流程线的最后用鼠标拖曳一个显示图标，命名为"统计结果"。双击该显示图标，输入以下文字：本次你答对了{TotalCorrect}题，答错了{TotalWrong}题。

（9）运行程序查看效果。

扩展练习

（1）修改"填空题.a7p"，在做题之前，输入自己的姓名、班级和学号。

（2）运行程序，查看效果。

实验 8 框架与导航

实验目的

（1）掌握框架图标与导航图标。
（2）掌握超文本的创建和链接。

实验准备

（1）复习第 9 章的内容。
（2）准备好多媒体素材。

实验内容

1．电子书的制作

通过电子书的制作来学习框架图标的用法，制作完成的效果图如图 T8.1 所示。

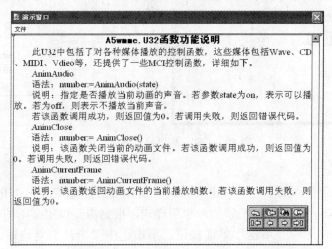

图 T8.1 程序演示效果

制作过程

（1）用鼠标拖曳一个框架图标到流程线上，命名为"分页"。在"框架"分页图标的右边单击，将粘贴指针移到"分页"框架图标的右边，单击工具栏的"导入"按钮，在弹出的"导入那个文件？"对话框中找到准备好的 RTF 文档，单击"导入"按钮关闭对话框；然后弹出如图 T8.2 所示的"RTF 导入"对话框，在选项区域"硬分页符"中选中"创建新的显示图标"，在选项区域"文本对象"中单击选中"滚动条"，最后单击"确定"按钮，关闭对话框。

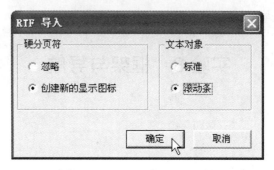

图 T8.2 "RTF 导入"对话框

（2）Authorware 为 RTF 文件中的每一页内容创建一个框架页。并按顺序给所有页面进行编号。

（3）运行程序，查看效果。

扩展练习

修改"简易电子书.a7p"，把文本换成图片，编辑 8 个按钮的形状。

2．制作超链接

通过制作一个简单的超链接文本帮助来实现页面的跳转。制作完成的程序流程图如图 T8.3 所示。

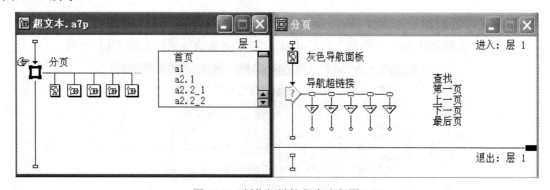

图 T8.3 制作超链接程序流程图

制作过程

（1）选择菜单命令"文本"→"定义样式"或者按组合键 Ctrl＋Shift＋Y，打开"定义风格"对话框。单击"添加"按钮添加一个新样式，根据需要设定文本的格式，再在选项区域"交互性"中单击选中"单击"单选按钮，单击选中"指针"复选框，单击选中"导航到"复选框。

（2）单击"添加"按钮上方的样式名称的文本框，将新增加的样式名修改为"目录链接"，设置后，单击"更改"按钮。单击"完成"按钮关闭对话框。

（3）双击"首页"显示图标打开"演示窗口"，选中要设置链接的文本，例如，选中的是第 1 部分的标题，在工具栏上单击"文本风格"的下拉按钮，在打开的样式列表中单击"目录链接"，这时会弹出"属性：导航"对话框，在选项"页"右边的列表中单击要跳转到的页，这里对应的是"a1"群组图标。

设置后，单击"确定"按钮关闭对话框。

以同样的操作为其他目录指定链接目标。设置后关闭"演示窗口"。

（4）修改"框架"图标的内部结构。双击"分页"框架图标，打开内部的流程窗口，删除"灰色导航面板"显示图标；单击选中"返回"导航图标，按 Delete 键将这个分支删除。用同样的操作删除"最近页"和"退出框架"这两个交互分支。

修改剩下的几个按钮的按钮样式。

扩展练习

修改"超文本.a7p"，重新定义一种样式，应用在首页的"2.Installation"上。

实验 9　插件的使用

实验目的

（1）掌握使用 Animated GIF Assert Xtras 添加 GIF 动画的方法。
（2）掌握使用 Flash Assert Xtras 添加 Flash 动画的方法。
（3）掌握使用 Quick Time Assert Xtras 的使用方法。
（4）掌握 ActiveX 控件的使用方法。

实验准备

（1）复习第 11 章内容。
（2）准备实验所用的素材。

实验内容

1．使用 Animated GIF Assert Xtras 添加 GIF 动画

通过制作动态的动物世界，学习使用 Animated GIF Assert Xtras 添加 GIF 动画的方法。程序运行结果如图 T9.1 所示。

图 T9.1　制作动态的动物世界程序的运行结果

制作过程
（1）新建一个文件，保存命名为"可爱的小动物.a7p"。

（2）用鼠标拖曳一个计算图标到流程线上，命名为"设置演示窗口大小"。双击该图标打开其"演示窗口"，输入：

```
ResizeWindow(600,430)
```

（3）用鼠标拖曳一个显示图标，命名为"背景"，双击打开"演示窗口"，导入事先准备好的背景图片。

（4）单击"插入"→"媒体"→"Animated GIF Assert"，打开"Animated GIF Assert 属性"对话框，在对话框中单击"浏览"按钮打开"打开 Animated GIF 文件"对话框，在对话框中选择需要使用的 GIF 文件，单击"打开"按钮关闭对话框回到"Animated GIF Assert 属性"对话框，此时可以看到对话框的"导入"文本框中插入了动画文件的完整路径和文件名，如图 T9.2 所示。

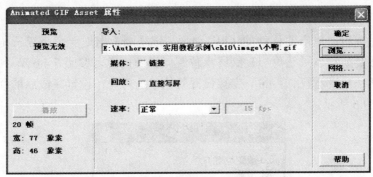

图 T9.2　选择 GIF 文件

（5）单击"确定"按钮关闭"Animated GIF Assert 属性"对话框，将新插入的 GIF Xtras 对象命名为"1"，双击新插入的 GIF Xtras 对象，打开其功能属性，设置"模式"下拉列表框为"透明"。运行程序后按组合键 Ctrl＋P 暂停程序，在"演示窗口"中单击 GIF 动画，动画出现带有控制柄的边框。此时拖曳控制柄可以改变动画的大小，拖曳对象能够改变其位置。

（6）根据步骤（4）和步骤（5）添加其他 GIF Xtras 对象并进行设置。程序流程图如图 T9.3 所示。

图 T9.3　程序流程图

（7）用鼠标拖曳一个移动图标到"9"GIF 动画的下方，并命名为"移动 1"，双击该移动图标，打开该移动图标的属性，在"演示窗口"中单击要拖曳的 GIF 动画，在"拖动对象到扩展路径"后边的文本框中就会显示该动画的名称，设置"定时"下拉列表框为"时间（秒）"，时间设为 20，用户可根据自己的情况来设置定时时间。在"执行方式"下拉列表框中选择"同时"选项，在"类型"下拉列表框中选择"指向固定路径的终点"选项，如图 T9.4 所示。

图 T9.4 "属性：移动图标"面板的设置

（8）设置完成后，单击要移动的 GIF 动画，该动画上出现一个小黑三角形，拖动 GIF 动画（注意：不要拖到小黑三角形）到终点位置。详细内容可参照 5.4.6 节。

（9）根据第（7）步骤和第（8）步骤设置其他移动对象，设置完成后的移动 GIF 动画程序流程图如图 T9.5 所示。

图 T9.5 移动 GIF 动画程序流程图

扩展练习

（1）制作动态的海底世界的动画效果。

（2）运行程序，查看效果。

2．Flash 动画的使用

在 Authorware 课件中使用 Flash 动画，特别是语言学习类课件，可以通过使用 Flash 游戏来增加课件的趣味性。使用 Flash 动画的程序运行结果如图 T9.6 所示。

图 T9.6　使用 Flash 动画的程序运行结果图

制作过程

（1）制作准备。在 Flash 中制作好相关的游戏，在游戏结束的地方添加语句：

```
getURL("end");
    right = String(score);
```

使用 getURL 来打开某个指定的页面，执行这个语句时，Authorware 就可以接收到 getURL 事件。

将游戏发布为支持 Flash Player 6 格式的 swf 动画，再将这个 swf 文件复制到源程序所在目录或者子目录中，例如，这里是复制到子目录 youxi 下。

（2）新建一个程序，保存为"fla.a7p"。选择菜单命令"插入"→"媒体"→"Flash Movie"，在弹出的"Flash Asset 属性"对话框中，单击"浏览"按钮，这时会弹出"打开 Shockwave Flash 影片"对话框，在这个对话框中找到要使用的 swf 文件，单击"打开"按钮。

在"Flash Asset 属性"对话框中单击选中选项"媒体"右边的"预载"，其他保留默认设置，如图 T9.7 所示。设置好后，单击"确定"按钮关闭"Flash Asset 属性"对话框。将流程线上新加入的 Flash Xtra 图标改名为"swf"。

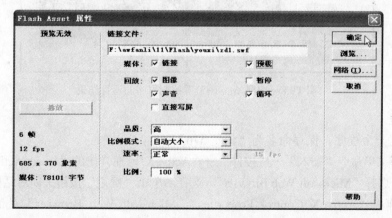

图 T9.7　设置 Flash Asset 属性

（3）用鼠标拖曳一个"交互"图标到 Flash Xtra 图标的下方，命名为"控制"。

（4）用鼠标拖曳一个"计算"图标到"交互"图标的右边，在弹出的"交互类型"对话框中单击选中"事件"，单击"确定"按钮关闭对话框。将新加入的"计算"图标命名为"获得分数"。双击"获得分数"计算图标上方的交互类型标识符打开交互分支的属性面板，在选项"发送"右边双击"图标 swf"，在选项"事件"右边双击"getURL"。

在"计算"图标中输入以下代码：

```
fenshu:=CallSprite(@"swf", #getVariable,"right")
```

其中 fenshu 是自定义变量，系统函数 CallSprite 调用的第 3 个参数就是在 Flash 中使用的变量 right，要用英文双引号括起来。

（5）运行程序，查看效果。

扩展练习

修改本程序，给该课件添加一个暂停按钮。

3．Web 控件的使用

Authorware 中调用 ActiveX 控件能够使用现成的程序模块来实现某种功能，避免了烦琐的编程工作。本程序使用 Microsoft Web 浏览器控件在 Authorware 中浏览网页，可以是本机的网页文件，也可以是互联网上的网站的网页。本程序运行结果如图 T9.8 所示。

图 T9.8　使用 Web 浏览器控制程序的运行结果

制作过程

（1）新建一个程序，保存命名为"浏览.a7p"。

（2）选择菜单命令"插入"→"控件"→"ActiveX"，在弹出的"Select ActiveX Control"的控件列表中选择"Microsoft Web Browser"，选择后单击"确定"按钮关闭对话框。

这时会弹出"ActiveX Control Properties – Microsoft Web Browser"对话框，切换到"Methods"选项卡就可以看到这个控件的方法。选择"Navigate"，单击"确定"按钮关闭对话框。将流程线上新出现的 ActiveX 控件图标命名为"webview"。

（3）用鼠标拖曳一个"交互"图标到 ActiveX 控件图标的下方，命名为"控制"。

（4）用鼠标拖曳一个"计算"图标到"交互"图标的右边，在弹出的"交互类型"对话框中单击选中"文本输入"，单击"确定"按钮关闭对话框。将新加入的"计算"图标命名为"*"。

双击这个"计算"图标打开它的代码编辑窗口，在其中输入以下代码：

```
CallSprite(@"webview", #Navigate, EntryText)
```

（5）输入完毕后，关闭代码编辑窗口并保存。这里的系统变量 EntryText 就是用户所输入的内容。

单击选中这个"计算"图标，单击工具栏上的"复制"按钮；在这个"计算"图标的右边单击，将粘贴指针移到这个"计算"图标的右边，单击工具栏上的"粘贴"按钮。双击新粘贴的"计算"图标上方的交互类型标识符打开交互分支的属性面板，在选项"类型"后选择"按钮"。再将新粘贴的"计算"图标改名为"转到"。

（6）用鼠标再拖曳 4 个"计算"图标到"转到"计算图标的右边，依次命名为"后退"、"前进"、"刷新"、"主页"。

在"后退"计算图标中输入以下代码：

```
CallSprite(@"webview",#GoBack)
```

在"前进"计算图标中输入以下代码：

```
CallSprite(@"webview",#GoForward)
```

在"刷新"计算图标中输入以下代码：

```
CallSprite(@"webview",#Refresh)
```

在"主页"计算图标中输入以下代码：

```
CallSprite(@"webview",#GoHome)
```

（7）运行程序再暂停，调整文本输入区域的位置，再将 5 个按钮依次排在输入区域的右边，然后调整 Microsoft Web 浏览器控件的显示区域。

重新运行程序，输入一个网址，再单击"转到"按钮，就可以看到所指定的网页的内容了。

扩展练习

（1）修改"浏览.a7p"，将文本输入网页改为使用菜单交互来打开网页。

（2）运行程序，查看结果。

实验 10　数据库的应用

实验目的

（1）掌握数据库在 Authorware 中的应用。
（2）进一步熟悉各种交互方式以及框架结构的使用。

实验准备

（1）复习第 12 章的内容。
（2）复习前面的内容。
（3）准备好实验所用的素材。

实验内容

数据库的使用方法

本实验使用的是 Access 数据库，通过在 Authorware 中连接和操作 Access 数据库来学习 Authorware 中数据库操作的方法。在 Authorware 中连接和操作 Access 数据库程序制作的流程图如图 T10.1 所示。

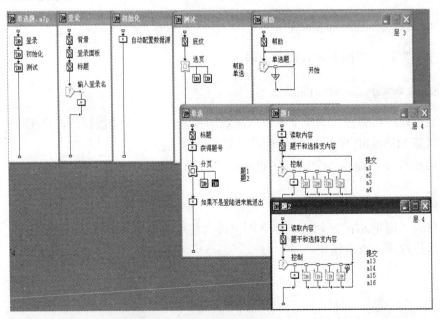

图 T10.1　在 Authorware 中连接和操作 Access 数据库程序制作的流程图

制作过程

（1）用鼠标拖曳一个群组图标到流程线上，并命名为"登录"。双击打开"登录"群组图标，拖曳 3 个显示图标，第 1 个显示图标命名为"背景"，双击打开其"演示窗口"，导入事先准备好的背景图片。第 2 个显示图标命名为"登录面板"，双击该"演示窗口"，输入制作的登录面板。第 3 个显示图标命名为"标题"，双击该"演示窗口"，输入标题，如图 T10.2 所示。

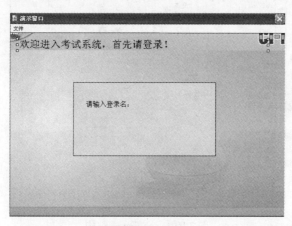

图 T10.2　封面

（2）在标题显示图标的下面拖曳一个交互图标，命名为"输入登录名"。用鼠标拖曳一个计算图标到"输入登录名"交互图标的右侧，在弹出的"交互类型"对话框中选择"文本输入"，双击该计算图标上方的交互类型标识符，打开交互图标的属性面板，设置该计算图标的名称为"*"，单击"响应"选项卡，将"擦除"下拉列表设置为"在下一次输入之前"，将"分支"下拉列表设置为"退出交互"。双击"输入登录名"交互图标，设置文本框在"演示窗口"中的位置，双击该文本框可以设置该文本框的属性，如图 T10.3 所示。

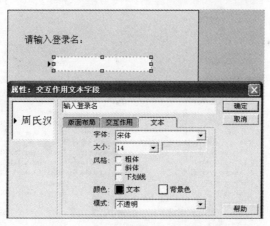

图 T10.3　设置文本框的属性

（3）双击"*"计算图标，输入代码：

```
dlm:=EnteyText
```

在"登录"群组图标的下方用鼠标拖曳一个群组图标，并命名为"初始化"。

（4）使用 Access 创建数据库。启动 Access 创建一个名为"xxjl"的数据库。在库中创建一个名为"choice"的表。该表的结构如图 T10.4 所示，其内容如图 T10.5 所示。

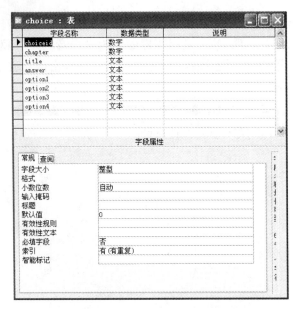

图 T10.4 choice 表结构

	choiceid	chapter	title	answer	option1	option2	option3	option4
▶	1	1	Nǐ hǎo!	A	How are you!	What's your nam	Excuse me!	I know Sam.
	2	1	Wǒ jiào Sam.	A	My name is Sam.	I know Sam.	I'm calling Sam	What's your nam
	3	1	Wǒ jiào Brian.	D	I know Brian.	I'm calling Bri	What's your nam	I like Brian.
	4	1	Tā jiào Libby.	B	She knows Libby	Her name is Lib	She's calling L	What's your nam
	5	1	Zhōngguó rén ji	B	Chinese like Gr	Chinese name it	China has Great	Great Wall like
	6	1	Zhōngguó rén	C	English	American	Chinese	French
	7	1	nǐ\r你	A	you	your	you (pl.)	I/me
	8	1	nǐde\r你的	B	you	your	you (pl.)	I/me
	9	1	nǐmen\r你们	C	you	your	you (pl.)	I/me
	10	1	wǒ\r我	D	you	your	you (pl.)	I/me
	11	1	wǒde\r我的	A	my	we/us	call	she
	12	1	wǒmen\r我们	B	my	we/us	call	she
	13	1	jiào\r叫	C	my	we/us	call	she
	14	1	tā\r她	D	my	we/us	call	she
	15	2	nǐ\r你	A	you	they	we/us	she/he
	16	2	tāmen\r他们	B	you	they	we/us	she/he
	17	2	wǒmen\r我们	C	you	they	we/us	she/he
	18	2	tā\r她/他	D	you	they	we/us	she/he
	19	2	wǒ\r我	A	I/me	his/her	this one	wǒmen\r我们
	20	2	tāde\r他的/她的	B	I/me	his/her	this one	wǒmen\r我们
	21	2	zhège\r这个	C	I/me	his/her	this one	wǒmen\r我们
	22	2	wǒmen\r我们	D	I/me	his/her	this one	wǒmen\r我们
	23	2	Nǐ hǎo!	A	How are you!	What's your nam	Excuse me!	I know Sam.
	24	2	Wǒ jiào Sam.	A	My name is Sam.	I know Sam.	I'm calling Sam	What's your nam
	25	2	Wǒ jiào Brian.	D	I know Brian.	I'm calling Bri	What's your nam	I like Brian.
	26	2	Tā jiào Libby.	B	She knows Libby	Her name is Lib	She's calling L	What's your nam
	27	2	Zhōngguó rén ji	B	Chinese like Gr	Chinese name it	China has Great	Great Wall like
	28	2	Zhōngguó rén	C	English	American	Chinese	French
	29	2	Duìbuqǐ!	A	I'm sorry.	How are you!	Oh, my gosh!	What's your nam
	30	2	Zhōngguó	B	U.S.A	China	France	England
	31	3	nǐmen\r你们	A	you (pl.)	my	sister	welcome
	32	3	wǒde\r我的?	B	you (pl.)	my	sister	welcome

图 T10.5 表内容

（5）配置数据源。双击"初始化"群组图标，在它的二级流程线上用鼠标拖曳一个计算图标，命名为"自动配置数据源"，在代码编辑器中输入以下代码：

```
--打开数据库
ODBCHandle := ODBCOpen(WindowHandle, "error", "xxjl", "", "")
--自动配置 ODBC 数据源
```

```
if ODBCHandle=0 then
    dbType:="Microsoft Access Driver (*.mdb)"          --ODBC 数据源驱动程序
    DSN:="DSN=hanyu2;"                                  --指定数据源名
    Description:="题库;"                                 --数据源描述
    FIL:="FIL=MS Access;"                               --指定数据源的数据库类型
    DBQ:="DBQ="^FileLocation^"data\\xxjl.mdb;"          --指定数据库文件
    dbList:=DSN^Description^FIL^DBQ
    Result:=tMsDBRegister(4, dbType, dbList)            --配置数据源
end if
```

（6）在"初始化"群组图标下方拖曳一个群组图标，并命名为"测试"。双击"测试"群组图标，在其二级流程线上拖曳一个显示图标，并命名为"底纹"。双击该显示图标，导入准备的底纹图形作为测试题的背景用。在"底纹"显示图标的下方拖曳一个框架图标，并命名为"选页"。

（7）在"选页"框架图标的右侧拖曳一个群组图标，并命名为"帮助"。打开"帮助"群组图标，进入该图标的二级流程线，拖曳一个显示图标，命名为"帮助"，双击该"帮助"显示图标，打开其"演示窗口"，输入如图 T10.6 所示的文字。

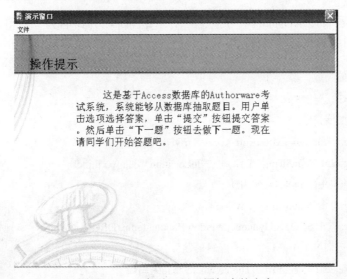

图 T10.6　　"帮助"显示图标中的内容

（8）在"帮助"显示图标的下方拖曳一个交互图标，并命名为"单选题"。在该交互图标的右侧拖入一个导航图标，并命名为"开始"，在弹出的"交互类型"对话框中选择"按钮"。双击"开始"导航图标上方的交互类型标识符，打开其属性面板，设置鼠标的样式和大小，同时拖曳该按钮放置在提示文字的下方，如图 T10.7 所示。

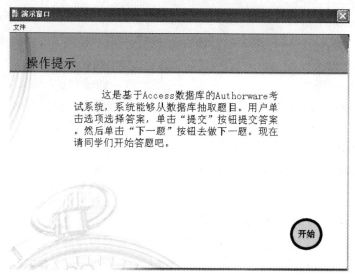

图 T10.7 "开始"按钮放置的位置

（9）在"帮助"群组图标的右侧再拖曳一个群组图标，并命名为"单选"。双击该群组图标进入它的二级流程线，在二级流程线上拖曳一个显示图标，并命名为"标题"，使用文本工具输入标签文字。

（10）在"标题"显示图标的下方拖曳一个计算图标，并命名为"获得题号"，双击该图标在代码编辑窗口中输入以下代码：

```
--每次要出现的题数
problemnum:=3
--设置数据库的连接
DBConnString:= "Driver={Microsoft Access Driver (*.mdb)};"
DBConnString:=DBConnString^"DBQ="^FileLocation^"data\\xxjl.mdb;"
DBConnString:=DBConnString^"UID=; "
DBConnString:=DBConnString^"PWD=; "
ODBCHandle := ODBCOpenDynamic(WindowHandle, temp, DBConnString)     --连接
--从数据库中查询第 1 个栏目的所有题目的题号
SQLString:="select choiceid from choice where chapter=1"
data:= ODBCExecute(ODBCHandle,SQLString)                            --执行
ODBCClose(ODBCHandle)                                              --关闭连接
--算出题目的总数
total:=LineCount(data)
--将题目序号存放到数组中
proid:=[]
repeat with i:=1 to total
    proid[i]:=GetLine(data,i)
end repeat
--取出 3 个随机数，存放到一个数组中
```

```
randomnum:=[]
repeat with i:=1 to problemnum
    ind:=Random(1,total-i+1,1)
    randomnum[i]:=proid[ind]
    DeleteAtIndex(proid,ind)
end repeat
```

（11）在"获得题号"计算图标的下方拖曳一个框架图标，并命名为"分页"。在"分页"框架图标的右侧拖入一个群组图标，并命名为"题 1"。双击该图标，打开它的下一级流程设计窗口，拖入一个计算图标到流程线上，并命名为"读取内容"。双击该计算图标，打开它的代码编辑窗口，输入以下代码：

```
--设置数据库的连接
DBConnString:= "Driver={Microsoft Access Driver (*.mdb)};"
DBConnString:=DBConnString^"DBQ="^FileLocation^"data\\xxjl.mdb;"
DBConnString:=DBConnString^"UID=; "
DBConnString:=DBConnString^"PWD=; "
ODBCHandle := ODBCOpenDynamic(WindowHandle, temp, DBConnString)      --连接
--从数据库中查询随机取出的第 1 个编号对应的题目内容
SQLString:="Select * from choice Where choiceid="^randomnum[1]
data:= ODBCExecute(ODBCHandle,SQLString)                             --执行
ODBCClose(ODBCHandle)                                                --关闭连接


--将题目内容放置在不同的变量中
cid:=randomnum[1]                                                    --题目的 id
chapterx:=GetLine(data,2,2,Tab)                                      --栏目的编号
titlex:=GetLine(data,3,3,Tab)                                        --题干
answerx:=GetLine(data,4,4,Tab)                                       --答案
option1x:=GetLine(data,5,5,Tab)                                      --选项 1
option2x:=GetLine(data,6,6,Tab)                                      --选项 2
option3x:=GetLine(data,7,7,Tab)                                      --选项 3
option4x:=GetLine(data,8,8,Tab)                                      --选项 4
```

（12）用鼠标拖曳一个显示图标到"读取内容"计算图标的下方，并命名为"题干和选择支内容"，在"题干和选择支内容"显示图标中输入一个题目的题干和选择支内容，将这几个部分放在不同的文本块中并调整其位置。调整好位置后，将原来的题干和选择支的内容分别替换成自定义变量 titlex、option1x、option2x、option3x、option4x，注意要给这些变量添加括号"{}"。

（13）用鼠标拖曳一个交互图标到"题干和选择支内容"显示图标的下方，并命名为"控制"。在该交互图标右侧拖曳一个计算图标，在弹出的"交互类型"对话框中选择"按钮"，并将该计算图标命名为"提交"，双击该计算图标打开代码编辑窗口，输入以下代码：

```
--获得用户的选择
if Checked@"a1"=1 then user_answer:="A"
if Checked@"a2"=1 then user_answer:="B"
if Checked@"a3"=1 then user_answer:="C"
if Checked@"a4"=1 then user_answer:="D"
--判断选择的是否正确
if user_answer=answerx then
    prompt:=1
else
    prompt:=0
end if
--获得当前时间
streg:=Year^"-"^Month^"-"^Day^" "^Hour^":"^Minute^":"^Sec            --生成答题时间


--设置数据库的连接
DBConnString:= "Driver={Microsoft Access Driver (*.mdb)};"
DBConnString:=DBConnString^"DBQ="^FileLocation^"data\\xxjl.mdb;"
DBConnString:=DBConnString^"UID=; "
DBConnString:=DBConnString^"PWD=; "
ODBCHandle := ODBCOpenDynamic(WindowHandle, temp, DBConnString)    --连接
--将答题信息插入表中
SQLString:="Insert into result(studentid,choiceid,chapter,responsion,userselect,judge) "
SQLString:=SQLString^"Values("^stid^","^cid^","^chapterx^",#"^streg^"#,"^user_answer^","^prompt^")"
data:= ODBCExecute(ODBCHandle,SQLString)                           --执行
ODBCClose(ODBCHandle)                                              --关闭连接
```

双击该计算图标上方的交互类型标识符，打开其属性窗口，可以根据实验 8 中按钮交互使用的方法设置按钮的形状；单击"响应"选项卡，在"擦除"下拉列表中选择"在下一次输入之后"选项，在分支下拉列表中选择"退出交互"选项。

（14）用鼠标拖曳一群组图标到"提交"计算图标的右侧，并命名为"a1"，单击鼠标右键，单击"计算"，在弹出的窗口中输入下列代码：

```
Checked@"a2":=0
Checked@"a3":=0
Checked@"a4":=0
```

双击该群组图标上方的交互类型标识符，打开其属性窗口，在"擦除"下拉列表中选择"在下一次输入之后"选项，在分支下拉列表中选择"重试"选项。

（15）选中"a1"群组图标，单击工具栏上的"复制按钮"，将粘贴指针移到"a1"群组图标的右侧，单击 3 次工具栏上的"粘贴"按钮，依次命名为 a2、a3、a4。并且在 a2、a3、a4 附着的计算代码窗口中输入如图 T10.8 所示的代码。

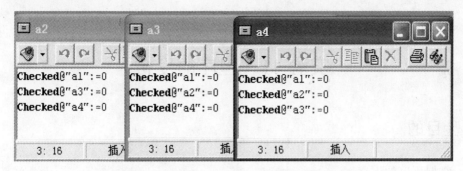

图 T10.8　附着在 a2、a3、a4 计算窗口中的代码

在这些图标上方的交互类型标识符的设置和"a1"群组图标的属性设置一致。

（16）选中"题 1"群组图标，单击工具栏上的"复制"按钮；单击在"框架"图标的右边要插入题目 2 的位置，将粘贴指针移到这里，再单击工具栏上的"粘贴"按钮；将新粘贴的"群组"图标改名为"题 2"。

双击"题 2"群组图标，打开它的下一级流程设计窗口，只需要双击其中的"读取内容"计算图标，打开它的代码编辑窗口，将其中的一行代码：

```
SQLString:="select * from choice where choiceid="^randomnum[1]
```

修改为

```
SQLString:="select * from choice where choiceid="^randomnum[2]
```

（17）其他题目可根据第（16）步依次添加。

（18）运行程序，查看效果。

扩展练习

（1）修改该程序，使输入用户名后还要输入密码才能进入。修改数据库中 choice 表中的内容，把英语题目改成数学题目或者语文题目。

（2）运行程序，查看结果。

实验 11 程序的发布

实验目的

（1）掌握程序的调试。
（2）掌握程序的发布。

实验准备

复习第 10 章的内容。

实验内容

程序的发布

当程序完成后，如果最终用户的计算机中由于没有安装 Authorware 软件而不能运行，会给用户带来极大的不便，因此就需要对程序进行发布，以便程序能够运行。

这里以单机版一键发布为例，发布过程如下。

（1）在使用一键发布之前，需要进行发布设置。选择菜单命令"文件"→"发布"→"发布设置"，或按组合键 Ctrl＋F12，打开如图 T11.1 所示"一键发布"设置对话框。

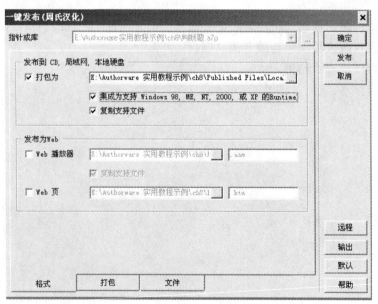

图 T11.1 "一键发布"设置对话框

（2）单击"打包"选项卡，选中"打包所有库在内"复选框和"打包外部媒体在内"复选框。

（3）单击"文件"选项卡，设置打包生成的文件。这里可为打包文件添加其他需要加入的文件或去掉某些不需要的支持文件。单击"确定"按钮关闭对话框。提示：在完成课件发布的设置后，可以直接单击"一键发布"对话框中的"发布"按钮发布程序课件。

（4）选择"文件"→"发布"→"一键发布"命令，Authorware 将根据设置对课件进行打包操作。完成操作后 Authorware 会给出"信息"对话框，单击"确定"按钮关闭对话框，完成课件的一键发布。

（5）单击"细节"按钮可查看一些文件发布的信息。

扩展练习

使用 Web 播放器和 Web 页进行发布。

附录 A　Authorware 菜单栏

Authorware 7.02 的菜单栏共有"文件"、"编辑"、"查看"、"插入"、"修改"、"文本"、"调试"、"其他"、"命令"、"窗口"、"帮助"等 11 组菜单。下面介绍的是各菜单组中的各个菜单命令的简要功能。

A.1　"文件"菜单

"文件"菜单中的命令主要是用于 Authorware 7.02 文件的新建、打开、保存、压缩保存、关闭以及参数设置、模板转换、打包等。在表 A.1中给出了"文件"菜单中一级命令的功能简介。

表 A.1　"文件"菜单中的命令列表

命　令	用　途	快　捷　键
新建	创建一个新的 Authorware 7.02 程序文件、库文件或者使用知识对象向导创建文件	
打开	打开一个已经存在的 Authorware 7.02 程序文件或者库文件	
关闭	关闭当前流程设计窗口	
保存	保存当前正在编辑的 Authorware 7.02 程序文件	Ctrl＋S
另存为	将当前文件保存为另一个文件	
压缩保存	将当前文件保存为另一个文件，并除去在设计时由于删除图标而遗留的多余信息	
全部保存	将当前 Authorware 7.02 程序文件和它所引用的所有库文件全部保存。	Ctrl＋Shift＋S
导入和导出	将各种媒体文件导入到 Authorware 程序或者从 Authorware 程序中导出媒体文件	
发布	对当前编辑的程序进行发布设置或发布成程序及网页格式，也可直接进行打包	
存为模板	将选中的多个图标作为模板保存起来	Ctrl＋Alt＋M
转换模板	转换低版本的模板为 Authorware 7.02 模板	
参数选择	设置 Authorware 7.02 的计算图标或者重置图标面板	
页面设置	设置打印页面参数	
打印	将流程图打印	
发送邮件	将当前 Authorware 7.02 程序文件和库文件作为电子邮件的附件发送	
退出	退出 Authorware 7.02	

其中有些命令还有下一级菜单，分别如下。

1."新建"命令的子菜单

"新建"命令的子菜单包含 3 个命令，如表 A.2所示。

表 A.2 "新建"命令的子菜单

命　令	用　　途	快　捷　键
文件	创建一个新的 Authorware 程序文件	Ctrl＋N
库	创建一个新的 Authorware 库文件	Ctrl＋Alt＋N
方案	使用知识对象的向导来创建新的文件	Ctrl＋Shift＋N

2."打开"命令的子菜单

"打开"命令的子菜单包含两个固定的命令，如表 A.3所示。

表 A.3 "打开"命令的子菜单

命　令	用　　途	快　捷　键
文件	打开一个 Authorware 程序文件	Ctrl＋O
库	打开一个新的 Authorware 库文件	

在该子菜单中还会列出最近打开的一些程序文件，可以直接单击它们来打开对应的程序文件。

3."导入和导出"命令的子菜单

"导入和导出"命令的子菜单包含 4 个命令，如表 A.4 所示。

表 A.4 "导入和导出"命令的子菜单

命　令	用　　途	快　捷　键
导入媒体	弹出一个对话框来选择要导入到 Authorware 程序的媒体文件	Ctrl＋Shift＋R
导入 XML	弹出一个对话框来将 XML 文件导入到 Authorware 程序中	
导出媒体	将选中的图标中的媒体导出为单独的媒体文件	
导出 XML	将选中的图标导出为 XML 文件	

4."发布"命令的子菜单

"发布"命令的子菜单包含两组共 6 个命令，如表 A.5所示。

表 A.5 "发布"命令的子菜单

命　令	用　　途	快　捷　键
发布设置	在"发布设置"对话框中设置发布文件所需要的各种选项	Ctrl＋F12
解除发布设置链接	解除另存或复制源程序所形成的发布设置链接	
一键发布	将当前源程序按"发布设置"对话框中的设置进行发布	F12
批量发布	同时发布多个文件	Shift＋F12
打包	只将当前程序文件或者库文件打包成 a7r 文件或 exe 文件	
Web 打包	将已经打包成 a7r 的文件再打包成网络格式	

5."参数选择"命令的子菜单

"参数选择"命令的子菜单包含两个命令，如表 A.6所示。

表 A.6 "参数选择"命令的子菜单

命　令	用　　途	快　捷　键
计算	对"计算"图标的各种属性进行设置	
复位图标色板	恢复图标面板的设置为默认设置	

A.2 "编辑"菜单

"编辑"菜单中的命令主要是用于对 Authorware 7.02 的对象进行编辑操作。在表 A.7 中给出了"编辑"菜单中一级命令的功能简介。

表 A.7 "编辑"菜单中的命令列表

命　令	用　途	快　捷　键
撤销	撤销最后一次操作	Ctrl+Z
剪切	将选定对象剪切到剪贴板中	Ctrl+X
复制	将选定对象复制到剪贴板中	Ctrl+C
粘贴	将剪贴板中的内容粘贴到指定位置	Ctrl+V
选择粘贴	先选择粘贴格式，然后再将剪贴板中的内容粘贴到指定位置	
清除	删除当前选定对象	Del
选择全部	选择当前编辑窗口中所有对象	Ctrl+A
改变属性	改变选中图标的属性	
重改属性	再次改变图标的属性	Ctrl+Alt+P
查找	查找或替换指定内容	Ctrl+F
继续查找	再次查找	Ctrl+Alt+F
OLE 对象链接	设置 OLE 对象的链接内容更新等	
OLE 对象	设置 OLE 对象的属性	
选择图标	选择粘贴指针附近的图标	Ctrl+Alt+A
打开图标	打开与所选图标有关的窗口	Ctrl+Alt+O
增加显示	将选中图标的内容显示在显示窗口中	
粘贴指针	更改粘贴指针的位置	

其中，有些命令还有下一级菜单，分别介绍如下。

1. "OLE 对象"命令的子菜单

"OLE 对象"命令的子菜单只有在选中 OLE 对象时才可以使用，它包含两组共 6 个命令，如表 A.8 所示。

表 A.8 "OLE 对象"命令的子菜单

命　令	用　途	快　捷　键
编辑	进入所选中的 OLE 对象的编辑状态	
打开	在所选中的 OLE 对象对应的外部程序中打开该对象	
属性	指定所选中的 OLE 对象对鼠标操作的响应	
改变	将所选中的 OLE 对象转换为其他格式	
制作图像	将所选中的 OLE 对象转换为图像	

2. "粘贴指针"命令的子菜单

"粘贴指针"命令的子菜单包含 4 个命令，如表 A.9 所示。

表 A.9　"粘贴指针"命令的子菜单

命　令	用　途	快　捷　键
向上	将粘贴指针移动到上一个图标之前	Ctrl＋Alt＋Shift＋UpArrow
向下	将粘贴指针移动到当前图标之后	Ctrl＋Alt＋Shift＋DnArrow
向左	将粘贴指针移动到当前图标左边一个图标的左边	Ctrl＋Alt＋Shift＋LtArrow
向右	将粘贴指针移动到当前图标的右边	Ctrl＋Alt＋Shift＋RtArrow

A.3　"查看"菜单

"查看"菜单中的命令主要用于控制 Authorware 7.02 界面的各元素的显示。在表 A.10 中给出了"查看"菜单中一级命令的功能简介。

表 A.10　"查看"菜单中的命令列表

命　令	用　途	快　捷　键
当前图标	从显示窗口中转到设计窗口中的对应图标	Ctrl＋B
菜单栏	隐藏或显示菜单栏	Ctrl＋Shift＋M
工具栏	隐藏或显示工具栏	Ctrl＋Shift＋T
浮动面板	隐藏或显示浮动面板	Ctrl＋Shift＋P
显示网格	隐藏或显示网格	
对齐网格	打开或关闭对齐网格功能	

A.4　"插入"菜单

"插入"菜单中的命令主要用于插入一些特殊的对象，包括各种图标、图形、OLE 对象及 Xtras 控件。在表 A.11 中给出了"插入"菜单中一级命令的功能简介。

表 A.11　"插入"菜单中的命令列表

命　令	用　途
图标	在流程线上插入各种图标
图像	插入图像
OLE 对象	插入 OLE 对象
控件	插入 ActiveX 控件
媒体	插入 QuickTime 动画、Gif 动画、Flash 动画
Tabuleiro Xtras	插入更多的视频或网页
DirectXtras	插入精灵

其中有些命令还有下一级菜单，分别介绍如下。

1. "图标"命令的子菜单

"图标"命令就是在流程线上插入 Authorware 的各种图标，如表 A.12 所示。

2. "控件"命令的子菜单

"控件"命令的子菜单只有一个命令，也就是"ActiveX"命令，其作用是在流程线上插入 ActiveX 控件图标。

表 A.12　"图标"命令的子菜单

命　令	用　途	快　捷　键
显示图标	在粘贴指针处插入一个"显示"图标	Ctrl＋Shift＋F1
移动图标	在粘贴指针处插入一个"移动"图标	Ctrl＋Shift＋F2
擦除图标	在粘贴指针处插入一个"擦除"图标	Ctrl＋Shift＋F3
等待图标	在粘贴指针处插入一个"等待"图标	Ctrl＋Shift＋F4
导航图标	在粘贴指针处插入一个"导航"图标	Ctrl＋Shift＋F5
框架图标	在粘贴指针处插入一个"框架"图标	Ctrl＋Shift＋F6
判断图标	在粘贴指针处插入一个"判断"图标	Ctrl＋Shift＋F7
交互图标	在粘贴指针处插入一个"交互"图标	Ctrl＋Shift＋F8
计算图标	在粘贴指针处插入一个"计算"图标	Ctrl＋Shift＋F9
群组图标	在粘贴指针处插入一个"群组"图标	Ctrl＋Shift＋F10
数字电影	在粘贴指针处插入一个"数字电影"图标	Ctrl＋Shift＋F11
声音图标	在粘贴指针处插入一个"声音"图标	Ctrl＋Shift＋F12
视频图标	在粘贴指针处插入一个"DVD"图标	
知识对象	在粘贴指针处插入一个"知识对象"图标	

3. "媒体"命令的子菜单

"媒体"命令的子菜单包含 4 个命令，如表 A.13 所示。

表 A.13　"媒体"命令的子菜单

命　令	用　途
Animated GIF	在流程线上添加 GIF 动画图标
Flash Movie	在流程线上添加 Flash 动画图标
QuickTime	在流程线上添加 QuickTime 视频动画图标

4. "Tabuleiro Xtras"命令和"DirectXtras"命令

汉化版的"插入"菜单中的"Tabuleiro Xtras"命令和"DirectXtras"命令并不是 Authorware 英文版提供的菜单，而是汉化版中增加的第三方提供的扩展 Xtra，如果使用它们可能引发的问题与 Authorware 本身无关。

这里面包含了 3 个扩展功能：DirectMediaXtra、WebXtra 和 XtraAgent。其中 Direct-MediaXtra 是增加一个 DMX 控件图标，利用这个图标可以播放很多 Authorware 不支持的视频格式；WebXtra 是增加一个 Web 控件图标，利用这个图标可以在 Authorware 中显示各种网页；XtraAgent 是增加一个 Agent 图标，利用这个图标可以在 Authorware 中引入类似 Microsoft Office 中 Office 助手的精灵。

A.5　"修改"菜单

"修改"菜单中的命令主要用于修改文件本身的属性、图标的属性以及对各种编辑对象的修改。在表 A.14 中给出了"修改"菜单中一级命令的功能简介。

命　令	用　　途	快　捷　键
图像属性	打开图像属性对话框	Ctrl＋Shift＋I
图标	修改图标属性	
文件	修改文件属性	
排列	打开对齐浮动面板	Ctrl＋Alt＋K
群组	将选中的多个对象变成一组	Ctrl＋G
取消群组	解散选中的群组对象	Ctrl＋Shift＋G
置于上层	将选中的对象移到最前面	Ctrl＋Shift＋UpArrow
置于下层	将选中的对象移到最后面	Ctrl＋Shift＋DnArrow

其中有些命令还有下一级菜单，分别介绍如下。

1．"图标"命令的子菜单

"图标"命令的子菜单包含 9 个命令，如表 A.15 所示。

表 A.15　"图标"命令的子菜单

命　令	用　　途	快　捷　键
属性	打开属性面板来设置所选图标的属性	Ctrl＋I
路径	设置放在"判断"图标的分支上的图标的分支属性	
响应	设置在"交互"图标的分支上的图标的响应属性	
计算	打开附着在图标上的"计算"图标的编辑窗口	Ctrl＋＝
特效	打开过渡效果对话框来设置图标的过渡效果	Ctrl＋T
关键字	指定所选中图标的关键字	
描述	给出所选中图标的描述信息	
链接	查看所选中图标引用的图标、被引用的图标和包含的图标的列表	
库链接	查看在库文件中导入的图标的链接情况	Ctrl＋Alt＋L

2．"文件"命令的子菜单

"文件"命令的子菜单包含 4 个命令，如表 A.16 所示。

表 A.16　"文件"命令的子菜单

命　令	用　　途	快　捷　键
属性	打开属性面板来设置文件的属性	Ctrl＋Shift＋D
字体映射	指定字体映射所应用的范围	
调色板	指定文件所使用的调色板	
导航设置	设置"导航"图标显示的各个面板中的内容	

A.6　"文本"菜单

"文本"菜单中的命令主要用于设置文字对象的属性。在表 A.17 中给出了"文本"菜单中一级命令的功能简介。

表 A.17 "文本"菜单中的命令列表

命 令	用 途	快 捷 键
字体	设定字体	
大小	设定字号	
风格	设定字体风格	
对齐	设定文本对齐格式	
卷帘文本	设定文本是否带滚动条	
消除锯齿	设定文本是否为抗锯齿模式	
保护原始分行	在不同的机器上显示时保持原来的分行	
数字格式	设定数字格式	
导航	设置超级链接导航	
应用样式	选择自定义文本样式	Ctrl＋Alt＋Y
定义样式	自定义文本的样式	Ctrl＋Shift＋Y

其中有些命令还有下一级菜单，分别介绍如下。

1．"字体"命令的子菜单

"字体"命令的子菜单包含一个固定命令，就是"其他"命令，它是用来指定没有列出的其他字体。当使用过一些字体后，在这里会列出曾经用过的一些字体作为命令来选择。

2．"大小"命令的子菜单

"大小"命令的子菜单列出了一些常用的数字命令来直接指定文字的大小，另外还有 3 个命令，如表 A.18 所示。

表 A.18 "大小"命令的子菜单

命 令	用 途	快 捷 键
其他	用于选择没有列出的其他字号大小	
字号增大	在当前大小的基础上增加 1	Ctrl＋UpArrow
字号减小	在当前大小的基础上减少 1	Ctrl＋DnArrow

3．"风格"命令的子菜单

"风格"命令的子菜单包含 6 个命令，如表 A.19 所示。

表 A.19 "风格"命令的子菜单

命 令	用 途	快 捷 键
常规	指定为普通风格，选择该命令将同时取消当前子菜单中其他命令的选中状态	
加粗	将所选文字设置为粗体或者取消	Ctrl＋Alt＋B
倾斜	将所选文字设置为斜体或者取消	Ctrl＋Alt＋I
下画线	给所选文字添加下画线或者取消	Ctrl＋Alt＋U
上标	将所选文字设置为上标或者取消	
下标	将所选文字设置为下标或者取消	

4．"对齐"命令的子菜单

"对齐"命令的子菜单包含 4 个命令，如表 A.20 所示。

命　令	用　　　途	快　捷　键
左齐	将所选文本设置为左对齐	Ctrl＋[
居中	将所选文本设置为居中对齐	Ctrl＋\
右齐	将所选文本设置为右对齐	Ctrl＋]
正常	将所选文本设置为两端对齐	Ctrl＋Shift＋\

这 4 个命令是排他的，即只能选择其中一个，选中其中一个，即取消其他命令的选中状态。

A.7　"调试"菜单

"调试"菜单中的命令主要用于控制程序的运行、跟踪与调试。在表 A.21 中给出了"调试"菜单中一级命令的功能简介。

表 A.21　"调试"菜单中的命令列表

命　　令	用　　　途	快　捷　键
重新开始	从流程线的开始点开始执行程序，而不管程序是否已经在"演示窗口"中运行	Ctrl＋R
停止	暂停当前程序的运行并关闭"演示窗口"	
播放/暂停	从当前位置运行/暂停程序	Ctrl＋P
复位	返回程序开头，并将播放窗口和跟踪窗口清空，同时将所有变量初始化	
调试窗口	沿流程线逐个图标跟踪执行（深入到"群组"图标内部时也逐个图标执行），也就是依次执行"群组"图标内的每一个图标	Ctrl＋Alt＋RtArrow
单步调试	以"群组"图标为一个执行单位，不再深入执行内部的每个图标，也就是一次就执行"群组"图标内的所有图标	Ctrl＋Alt＋DnArrow
从标志旗处运行	从开始旗标记的位置开始运行	Ctrl＋Alt＋R
复位到标志旗	返回开始标志旗的位置，并将播放窗口和调试窗口清空	

A.8　"其他"菜单

"其他"菜单中的命令主要用于链接检查、拼写检查、图标大小报告与声音文件格式转换。在表 A.22 中给出了 Xtras（其他）菜单中一级命令的功能简介。

表 A.22　"其他"菜单中的命令列表

命　　令	用　　　途
库链接	显示当前程序文件所有的库链接
拼写检查	检查拼写错误
图标大小报告	生成图标大小文本文件
其他	其他一些扩展命令

"其他"命令的子菜单

这个子菜单包含一个命令，也就是"转换 WAV 为 SWA"命令，它是转换 WAV 文件为 SWA 文件。

A.9 "命令"菜单

"命令"菜单主要提供一些扩展的命令、在线资源以及提供用户定制命令的接口。在表 A.23 中给出了"命令"菜单中一级命令的功能简介。

表 A.23 "命令"菜单中的命令列表

命　　令	用　　途
LMS	为当前文件设置 LMS 相关功能
汉化及教育站点	提供了一些相关的站点
轻松工具箱	Authorware 提供的一些工具
在线资源	提供与 Authorware 有关的一些网上资源路径
转换工具	提供一些文档转换功能
RTF 对象编辑器	打开 RTF 文档编辑器
查找 Xtras	查找当前 Authorware 程序所涉及的所有 Xtra 文件

其中有些命令还有下一级菜单，分别介绍如下。

1."LMS"命令的子菜单

"LMS"命令的子菜单包含 3 个命令，如表 A.24 所示。

表 A.24 "LMS"命令的子菜单

命　　令	用　　途
Authorware 学习目标内容打包	将已经网络发布后的文件打包成支持 SCORM 标准的课件
Authorware 学习目标内容数据编辑器	编辑当前文件的元数据
LMS 竞争	指定当前文件向 LMS 平台传送的数据

2."汉化及教育站点"命令的子菜单

汉化子菜单中列出的是汉化版为用户提供的一些国内与 Authorware 相关的教育站点。

3."轻松工具箱"命令的子菜单

"轻松工具箱"命令的子菜单包含两个命令，如表 A.25 所示。

表 A.25 "轻松工具箱"命令的子菜单

命　　令	用　　途
编辑快捷键	编辑当前源程序中所有使用的热键
轻松工具箱	打开 Authorware 的"轻松工具箱"向导的对话框

4."在线资源"命令的子菜单

"在线资源"命令的子菜单包含 3 个命令，如表 A.26 所示。

命　令	用　途
Macromedia	其子菜单中列出的是 Macromedia 公司提供的对 Authorware 的网上支持
其他	其子菜单中列出的是国外其他一些网上的教育站点，例如，SCORM 标准的官方网站 ADL 等
礼物	对随 Authorware 7.0 的安装光盘附带的一些文件的介绍

5. "转换工具"命令的子菜单

"转换工具"命令的子菜单只包含一个命令，也就是"Microsoft PowerPoint 到 Authorware XML"命令，这是将 Microsoft PowerPoint 文档转换为 Authorware 程序内部的 XML 格式显示。

A.10 "窗口"菜单

"窗口"菜单中的命令主要用于控制打开或关闭各种属性设置窗口等。在表 A.27 中给出了"窗口"菜单中一级命令的功能简介。

表 A.27 "窗口"菜单中的命令列表

命　令	用　途	快　捷　键
打开父群组	打开包含当前选定图标的群组图标的编辑窗口	
关闭父群组	关闭包含当前选定图标的群组图标的编辑窗口	
层叠群组	将当前群组图标的编辑窗口与其父级群组图标的编辑窗口按层次关系叠加在主流程线编辑窗口上	
层叠所有群组	将所有打开群组图标的编辑窗口按层次关系叠加在主流程线编辑窗口上	Ctrl＋Alt＋W
关闭所有群组	关闭打开的所有群组图标的编辑窗口	Ctrl＋Shift＋W
关闭窗口	关闭当前群组图标的编辑窗口或图标编辑窗口	Ctrl＋W
面板	显示/隐藏各个面板	
显示工具盒	显示/隐藏各个工具盒	
演示窗口	显示/隐藏演示窗口	Ctrl＋1
设计对象	在打开的群组图标的编辑窗口和主流程线编辑窗口之间进行切换，或者关闭当前打开的编辑窗口	
函数库	显示/隐藏各库文件编辑窗口	
计算	在打开的计算图标的编辑窗口之间进行切换，或者关闭当前打开的编辑窗口	
控制面板	显示/隐藏控制面板窗口	Ctrl＋2
模型调色板	显示模板列表窗口	Ctrl＋3
图标调色板	将图标面板显示于所有窗口之前	Ctrl＋4
按钮	显示/隐藏按钮窗口	
鼠标指针	显示/隐藏鼠标指针窗口	
外部媒体浏览器	查看当前程序文件中链接的所有外部媒体	Ctrl＋Shift＋X

其中有些命令还有下一级菜单，分别介绍如下。

1．"面板"命令的子菜单

"面板"命令的子菜单包含 4 个命令，如表 A.28 所示。

表 A.28　"面板"命令的子菜单

命　令	用　途	快　捷　键
属性	显示/隐藏属性面板	Ctrl＋I
函数	显示/隐藏函数面板	Ctrl＋Shift＋F
变量	显示/隐藏变量面板	Ctrl＋Shift＋V
知识对象	显示/隐藏知识对象面板	Ctrl＋Shift＋K

2．"显示工具盒"命令的子菜单

"显示工具盒"命令的子菜单包含 4 个命令，如表 A.29 所示。

表 A.29　"显示工具盒"命令的子菜单

命　令	用　途	快　捷　键
线	显示线的形状设置工具盒	Ctrl＋L
填充	显示填充模式设置工具盒	Ctrl＋D
模式	显示透明模式设置工具盒	Ctrl＋M
颜色	显示颜色设置工具盒	Ctrl＋K

3．"设计对象"命令、"函数库"命令和"计算"命令

"设计对象"命令、"函数库"命令和"计算"命令的子菜单中的内容随着程序编辑时打开的窗口的不同而变化。

A.11　"帮助"菜单

"帮助"菜单中的命令主要用于提供详细的联机帮助、英文教程以及技术支持等。在表 A.30 中给出了"帮助"菜单中一级命令的功能简介。

表 A.30　"帮助"菜单中的命令列表

命　令	用　途	快　捷　键
Authorware 帮助	打开 Authorware 7.0 的帮助页	F1
在线注册	在 Macromedia 公司的网站上注册	
打印注册信息	将产品注册信息打印出来	
欢迎	打开 Authorware 7.0 的欢迎页	
教学指导	Authorware 7.0 的教学指南	
创作基础	Authorware 7.0 的基础	
自我演示	Authorware 7.0 的 show me 范例介绍	
系统变量	Authorware 7.0 的系统变量介绍	
系统函数	Authorware 7.0 的系统函数介绍	
支持中心	Macromedia 公司的技术支持	
关于 Authorware	Authorware 7.0 的版本信息	

附录 B　Sprite Xtra 的属性和方法

B.1　Flash Asset Xtra

下面列出的是 Flash Asset Xtra 支持的所有属性和方法及其使用说明（按字母排序）。

1. 属性

（1）属性：actionsEnabled

语法：SetIconProperty(@"IconTitle", #actionsEnabled, boolean)

　　　　SetSpriteProperty(@"IconTitle", #actionsEnabled, boolean)

类别：Icon property，Sprite property（表示同时支持 Sprite 图标和 Sprite 对象，下同）；支持读取（即可以使用 GetIconProperty()和 GetSpriteProperty()获取属性值，下同）与设置（部分属性只能读取或设置）。

说明：设置 Flash 动画中按钮的 Actions 是否有效。参数 boolean 取值为 TRUE 时，Flash 动画中按钮的 Actions 有效，取值为 FALSE 时无效。

示例：If Checked@"Button" then

　　　　　　SetSpriteProperty(@"Flash Icon", #actionsEnabled, TRUE)

　　　　else

　　　　　　SetSpriteProperty(@"Flash Icon", #actionsEnabled, FALSE)

　　　　end if

（2）属性：broadcastProps

语法：SetIconProperty(@"IconTitle", #broadcastProps, boolean)

类别：Icon property；仅支持设置。

说明：当 Sprite 图标的属性被修改后，控制该修改是否立即反映到 Sprite 对象的显示效果上。当参数 boolean 取值为 TRUE 时，所有对 Sprite 图标属性的改动将立即体现在 Sprite 对象的显示上；当参数 boolean 取值为 FALSE 时，对 Sprite 图标属性的改动将体现在下一次执行此 Sprite 图标时。

示例：SetIconProperty(@"Flash Icon", #viewScale, 200)

　　　　SetIconProperty(@"Flash Icon", #broadcastProps, FALSE)

（3）属性：bufferSize

语法：SetIconProperty(@"IconTitle", #bufferSize, integer)

类别：Icon property；支持读取与设置。

说明：对于属性设置为 Linked（链接）方式的 Flash 动画，设置一次载入内存的数据流的字节数，参数 integer 只能取整数，默认值为 32 768 字节。此属性只在 Flash 动画的 preload 属性为 FALSE 时有效。

示例：SetIconProperty(@"Flash Icon", #preload, FALSE)

　　　　SetIconProperty(@"Flash Icon", #bufferSize, 65536)

（4）属性：buttonsEnabled

语法：SetIconProperty(@"IconTitle", #buttonsEnabled, boolean)

SetSpriteProperty(@"IconTitle", #buttonsEnabled, boolean)

类别：Icon property，Sprite property；支持读取与设置。

说明：控制 Flash 动画中的按钮是否有效，参数 boolean 取值 TRUE 或 FALSE。

示例：If ButtonsOn then

SetSpriteProperty(@"Flash Icon", #actionsEnabled, TRUE)

SetSpriteProperty(@"Flash Icon", #buttonsEnabled, TRUE)

end if

（5）属性：bytesStreamed

语法：number:=GetIconProperty(@"IconTitle", #bytesStreamed)

类别：Icon property；仅支持读取。

说明：获得指定图标中 Flash 动画载入到内存的数据的字节数，返回值为整数。

示例：repeat while GetIconProperty(@"Flash Icon", #percentStreamed) < 100

CallIcon(@"Flash Icon", #stream)

Msg:="Bytes streamed:"^GetIconProperty(@"Flash Icon", #bytesStreamed)

end repeat

（6）属性：centerRegPoint

语法：SetIconProperty(@"IconTitle", #centerRegPoint, boolean)

类别：Icon property；支持读取与设置。

说明：控制是否将 Flash 动画的定位点设置在 Flash 动画的中心位置。参数 boolean 取值为 TRUE 时，将 Flash 动画的定位点始终固定在 Flash 动画的中心位置；参数 boolean 的取值为 FALSE 时，即使调整了 Flash 动画的画面大小，或是更改了 Flash 动画的 defaultRect 属性，定位点都将保持在原位置不变。可以通过设置 Flash 动画的 RegPoint 属性来更改定位点的位置。如果用户更改了 RegPoint 属性，则 centerRegPoint 属性将自动变为 FALSE。centerRegPoint 属性的默认值为 TRUE。

示例：If GetIconProperty(@"Flash Icon", #centerRegPoint) then

SetIconProperty(@"Flash Icon", #regPoint, Point(0,0))

end if

（7）属性：clickMode

语法：SetIconProperty(@"IconTitle", #clickMode, value)

SetSpriteProperty(@"IconTitle", #clickMode, value)

类别：Icon property，Sprite property；支持读取与设置。

说明：设置 Sprite 图标何时获取鼠标单击（mouseUp 和 mouseDown）或鼠标滑移（mouseEnter、mouseWithin 和 mouseLeave）的动作。参数 value 的取值为#boundingBox 时，鼠标在 Sprite 图标范围内任何地方单击都将被捕获，鼠标滑移动作在鼠标移出 Sprite 图标范围的边界时被捕获；参数 value 的取值为#opaque 时，如果 Sprite 图标的遮盖模式被设置为透明（transparent），则鼠标只有在 Sprite 图标不透明的部分单击才能被捕获，鼠标滑移动作在鼠标移出不透明部分的边界时被捕获，而如果遮盖模式不为透明，则等同于#boundingBox；参数 value 的取值为#object 时，只有鼠标在被填充的区域（即非背景区域）

单击时才能被捕获，鼠标滑移动作在移出被填充区域的边界时被捕获，此取值与 Sprite 图标的遮盖模式无关。clickMode 属性的默认取值为#opaque。

示例：SetIconProperty(@"IconTitle", #clickMode, #boundingBox)

（8）属性：defaultRect

语法：SetIconProperty(@"IconTitle", #defaultRect, rect)

类别：Icon property；支持读取与设置。

说明：设置指定图标中显示的 Flash 动画的默认大小，参数 rect 为一个矩形范围，例如 Rect(0,0,32,32)。当更改 Flash 动画的 defaultRect 属性后，defaultRectMode 属性的值将自动变为 fixed。

示例：SetIconProperty(@"Flash", #defaultRect, Rect(0,0,WindowWidth,WindowHeight))

（9）属性：defaultRectMode

语法：SetIconProperty(@"IconTitle", #defaultRectMode, rect)

类别：Icon property；支持读取与设置。

说明：设置 Flash 动画默认大小的模式，当参数 rect 取值为#Flash 时，将 Flash 动画播放时的默认大小（Authorware 中的大小）设置为 Flash 动画的原始大小（Flash 中设置的大小）；当参数 rect 取值#fixed 时，将 Flash 动画的默认大小设置为属性 defaultRect 指定的大小。rect 的默认取值为#Flash。

示例：SetIconProperty(@"Flash Icon", #defaultRectMode, #fixed)

（10）属性：directToStage

语法：SetIconProperty(@"IconTitle", #directToStage, boolean)

SetSpriteProperty(@"IconTitle", #directToStage, boolean)

类别：Icon property，Sprite property；支持读取与设置。

说明：设置 Flash 动画是否显示在屏幕的最顶层，参数 boolean 取值为 TRUE 或 FALSE，该属性默认取值为 FALSE。

示例：SetSpriteProperty(@"Flash Icon", #directToStage, TRUE)

（11）属性：eventPassMode

语法：SetIconProperty(@"IconTitle", #eventPassMode, value)

SetSpriteProperty(@"IconTitle", #eventPassMode, value)

类别：Icon property，Sprite property；支持读取与设置。

说明：设置鼠标事件的发送模式，当参数 value 取值#passAlways 时，总是向 Authorware 发送鼠标事件；取值为#passButton 时，则只有当 Flash 动画中的按钮被单击时才发送鼠标事件；取值为#passNotButton 时，只有当按钮以外的对象被单击时才发送鼠标事件；取值为#passNever 时，不发送鼠标事件。value 的默认取值为#passAlways。

示例：SetIconProperty(@"Flash Icon", #eventPassMode, #passNever)

（12）属性：fixedRate

语法：SetIconProperty(@"IconTitle", #fixedRate, integer)

SetSpriteProperty(@"IconTitle", #fixedRate, integer)

类别：Icon property，Sprite property；支持读取与设置。

说明：设置 Flash 动画的播放速率，默认取值为 15 帧/秒，该属性只有在属性 play backMode 取值为#fixed 时才有效。

示例：SetSpriteProperty(@"Flash Icon", #playbackMode, #fixed)

SetSpriteProperty(@"Flash Icon", #fixedRate, PathPositon@"Slider")

（13）属性：FlashRect

语法：Result:=GetIconProperty(@"IconTitle", #FlashRect)

类别：Icon property；仅支持读取。

说明：获得 Flash 动画的原始大小，返回值为一个矩形范围，例如 Rect(0,0,32,32)。

示例：originalSize:=GetIconProperty(@"Flash Icon", #FlashRect)

（14）属性：frame

语法：SetSpriteProperty(@"IconTitle", #frame, integer)

类别：Sprite property；支持读取与设置。

说明：设置 Flash 动画当前显示的帧数，参数 integer 只能取整数，默认取值为 1。

示例：SetSpriteProperty(@"Flash", #frame, GetSpriteProperty(@"Flash", #frameCount)

（15）属性：frameCount

语法：integer:=GetIconProperty(@"IconTitle", #frameCount)

类别：Icon property；仅支持读取。

说明：获得指定图标中 Flash 动画的总帧数。

示例：TotalFrames:=GetSpriteProperty(@"Flash Icon", #frameCount)

（16）属性：frameRate

语法：integer:=GetIconProperty(@"IconTitle", #frameRate)

类别：Icon property；仅支持读取。

说明：获得指定图标中 Flash 动画播放的原始速率，即在 Flash 中设定的速率，单位为帧/秒。

示例：If GetIconProperty(@"Flash Icon", #frameRate) < 15 then

SetSpriteProperty(@"Flash Icon", #playbackMode, #fixed)

SetSpriteProperty(@"Flash Icon", #fixedRate, 15)

end if

（17）属性：imageEnabled

语法：SetIconProperty(@"IconTitle", #imageEnabled, boolean)

SetSpriteProperty(@"IconTitle", #imageEnabled, boolean)

类别：Icon property，Sprite Property；支持读取与设置。

说明：设置播放 Flash 动画时是否显示图像，参数 boolean 取值 TRUE 或 FALSE，该属性默认取值为 TRUE。

示例：SetSpriteProperty(@"Flash Icon", #imageEnabled, FALSE)

repeat while GetIconProperty(@"Flash Icon", #state) <>4 |<>-1

end repeat

SetSpriteProperty(@"Flash Icon", #imageEnabled, TRUE)

（18）属性：linked

语法：SetIconProperty(@"IconTitle", #linked, boolean)

类别：Icon property；支持读取与设置。

说明：设置 Flash 动画的导入方式，如果参数 boolean 的值为 TRUE，则 Flash 动画作为外部文件链接到 Authorware 文件（Linked）；如果参数 boolean 的值为 FALSE，则 Flash 动画将导入到 Authorware 文件内部（Import）。

示例：if GetIconProperty(@"IconTitle", #linked)=True then

        SetIconProperty(@"IconTitle", #linked, False)

    end if

（19）属性：loop

语法：SetIconProperty(@"IconTitle", #loop, boolean)

      SetSpriteProperty(@"IconTitle", #loop, boolean)

类别：Icon property，Sprite Property；支持读取与设置。

说明：设置 Flash 动画是否循环播放，参数 boolean 取值 TRUE 或 FALSE。

示例：If Checked@"Continuous Play" then

        SetSpriteProperty(@"Flash Icon", #loop, TRUE)

    else

        SetSpriteProperty(@"Flash Icon", #loop, FALSE)

    end if

（20）属性：mouseOverButton

语法：boolean:=GetSpriteProperty(@"IconTitle", #mouseOverButton)

类别：Sprite Property；仅支持读取。

说明：检测当前鼠标位置是否正处于 Flash 动画的某个按钮之上，返回值为 TRUE 或 FALSE。

示例：If GetSpriteProperty(@"Flash Icon", #mouseOverButton) then

        Message:= "Click here to go to the next page."

    else

        Message:= ""

    end if

（21）属性：obeyScoreRotation

语法：SetIconProperty(@"IconTitle", #obeyScoreRotation, boolean)

类别：Icon property；支持读取与设置。

说明：设置是否可以通过 rotation 属性控制 Flash 画面的旋转，参数 boolean 为 TRUE 时将忽略 rotation 属性的设置。

示例：SetIconProperty(@"Flash Icon", #obeyScoreRotation, FALSE)

    repeat with i := 1 to 36

        SetIconProperty(@"Flash Icon", #rotation, i * 10)

    end repeat

（22）属性：originH

语法：SetIconProperty(@"IconTitle", #originH, number)

      SetSpriteProperty(@"IconTitle", #originH, number)

类别：Icon property，Sprite Property；支持读取与设置。

说明：设置 Flash 动画缩放或旋转时中心点的水平坐标，该属性只在 originMode 属性的值为#point 时有效。

示例：SetSpriteProperty(@"Flash Icon", #originMode, #point)

SetSpriteProperty(@"Flash Icon", #originH, ClickX)

（23）属性：originMode

语法：SetIconProperty(@"IconTitle", #originMode, value)

SetSpriteProperty(@"IconTitle", #originMode, value)

类别：Icon property，Sprite Property；支持读取与设置。

说明：设置 Flash 动画中心点的模式，参数 value 取值为#center 时，则将中心点设置在 Flash 动画的中央；参数 value 取值为#topleft 时，则将中心点设置在 Flash 动画的左上角位置；参数 value 取值为#point 时，则中心点的位置可以由 originPoint，originH 和 originV 等属性确定。参数 value 的默认取值为#center。

示例：SetSpriteProperty(@"Flash Icon", #originMode, #point)

SetSpriteProperty(@"Flash Icon", #originH, ClickX)

SetSpriteProperty(@"Flash Icon", #originV, ClickY)

（24）属性：originPoint

语法：SetIconProperty(@"IconTitle", #originPoint, point)

SetSpriteProperty(@"IconTitle", #originPoint, point)

类别：Icon property，Sprite Property；支持读取与设置。

说明：设置 Flash 动画中心点的位置，参数 point 的取值为一个点，例如 Point(100,200)。将 originPoint 属性设置为 Point(50,75)与分别将 originH 属性设置为 50 和 originV 属性设置为 75 是等效的。当使用该属性设置 Flash 动画中心点位置时，originMode 属性的值将自动更改为#point。

示例：SetSpriteProperty(@"Flash Icon", #originPoint, Point(ClickX, ClickY))

（25）属性：originV

语法：SetIconProperty(@"IconTitle", #originV, number)

SetSpriteProperty(@"IconTitle", #originV, number)

类别：Icon property，Sprite Property；支持读取与设置。

说明：设置 Flash 动画缩放或旋转时中心点的垂直坐标，该属性只在 originMode 属性的值为#point 时有效，与 originH 属性类似。

示例：SetSpriteProperty(@"Flash Icon", #originMode, #point)

SetSpriteProperty(@"Flash Icon", #originV, ClickX)

（26）属性：pathName

语法：SetIconProperty(@"IconTitle", #pathName, filepath)

类别：Icon property；支持读取与设置。

说明：设置以 Linked 方式播放的 SWF 文件的路径，该属性只有在 linked 属性取值为 TRUE 时才有效。

示例：SetIconProperty(@"Flash Icon", #pathName, FileLocation^IconTitle^".swf")

（27）属性：pausedAtStart

语法：SetIconProperty(@"IconTitle", #pausedAtStart, boolean)

类别：Icon property；支持读取与设置。

说明：设置 Flash 动画是否在开始播放时暂停，参数 boolean 取值为 TRUE 或 FALSE，该属性默认值为 FALSE。如果 pausedAtStart 属性的值为 TRUE，可以调用 play 方法开始播放 Flash 动画。

示例：SetIconProperty(@"Flash Icon", #pausedAtStart, TRUE)

（28）属性：percentStreamed

语法：integer:=GetIconProperty(@"IconTitle", #percentStreamed)

类别：Icon property；仅支持读取。

说明：获得指定图标中的 Flash 动画载入内存过程中完成的百分比，返回值为 0~100 的整数。

示例：integer:=GetIconProperty(@"IconTitle", #percentStreamed)

　　　if integer>50 then CallSprite(@"IconTitle", #paly)

（29）属性：playBackMode

语法：SetIconProperty(@"IconTitle", #playBackMode, mode)

　　　SetSpriteProperty(@"IconTitle", #playBackMode, mode)

类别：Icon property，Sprite Property；支持读取与设置。

说明：控制 Flash 动画播放速率的模式。参数 mode 取值为#normal 时，Flash 动画将以其原始速率播放，即在 Flash 里设定的原始播放速率；参数 mode 取值为#lockStep，Flash 动画将以 Flash Asset Xtra 属性对话框中设定的速率播放；参数 mode 取值为#fixed 时，Flash 动画将以 fixedRate 属性指定的速率播放。

示例：SetIconProperty(@"Flash Icon", #playBackMode, #fixed)

　　　SetIconProperty(@"Flash Icon", #fixedRate, 15)

（30）属性：playing

语法：boolean:=GetSpriteProperty(@"Flash Icon", #playing)

类别：Sprite Property；仅支持读取。

说明：检测指定图标中的 Flash 动画是否正在播放，如果正在播放，则返回值为 TRUE，否则返回值为 FALSE。

示例：If GetSpriteProperty(@"Flash Icon", #playing)=False then

　　　　CallSprite(@"Flash Icon", #play)

　　　end if

（31）属性：posterFrame

语法：SetIconProperty(@"IconTitle", #posterFrame, framenumber)

类别：Icon property；支持读取与设置。

说明：设置将 Flash 动画第几帧的图像作为 Flash Asset Xtra 属性对话框中预览区域的图像，参数 framenumber 的取值为整数，默认值为 1。

示例：SetIconProperty(@"Flash Icon", #posterFrame, GetSpriteProperty(@"Flash Icon", #frameCount)

（32）属性：preload

语法：SetIconProperty(@"IconTitle", #preload, boolean)

类别：Icon property；支持读取与设置。

说明：设置指定图标中的 Flash 动画在播放前是否预先全部载入内存，参数 boolean 取值 TRUE 或 FALSE，该属性只对以 Linked 方式播放的 Flash 动画有效。

示例：SetIconProperty(@"Flash Icon", #preload, FALSE)

SetIconProperty(@"Flash Icon", #bufferSize, 65536)

（33）属性：quality

语法：SetIconProperty(@"IconTitle", #quality, value)

SetSpriteProperty(@"IconTitle", #quality, value)

类别：Icon property，Sprite property；支持读取与设置。

说明：控制 Flash 动画的播放质量，即控制播放 Flash 动画时是否启用 Anti-aliasing（反图形失真）。参数 value 取值为#autoHigh 时，播放 Flash 动画时将启用 Anti-aliasing，以高质量播放 Flash 动画，如果 Flash 动画的实际播放速率低于指定的播放速率，则 Authorware 将自动关闭 Anti-aliasing，以低质量播放 Flash 动画；value 取值为#autoLow 时，播放 Flash 动画时将关闭 Anti-aliasing，以低质量播放 Flash 动画，如果 Flash 播放器判断当前系统可以使用高质量播放 Flash 动画，则自动启用 Anti-aliasing；参数 value 取值为#high 时，则播放 Flash 动画时总是启用 Anti-aliasing，以高质量播放 Flash 动画；value 取值为#low 时，则播放 Flash 动画时总是关闭 Anti-aliasing，以低质量播放 Flash 动画。该属性默认取值为#high。

示例：If ScreenDepth <= 8 then

SetSpriteProperty(@"Flash Icon", #quality, #low)

end if

（34）属性：regPoint

语法：SetIconProperty(@"IconTitle", #regPoint, point)

类别：Icon property；支持读取与设置。

说明：设置 Flash 动画定位点的坐标，例如 Point(16,16)。引入 Sprite 图标时，Flash 定位点默认在 Flash 动画的中央，且 centerRegPoint 属性默认为 TRUE。该属性更改后，centerRegPoint 属性将自动设为 FALSE。

示例：SetIconProperty(@"Flash Icon", #regPoint, Point(0,0))

（35）属性：rotation

语法：SetIconProperty(@"IconTitle", #rotation, degree)

SetSpriteProperty(@"IconTitle", #rotation, degree)

类别：Icon property，Sprite property；支持读取与设置。

说明：设置 Flash 动画播放时旋转的角度，参数 degree 的单位为度。

示例：SetIconProperty(@"Flash Icon", #obeyScoreRotation, FALSE)

repeat with i := 1 to 36

SetSpriteProperty(@"Flash Icon", #rotation, i * 10)

end repeat

（36）属性：scale

语法：SetIconProperty(@"IconTitle", #scale, percent)

SetSpriteProperty(@"IconTitle", #scale, percent)

类别：Icon property，Sprite property；支持读取与设置。

说明：设置 Flash 动画播放时的缩放比率，参数 percent 的默认取值为 100，即正常大小。

示例：SetSpriteProperty(@"Flash Icon", #scale, 0)

```
repeat with i := 1 to 20
        SetSpriteProperty(@"Flash Icon", #scale, i * 5)
end repeat
```

（37）属性：scaleMode

语法：SetIconProperty(@"IconTitle", #scaleMode, mode)
　　　　SetSpriteProperty(@"IconTitle", #scaleMode, mode)

类别：Icon property，Sprite property；支持读取与设置。

说明：设置 Flash 动画的缩放模式。参数 mode 取值#showAll 时，保持 Flash 画面的纵横比例，如果有必要，则使用背景颜色填充所有空隙；mode 取值为#noBorder 时，保持 Flash 画面的纵横比例，如果有必要，则对纵横长度进行裁剪；mode 取值为#exactFit 时将不保持 Flash 画面的纵横比例，而是纵横方向各自缩放直到覆盖整个 Sprite 图标范围。该属性默认取值为#showAll

示例：SetSpriteProperty(@"Flash Icon", #scaleMode, #noBorder)

（38）属性：sound

语法：SetIconProperty(@"IconTitle", #sound, boolean)
　　　　SetSpriteProperty(@"IconTitle", #sound, boolean)

类别：Icon property，Sprite property；支持读取与设置。

说明：设置播放 Flash 动画时是否播放动画中的声音，参数 boolean 取值为 TRUE 或 FALSE。

示例：If GetSpriteProperty(@"Flash Icon", #sound) then
            SetSpriteProperty(@"Flash Icon", #sound, False)
        else
            SetSpriteProperty(@"Flash Icon", #sound, True)
        end if

（39）属性：state

语法：result:=GetIconProperty(@"IconTitle", #state)

类别：Icon property；仅支持读取。

说明：获得 Flash 动画载入内存时的状态，属性 state 的返回值与其含义如下。

　　　0：图标数据未载入内存。

　　　1：标题正在载入内存。

　　　2：标题载入完毕。

　　　3：图标媒体数据正在载入内存。

　　　4：图标媒体数据载入完毕。

　　　−1：有错误发生。

示例：If GetIconProperty(@"Flash Icon", #state) then
            Error:=CallIcon(@"Flash Icon", #getError)
            CallIcon(@"Flash Icon", #clearError)
        end

（40）属性：static

语法：SetIconProperty(@"IconTitle", #static, boolean)

SetSpriteProperty(@"IconTitle", #static, boolean)

类别：Icon property，Sprite property；支持读取与设置。

说明：设置 Flash 文件是否以静态图片显示。如果 Flash 文件中不包含动画，可以将参数 boolean 设置为 TRUE，则 Authorware 只在 Sprite 图标移动或更改画面大小时对 Flash 画面刷新；如果 Flash 文件中包含动画，参数 boolean 取值 FALSE，Authorware 将刷新每一帧的画面。该属性默认取值为 FALSE。

示例：SetSpriteProperty(@"IconTitle", #static, TRUE)

（41）方法：stop

语法：CallSprite(@"IconTitle", #stop)

类别：Sprite Method

说明：停止播放指定图标中的 Flash 动画。

示例：If GetSpriteProperty(@"Flash Icon", #playing) then

　　　　CallSprite(@"Flash Icon", #stop)

　　end if

（42）属性：streamMode

语法：SetIconProperty(@"IconTitle", #streamMode, value)

类别：Icon property；支持读取与设置。

说明：设置以 Linked 方式播放的 Flash 动画载入内存的模式。参数 value 取值为#frame 时，Flash 动画逐帧载入内存；value 取值#idle 时，只有捕获到空闲事件才载入 Flash 动画的一部分；value 取值为#manual 时，则只有调用 stream 方法来将 Flash 动画载入内存。该属性默认取值为#frame。

示例：SetIconProperty(@"Flash Icon", #streamMode, #manual)

　　　　CallIcon(@"Flash Icon", #stream, 32000)

（43）属性：streamSize

　　　语法：bytesInStream:=GetIconProperty(@"IconTitle", #streamSize)

　　　类别：Icon property；仅支持读取。

说明：获得指定图标中 Flash 动画载入内存的字节数，返回值为整数。

示例：Message:= "bytes in stream:"^GetIconProperty(@"Flash Icon", #streamSize)

（44）属性：URL

　　　语法：SetIconProperty(@"IconTitle", #URL, filePath)

　　　类别：Icon property；支持读取与设置。

说明：URL 属性与 pathname 属性的作用是一样的，参见 pathname 属性的用法。

示例：SetIconProperty(@"IconTitle", #URL, "http://www.yfdmt.com/logo.swf")

（45）属性：viewH

语法：SetIconProperty(@"IconTitle", #viewH, number)

　　　　SetSpriteProperty(@"IconTitle", #viewH, number)

类别：Icon property，Sprite property；支持读取与设置。

说明：设置观察点的水平位置。位置参数取值可以是浮点数，默认取值为 0。

示例：repeat with i := 120 down to -120

　　　　SetSpriteProperty(@"Flash Icon", #viewH, i)

end repeat

（46）属性：viewPoint

语法：SetIconProperty(@"IconTitle", #viewPoint, point)

SetSpriteProperty(@"IconTitle", #viewPoint, point)

类别：Icon property，Sprite property；支持读取与设置。

说明：设置 Flash 动画的观察点坐标，参数 point 为一个点。观察点即 Flash 动画的中心相对于 originPoint 的距离。设置 Flash 动画的观察点将导致 Flash 画面的移动，如果超出了 Sprite 图标的范围，Flash 画面将被剪裁。

示例：repeat with i := 1 to 100

NewPoint:=GetSpriteProperty(@"Flash Icon", #viewPoint) + i

SetSpriteProperty(@"Flash Icon", #viewPoint, NewPoint)

end repeat

（47）属性：viewScale

语法：SetIconProperty(@"IconTitle", #viewScale, percent)

SetSpriteProperty(@"IconTitle", #viewScale, percent)

类别：Icon property，Sprite property；支持读取与设置。

说明：设置 Flash 动画显示的缩放倍数。Sprite 图标的范围是固定不变的，如果放大 Flash 画面，则相应的显示范围就会缩小。默认取值为 100。

示例：SetSpriteProperty(@"Flash Icon", #viewScale, 200)

（48）属性：viewV

语法：SetIconProperty(@"IconTitle", #viewV, number)

SetSpriteProperty(@"IconTitle", #viewV, number)

类别：Icon property，Sprite property；支持读取与设置。

说明：设置观察点的垂直位置。位置参数取值可以是浮点数，默认取值为 0。

示例：repeat with i := 120 down to -120

SetSpriteProperty(@"Flash Icon", #viewV, i)

end repeat

2．方法

（1）方法：clearError

语法：CallIcon(@"IconTitle", #clearError)

类别：Icon Method

说明：将错误状态重置为 0。如果 Flash 动画载入内存时发生了错误，则 Authorware 会将 Flash 动画的 state 属性值设置为-1，调用该方法可以将 state 属性值重置为 0。

示例：If GetIconProperty(@"Flash Icon", #state)=-1 then

Error:=CallIcon(@"Flash Icon", #getError)

CallIcon(@"Flash Icon", #clearError)

end if

（2）方法：flashToStage

语法：Result:=CallSprite(@"IconTitle", #flashToStage, point)

类别：Sprite Method

说明：将 Sprite 图标内的坐标转换成相对于"演示窗口"的坐标，例如，在 Sprite 图标内，画面左上角的坐标为 Point(0,0)，而相对于"演示窗口"可能是 Point(300,300)。

示例：Result:=CallSprite(@"Flash Icon", #flashToStage, Point(0,0))

（3）方法：frameReady

语法：Boolean:=CallSprite(@"IconTitle", #frameReady, framenumber)

类别：Sprite Method

说明：检测参数 framenumber 指定的某一帧的数据是否已经载入到内存中，即检测该帧画面是否可以显示，是则返回值为 TRUE，否则返回 FALSE。

示例：If CallSprite(@"Flash Icon", #frameReady, 25) then
      FrameReady:=TRUE
  else
      FrameReady:=FALSE
  end if

（4）方法：getError

语法：result:=CallIcon(@"IconTitle", #getError)

类别：Icon Method

说明：获得将 Flash 动画载入内存时发生错误的种类。如果返回值为 FALSE，表示没有错误发生；如果返回值为 #memory，表示载入 Flash 动画时内存不足；如果返回值为 #fileNotFound，表示未找到需要载入内存的 swf 文件；如果返回值为#network，表示网络错误阻止 Flash 动画的载入；如果返回值为#fileFormat，表示文件格式错误或读取文件时发生错误；如果返回值为#other，则表示发生了其他错误。

示例：If GetIconProperty(@"Flash Icon", #state)=-1 then
      Error:=CallIcon(@"Flash Icon", #getError)
      CallIcon(@"Flash Icon", #clearError)
  end if

（5）方法：getVariable

语法：CallSprite(@"Flash Icon ", #getVariable, variableName)

类别：Sprite Method

说明：获得 Flash 动画中变量 variableName 的值（仅限于非空的字符串变量）。

示例：result:=CallSprite(@"Flash Icon", #getVariable, "currentURL")

（6）方法：goToFrame

语法：CallSprite(@"IconTitle", #goToFrame, framenumber)

类别：Sprite Method

说明：跳转到参数 framenumber 指定的帧数，与设置 frame 属性的效果是一样的。

示例：CallSprite(@"Flash Icon", #goToFrame, ChoiceNumber@"My Interaction")

（7）方法：hitTest

语法：result:=CallSprite(@"IconTitle", #hitTest, point)

类别：Sprite Method

说明：检测参数 point 所指定的坐标位置（相对于"演示窗口"）处在 Flash 动画的何种区域。如果返回值为#background，表示 point 指定的位置处于 Flash 动画的背景区；如果返回值为#normal，表示 point 指定的位置处于 Flash 动画的某个填充对象之上；如果返回值为 #button，则表示 point 指定的位置处于 Flash 动画的某个按钮区域之内。

示例：result:=CallSprite(@"Flash Icon", #hitTest, Point(CursorX, CursorY))

（8）方法：hold

语法：CallSprite(@"IconTitle", #hold)

类别：Sprite Method

说明：暂停播放指定图标中的 Flash 动画，但是如果 Flash 动画包含音频，则声音将会继续播放，图像画面暂停在当前帧。

示例：If GetSpriteProperty(@"Flash Icon", #playing) = True then

CallSprite(@"Flash Icon", #hold)

end if

（9）方法：play

语法：CallSprite(@"IconTitle", #play)

类别：Sprite Method

说明：开始播放指定图标中的 Flash 动画。如果指定的 Flash 动画已经暂停，则从暂停处继续播放；如果 Flash 动画已经播放到最后一帧，则从第 1 帧开始播放。

示例：If GetSpriteProperty(@"Flash Icon", #playing)=False then

CallSprite(@"Flash Icon", #play)

end if

（10）方法：rewind

语法：CallSprite(@"IconTitle", #rewind)

类别：Sprite Method

说明：将 Flash 动画复位到第 1 帧，不管 Flash 动画已经暂停播放或是正在播放均有效。

示例：CallSprite(@"Flash Icon", #rewind)

（11）方法：setVariable

语法：CallSprite(@"Flash Icon", #setVariable, variableName, value)

类别：Sprite Method

说明：设置 Flash 动画中某个变量的值，该值必须是字符串值。

示例：CallSprite(@"Flash Icon", #setVariable, "currnetURL", "http://www.yfshuma.com")

（12）方法：stageToFlash

语法：Result:=CallSprite(@"IconTitle", #stageToFlash, point)

类别：Sprite Method

说明：将"演示窗口"的坐标转换成相对于 Sprite 图标内的坐标，例如，在"演示窗口"中的某一点 Point(300,300)，而相对于 Sprite 图标可能是 Point(0,0)。参见 FlashToStage 属性。

示例：result:=CallSprite(@"Flash Icon", #stageToFlash, Point(ClickX,ClickY))

（13）方法：stream

语法：bytesStreamed:=CallIcon(@"IconTitle", #stream, numberOfBytes)

类别：Icon Method

说明：手工确定 Flash 动画一次载入内存的字节数，由于各方面的影响，实际载入内存的数据量有可能小于参数 numberOfBytes 设定的数量。

示例：CallIcon(@"Flash Icon", #stream, 32000)

B.2 Animated GIF Asset Xtra

Animated GIF Asset Xtra 也提供了一些属性和方法，用以控制 GIF 动画的播放状态，下面介绍它们的含义和使用方法。

1．属性

（1）属性：directToStage

语法：SetIconProperty(IconID@"IconTitle", #directToStage, state)

    Result:=GetIconProperty(IconID@"IconTitle", #directToStage)

类别：Icon property；支持读取和设置。

说明：设置 GIF 动画是否显示在屏幕最顶层。参数 state 为 TRUE 时，使 GIF 动画显示在屏幕最顶层，为 FALSE 时取消。

示例：SetIconProperty(IconID@"GIF89", #directToStage, TRUE)

（2）属性：fixedRate

语法：SetIconProperty(IconID@"IconTitle", #fixedRate, rate)

    Result:=GetIconProperty(IconID@"IconTitle", #fixedRate)

类别：Icon property；支持读取和设置。

说明：设置 GIF 动画的播放速率，单位为帧/秒。要指定 GIF 动画的播放速率时，属性 playbackmode 必须取值#fixed。

示例：SetIconProperty(IconID@"GIF89", #playbackMode, #fixed)

    SetIconProperty(IconID@"GIF89", #fixedRate, 25)

（3）属性：linked

语法：SetIconProperty(IconID@"IconTitle", #linked, state)

    Result:=GetIconProperty(IconID@"IconTitle", #linked)

类别：Icon property；支持读取和设置。

说明：设置插入 GIF 动画文件时是否将 GIF 文件作为外部链接。参数 state 设为 TRUE 时只建立与 GIF 文件的链接关系；为 FALSE 时将 GIF 文件导入 Authorware 文件内部。

示例：result:= GetIconProperty(IconID@"GIF89", #linked)

    SetIconProperty(IconID@"GIF89", #linked, ~result)

（4）属性：internalpathname

语法：SetIconProperty(IconID@"IconTitle", #internalpathname, file)

    Result:=GetIconProperty(IconID@"IconTitle", #internalpathname)

类别：Icon property；支持读取和设置。

作用：设置播放的 GIF 动画文件的路径。

示例：SetIconProperty(IconID@"GIF89", #internalpathname, "logo.gif")

    SetIconProperty(IconID@"GIF89", #internalpathname, FileLocation^"logo.gif")

    SetIconProperty(IconID@"GIF89", #internalpathname,¬

      "http://www.yfdmt.com/logo.gif")

（5）属性：playbackmode

语法：SetIconProperty(IconID@"IconTitle", #playbackmode, mode)

　　　Result:=GetIconProperty(IconID@"IconTitle", #playbackmode)

类别：Icon property；支持读取和设置。

说明：设置 GIF 动画的播放模式。参数 mode 为#normal 时，以正常速度播放 GIF 动画；为#fixed 时，以设定的速度播放 GIF 动画；为#lockstep 时，锁定 GIF 动画的播放速度。

示例：SetIconProperty(IconID@"GIF89", #playbackMode, #fixed)

　　　rate:= GetIconProperty(IconID@"GIF89", #fixedRate)

　　　SetIconProperty(IconID@"GIF89", #fixedRate, rate + 5)

2．方法

（1）方法：pause

语法：CallSprite(IconID@"IconTitle", #pause)

类别：Sprite Method

作用：暂停播放当前 GIF 动画。

示例：CallSprite(IconID@"GIF89", #pause)

（2）方法：resume

语法：CallSprite(IconID@"IconTitle", #resume)

类别：Sprite Method

说明：继续播放暂停后的 GIF 动画。

示例：CallSprite(IconID@"GIF89", #resume)

（3）方法：rewind

语法：CallSprite(IconID@"IconTitle", #rewind)

类别：Sprite Method

说明：将 GIF 动画重新定位到第 1 帧。

示例：CallSprite(IconID@"GIF89", #rewind)

B.3　QuickTime Asset Xtra

下面是 QuickTime Asset Xtra 提供的所有属性和方法及其用法说明。

1．属性

（1）属性：center

语法：SetIconProperty(IconID@"IconTitle", #center, state)

　　　GetIconProperty(IconID@"IconTitle", #center)

类别：Icon property；支持读取和设置。

说明：在文件图像大小超出 Sprite 图标显示范围的情况下用来设置画面裁剪的方式。state 取值为 TRUE 时从周围裁剪画面，取值为 FALSE 时从画面左上角裁剪画面。此属性只在 crop 属性取值为 TRUE 时才有效。

示例：SetIconProperty(@"QT3", #crop,TRUE)

　　　SetIconProperty(@"QT3", #center,TRUE)

（2）属性：controller

语法：SetIconProperty(IconID@"IconTitle", #controller, state)

GetIconProperty(IconID@"IconTitle", #controller)

类别：Icon property；支持读取和设置。

说明：设置控制条的显示状态。参数 state 为 TRUE 时显示控制条，为 FALSE 时隐藏控制条。

示例：state := GetIconProperty(IconID@"StarBurst", #controller)

SetIconProperty(IconID@"StarBurst", #controller, ~state)

（3）属性：crop

语法：SetIconProperty(IconID@"IconTitle", #crop, state)

GetIconProperty(IconID@"IconTitle", #crop)

类别：Icon property；支持读取和设置。

说明：设置文件画面与 Sprite 图标范围的匹配模式，state 为 TRUE 时，如果文件画面超出 Sprite 图标范围将被裁剪掉，为 FALSE 时使用 Scale 模式。

示例：SetIconProperty(@"QT3", #crop,TRUE)

（4）属性：cuePointNames

语法：GetIconProperty(IconID@"IconTitle", #cuePointNames)

类别：Icon property；仅支持读取。

说明：以线性列表形式返回电影文件中提示点的名称。可以使用 SoundEdit 软件在 QuickTime 格式文件中添加提示点。该属性只有在 streaming 属性为 FALSE 时才有效。

示例：cue_names:=GetIconProperty(@"QT3", #cuePointNames)

（5）属性：cuePointTimes

语法：GetIconProperty(IconID@"IconTitle", #cuePointTimes)

类别：Icon property；仅支持读取。

说明：以线性列表形式返回电影文件中提示点的时间，单位为毫秒。该属性只有在 streaming 属性为 FALSE 时才有效。

示例：cue_times:=GetIconProperty(@"QT3", #cuePointTimes)

（6）属性：currentTime

语法：GetSpriteProperty(IconID@"IconTitle", #currentTime)

类别：Sprite property；仅支持读取。

说明：获得当前已经播放的时间，单位为毫秒。

示例：time_elapsed:=GetSpriteProperty(IconID@"QT3", #currentTime)

（7）属性：digitalVideoType

语法：GetIconProperty(IconID@"IconTitle", #digitalVideoType)

类别：Icon property；仅支持读取。

说明：该属性返回值始终为#quickTime。

（8）属性：directToStage

语法：SetIconProperty(IconID@"IconTitle", #directToStage,state)

GetIconProperty(IconID@"IconTitle", #directToStage)

类别：Icon property；支持读取与设置。

说明：设置文件画面是否显示在屏幕最顶层。参数 state 为 TRUE 时将文件画面显示在屏幕最顶层（但仍在 ActiveX 控件之下），为 FALSE 时取消。

示例：SetIconProperty(@"QT3", #directToStage, TRUE)

（9）属性：duration

语法：GetIconProperty(IconID@"IconTitle", #duration)

类别：Icon property；仅支持读取。

说明：返回播放文件所持续的总时间，单位为 tick（1tick =1/60 秒）。

示例：total_times:=GetIconProperty(@"QT3", #duration)

（10）属性：filename

语法：SetIconProperty(IconID@"IconTitle", #filename,file)

GetIconProperty(IconID@"IconTitle", #filename)

类别：Icon property；支持读取与设置。

说明：设置播放文件的路径，可以使用相对路径或绝对路径。

示例：SetIconProperty(IconID@"QT3", #filename, "demo.mov")

SetIconProperty(IconID@"QT3", #filename, "D:\\Mov\\demo.mov")

SetIconProperty(IconID@"QT3", #filename, FileLocation^"demo.mov")

SetIconProperty(IconID@"QT3",#filename,"http://www.yfdmt.com/demo.mov")

（11）属性：frameRate

语法：SetIconProperty(IconID@"IconTitle", #frameRate, rate)

GetIconProperty(IconID@"IconTitle", #frameRate)

类别：Icon property；支持读取与设置。

说明：设置文件的播放速率。参数 rate 的取值和含义如下。

-2：以能达到的最快速度播放文件；

-1：以正常速度播放每一帧；

0：和声音保持同步播放；

n>0：将播放速率设置为 n 帧/秒。

示例：rate:= GetIconProperty(@"QT3", #frameRate)

SetIconProperty(@"QT3", #frameRate, rate + 5)

（12）属性：invertMask

语法：SetIconProperty(IconID@"IconTitle", #invertMask,state)

GetIconProperty(IconID@"IconTitle", #invertMask)

类别：Icon property；支持读取与设置。

说明：反转遮罩的颜色，参数 state 取值 TRUE 时遮罩颜色为白色，取值 FALSE 时遮罩颜色为黑色。设置 invertMask 属性之前必须通过设置 mask 属性为图标设置一个遮罩图标，并且 QuickTime Asset Xtra 图标必须选择 Direct to Screen 模式。

示例：state:= GetIconProperty(IconID@"StarBurst", #invertMask)

SetIconProperty(IconID@"StarBurst", #invertMask, ~state)

（13）属性：loop

语法：SetIconProperty(IconID@"IconTitle", #loop, state)

GetIconProperty(IconID@"IconTitle", #loop)

类别：Icon property；支持读取与设置。

说明：设置文件是否循环播放。参数 state 为 TRUE 时循环播放文件，为 FALSE 时只播放一遍。

示例：SetIconProperty(IconID@"QT3", #loop, TRUE)

（14）属性：loopBounds

语法：SetSpriteProperty(IconID@"IconTitle", #loopBounds, [startTime, endTime])

　　　GetSpriteProperty(IconID@"IconTitle", #loopBounds)

类别：Sprite property；支持读取与设置。

说明：设置文件中循环播放的某个片段，片段的起止时间由数组[startTime, endTime]指定，单位为 tick。

示例：SetSpriteProperty("QT3", #loopBounds, [(16*60), (32*60)])

（15）属性：mask

语法：SetIconProperty(IconID@"IconTitle", #mask, IconID@"IconTitle")

类别：Icon property；仅支持读取。

说明：设置一个只有黑色或白色（即单色）内容的"显示"图标或"交互"图标作为 QuickTime Asset Xtra 图标的遮罩。设置 mask 属性时 QuickTime Asset Xtra 图标必须选择 Direct to Screen 模式。取消遮罩时将 mask 属性设置为 0。

示例：SetIconProperty(IconID@"QuickTime", #mask, IconID@"Mask")

（16）属性：mediaBusy

语法：GetSpriteProperty(IconID@"IconTitle", #mediaBusy)

类别：Sprite property；仅支持读取。

说明：如果指定图标中的媒体文件正在播放，则返回值为 TRUE，否则返回 FALSE。

示例：busy:= GetSpriteProperty(IconID@"QT3", #mediaBusy)

（17）属性：mediaReady

语法：GetIconProperty(IconID@"IconTitle", #mediaReady)

类别：Icon property；仅支持读取。

说明：如果指定图标中的媒体文件加载就绪，则返回值为 TRUE，否则为 FALSE。

示例：ready:= GetIconProperty(IconID@"QT3", #mediaReady)

（18）属性：mostRecentCuePoint

语法：GetSpriteProperty(IconID@"IconTitle", #mostRecentCuePoint)

类别：Sprite property；仅支持读取。

说明：获得最近一个经过的提示点的编号，如果没有经过任何提示点，返回值为 0。

示例：cue_passed:= GetSpriteProperty(IconID@"QT3", #mostRecentCuePoint)

（19）属性：mouseLevel

语法：SetSpriteProperty(IconID@"IconTitle", #mouseLevel, value)

　　　GetSpriteProperty(IconID@"IconTitle", #mouseLevel)

类别：Sprite property；支持读取与设置。

说明：设置 Sprite 图标响应鼠标动作的模式。参数 value 为#controller 时，在控制条上响应鼠标动作；参数 value 为#all 时，则在整个播放画面内响应鼠标动作；参数 value 为 #none 时，不响应任何鼠标动作。

示例：if Find("QTVR", IconTitle(ExecutingIconID)) then

    SetSpriteProperty(ExecutingIconID, #mouseLevel, #all)

else

    SetSpriteProperty(ExecutingIconID, #mouseLevel, #none)

end if

（20）属性：mRate

语法：SetSpriteProperty(IconID@"IconTitle", #mRate, value)

    GetSpriteProperty(IconID@"IconTitle", #mRate)

类别：Sprite property；支持读取与设置。

说明：设置文件播放速率。参数 value 为 1 时以正常速度播放；参数 value 为-1 时逆序播放；参数 value 为 0 时停止播放；参数 value 在 0～1 时为慢放，超过 1 时则为快放。

示例：if (GetSpriteProperty(@"QT3", #mRate)) = 1 then

    SetSpriteProperty(@"QT3", #mRate,-1)

else

    SetSpriteProperty(@"QT3", #mRate,1)

end if

（21）属性：mTime

语法：SetSpriteProperty(IconID@"IconTitle", #mTime, value)

    GetSpriteProperty(IconID@"IconTitle", #mTime)

类别：Sprite property；支持读取与设置。

说明：设置文件当前的播放时间，单位为 tick。

示例：SetSpriteProperty(IconID@"QuickTime", #mTime, 0)

（22）属性：pausedAtStart

语法：SetIconProperty(IconID@"IconTitle", #pausedAtStart, state)

    GetIconProperty(IconID@"IconTitle", #pausedAtStart)

类别：Icon property；支持读取与设置。

说明：设置文件在开始播放前是否暂停在第 1 帧，参数 state 取值 TRUE 时则在开始播放之前暂停，否则加载完毕后就自动开始播放。

示例：SetIconProperty(IconID@"QT3", #pausedAtStart, TRUE)

（23）属性：percentStreamed

语法：GetIconProperty(IconID@"IconTitle", #percentStreamed)

类别：Icon property；仅支持读取。

说明：返回指定图标中媒体文件数据加载的百分比，返回值为 1～100。

示例：loaded:= GetIconProperty(@"QT3", #percentStreamed)^"%"

（24）属性：preload

语法：SetIconProperty(IconID@"IconTitle", #preload, state)

    GetIconProperty(IconID@"IconTitle", #preload)

类别：Icon property；支持读取和设置。

说明：设置文件是否预载入，参数 state 取值 TRUE 时预载入播放的文件。

示例：SetIconProperty(IconID@"QT3", #preload, TRUE)

（25）属性：rotation

语法：SetIconProperty(IconID@"IconTitle", #rotation, degrees)

GetIconProperty(IconID@"IconTitle", #rotation)

类别：Icon property；支持读取和设置。

说明：设置电影文件播放时画面旋转的角度。

示例：SpriteRotation := GetIconProperty(IconID@"QuickTime", #rotation)

SetIconProperty(IconID@"QuickTime", #rotation, SpriteRotation+180)

（26）属性：scale

语法：SetIconProperty(IconID@"IconTitle", #scale, [xPercent, yPercent])

GetIconProperty(IconID@"IconTitle", #scale)

类别：Icon property；支持读取和设置。

说明：设置电影文件播放时画面的缩放比率，参数 xPercent 和 yPercent 分别为横向和纵向缩放比率，默认取值[100,100]，即正常大小。

示例：SetIconProperty(IconID@"QuickTime", #scale, [150, 150])

（27）属性：sound

语法：SetIconProperty(IconID@"IconTitle", #sound, state)

GetIconProperty(IconID@"IconTitle", #sound)

类别：Icon property；支持读取和设置。

说明：设置电影文件中音频的播放状态。参数 state 为 TRUE 时播放声音，为 FALSE 时不播放声音。

示例：state := GetIconProperty(IconID@"QuickTime", #sound)

SetIconProperty(IconID@"QuickTime", #sound, ~state)

（28）属性：streaming

语法：SetIconProperty(IconID@"IconTitle", #streaming, state)

GetIconProperty(IconID@"IconTitle", #streaming)

类别：Icon property；支持读取和设置。

说明：设置是否将 QuickTime Movie 文件以流式媒体载入 Authorware。该属性的取值从 Authorware 5.1 开始默认为 TRUE，但 5.0 版本以前默认为 FALSE。如果 Movie 文件中包含提示点，则必须将 text 轨道设置为预载入（可以使用 MoviePlayerPro 工具编辑）。

示例：SetIconProperty(IconID@"QT3", #streaming, FALSE)

（29）属性：timeScale

语法：GetIconProperty(IconID@"IconTitle", #timeScale)

类别：Icon property；仅支持读取。

说明：获得 QuickTime Movie 的时间单位，即将 1 秒分为多少份。例如，QuickTime video 以 1/600s 为单位，则 timeScale 的值为 600。

示例：timescale:= GetIconProperty(@"QT3", #timeScale)

（30）属性：translation

语法：SetIconProperty(IconID@"IconTitle", #translation, [xOffset, yOffset])

GetIconProperty(IconID@"IconTitle", #translation)

SetSpriteProperty(IconID@"IconTitle", #translation, [xOffset, yOffset])

GetSpriteProperty(IconID@"IconTitle", #translation)

类别：Icon property，Sprite property；支持读取和设置。

说明：设置 QuickTime Asset Xtra 图标显示画面时的偏移量，xOffset 和 yOffset 分别为 x 方向和 y 方向上的偏移量。当 center 属性值为 TRUE 时，偏移量相对于图标的中心位置；当 center 属性值为 FALSE 时，偏移量相对于图标的左上角位置。

示例：horizontalPosition:= GetSpriteProperty(IconID@"QT", #translation)

      if horizontalPosition < 320 then

           SetSpriteProperty(IconID@"QT", #translation, horizontalPosition+[10,0])

      end if

（31）属性：video

语法：SetIconProperty(IconID@"IconTitle", #video, state)

      GetIconProperty(IconID@"IconTitle", #video)

类别：Icon property；支持读取和设置。

说明：设置电影文件中图像画面的状态。参数 state 为 TRUE 时显示播放画面，为 FALSE 时隐藏播放画面。

示例：state := GetIconProperty(IconID@"QuickTime", #video)

      SetIconProperty(IconID@"QuickTime", #video, ~state)

（32）属性：volumeLevel

语法：SetSpriteProperty(IconID@"IconTitle", #volumeLevel, level)

      GetSpriteProperty(IconID@"IconTitle", #volumeLevel)

类别：Sprite property；支持读取和设置。

说明：设置播放文件时的音量。参数 level 取值范围为 0～256。

示例：if GetSpriteProperty(IconID@"QuickTime", #volumeLevel) > 200 then

      SetSpriteProperty(IconID@"QuickTime", #volumeLevel,150)

      end if

2．方法

（1）方法：isPastCuePoint

语法：CallSprite(IconID@"IconTitle", #isPastCuePoint, cuePointID)

类别：Sprite Method

说明：判断指定的提示点是否经过。参数 cuePointID 可以是一个数字或名称，当 cuePointID 为数字时，则第 cuePointID 个提示点经过后函数返回值为 1，否则返回 0；当 cuePointID 为名称时，如果该名称对应的提示点通过则返回该提示点对应的数字编号。如果 cuePointID 指定的提示点不存在，函数返回值为 0。

示例：past:=CallSprite(@"QT3", #isPastCuePoint, 2)

（2）函数：QuickTimeVersion()

说明：取得当前系统中安装的 QuickTime 程序最新版本的版本号（如果安装的 QuickTime 版本低于 3.0，则返回值始终为 2.1.2）。

示例：if QuickTimeVersion() >= 3 then

    JumpFile "SplashVideo"

    else

JumpFile "SplashAnimated"

      end if

（3）方法：setTrackEnabled

语法：CallSprite(IconID@"IconTitle", #setTrackEnabled, trackNum, state)

类别：Sprite Method

说明：设置是否允许播放 QuickTime Asset Xtra 图标中的第 trackNum 个轨道（QuickTime3 以上的版本支持多轨道）上的内容，参数 state 取值 TRUE 或 FALSE。

示例：if (CallSprite(@"QuickTime", #trackEnabled,1)) = 0 then

      CallSprite(@"QuickTime", #setTrackEnabled,1,TRUE)

    else

      CallSprite(@"QuickTime", #setTrackEnabled,1,FALSE)

    end if

（4）方法：trackCount

语法：CallSprite(IconID@"IconTitle", #trackCount)

类别：Sprite Method

说明：获得文件中包含的轨道数目。QuickTime3 以上版本支持 video、sound 和 text 等轨道。

示例：tracks:= CallSprite(@"QT3", #trackCount)

（5）方法：trackEnabled

语法：CallSprite(IconID@"IconTitle", #trackEnabled, trackNum)

类别：Sprite Method

说明：设置电影文件中的某个轨道是否可以播放，trackNum 为轨道编号。

示例：if (CallSprite(@"QuickTime", #trackEnabled,1)) = 0 then

      CallSprite(@"QuickTime", #setTrackEnabled,1,TRUE)

    else

      CallSprite(@"QuickTime", #setTrackEnabled,1,FALSE)

    end if

（6）方法：trackNextKeyTime

语法：CallSprite(IconID@"IconTitle", #trackNextKeyTime, trackNum)

类别：Sprite Method

说明：获得指定轨道中当前时间的下一个关键帧对应的播放时间，单位为 tick。

（7）方法：trackNextSampleTime

语法：CallSprite(IconID@"IconTitle", #trackNextSampleTime, trackNum)

类别：Sprite Method

说明：获得指定轨道中当前时间的下一个例子对应的播放时间，单位为 tick。这在定位 text 轨道时是非常有用的。

（8）方法：trackPreviousKeyTime

语法：CallSprite(IconID@"IconTitle", #trackPreviousKeyTime, trackNum)

类别：Sprite Method

说明：获得指定轨道中当前时间的上一个关键帧对应的播放时间，单位为 tick。

（9）方法：trackPreviousSampleTime

语法：CallSprite(IconID@"IconTitle", #trackPreviousSampleTime, trackNum)

类别：Sprite Method

说明：获得指定轨道中当前时间的上一个例子对应的播放时间，单位为 tick。这在定位 text 轨道时是非常有用的。

（10）方法：trackStartTime

语法：CallSprite(IconID@"IconTitle", #trackStartTime, trackNum)

类别：Sprite Method

说明：获得指定轨道开始播放的时间，单位为 tick。

（11）方法：trackStopTime

语法：CallSprite(IconID@"IconTitle", #trackStopTime, trackNum)

类别：Sprite Method

说明：获得指定轨道播放结束的时间，单位为 tick。

（12）方法：trackType

语法：CallSprite(IconID@"IconTitle", #trackType, trackNum)

类别：Sprite Method

说明：获得指定轨道的类型，返回值可能是#video、#sound 或#text。

示例：If CallSprite(@"QuickTime", #trackType, 2) = #sound then

      SoundTrack := "sound available"

    else

      SoundTrack := "no sound available"

    end if

（13）方法：trackNext

语法：CallSprite(IconID@"IconTitle", #trackText, trackNum)

类别：Sprite Method

说明：获得指定轨道中当前播放时间对应的文本，该文本最大值为 32KB。此方法仅支持 text 轨道。

3．QuickTime VR

QuickTime VR 是一种虚拟现实（Virtual Reality）技术，可以使用 QuickTime VR Authoring Studio 来制作 QTVR（QuickTime Virtual Reality，Apple 公司开发的虚拟现实技术）文件。使用 QuickTime Asset Xtra，也可以在 Authorware 中播放 QTVR 文件，使多媒体的展现方式更为丰富。使用 CosmoPlayer 或 Cortona 等播放插件提供的 ActiveX 控件也可以在 Authorware 中播放*.wrl、*.wrz、*.vrml 等格式的 VRML（Virtual Reality Modeling Language，虚拟现实造型语言）文件。有关虚拟现实技术的详细介绍读者可以参考相关文献。

以下是有关 QuickTime VR Sprite 图标的属性、方法及其使用说明。

属性

（1）属性：isVRMovie

语法：GetIconProperty(IconID@"IconTitle", #isVRMovie)

    GetSpriteProperty(IconID@"IconTitle", #isVRMovie)

类别：Icon property，Sprite property，仅支持读取。

说明：检测指定 Sprite 图标中的媒体文件是否为 QTVR 文件，是则返回值为 TRUE，否则返回值为 FALSE。如果文件未加载完毕，则该属性值为 TRUE。

（2）属性：VRFieldOfView

语法：GetSpriteProperty(IconID@"IconTitle", #VRFieldOfView)

　　　SetSpriteProperty(IconID@"IconTitle", #VRFieldOfView, degrees)

类别：Sprite property，支持读取和设置。

说明：设置 QTVR 文件当前观察区域的角度。

示例：currentFieldOfView:= GetSpriteProperty(@"QTVR", #VRFieldOfView)

　　　SetSpriteProperty(@"QTVR", #VRFieldOfView, currentFieldOfView + 1)

（3）属性：VRMotionQuality

语法：GetSpriteProperty(IconID@"IconTitle", #VRMotionQuality)

　　　SetSpriteProperty(IconID@"IconTitle", #VRMotionQuality, value)

类别：Sprite property，支持读取和设置。

说明：设置用户拖曳 QTVR 文件的对象时的画面质量，value 取值可以是#minQuality、#maxQuality 或#normalQuality。

（4）属性：VRNode

语法：GetSpriteProperty(IconID@"IconTitle", #VRNode)

　　　SetSpriteProperty(IconID@"IconTitle", #VRNode, nodeID)

类别：Sprite property，支持读取和设置。

说明：设置 QTVR 文件当前显示的节点，nodeID 是由创建 QTVR 文件的程序决定的。

示例：currentNode:= GetSpriteProperty(@"QTVR", #VRNode)

　　　SetSpriteProperty(@"QTVR", #VRNode, currentNode+1)

（5）属性：VRNodeType

语法：GetSpriteProperty(IconID@"IconTitle", #VRNodeType)

类别：Sprite property，仅支持读取。

说明：获得当前显示节点的类型，返回值可能是#object、#panorama 或#unknown。

（6）属性：VRPan

语法：GetSpriteProperty(IconID@"IconTitle", #VRPan)

　　　SetSpriteProperty(IconID@"IconTitle", #VRPan, degrees)

类别：Sprite property，支持读取和设置。

说明：设置 QTVR 对象当前显示平面的角度。

示例：currentPanAngle:= GetSpriteProperty(@"QTVR", #VRPan)

　　　SetSpriteProperty(@"QTVR", #VRPan, currentPanAngle + 1)

（7）属性：VRStaticQuality

语法：GetSpriteProperty(IconID@"IconTitle", #VRStaticQuality)

　　　SetSpriteProperty(IconID@"IconTitle", #VRStaticQuality, value)

类别：Sprite property，支持读取和设置。

说明：设置 QTVR 文件的全景为静态图片时画面的显示质量，value 的取值可以是#minQuality、#maxQuality 或#normalQuality。

（8）属性：VRTilt

语法：GetSpriteProperty(IconID@"IconTitle", #VRTilt)

SetSpriteProperty(IconID@"IconTitle", #VRTilt, degrees)

类别：Sprite property，支持读取和设置。

说明：设置 QTVR 文件中对象的倾斜度。

示例：currentTilt := GetSpriteProperty(@"QT3", #VRTilt)

SetSpriteProperty(@"QT3", #VRTilt, currentTilt + 1)

（9）属性：VRWarpMode

语法：GetSpriteProperty(IconID@"IconTitle", #VRWarpMode)

SetSpriteProperty(IconID@"IconTitle", #VRWarpMode, value)

类别：Sprite property，支持读取和设置。

说明：设置全景显示时的扭曲模式，参数 value 取值可以是#full、#partial 或#none。

方法

（10）方法：VREnableHotSpot

语法：CallSprite(IconID@"IconTitle", #VREnableHotSpot, hotSpotID, state)

类别：Sprite Method

说明：控制 QTVR 文件中 hotSpotID 指定的热区域是否有效，参数 state 取值为 TRUE 时有效，取值 FALSE 时无效。

示例：CallSprite(@"QTVR", #VREnableHotSpot, 218, FALSE)

（11）方法：VRGetHotSpotRect

语法：CallSprite(IconID@"IconTitle", #VRGetHotSpotRect, hotSpotID)

类别：Sprite Method

说明：获得 QTVR 文件中 hotSpotID 指定的热区域的大致范围，返回值为一个矩形范围，如果指定的热区域不存在则返回值为 rect(0, 0, 0, 0)

示例：if CallSprite(@"QTVR", #VRGetHotSpotRect, 218) <> rect(0,0,0,0) then

CallSprite(@"QTVR", #VREnableHotSpot, 218, TRUE)

end if

（12）方法：VRNudge

语法：CallSprite(IconID@"IconTitle", #VRNudge, direction)

类别：Sprite Method

说明：由指定的方向缓慢翻转 QTVR 对象，direction 的取值可以是#down、#downLeft、#downRight、#left、#right、#up、#upLeft 或#upRight。

示例：repeat with counter:= 1 to 360

CallSprite(@"QTVR", #VRNudge, #left)

end repeat

（13）方法：VRPtToHotSpotID

语法：CallSprite(IconID@"IconTitle", #VRPtToHotSpotID, point)

类别：Sprite Method

说明：检测 point 所在位置是否有 QTVR 文件的热区域。如果有则返回该热区域的 ID，否则返回值为 0。

示例：myHotSpot:= CallSprite(@"QTVR", #VRPtToHotSpotID, point(clickX, clickY))

（14）方法：VRSwing

语法：CallSprite(IconID@"IconTitle", #VRSwing, pan, tilt, FieldOfView,
 SpeedToSwing)

类别：Sprite Method

说明：使 QTVR 文件中的对象摇摆，参数 pan、tilt 和 FieldOfView 分别为显示的平面、倾斜角以及显示区域，参数 SpeedToSwing 的取值为 1～10（代表由慢到快）。

B.4　DirectMedia Xtra

DirectMedia Xtra 提供的所有属性和方法及其用法说明如下。

1．提示点

（1）addcuepoint：建立提示点。

语法：CallIcon(@"IconName", #addcuepoint, cuepointtime, "cuepointname")

说明：这个函数建立一个新的提示点，cuepointtime 是时间 cuepointname 是名字，自动排列顺序。

示例：

CallIcon(@"DirectMedia Xtra", #addcuepoint, 10000, "newcue")

（2）removecuepoint：删除提示点。

语法：CallIcon(@"IconName", #removecuepoint, cuepointindex)

说明：删除一个提示点，需要指定提示点的序号。

示例：

CallIcon(@"DirectMedia Xtra", #removecuepoint, 1)

（3）使用提示点。

DirectMedia Xtra 的提示点用于在回放时的控制。下面是它的几个属性。

isPastCuePoint(sprite)：经过的提示点。

the mostRecentCuePoint of sprite：最近的提示点。

the cuepointtimes of icon：指定提示点的时间。

the cuepointnames of icon：指定提示点的名字。

当媒体文件播放时，必须设置一个事件响应以获取提示点，请参考所附带的例子程序。主要步骤是：建立一个"事件"类型的交互响应，在属性对话框中选择一个"发送"图标名，再双击"事件"框中的"CuePointPassed"事件。这样，每当经过一个新的提示点，就触发这个响应。

2．Properties 属性

DirectMedia Xtra 所有的属性都可以很方便地在属性对话框中进行设置，这个对话框在创建图标或者双击该图标时出现。同时，也可以通过脚本进行设置。

Icon Properties 图标属性

（1）file：被使用的媒体文件的全路径名。

例如：result:=GetIconProperty(@"DirectMedia Xtra", #file)
 Trace(result)

--"C:\myfile\file.mpg"

SetIconProperty(@"DirectMedia Xtra", #file,"C:\myfile2.mpg")

（2）title：媒体文件名，不带路径。这个属性用于在原目录找不到文件的时候。

例如：result:=GetIconProperty(@"DirectMedia Xtra", #title)

Trace(result)

--"file.mpg"

注：基于 HTTP 的文件链接，DMX 不会在启动时自动定位。

Showlocatefiledialog：DirectMedia Xtra 在运行时会自动定位媒体文件，如果文件没有找到，使用这个属性可以显示一个指定文件的对话框，否则，就是一片空白。

例如：SetIconProperty(@"DirectMedia Xtra", #showlocatefiledialog,TRUE)

（3）linkedmedialocated：这个属性可以自动设置，用于表明媒体文件是否被正确调用。如果属性的值为 FALSE，DirectMedia Xtra 就不会进行初始化播放。

例如：result:=GetIconProperty(@"DirectMedia Xtra", #linkedmedialocated)

Trace(result)

--"1"

（4）duration：媒体文件的持续播放的时间，单位为毫秒。

例如：result:=GetIconProperty(@"DirectMedia Xtra", #duration)

Trace(result)

-- 45200

（5）videowidth：媒体文件的播放宽度，单位为像素。

例如：result:=GetIconProperty(@"DirectMedia Xtra", #videowidth)

Trace(result)

-- 352

（6）videoheight：媒体文件的播放高度，单位为像素。

例如：result:=GetIconProperty(@"DirectMedia Xtra", #videoheight)

Trace(result)

-- 240

（7）volume：回放音频的音量。值的范围从-100～0dB（即分贝）。

例如：result:=GetIconProperty(@"DirectMedia Xtra", #volume)

Trace(result)

-- -10

SetIconProperty(@"DirectMedia Xtra", #volume,0)

（8）balance：音频回放平衡，值的范围从-100～100dB（即分贝）。

例如：result:=GetIconProperty(@"DirectMedia Xtra", #balance)

Trace(result)

-- -100

SetIconProperty(@"DirectMedia Xtra", #balance,0)

（9）rate：回放速率。值的范围从 0～200，是原来标准播放速度的百分比例。

例如：result:=GetIconProperty(@"DirectMedia Xtra", #rate)

Trace(result)

-- 100

SetIconProperty(@"DirectMedia Xtra", #rate,80)

（10）cpuboost：由于 DirectShow 技术要占用比较多的 CPU 时间，因此 DirectMedia Xtra 会使 Authorware 的运行变慢。如果遇到回放缓慢或者断续的情况，可以使用这个属性设置。合法的取值范围是 0～95（百分比），一般来说，超过 60 就可以解决问题了。

例如：SetIconProperty(@"DirectMedia Xtra", #cpuboost,60)

（11）adjustdurationbeforeplayback：如果这项属性的值为真，DirectMedia Xtra 就会在开始播放的同时确定媒体文件的可持续播放时间。这是十分必要的，因为对于同一个文件，不同的 DirectShow 过滤器会报告不同的可持续播放时间。这样一来，当把一个成品放到另一台机器运行的时候，DirectMedia Xtra 就有可能无法达到指定的提示点，或者它会认为文件还没有播放完。使用这个属性可以保证正常播放，在大多数情况下都可使用。

例如：SetIconProperty(@"DirectMedia Xtra", #adjustdurationbeforeplayback,1)

（12）hastoolbar：指出是否在播放窗口附带一个工具条。值为 0（假）或 1（真）。

例如：SetIconProperty(@"DirectMedia Xtra", #hastoolbar,1)

（13）loop：指出是否自动循环播放文件。值为 0（假）或 1（真）。

例如：SetIconProperty(@"DirectMedia Xtra", #loop,1)

（14）playsegment：指出是否只播放文件的一个片断。值为 0（假）或 1（真）。

例如：SetIconProperty(@"DirectMedia Xtra", #playsegment,1)

（15）segmentstart：指定文件播放的起始时间，单位是毫秒。只在 playsegment 的值为真时有效。

例如：SetIconProperty(@"DirectMedia Xtra", #segmentstart,10700)

（16）segmentend：指定文件播放的结束时间，单位是毫秒。只在 playsegment 的值为真时有效。

例如：SetIconProperty(@"DirectMedia Xtra", #segmentend,45800)

（17）pausedatstart：指出是否在打开文件的时候暂停，不播放。值为 0（假）或 1（真）。

例如：SetIconProperty(@"DirectMedia Xtra", #pausedatstart,1)

（18）cuepointtimes：与该图标有关的提示点时间的列表。

例如：result:=GetIconProperty(@"DirectMedia Xtra", #cuepointtimes)

Trace(result)

-- [4500,12300,34650,67321]

（19）cuepointnames：与该图标有关的提示点名字的列表。

例如：result:=GetIconProperty(@"DirectMedia Xtra", #cuepointnames)

Trace(result)

-- ["Cue 1","NewCuePoint","Start Point","Second part"]

Sprite 属性

（1）currenttime：媒体文件当前播放位置，单位是毫秒。

例如：result:=GetSpriteProperty(@"DirectMedia Xtra", #currenttime)

Trace(result)

-- 22345

（2）mediabusy：表明媒体文件是否正在播放。值为 0（假）或 1（真）。

　　例如：result:=GetSpriteProperty(@"DirectMedia Xtra", #mediabusy)

　　　　　Trace(result)

　　　　　-- 1

（3）mostrecentcuepoint：最后经过的提示点的序号。

　　例如：result:=GetSpriteProperty(@"DirectMedia Xtra", #mostrecentcuepoint)

　　　　　Trace(result)

　　　　　-- 2

3．Functions——函数

DirectMedia Xtra 提供了几种函数功能，可以用脚本的方式使用来控制媒体文件的回放。

Icon Functions——图标函数

（1）CallIcon(@"IconName", #isDirectShowInstalled)：返回 0（假）或 1（真），用于判断用户机上是否安装了 DirectShow？在正式版中有效。

　　例如：result:=CallIcon(@"DirectMedia Xtra", #isDirectShowInstalled)

　　　　　Trace(result)

　　　　　-- 1

（2）CallIcon(@"IconName", #addcuepoint, cuepointtime, "cuepointname")：这个函数可以通过脚本语言建立一个新的提示点，提示点会自动排列顺序。

　　例如：CallIcon(@"DirectMedia Xtra", #addcuepoint, 10000, "newcue")

（3）CallIcon(@"IconName", #removecuepoint, cuepointindex)：这个函数可以把你指定序号的提示点删除。

　　例如：CallIcon(@"DirectMedia Xtra", #removecuepoint, 1)

（4）CallIcon(@"IconName", #scanfile)：当通过脚本语言改变要播放的媒体文件时，这个函数可以确定文件长度和可持续播放时间。它将自动查询文件并改变自身属性。Adjustdurationbeforeplayback 也可以用于校对播放时间，建议使用这个属性来代替 scanfile()，因为它更准确。

　　例如：CallIcon(@"DirectMedia Xtra", #scanfile)

（5）CallIcon(@"IconName", #register, registration number)：在运行时对 DirectMedia Xtra 进行注册。这个函数不常用。

　　例如：CallIcon(@"DirectMedia Xtra", #register,"SERIALNUMBERHERE"）

Sprite 函数

（1）CallSprite(@"IconName", #videoplay)：用于开始或是恢复播放媒体文件。通常在调用时会自动播放文件，除非选择了"Paused at Start"（在开始时暂停）

　　例如：CallSprite(@"DirectMedia Xtra ", #videoplay)

（2）CallSprite(@"IconName", #videopause)：暂停播放。

　　例如：CallSprite(@"DirectMedia Xtra ", #videopause)

（3）CallSprite(@"IconName", #videoseek , time)：查找并暂停在指定的时间位置。时间单位是毫秒。

　　例如：CallSprite(@"DirectMedia Xtra ", #videoseek, 15000)

（4）CallSprite(@"IconName", #videoplaysegment , starttime, endtime)：播放文件的一个片

断。请注意这个选项实际上限制了对片断以外其他部分的控制，可见应该再用另一个 videoplaysegment()定位到其他的时间点上，跳出这个片断。

例如：CallSprite(@"DirectMedia Xtra ", #videoplaysegment, 10000, 20000)

-- the following command pauses the video in time location 30000

    CallSprite(@"DirectMedia Xtra ", #videoplaysegment , 30000, 30000)

（5）CallSprite(@"IconName", #isPastCuePoint , cuepointindex)：判断指定序号的提示点是否经过了。返回值为 0（假）或 1（真）。

例如：result:=CallSprite(@"DirectMedia Xtra ", #isPastCuePoint, 2)

    Trace(result)

    --- 1

（6）CallSprite(@"IconName", #setvolume, volume)：设置音频回放的音量。赋值范围从-100～0dB（分贝）。

例如: CallSprite(@"DirectMedia Xtra ", #setvolume , 0)

（7）CallSprite(@"IconName", #getvolume)：返回当前音频播放的音量值，单位是 dB（分贝）。

例如：result:=CallSprite(@"DirectMedia Xtra ", #getvolume)

    Trace(result)

    -- -20

（8）CallSprite(@"IconName", #setbalance, balance)：设置音频回放的平衡。赋值范围从-100～100dB（分贝）。

例如：CallSprite(@"DirectMedia Xtra ", #setvolume , 0)

（9）CallSprite(@"IconName", #getbalance)：返回当前音频播放的平衡值，单位是 dB（分贝）。

例如：result:=CallSprite(@"DirectMedia Xtra ", #getbalance)

    Trace(result)

    -- -100

（10）CallSprite(@"IconName", #setrate , rate)：设置播放速率。赋值范围从 0～200（%）

例如：CallSprite(@"DirectMedia Xtra ", #setrate , 80)

（11）CallSprite(@"IconName", #getrate)：返回当前播放速率，百分比值。

例如：result:=CallSprite(@"DirectMedia Xtra ", #getrate)

    Trace(result)

    -- 100

（12）CallSprite(@"IconName", #setfulscreen)：这个函数利用 ActiveMovie/DirectShow 实现全屏播放。它的全屏播放方式是完全独立的，无论你的程序是否工作在全屏状态下。在此期间不响应鼠标和键盘事件，为此要利用提示点来返回程序，而且在结束时要使用一次 RemoveFullScreen()函数。

例如：CallSprite(@"DirectMedia Xtra ", #setfullscreen)

（13）CallSprite(@"IconName", #removefulscreen)：停止 ActiveMovie/DirectShow 的全屏播放，返回到 Authorware 的展示窗口。

例如：CallSprite(@"DirectMedia Xtra ", #removefullscreen 1)